KB045746

아메리칸
타블로이드

아
메
리
칸 타
블
로
이
드

제임스 엘로이 장편소설
조영학 옮김

RHK
알에이치코리아

미국은 절대 순결한 나라가 아니다. 사람들은 순결을 아무렇지 않게 내던지고 아무런 미련도 갖지 않는다. 에덴동산의 타락을 어느 한 사건이나 일련의 상황 탓으로 돌릴 수는 없다. 태초부터 없던 순결을 어찌 잃을 수 있단 말인가.

대량 판매 시장의 향수 덕분에 우리는 존재하지도 않는 과거를 향해 곤두박질친다. 칭찬 일색의 전기(傳記)는 날라리 정치가들을 키우고 그들의 정략적인 쇼를 위대한 도덕적 업적으로 탈바꿈시킨다. 우리 이야기는 모호해졌으며, 진실과 혜안은 안개 속에 숨고 오로지 그럴듯한 거짓말만 난무한다.

진짜 캐멀롯(케네디의 별명 - 옮긴이) 3부작은 '잘생겼네', '지랄하고 자빠졌네', '좆 까라 그래'다. 잭 케네디는 신화적인 얼굴마담으로, 특히 우리 역사의 야리꾸리한 측면을 감추기엔 그야말로 제격이다. 말투도 달곰쌉쌀하고 헤어스타일도 세계적 수준이기 때문이다. 요컨대 집요하게 물고 늘어지는 언론도 없고 군살이 조금 빠진 빌 클린턴인 셈이다.

잭은 성인으로 추앙받을 최적의 순간에 골로 가고 그 불후의 불꽃 주변엔 아주 공갈 염소 똥만 난무했다. 이제 유골함을 열고 그와 함께 천국행 열차에 올라타 그의 추락을 이끈 사람들을 재조명할 때가 되었다.

조폭 잡새와 사이비 예술가. 도청꾼과 용병과 게으름뱅이 연예인. 하지만 그마저 생의 한순간, 삼천포로 빠진 데 불과했다. 미국 역사는 절대 우리가 아는 대로 존재하지 않았다.

이제 한 시대의 신화를 걷어내고 생얼굴 그대로의 새 신화를 만들어낼 때다. 악인들을 포용하고, 그들이 자신의 시대를 교정하기 위해 은밀히 지불해야 했던 대가를 규명해야 할 때다.

이 글을 그들에게 바친다.

1부

협박 작전

1958년 11월~12월

1

피터 본듀런트
베벌리힐스, 1958년 11월 22일

그는 항상 TV를 끼고 살았다.

히스패닉계 몇 놈이 총을 흔들어댔다. 우두머리가 턱수염에 붙은 벌레를 떼어내며 폭력을 선동했다. 흑백 화면. 정글복 차림의 CBS 기자들. 한 기자가 쿠바를 언급하며 피델 카스트로 반란군과 풀헨시오 바티스타 상비군의 싸움은 저주라고 말했다.

하워드 휴즈는 혈관을 찾아 아편을 주사했다.

피터는 그 광경을 몰래 지켜보았다. 휴즈가 침실 문을 살짝 열어두었기 때문이다.

약의 효과는 빨랐다. 빅 하워드의 얼굴이 이내 축 늘어졌다.

밖에서 룸서비스 카트가 달그락거렸다. 휴즈는 주삿바늘을 닦아내고 채널을 돌렸다. 뉴스 대신 〈하우디 두디〉 쇼가 나왔다. 그게 베벌리힐스 호텔에서의 전형적인 일과였다.

피터는 안뜰로 나갔다. 풀장이 있고 물도 좋은 곳. 하지만 오늘의 운세는 개판 1분 전이라 비키니 차림의 쭉쭉빵빵이 하나도 보이지 않았다.

그는 시계를 보았다. 초조했다.

정오에는 이혼용 공갈 건이 하나 있었다. 남편이 혼자 낮술을 하며 젊은 처자들을 힐끔거렸는데, 그때 여기저기서 플래시가 터졌다. 초점이 흐린 탓에 사진 속 인물들이 짝짓는 거미처럼 보였다. 휴즈의 일정표에 적힌 글: TWA 반독점 매각 사건과 관련해 소환장을 발부하는 자를 매수할 것. 빅 하워드가 폭발해 화성까지 날아갔다고 보고하게 만들 것.

하워드는 이런 식으로 말했다. "이번 매각에 반대할 생각 없어, 피터. 그냥 이렇게 짱 박혀 있으면서 가격을 부풀리다가 팔면 그만이야. TWA, 빌어먹을, 이가 갈려. 5억 달러를 부르면 모를까, 절대 안 팔아." 뾰로통한 목소리였다. 소공자 폰틀로이, 마약쟁이 영감.

에이바 가드너가 풀장 옆을 지나갔다. 피터가 손을 흔들자 에이바는 대신 엿을 먹였다. 둘은 예전부터 아는 사이였다. 휴즈와 일주일을 보내는 대가로 낙태 수술을 도와준 적도 있다.

르네상스형 인간 피터. 뚜쟁이, 마약 장사꾼, 건달 사립탐정.

휴즈와는 아주 아주 오래전에 만났다.

1952년 6월, 로스앤젤레스 카운티 부보안관 피터 본듀런트는 샌디마스 사무실에서 야간 경비 사령으로 근무 중이었다. 그날 밤 깜둥이 강간 용의자가 들어왔는데, 취객용 유치장은 시끄러운 술고래들로 가득했다.

바로 그놈의 술꾼이 그를 열 받게 했다. "당신을 알아, 씨발. 무고한 여자들을 죽이고 여편네도…."

피터는 그 깜둥이를 맨손으로 때려죽였다.

보안관은 사건을 무마했지만 목격자가 FBI에 일러바쳤다. 사건을 맡은 로스앤젤레스 요원은 그 술주정뱅이가 '인종차별의 피해자'라고 결론지었다.

요원 둘, 그러니까 켐퍼 보이드와 워드 J. 리텔이 피터를 체포했다. 하워드 휴즈는 신문에 난 그의 사진을 보고 주먹 좀 쓰겠다고 간파했다. 휴즈는 고소가 기각되자 그에게 일자리를 제공했다. 마약 밀매꾼 및 뚜쟁이.

하워드는 진 피터스와 결혼한 뒤 그녀를 저택에 가두고 피터에게 감시견 임무까지 덧붙였다. 세계에서 가장 커다란 공짜 개집. 바로 저택 옆에 붙은 집이다.

하워드 휴즈의 결혼관은 이랬다. "피터, 결혼은 재미있는데 동거는 솔직히 짜증나. 그 얘기를 여편네한테 계속 해줄래? 외롭다고 하면, 내가 무지 바쁘긴 해도 생각은 늘 하고 있다고 전해줘."

피터는 담배에 불을 붙였다. 구름이 지나가고 수영장 사람들이 몸을 떨었다. 인터콤이 찍찍거렸다. 휴즈의 호출.

그는 침실로 들어갔다. TV에서는 〈캡틴 캥거루〉가 상영 중인데 볼륨은 아주 작았다.

흑백 영화라 빅 하워드는 깊은 그림자 속에 갇혀 있었다.

"사장님?"

"우리끼리 있을 때는 하워드라고 부르랬잖아."

"오늘은 노예가 된 기분이라서요."

"네놈 애인 게일 헨디하고 떡을 치고 싶다는 얘기겠지. 그래, 아내는 감옥 집을 맘에 들어 해?"

"좋아합니다. 사장님만큼이나 동거를 싫어하는 모양입니다. 두 사람이 방 스물네 개를 쓰는데 무슨 불만이 있겠느냐고 하더군요."

"난 독립적인 여자가 좋아."

"설마요."

휴즈가 베개를 불룩하게 만들었다. "그래, 네 말이 맞아. 그래도 독립적인 여자의 생각은 맘에 들어. 그래서 늘 내 영화에 써먹고 있잖아. 내가 보기엔 미스 헨디야말로 훌륭한 공감 파트너이자 정부야. 자, 피터, TWA 매각 얘긴데…."

피터는 의자를 끌어당겼다. "소환장은 절대 안 옵니다. 호텔 직원도 모두 매수하고, 두 블록 위 단층집에 배우까지 하나 박아뒀어요. 생김새도 옷도 하워드와 똑같은 놈이죠. 매시간 콜걸을 보내 아직까지 여자들과 섹스를 한다는 신화도 이어가고, 신청자들을 꼼꼼히 챙겨 법무부에서 첩자를 심지 못하게 막았습니다. 짝퉁 사장님들도 전부 여기서 주식 놀이를 하는데, 소환당하지 않고 넘어갈 때마다 매달 휴즈 연장 회사(Hughes Tool Company) 주식을 20주씩 나눠주기로 했죠. 이 방갈로에 있는 한 소환장을 받을 일도, 법정에 설 일도 없습니다."

휴즈가 가운을 잡아당겼다. 가벼운 마비 증세에 초조한 표정. "넌 무지막지한 놈이야."

"아뇨, 사장님의 무지막지한 놈이죠. 그래서 내가 말대꾸를 해도 가만히 있지 않습니까?"

"그래, 내 부하는 맞아. 하지만 아직 그놈의 천박한 사립탐정 짓을 계속하잖아."

"그건 사장님 때문입니다. 물론 나 역시 동거 생활에 익숙하지 못한 탓도 있겠죠."

"보수를 그렇게 주는데도?"

"오히려 그렇게 주기 때문이죠."

"예를 들면?"

"예를 들면, 홈비힐스에 집이 있습니다만 하워드가 문서를 갖고 있습니다. 1958년형 폰티액 쿠페도 자동차권리증은 하워드한테 있죠. 게다가…."

"다 부질 없는 얘기야."

"하워드, 시킬 일 있으면 말하세요. 할 테니까."

휴즈가 리모컨을 눌렀다. 〈캡틴 캥거루〉가 깜빡거리다 꺼졌다. "〈허시-허시〉 잡지사를 사들였어. 내가 저질 스캔들을 챙기는 이유는 두 가지야. 하나는 J. 에드거 후버와 펜팔을 하는데 더 잘 지내고 싶거든. 둘 다 〈허시-허시〉풍의 할리우드 가십을 좋아하지. 그래서 잡지사를 가지고 있으면 재미도 있고 정치적으로도 유용할 것 같아서 말이야. 두 번째는 그 자체가 정치거든. 평소 맘에 들지 않는 정치인 새끼들을 박살내고 싶어. 특히 바람둥이 존 케네디 상원의원 새끼가 1960년 대선에서 내 친구 딕 닉슨하고 싸울 것 같은데, 너도 알겠지만 케네디 아비하고는 1920년대부터 사업마다 부딪쳐왔잖아. 까놓고 말해서 그 가족이 모조리 좆같아."

"그래서요?" 피터가 물었다.

"〈허시-허시〉에서 '기사 검증' 일을 했으니까 일의 내막을 잘 알 것 아냐? 어차피 공갈 협박하고 비슷해. 당연히 네가 전문가고."

피터는 손가락 관절을 꺾었다. "기사 검증이란 '잡지를 고소하면 가만두지 않겠다'는 뜻입니다. 그런 식의 도움이 필요하다면 얼마든지 가능합니다."

"좋아. 그게 시작이야."

"알겠습니다, 하워드. 거기 사람들을 압니다. 누굴 살리고 누굴 보낼 건지 말씀해주시죠."

휴즈가 움찔했다. 아주 조금. "접수계원은 깜둥이 년이라 해고했다. 특파원하고 그 '뒷조사 전문'도 그만뒀으니까 사람을 새로 뽑아줘. 솔 몰츠먼은 데리고 있기로 했어. 몇 년 동안 필명으로 기사를 써왔는데, 아직 놓치고 싶지 않아. 사실, 빨갱이 블랙리스트에 오른 데다 관여하는 좌파 조직만도 서른 곳이 넘지만…."

"필요한 직원은 그뿐인가요? 솔은 일을 잘합니다. 그리고 최악의 경우, 게일이 대신할 수도 있어요. 2년 동안 찔끔찔끔 〈허시-허시〉에 글을 써왔으니까. 법적 문제라면 사장님 변호사 딕 스타이즐을 부르면 되고 도청이라면 프레디 투렌틴이 있습니다. 뒷조사는 따로 알아보죠. 여기저기 탐문해보겠지만 아무래도 시간은 좀 걸릴 겁니다."

"널 믿어. 일이야 네가 확실하게 하니까."

피터는 손가락 관절을 꺾으려 했으나 아프기만 했다. 아무래도 비가 올 모양이다.

"관절은 왜 갖고 노는 거야?"

"이 손 덕분에 우리가 만났습니다. 그래서 아직 죽지 않았다고 알려주고 싶거든요."

감옥 집은 25×24미터 크기다.

현관 벽은 대리석이고 점점이 금싸라기까지 박혀 있다.

침실 아홉 개. 냉동실은 깊이가 9미터다. 휴즈는 매달 카펫을 세탁한다. 흑인이 딱 한 번 밟았다는 이유 때문이다.

감시 카메라는 지붕과 위층 층계참에 설치했다. 물론 휴즈 부인의 침실이 목표다.

게일은 부엌에 있었다. 죽이는 글래머에 긴 갈색 머리. 여전히 매력적인 외모다.

"당신은 사람들이 집에 들어오는 소리를 듣는다지만 우리 현관문은 1킬로미터나 떨어져 있어." 게일이 투덜댔다.

"이곳에 온 지 1년인데, 아직까지 농담 따먹기를 하나?"

"여긴 타지마할이야. 익숙해지기가 쉬운 줄 알아?"

피터는 접이의자 다리를 펼쳤다. "불안한 모양이군."

게일은 자기 의자를 밀어 그와의 거리를 넓혔다. "공갈범이 빤하잖아. 원래 초조한 타입이기도 하고. 오늘은 남자 이름이 뭐야?"

"월터 P. 키너드. 마흔 살인데 신혼여행을 다녀온 이후 죽 다른 여자를 만나고 있어. 그래도 아이들은 애지중지해. 와이프 말에 의하면, 사진을 보여주고 아이들한테도 보내겠다고 협박하면 항복할 거라더군. 술고래인데 주로 점심시간에 폭주를 하지."

게일이 성호를 그었다. 반은 건성이고 반은 진심이다. "어디야?"

"데일즈 시크릿 하버에 가면 만날 수 있어. 몇 블록 건너에 밀회 장소가 있는데, 거기서 비서와 놀아나고 있지. 당신은 앰배서더 호텔에 묵고 있다고 해. 총회 때문에 방문했고. 바가 딸린 기막힌 방이 있어."

게일이 몸을 부르르 떨었다. 이른 아침의 오한이라니. 신경과민 때문일 것이다.

피터는 게일에게 열쇠를 건넸다. "난 당신 옆방을 예약했는데, 당신이 문을 걸어 잠그면 전혀 티가 나지 않을 거야. 나야 연결 문을 따면 되니까 자물쇠 달그락거릴 필요도 없지."

게일이 담배에 불을 붙였다. 손은 떨리지 않았다. 다행이군.

"다른 얘기해. 은둔자 하워드께서는 어떻게 지내?"

"〈허시-허시〉를 사들였대. 나한테 특파원을 구해달라더군. 할리우드 가십을 읽고 친구 J. 에드거 후버와 공유하겠다면서. 정적들을 없애고 싶어 해. 당신 옛 남친 잭 케네디 같은."

게일이 허탈한 미소를 지었다. "주말 몇 번 보냈다고 남친이 되진 않아."

"그 죽이는 미소에 그 친구도 훅 갔을 거야."

"한 번은 비행기를 타고 아카풀코에 데려갔지. 일종의 하워드식 제스

처야. 상대를 질투하게 만들려는."

"그 새끼 신혼여행에 당신을 데려간 거잖아."

"그래서? 잭은 정략적인 이유로 결혼했어. 정치가 원래 그렇지 않아? 맙소사, 그러고 보니 당신, 관음증이었어?"

피터는 권총을 꺼내 클립을 확인했다. 이유는 모르겠지만 손이 저절로 빨라졌다.

"우리 삶이 변태 같다는 생각 안 해봤어?" 게일이 물었다.

두 사람은 각기 다른 차를 타고 다운타운으로 향했다. 게일은 바에 앉고, 피터는 가까운 부스를 잡아 하이볼을 주문했다.

식당은 혼잡했다. 데일즈 식당은 점심 식사 전문이다. 피터는 특별석을 차지했다. 언젠가 식당 주인이 호모라는 사실을 터뜨린 적이 있었다.

여자들이 끊임없이 들고 났다. 주로 미드윌셔의 젊은 사무직원들이었는데 그중에서도 게일이 가장 두드러졌다. 딱 꼬집어 말할 수는 없지만 훨씬 훨씬. 피터는 칵테일 땅콩 안주를 허겁지겁 먹어치웠다. 그러고 보니 아침 식사를 잊었다.

키너드는 아직 오지 않았다. 피터는 실내를 살펴보았다. 엑스레이처럼 세심하게.

공중전화 옆에 잭 웨일런, 로스앤젤레스 최고의 마권 영업자가 보였다. 부스 두 개 아래에는 로스앤젤레스 경찰 간부 몇 명이 앉아 "본듀런트…", "그래, 크레스마이어라는 여자하고…" 운운하며 속닥거렸다.

바에는 루스 밀드레드 크레스마이어의 유령이 앉아 있었다. 수전증에 걸린 늙고 슬픈 여자.

피터는 기억의 뒤안길을 미끄러져 내려갔다.

1949년 후반, 짭짤한 부업이 몇 개 있었다. 카드게임 경비원, 야매 낙태 주선자. 낙태 의사 역할은 동생 프랭크가 맡았다.

피터는 그린카드를 얻기 위해 미 해군에 입대했다.

프랭크는 퀘벡에 있는 가족과 함께 지내다가 의대에 들어갔다.

피터는 일찍 눈을 떴고 프랭크는 늦었다.

프랑스어를 포기하고 영어로 말하라. 억양을 버리고 미국으로 가라.

프랭크는 돈을 벌기 위해 로스앤젤레스로 갔다. 그 후 의사 시험에 합격해 허름한 간판을 내걸었다. 낙태 전문 및 모르핀 판매.

프랭크는 쇼걸과 카드를 좋아했다. 조폭을 좋아했다. 미키 코헨의 목요일 밤 포커 게임을 좋아했다. 그리고 휴이 크레스마이어라는 이름의 권총 강도와 사귀었다. 휴이의 모친은 깜둥이 마을에서 낙태 시술소를 운영했다.

여친을 임신시킨 휴이는 어머니와 프랭크에게 도움을 청했다. 그리고 멍청하게도 목요일 밤의 도박장을 털었다. 피터가 감기 때문에 집에서 쉴 때였다.

미키가 피터를 고용했다.

피터는 정보를 얻었다. 휴이는 엘세군도(El Segundo)의 어느 집에 숨어 있었는데, 집 주인은 잭 드래그너라는 총잡이였다.

미키는 잭 드래그너를 증오했다. 그래서 가격을 두 배로 올리며 그 집에 있는 사람을 모두 죽이라고 지시했다.

1949년 12월 14일, 구름 많고 추움.

피터는 화염병으로 은신처를 불태웠다.

그림자 넷이 불길에 휩싸인 채 뒷문으로 달려 나왔다. 피터는 모두에게 총을 쏜 후 불에 타도록 내버려두었다.

그들의 신분은 신문을 통해 알았다.

허버트 존 크레스마이어, 24세.

루스 밀드레드 크레스마이어, 56세.

린다 제인 캠로즈, 20세. 임신 4개월.

프랑수아 본뒤런트, 27세. 외과 의사. 프랑스계 캐나다 이민자.

사건은 공식적인 미제로 남고 이야기는 걸러져 내부자들에게 전해졌다. 그런데 누군가가 퀘백의 아버지한테 전화를 걸어 입을 놀린 모양이었다. 꼰대가 전화를 걸어 제발 사실이 아니라고 말해달라며 징징거렸다. 아마도 말을 더듬거나 저도 모르게 실토한 듯했다. 아버지와 어머니는 바로 그날 일산화탄소를 마셨다.

저 노파, 루스 밀드레드를 꼭 닮았군.

시간은 지루하게 흘렀다. 그는 노파에게 무료 서비스 리필을 보내주었다. 이윽고 월터 P. 키너드가 들어와 게일 옆에 앉았다.

공작이 시작되었다.

게일이 바텐더에게 신호를 했다. 자상한 월터가 그녀의 동작을 보고 휘파람을 불었다. 조 버먼이 마티니 셰이커를 들고 쏜살같이 달려왔다. 단골인 월터는 이곳에 어느 정도 지분이 있었다.

무력한 게일이 성냥을 찾기 위해 손가방을 뒤졌다. 유용한 월터가 라이터를 켜며 미소를 지었다. 섹시한 월터는 재킷 뒤에 온통 비듬을 흘리고 다녔다.

게일이 미소를 지었다. 섹시한 월터도 미소를 지었다. 멋쟁이 월터는 하얀 양말에 흰줄무늬 쓰리 피스 정장을 입었다.

바퀴벌레 한 쌍이 앉아 마티니를 사이에 놓고 잡담을 나누었다. 침대에 들기 전 희희낙락하는 농탕질을 보며 피터가 두 눈을 굴렸다. 게일이 용기를 얻기 위해 술을 벌컥벌컥 들이켰다. 그녀의 까칠한 신경질이 그대로 드러났다.

게일이 월터의 팔을 살짝 건드렸다. 이번에는 죄의식이 드러났다. 돈은 문제가 아니다. 돈을 싫어하니까.

피터는 앰배서더에 예약한 자기 방으로 올라갔다. 세팅은 완벽했다. 그의 방, 게일의 방, 은밀하게 들어갈 수 있는 연결 문.

그는 카메라에 필름을 넣고 플래시를 장착했다. 연결 문의 문설주에 윤활유를 바르고, 얼굴 사진 몇 장을 찍기에 좋은 앵글도 쟀다.

10분이 엉금엉금 기어갔다. 피터는 옆방의 소리에 귀를 기울였다. 그때 게일의 신호…. 망할, 열쇠를 또 어디 뒀지? 약간 큰 목소리.

피터는 벽에 귀를 갖다 붙였다. 고독한 월터가 우는 소리를 했다. 여편네와 애새끼들은 남자가 욕구를 해소해야 한다는 사실을 이해 못해. 게일이 물었다. 그런데 왜 아이가 일곱이나 돼요?

그래야 여편네가 집에 붙어 있으니까. 여자야 당연히 집을 지켜야지.

목소리가 침대로 향하는 둔탁한 발소리에 묻혔다.

게일이 하이힐로 벽을 찼다. 3분 후에 출격하라는 신호다.

피터는 웃음이 나왔다. 하룻밤 30달러짜리 방에 종이짝처럼 얇은 벽이라니.

지퍼 여는 소리에 이어 침대 스프링이 삐걱거렸다. 초침이 재깍재깍. 월터가 신음 소리를 흘렸다. 피터는 시간을 2시 44분에 맞춰놓았다.

정확히 3분을 기다렸다. 그리고 문을 살며시 열었다. 문설주에 바른 윤활유 덕분에 삐걱거리는 소리는 완전히 죽어버렸다.

그곳. 게일과 월터는 섹스를 하느라 한창 바빴다. 정상 체위. 두 얼굴이 완전히 밀착했다. 법정에 제출할 수 있는 간통 증거. 월터가 좋아하는 체위다.

게일은 흥분을 가장하며 손거스러미를 뜯었다.

피터는 가까이 접근해 플래시를 마구 터뜨렸다. 하나, 둘, 셋. 플래시가 토미 기관총처럼 뻑뻑거렸다. 방 전체가 백열 같은 빛에 잠겼다.

키너드가 소리를 지르며 시트를 끌어당겼다. 게일은 침대에서 기어 나와 욕실로 달아났다.

색마. 벌거벗은 월터. 175센티미터. 95킬로그램. 뚱땡이.

피터는 카메라를 버리고 그의 목덜미를 잡았다. 목소리를 느리고 중후하게 가져갔다. "부인이 이혼을 원해. 한 달에 800달러와 집, 1956년형 뷰익 그리고 아들 티미의 치열 교정 비용도. 원하는 대로 모두 줘. 그러지 않으면 네놈을 찾아내 죽이고 말 테니."

키너드가 거품을 물었다. 안색도 기가 막혔다. 절반은 충격으로 새파랬고 절반은 분노로 시뻘개졌으니 말이다.

욕실 문 사이로 쉭 하며 증기 소리가 새어나왔다. 게일 특유의 섹스 후 샤워는 늘 순식간에 끝났다.

피터는 월터를 바닥으로 밀었다. 그가 팔을 허우적거리며 침대에서 떨어졌다. 95킬로그램도 함께. 나쁘지 않군.

키너드는 옷을 주섬주섬 챙기더니 비틀비틀 엉거주춤 바지를 입으며 복도로 달아났다. 피터가 그의 모습을 지켜보았다.

게일이 증기 속에서 빠져나오며 투덜댔다. "이 짓도 이제 못해먹겠어."

항상 하는 불평.

월터 P. 키너드 건은 소송 없이 종결했다. 피터의 완봉 승률도 아내 23
대 남편 0으로 뛰어올랐다. 키너드 부인이 돈을 지불했다. 선불 5000달러
에 종신 이혼 수당 25퍼센트.

다음 일은 하워드 휴즈의 일정표에 따라 3일 후에 착수했다.

TWA 소송 때문에 빅 하워드가 잔뜩 얼어붙는 바람에 피터는 작전을
강화했다. 우선 창녀들을 매수해 신문사에 떠들게 했다. 휴즈가 갈봇집을
전전하며 숨어 살아요. 소환장을 집행하는 녀석들한테도 거짓 정보를 융
단 폭격했다. 휴즈가 방콕, 마라카이보, 서울을 전전하고 있다고. 볼티모
어에다가는 두 번째 휴즈를 만들어냈다. 늙은 도색 영화배우. 성기가 홍두
깨만 한 녀석으로. 대중문화는 실제로 남근 숭배적이다. 피터는 바버라 페
이튼을 보내 녀석을 달래주게 했다. 바버라는 술에 절었지만 사이코 영감
이 진짜 휴즈라고 생각해 닥치는 대로 나불거렸다. 하워드의 고추는 다
커봤자 15센티미터야.

J. 에드거 후버라면 소송을 쉽게 지연시킬 수 있었지만 휴즈는 도움을
청하지 않았다. "아직은 아냐, 피터. 먼저 후버 씨하고 우애를 다져야겠
어. 〈허시-허시〉의 소유권이 핵심이 되겠지만, 우선 스캔들 기자부터 새
로 찾아내. 후버 씨가 감질 나는 얘기를 얼마나 좋아하는지 잘 알잖아."

피터는 비밀 정보망에 이런 식의 글을 올렸다. 〈허시-허시〉에서 뒷조
사 전문 기자 모집. 관심 있는 인간 망종들은 피터 B에게 연락 바람.

피터는 감옥 집에 있는 전화 곁을 떠나지 않았다. 망종들에게서 전화
가 왔다. 피터는 이렇게 말했다. 끝내주는 추문을 찾아 능력을 증명해.

망종들도 동의하고 시범 뉴스를 파냈다.

패트 닉슨(닉슨의 부인—옮긴이)이 냇 '킹' 콜의 아이를 낳았다.

로렌스 웰크가 남창을 운영한다. 뜨거운 한 쌍. 패티 페이지와 말하는
노새 프랜시스.

아이젠하워가 겁쟁이라는 사실이 드러났다.

영웅적인 셰퍼드 린틴틴이 래시를 임신시켰다.

예수 그리스도가 와츠에서 깜둥이 갈봇집을 운영한다.

추문은 끝이 없었다. 피터는 19명의 응모자를 확인했다. 하나같이 진짜 인간 망종이었다.

전화벨이 울렸다. 망종 넘버 20. 잡음이 심한 것으로 보아 장거리 전화였다. "누구?"

"피터? 나 지미."

지미 호파.

"지미, 어떻게 지내십니까?"

"춥게 지내지. 시카고가 추운 곳이잖아, 원래. 지금 친구 집에 있는데, 히터마저 오락가락이야. 이 전화 도청 없나?"

"절대 없습니다. 프레디 투렌틴이 한 달에 한 번 휴즈 씨의 전화를 모두 검사해요."

"그럼 말해도 되지?"

"얼마든지요."

호파가 떠들기 시작했다. 수화기를 귀에서 뗐는데도 알아들을 만큼 목소리가 컸다. "매클렐런 위원회가 똥파리처럼 물고 늘어져. 보비 케네디 새끼가 개지랄을 떠는 바람에 나라 절반이 트럭 운전사 노조가 빨갱이보다 더 개새끼들이라고 생각한다니까. 씨발, 툭하면 소환장을 발부해 나하고 조합원을 괴롭히는 데다 수사관들까지 풀어 조합 주변을 똥개처럼 쿵쿵대며…."

"지미…"

"…다니고 있어. 처음엔 데이브 벡(미국의 노동 운동 지도자-옮긴이)을 건드리더니 지금은 아예 날 물고 지랄이야. 그 새끼 완전히 또라이야. 플로리다 선밸리에 리조트를 세우고 있는데, 보비 놈이 투자금 300만 달러를 캐고 있잖아. 내가 노조 연기금을 빼돌렸다고 생각하는 거라고…."

"지미…"

"…젠장, 날 이용해서 날라리 형 새끼를 대통령으로 만들려는 거야. 씨발, 제임스 리들 호파를 빌어먹을 정치적 희생양으로 만들려는 거라고. 망할 호모 새끼한테 호락호락 엉덩이를 깔 호구 놈으로 봤다 이거지. 그게 다가 아냐…."

"이봐요, 지미…."

"…내가 그 새끼들같이 호모인 줄 알아. 데이브 벡처럼 호락호락 당할 줄 아냐고! 좆같은 일이 한두 개가 아니야. 나한테 마이애미 택시 회사가 있잖아? 거기에 쿠바 난민들을 고용했는데, 씨발 놈들이 빌어먹을 카스트로 대 빌어먹을 바티스타로 갈라져서 툭하면 싸움질이나…." 호파가 숨을 골랐다.

"원하는 게 뭡니까?" 피터가 물었다.

호파가 어느 정도 호흡을 되찾았다. "마이애미에 건수가 하나 있다."

"얼만데요?"

"1만 달러."

"좋아요. 하죠." 피터가 대답했다.

그는 심야 비행기를 예약했다. 휴즈 항공 1등석으로. 탑승자 이름은 가명이었다. 비행기는 아침 8시 정각에 착륙했다.

마이애미는 더웠지만 기분은 좋았다.

피터는 트럭 노조 소유의 유드라이브 렌터카로 건너가 새로 나온 캐디 엘도를 골랐다. 지미가 이미 손을 써둔 터였다. 예치금도 신분증도 요구하지 말 것.

계기반에 쪽지 하나가 붙어 있었다. 택시 회사로 갈 것. N. W. 46번가 플래글러. 풀로 마차도와 면담.

그는 지시대로 둑길을 거쳐 작은 지도에 표기된 일반 도로로 빠져나 갔다.

운전하는 동안 주변 경관도 빠르게 변했다. 대형 저택들이 점점 작아 지고 백인의 거리는 차츰 가난한 백인 쓰레기, 깜둥이, 남미 출신 놈팡이 등으로 바뀌었다. 플래글러는 밀집 지역에 있는 싸구려 건물이었다.

택시 회사는 호피무늬 벽토로 치장했다. 주차장에 있는 택시들도 호피 무늬로 페인트칠을 했다. 저쪽 갓길에 호피무늬 셔츠 차림의 남미 출신 놈들을 주목해야 해. 도넛과 티버드 와인을 훔쳐 먹는 놈들.

문 위의 간판에는 이렇게 적혀 있었다 - 타이거 택시. 에스파냐어로 말하세요.

피터는 바로 앞에 주차했다. 직원들이 그를 보고 수군거렸다. 기지개를 한껏 켜자 셔츠 자락이 말려 올라갔다. 남미계 직원들이 총을 보고는 후다닥 정비 얘기로 화제를 바꾸었다.

그는 배차 사무실로 들어갔다. 벽지는 괜찮았다. 바닥에서 천장까지 호랑이 사진으로 도배를 했다. 〈내셔널 지오그래픽〉에서 오린 사진인데, 피터는 하마터면 어흥 하고 소리를 지를 뻔했다.

배차원이 손짓을 했다. 얼굴을 보니 칼로 바둑판 문양을 그려놓았다.

피터는 의자를 끌어당겼다. 못생긴 십장이 인사를 했다. "풀로 마차도라고 합니다. 바티스타의 비밀경찰이 이렇게 만들었죠. 그러니 어쩌다 저렇게 됐을까, 하고 묻는 얼굴은 거두고 잊어버리세요."

"영어를 무척 잘하시는군."

"아바나에 있는 나시오날 호텔에서 일할 때 미국인 딜러한테 배웠죠. 빌어먹을 양놈 새끼가 나한테 군침을 흘린다는 사실은 나중에야 알았죠."

"그래서 그자를 어떻게 했소?"

"그 호모 새끼한테 아바나 교외에 돼지 농장이 하나 있었는데, 놈이 쿠바 아이들을 데려다가 겁탈하곤 했죠. 거기서 다른 호모 새끼와 같이 있는 걸 보고 손도끼로 둘 다 찍어버린 다음, 여물통의 돼지 사료를 모두 버리고 우리 문을 열어두었죠. 〈내셔널 지오그래픽〉에서 읽었는데, 돼지들이 굶주리면 썩어가는 인간 시체에 환장을 한다더라고요."

"풀로, 당신이 맘에 드는군." 피터가 말했다.

"판단은 나중에. 예수 그리스도와 피델 카스트로의 적이라면 난 물불을 안 가려요."

피터는 웃음을 참았다. "지미가 봉투를 남겼다고 했는데?"

풀로가 봉투를 넘겼다. 피터는 밀봉을 뜯었다. 내용이 궁금해 미칠 것만 같았다.

죽이는군. 간단한 쪽지와 사진 한 장.

"안톤 그레츨러, 플로리다 레이크워어, 히비스커스 114. (선밸리 인근).

014-8812." 사진 속 남자는 키가 크고 어떻게 사나 싶을 정도로 뚱뚱했다.

"지미가 당신을 신뢰하는 모양이군." 피터가 말했다.

"당근. 그린카드도 받게 해줬으니까요. 내가 충성을 바친다는 사실을 알아요."

"선밸리는 뭘 하는 데요?"

"분양 토지 같아요. 지미가 공터를 트럭 노조원들한테 팔거든요."

"그래, 요즘엔 누가 더 힘이 센 것 같소? 예수님과 카스트로 중에서."

"내가 보기엔 5 대 5입니다."

피터는 에덴 로크에 방을 잡은 다음 공중전화로 안톤 그레츨러와 통화했다. 뚱보도 회동에 동의했다. 선밸리 외곽, 3시.

피터는 빈둥거리다가 일찌감치 차를 몰고 나갔다. 선밸리는 개판이었다. 주간(州間) 도로 바로 옆에 소택지가 있고 더러운 도로 세 개가 삐뚤빼뚤 그 사이를 뚫고 지나갔다.

성냥갑만 한 공터는 '택지 분양' 중이고, 각 택지마다 건축 쓰레기가 잔뜩 쌓여 있었다. 늪지가 마을 경계를 이루고 있어 악어들이 선탠을 하는 모습도 보였다.

덥고 습했다. 태양 빛에 신록마저 마른 갈색으로 타버렸다.

피터는 자동차에 몸을 기댄 채 잔뜩 기지개를 켰다. 트럭 한 대가 고속도로를 기어가며 매연을 토했다. 조수석의 남자가 손짓을 했지만 피터는 등을 돌려 외면했다.

산들바람에 먼지구름이 일어나 접근로가 잔뜩 뿌예졌다. 대형 세단이 주간 도로를 빠져나오더니 무턱대고 속력을 올렸다.

피터는 옆으로 물러섰다. 차가 넓게 선회하며 멈춰 서고, 뚱땡이 안톤 그레츨러가 밖으로 나왔다.

피터가 다가가자 그레츨러가 인사했다.

"피터슨 씨?"

"내가 피터슨이오. 그레츨러 씨?"

뚱땡이가 손을 내밀었으나 피터는 모른 척했다.

"뭐가 잘못 됐습니까? 공터를 보고 싶다고 하셨잖소?"

피터는 뚱보를 습지로 데려갔다. 그레즐러는 금방 이해했다. 악어 눈이 물 밖으로 빼꼼 삐져나왔다.

"내 차를 봐. 내가 조합 놈팡이로 보여? 조립 주택 재료를 사기 위해 시장에 나온 것 같냐고?"

"에 … 아뇨."

"그럼 이런 개떡 같은 부지를 소개하면 지미까지 엿 먹는다는 생각은 안 해봤어?"

"에…."

"지미 말로는, 이 근방에 기막힌 주택 단지가 들어선다더군. 당신은 기다렸다가 그걸 트럭 노조한테 소개하기로 했고."

"어 … 내 생각엔…."

"지미한테 경솔한 친구라는 얘기는 들었다. 애초에 괜히 파트너로 정했다는 얘기도 하더군. 그런데 그 양반이 트럭 노조 연기금을 삥땅친다고 떠들고 다닌다며? 마피아처럼 기금에 대해 떠벌린다고?"

그레즐러가 머뭇거렸다. 피터는 그의 손목을 잡고 꺾었다. 뼈가 박살 나며 살갗을 뚫고 삐져나왔다.

비명을 지르려 했지만 그레즐러는 숨도 쉴 수 없었다.

"매클렐런 위원회가 네놈을 소환했지?"

그레즐러가 미친 듯이 고개를 끄덕였다.

"로버트 케네디나 그쪽 수사관들하고도 얘기했나?"

그레즐러가 고개를 저었다. 그는 완전히 겁에 질려 있었다.

피터는 고속도로를 살펴보았다. 자동차도 없고, 목격자도….

"제발." 그레즐러가 애원했다.

피터는 애원을 듣지도 않고 뚱땡이의 머리를 날려버렸다.

2

켐퍼 보이드
필라델피아, 1958년 11월 27일

차량: 재규어 XK-140, 영국 특유의 진녹색/황갈색 가죽. 차고: 쥐죽은 듯 고요한 지하. 임무: FBI의 재규어를 훔치고 대신 다른 놈을 엮어 대가를 지불하게 할 것.

사내는 운전석 문을 따고 시동을 걸었다. 의자에서 돈 냄새가 났다. 가죽 시트 덕분에 '재판매' 가격이 최고가를 때릴 것이다.

사내는 차를 거리로 빼내고 신호등이 바뀌길 기다렸다. 추운 날씨라 앞창에 김이 서렸다.

구매자는 모퉁이에 서 있었다. 왠지 범죄자 성향의 소심한 관음증 환자 같아 보였다.

사내가 차를 세우려는 순간, 경찰차가 앞을 가로막았다. 구매자는 상황을 파악하고 달아났다.

필라델피아 경관들이 일제히 산탄총을 겨누고 상투적인 자동차 절도범 체포 절차를 읊어댔다.

"두 손 들고 차에서 나와!"

"당장!"

"바닥에 엎드려!"

사내는 지시에 복종했다. 경관들은 중무장을 했다. 수갑, 밧줄, 쇠사슬까지 모두.

경찰은 소지품 검사를 마치고 사내를 강제로 일으켜 세웠다. 사내의 머리가 체리색 경광등에 부딪쳤다….

감방은 익숙해 보였다. 그는 두 다리를 침상 밖으로 내린 다음 자신의 신원을 재확인했다.

FBI 특수요원 켐퍼 C. 보이드, 주간(州間) 차량 절도 침투 요원이다. 전문 차량 절도범 밥 에이컨이 '아니다'. 나이 42세. 예일 로스쿨 졸업. FBI 17년 경력의 베테랑으로 이혼남이며 대학에 다니는 딸이 있다. 현재 FBI 소속 차량 절도 침투 요원으로 장기 근속 중이다.

그는 감방을 배정받았다. 필라델피아 연방 건물 B동.

머리가 욱신거리고 손목과 발목도 아팠다. 그는 자신의 신분을 철저하게 단속했다.

차량 절도 증거를 조작해 몇 년 동안 공금을 횡령했어. 그래서 이렇게 내사국이 끼어든 걸까?

그는 양쪽 통로를 따라 늘어선 텅 빈 감방들을 보았다.

세면대에 신문 몇 부가 놓여 있었다. 다음과 같은 헤드라인이 붙은 가짜 신문들. "차량 절도범, FBI 보호 중 심장마비." "차량 절도범 FBI 감옥에서 사망."

기사는 아래와 같았다.

오늘 오후, 필라델피아 경찰은 리튼하우스 광장에서 과감한 체포 작전을 감행했다. 제럴드 P. 그리픈 경사를 포함한 경관 넷이 익명의 제보를 받고 고급 재규어 자동차를 절도하는 현장에서 42세의 차량 절도범 로버트 헨리 에이컨을 체포했다. 에이컨은 순순히 체포에 응하고….

누군가가 기침을 했다. "저…?"

켐퍼는 고개를 들었다. 점원 타입의 사내가 감방 문을 열고 나갈 수 있도록 길을 터주었다.

"나가셔도 좋습니다. 바깥에 자동차가 대기 중입니다."

켐퍼는 옷을 털고 머리를 빗었다.

뒷문으로 나갔다. 정부 리무진이 골목을 막고 있었다. '그의' 리무진.

뒷자리에 타자 J. 에드거 후버가 말했다. "안녕, 보이드?"

"안녕하십니까, 국장님."

파티션이 올라가 앞칸을 막았다. 운전사가 차를 몰았다.

후버가 기침을 했다. "침투 임무 종결은 다소 성급한 면이 있었어. 필라델피아 경찰이 멍청한 짓을 했기 때문이지. 그 친구들이 그쪽으로는 명성이 높기도 하지만, 어차피 더 해봐야 개연성만 떨어졌을 거야."

"그런 상황에서도 위장 신분을 유지하라고 배웠습니다. 체포는 그럴듯했어요."

"이번 역할에서 이스트코스트 억양을 썼나?"

"아니, 중서부 말투입니다. 세인트루이스 지국에 있을 때 억양과 언어 패턴을 배웠죠. 내 외모에 훨씬 잘 어울린다고 생각했거든요."

"아, 그야 당연하지. 개인적으로, 범죄자 역할에 관한 한 그게 뭐든 자네를 평가 절하할 생각은 없어. 예를 들어 지금 입고 있는 스포츠 재킷? FBI의 표준 의상보다는 필라델피아 차량 절도범에 아주 잘 어울려."

그걸 이제 알았냐, 건방진 땅딸보 놈아….

"자네 복장은 항상 독특해. 아니, 그보다 '비싸다'고 해야 하나? 까놓고 말해서, 그 봉급으로 옷값이나 제대로 낼까 싶을 때도 종종 있었지."

"국장님, 제가 사는 아파트를 보셔야 합니다. 옷장이 거의 텅텅 비어 있는걸요."

후버가 키득거렸다. "설령 그렇다 해도 같은 옷을 두 번 입은 적은 거의 없잖아? 자네가 좋아하는 여자들이라면 옷에 대한 자네 기호도 이해하겠지."

"예, 그랬으면 좋겠네요."

"내 공격을 재치 있게 받아넘기는군, 보이드. 대부분은 움찔하는데 말이야. 자넨 늘 당당하면서도 나를 존경하지. 매력적인 성품이야. 지금 무슨 말을 하는지 알겠나?"

"아뇨. 모르겠습니다, 국장님."

"자네가 마음에 든다는 뜻이야. 전에는 같은 이유로 요원들을 괴롭혔지만 자네는 면죄해주고 싶군. 위험하고 무례하지만 매력은 있어. 균형 잡힌 성격이 낭비벽을 이기고 감을 이끌어낸 경우랄까?"

언제 무례했는지 따지지 말 것. 그랬다간 저 인간이 짓밟아버리겠다고 덤빌 테니.

"국장님, 좋게 봐주셔서 정말 감사합니다. 혼신을 다해 보답하겠습니다."

"보답에 '호감'이 빠져 있긴 하지만, 뭐 강요하진 않겠네. 자, 이제 업무 얘기로 돌아갈까? 봉급을 두 배로 뻥 튀길 기회가 있는데, 당연히 맘에 들 거야."

후버가 등을 기대며 '어때 구미가 당기지?' 하는 미소를 지었다.

"어떤 일입니까?" 켐퍼가 물었다.

리무진 속도가 빨라졌다. 후버는 두 손을 꼼지락거리다가 넥타이를 매만졌다. "케네디 형제 때문에 미치겠어. 보비가 매클렐런 위원회의 노동 갈취 조사 활동을 빌미로 FBI를 짓밟고 형의 대권 야망을 부추기는데, 좆도 맘에 안 들어. 내가 이래봬도 보비 놈이 태어나기 전부터 FBI를 움직였잖아. 잭 케네디는 날라리 플레이보이에 도덕적 신념이라고는 똥꼬나 핥는 사냥개 수준이야. 그 새끼가 지금 매클렐런 위원회에서 범죄 사냥꾼 역할을 하는데, 위원회 존재 자체가 은근히 FBI의 뺨을 때리는 셈이거든. 조 케네디가 아들한테 백악관을 사주려고 작심한 터라 행여 성공한다 해도 어떻게든 그놈의 닳고 닳은 박애주의 정책을 짓밟아주고 싶어. 그러니 정보를 가져오라고."

켐퍼는 마침내 그의 의도를 눈치채고 되물었다. "예?"

"케네디 조직에 침투하라는 얘기야. 매클렐런 위원회의 노동 갈취 조사는 내년 봄에 끝나지만 보비 케네디는 여전히 변호인 수사관들을 고용하고 있지. 자넨 공식적으로 FBI를 은퇴해도 20년 근속이 끝나는 1961년 6월까지는 계속해서 녹을 먹을 수 있어. 그러니 믿을 만한 은퇴 스토리를 만들어서 매클렐런 위원회 수사관 자리를 확보해봐. 자네하고 잭 케네디 모두 샐리 레퍼츠라는 상원의원 보좌관하고 가깝다며? 레퍼츠가 수다쟁이니까, 잭도 당신 얘기를 들었을 거야. 잭은 매클렐런 위원회에 있는데, 젊은 놈이라 성 추문과 위험한 친구들을 좋아해. 보이드, 자넨 케네디가에 잘 어울릴 거야. 위장과 이중간첩 기술도 연마하고 그놈의 방탕한 취향을 만끽할 기회 아니야?"

켐퍼는 하늘에 뜬 기분이었다. 리무진이 허공을 날아다녔다.

"자네 반응이 맘에 들어. 이제 쉬라고. 한 시간이면 워싱턴에 도착할 테니 집 앞에 내려주지." 후버가 말했다.

후버는 최근의 연구 노트를 제공했다. 가죽 장정에 '비밀' 도장이 찍혀 있었다. 켐퍼는 마티니 엑스트라 드라이를 만든 다음 애용하는 의자를 끌어당겨 기록을 읽기 시작했다.

노트는 한 가지 주제를 파고들었다. 보비 케네디 대 지미 호파.

존 매클렐런 상원의원은 1957년 1월, 미 상원의 '노동 및 관리 분야의 부당 행위에 대한 특별위원회' 초대 위원장을 맡았다. 소속 의원: 이브스, 케네디, 맥나마라, 매카시, 어빈, 먼트, 골드워터. 수석변호사 및 수사 책임자: 로버트 F. 케네디.

현재 인력: 수사관 35명, 회계사 45명, 속기사 및 사무원 25명. 본부: 상원 본관 스위트 101호실.

위원회의 목표: 부패한 노동 현실 폭로. 조직범죄와 공모한 노조 폭로. 위원회의 수사 방법: 증인 소환, 자료 요구, 조직범죄 활동으로 흘러 들어간 노조 기금 파악.

위원회의 최종 목표: 트럭 운전사 노동조합(지상 최대 최고의 운송조합이자 역사상 가장 강력한 부패 노조).

노조위원장: 제임스 리들 호파. 45세.

호파: 부패한 마피아. 강탈. 광범위한 뇌물, 구타, 폭력, 뒷거래 및 대규모 노조 기금 횡령 용의자.

열네 건의 반독점법 위반을 통해 축적한 호파의 추정 재산: 다수의 트럭 회사, 다수의 중고차 판매점, 개 경주장, 렌터카 체인, 마이애미 택시 회사. 택시 회사는 광범위한 전과 경력의 쿠바 난민을 직원으로 채용.

호파의 친구들: 샘 지앙카나(시카고 마피아 보스), 산토 트라피칸테(플로리다 탬파 마피아 보스), 카를로스 마르첼로(뉴올리언스 마피아 보스).

지미 호파의 혐의: '친구들'에게 수백만 달러를 제공하고 불법 사용 방조. 쿠바 아바나의 마피아 카지노 지분 소유. 쿠바 권력자 풀헨시오 바티스타와 반란 선동가 피델 카스트로에게 불법 자금 유출. 트럭 노조의 중앙 연기금 강탈. 연기금은 밑 빠진 독으로, 샘 지앙카나의 시카고 마피아가 운영하는 것으로 알려졌음. 조폭 및 부패한 기업가들이 고리대금 이자로 거액을 차용하지만 돈을 갚지 않을 경우 고문과 살인도 마다하지 않음.

켐퍼는 요점을 파악했다. 후버의 질투. 그는 늘 마피아의 존재를 부인했다. 그들을 기소할 자신이 없기 때문이다. 그런데 보비 케네디가 먼저 치고 나섰으니….

연대순 정리:

1957년 초. 위원회, 트럭 노조위원장 데이브 벡을 타깃으로 선정. 보비 케네디가 무자비하게 몰아붙여 벡을 다섯 차례 증언대에 세움. 시애틀 대배심이 절도와 탈세 혐의로 벡을 기소함.

1957년 봄. 지미 호파, 트럭 노조를 완전 장악했다고 확신함.

1957년 8월. 호파, 노조에서 조폭의 입김을 거둬내겠다고 했으나 이는 뻔뻔한 거짓말임.

1957년 9월. 호파, 디트로이트 법정에 출두. 죄목은 트럭 노조 조직원들의 전화 도청. 불일치 배심으로 석방.

1957년 10월. 호파, 전미 트럭 노조 대표로 선출. 소문에 따르면 대의원 70퍼센트를 불법으로 선발했다고 함.

1958년 7월. 위원회, 트럭 노조와 조직범죄 사이의 직접적인 관계를 수사하기 시작함. 집중 조사: 1957년 11월, 아팔라친 비밀회의 개최. 뉴욕 북부의 '민간인' 친구 집에서 59명의 마피아 고위 간부가 회담 개최. 에드거 크로스월이라는 주 경관이 번호판을 모두 조회하고 기습 공격 감행. "마피아는 없다"는 후버 국장의 끈질긴 입장이 파기됨.

1958년 7월. 보비 케네디에 따르면, 호파가 관리자의 뇌물을 받고 파업을 철회함. 이런 사례는 1949년까지 거슬러 올라감.

1958년 8월. 호파, 위원회에 출두. 보비 케네디가 이런저런 거짓말로 그를 함정에 몰아넣음.

노트는 거기에서 끝났다.

추가 기록: 선밸리에 호파의 앞잡이가 있음. 안톤 윌리엄 그레츨러. 46세. 사기 전과 3범. 1958년 10월 29일 소환했으나 현재 실종된 것으로 보임.

켐퍼는 호파의 '측근' 목록을 확인했다.

흥미로운 이름 하나가 보였다.

피터 본듀런트. 백인 남자, 195센티미터, 105킬로그램, 생년월일 1920년 7월 16일, 캐나다 몬트리올.

전과 없음. 사립탐정/전직 로스앤젤레스 카운티 부보안관.

빅 피터. 갈취 전문가에 하워드 휴즈의 오른팔. 켐퍼 자신과 워드 리텔이 체포했을 당시 수감자를 때려죽인 적이 있었다. "우리 시대의 가장 끔찍하고 유능한 조폭 경찰." 리텔의 논평은 그랬다. 켐퍼는 술을 새로 따르고 잠시 다른 생각을 했다.

어떤 식으로 위장할지 대충 감이 잡혔다. 영웅적인 귀족들은 유대를 형성한다.

켐퍼는 여자를 좋아해서 결혼 생활 내내 바람을 피웠다. 잭 케네디도 여자를 좋아한 탓에 성혼 서약을 편의적이고 엉뚱한 것으로 만들었다. 보비는 부인을 사랑해서 내내 임신을 시켰다. 내부 정보도 그를 성실하다고 평가했다.

켐퍼는 예일. 케네디 가문은 하버드. 초갑부 아일랜드 천주교도. 초갑부 테네시 국교도는 파산했다. 케네디 가문은 크고 인물도 훤했다. 켐퍼의 가문은 파산하고 목숨을 잃었다. 언젠가 잭과 보비한테 아버지가 권총 자살을 시도했다가 한 달 후에나 숨을 거둔 이야기를 들려주고 싶다.

남부인과 보스턴의 아일랜드인. 공히 억양이 뒤죽박죽이다. 그 역시 모음을 길게 끄는 습관이 다시 붙고 말았다.

켐퍼는 옷장을 뒤졌다. 구체적인 위장 계획도 마련했다.

면접 때는 목탄색 모직 정장 착용. 38구경 권총 지갑이면 터프 가이 보비도 고개를 끄덕일 것이다. 예일 커프 링크스는 금물이다. 보비에게 프롤레타리아 경향이 있을 수도 있으니까.

켐퍼의 벽장은 깊이가 40센티미터다. 뒷벽은 사진 액자들로 뒤덮였다. 전처는 캐서린. 역사상 최고의 미인. 내슈빌 무도회에서 처음 사교계에 데뷔했을 때 어느 사교계 기자는 두 사람을 "남부의 우아미를 구현한 쌍"이라고 추켜세웠다. 캐서린과 결혼한 이유는 섹스와 장인의 돈 때문이었다. 캐서린은 보이드의 재산이 증발하고 후버가 그의 로스쿨 교실에서 연설 도중 직접 FBI 합류를 권했을 때 그와 이혼했다.

1940년 11월의 캐서린. "저 말 많은 땅딸보를 조심해요. 명심해요, 켐퍼. 분명 당신하고 자려 할 테니까."

캐서린이 모르는 사실. 후버 국장은 권력하고만 잠자리를 한다.

다른 액자들. 딸 클레어, 수전 리텔 그리고 헬렌 에이기. 법조인이 되기로 결심한 FBI의 딸들.

여자들은 서로 아주 친했지만 툴레인과 노트르담으로 공부하러 떠나면서 뿔뿔이 흩어졌다. 헬렌은 얼굴이 추하게 일그러졌다. 그가 사진을 벽장에 감춘 이유도 동정하는 말을 듣고 싶지 않기 때문이다.

톰 에이기는 차에 타고 있었다. 은행 강도 일당을 잡기 위해 갈봇집 밖에서 잠복근무 중이었다. 얼마 전 아내가 달아났는데, 당시 아홉 살이던 헬렌을 돌봐줄 사람을 찾을 수가 없었다. 강도들이 총을 쏘며 달려들었을 때, 헬렌은 뒷좌석에서 잠을 자고 있었다.

톰은 죽고 헬렌은 얼굴에 화상을 입은 채 그대로 버려졌다. 도움의 손길은 무려 여섯 시간이 지나서 도착했고, 헬렌의 두 뺨에는 평생 흉터가 남았다.

켐퍼는 면접용 옷을 펼쳤다. 그리고 몇 가지 거짓말을 만들어낸 다음 샐리 레퍼츠에게 전화했다.

전화벨이 두 번 울렸다.

"음, 여보세요?" 샐리의 어린 아들이었다.

"꼬마야, 엄마 바꿔줄래. 직장 동료야."

"어 … 예, 알았어요."

샐리가 전화를 받았다. "누구시죠? 미국 상원 직원 중 과로에 지친 불쌍한 여인네를 괴롭히는 사람이 있다뇨?"

"나요, 켐퍼."

"집으로 전화하면 어떡해요! 남편이 지금 뒷마당에 있단 말이에요."

"쳇, 일거리를 제안하려고 전화한 거요."

"무슨 얘기죠? 당신이 여자들을 마구 대한다는 사실을 후버 국장이 알고 아예 멍석까지 깔아줬나보군요?"

"난 은퇴했소. 위험 보직 면제 조항을 이용해 3년 일찍 그만뒀지."

"이런, 맙소사, 켐퍼 캐스카트 보이드!"

"지금도 잭 케네디를 만나요, 샐리?"

"가끔요. 당신이 문을 열어준 이후로. 지금 블랙리스트나 내부 정보를 거래하자는 거예요? 아니면….."

"매클렐런 위원회에 취직할까 생각 중이오."

샐리가 관심을 보였다. "네, 정말 좋은 생각이에요. 내가 추천서를 써서 로버트 케네디 책상 위에 올려놓을 수도 있어요. 노력한 대가로 예쁜 장미 한 다발 보내줘요!"

"당신이 장미꽃이오, 샐리."

"솔직히 루이지애나의 테리더 촌구석 출신 여자한텐 너무 과분하죠!"

켐퍼는 키스와 함께 전화를 끊었다. 이제 샐리가 소문을 퍼뜨릴 것이다. 전직 FBI 자동차 도둑놈이 일자리를 구한다.

보비한테는 코르벳 절도단을 일망타진한 얘기를 해줄 것이다. 물론 코르벳 부품을 빼돌렸다는 얘기는 쏙 빼고.

그는 다음 날부터 활동을 개시해 곧바로 상원 건물 스위트 101호실을 찾았다.

접수원이 그의 말을 듣고 인터콤을 눌렀다. "케네디 의원님, 수사관으로 일하고 싶다는 남자분이 와 계십니다. FBI 은퇴 신임장을 들고 오셨습니다만."

사무실은 접수원 등 뒤로 파티션 없이 펼쳐져 있었다. 캐비닛들이 작은 칸막이를 이루고 회의실도 몇 곳 보였다. 직원들은 팔꿈치가 닿을 정도로 좁은 공간에서 일했다. 여기저기서 웅성거리는 소리도 들렸다.

여자가 미소를 지었다. "의원님께서 만나시겠답니다. 첫 번째 통로를 따라 똑바로 가세요."

켐퍼는 소음 속으로 걸어 들어갔다. 사무실은 쓰레기장을 뒤져 만든 것 같았다. 짝도 맞지 않는 책상과 파일 캐비닛. 코르크 보드에는 쪽지가 두텁게 꽂혀 있었다.

"보이드 씨?"

로버트 케네디가 자기 구역에서 나왔다. 보통 크기에 보통 책상, 의자 두 개. 그가 악수를 청했다. 예견 가능한 절차.

켐퍼가 자리에 앉자 케네디는 불룩한 권총 지갑부터 가리켰다.

"FBI 요원은 은퇴 후에도 총기 소지가 가능한 줄 몰랐네요."

"지난 몇 년간 적을 많이 만들었습니다. 은퇴했다고 증오까지 지울 수는 없겠죠."

"상원 수사관은 무기를 사용하지 않습니다."

"절 쓰신다면 총은 서랍 안에 보관하겠습니다."

케네디가 미소를 지으며 자기 책상에 몸을 기댔다. "남부 출신인가요?"

"테네시 주 내슈빌입니다."

"샐리 레퍼츠 말로는, FBI에 … 15년 있었다던데?"

"17년입니다."

"왜 조기 퇴직한 거죠?"

"지난 9년간 차량 절도 침투 업무를 맡았습니다. 그러다 보니 절도범들한테 너무 잘 알려져 신분 위장이 어렵게 됐죠. FBI 내규에 장기간 위험 임무를 담당한 요원을 위한 조기 은퇴 조항이 있습니다. 그래서 써먹은 겁니다."

"써먹었다? 그런 종류의 임무에 지친 건가요? 어떤 식으로든?"

"처음엔 '톱 후들럼 프로그램'(Top Hoodlum Program, THP: 마피아 보스

프로그램 - 옮긴이)'을 다루는 보직에 신청했는데 후버 국장이 거부했습니다. 제가 조직범죄를 갈망한다는 사실을 잘 알면서도 말입니다. 아뇨, 전지친 게 아니라 실망한 겁니다."

케네디가 이마의 머리카락을 쓸어 넘겼다. "그래서 그만뒀군요."

"결격 사유인가요?"

"아니, 그저 알아보는 차원입니다. 솔직히 말하면 놀랍군요. FBI는 절대적 충성을 요하는 조직이라 요원들이 실망 때문에 은퇴하는 경우는 드물다고 생각했거든요."

켐퍼가 목소리를 높였다. 아주 조금이지만. "조직범죄가 공산주의보다 미국에 더 큰 위협이 된다는 사실을 모르는 요원은 거의 없습니다. 아팔라친 비밀회의 덕분에 후버 씨도 결국 마지못해 톱 후들럼 프로그램을 만들었죠. FBI 차원의 기소를 위해 결정적 단서를 쫓기는커녕 기껏해야 반마피아 정보를 보강하는 수준이지만, 적어도 의미는 있습니다. 그래서 들어가고 싶었던 거죠."

케네디가 미소를 지었다. "당신 실망감을 이해해요. 후버 국장의 우선순위에 대한 비판에도 동의합니다. 그래도 그런 이유로 그만두었다니 여전히 납득하기 어렵군요."

켐퍼는 미소를 지었다. "그만두기 전에 후버가 개인적으로 작성한 매클렐런 위원회 파일을 몰래 훔쳐봤습니다. 그래서 위원회 일은 최근 상황까지 잘 알고 있습니다. 선밸리와 사라진 증인 안톤 그레츨러까지 포함해서 말입니다. 제가 그만둔 이유는 매클렐런 위원회가 진짜 악당들을 쫓는 동안, 후버 국장은 죄 없는 좌파들한테 올인하기 때문입니다. 진짜 정신병자를 선별하려면 당연히 이곳에서 일해야 한다고 믿습니다."

케네디가 씩 웃었다. "우리 임무는 5개월 후에 끝나요. 그럼 또 실직할 겁니다."

"FBI 연금이 있습니다. 그리고 대배심에 증거를 갖다 바치려면 그 일만으로도 수사관이 필요할 겁니다."

케네디가 종이 다발을 툭툭 건드렸다. "일이 고될 겁니다. 끈기도 필요하고요. 소환하고, 자금을 추적하고, 제소해야 하니까. 목숨 걸고 스포츠

카를 훔칠 필요는 없지만, 점심시간에 빈둥거리며 윌러드 호텔에서 여자들과 낮거리를 즐길 생각이라면 일찌감치 포기해요. 지미 호파와 마피아를 얼마나 증오하는지 토론하는 것은 좋겠지만요."

켐퍼는 자리에서 일어났다. "저도 호파를 싫어합니다. 후버 국장이 의원님 형제를 싫어하는 것만큼이나."

보비가 웃었다. "며칠 안으로 연락하겠소."

켐퍼는 어슬렁어슬렁 샐리 레퍼츠의 사무실을 찾았다. 2시 30분. 샐리는 어쩌면 윌러드에서 낮거리를 하고 있을 것이다.

사무실 문은 열려 있고, 샐리는 책상에서 티슈를 만지작거렸다. 한 남자가 바로 옆 의자에 앉아 있었다.

"오, 안녕, 켐퍼." 샐리가 인사를 건넸다.

얼굴이 발그레했다. 빨갛게 피어난 장미 한 송이. 난 다시 사랑에 빠졌어요, 라고 외치는 것만 같았다.

"바쁜 일이에요? 금방 끝낼게요."

남자가 의자를 돌렸다. 켐퍼가 인사했다.

"안녕하십니까, 의원님."

존 케네디가 미소를 지었다. 샐리는 두 눈을 가볍게 닦아냈다.

"잭, 이분은 제 친구 켐퍼 보이드예요."

두 사람은 악수를 나누었다. 케네디가 가볍게 목례를 했다.

"보이드 씨, 만나서 반갑습니다."

"영광입니다, 의원님."

샐리가 억지 미소를 지었다. 볼연지에 줄이 간 걸 보니 운 모양이다. "켐퍼, 면접은 어떻게 됐어요?"

"잘된 것 같아요. 샐리, 갈게요. 그냥 도와줘서 고맙다고 인사하러 온 거요." 가벼운 고갯짓이 오갔다. 다들 눈을 피했다. 케네디가 샐리에게 티슈를 건넸다.

켐퍼는 층계를 내려가 건물을 빠져나왔다. 폭풍이 거세졌다. 그는 동상 아래로 들어가 최대한 비를 피하려 했다.

케네디 형제와의 잇단 조우에 기분이 이상했다. 보비와 인터뷰한 후 곧바로 잭과 부딪치다니. 마치 무의식중에 누군가가 그쪽으로 밀어내기라도 한 것 같았다.

켐퍼는 상황을 점검해보았다.

후버 국장은 샐리를 언급했다. 잭 케네디와 가장 확실한 연결 고리. 자신과 잭이 둘 다 여자를 좋아한다는 얘기도 했다. 그렇다면 보비와 인터뷰를 마친 후 샐리를 찾아갈 거라는 생각도 했으리라.

후버 국장은 켐퍼가 도움을 청하기 위해 곧바로 샐리한테 전화하리라 직감했을 것이다. 당장 수사관이 필요하므로 보비가 급작스러운 지원자도 멋대로 면담한다는 사실 또한 알고 있었을 것이다.

켐퍼는 논리적 비약을 했다….

후버는 국회의사당을 도청하고 있어. 따라서 네가 샐리 사무실에서 샐리와 만날 거라는 걸 알았어. 대단한 구경거리를 방해하리라는 사실까지 포함해서. 물론 잭 케네디의 계획도 입수했지. 그래서 네 옆구리를 찔러 그 상황을 목격할 위치에 있도록 만든 거야.

가설은 논리적으로 보였다. 너무도 후버다운 짓이다.

후버 국장은 보비와의 위장 연합에 실패할 수도 있다고 판단했어. 그래서 잭과 상징적인 조우를 하도록 안배했으리라.

비는 기분 좋게 내렸다. 의사당 돔 지붕 너머로 번개가 빠지직거렸다. 그곳에 서 있자니 온 세상이 자신에게 굴복할 것만 같았다.

등 뒤에서 발소리가 들렸다. 켐퍼는 즉시 누군지 알 수 있었다.

"보이드 씨?"

돌아보니 존 케네디가 외투를 여미고 있었다.

"의원님."

"잭이라고 불러요."

"알겠습니다, 잭."

케네디가 부르르 몸서리를 쳤다. "여기 계속 서 있을 겁니까?"

"그나마 비가 덜할 때 메이플라워 바로 달려갈까요?"

"그게 좋지 않겠어요? 샐리한테 당신 얘기 들었습니다. 당신이 일부러 억양을 바꾸었다더군요. 그러니 내게도 노력해야 한다고 잔소리를 했는데, 당신 말투를 들으니 놀랍군요."

캠퍼는 말투를 조금 바꿨다. "남부 놈들이 경찰로서는 최고입니다. 촌놈 티를 내면 사람들은 대개 깔보고 슬슬 비밀을 털어놓거든요. 동생분께서도 그 정도는 아시겠다고 생각해 일부러 티를 냈죠. 매클렐런 위원회에 들어가려면 그 정도 노력은 당연하지 않겠습니까?"

케네디가 웃었다. "비밀은 보장해줄게요."

"감사합니다. 샐리 걱정은 하지 않으셔도 됩니다. 우리가 여자를 밝히듯 남자를 밝히는 여자라 가슴앓이 정도는 금세 극복한답니다."

"당신도 그 정도는 안다고 생각했어요. 샐리 말로도 두 사람이 비슷하게 끝났다고 하더군요."

캠퍼는 미소를 지었다. "이따금 찾아가셔도 됩니다. 샐리는 좋은 호텔에서의 짧은 정사를 좋아하죠."

"기억해두겠소. 나처럼 야망 있는 사람은 여자하고 복잡하게 얽힐까봐 늘 신경 쓸 수밖에 없죠."

캠퍼는 '잭'에게 한 발짝 가까이 접근했다. 이 상황을 알면 후버 국장도 쾌재를 부르리라. "복잡하게 달라붙지 않는 여자들은 얼마든지 있습니다."

케네디가 미소를 지으며 그를 빗속으로 이끌었다. "자, 한잔하면서 얘기합시다. 아내를 만나기 전에 한 시간 정도는 여유가 있어요."

3

워드 J. 리텔
시카고, 1958년 11월 30일

침투 공작…. FBI 특유의 공산당 아지트 동정 파악.

리텔은 자(ruler)를 이용해 자물쇠를 땄다. 두 손이 땀으로 축축했다. 아파트 침투는 언제나 위험천만이다. 이웃들이 가택 침입 소리를 듣고, 복도는 탁한 발소리를 메아리처럼 튕겨내기 때문이다.

문을 닫았다. 거실 윤곽이 드러났다. 초라한 가구, 책장 몇 개, 노동 운동 포스터들.

전형적인 공산당원의 거주지다. 부엌 선반에는 자료들이 있을 것이다.

예상은 맞았다. 뻔한 벽사진. 오래된 "로젠버그 부부를 석방하라" 같은 사진들.

비애.

몇 개월 동안 모튼 카첸바흐를 감시했다. 공산주의자라는 비난도 많이 들었지만 적어도 한 가지는 분명했다. 모튼은 미국에 위협이 되지 못했다.

모튼의 도넛 가게에서 공산당 조직원을 만났다. 최고의 '반역'이라야 파업 중인 자동차 노조원들에게 도넛 먹이는 일이 고작이었다.

리텔은 미녹스 카메라를 꺼내 '자료들'을 촬영했다. 기부 장부에만 필름 세 통을 썼는데, 매달 정확히 50달러가 부족했다.

지루하고 지저분한 일이야. 해묵은 불만이 저절로 치고 들어왔다.

넌 마흔다섯 살이야. 도청 전문가이고. 신학교 법학과를 나왔고 은퇴까지는 2년 2개월밖에 남지 않았어. 노트르담에는 이혼 수당 흡혈귀인 전처와 딸이 있고. 어쨌든 일리노이 주 변호사 시험에 합격하고 FBI를 그만두면 불과 몇 년 안에 빼앗긴 연금을 충당할 수 있을 거야.

'정치 비용' 목록도 두 장 촬영했다. 모튼은 자신의 도넛 광고지에 이렇게 썼다. "기본," "초콜릿," "설탕 시럽."

그때 자물쇠 따는 소리가 들리고 문이 열렸다. 불과 3미터 거리.

시장 가방을 들고 들어온 페이 카첸바흐가 그를 보고는 고개를 저었다. 마치 세상에서 제일 불쌍한 잡놈을 대하는 표정이었다.

"이제 다들 좀도둑이 되기로 한 모양이군."

리텔은 뛰쳐나가느라 램프를 넘어뜨렸다.

정오 무렵엔 회의실도 조용하다. 요원 몇이 텔레타이프 속보 게시판 주변에 서 있는 정도였다. 리텔은 자기 책상에서 쪽지를 발견했다.

K. 보이드 전화. 플로리다로 가는 중. 펌프 룸. 7:00?

켐퍼 … 빙고!

칙 리히가 파일 복사지를 흔들며 다가왔다. "완벽한 카첸바흐 폴더가 필요해. 사진 포함해서 12월 11일까지. 톨슨 차장이 시찰을 오는데, 공산당에 대해 보고받겠대."

"준비하겠습니다."

"좋아. 자료는 완벽한가?"

"아직 부족합니다. 촬영 도중 여자한테 걸렸거든요."

"맙소사! 그래서…."

"시카고 경찰에 전화하지는 않았습니다. 내가 누구고 뭘 하는지 알거든요. 세상 빨갱이 절반이 '집들이'가 뭔지 압니다."

리히가 한숨을 내쉬었다. "말해봐, 워드. 내가 거절할 수도 있겠지만, 말하면 기분이라도 좋아질지 알아?"

"네, 전 마피아 일을 하고 싶습니다. THP로 전근시켜주십시오."

"안 돼. THP는 만원이야. 그리고 특수요원 책임자로서 보건대 자넨 정치적 감시가 딱 어울려. 그것 역시 중요한 보직이야. 후버 국장은 국내 빨갱이들이 마피아보다 위험하다고 생각하는데, 내 입장도 다르지 않아." 리히는 단호하게 거절했다.

둘은 서로를 바라보았다. 리텔이 먼저 시선을 피했다. 버텨봐야 리히는 하루 종일이라도 그렇게 서 있을 위인이었다. 리히가 자기 자리로 돌아가자 리텔은 칸막이 문을 닫고 변호사 시험 교재를 꺼냈다. 아직 시민법을 외우지 못했는데 켐퍼 보이드 때문에 잠깐 삼천포로 빠졌다.

1953년 말경의 일이다. 그들은 로스앤젤레스에서 납치범을 구석으로 몰아넣었다. 놈이 총을 꺼냈지만 너무 세게 흔들어대는 바람에 떨어뜨리고 말았다. 로스앤젤레스 경찰 몇몇이 놈을 비웃었다. 켐퍼는 보고서를 조작해 놈을 영웅으로 만들었다.

요원들은 톰 에이기의 연금 처분에 항의했다. 후버 국장이 연금을 톰의 바람둥이 아내한테 주려 했기 때문이다. 켐퍼가 국장을 꼬드겨 살아남은 딸한테 지불하도록 했다.

그들은 빅 피터 본듀런트를 체포했다. 그런데 켐퍼가 실수를 했다. 퀘벡 프랑스어로 피터를 놀린 것이다. 본듀런트가 수갑을 끊고 그의 목을 조르려 했다.

켐퍼는 달아났고, 빅 피터는 웃었다. 켐퍼는 본듀런트를 매수해 그 문제에 대해 함구하도록 했다. 대가는 사식 제공이었다.

켐퍼는 자신의 소심한 측면을 외면했다. 그는 이렇게 말했다. "우리 둘다 전쟁을 피하기 위해 FBI에 들어왔어. 그런데 누가 누굴 겁쟁이라고 하겠어." 켐퍼는 그에게 불법 침입과 강도짓을 가르쳤다. 두려움을 다스리는 방법도.

"자네는 내 경찰 목사이자 고해 신부야. 나도 보답으로 자네 고해를 들어주겠지만, 내 비밀이 더 추하기 때문에 거래는 내가 이익일 수밖에 없지."

리텔은 교재를 덮었다. 시민법은 턱없이 지루했다.

펌프 룸은 혼잡했다. 호수에서 불어온 돌풍이 실내를 휘젓는 것 같았다. 리텔은 안쪽 부스를 확보했다. 지배인이 술 주문을 받았다. 마티니 스트레이트 두 잔. 식당은 아름다웠다. 화려한 의상을 입은 웨이터들과 심포니를 보러 온 관객 덕분에 빛을 발했다.

술이 나왔다. 리텔은 건배가 용이하도록 술잔을 배치했다. 보이드가 호텔 로비를 통해 들어왔다.

리텔은 웃으며 말했다. "설마 여기서 묵지는 않았겠지?"

"비행기가 새벽 2시에 떠나서 쉴 곳이 필요했어. 안녕, 워드."

"안녕, 켐퍼. 작별 인사는 해야지?"

보이드가 잔을 들었다. "내 딸 클레어, 자네 딸 수전 그리고 헬렌 에이기를 위하여. 학교에서 잘 지내고 아버지들보다 훌륭한 변호사가 되기를. 아비들이야 변호사의 변자도 되지 못했지만."

둘은 잔을 부딪쳤다. "누구도 절대 법을 실천하지 않고."

"자네는 서기라도 해봤잖아. 듣자 하니 국외 추방 서류도 작성해 소송에 써먹었다며?"

"우리가 그다지 못하지는 않았어. 적어도 자네는…. 그런데 누가 이곳에 자넬 숙박시킨 거야?"

"새로운 임시 고용주가 미드웨이 인근에 방을 잡았는데, 그냥 사비를 털어서 바꿔버렸지. 스카이라이너 모텔과 앰배서더-이스트의 차이는 분명하잖아?"

리텔은 미소를 지었다. "임시 고용주라니? 코인텔프로(cointelpro: 반국가 활동을 하는 사람이나 조직을 은밀히 분쇄하는 FBI의 작전 활동-옮긴이) 일을 하나?"

"아니, 훨씬 더 재미있는 일이야. 한잔하면서 얘기해주지. 자네가 잔뜩 취해 '이런 씨부랄 놈들'이라고 욕할 정도가 되면."

"그 정도라면 지금도 할 수 있어. 어차피 덕분에 잡담 생각도 시들해졌으니 지금 당장 해주지."

보이드가 마티니를 홀짝였다. "아직은 안 돼. 지금 막 왕고집 딸과의 전선에서 잭팟을 터뜨렸거든. 그러니 좀 더 즐기자고."

"어디 보자. 클레어가 툴레인에서 노트르담으로 옮긴 건가?"

"아니. 헬렌이 9월에 툴레인을 조기 졸업했어. 시카고 로스쿨에 입학해서 다음 달엔 이곳에 온대."

"세상에!"

"자네가 기뻐할 줄 알았어."

"헬렌은 용감한 아이야. 훌륭한 변호사가 될 걸세."

"물론. 남자도 잘 만날 거야. 우리가 젊은 놈만 고집하지 않는다면."

"쉽지는 않겠지."

"그 애의 고통을 이해하려면 아주 특별한 사내놈이어야 해."

"그래."

보이드가 윙크를 하고는 술을 홀랑 털어 넣었다. "헬렌은 기껏해야 스물한 살이야. 자네랑 둘이 마거릿을 얼마나 괴롭혔는지 생각해봐."

리텔이 잔을 비웠다. "내 딸한테도 마찬가지야. 수전 말로는, 마거릿이 어떤 남자와 샤를부아에서 주말을 보낸다던데, 내 봉급에 달라붙어 있는 한 절대 그놈하고 결혼 못해."

"자네야말로 마거릿의 악마 아닌가. 마거릿한테 임신을 시킨 신학생이니. …자네가 그렇게 좋아하는 종교 언어로 봐도 그 결혼이야말로 단죄였어."

"아니, 내 직업이 징벌이지. 오늘도 어느 빨갱이 아파트에 침투해 도넛 장부를 죽어라 찍어댔어. 솔직히 이런 일을 얼마나 더 해야 하는 건지 모르겠네."

술이 새로 들어왔다. 웨이터가 깍듯이 인사를 했는데, 그건 켐퍼의 외모에 주눅이 들었기 때문이다.

"그때 깨달은 게 있는데, 그건 바로 초콜릿과 설탕 시럽의 차이야."

"뭐?"

"후버 국장이 좌파를 싫어하는 이유는 좌파 철학이 인간의 나약함에 바탕을 두고 있기 때문이야. 반면 그 양반은 지독한 독선을 깔고 있으니, 그런 식의 나약함을 받아들이지 못할 수밖에."

보이드가 잔을 들어 보였다. "자넨 날 실망시키는 법이 없군."

"켐퍼…."

웨이터들이 바삐 지나갔다. 촛불이 은식기를 비추었다. 크레페 수제트도 반짝거렸다. 한 노파가 투덜거리는 소리도 들렸다.

"켐퍼…."

"후버 국장이 매클렐런 위원회에 침투하라더군. 국장은 보비 케네디와 형 잭을 싫어하지만, 그 친구들 아버지가 잭을 1960년대의 백악관 주인으로 만들까봐 불안해하고 있네. 지금은 FBI 위장 은퇴자 신분으로 두 형제와 유착하라는 모호한 임무를 맡았어. 위원회의 임시 수사관직에 응모했는데, 오늘 아침 고용하겠다는 연락이 왔네. 몇 시간 후면 마이애미로 날아가 사라진 증인을 찾아다녀야 해."

"이런 씨부랄." 리텔이 중얼거렸다.

"역시 실망시키지 않는군그래." 보이드가 감탄했다.

"그럼 이제 두 군데서 돈을 받는 건가?"

"알다시피 내가 돈을 조금 밝히잖아?"

"그렇긴 하지. 그런데 두 형제는 마음에 들어?"

"아, 그래. 보비는 한이 많은 불도그야. 잭은 매력적이긴 하지만 자기 생각만큼 똑똑하지 못하고. 보비가 좀 더 강한데, 자네만큼이나 조직범죄를 싫어해."

리텔은 고개를 저었다. "자넨 증오하는 것 없어?"

"그럴 능력이 없어."

"자네 충성심은 도무지 이해를 못하겠군."

"충성 자체가 애초부터 모호하니까."

. . .

자료 첨부: 1958년 12월 2일. FBI 공식 전화 녹취록: 국장의 요구에 따라 녹음. 비밀 등급 1-A. 국장 외 열람 금지. 통화: 후버 국장과 특수요원 켐퍼 보이드.

JEH: 보이드?

KB: 안녕하십니까?

JEH: 그래, 잘 있었나? 지금 보안 전화로 통화하는 거지?

KB: 예, 공중전화입니다. 소리가 작으면 지금 마이애미라서 그럴 겁니다.

JEH: 동생이 벌써 일을 맡기던가?

KB: 시간 낭비를 하지 않는 사람입니다.

JEH: 긴급 채용에 대해 분석해보게. 필요하다면 이름을 언급해도 좋아.

KB: 동생은 처음에 저를 의심했습니다. 덕분에 다소 시간이 걸릴 줄 알았는데 샐리 레퍼츠의 사무실에서 형을 만나 우연찮게 사적인 대화를 나눌기회를 얻었죠. 함께 술을 마시며 신뢰도 쌓았습니다. 매력적인 사내들이 다 그렇듯 형은 쉽게 넘어오더군요. 우린 아주 죽이 잘 맞았습니다. 분명 동생한테 나를 고용하라고 말했을 겁니다.

JEH: 방금 언급한 '정황'에 대해서도 자세히 말해보게.

KB: 둘 다 세련되고 도발적인 여자한테 호감이 있다는 사실을 알았어요. 그래서 메이플라워 바로 가서 이런저런 문제들을 논의했죠. 형은 1960년 대선에 나서겠다고 했습니다. 오는 4월 매클렐런 위원회가 종료되면 동생도 선거 운동에 나설 거랍니다.

JEH: 계속해봐.

KB: 형과 정치 얘기도 했습니다. 저는 FBI 기준에 따라 부조리한 자유주의자 행세를 했는데, 그랬더니 형이….

JEH: 자네한테는 정치적 신념이 없어. 이런 상황에서는 그쪽이 훨씬 효율적이지. 계속해봐.

KB: 형은 내 가짜 정치관에 관심을 보이며 솔직하게 의견을 내놓았습니다. 미스터 H를 향한 동생의 증오심을 이해는 하지만 괜한 고집이라고 하더군요. 형과 부친이 동생을 설득해봤답니다. 미스터 H가 조직을 정리하면 전략적으로 양보해서 타협안을 내놓으라고…. 그런데 동생이 거부했답니다. 제 개인적인 생각으로는 이번엔 미스터 H가 법적으로 무고하다고 했더니 형도 동의했습니다. 위원회 수사관들도 대부분 그렇게 생각한답니다. 제가 보기에 동생은 지독하게 헌신적이고 또 유능합니다. 결국 미스터 H를 끌어내리겠지만, 그렇게 빨리는 어려울 겁니다. 아무래도 수년 동안 수없이 기소를 해야 하는데, 위원회 활동 기간 내에는 당연히 불가능하죠.

JEH: 그러니까, 임기가 끝나면 위원회가 사건을 대배심으로 넘긴다는 얘긴가?

KB: 네. 내 판단으로는 형제가 미스터 H로부터 실질적인 정치적 이득을 보려면 몇 년 더 있어야 합니다. 물론 역풍이 불어 형이 다칠 수도 있겠죠. 민주당 후보로서 반조합주의자로 여겨지면 타격이 클 테니까요.

JEH: 아주 시의적절한 분석이야. 정확하기도 하고.

KB: 감사합니다.

JEH: 형이 내 이름을 거론하던가?

KB: 네. 그도 국장님께 정치가와 영화배우 중 요주의 인물을 분류한 광범위한 파일이 있다는 사실을 압니다. 자신에 대한 파일도 있을까봐 걱정하더군요. 그래서 가족 관련 파일이 1000여 장에 이른다고 말해주었습니다.

JEH: 좋아. 조금이라도 솔직하지 않으면 신뢰를 잃을 테니까. 그 밖에 둘이 또 어떤 얘기를 했지?

KB: 주로 여자 얘기였습니다. 12월 9일 로스앤젤레스로 여행을 떠난다기에 달린 쇼프텔이라는 방탕한 여자의 번호를 알려주고 꼭 전화해보라고 했습니다.

JEH: 전화한 것 같은가?

KB: 아닙니다. 하지만 어쨌든 할 겁니다.

JEH: 지금까지 위원회에서 맡은 자네 임무에 대해 설명해보게.

KB: 이곳 플로리다에서 안톤 그레츨러라는 소환 증인을 찾는 중입니다. 동생은 내가 소환 담당 지원 요원으로 일하길 바랐습니다. 이 점에 대해서는 논의가 필요합니다. 그레츨러의 실종에 국장님의 친구가 관련된 것 같거든요.

JEH: 계속해봐.

KB: 그레츨러는 이른바 선밸리 토지 사기 사건에서 미스터 H의 파트너였습니다. 그래서….

JEH: 였다고? 그레츨러가 죽었다는 얘긴가?

KB: 제 판단엔 확실합니다.

JEH: 계속해.

KB: 11월 26일 오후에 사라졌습니다. 비서한테는 '구매자'를 만나러 선밸리로 간다고 했답니다. 레이크위어의 경관이 인근 늪에서 차량을 찾아냈지만 시신은 없었답니다. 그러던 중 경찰 탐문 수사에 한 남자가 걸렸죠. '구매자'와 그레츨러가 만나기로 한 시간에 목격자가 주간 도로를 타고 선밸리를 지나가는데, 선밸리 접근로에 한 남자가 차를 세워놓고 있었답니다. 지나갈 때 남자가 고개를 돌려서 정확한 인상착의는 모르지만, 그래도 생김새를 설명하기는 했습니다. 키는 190~195센티미터 사이, 몸무게는 110킬로그램 정도. 거한이죠. 검은색 머리. 나이는 서른다섯에서 마흔. 제 생각에는….

JEH: 자네 친구 피터 본듀런트. 덩치가 워낙 컸으니까. 내가 준 미스터 H의 지인 리스트에도 들어 있고.

KB: 예. 로스앤젤레스와 마이애미의 항공기 및 렌터카 기록을 확인했는데, 휴즈 항공에 본듀런트가 지불한 것으로 추정되는 내역이 있습니다. 그는 11월 26일 분명 플로리다에 있었고, 정황상 미스터 H가 그레츨러를 죽이라고 고용한 것 같습니다. 저는 국장님과 하워드 휴즈가 친구 사이라는 걸 알고 있습니다. 그래서 동생한테 보고하기 전 먼저 말씀드려야겠다고 생각했습니다.

JEH: 동생한테는 보고하지 마. 수사 보고는 그냥 이렇게 해. 그레츨러는 실종 상태이며 현재 사망으로 추정. 단서 및 용의자 전무. 피터 본듀런트가 하워드 휴즈에게 아주 소중한 존재이지만 휴즈 역시 FBI에 가치 있는 친구야. 미스터 휴즈가 최근 추문 잡지사를 구입했는데, 그 이유는 FBI에 호의적인 정치 정보를 알리기 위해서야. 그러니 절대 그의 깃털 하나 손대지 말 것. 알았나?

KB: 예, 알겠습니다.

JEH: FBI 비용으로 로스앤젤레스로 날아가서 피터 본듀런트를 비틀어봐. 먼저 호의를 끌어낸 다음 친분을 빙자해 그자한테 불리한 정보를 갖고 있다고 해. 그리고 위원회 임무가 허락하는 대로 플로리다로 돌아가서 그레즐러 전선의 미진한 부분을 깨끗이 청소하게.

KB: 이곳 일을 마무리한 다음 내일 늦게 로스앤젤레스로 가겠습니다.

JEH: 좋아. 로스앤젤레스에 있는 동안 달린 쇼프텔의 집에 벌레를 심어놔. 형이 접촉하면 나도 알아야 하니까.

KB: 달린이 응하지 않을 테니 몰래 심어야 할 겁니다. 워드 리텔을 데려가도 될까요? 도청에는 귀신인데?

JEH: 그래, 데려가. 그러고 보니 리텔이 THP에 군침을 흘리던데 이 일의 대가로 전속을 시켜준다고 하면 좋아할까?

KB: 좋아할 겁니다.

JEH: 오케이. 아무튼 얘기는 내가 하겠네. 수고하게, 보이드. 지금까지는 아주 잘하고 있어.

KB: 감사합니다. 안녕히 계십시오.

4

베벌리힐스, 1958년 12월 4일

하워드 휴즈는 침대를 한 단계 높였다. "최근 두 호는 정말 형편없어. 〈허시-허시〉는 이제 주간이야. 그럼 당연히 죽이는 기사가 많아야 하잖아? 아무래도 스캔들 전문 기자가 있어야겠다. 자네는 기사를 검증하고, 딕 스타이즐은 법 문제를 따지고, 솔 몰츠먼은 기사를 쓰고…. 본업이 스캔들인데 그놈의 스캔들이 너무 고상하고 무미건조하단 말이야."

피터는 의자에 웅크리고 앉아 최근 호를 주섬주섬 넘겼다. 표지는 "계절노동자들이 성병을 옮기다!"이고, 두 번째 기사는 "할리우드 랜치 마켓… 호모 천국!"이었다.

"열심히 찾고 있어요. 기막힌 친구를 물색 중이니 시간이 조금 걸릴 겁니다."

"자네가 해. 그리고 솔 몰츠먼한테 '깜둥이 과잉 번식이 폐결핵의 원인이다'라는 기사를 쓰라고 해. 다음 주 커버 기사로 다루게."

"너무 나간 것 아닙니까?"

"이론이야 아무렇게나 갖다 붙이면 되잖아."

"말씀 전하죠."

"좋아. 그리고 돌아오는 길에….."

"약하고 일회용 주사기가 더 필요하시죠? 예, 챙겨오겠습니다."

휴즈는 머쓱해하다가 TV를 켰다. 〈보안관 존의 점심 식사〉가 침실을 가득 채웠다. 꽥꽥거리는 아이들과 래시만 한 만화 속 쥐새끼들.

피터는 주차장으로 나갔다. 그런데 … 마치 주인이라도 되는 양 자동차 위에 벌렁 누워 있는 사내. 망할, 특수요원 켐퍼 보이드였다.

여섯 살이나 많지만 여전히 아주 잘생겼다. 암회색 정장은 400달러는 족히 넘음직했다.

"무슨 일이죠?"

보이드가 팔짱을 끼며 말했다. "후버 국장의 사교 심부름이야. 자네가 지미 호파를 위해 과외 활동을 한다고 걱정하시더군."

"그건 또 웬 개소리랍니까?"

"매클렐런 위원회에 끄나풀이 하나 있다. 버지니아의 호파 저택 근처 공중전화를 따서 소식은 대충 듣고 있지."

"계속 씨부려보시죠. 도청 운운이야 개소리겠지만 어디까지 가는지 봅시다."

보이드가 윙크를 했다. 지긋지긋한 인간. "하나, 호파가 지난달 말에 네놈한테 두 번 전화했더군. 둘, 로스앤젤레스-마이애미 왕복 티켓을 끊고 휴즈 항공에 비용을 청구했잖아? 마지막은 트럭 노조 소유의 렌터카에서 차를 빌린 다음 안톤 그레슬러라는 남자를 기다렸나보더군. 그레슬러는 죽은 모양인데, 호파가 시킨 건가? 살처분하라고?"

시체를 찾지는 못했을 것이다. 늪에 던져놓고 악어들이 달려들 때까지 지켜봤으니까.

"그럼 체포하시든가."

"아냐, 후버 국장이 보비 케네디를 좋아하지 않아. 휴즈 씨를 실망시키고 싶지도 않을 거야. 당연히 너하고 지미를 잡을 생각도 없겠지. 나도 그렇고."

"그래서요?"

"후버 국장을 위해 좋은 일 하나 하자고."

"힌트를 줘요. 나도 몸 한 번 풀고 싶으니까."

보이드가 미소를 지었다. "현재 〈허시-허시〉의 수석 작가가 빨갱이야. 휴즈 씨야 싸구려 도움이나마 고맙겠지만 지금 즉시 잘라야겠어."

"그렇게 하죠. 후버 국장한테 나도 애국심이 남 못지않지 않다고 전해 줘요. 우정에 어떻게 보답해야 하는지도 알고."

보이드는 자리를 떴다. 고갯짓도, 눈짓도 없이. 그만 가보라는 말도 없 이. 그러곤 자동차가 두 줄로 서 있는 주차장으로 가서 헤르츠 범퍼 스티 커가 붙은 청색 포드에 올라탔다.

차가 출발한 다음 보이드가 손을 흔들었다.

피터는 호텔 공중전화 부스로 달려가 교환원을 불렀다. 교환원이 헤르 츠의 대표 전화번호를 불러주었다.

다이얼을 돌리자 여자가 전화를 받았다.

"안녕하세요, 헤르츠 렌터카입니다."

"예, 로스앤젤레스 경찰서의 피터슨 경관입니다. 귀사의 특정 렌터카 에 대해 현재 이용 고객 정보가 필요해서요."

"사고가 있었나요?"

"아뇨, 일상적인 조사입니다. 1956년형 포드 페어레인. 번호는 V-D-H … 4-9-0."

"잠깐만요, 경관님."

피터는 기다렸다. 매클렐런 어쩌고 하는 보이드의 헛소리가 머릿속에 서 춤을 추었다.

"목록을 찾았습니다."

"불러봐요."

"현재 그 차량은 켐퍼 C. 보이드 씨께 출고되었습니다. 로스앤젤레스 주소는 샌타모니카의 미라마르 호텔이고, 청구서는 미 상원 특별수사위 원회 앞으로 되어 있네요. 이 정도면 도움이…?"

피터는 전화를 끊었다. 머릿속 춤이 군무로 바뀌었다.

이상하군. 위원회가 임대한 차를 보이드가 몰다니. 이상한 이유는 후 버와 보비 케네디가 앙숙이기 때문이다. FBI 요원이자 위원회 수사관 보이드? 후버라면 절대 묵과하지 않을 일이다.

보이드는 교활할 정도로 똑똑하다. 우정 어린 경고를 할 만큼 좋은 사람이기도 하다.

좋은 사람이 보비를 염탐해? 그래, 충분히 가능성 있는 얘기다.

솔 몰츠먼은 실버레이크에 살았다. 턱시도 임대점 위에 있는 쓰레기 같은 방.

피터가 노크를 하자 솔이 술에 절은 채 나왔다. 버뮤다 반바지와 티셔츠 차림으로. 희대의 안짱다리 사이코.

"웬일이오, 본듀런트? 난 지금 바빠요." 보흔…듀…라흔. 사이코 빨갱이는 이름을 프랑스식으로 발음했다.

방구석에서 담배와 고양이 똥 냄새가 났다. 가구마다 마닐라폴더가 즐비하고, 목재 장롱이 창문 하나를 가렸다.

그에겐 할리우드의 추문 파일이 넘쳐났다. 생김새도 평생 딱 추악한 추문이나 모을 놈이다.

"웬일이냐니까?"

피터는 램프 스탠드에서 폴더 하나를 집었다. 아이크와 딕 닉슨 관련 신문기사…. 역시 쓰레기.

"그거 내려놓고 무슨 일인지부터 말하쇼!"

피터는 그의 목을 졸랐다. "넌 〈허시-허시〉에서 해고야. 여기 쓰레기 파일 중에 쓸 만한 것들 있지? 내 수고를 덜어 파일을 찾아주면 휴즈 씨한테 말해서 해직 수당은 두둑이 챙겨주지."

솔이 몸부림을 치며 허우적거렸다. 눈앞이 빙빙 돌았다.

피터는 그를 놓아주었다. 솔의 목을 빙 둘러 커다란 손자국이 났다.

"캐비닛 안에 쓸 만한 쓰레기 있지?"

"아니! 당신한테 필요한 물건 따윈 없어!"

"그럼 열어봐!"

"싫어! 안 열어. 번호도 절대 못 가르쳐줘!"

피터는 무릎으로 그의 불알을 가격했다. 몰츠먼이 바닥에 쓰러져 헐떡였다. 피터는 몰츠먼의 옷을 찢어 입속에 처넣었다.

의자 옆의 TV를 켰다. 소음을 막아주는 데는 TV가 최고다.

피터는 음량을 최대로 올렸다. 자동차 광고가 스크린을 가득 채우며 뷰익 신차에 관해 비명을 질러댔다. 피터는 총을 꺼내 캐비닛의 맹꽁이자물쇠를 쏘았다. 지저깨비들이 사방으로 날아갔다.

파일 세 개가 떨어졌다. 총 30페이지 정도?

솔 몰츠먼이 재갈을 문 채 비명을 질렀다. 피터는 그를 걷어차 기절시킨 다음 TV 볼륨을 줄였다.

그에겐 파일 세 개 그리고 폭력 행사 이후의 지독한 허기가 남았다. 티켓은 마이크 리먼 식당의 스테이크 런치 디럭스.

우선 스테이크 런치 디럭스부터. 솔은 쓸 데 없는 정보를 모으는 녀석이 아니다.

피터는 안쪽 부스에 앉아 티본과 해시 브라운을 먹으며 폴더를 펼쳐놓고 편하게 읽기 시작했다.

첫 번째 파일은 자료 사진과 타이핑한 메모였다. 할리우드 가십도 아니고 〈허시-허시〉용 탄약도 아니었다.

사진은 상세한 통장과 소득세 내역이었다. 세금 신고자의 이름도 낯익었다. 휴즈의 친구 조지 킬러브루(George Killebrew), 딕 닉슨 추종자.

통장의 이름은 '조지 킬링턴(George Killington)'. 1957년의 예금 총액은 8만 7416.04달러. 조지 킬러브루의 연간 소득 신고액은 1만 6830달러였다. 음절 두 개를 바꾸고 7만 달러를 숨긴 것이다.

솔 몰츠먼의 기록은 이랬다. "은행 직원들의 증언에 따르면, 킬러브루는 8만 7000달러 전액을 5000~1만 달러씩 여러 차례에 나누어 예치했다. 그가 내민 납세자번호도 가짜였다. 나중에 이자 6000달러까지 포함해 전액을 현찰로 인출한 시기는 은행 쪽에서 정기적으로 이자 수익 정보를 연방 세무 당국에 보내기 직전이었다."

미신고 수입과 미신고 은행 이자. 빙고. 심각한 탈세 행위다.

피터는 늦게나마 상황을 재구성해보았다.

하원반미활동조사위원회(HUAC)가 솔 몰츠먼을 엿 먹였고, 딕 닉슨은 위원회 소속이다. 조지 킬러브루는 닉슨 밑에서 일했다.

두 번째 파일은 구강성교의 성찬이었다. 상대는 예쁘장한 꽃미남 10대. 솔 몰츠먼은 구강성교의 주체를 다음과 같이 적었다. "HUAC 법률고문 레너드 호즈니, 43세, 미시건 주 그랜드래피즈 거주. 내가 〈허시-허시〉를 위해 지금껏 해온 헌신은 결국 허모사비치의 남창이 제공한 성행위 형태로 모두 보상을 받았다. 그는 사진을 찍은 후 소년이 미성년자임을 확인해주었다. 그리고 가까운 시일 내에 추가 자료 사진을 제공하겠다고 했다."

피터는 담배꽁초의 불을 새 담배에 옮겨 붙였다. 비로소 큰 그림이 보이기 시작했다.

파일은 HUAC를 향한 솔의 복수이자 일종의 엇나간 참회였다. 솔은 나중의 보복을 위해 우익 성향의 중상모략 대신 이런 쓰레기를 쌓아놓은 것이다.

세 번째 파일 역시 사진이었다. 폐기된 수표, 예금 전표, 지폐 사진. 피터는 음식을 옆으로 치웠다. 이거야말로 최고의 미끼였다.

솔 몰츠먼의 기록. "하워드 휴즈가 1956년 리처드 닉슨의 동생 도널드에게 2만 달러를 대출해주었다. 그 정치적 의미는 어마어마하다. 특히 닉슨을 1960년 공화당 대통령 후보로 지명할 것이 당연한 작금에는."

피터는 증거 사진을 다시 확인했다. 근거는 확실했다. 완전무결할 정도로.

음식이 식었다. 풀 먹인 셔츠가 땀에 젖어 후줄근했다.

내부 정보는 그야말로 핵폭탄이었다.

그의 하루는 진퇴양난이었다. 펼 수도 접을 수도 없는 카드 패.

휴즈/닉슨의 더러운 돈을 파고들 수도 있고, 솔을 몰아낸 채 게일에게 〈허시-허시〉의 일을 넘길 수도 있다. 전에 잡지 일을 한 적이 있는 데다 어쨌든 이혼용 공갈에도 지쳤다지 않는가.

HUAC 건은 대박이 분명하지만 돈의 각도가 애매했다. 켐퍼 보이드의 개입 때문에 감이 뒤집힌 탓이다.

피터는 미라마르 호텔로 차를 몰고 가 주차장에 잠복했다. 보이드의 차는 풀장 옆에 처박혀 있었다. 수영복 여자들이 일광욕을 나온 터라 잠복 환경이 썩 좋지는 못했다.

몇 시간이 흘렀다. 여자들이 오갔다. 어스름이 짙어지며 시야를 막았다. 문득 마이애미 생각이 났다. 호피무늬 택시와 굶주린 악어들.

오후 6시, 6시 30분, 7시, 7시 22분. 보이드와 워드 리텔 개자식이 풀장 옆을 지나갔다.

둘은 보이드의 렌터카를 타고 윌셔 동쪽 도로로 올라섰다.

보이드가 쿨 가이라면 리텔은 겁먹은 고양이다.

메모리 레인(Memory Lane). 저 FBI 놈들과 그에게도 과거는 있었다.

피터는 바로 뒤 차량 행렬에 끼어들었다. 보이드의 차와는 승용차 두 대 거리. 윌셔에서는 동쪽, 배링턴에서는 북쪽 선셋 방향.

피터는 뒤로 물러나 지름길로 빠졌다. 정보는 이럴 때 쓰라고 있는 것이다.

내가 낫지. 보이드는 용두사미야. 피터는 확신할 수 있었다.

둘은 선셋 도로를 타고 동쪽으로 나아갔다. 베벌리힐스, 더스트립, 할리우드. 보이드는 앨터비스타에서 북쪽으로 꺾은 다음 작은 치장 벽토 주택 단지 한 블록 아래 차를 세웠다.

피터는 세 집 위의 갓길에 차를 댔다. 보이드와 리텔이 차에서 내렸다. 가로등이 두 사람의 움직임을 비추었다.

둘은 장갑을 끼고 플래시를 들었다. 리텔이 트렁크를 열고 연장통을 꺼냈다. 그리고 분홍색 치장 벽토 건물로 향하더니 자물쇠를 뜯고 안으로 들어갔다.

플래시 불빛이 창문 이곳저곳을 가로질렀다. 피터는 차를 유턴한 다음 주소를 확인했다. 노스 1541번지.

분명 도청 작업일 것이다. FBI는 가택 침입을 '집들이'라고 불렀다.

거실 불빛이 딸깍하고 들어왔다. 저 인간들이 아예 까놓고 판을 벌이는군.

피터는 뒷좌석에서 전화번호부를 꺼내 계기반 불빛으로 훑어보았다.

앨터비스타 노스 1541번지. 달린 쇼프텔, HO3-6811.

도청기 설치 작업은 한 시간 정도 걸린다. 그동안이면 여자의 신원 조회도 가능하다. 모퉁이에 공중전화가 보였다. 그곳에서는 전화를 걸면서 동시에 감시도 가능할 것이다.

그는 부스로 내려가 카운티 보안관실로 전화를 걸었다. 카렌 힐처가 전화를 받았다.

"기록정보과입니다."

"카렌, 피터 본듀런트야."

"이번엔 난 줄 용케 아셨네요."

"목소리가 다들 비슷해서 그랬던 거야. 사람 하나만 조회해줘."

"어쩌면요. 하지만 당신이 더 이상 부보안관이 아니라 저도 곤란해요."

"그래도 친구잖아."

"그야 물론이죠. 당신이 더 이상 나를⋯."

"이름은 달린 쇼프텔. 달-린-쇼-프-텔. 나한테 있는 주소는 로스앤젤레스 앨터비스타 노스 1541번지. 뭐든 빠짐없이⋯."

"어떻게 하는지 아니까 전화나 끊지 말고 기다려요."

피터는 기다렸다. 집 안의 불빛이 동네를 비추었다. 비밀공작 중인 FBI.

카렌의 목소리가 들렸다. "달린 쇼프텔. 백인 여성. 1932년 3월 9일생. 수배 경력 무. 영장 무. 전과 무. 차량등록국에도 기록은 없지만, 웨스트할리우드 경찰에 민원이 하나 있어요. 1957년 8월 14일, 디노 여관 주인이 고발을 했는데, 바에서 매춘 영업을 시도했다는 이유였네요. 경찰은 여자를 심문하고 방면한 다음 '고급 콜걸'이라고 결론을 내렸어요."

"그게 다야?"

"전화 한 통 걸어놓고 뭘 더 바라요?"

피터는 전화를 끊었다. 집 안의 조명이 꺼졌다. 그는 시간을 확인했다.

보이드와 리텔이 나오더니 차에 올라탔다.

정확히 16분. 집들이 세계 기록이다.

둘은 차를 몰고 떠났다. 피터는 부스에 몸을 기대고 시나리오를 짜내기 시작했다.

솔 몰츠먼은 FBI 몰래 혼자 음모를 꾸미는 중이었다. 보이드는 피터를 찾아와 그레츨러 살인에 대해 경고하고, 콜걸의 집에 도청을 땄다. 보이드는 죽이는 이빨꾼이다. "난 매클렐런 위원회에 합류했어." 보이드는 피터가 그레츨러를 죽였다는 사실을 안다. 그러니까 … 매클렐런 위원회의 증인인 셈이다. 후버한테도 그렇게 보고했고, 후버는 자기하고는 상관없는 얘기라고 했을 것이다.

보이드의 자동차: 매클렐런 위원회 소유. 후버: 보비 케네디를 지극히 혐오하며 속임수의 제왕으로 유명. 보이드: 유연하고 유식하다. 침투 요원으로 적격.

질문 1. 침투가 도청 작업과 관련이 있을까?

질문 2. 여기서 돈이 생긴다면 누가 나한테 지불을 할까?

지미 호파일 가능성이 크다. 매클렐런 위원회의 주 타깃 아닌가. 프레디 투렌틴은 FBI 도청을 따고 FBI의 대화를 낱낱이 훔쳐 들을 수 있다.

피터는 돈 냄새를 맡았다. 그것도 슬롯머신 대박에 견줄 거액.

그는 감옥 집으로 향했다. 게일은 주랑 현관에 나와 있었다. 어슬렁거리기라도 하는 듯 담배 끝이 까딱거렸다.

그는 차를 세우고 걸어 올라가 범람 직전의 재떨이를 걷어찼다. 담배 꽁초들이 장미꽃밭 위로 날아갔다.

게일이 그에게서 물러났다. 피터는 최대한 목소리를 낮추고 부드럽게 말했다.

"언제부터 나와 있는 거야?"

"몇 시간 됐어. 솔이 10분마다 전화해서 파일을 내놓으라고 애원하던데? 당신이 무슨 파일을 훔치고 못살게 굴었다며?"

"일이야."

"어찌나 미쳐 날뛰던지 들어줄 수가 없었어."

피터는 그녀의 팔을 잡았다. "춥다. 안으로 들어가."

"싫어, 들어가기."

"게일….."

그녀가 팔을 뿌리쳤다. "싫어! 저 끔찍한 소굴엔 들어가고 싶지 않아!"

피터는 손가락 관절을 우두둑 꺾었다. "솔은 내가 알아서 할게. 다시는 괴롭히지 못할 거야."

게일이 웃었다. 날카로우면서도 기이한 웃음. "당연히 못하겠지."

"무슨 뜻이야?"

"죽었으니까. 진정시킬 생각으로 다시 전화했더니 경찰이 받더군. 솔이 권총 자살을 했다던데?"

피터는 어깻짓을 했다. 두 손을 어떻게 해야 할지 난감했다.

게일이 진입로로 달려가더니 자기 차를 빼냈다. 하마터면 유모차를 끌던 여자를 깔아뭉갤 뻔했다.

5

위싱턴 D.C., 1958년 12월 7일

워드는 두려웠다. 켐퍼는 이유를 안다. 후버 국장의 비밀 브리핑 덕분에 소문만 무성해졌기 때문이다.

두 사람은 국장 집무실 밖에서 기다렸다. 워드는 거의 숨을 죽인 채였다. 그 이유도 켐퍼는 안다. 국장이 정확히 20분 늦을 것이기 때문이다.

그는 워드가 겁쟁이로 남길 바란다. 켐퍼를 떠나지 못하는 이유도 기댈 버팀목이 필요하기 때문이다.

보고는 이미 전화로 한 터였다. 쇼프텔 건은 완벽하게 처리했음. 로스앤젤레스 지국 요원을 배치해 도청을 모니터하고, 도청 기록 테이프는 청취국에서 넘겨받아 시카고의 일류 도청꾼 리텔에게 보내 중요한 부분을 발췌한 다음 후버 국장에게 보낼 것임.

잭은 약속한 12월 9일 로스앤젤레스에 오지 못한다. 달린 쇼프텔은 하룻밤에 네 명을 교대로 갈아치웠다. 청취 기지 요원도 그녀의 에너지에 혀를 내둘렀다. 〈로스앤젤레스 타임스〉는 몰츠먼의 자살을 짧게 언급했다. 후버 국장은 피터 본듀런트가 너무 성급하게 "그를 해고했다"고 말했다.

워드는 다리를 꼬고 넥타이를 바로 했다.

그러지 마. 후버 국장은 안절부절못하는 자들을 혐오한다. 국장이 우
릴 오라고 한 이유는 네놈한테 상을 주기 위해서니까…. 제발, 조바심 좀
내지 마.

후버가 들어왔다. 켐퍼와 리텔은 자리에서 일어났다.

"신사 여러분, 잘 있었나."

"안녕하셨습니까, 국장님." 두 사람이 똑같이 대답했지만 겹치지는 않
았다.

"아무래도 짧게 끝내야겠어. 잠시 후 닉슨 부통령을 만나야 해서."

"불러주셔서 감사합니다, 국장님." 리텔의 인사에 켐퍼는 움찔할 수밖
에 없었다. 아무리 아부라도 끼어들지 말라고 했잖아!

"이렇게 늘 일정에 쫓긴다네, 리텔. 두 사람이 로스앤젤레스에서 해낸
성과를 치하하는 의미에서, 자넬 시카고 THP팀에 넣을 생각이야. 리히의
반대를 무릅쓰고 하는 일이야. 그 친구는 여전히 자네가 정치인 감시 공
작에 적합하다고 믿더군. 그런데 내가 알기에 리텔 자네는 미국공산당이
활동을 접었거나 힘을 잃었다고 생각한다던데…. 그거야말로 아주 위험
하고 어리석은 생각이야. 진지하게 경고하네만, 부디 정신 차리게. 자네가
지금이야 내 동료지만 위험한 생각은 하지 않는 게 좋아. 켐퍼 보이드만
큼 뻔뻔하지 못할 것 같아서 하는 얘길세."

6

워싱턴 D.C., 1958년 12월 8일

리텔은 목욕 가운 차림으로 서류 작업을 했다. 코르동 루즈와 글렌리 벳으로 축배를 든 터라 잔뜩 술에 취해 있었다. 여파도 적지 않았다. 빈 병 들이 널브러지고 룸서비스 카트마다 손도 대지 않은 음식이 가득했다.

켐퍼는 자제심을 보였으나 리텔은 그러지 못했다. 후버의 '짤막한 치하'에 취하고 샴페인과 스카치에 떡이 된 것이다. 커피와 아스피린도 숙취에는 전혀 도움이 되지 않았다.

눈 폭풍 때문에 비행기가 뜨지 못해 호텔방에 갇힌 신세이기도 했다. 후버가 등사 인쇄물을 보내 연구해보라고 주문했다.

시카고 THP 비밀 문건: 주요 범죄자, 위치, 공작 수단과 주의 사항.

상세 자료까지 첨부한 60페이지짜리 문서였다. 리텔은 아스피린 두 알을 더 먹고 특기 사항마다 밑줄을 그었다.

현재 THP의 공식 목표(1957년 12월 19일, FBI 작전 명령 #3401에서 개략 설정)는 조직범죄 정보 수집이다. 이 시간까지 대체(代替) 정책의 직접적 감시 아래 수집한 범죄 정보는 가치 여부와 상관없이 미래를 위해 보존한다. THP 가 수집하는 정보는 연방 법원에 필요한 직접적인 증거 수집에 귀속할 의무가 없다. 정보는 전자 감시 방법으로 수집하며 지국장의 판단 아래 시 경찰 및 검찰 당국에 인계할 수 있다.

요약하면 이런 뜻이다. 마피아를 기소해도 이길 가능성이 크지 않다는 것 정도는 후버 자신도 알고 있다. 희박한 유죄 판결 확률에 FBI의 위신을 걸지는 않을 것이다.

THP는 자율적으로 전자 감시 체제를 도입할 수 있다. 녹음테이프와 녹화 기록은 엄격하게 보존하며 지국장에게 보내 정기적으로 검토하도록 한다.

도청 기록의 백지 위임이라…. 좋군.

시카고 THP팀은 노스미시건 애버뉴 620번지에 있는 셀라노 양복점에 전자 감시 침투, 즉 송화기 배치를 발효했다. 북부 일리노이 지방 검찰과 쿡 카운티 군보안관 정보과에서도 이 지역을 시카고 마피아 중 두목급, 소두목 급 및 정예들의 비공식 사령부로 판단하고 있다. 광범위한 녹음 및 속기록 정보 자료실을 청취 기지 내에 마련했다.
정보원 매수는 THP 요원들의 최우선 과제로 삼는다. 1957년 12월 19 일 현재까지 시카고 범죄 신디케이트에 정통한 정보원 확보는 전무한 상태. 지국장은 FBI가 인증한 자금의 교환을 비롯해 가능한 한 모든 거래를 최우 선적으로 승인해야 한다.

번역하자면 이런 얘기다. **밀고자를 찾아라.**

THP는 현재 지국당 요원 6명, 비서/속기사 1명의 배정을 허용한다. 연 간 예산은 FBI 명령 #3403, 1957년 12월 19일에 기록한 지침을 초과하지 않아야 한다.

예산 항목은 따분했다. 리텔은 주요 범죄자로 페이지를 넘겼다.

샘 지앙카나. 1908년생. 별명은 '모', '모모', '무니.' 지앙카나는 시카고 마피아의 '보스 중 보스'이다. 알 카포네, 폴 '웨이터' 리카 그리고 '방망이 조'/'거대 참치' 앤서니 아카도 후임으로 시카고 전역의 도박, 고리대금, 복권, 자판기, 윤락 및 인신매매 전체를 주무른다. 지앙카나는 마피아가 관련된 수많은 살인 사건에도 직접 관여했다. 제2차 세계대전에 자원했으나 '전형적인 사이코패스' 진단으로 거부당한 적이 있다. 지앙카나는 현재 오크파크 변두리에 거주하며, 개인 경호원 도미니크 미카엘 몬탈보. 1919년생. 일명 도살자 몬트로즈를 대동하고 움직인다. 지앙카나는 트럭 노조위원장 제임스 리들 호파의 가까운 친구로서 소문에 따르면, 트럭 노조의 중앙 연기금 대출 선정 과정에도 영향력이 있다. 연기금은 엄청난 규모에 비해 경영 과정이 불투명한 노조 트러스트로서 다수의 불법 투기 사업에 자금을 대는 것으로 추정된다.

거스 앨릭스. 1916년생. 다수의 별명이 있음. 앨릭스는 과거 노스사이드 사기 사건의 주범이었으나 지금은 시카고 마피아의 정치 '끄나풀'이자 브로커로 활동한다. 임무는 시카고 경찰 및 쿡 카운티 보안관 사무실 직원 매수. 또한 머리 르웰린 험프리스, 일명 '험프'/'캐멀'(1899년생)의 최측근. 험프리스는 시카고 마피아의 이른바 '왕고참'급으로, 현재 반은퇴 상태이나 때때로 시카고 마피아 정책 결정에 고문 역할을 수행한다.

'쟈니' 존 로셀리. 1905년생. 로셀리는 샘 지앙카나와 가까운 사이며, 시카고 마피아의 얼굴마담으로 스타더스트 호텔과 라스베이거스의 카지노를 소유하고 있다. 소문에 따르면 쿠바 아바나의 유력한 카지노-호텔에 지분이 있으며, 동업자로는 쿠바의 도박 거물 산토 트라피칸테 주니어, 카를로스 마르첼로 그리고 플로리다 주 탬파와 루이지애나 주 뉴올리언스의 마피아 보스가 있다.

현재 파악한 측근과 투자 목록이 뒤를 이었다. 충격적인 사실: 지앙카나/호파/로셀리/트라피칸테/마르첼로 등은 미국 주요 도시 곳곳의 거물급과 친분이 있으며 운송 회사, 나이트클럽, 각종 공장, 경마장, 은행, 극장, 유원지 및 300여 곳의 이탈리언 레스토랑에 합법적인 지분이 있었다. 기소와 유죄 판결의 비율을 모두 더해도 308 대 14에 불과했다.

리텔은 부록을 훑어보았다. **군소 범죄자.** 마피아 두목들을 휘두를 수는 없지만 피라미들은 가능할 것이다.

제이컵 루벤스타인. 1911년생. 일명 '잭 루비.' 텍사스 주 댈러스에서 스트립 클럽을 운영하며 소규모 고리대금업에도 손을 대는 것으로 보인다. 또한 소문에 의하면, 때때로 시카고 마피아 자금을 쿠바 정치가들에게 전달하는데, 여기엔 대통령 풀헨시오 바티스타와 반란 지도자 피델 카스트로까지 포함된다. 루벤스타인/루비는 시카고 태생으로 시카고 마피아 내에 인맥이 탄탄하며, 시카고를 자주 방문한다.

허셀 마이어 리스킨드. 1901년생. 일명 '허시', '헤시', '허쉬.' 1930년대 디트로이트에 기반을 둔 '퍼플 갱'의 조직원. 현재 애리조나와 텍사스에 거주하나 시카고 마피아 내에 인맥이 좋다. 소문에 따르면, 샘 지앙카나 및 제임스 리들 호파와 친하며 시카고 마피아를 대신해 노조 갈등을 중재했다.

'소문'/'추정'…. 사실을 드러내는 키워드. 파일은 두루뭉술하고 애매모호했다. 후버가 정말로 마피아를 증오하는 건 아니다. THP는 그저 아팔라친에 대한 그의 반응에 불과했다.

레니 샌즈. 1924년생(본명 레너드 조지프 사이들비츠). 별명은 '유대인 레니.' 레니는 시카고 마피아의 마스코트로 알려졌다. 명목상 직업이 삼류 연예인이라 이따금 시카고 마피아와 쿡 카운티 트럭 노조 집회에 나가 재롱을 부린다. 또한 시카고 마피아의 자금을 쿠바 경찰 관료들에게 전달하는 것으로 보인다. 물론 쿠바에 우호적인 정치 환경을 만들고 아바나 카지노의 흥행을 계속 이어가기 위한 시카고 마피아의 노력이다. 샌즈에게는 자동판매기 집배 루트가 있어 시카고 마피아의 준합법적인 '렌도 킹 자판기' 사업 얼굴마담으로 돈을 받기도 한다. 〔특기 사항: 샌즈는 라스베이거스/로스앤젤레스의 탄탄한 연예 사업의 비주류에 속한다. 또한 1946년 국회의원 선거 당시 상원의원 존 케네디(매사추세츠 D 선거구)에게 연설 강의를 해줬다는 소문도 있다.〕

마피아 꼬붕이 잭 케네디를 알다니. 게다가 창녀 집을 도청해 함정에 빠뜨리기도 했다.

리텔은 아무 페이지나 들쳐보았다. **군소 범죄자 관련 사항.**

시카고 마피아 구역은 지리적으로 나뉜다. 노스사이드, 노스사이드 인근, 웨스트사이드, 사우스사이드, 중앙 상업 지구, 호안(湖岸)과 북부 교외 지역은 소두목들이 운영하며 샘 지앙카나에게 직접 보고한다.

마리오 살바토르 도노프리오. 1912년생. 별명은 '미치광이 살(Sal).' 독립적으로 고리대금업과 마권 영업을 한다. 자영업이 가능한 이유는 지앙카나에게 거액의 공물을 바치기 때문이다. 1951년 2급 살인으로 기소되어 일리노이 주 졸리엣 교도소에서 5년을 복역했다. 교도소 정신과 의사의 진단에 따르면 "정신병리학적인 사디스트 범죄자이며, 타인에게 고통을 가하려는 통제 불능의 사이코섹슈얼 충동의 소유자"이다. 최근에는 밥 오링크 컨트리클럽의 프로 골퍼 둘을 고문 살해한 용의자로 지목되었다. 살해 이유는 그에게 빌린 돈을 갚지 않았기 때문이다.

자영 마권업과 고리대금업은 시카고에서도 수지맞는 장사에 속한다. 물론 샘 지앙카나가 정책적으로 고액의 운영 자금을 빼내는 덕분이다. 지앙카나 군단에서도 가장 잔인한 소두목인 '칼침 토니' 앤서니 이아노네(1917년생)는 자영 마권업-고리대금 분야의 연락책으로 활동한다. 적어도 많은 빚을 진 고리대금 고객 9명의 토막 살인에 관여한 사실이 거의 확실하다.

이름은 계속 이어졌다. 희한한 별명들이 쏟아지는 통에 웃음이 나왔다. '초빼이' 토니 스필로트로, '밀워키 천사' 펠릭스 알데리시오, '따발총'

프랭크 페라로. 조 아마토, 조지프 세자르 디 바르코, '간신' 재키 세로네.

트럭 노조의 중앙 연기금은 계속 경찰의 관심을 불러일으켰다. 샘 지앙카나가 기금 대출을 최종 승인할까? 범죄자, 준합법적인 사업가, 투쟁 자금을 필요로 하는 노동 선동가들에게 돈을 빌려주는 조약이라도 맺은 걸까?

'아가리' 지미 토렐로, '얼치기' 루이 에볼리.

마이애미 경찰 정보팀은 샘 지앙카나를 타이거 택시의 뒷선으로 지목한다. 트럭 노조 소속 타이거 택시 회사는 쿠바 망명 그룹이 운영하며 전과 기록이 상상을 초월한다.

'당나귀 댄' 대니얼 베르사체, '꽃돼지 밥' 파울로치….
전화벨이 울렸다. 리텔은 더듬더듬 수화기를 집었다. 눈을 혹사한 덕분에 초점이 흐렸다.
"여보세요?"
"나야."
"아, 켐퍼."
"뭐하고 있어? 떠날 때만 해도 술에 절어 있던데?"
리텔은 웃었다. "THP 파일을 읽는 중인데, 아직까지는 후버 국장의 반마피아 전선이 별로 신빙성이 없어."
"입 조심해. 국장이 자네 방도 땄을지 몰라."
"헐, 섬뜩하군."
"그래, 불가능한 얘기도 아니야. 워드, 잘 들어. 아직 눈이 내리니까 오늘도 비행기가 뜨지 못할 거야. 위원회 사무실에서 만나. 보비하고 증인 하나를 쪼기로 했거든. 시카고 놈이니까 자네도 뭔가 얻어낼 수 있을 거야."
"우선 바람부터 쐬어야겠어. 지금 상원 건물에 있어?"
"그래. 스위트룸 101. 난 A 취조실에 있을 건데 편면 유리를 통해 자네도 지켜볼 수 있어. 내 위장 신분 잊지 말고. 난 FBI에서 은퇴한 거야."

"자넨 타고난 사기꾼이야, 켐퍼. 슬프게도."

"눈에 빠져 죽지나 마."

세팅은 완벽했다. 편면 거울과 벽면 마이크가 달린 폐쇄 공간. 파티션으로 분할한 A 구역. 케네디 형제, 켐퍼 그리고 금발 남자.

B, C, D 구역에는 아무도 없었다. 편면 유리밖에도 아무도 없었다. 눈폭풍 때문에 다들 집에 틀어박혀 있는 모양이다.

리텔은 스피커 스위치를 켰다. 작은 잡음과 함께 몇 사람의 목소리가 들렸다.

남자들은 책상 주변에 앉아 있었다. 로버트 케네디가 취조를 주재하고 녹음기를 작동했다.

"서두르지 않아도 돼요, 키르파스키 씨. 당신은 자발적인 증인이고 우리는 당신을 위해 여기 왔습니다."

"롤란드라고 부르세요. 키르파스키라 씨라고 부르는 사람은 아무도 없습니다." 금발이 대답했다.

켐퍼가 씩 웃었다. "지미 호파를 잡는 데 공을 세우면, 누구든 그 정도 대접은 받아야죠."

교활한 켐퍼. 어느새 테네시 억양을 재가동하다니.

"고맙군요. 하지만 아시다시피, 지미 호파는 지미 호파입니다. 그러니까 … 사람들이 코끼리 얘기를 하는 식이죠. 호파는 절대 잊지 않습니다."

롤란드의 말에 로버트 케네디가 두 손을 깍지 껴 뒤통수에 댔다. "감옥에 들어가면 호파는 자기가 왜 그곳에 있는지 꼬치꼬치 캐면서 평생을 썩을 거요."

키르파스키가 기침을 했다. "드릴 말씀이 있습니다. 음, 그러니까 … 위원회에서 증언하게 되면 음 … 증언을 문서로 읽고 싶습니다."

"계속하세요." 켐퍼가 말했다.

"전 조합원입니다. 트럭 노조 소속이고. 이제 여러분께 지미가 어떤 일을 했는지, 또 어떤 식으로 조합원을 협박해 억지 협력하게 만들었는지 모조리 말씀드리겠습니다. 내 생각에는 모두 불법이지만 솔직히 전 별로 개의치 않았습니다. 이제 와서 지미를 고발하는 이유는, 둘에다 둘을 더하면 넷이 되기 때문입니다. 빌어먹을 시카고 로컬 2109를 도청해 지미 호파, 그 개자식이 회사 측과 작당했다는 사실을 알았죠. 그 씹새는 노조를 좀먹는 쓰레기입니다. 아, 쌍소리는 죄송합니다. 어쨌든 그를 밀고하는 이유는 오직 이것 하나뿐이라는 걸 기록에 남겨주셨으면 합니다."

존 케네디가 웃었다. 리텔은 달린 쇼프텔 공작 건을 떠올리며 몸서리를 쳤다.

로버트 케네디가 말했다. "충분히 이해합니다, 롤란드. 증언하기 전에 어떤 진술서든 읽을 수 있어요. 그리고 잊지 말아요. 지금은 TV 방송을 위해 증언을 녹화하는 중입니다. 수백만 명이 당신을 보게 될 겁니다."

"많이 알려질수록 호파가 보복할 가능성도 없겠죠." 켐퍼가 말했다.

"지미는 절대 잊지 않아요. 그런 점에서 코끼리가 따로 없습니다. 나한테 보여준 조폭 사진들 갖고 있죠? 지미하고 함께 있던 친구들 말입니다."

키르파스키의 말에 로버트 케네디가 사진 몇 장을 들었다. "산토 트라피칸테 주니어. 카를로스 마르첼로."

키르파스키가 머리를 끄덕였다. "예, 맞아요. 이 말도 꼭 녹음해주시기 바랍니다. 내가 그 친구들에 대한 칭찬도 엄청 많이 들었다는 얘기 말입니다. 그들은 노조원들만 고용한다고 했죠. 나한테 '롤란드, 네놈은 폴란드 쓰레기야'라고 말한 마피아는 하나도 없었어요. 말씀드린 대로 저 사람들은 드레이크 호텔 스위트룸으로 지미를 찾아왔지만 내내 날씨와 야구, 쿠바 정치 얘기만 했어요. 빌어먹을 마피아에 대해선 불만이 없다는 점도 기록해주십시오."

켐퍼가 편면 거울을 향해 윙크하며 말했다. "J. 에드거 후버도 마찬가지야."

리텔은 웃었다.

"예?" 키르파스키가 되물었다.

로버트 케네디가 탁자를 두드렸다. "보이드 씨는 보이지 않는 동료를 위해 설명하신 겁니다. 자, 롤란드, 마이애미와 선밸리로 돌아갑시다."

"저도 그러고 싶습니다. 맙소사, 이런 폭설이라니." 키르파스키가 엉뚱한 소리를 했다.

켐퍼가 일어나 두 다리를 뻗었다. "지금까지의 진술을 다시 한 번 되짚어보자는 뜻입니다."

키르파스키가 한숨을 내쉬었다. "지난해 정기 총회에 시카고 대표로 나갔을 때 마이애미 도빌에 머물렀어요. 그때만 해도 지미와 사이가 괜찮았습니다. 노조를 팔아먹는 인간쓰레기…."

로버트 케네디가 끼어들었다. "가급적 본론에 집중하시죠."

"요점은 내가 지미를 위해 심부름 몇 가지를 했다는 겁니다. 타이거 택시 회사에 들러 돈을 받아오기도 했죠. 지미는 마이애미 지부 사람 몇 명과 함께 배를 타고 나가 기관단총으로 상어를 쏘곤 했죠. 그자가 플로리다에서 제일 좋아하는 취미예요. 어쨌든 3000달러 정도는 쉽게 당겼습니다. 택시 회사는 화성 같았거든요. 정신 나간 쿠바 놈들은 호피무늬 셔츠를 입었는데, 두목도 풀로라는 쿠바 놈이었어요. 주차장에서 TV를 팔았죠. 타이거 택시 사업은 순전히 현금으로 돌아갑니다. 까놓고 말해서, 완전히 탈세의 천국 아니겠습니까?"

스피커에서 잡음이 들렸다. 리텔은 잡음 제거 단추를 누르고 볼륨을 조절했다. 존 케네디는 따분하고 초조한 표정이었다.

로버트 케네디가 수첩에 낙서를 하며 말했다. "안톤 그레츨러에 대해 다시 얘기해봐요."

"우리 모두 상어 사냥을 갔습니다. 그레츨러도 따라왔는데, 지미가 상어 사냥꾼이 없는 구석으로 데려가더니 뭔가를 속닥였죠. 난 뱃멀미 때문에 선실로 내려와 있었어요. 아무도 듣는 사람이 없다고 생각했는지 별로 합법적이지 않은 얘기를 떠들어대더군요. 이 진술로 내가 당하지 않아야 한다는 사실도 기록해주시기 바랍니다. 어쨌든 사측과 공모한 얘기는 아니니까요."

존 케네디가 시계를 두드리자 켐퍼가 키르파스키를 재촉했다. "정확히 무슨 얘기를 했죠?"

"선밸리 얘기였죠. 그레츨러는 토지 측량을 끝냈다고 했습니다. 측량기사 얘기로는 그 땅이 5년 동안은 수렁에 처박힐 일 없다고 했으니 법적인 난제에서도 벗어날 수 있다더군요. 지미는 연기금에서 300만 달러를 꺼내 땅과 조립식 자재를 구입하면 미리 삥땅도 칠 수 있다고 했어요."

로버트 케네디가 벌떡 일어났다. 의자가 넘어지고 거울이 흔들렸다. "좋아, 이번 증언은 아주 확실해! 토지 사기를 기획하고 연기금을 편취하 겠다는 공모를 실제로 인정했다는 뜻이니까!"

캠퍼가 의자를 세워주고 말했다. "그레슬러가 법정에서 사실을 확인해 주거나 그런 일 없었다고 위증을 해야만 효력이 있습니다. 그레슬러가 없 으니 롤란드의 증언 대 호파의 부인만 남겠죠. 문제는 신빙성인데, 롤란드 는 음주 운전이 두 건 있는 데 반해 호파의 전과는 실제로 깨끗해요."

보비가 씩씩거리자 캠퍼가 덧붙였다. "보비, 그레슬러는 죽었습니다. 자동차는 늪지에 버리고, 시신은 찾지도 못했죠. 저도 몇 시간 동안 수색 을 해봤지만 아직 쓸 만한 단서 하나 없습니다."

"위원회에 나오지 않기 위해 죽은 것으로 위장했을 수도 있소."

"그럴 가능성은 희박합니다."

보비가 의자에 걸터앉아 두 손으로 자기 엉덩이를 잡았다. "그럴 수도 있겠지. 어쨌든 당신이 플로리다로 내려가서 확인해봐요."

"배고파요." 키르파스키가 투덜댔다.

잭이 두 눈을 굴리자 캠퍼가 그에게 윙크했다.

키르파스키가 한숨을 내쉬었다. "배고프다니까요."

캠퍼가 시간을 확인했다. "의원님을 위해 마저 끝냅시다, 롤란드. 그레 슬러가 어떻게 취해서 아가리를 놀렸는지 얘기해봐요."

"윤곽은 알고 있으니 저녁이나 먹고 합시다."

보비가 짜증을 냈다. "빌어먹을…."

"알았어요, 알았어. 상어 사냥이 끝나고 나서였죠. 기관단총을 계집애 처럼 잡는다고 지미가 놀리는 바람에 그레슬러가 잔뜩 취했어요. 연기금 에 대한 소문을 몇 개 들었다며 그레슬러가 입을 놀리기 시작했죠. 사람 들 생각보다 엄청 돈이 많은데, 장부가 가짜라 아무리 소환해봐야 소용이 없다는 얘기였죠. 그레슬러가 야부리를 까고 나선 겁니다. '진짜' 트럭 노 조 장부가 있다, 암호로 되어 있고 그 안에 수백만 달러가 들어 있다, 돈은

69

터무니없는 이자로 빌려준다, 은퇴한 시카고 조폭이 '진짜' 장부와 '진짜' 돈을 다루고 있다, 정말 머리 좋은 놈이 회계를 맡고 있다 등등. 혹시 보강 진술을 원한다면 애초에 꿈들 깨요. 내가 그레츨러의 유일한 대화 상대였으니까요."

보비 케네디가 의자를 뒤로 밀었다. 목소리가 흥분한 아이만큼이나 높아졌다. "이 정도면 진짜 외통수야, 형. 우선 가짜 장부부터 압수해 놈들의 자산 규모를 확인해야 해. 트럭 노조의 대출금을 역추적하면 기금 내에 숨은 자산이 있는지 '진짜' 장부가 있는지 확인할 수 있어."

리텔은 자석에라도 이끌리듯 거울로 바짝 다가섰다. 성질 급한 더벅머리 보비….

잭 케네디가 기침을 했다. "위원회 활동 기한이 끝나기 전까지 장부에 대해 확실한 증언을 확보할 수 있다면야 대박이 될 수도 있겠지."

키르파스키가 박수를 쳤다. "와우, 뭘 좀 아시네. 의원 나리, 함께 일하게 되어 영광입니다요."

잭 케네디가 협박이라도 당한 사람처럼 뒤로 물러났다.

보비가 말했다. "증거 자료를 차기 수사관들한테 넘기면 돼. 뭐를 파내든 수사는 해야지."

잭이 말했다. "궁극적으로는 그래야겠지."

리텔은 그 말을 "그러면 너무 늦어. 지지율에 도움이 못 돼"라고 해석했다.

형제가 눈을 맞추었다.

켐퍼가 두 사람 사이로 상체를 내밀었다. "호파가 선밸리에 주택 단지를 만들고 있습니다. 지금도 그곳에 내려가 홍보에 열을 올리고 있죠. 롤란드도 내려가 둘러볼 예정입니다. 시카고 지부를 담당하고 있으니까 의심을 사지는 않겠죠. 뭔가 찾아내면 전화로 보고하기로 했습니다."

키르파스키가 말했다. "예, 전에 총회 때문에 내려갔을 때 여자를 만났는데 겸사겸사 그 애도 봐야죠. 하지만 아시죠? 그 애가 일정에 있다는 얘기는 여편네한테 절대 하지 않을 겁니다."

잭이 손짓으로 켐퍼를 불렀다. 리텔도 잡음에 섞인 속삭임을 들었다.

"눈발이 약해지면 나는 로스앤젤레스로 가겠소."

"달린 쇼프텔한테 전화하세요. 달린도 의원님이 뵙고 싶을 겁니다."

"배고파요." 키르파스키가 다시 투덜댔다.

로버트 케네디도 가방을 챙겼다. "갑시다, 롤란드. 우리 집에 가서 가족과 함께 식사를 하죠. 하지만 우리 애들이 있는 데서 '씨발' 같은 욕은 금물이오. 아이들은 금방 배우니까."

남자들이 뒷문으로 빠져나갔다. 리텔은 거울에 붙어 마지막으로 나가는 보비를 보았다.

7

로스앤젤레스, 1958년 12월 9일

달린 쇼프텔은 절정에 오른 것처럼 꾸미는 데 능숙했다. 그녀한테는 수다를 떨 창녀 친구들도 있었다. 게다가 유명 인사만 만나면 닥치는 대로 떠들어댔다.

그녀는 프랑코트 톤(미국 영화배우-옮긴이)이 신체 결박 섹스에 미쳤다고 말했다. 딕 콘티노(미국의 아코디언 연주자이자 가수-옮긴이)가 구강성교에 환장했다는 말도 했다. B급 영화배우 스티브 코츠런에 대해서는 '대왕페니스'라는 별명을 붙여주었다.

전화가 왔다. 달린은 단골손님, 창녀 친구는 물론 인디애나 주 빈센스에 사는 모친한테까지 떠벌렸다.

달린은 수다를 좋아했지만, FBI 둘이 왜 자기 집을 도청하는지에 대해서는 할 말이 없었다.

요원들은 4일 전 FBI 장치를 부착했다. 노스앨터비스타 1541번지는 바닥에서 서까래까지 뭐든 도청이 가능했다.

프레디 투렌틴은 보이드/리텔의 세팅에 편승해 FBI와 더불어 모든 걸 들을 수 있었다. FBI는 한 블록 아래에 청취 기지를 임대했다. 프레디는 옆집에 세워둔 밴에서 모니터를 하고 복사 테이프를 피터에게 넘겼다.

피터는 돈 냄새를 맡고 지미 호파에게 전화를 걸었다. 어쩌면 다소 성급했을지도 모른다.

지미가 말했다. "자넨 냄새만큼은 귀신이지. 목요일에 마이애미로 내려와서 얘기해. 할 얘기 없으면 그냥 배 타고 상어 사냥이나 해도 좋고."

목요일은 내일. 상어 사냥은 순전히 변태들만의 놀이다. 프레디의 일당은 하루 200달러였다. 별 볼일 없는 섹스와 수다 내용에 비해서는 터무니없는 금액이다.

피터는 감옥 집을 어슬렁거리며 휴즈한테 넌지시 암시한 것들을 곱씹어보았다. 당신이 딕 닉슨의 동생한테 돈을 빌려줬다며? 피터는 지루함을 참고 테이프를 계속 돌렸다. 재생 단추를 누르자 달린의 신음 소리가 들리고 침대 스프링이 삐걱거렸다. 침대 머리가 벽을 때리는 소리도 들렸다. 더 요란한 소리. 말안장에 탄 꽃돼지 달린.

전화벨이 울렸다. 피터는 재빨리 전화를 받았다.

"여보세요?"

"프레디야. 당장 건너와. 방금 노다지를 건졌어."

밴은 기이한 장비와 장치로 빼곡했다. 피터는 안으로 들어가다 무릎을 부딪쳤다.

프레디는 완전히 마약에 취한 것처럼 보였다. 지퍼가 열린 걸 보니 딸딸이라도 친 모양이었다.

"보스턴 억양을 곧바로 알아챘어. 그래서 연놈이 떡을 치기 시작하자마자 전화했지. 잘 들어봐. 생중계니까."

피터는 헤드폰을 썼다. 달린 쇼프텔의 목소리. 크고 선명했다.

"…당신이 동생보다 대단한 영웅이에요. 〈타임〉에서 당신 기사를 읽었어요. 쾌속 초계 어뢰정이 일본 놈들한테 당한 얘기요"

"보비보다 수영은 잘해요. 그것만은 확실하오." 체리 세 개짜리 잭팟! 게일 헨디의 구멍 동서, 잭 케네디.

달린: "〈뉴스위크〉에서 동생분 사진 봤어요. 아이가 4000명이나 된다

면서요?"

잭: "최소 3000명인데 지금도 매 순간 신생아가 튀어나오긴 하지. 그 친구 집에 가면 어린 애들이 잔뜩 발목에 달라붙어요. 아내 말로도 보비의 번식 욕구가 상상 이상이라더군."

달린: "번식 욕구라…. 재미있는 표현이네요."

잭: "보비는 독실한 천주교도요. 아이를 낳고 악당을 처단하려는 욕망은 당연하지. 만약 그놈의 증오 본능마저 철저했다면 엄청난 골칫거리가 되었을 거요."

피터는 헤드폰을 단단히 붙였다. 섹스 후의 나른함 때문인지 잭 케네디의 목소리도 늘어졌다.

"난 보비 같은 증오심은 없소. 보비의 증오는 거의 폭발적이니까. 지미 호파를 향한 증오심도 아주 단순 무식하기 때문에 결국 보비가 이길 거요. 어제 함께 워싱턴에 갔는데, 마침 트럭 노조원의 진술을 받고 있더군. 호파와 틀어지는 바람에 배신을 때리기로 한 자였소. 시카고 출신의 폴란드인으로 이름이 롤란드 뭐라고 했는데, 보비가 집에 데려가 가족과 함께 식사를 하자더군. 당신도 알겠지만…."

"달린."

"그래요, 달린. 달린도 알겠지만 보비가 나보다 영웅적인 이유는 정말로 열정적인 동시에 관대하기 때문이오."

기계 장치가 깜빡이고, 테이프는 돌아갔다. 드디어 로열플러시에 대박 로또까지 터진 격이다. 지미 호파가 이 얘길 들으면 길길이 날뛸 것이다.

달린: "그래도 어뢰정 얘기는 정말 기가 막혔어요."

잭: "음, 달린, 당신은 참 얘기를 잘 들어주는군."

프레디는 당장이라도 침을 흘릴 것 같았다. 두 눈도 잔뜩 풀려 있었다.

피터는 주먹을 쥐었다. "이건 내가 맡을 테니 넌 똑바로 앉아서 시키는 일이나 해."

프레디가 움찔했다. 피터는 미소를 지었다. 그의 주먹은 예외 없이 두려움의 상징이다.

타이거 택시의 운전사가 비행장에서 그를 맞이했다. 운전사는 쉴 새 없이 쿠바 정치에 대해 떠들었다. 위대한 영웅 카스트로가 이기고 있어요. 바티스타 개자식이 진다고요!

판초가 그를 택시 회사에 내려주었다. 지미의 임시 거처에서는 조폭들이 구명 재킷과 기관총을 챙기고 있었다.

호파가 조폭들을 내쫓았다.

"지미, 어떻게 지내십니까?" 피터는 인사부터 챙겼다.

호파가 야구 방망이를 집어 들었다. 방망이 머리 부분에 못이 잔뜩 박혀 있었다. "난 괜찮아. 이놈, 어때? 상어들이 배에 접근하면 가끔 몇 대 때려주거든."

피터는 녹음기를 꺼내 코드를 바닥 콘센트에 꽂았다. 호피무늬 벽지 때문에 머리가 어지러웠다. "얘도 귀엽지만 더 좋은 걸 가져왔습니다."

"돈 냄새를 잘 맡는다며? 말인즉슨 그건 자네 일이 꼬이면 내 돈을 처박는다는 얘기겠지."

"또 다른 얘기가 있습니다."

"난 얘기 싫어. 내가 주인공이라면 몰라도. 몰라서 그래? 난 바쁜…."

피터는 손으로 그의 팔을 잡았다. "나한테 FBI가 접근했습니다. 매클렐런 위원회에 '침투'했다면서 그레슬러 건을 제안하더군요. 후버 국장도 알고 있다며. 후버 아시죠, 지미? 그는 지미와 시카고 마피아는 절대 건드리지 않습니다."

호파가 팔을 풀었다. "그래서? 놈들한테 증거가 있다는 얘기야? 저 테이프가 그거야?"

"아뇨. 아무래도 FBI가 후버를 위해 보비와 위원회를 염탐하는 것 같습니다. 어쨌든 후버는 우리 편에 섰다고 봐야겠죠. 켐퍼 2인조 뒤를 밟아 할리우드의 갈봇집으로 갔더니 거기 전화를 따더군요. 그 장치를 제 친구 프레디 투렌틴이 엿들었습니다. 자, 들어보시죠."

호파는 따분해하며 발을 몇 번 구르고 셔츠에 묻은 보풀을 털어냈다.

피터는 재생 버튼을 눌렀다. 테이프에서 쉿 하는 잡음이 흘렀다. 끙끙 대는 신음 소리와 매트리스 삐걱거리는 소리가 점점 커졌다.

피터는 섹스 시간을 쟀다. 존 F. 케네디 상원의원. 2분 15초의 사나이.

달린 쇼프텔이 절정에 오른 듯 연기를 했다. 오, 예. 보스턴식 아주 공갈 염소 똥.

"요즘 허리가 안 좋아서."

"정말 좋았어요. 짧고 달콤한 섹스가 최고죠."

지미가 야구 방망이를 돌렸다. 그의 두 팔에 소름이 돋았다.

피터는 다시 버튼을 눌러 본론 부분을 찾았다.

2분 15초의 사나이 잭이 흥분한 목소리로 떠들어댔다. "…시카고 출신의 폴란드인으로 이름이 롤란드 뭐라고 했는데…."

호파가 소름 돋은 팔로 방망이를 힘껏 움켜잡았다.

"롤란드라는 작자는 노동자 특유의 허세를 … 보비가 호파를 물었지. 보비는 한 번 물면 절대 그냥 놔주지 않지요."

호파의 소름이 두 배로 돋았다. 두 눈도 전기 충격을 받은 깜둥이처럼 커졌다.

피터는 뒤로 물러섰다.

호파가 날뛰기 시작했다. 루이빌 강타자의 못투성이 방망이 타격 솜씨라니! 의자들이 박살나 불쏘시개가 되고, 책상은 다리가 부러져 주저앉았다. 벽은 굽도리 널까지 도랑이 파였다.

피터는 좀 더 뒤로 물러났다. 뻣쩍거리는 플라스틱 버팀 쇠가 800만 조각으로 깨져나갔다. 종이 다발이 날리고, 나무 지저깨비들이 사방으로 튀었다. 운전사들이 모여들기 시작하자 지미는 창문을 갈겨 유리 세례를 퍼부었다.

제임스 리들 호파. 그가 마침내 번들거리는 눈으로 씩씩거리며 동작을 멈추었다. 방망이는 문설주에 걸렸다. 지미는 멍하니 바라보기만 했다.

피터는 그를 곰처럼 끌어안았다. 지미의 눈이 까뒤집어졌다. 마치 간질에라도 걸린 사람 같았다.

호파가 손발을 버둥거렸다. 피터는 단단히 끌어안고 달래기 시작했다. "하루 200달러면 프레디한테 청취를 맡길 수 있습니다. 그럼 머지않아 케네디 가문을 박살낼 건수를 건지겠죠. 나한테 정치 추문 파일도 몇 개 있으니, 언젠가 좋은 일에 써먹을 수 있을 겁니다."

호파가 반쯤 제정신을 차렸다. 목소리가 웃음 가스를 마신 듯 끽끽거렸다. "원하…는 게 … 뭐야?"

"휴즈 씨가 제정신이 아니에요. 그래서 지미와 가까워지고 노름빚도 좀 갚고 싶습니다."

호파가 그를 뿌리쳤다. 그의 체취에 피터는 거의 질식할 뻔했다. 땀과 싸구려 향수.

이윽고 호파의 안색이 돌아왔다. 숨도 고르고 목소리도 몇 옥타브 떨어졌다. "이 택시 회사 지분 5퍼센트를 주지. 그러니 로스앤젤레스 도청을 계속 진행하고, 가끔 내려와서 쿠바 놈들 질서나 잡아. 10퍼센트니 뭐니 개지랄을 떨기만 해봐. 그러면 '좆까, 병신아!' 한 다음 버스에 태워 로스앤젤레스로 보내줄 테니."

"거래 성사." 피터가 말했다.

"선밸리에 일이 있는데, 자네도 함께 가는 게 좋겠군." 지미가 말했다.

두 사람은 타이거 택시를 타고 밖으로 나갔다. 트렁크는 상어 사냥 장비로 가득했다. 못을 잔뜩 박은 몽둥이, 기관단총 몇 정 그리고 선탠오일.

운전대는 풀로 마차도가 잡았다. 지미는 옷을 갈아입었지만, 피터는 깜빡 잊고 여벌 옷을 가져오지 못했다. 호파의 악취가 몸에 배었건만.

아무도 입을 열지 않았다. 지미 호파가 시무룩한 탓에 잡담은 꿈도 꾸지 못했다.

트럭 노조 멍청이들을 가득 태운 버스 몇 대가 택시를 추월해 선밸리를 향해 달려갔다.

피터는 머릿속으로 계산기를 두드려보았다.

운전사 12명이 24시간 내내 일한다. 지미 호파의 그린카드 후원을 받으며 미국에서 지내기 위해 쥐꼬리만 한 월급을 감내해야 하는 무리들…. 아니 실제로는 12명의 악당이라고 해야 옳다. 부업으로 권총 강도, 구사대, 뚜쟁이 짓을 하는 놈들. 지분 5퍼센트를 포함해 뭐든 긁어모은다면 꽤나 짭짤할 것이다.

풀로는 고속도로를 벗어났다. 고개를 돌려 보니 안톤 그레즐러를 작살 낸 바로 그곳이었다. 택시는 트럭 노조원을 태운 버스를 따라 사기 현장으로 들어갔다. 주간 도로에서 족히 5킬로미터는 떨어진 곳이다.

조명이 엄청난 빛을 쏟아 부어 마치 그라우먼스 차이니즈 극장을 방불케 했다. 선밸리는 장대하고 화려했다. 작고 깔끔한 주택들이 아스팔트로 포장한 공터에 들어서 있었다.

트럭 노조원들이 카드 테이블 이곳저곳에 앉아 술을 마셔댔다. 적어도 200명은 됨직한 인원이 집 사이사이 통로마다 빽빽하게 들어차 있었다.

자갈 주차장도 승용차와 버스로 빼곡했다. 가까운 곳에 바비큐 장소가 있었다. 꼬챙이에 박혀 양념을 뒤집어쓴 채 빙글빙글 돌아가는 수송아지라니!

풀로가 도박판이 벌어지고 있는 곳 옆에 차를 세웠다.

"둘 다 여기서 기다려." 지미가 말했다.

피터는 차에서 내려 기지개를 켰다. 호파는 무리 속으로 들어갔다. 주변으로 아첨꾼들이 순식간에 꼬여들었다.

풀로는 숫돌에 사탕수수 칼을 간 다음 뒷좌석에 있는 칼집에 넣었다.

피터는 지미가 사람들과 쑥덕거리는 모습을 지켜보았다.

지미는 주택 자랑을 했다. 간단한 연설도 하고, 게걸스럽게 바비큐도 뜯었다. 폴란드 놈처럼 생긴 녀석을 붙잡고는 얼굴을 붉히기도 했다.

피터는 줄담배를 피웠다. 풀로가 택시 안의 라디오를 켰다. 에스파냐어 기독교 방송.

버스 몇 대가 떠나고, 창녀들이 차량 두 대에 나누어 타고 들어왔다. 주 방위군들이 휴가 때마다 찾는 쿠바 창녀들.

좀 전의 폴란드 놈이 쉐보레 렌터카에 올라타더니 급한 데이트라도 있는 양 자갈을 날리며 빠져나갔다.

지미도 작달막한 다리로 씩씩거리며 달려왔다. 도로 지도 따위는 필요도 없었다. 그 폴란드 놈이 바로 롤란드 키르파스키였다.

모두가 타이거 택시에 올라탔다. 풀로가 속도를 내며 질주했다. 라디오에서는 목사가 돈을 내라며 빽빽거렸다.

폭주광 풀로는 이내 상황을 파악하고 6초 만에 속도를 100킬로미터까지 끌어올렸다.

피터는 쉐보레의 미등을 보았다. 풀로는 가속 페달을 바닥까지 밟았다. 앞차가 도로를 벗어나더니 나무 몇 그루를 부러뜨리고 멈춰 섰다.

풀로도 핸들을 꺾으며 급정거했다. 헤드라이트가 키르파스키를 겨냥했다. 지금은 잡초 우거진 공터를 허겁지겁 뛰어가고 있었다.

차에서 내린 지미가 풀로의 칼을 휘저으며 놈을 쫓기 시작했다. 키르파스키는 넘어졌다가 일어나더니 두 손으로 '좆 까' 하는 신호를 보냈다.

지미가 사탕수수 칼을 휘두르며 달려들었다. 키르파스키는 팔이 잘린 채 피를 쏟아내며 쓰러졌다. 지미는 두 손으로 전리품을 유린했다.

라디오에서는 목사가 캑캑 악을 써댔다. 키르파스키는 머리에서 발끝까지 경련을 일으켰다. 지미는 두 눈에 튄 피를 닦아내면서도 난도질을 멈추지 않았다.

8

마이애미, 1958년 12월 11일

켐퍼는 자동차 드라이브를 '악마의 옹호자'라고 불렀다. 충성심을 다지고 적재적소에 적당한 처세를 발휘하도록 정신을 벼려주기 때문이다.

보비 케네디의 불신이 게임에 영향을 주었다. 단 한 번 남부 억양이 나왔을 뿐인데 재빨리 간파해버린 것이다.

켐퍼는 사우스마이애미를 천천히 달렸다. 그는 누가 무엇을 아는지 확인하는 데에서부터 게임을 시작했다.

후버 국장은 뭐든지 알았다. 켐퍼 요원의 '은퇴'는 FBI 사무직으로 은폐했으니, 보비가 확증을 원한다면 결국 알아낼 것이다.

클레어도 모르는 게 없지만 그의 동기에 토를 달거나 배신하지 않을 것이다.

워드 리텔은 케네디에 대한 공작을 알지만 못마땅해할 가능성이 크다. 그는 보비의 반범죄 열정에 크게 감동했다. 워드는 동시에 특수 침투 파트너로, 달린 쇼프텔의 도청 공작에 깊이 관여했다. 수치스러운 일이긴 해도 THP 전근에 대한 고마움이 죄의식보다 우선했을 것이다. 그래도 피터 본듀런트가 안톤 그레츨러를 죽였다는 사실은 알지 못했다. 워드는 본듀런트를 은근히 무서워했다. 빅 피터와 그를 둘러싼 신화로 미루어보건대 당연한 일이다. 그러니 워드가 절대 본듀런트에 대한 문제를 알지 못하도록 해야 한다.

보비는 그가 잭한테 뚜쟁이 짓을 한다는 사실도 알았다. 난감하기 짝이 없는 여자들을 제공하고 있다는 사실도.

이어지는 질문과 대답. 의심을 피하기 위한 방법.

캠퍼는 브레이크를 밟았다. 장을 보고 돌아가는 여자 때문이었다. 그의 게임도 현재 시제로 돌아왔다.

보비는 내가 안톤 그레츨러에 대한 단서를 쫓고 있다고 생각해. 실제로는 하워드 휴즈의 절친을 보호하고 있지만.

질문: 네가 케네디의 권력 핵심에 들어가려는 것처럼 보이는데?

대답: 나도 똥인지 케첩인지 정도는 구별해. 민주당과 가깝다고 공산주의자가 되지는 않는다. 늙은 조 케네디는 후버 국장만큼이나 의식이 올바른 사람이지.

질문: 네가 잭과 가까워지는 속도가 다소 빠르지 않았나?

대답: 상황이 달랐다면 내가 잭이 될 수도 있었어.

캠퍼는 수첩을 확인했다.

타이거 택시에 들러야 했다. 선밸리로 가서 주간 도로에서 얼굴을 돌린 '거한'을 봤다는 목격자한테 사진을 보여줘야 한다.

그자에게는 예전의 얼굴 사진을 보여줄 참이다. 현재의 본듀런트와 별로 닮지 않은 걸로…. 그다음엔 윽박질러서 확인을 방해하면 그뿐이다. 정말로 본 건 아니지, 응?

호피무늬 택시 한 대가 캠퍼 앞에서 방향을 바꾸었다. 그쪽 블록 아래로 호피무늬 오두막도 보였다.

캠퍼는 거리 맞은편에 차를 세웠다. 동네 건달들이 갓길 주변에서 어슬렁거리던 녀석들이 짭새 냄새를 맡고 사방으로 흩어졌다.

그는 오두막 안으로 들어가다가 그만 웃고 말았다. 벽까지 새 호피무늬 벨벳 벽지로 발랐기 때문이다.

호피무늬 셔츠를 입은 쿠바인 넷이 일어나 그를 에워쌌다.

하나같이 셔츠 자락을 빼내 혁대의 불룩한 부분을 감추었다.

켐퍼는 사진을 보여주었다. 호피 사내들이 더 가까이 둘러쌌다. 한 놈이 단검을 꺼내 자기 목에 상처를 냈다.

다른 호피 사내가 웃었다.

켐퍼는 가장 가까이 있는 놈을 다그쳤다. "이 친구 본 적 있지?"

남자가 사진을 돌렸다. 다들 아는 눈치였지만 "모른다"고 대답했다. 켐퍼는 사진을 돌려받았다. 보도에서는 백인 하나가 밖에 세워둔 차를 살펴보고 있었다.

단검 사내가 좀 더 가까이 다가섰다. 다른 호피 사내들이 키득거렸다. 단검 사내가 그링고(gringo: 라틴 사람들이 미국인을 낮잡아 부르는 말-옮긴이) 눈앞에 대고 칼날을 빙글빙글 돌렸다.

켐퍼는 놈을 반쯤 죽이기로 작정하고 사이드 킥으로 두 무릎을 꺾어놓았다. 녀석이 바닥으로 고꾸라지며 단검을 놓쳤다.

켐퍼는 단검을 집었다. 호피무늬 사내들이 일제히 물러섰다. 켐퍼는 사내의 오른손을 밟고 단검을 힘껏 내리쳤다.

사내가 비명을 질렀다. 다른 사내들이 헉하고 숨을 삼키더니 키득거리며 웃었다. 켐퍼는 가볍게 머리를 끄덕이고 밖으로 나왔다.

그는 95번 주간 고속도로를 타고 선밸리로 차를 몰았다. 회색 세단 한 대가 바짝 따라붙었다. 차선을 바꾸고 속도를 늦추었다가 다시 가속 페달을 밟았지만 놈은 전형적인 추적 거리를 유지하며 계속 쫓아왔다.

켐퍼는 램프로 빠져나왔다. 시골 마을의 주도로가 램프와 직각으로 이어져 있었다. 주유소는 고작 네 곳, 교회 하나. 그는 텍사코 주유소 안으로 들어갔다.

화장실로 들어가 살펴보니 미행자도 천천히 주유기 쪽으로 접근했다. 백인 하나가 타이거 택시에서 나와 주변을 둘러보았다.

켐퍼는 문을 닫고 총을 꺼냈다. 화장실 안은 냄새가 고약했다.

켐퍼는 시계를 보며 초를 쟀다. 51초 만에 발을 끄는 소리가 들렸다.

남자가 문을 조금 열었다. 켐퍼는 놈을 재빨리 낚아챈 다음 벽에 밀어

붙였다.

　나이는 마흔 정도, 모래색 머리, 날씬한 체형. 켐퍼는 사내의 몸을 발목부터 샅샅이 뒤졌다.

　배지 없음. 총 없음. 신분증 지갑 없음.

　사내는 눈도 끔뻑하지 않고, 얼굴에 들이댄 리볼버도 개의치 않았다.

　"내 이름은 존 스탠튼. 미국 정부 기관을 대신해 당신과 얘기하고 싶습니다."

　"무슨 얘기?"

　"쿠바." 스탠튼이 말했다.

9

시카고, 1958년 12월 11일

밀고 지원자 작업 중. '유대인' 레니 샌즈는 주크박스의 현찰을 챙기며 돌아다녔다.

리텔은 그를 미행했다. 한 시간 동안 벌써 하이드파크 인근 술집만 여섯 곳이다. 레니는 정말 손이 빨랐다.

레니는 도박 훈수를 두고 농담 따먹기를 하며 조니 워커 레드 라벨 미니어처를 나누어주었다. 그리고 중국인 호모 컴-산-친 얘기를 해주고 7분 만에 동전을 가득 챙겼다.

레니는 미행에 지극히 둔감했다. THP에서도 입지가 독특한 인물이다. 삼류 연예인/쿠바 앞잡이/마피아 마스코트.

레니는 틸러먼 라운지에 차를 세웠다. 리텔도 30초 후 주차를 하고 따라 들어갔다.

술집은 열기로 넘쳐났다. 바의 거울에 그의 모습이 비쳤다. 벌목 노동자의 외투, 카키색 작업 바지, 작업화. 그럼에도 불구하고 여전히 대학교수처럼 보였다.

트럭 노조의 상징물이 벽을 가득 장식했다. 액자에 든 잡지 사진이 특히 시선을 끌었는데, 지미 호파와 프랭크 시내트라가 월척 물고기를 들고 있었다.

노동자들이 배식 창구를 지나갔다. 레니는 안쪽 테이블에 앉았다. 그곳에서는 땅딸보 하나가 쇠고기 요리를 게걸스럽게 먹고 있었다.

리텔도 땅딸보를 알아보았다. 제이컵 루벤스타인. 일명 잭 루비.

레니가 동전 자루를 가져오자 루비가 손가방을 들었다. 아마도 휴대용 현찰 운송기쯤 되는 모양이다.

두 사람 주변에 빈 테이블은 없었다.

남자들은 바에 선 채로 낮술을 마셨다. 호밀 위스키와 입가심 맥주. 리텔도 같은 종류로 달라고 신호를 보냈다. 웃거나 수군대는 사람은 없었다.

바텐더는 술을 주고 돈을 받았다. 리텔도 트럭 노조원처럼 후다닥 낮술을 마셨다. 위스키에는 땀이 번쩍 나고, 맥주에는 소름이 돋았다. 콤비네이션 공격에 신경마저 무뎌졌다.

THP팀 미팅에는 한 번 참석했는데, 요원들이 거부하는 눈치였다. 후버 국장이 우격다짐으로 밀어 넣었으니 어쩌면 당연한 일이다. 코트 미드라는 요원이 제일 친근하게 굴었고, 다른 요원들은 그저 고갯짓과 마지못한 악수로 환영해주었을 뿐이다.

THP 요원으로 일한 지 3일째. 그동안 세 번 청취 기지에 나가 시카고 마피아들의 목소리를 연구했다.

바텐더가 지나갔다. 리텔은 손가락 두 개를 펼쳤다. 노조원들이 리필을 주문할 때 하는 동작이다.

레니와 루비는 계속 얘기를 나누었다. 주변에 빈 테이블이 없어 접근도 불가능했다.

그는 술을 마시고 값을 지불했다. 호밀주 두 잔에 머리가 빙빙 돌았다.

근무 중 음주는 FBI 규칙 위반이지만 그렇다고 딱히 불법이라고 할 수도 없다. 정치가들에게 올가미를 씌우기 위해 갈봇집까지 도청하는 판에.

쇼프텔 청취를 담당한 요원은 뭐가 그리도 바쁜지 아직 테이프를 하나도 보내지 않았다. 후버 국장의 케네디 혐오증은 비정상적으로 왜곡된 것 같았다.

로버트 케네디는 영웅처럼 보였다. 롤란드 키르파스키에 대한 보비의 선의 역시 순수하고 진솔해 보였다.

테이블 하나가 비자 리텔은 배식하느라 늘어선 줄을 뚫고 재빨리 차지했다. 이제 레니와 루벤스타인/루비는 겨우 1미터 거리에 있었다.

루비가 얘기 중이었다. 음식이 턱받이 아래로 뚝뚝 떨어졌다. "헤시는 암이나 불치병에 걸렸다며 항상 징징 대는 작자야. 그 인간한테는 여드름도 악성 종양이지."

레니가 샌드위치를 씹으며 말했다. "그래도 대단한 분이에요. 1954년 스타더스트 라운지에서 일할 때 매일 밤 찾아왔죠. 중앙 홀에서 놀기보다 라운지 쇼를 더 좋아했어요. 예수와 사도 요한이 듄즈 호텔 대형 객실에서 논다고 해도 헤시는 도박장으로 건너가 이탈리아 가수부터 챙길 겁니다. 사촌이 진짜 마피아였거든요."

"그 영감은 빨아주는 걸 좋아해. 아니, 빨아주는 것만 좋아하지. 전립선에 좋다나 뭐라나. 옛날 1930년대에 퍼플 갱과 있을 때부터 좆을 박아본 적이 없는데, 한 번은 어떤 년이 친자 소송을 걸었대. 지금까지 여자가 빨아준 것만 1000번이 넘는대. 씨발, 좆 빠지게 빨아줄 때는 뭐 〈로렌스 웰크 쇼〉를 본다나 뭐라나. 그놈의 말도 안 되는 병들 때문에 의사가 아홉이나 되는데 그쪽 간호사들이 모두 빨아준대. 전립선에 좋다는 것도 그래서 알았을 거야."

'헤시'는 아마 허셀 마이어 리스킨드를 말할 것이다. 걸프 만의 헤로인 거래를 담당하는 자.

레니가 말했다. "잭, 동전을 줄 생각은 아니었는데, 은행에 갈 시간이 없어서요. 샘이 잘 알던데요? 잭이 늘 돌아다녀야 해서 시간에 쫓긴다고…. 어쨌든 이렇게 식사할 시간이 있어서 좋아요. 잭은 먹는 모습이 재미있거든요."

루비가 턱받이를 털어냈다. "음식이 맛있으면 더 지저분해. 빅 D에 진짜 죽이는 델리가 있는데, 여기는 셔츠에 기껏 얼룩 정도지만 델리에선 아예 페인트를 뿌린 것 같다니까."

"돈은 누구한테 가죠?"

"바티스타와 턱수염 카스트로한테. 산토와 샘이 정치에 투자해서 그래. 나도 다음 주에 내려가."

레니가 접시를 옆으로 밀었다. "내가 이 일을 시작하게 된 것도 카스트로가 미국에 들어와 비트 시인으로 행세하던 곳이었어요. 그 양반, 마리화나를 피우고 깜둥이처럼 말했죠."

"늘 하는 얘기지만, 레니, 자넨 큰 무대에 어울려."

"계속 그렇게 말해줘요. 그러다 보면 누군가가 들을지도 모르니까."

루비가 자리에서 일어났다. "그야 모를 일이지."

"예, 모를 일이죠. 샬롬, 잭. 잭이 식사하는 모습은 늘 즐겁습니다."

루비가 손가방을 들고 나갔다. 유대인 레니는 담뱃불을 붙이고 하늘을 향해 눈을 굴렸다.

라운지 쇼. 구강성교. 점심 대신 위스키와 맥주.

리텔은 어지럼증을 느끼며 자기 차로 돌아갔다.

레니는 20분 후 술집을 나왔다. 리텔은 북쪽의 레이크쇼어 도로까지 그를 미행했다.

파도의 흰 포말이 차창을 때렸다. 바람이 거세지며 호수가 들끓기 시작한 것이다. 리텔은 히터를 켰다. 추위보다는 더위가 낫다.

취기 때문에 입이 바짝바짝 타들어가고 머리까지 띵했다. 가파르지는 않아도 도로는 계속 내리막이었다.

레니가 미등을 켜고 출구로 빠져나갔다. 리텔도 차선을 바꿔 따라붙었다. 골드코스트…. 너무나 부유해 렌도 킹 자판기 붙일 여지 하나 없는 곳. 레니는 서쪽 러시 거리로 꺾었다. 위쪽으로 화려한 칵테일 바가 몇 군데 나타났다. 적벽돌 건물에 부드러운 네온 불빛.

레니는 주차를 하고 허난도즈 하이드어웨이로 들어갔다.

리텔은 느린 속도로 그 옆을 지나쳤다.

문이 활짝 열리더니 남자 둘이 키스하는 모습이 보였다. 다시 문이 닫혔다. 그 장면이 잔상처럼 순식간에 스쳐 지나갔다.

리텔은 더블파킹을 하고 재킷을 갈아입었다. 벌목용 외투에서 파란색 블레이저로. 카키색 바지와 부츠는 그냥 입을 수밖에 없었다.

걷기 어려울 정도로 바람이 거셌다. 술집은 어둡고 조용했다. 장식은 잘 다듬은 나무와 초록색 가죽만으로도 고급스러운 취향을 드러냈다.

바 테이블은 로프로 고정했다. 두 쌍의 커플이 서로 반대편 끝에 앉았는데, 나이 든 남자 둘 그리고 레니와 대학생이었다.

리텔은 그 사이에 앉았다. 바텐더는 그를 거들떠보지도 않았다.

레니는 얘기 중이었다. 그르렁하는 잡음과 이디시어(중부 및 동부 유럽에서 쓰던 유대인 언어-옮긴이) 발음을 빼고 나니 말투에서도 세련미가 느껴졌다. "래리, 그 새끼 먹는 꼬락서니를 보면 너도 기가 막힐 거야."

바텐더가 다가오자 리텔은 '호밀 위스키와 맥주'를 주문했다. 사람들이 리텔을 쳐다보았다.

바텐더가 위스키를 따라주었다. 리텔은 술을 털어 넣고 기침을 했다.

"어머나, 술이 그렇게나 고팠어?" 바텐더가 콧소리를 했다.

리텔은 주머니에서 지갑을 꺼내려 했다. 그런데 신분증 케이스가 빠져나와 바에 떨어졌다. 배지가 위쪽으로 드러났다.

리텔은 신분증 케이스를 들고 잔돈을 집어던졌다.

바텐더가 소리쳤다. "이런, 맥주는 왜 남기고 지랄이래?"

리텔은 사무실로 돌아와 미행 보고서를 타이핑했다.

술 냄새를 지우기 위해 껌도 닥치는 대로 씹었다.

음주와 허난도즈 하이드어웨이에서의 실수는 쏙 빼고 기본적인 내용만 강조했다. 레니 샌즈는 호모 성향을 감추고 있을 가능성이 있으며, 따라서 채용하는 데 문제가 발생할 가능성이 있음. 자신의 마피아 친구들에게는 비밀로 하는 게 확실함.

레니는 그를 보지 못했다. 아직까지 미행은 완벽했다.

코트 미드가 칸막이 스크린을 노크했다. "장거리 전화요, 워드. 마이애미의 보이드라는 남자. 2번."

리텔은 전화를 받았다. "켐퍼, 플로리다엔 웬일이야?"

"보비와 후버 국장의 이중 공작을 수행 중이야. 아, 다른 사람한테는 얘기하지 말고."

"뭐가 좀 나왔어?"

"음, 사람들이 계속 나한테 접근하고 있는 반면, 보비의 증인들은 계속 사라지고 있어. 결국 가능성은 반반이라는 얘기겠지. 워드…."

"도움이 필요해?"

"그래, 두 건이야."

리텔은 등받이에 몸을 기댔다. "말해보게."

"헬렌이 오늘 밤 시카고로 날아갈 거야. 유나이티드 항공 84기, 뉴올리언스발 미드웨이행. 도착 예정 시간은 5시 10분인데, 비행장에서 호텔까지 좀 데려다줘."

"얼마든지. 저녁 식사에도 초대하지. 맙소사, 전에 만났을 때도 끝내줬는데."

보이드가 웃었다. "그게 헬렌이잖아. 대단한 여행가지. 워드, 롤란드 키르파스키 기억하지?"

"3일 전에 봤잖아."

"그래, 그랬지. 어쨌든 지금 플로리다에 와 있다는데, 아무래도 못 찾겠어. 보비한테 호파의 선밸리 음모에 대해 까발리기로 했는데 아직 전화도 없네. 호텔에서도 어젯밤 나간 다음 돌아오지 않았대."

"그 친구 집에 가서 여편네하고 얘기해볼까?"

"그래, 괜찮다면. 뭐든 나오면 D.C.의 통신팀에 암호 메시지를 남겨. 아직 호텔을 구하진 못했지만 내가 그 친구들한테 연락해서 메시지가 있는지 확인해볼게."

"주소는?"

"사우스워배시 818번지. 모르긴 해도 어떤 골빈 년하고 짱 박혀 약에 절어 있겠지만, 그 새끼가 전화했는지 확인한다고 무슨 일이야 있겠어? 그리고 워드?"

"알아. 지금 누구 밑에서 일하는지 명심하고 불필요한 실수는 절대 하지 않는다."

"고맙네."

"천만에. 그런데 오늘 자네만큼 이중 역할을 잘하는 놈을 봤어."

"그건 불가능해." 보이드가 딱 잘라 말했다.

메리 키르파스키는 그를 안으로 들였다. 집은 가구들로 빼곡하고 또 너무 더웠다.

리텔은 외투를 벗었다. 여자는 그를 부엌으로 밀어 넣다시피 했다.

"롤란드는 매일 밤 전화해요. 이번 여행에서 전화가 없으면 당국에 연락해 공책을 보여주라고 했어요."

부엌에서는 양배추와 삶은 고기 냄새가 났다.

"전 매클렐런 위원회 소속이 아닙니다, 키르파스키 부인. 사실 남편과 일한 적도 없어요."

"하지만 보이드 씨와 케네디 의원을 아시잖아요."

"보이드 씨는 압니다. 실은 부인을 찾아뵈라고 부탁한 분이죠."

여자는 손톱을 죽어라 물어뜯었다. 입술 립스틱은 양쪽 균형이 맞지 않았다. "어제는 전화가 없었어요. 호파 씨가 한 일에 대해 쓴 수첩이 있는데, 워싱턴에는 가져가지 않겠다고 했어요. 증언에 동의하기 전 케네디 의원님과 얘기하고 싶다고 했거든요."

"무슨 수첩이죠?"

"호파 씨의 시카고 통화 목록이라고 했어요. 날짜까지 모두. 롤란드 말로는 호파의 친구 집에서 청구서를 훔쳤대요. 호파는 호텔에서 거는 장거리 전화를 꺼려했대요. 도청이 무서워서."

"키르파스키 부인…."

여자가 식탁에서 노끈으로 철한 수첩을 집었다. "당국에 신고하지 않으면 남편이 크게 화낼 거예요."

리텔은 수첩을 펼쳐보았다. 첫 페이지부터 이름과 전화번호가 항목별로 나열되어 있었다.

메리 키르파스키가 가까이 다가왔다. "롤란드는 도시마다 전화국에 전화를 걸어 누구 번호인지 다 찾아냈어요. 자기가 무슨 경찰이나 탐정이라고…."

리텔은 페이지를 앞뒤로 넘겼다. 롤란드 키르파스키의 정리는 깔끔 명료했다.

'수신 전화' 몇 건은 이름이 낯익었다. 샘 지앙카나, 카를로스 마르첼로, 앤서니 이아노네, 산토 트라피칸테 주니어. 익숙한 동시에 섬뜩한 이름도 있었다. 피터 본듀런트: 로스앤젤레스, 메이플턴 드라이브 949번지.

호파는 최근 세 번이나 빅 피터에게 전화를 걸었다. 1958년 11월 25일. 1958년 12월 1일, 1958년 12월 2일.

본듀런트는 맨손으로 수갑을 끊는 놈이다. 1만 달러와 비행기 표 때문에 사람들을 죽였다는 소문도 있다.

메리 키르파스키가 묵주를 만지작거렸다. 그녀에게서 빅스 베이포럽(감기약으로 많이 쓰이던 크림 타입의 연고 – 옮긴이)과 담배 냄새가 났다.

"부인, 전화 좀 써도 될까요?"

여자가 벽에 붙은 전화선을 가리켰다. 리텔은 줄을 당겨 부엌 끝으로 가져갔다.

여자가 자리를 피해주었다. 잠시 후, 어느 방에선가 라디오 소리가 들려왔다.

리텔은 전화국에 장거리 전화를 부탁했다. 로스앤젤레스 국제공항 보안 데스크.

남자가 전화를 받았다. "도널드슨 경사입니다. 뭘 도와드릴까요?"

"시카고 FBI 특수요원 리텔입니다. 급히 예약 정보가 필요해서요."

"예, 말씀해보세요."

"로스앤젤레스-마이애미 왕복선을 모두 확인해주세요. 12월 8, 9, 10일 중 떠나 그 이후 어느 때든 돌아오는 걸로요. 예약자 이름은 피터 본듀런트, B-O-N-D-U-R-A-N-T. 아니면 휴즈 공구 회사나 휴즈 항공에서 지불한 것도 좋습니다. 회사인 경우 예약자가 남자 이름이라면 티켓을 수령하거나 비행기에 탑승한 사람의 인상착의가 필요합니다."

"저, 마지막은 모래밭에서 바늘 찾기입니다."

"꼭 그렇지는 않아요. 용의자는 30대 후반의 백인 남성에 키는 195센티미터, 아주 다부진 체격입니다. 한 번 보면 잊지 못할 인상이라는 얘기죠."

"알겠습니다. 다시 전화 드릴까요?"

"그냥 기다리겠습니다. 10분 안에 성과가 없으면 그냥 돌아오세요."

"예, 알겠습니다. 잠깐 기다리세요. 곧 돌아오겠습니다."

리텔은 전화를 끊지 않고 대기했다. 머릿속에 그림 하나가 떠올랐다. 십자가에 매달린 빅 피터 본듀런트. 그 그림을 찢고 다시 부엌이 나타났다. 답답하고 덥고…. 교구 달력에 성인의 날들이 표시되어 있었다. 8분이 지났다. 마침내 경사가 돌아왔다. 잔뜩 흥분한 목소리.

"리텔 요원님?"

"예."

"예, 찾았습니다. 불가능할 줄 알았는데, 우리가 해냈네요."

리텔은 수첩을 펼쳤다. "말해봐요."

"아메리칸 항공 104기, 로스앤젤레스-마이애미. 12월 10일, 어제 아침 8시 이륙해서 오후 4시 10분 마이애미에 도착했습니다. 예약자 이름은 토머스 피터슨, 비용은 휴즈 항공 앞으로 되어 있습니다. 티켓 담당자에게 조회했더니 말씀하신 것과 일치하더군요. 부디 저희가…."

"왕복 예약도 있나요?"

"예, 있습니다. 아메리칸 55기. 내일 아침 7시 로스앤젤레스 도착 예정입니다."

리텔은 현기증이 났다. 창문을 조금 열고 신선한 공기를 마셨다.

"여보세요?" 경사의 목소리가 들렸다.

리텔은 전화를 끊고 0번을 눌렀다. 찬바람이 부엌을 가득 채웠다.

"교환입니다."

"워싱턴 D.C. 부탁해요. 번호는 KL4-8801."

"예, 잠깐만 기다리세요."

전화는 빨리 연결되었다. 남자 목소리.

"통신팀 특수요원 레이놀즈입니다."

"시카고의 리텔 요원입니다. 마이애미의 켐퍼 보이드 요원에게 메시지를 전달해야 합니다."

"마이애미 지국 소속입니까?"

"아니, 파견 근무 중입니다. 마이애미 지국에 메시지를 넣어 보이드 요원의 위치를 수배해야 할 겁니다. 호텔 한 곳만 확인하면 됩니다. 내가 직접 해야겠지만 너무 긴급해서 그래요."

"이례적이기는 하지만 못할 이유는 없겠죠. 어떤 메시지죠?"

리텔은 천천히 불러주었다. "정황 증거 확보. 다시 한 번 반복한다. J. H.가 우리의 옛 거인 동지를 고용, 위원회 증인 R. K. 제거를 시도했다. 옛 동지는 어젯밤 늦게 마이애미를 떠났다. 아메리칸 항공 55기. 자세한 사항은 시카고로 연락 바람. 로버트 K에게 즉시 통보할 것을 촉구한다. 사인은 W. J. L."

요원이 메시지를 반복했다. 그때 부엌문 밖에서 메리 키르파스키의 훌쩍이는 소리가 들렸다.

헬렌이 탄 비행기는 연착이었다. 리텔은 출입구 옆 칵테일 라운지에서 기다렸다.

그는 통화 목록을 다시 확인했다. 확실히 감이 왔다. 피터 본듀런트가 롤란드 키르파스키를 살해한 것이다. 켐퍼에 의하면, 그레슬러라는 증인도 죽었다. 그자도 본듀런트와 연결할 수 있다면 두 건의 살인자가 날아오는 셈이다.

리텔은 호밀주와 맥주를 홀짝이며 뒷벽의 거울을 통해 연신 자신의 외모를 확인했다. 작업복이 아무래도 어색했다. 안경은 물론 점점 빠지는 머리에도 어울리지 않았다.

호밀주는 독하고 맥주는 간지러웠다. 그때 두 남자가 테이블로 다가오더니 그를 붙잡았다. 그러곤 강제로 일으켜 세운 다음 팔꿈치를 꺾고 공중전화 부스로 끌고 갔다.

신속하고 단호한 동작. 민간인들은 눈치도 채지 못했다.

남자들이 그의 팔을 뒤로 돌렸다. 어둠 속에서 나타난 척 리히가 곧장 다가왔다.

리텔은 무릎이 휘청거렸다. 남자들이 그를 일으켜 세웠다.

리히가 말했다. "켐퍼 보이드한테 보낸 메시지 말인데…. 그러다가 위장 침투 신분을 들키면 어쩌려고 그래? 후버 국장은 로버트 케네디가 도움 받는 걸 원치 않고, 피터 본듀런트는 하워드 휴즈의 소중한 동료야. 물론 휴즈 씨는 후버 국장과 FBI한테도 중요한 친구지. 암호화한 메시지 내용을 충분히 알고 있나, 미스터 리텔?"

리텔은 눈을 끔뻑였다. 안경이 떨어지면서 주변이 온통 흐릿해졌다.

리히가 가슴을 힘껏 가격했다. "당신은 THP에서 탈락해 지금부터 빨갱이팀으로 복귀한다. 반발은 절대 금물이니 그렇게 알도록."

남자 하나가 노트를 잡아챘다.

다른 남자가 말했다. "술 냄새가 지독하군."

요원들은 리텔을 밀어내고 공중전화 부스를 빠져나갔다. 상황은 불과 30초도 채 걸리지 않아 끝났다.

팔이 아팠다. 안경은 긁히고 우그러졌다. 숨을 쉴 수가 없었다. 두 발로 중심을 잡기도 어려웠다.

리텔은 비틀비틀 테이블로 돌아가 호밀주와 맥주를 삼키며 경련을 가라앉혔다. 안경은 그럭저럭 쓸 수 있었다. 거울을 보니 지금은 세상에서 가장 무능력한 노동자 꼴이었다.

인터콤이 울렸다. "뉴올리언스발 유나이티드 항공 84기가 곧 착륙합니다."

리텔은 술을 마저 비우고 껌 두 개로 냄새를 쫓았다. 그러곤 출입구로 건너가 탑승객들을 밀치며 승강 통로로 향했다.

헬렌은 그를 보고 가방까지 떨어뜨렸다. 그녀의 포옹에 숨이 막혀 죽는 줄 알았다.

사람들이 둘을 에둘러 지나갔다.

"그래, 어디 얼굴 좀 보자." 리텔이 말했다.

헬렌이 고개를 들었다. 그녀의 머리가 턱을 스쳤다. 벌써 이렇게 키가 크다니.

"좋아 보이는구나."

"맥스 팩터 4번 볼연지예요. 흉터를 기가 막히게 감춰주죠."

"흉터라니? 어디?"

"농담도 잘하셔. 그런데 지금은 정체가 뭐죠? 벌목꾼?"

"그 일도 끝났다. 겨우 며칠뿐이었지."

"수전 얘기로는 후버 국장이 아저씨한테 조폭을 맡겼다면서요?"

한 남자가 헬렌의 옷가방을 걷어차며 두 사람을 노려보았다.

"가자, 저녁을 사주마." 리텔이 말했다.

두 사람은 스톡야드 인에서 스테이크를 먹었다. 헬렌은 말을 많이 했고, 적포도주 때문에 비틀거리기까지 했다.

헬렌은 더 이상 어린애가 아니었다. 얼굴도 강인한 인상이었다. 담배도 끊었는데, 흡연이 괜한 겉멋임을 깨달았기 때문이라고 했다. 머리는 쪽을 져서 흉터를 드러냈다. 지금은 다소 헝클어져서 오히려 얼굴이 자연스러워 보였다.

웨이터가 디저트 카트를 밀며 다가왔다. 헬렌은 피칸 파이를, 리텔은 브랜디를 주문했다.

"워드 아저씨, 그러고 보니 나만 얘기하고 있잖아요."

"난 요약해주기를 기다렸지."

"요약이라뇨?"

"스물한 살의 비망록."

헬렌이 신음 소리를 냈다. "갑자기 어른이 된 기분이네요."

리텔은 미소를 지었다. "훨씬 안정감 있어 보인다만, 활력도 그대로야. 옛날에는 뭔가 설명할 때마다 단어가 걸리곤 했는데, 지금은 생각하면서 말을 하잖니."

"지금은 남자를 만나 들떠 있을 때, 사람들의 발이 내 짐에 걸리죠."

"남자? 네가 자라는 모습을 지켜본 스물네 살 연상의 친구 얘기냐?"

헬렌이 그의 두 손을 잡았다. "남자요. 툴레인의 교수님께서 말씀하시길 옛 친구와 학생과 스승이 함께하면 세상만사가 달라진대요. 그런데 기껏 사반세기가 무슨 상관이겠어요?"

"그러니까, 그 남자가 너보다 스물다섯 살이나 많다는 얘기냐?"

헬렌이 웃었다. "스물여섯. 지금은 당혹감을 감추기 위해 애써 아무렇지 않은 척하고 있네요."

"그런데 그 남자와 연애를 한다고?"

"예, 연애는 별로 화려하지도 감동적이지도 않았어요. 차라리 내가 흥
터 때문에 호락호락할 거라고 생각하는 대학생 애들하고 데이트하는 게
더 열정적이었죠."

"하느님 맙소사." 리텔이 중얼거렸다.

헬렌이 그를 향해 포크를 흔들었다. "당황하셨어요? 아저씨가 여전
히 예수회 신학생이라 그래요. 입장이 난처하면 지금도 구세주를 부르잖
아요."

리텔은 브랜디를 홀짝였다. "내가 하고 싶은 말은 이거야. '하느님 맙
소사, 켐퍼와 내가 잘못 키우는 바람에 또래 남자애들하고 어울리지도 못
하는구나.' 정말로 중년 남자를 쫓아다니며 젊음을 낭비할 생각이냐?"

"수전과 클레어 그리고 내 수다를 들어보셔야 해요."

"내 딸과 두 절친이 항만 노동자처럼 입이 더럽기라도 한 거야?"

"아뇨, 우린 일반적인 남자에 대해 토론했어요. 특히 아저씨와 켐퍼 아
저씨는 몇 년 동안 화제였죠. 귀 가렵지 않았어요?"

"켐퍼는 이해할 수 있어. 잘생긴 데다 위험하기까지 하니까."

"예, 그리고 영웅상이죠. 하지만 여자를 너무 밝히세요. 클레어도 그
정도는 알아요."

헬렌이 그의 두 손을 만지작거렸다. 리텔은 맥박이 빨라졌다. 이런 황
당무계하고 난감한 상황이라니.

리텔은 안경을 벗었다. "켐퍼가 영웅인지는 모르겠다. 난 영웅이라면
정말로 열정적이고 공평무사해야 한다고 생각하거든."

"명언처럼 들리네요."

"그래, 존 F. 케네디 상원의원이 한 말이니까."

"그를 좋아하세요? 끔찍한 진보주의자 아닌가요?"

"난 동생 로버트를 좋아해. 그가 진짜 영웅이지."

헬렌이 꿈이라도 꾼다는 듯 자신을 꼬집으며 말했다. "옛 친구와 이런
얘기를 하다니 정말 믿어지지가 않아요. 그것도 아버지가 돌아가시기 전

부터 나를 지켜보셨던 분하고."

그런 생각을 하다니. 하느님 맙소사.

리텔이 말했다. "그럼 너를 위해 영웅이 되어주마."

"그렇게 감동적인 연애는 못 될 거예요."

리텔은 헬렌을 호텔까지 태워주고, 가방도 2층까지 옮겨주었다. 헬렌이 그의 입술에 작별 키스를 했다. 안경이 헬렌의 머리에 걸려 바닥에 떨어졌다.

리텔은 미드웨이로 돌아가 로스앤젤레스행 새벽 2시 비행기를 탔다. 스튜어디스가 그의 티켓을 멍하니 바라보았다. 왕복 티켓이 착륙 한 시간 후로 되어 있었기 때문이다.

마지막 마신 브랜디에 취해 잠이 들었다. 착륙 직후 깨어났을 때는 취기 때문에 머리가 띵했다. 아직 14분의 여유가 있었다. 마이애미발 55기는 정시에 9번 게이트에 착륙한다.

리텔은 경비원을 붙잡고 활주로에 나가게 해달라고 졸랐다. 끔찍한 숙취에 머리가 지끈거리기 시작했다. 지나가던 수화물 담당 직원들이 그를 제지했다. 리텔은 옷을 입은 채 잠을 잔 중년의 부랑자처럼 보였다.

비행기가 착륙했다. 지상 담당 직원들이 탑승 계단을 밀고 나갔다.

피터 본듀런트가 제일 먼저 나왔다. 지미 호파는 킬러들을 일등석에 태운다.

리텔은 그에게 다가갔다. 가슴이 방망이질하고 두 다리가 후들거렸다. 목소리는 갈라지고 흔들렸다. "언젠가 대가를 치르게 하겠어. 키르파스키를 포함해 뭘 위해서든."

10

로스앤젤레스, 1958년 12월 14일

프레디가 와이퍼에 쪽지를 끼워두었다. "점심 먹고 올게."

피터는 밴 뒷자리에 올라탔다. 프레디가 냉방 장치를 고안한 덕에 선풍기가 커다란 각얼음 그릇을 향해 돌고 있었다.

테이프가 돌아가고, 불빛이 번쩍였다. 그래프 바늘도 씰룩였다. 차 안은 싸구려 우주선의 조종석 같았다.

피터는 바람이 들어오도록 차창을 조금 내렸다. FBI 요원처럼 생긴 남자가 지나갔다. 아마도 청취 기지 인력일 것이다.

바람이 들어왔다. 산타나(Santa Ana: 푄 현상의 하나로, 캘리포니아 주 남부 내륙의 사막 지대에서 로스앤젤레스 인근 태평양 연안으로 불어오는 고온·건조한 바람─옮긴이)의 열기도 함께.

피터는 각얼음 하나를 바지 안에 넣고 기괴한 웃음을 흘렸다. 그러고 보니 목소리가 딱 특수요원 워드 J. 리텔이었다.

리텔은 깩깩거리는 목소리로 경고했다. 그에게서 퀴퀴한 술 냄새와 땀 냄새가 났다. 증인으로서는 아무 쓸모도 없는 쓰레기 인간.

그에게 이렇게 말할 수도 있었다. 안톤 그레츨러는 내가 담갔지만 키르파스키는 호파 짓이야. 난 그 새끼 입에 산탄 총알을 채우고 입술을 꿰맸지. 우린 쓰레기 소각장에서 롤란드와 그놈의 차를 태워버렸어. 33구경 산탄으로 머리를 날렸으니 치아로 신분을 알아낼 기회도 날아간 셈이지.

리텔은 롤란드 키르파스키의 죽음이 잭의 수다 때문이라는 사실조차 모른다. 청취 기지 요원들이 테이프를 보내기야 하겠지만, 아직은 시나리오를 제대로 파악하지 못했다는 뜻이다.

프레디가 밴에 올라타더니 그래프 장치를 조절하며 분통을 터뜨렸다. "방금 지나간 FBI 놈이 계속 감시하고 있어. 내내 차를 여기 세워두었으니까. 씨발놈, 내가 지들하고 똑같은 일을 하는지 알고 싶으면 방사능 측정기만 갖다 대면 되잖아. 니미, 이 근방에 집이라도 하나 사든지 해야지. 그럼 쌈박한 기계도 들이고 쇼프텔 년 집도 샅샅이 훑을 텐데…. 그런데 씨발, FBI 씹새가 이 똥통 마을에 마지막 남은 셋집을 채갔잖아. 너하고 지미가 하루에 200달러 줘봐야 이렇게 위험하면 좆도 아니야, 좆도."

피터는 각얼음을 하나 집어 들고 산산조각 냈다. "다 떠든 거냐?"

"아니. 여기 바닥에서 자는 바람에 엉덩이에 씨발 뾰루지까지 났어."

피터는 손가락 관절을 꺾어 우두둑 소리를 냈다. "더 읊어봐."

"돈 좀 쓰란 말이야, 씨발. 위험 수당도 그렇고, 이놈의 장비도 업그레이드해야잖아. 돈 좀 내봐, 정말. 그럼 끝내주는 걸 물어다준다니까 그러네, 니미."

"휴즈 씨한테 얘기해보지."

하워드 휴즈는 피치스라는 깜둥이 여장 남자한테 마약을 구했다. 피터가 그자의 소굴을 덮쳤지만 깨끗했다. 옆집 깜둥이 호모 말로는 피치스가 남창 지역으로 갔다고 했다.

피터는 즉흥적으로 작전을 짰다.

슈퍼마켓으로 차를 몰고 가 시리얼 한 박스를 산 다음 상자 안의 장난감 배지를 셔츠 앞자락에 달았다. 그리고 기록정보과의 카렌 힐처에게 전화해 중요한 정보를 손에 넣었다. 스크리브너즈 드라이브인 식당의 튀김 요리사가 신경안정제를 팔았으니 조금 실례해도 상관없을 것이다. 카렌이 설명한 인상착의에 따르면 놈은 백인이고 깡말랐으며 여드름 자국과 나치 문신이 있었다.

피터는 스크리브너즈로 차를 몰았다. 부엌문은 열려 있고, 변태 놈은 커다란 프라이팬에 감자 조각을 넣고 있었다.

놈이 그를 보았다. "배지가 가짜잖아." 변태가 냉동고로 시선을 돌렸다. 그러니까, 마약을 그곳에 보관했다는 얘기다.

"그래서 어쩌겠다는 거야?" 피터가 위협했다.

변태가 칼을 뽑았다. 피터는 놈의 불알을 걷어차고 칼 든 손을 기름에 튀겼다. 딱 6초 동안…. 마약 도둑놈이라고 병신까지 만들 필요는 없다.

변태가 소리쳤으나 거리 소음에 묻혔다. 피터는 샌드위치로 입에 재갈을 채웠다.

놈이 챙겨둔 마약은 냉동고 아이스크림 옆에 있었다.

호텔 매니저가 휴즈 씨에게 크리스마스트리를 주었다. 솜털과 액세서리로 장식한 트리였는데, 벨보이가 방갈로 밖에 두고 갔다.

피터는 트리를 침실로 옮긴 다음 전기를 꽂았다. 작은 조명들이 반짝거렸다.

휴즈는 웹스터 웹푸트 만화영화를 껐다. "그게 뭐야? 그리고 녹음기는 왜 들고 온 거야?"

피터는 주머니를 뒤져 약병을 트리 아래 던졌다. "호, 호, 호. 크리스마스 열흘 전 파티입니다. 코데인과 딜라우디드. 호, 호."

휴즈는 베개 사이로 몸을 움츠렸다. "에 … 반갑기는 한데, 자넨 원래〈허시-허시〉특파원을 뽑으러 가기로 했잖아?"

피터는 트리 코드를 뽑고 대신 녹음기에 꽂았다. "아직도 존 F. 케네디 상원의원을 싫어하십니까?"

"당연하지. 그 아비가 1927년 사업 때 날 엿 먹였어."

피터는 셔츠에서 솔잎을 털어냈다. "〈허시-허시〉로 그자를 엿 먹일 방법이 있을 것 같네요. 다만 공작을 유지할 돈이 조금 필요합니다."

"돈이라면 북미 대륙을 사들일 만큼 있어. 그리고 네놈이 중도에 포기할 생각이라면 아예 돛배에 태워 콩고로 보내주지!"

피터는 재생 버튼을 눌렀다. 상원의원 잭과 달린 쇼프텔이 낑낑거리며 섹스를 했다. 하워드 휴즈가 잔뜩 흥분해서 침대 시트를 움켜쥐었다.

섹스 소리는 점점 커지다가 이내 줄어들었다.

잭 케네디: "요즘 허리가 안 좋아서."

달린 쇼프텔: "정말 좋았어요. 짧고 달콤한 섹스가 최고죠."

피터는 멈춤 버튼을 눌렀다. 하워드 휴즈는 몸을 씰룩이다 부르르 떨기도 했다.

"조심만 하면 〈허시-허시〉에 기사를 올릴 수 있습니다. 그래도 용어 선정은 정말 정말 신중해야 해요."

"어디서 … 구한 … 거야?"

"여자가 창녀입니다. FBI가 여자 집에 벌레를 심었는데, 프레디 투렌틴이 선을 따냈죠. 그 때문에 FBI가 눈치챌 만한 내용은 절대 못 실어요. 도청에만 들어 있는 내용은 하나도 사용할 수 없다는 뜻입니다."

휴즈가 시트를 잡아 뜯었다. "좋아, '작전'에 돈을 대지. 게일 헨디한테 기사를 꾸며보라고 해. '색광 상원의원 할리우드 창녀와 농탕질' 같은 제목으로. 내일모레 잡지가 나오니까 게일이 오늘 써서 저녁까지 사무실에 가져오면 마감에 맞출 수 있을 거야. 케네디 집안이야 애써 외면하겠지만, 주류 신문과 통신사들은 기삿거리를 요구하겠지. 자료야 얼마든지 줄 수 있고."

빅 하워드는 크리스마스를 맞은 아이처럼 즐거워했다. 피터는 트리에 다시 조명을 넣었다.

게일에게는 납득이 필요했다.

피터는 그녀를 감옥 집 베란다에 앉히고 구슬리기 시작했다. "케네디는 변태야. 그 새끼 신혼여행에 널 끌어들이더니 2주 후에 차버리고 빌어먹을 밍크코트로 입까지 닦았잖아."

게일이 미소를 지었다. "그래도 괜찮은 사람이었어. '자기, 이제 끝내자.' 이런 식으로 얘기한 건 아니야."

"옛 남자한테 1억 달러 가치가 있다는데, 그런 식으로 뺄 필요는 없잖아?"

게일이 한숨을 내쉬었다. "늘 그렇지만 자기가 이겼어. 최근에 내가 그 밍크를 왜 안 입는지 알아?"

"아니."

"월터 P. 키너드 부인한테 줬어. 자기가 이혼 수당을 엄청 떼먹었잖아. 뭐든 기분 전환을 해주고 싶었어."

스물네 시간이 눈 깜짝할 사이에 지나갔다.

휴즈는 3만 달러를 풀었고, 피터는 그중 1만 5000달러를 챙겼다. 〈허시-허시〉 추문으로 도청을 폭로할 수 있다면 돈 걱정도 이제는 끝이다.

프레디는 장거리 무선통신기를 구입하고 집을 물색하기 시작했다.

FBI 놈들은 계속 밴을 감시했다. 잭 케네디가 전화하거나 방문한 적은 없었다. 프레디의 판단에도 달린은 한 번 따먹고 버리면 그만인 년이다.

피터는 감옥 집 전화기를 떠나지 않았다. 사이코 놈들이 계속 그의 공상을 방해했다. 〈허시-허시〉 특파원 지망자 둘이 전화를 했다. 할리우드 추문에 정통한 전직 범죄과 형사들…. 하지만 둘 다 그의 즉흥 퀴즈에 탈락했다. 에이바 가드너가 누구와 잤을까?

전화도 몇 통 걸고 베벌리 힐튼에 짝퉁 휴즈도 새로 심었다. 카렌 힐처가 추천한 남자인데 다름 아닌 주정뱅이 쓰레기 시아버지였다. 팝스는 세 끼 따뜻한 식사와 침상 하나만 있으면 일하겠다고 했다. 피터는 최고급 스위트룸을 예약하고 늘 같은 룸서비스를 신청했다. 아침, 점심, 저녁 변함없이 티버드 맥주와 치즈버거.

지미 호파가 전화를 걸었다. 〈허시-허시〉 건은 마음에 들지만 더 세게 치고 나가! 피터는 그 의견을 묵살하기로 했다. 잭과 달린은 불과 2분 만에 일을 끝냈다.

그는 계속 마이애미 생각을 했다. 택시 회사, 활달한 히스패닉계, 적도의 햇살. 마이애미는 모험이다. 마이애미는 돈줄이다.

발간일에는 아침 일찍 일어났다. 게일은 떠났다. 그를 피해 해변으로 목적 없는 드라이브를 택한 것이다.

피터는 밖으로 나갔다. 초판이 메일박스에 들어 있었다. 지시한 대로였다. 커버 타이틀이 마음에 들었다. "발정 난 상원의원 발병 나나? L.A. 암고양이에게 발목 잡히다!"

화보도 좋았다. 고양이 몸에 존 케네디 얼굴. 꼬리가 금발 비키니의 허리를 감고 있었다.

기사로 넘어갔다. 게일은 피어리스 폴리티코펀디트라는 필명을 썼다.

미 상원의원 휴게실의 잡담꾼들은 그가 민주당에서 가장 매력적인 바람둥이는 아니라고 말한다. 아니, 상원의원 L. B.(Lover Boy?) 존슨이 그 분야에서 최다 득표를 하고, 플로리다의 '대물' 조지 F. 스매더스를 간발의 차로 젖힐 것이다. 상원의원 존 F. 케네디는 발기부전의 바람둥이다. 그래서 그런 그가 끝내주게 매력적이라고 여기는 털 좋고 맘 좋은 암고양이들한테 애절하면서도 강렬하게 끌리는 것이다.

나머지 내용은 대충 읽었다. 게일은 방향을 잘못 잡았다. 이래서야 어디 추문이 제대로 드러나겠는가. 잭 케네디가 여자들에게 추파를 던지고 "어르고 달래고 뺨치며", "반지와 팔찌와 발찌"를 포함해 "보스턴 보석을 보따리째" 안겼다? 기사 어디에도 고급 매춘부는 물론 씹질도 없고 2분 딸딸이 잭을 향한 조롱도 보이지 않았다.

그래도 힘내, 피터. 이제 최고 추문꾼들이 용트림을 시작했으니까.

피터는 다운타운으로 차를 몰고 가 〈허시-허시〉 창고를 둘러보았다. 언뜻 봐도 상황은 평상시와 다를 바 없었다.

남자들이 신문 다발을 손수레에 싣고 끌어다 깔판에 쌓았다. 잡지를 실은 트럭이 부두까지 이어졌다. 늘 같은 공정. 그런데….

평범한 차량 두 대가 거리 아래 서 있고, 주변을 돌아다니며 아이스크림을 파는 왜건도 위태로워 보였다. 운전사가 핸드마이크에 대고 뭔가를 중얼거렸다.

피터는 블록을 한 바퀴 돌았다. 경찰이 더 많아졌다. 갓길에 마크 없는 경찰 차량 네 대. 모퉁이 너머에 정식 순찰 차량 두 대.

피터는 다시 한 바퀴를 돌았다. 드디어 긴장은 터지고 상황이 걷잡을 수 없이 돌아갔다.

경찰차 네 대가 사이렌과 경광등을 터뜨리며 하역장으로 들이닥쳤다. 사복 차림의 남자들이 쏟아져 나오고, 정복 경찰이 화물 갈고리로 창고 건물을 마구 쳤다. 로스앤젤레스 경찰 밴이 배달 트럭을 봉쇄했다.

잡역 인부들은 짐을 떨어뜨리고 두 손을 들었다.

추문 전문 잡지의 대혼란. 삼류 추문 잡지의 아마겟돈이었다.

피터는 베벌리힐스 호텔로 차를 몰았다. 생각하기도 끔찍한 그림. 누군가가 케네디 특집판을 밀고한 것이다. 피터는 주차를 하고 풀장 옆으로 달려갔다. 휴즈의 방갈로 밖에 사람들이 모여 있었다.

다들 빅 하워드의 침실 창을 엿보았다. 사건 현장에 몰려든 빌어먹을 악귀 같은 놈들.

피터는 사람들을 밀치고 현관문으로 접근했다.

빌리 엑스타인이 그를 밀치며 말했다. "헤이, 여기 좋은 기삿거리가 있네."

창문은 열려 있었다. 남자 둘이 휴즈 씨를 거칠게 몰아붙였다. 잡아먹을 듯한 합동 공격. 로버트 케네디와 조지프 P. 케네디 시니어였다.

휴즈는 침대 누비 커버로 몸을 감싼 채였다. 보비가 마약을 흔들고, 조지프 영감은 고함을 쳤다.

"…이런 너절한 색광에 마약 중독자 새끼. 네놈을 온 세상에 낱낱이 폭로해주마. 내 말이 허풍인 것 같아? 이렇게 창문을 열고 호텔 투숙객들한테 네놈을 보여주는 이유가 뭐 같아? 다시 한 번 네놈의 그 쓰레기 잡지에 내 가족 얘기를 한 단어라도 쓸 경우 전국 방방곡곡에 네놈의 추문을 퍼뜨리겠다는 경고다, 이놈아."

휴즈가 몸을 움츠리며 벽에 머리를 박자 액자 하나가 기울어졌다.

올스타 관음증 환자들이 쇼를 지켜보았다. 빌리, 미키 코헨, 커다란 생쥐 귀 모양의 비니 모자를 쓴 호모 탤런트.

하워드 휴즈가 울먹이며 애원했다. "제발, 때리지만 말아요."

피터는 달린 쇼프텔의 집으로 차를 몰았다. 끔찍한 그림은 더욱 커져만 갔다. 게일이 밀고한 걸까? 아니면 FBI가 프레디의 중간 도청을 눈치챘을까?

피터는 프레디의 밴 뒤에 차를 세웠다. 프레디는 자동차 앞 범퍼에 수갑으로 묶인 채 무릎을 꿇고 있었다.

피터는 그쪽으로 다가갔다. 프레디가 수갑을 잡아당기며 일어나려 했다. 손목이 긁혀 피가 나고 무릎은 아스팔트 바닥에 쓸려 다 까졌다.

피터는 그 앞에 쪼그려 앉으며 말했다. "어떻게 된 거야? 그만 지랄하고 나를 봐."

프레디의 팔목이 다소 뒤틀려 보였다. 피터는 그의 얼굴을 후려갈겼다. 프레디가 퍼뜩 놀라며 반쯤 정신을 차렸다.

"청취 기지 놈이 자기가 녹취한 걸 시카고 FBI에 넘기고, 내 밴이 의심스럽다며 찌른 것 같아. 피터, 이 일은 씨발, 나한테는 무리야. FBI 혼자 치고 들어왔는데, 그 자식이 무턱대고 들어온 건지 아니면…."

피터는 잔디밭을 가로질러 현관을 박차고 들어갔다.

달린 쇼프텔은 머리를 숙이며 그를 피하려다 하이힐이 부러지는 바람에 엉덩방아를 찧고 말았다.

또다시 끔찍한 그림. 최종판.

마이크 몇 개가 회반죽을 뒤집어쓴 채 바닥에 널브러져 있고, 협탁 위에는 전화기 두 대가 도청 장치를 드러낸 채 놓여 있었다.

그리고 청색 기성복 정장 차림의 특수요원 워드 J. 리텔이 서 있었다. 외통수. FBI 요원을 함부로 대할 수는 없다.

피터는 그에게 다가갔다. "이거 뻥이죠? 당신이 혼자 왔을 리는 없어."

리텔은 그저 서 있기만 했다. 안경이 코 아래로 미끄러져 내렸다.

"계속 나를 괴롭히는데, 다음은 마지막이 될 거요."

"이제 퍼즐을 다 맞췄군." 리텔이 말했다. 목소리가 가볍게 떨렸다.

"그래서?"

"켐퍼 보이드가 그러더군. 베벌리힐스 호텔로 심부름을 간 일이 있다고. 그곳에서 너를 만났다며? 그런데 네놈이 그를 의심하고 미행한 거야. 그러곤 우리가 집들이하는 걸 보고 똘마니한테 선을 따게 했겠지. 케네디 상원의원이 쇼프텔한테 롤란드 키르파스키 심문에 대해 떠들자 그 얘기를 듣고는 지미 호파를 부추겨 계약을 따냈고."

역겨운 냄새에 속이 뒤집어졌다. 아침 8시에 술 냄새를 풀풀 풍기는 말라깽이 짭새라니. "증거가 없을 텐데. 후버 국장도 관심 없을 테고."

"맞는 말이야. 네놈하고 투렌틴을 체포할 수야 없겠지."

피터는 미소를 지었다. "후버 국장도 테이프는 좋아할걸? 그런데 당신이 그 공작을 날려버렸으니 열 받지 않았을까?"

리텔이 피터의 얼굴을 가격했다. "이건 존 케네디의 손에 피를 묻힌 대가다."

손에 힘이 없었다. 누구라도 그보다는 세게 때렸을 것이다.

그녀가 쪽지를 남겨두고 떠났을 거라는 것 정도는 그도 알았다. 쪽지는 침대 위 집 열쇠 옆에 있었다.

당신도 알다시피 내가 기사를 좀 뭉뚱그렸어요. 그런데 편집장이 문제 제기를 하지 않아 뭔가 어긋났다는 생각이 들더군요. 그래서 밥 케네디한테 전화했더니, 발간 자체를 못하게 할 수도 있다더군요. 잭이 냉혹하기는 하지만 그래도 당신 공작은 너무 지나쳤어요. 더 이상 당신하고 지내고 싶지 않으니까 찾지 말아요.

그가 사준 옷도 가져가지 않았다. 피터는 그 옷을 모두 길거리에 내던지고 자동차들이 짓밟고 지나가는 모습을 지켜보았다.

11

워싱턴 D.C., 1958년 12월 18일

"나 원 분통이 터져서. 분통이 씨발, 어디 미친년 화장품 얘기도 아니고. 자네들 행동을 개지랄이라고 하면, 진짜 개지랄은 니미, 동네 거지새끼 밥 동냥 타령이겠지." 후버 국장은 잠시 호흡을 달랬다. 의자에 베개를 깔아놓은 덕분에 두 키다리를 내려다볼 수 있었다.

켐퍼가 리텔을 쳐다보았다. 두 사람은 후버의 책상 앞에 얼굴을 붉힌 채 앉아 있었다.

리텔이 먼저 입을 열었다. "국장님 입장은 이해합니다."

후버는 손수건으로 입술을 두드렸다. "난 자네 안 믿어. 객관적 판단 따위는 개나 줘버리라고. 그보다는 충성심이 훨씬 믿음직하니까."

"제가 생각이 부족했습니다, 국장님. 그 점에 대해서는 사죄드립니다."

"'생각이 부족했다면' 당신이 보이드하고 접선하는 바람에 멍청한 본듀런트 놈이 보이드와 로버트 케네디를 의심하기 시작했겠지. '일구이언'과 '불충'이라면 허락도 없이 로스앤젤레스로 날아가 FBI의 공작을 깡그리 망친 걸 테고."

"본듀런트를 살인 용의자라고 생각했습니다, 국장님. 보이드와 제가 설치한 감시 장치를 엿듣는 것 같아서 그 점을 확인한 것입니다."

후버는 아무 말도 하지 않았다. 켐퍼가 보기에 그는 침묵을 교묘히 이용하고 있었다.

공작은 두 방향에서 틀어졌다. 본듀런트의 여자 친구가 보비 얘기를 추문 잡지에 실었다. 그리고 워드는 혼자 키르파스키 살해를 추론해냈는데, 그 논리가 어느 정도 타당했다. 피터와 롤란드가 같은 시간에 마이애미에 있었기 때문이다.

후버가 문진을 만지작거렸다. "살인이 FBI의 공격 방법인가, 리텔?"

"아닙니다."

"그럼 로버트 케네디와 매클렐런 위원회가 FBI의 라이벌이라도 되나?"

"그런 생각 해본 적 없습니다, 국장님."

"그렇다면 자넨 바보 멍청이야. 요즘 행동이 그걸 말해주잖아, 안 그래?"

리텔은 쥐죽은 듯 앉아 있었지만 켐퍼가 보기엔 가슴의 방망이질이 셔츠를 펄럭일 정도로 티가 났다.

후버가 팔짱을 꼈다. "1961년 1월 16일. 자네가 FBI에 들어온 지 딱 20년 되는 날이야. 기억해둬, 그날이 은퇴일이 될 테니까. 그때까지 시카고 지국에서 일해. 빨갱이팀에 남아서."

"예, 알겠습니다." 리텔이 대답했다.

후버가 자리에서 일어났다. 켐퍼는 한 박자 늦게 일어났다. 일종의 시위인 셈이다. 리텔은 황급히 일어나는 바람에 의자가 비틀거렸다.

"자네가 일을 계속하고 퇴직 연금이라도 받는 이유는 오로지 보이드 덕분이야. 나를 끈질기게 설득해서 할 수 없이 관용을 베푼 거니까. 아량에 보답하고 싶으면, 보이드의 매클렐런 위원회와 케네디 가문 침투 건에 대해 아가리 닥치도록. 약속하겠나, 리텔?"

"예, 약속합니다, 국장님."

후버가 나갔다.

켐퍼는 느릿느릿 말했다. "이제 숨 좀 돌리게."

메이플라워 주점은 사방을 벽 테이블로 둘러놓았다.

켐퍼는 리텔을 앉히고 더블 스카치 온 더 락스로 달래주었다.

간신히 진눈깨비를 뚫고 온 터라 두 사람 다 아무 말도 할 수 없었다. 워드는 생각보다 채찍질을 잘 이겨냈다.

"후회하나?" 켐퍼가 물었다.

"별로. 은퇴는 20년 근속일에나 할 테고, THP는 결국 헛발질이니까."

"합리화하는 거야?"

"그건 아니야. 내 생각엔…."

"생각은 그만두게. 자네 때문에 변명하는 것도 한두 번이 아니야."

"음 … 뭔가 위험하면서도 매혹적인 냄새가…."

"자네가 좋아하는 것?"

"그래, 그야말로 신세계에 상륙한 기분이었어."

켐퍼가 마티니를 저었다. "국장이 자넬 왜 쫓아내지 않았는지 알아?"

"아니."

"자네가 경박하고 무분별하고 모험이라면 물불을 가리지 않는다고 내가 설득했거든. 그래서 결국 국장도 자네가 울타리 안에서 밖으로 오줌을 갈기는 편이 울타리 밖에서 안으로 갈기는 것보다 낫다고 판단한 거야. 나한테도 그 점을 강조하더군. 국장이 신호를 보냈으면 내가 직접 자넬 비난했을 거야."

리텔이 미소를 지었다. "켐퍼, 자네가 날 유도하는군. 증인을 설득하는 변호사처럼 말이야."

"그래, 자네는 고집 센 증인이지. 자, 하나만 물어보겠네. 피터 본듀런트가 자넬 어떻게 할 것 같나?"

"죽일까?"

"정확히 말하면 은퇴 후 살해겠지. 그자는 자기 동생을 죽였어, 워드. 부모도 그 사실을 알고 스스로 목숨을 끊었지. 비록 소문이지만 신빙성은 충분해."

"맙소사!" 리텔이 소리를 질렀다.

겁먹은 표정. 그것도 한눈에 드러날 정도로 역력했다.

켐퍼는 잔 속의 올리브를 집었다. "FBI 승인 없이 시작한 일인데 그래도 계속할 텐가?"

"그래. 괜찮은 정보원도 있을 것 같아. 게다가…."

"난 자세한 내용은 알고 싶지 않아. 아직은. 그냥 FBI 안팎에 위험이 도사리고 있다는 걸 자네가 아는지 확인하는 것만으로 족해. 그래야 섣불리 행동하지 않을 테니까."

리텔이 미소를 지었는데, 얼핏 무모해 보이기까지 했다. "후버가 죽이려들겠지. 허가 없이 수사 중이라는 사실을 알면 시카고 마피아 놈들도 나를 고문하고 결국 죽여버릴 거야, 켐퍼. 막연하지만 자네가 나를 어디로 유도하려 하는지 정도는 직감하고 있네."

"말해보게."

"자넨 정말로 로버트 케네디 밑에서 일할 생각이야. 그도 자네한테 혹했고, 자네도 그의 위업을 존중하니까. 결국 상황을 뒤집어 후버한테 진짜 정보는 줄이고 거짓 정보를 늘이겠지."

안쪽 부스 옆에서 린든 존슨이 붉은 머리와 왈츠를 추었다. 전에도 본 적 있는 여자였다. 잭은 그 여자를 소개해줄 수도 있다고 말했었다.

"자네 말이 맞지만, 내가 일하고 싶은 사람은 상원의원이야. 보비는 오히려 자네 타입이지. 같은 천주교도인 데다 마피아가 자네만큼이나 그한테도 존재 이유니까."

"그리고 자넨 자네가 적합하다고 여기는 정보를 후버에게 제공하겠지."

"그래."

"타고난 이중성 때문에 괴롭지 않겠나?"

"날 판단하지 말게, 워드."

리텔이 웃었다. "자넨 내 판단을 좋아하잖아. 누구든 자네 의중을 헤아려주길 바라지. 후버 국장만 빼놓고. 그래서 경고하는데, 케네디 가문을 조심하게."

켐퍼가 잔을 들었다. "그러지. 자네도 명심해. 앞으로 2년 후면 잭은 대통령이 될 걸세. 그가 대통령이 되면 보비는 전권을 휘두르며 조직범죄와 싸우겠지. 케네디 행정부는 우리 둘에게도 대단한 기회라는 얘기야."

리텔도 자기 잔을 들었다. "자네 같은 기회주의자도 드물어."

"건배. 자네가 위원회와 정보를 공유한다고 보비한테 보고해도 되겠나? 익명으로?"

"오케이. 문득 생각해보니까, 내 은퇴일이 대선 이틀 전이군. 자네의 탕아 친구 잭이 대통령이 되면, 유능한 변호사-경관이 일자리를 구한다고 전해주게."

켐퍼가 봉투 하나를 내놓았다. "자넨 항상 계산이 빨라. 클레어가 우리 둘 머릿속에 들어 있다는 사실은 항상 까먹지만 말이야."

"그만 놀리고, 켐퍼, 가져왔으면 어디 읽어봐."

켐퍼가 공책에서 뜯어낸 종이를 펼쳤다. "인용. '아빠, 오늘 아침 헬렌이 전화했는데, 진짜 기막힌 얘기를 들었어요. 지금 앉아 계시죠? 헬렌이 그러는데, 자기가 워드 아저씨와 뜨거운 데이트를 한대요(아저씨는 1913년 3월 8일생, 헬렌은 1937년 10월 29일생). 그 애 방에서 끌어안고 애무까지 했대요. 수전이 알아낼 때까지 기다리세요! 헬렌은 늘 나이 든 남자를 건드렸지만, 이번 일은 정말 백설 공주가 월트 디즈니를 건드리는 격이라고요! 난 솔직히 지금까지 그 애가 눈독 들이는 어른은 아빠라고 생각했어요!' 인용 끝."

리텔이 얼굴을 붉히며 일어났다. "나중에 만나기로 했네, 내 호텔에서. 그 애한테 이런 말을 했지. '남자들은 자신을 찾아온 여자를 좋아한다.' 그런데 그 애는 지금껏 그렇게 사랑을 찾아다녔어."

"헬렌 에이기는 코뿔소로 위장한 여대생이야. 상황이 복잡해지면 내 말을 되새겨보게."

리텔은 웃음을 터뜨리고는 옷매무새를 만지작거리며 자리를 떠났다. 외모는 그럭저럭 괜찮지만 아무래도 찌그러진 안경은 바꿔야 할 것 같았다. 이상주의자들은 외모를 가볍게 여긴다. 워드도 멋진 옷을 밝히는 성격과는 거리가 멀다.

켐퍼는 두 번째 마티니를 주문하고 안쪽 부스 쪽을 둘러보았다. 웅성거리는 소리가 들렸다. 쿠바에 대해 열을 올리는 의원들.

존 스탠튼은 쿠바를 스파이들의 잠재적 전쟁터라고 불렀다. "내가 당신을 위해 할 일이 있을지도 몰라요."

잭 케네디가 안으로 들어오자 린든 존슨의 붉은 머리가 그에게 냅킨 쪽지를 건넸다.

잭이 켐퍼를 보고 윙크했다.

2부

공모

1959년 1월~1961년 1월

12

시카고, 1959년 1월 1일

신원 미상의 남자 1: "콧수염 카스트로. 내가 아는 얘기는 샘 G.도 그 때문에 완전히 똥줄이 탔다는 정도야."

신원 미상의 남자 2: "시카고 마피아는 늘 안개 속이지. 쿠바만큼이나. 산토 T.는 바티스타와 둘도 없는 친구잖아. 한 시간 전쯤 내가 샘과 얘기했어. 지금은 신문을 사러 나갔다가 로즈 볼(매년 1월 1일 열리는 대학 미식축구 선수권전 – 옮긴이) 중계를 보겠다며 돌아왔지. 신문이야 좆도 매일 행복한 새해 타령이지만 카스트로가 쿠바를 장악했는데 그 인간이 친미인지, 친러시아인지, 친화성인지 씨발, 어떻게 알겠어. 안 그래?"

리텔은 의자를 뒤로 젖히고 헤드폰을 조절했다. 오후 4시. 눈이 내렸지만 셀라노 양복점의 토론은 계속 이어졌다.

지금은 THP 도청 기지에 그 혼자였다. FBI의 규칙은 물론 후버 국장의 직접 명령까지 어기고 있었다.

남자 1: "산토와 샘은 그곳 카지노들부터 손에 넣어야 해. 총수익이 하루에 50만 달러는 될 텐데."

남자 2: "샘이 그러는데, 산토가 경기 시작 바로 전에 전화했대. 마이애

114

미의 쿠바 씹새들이 좆 나게 열 받았다고. 샘한테 택시 회사 지분이 있는 데. 자네도 그 회사 알지?"

남자 1: "알지. 타이거 택시. 작년에 트럭 노조 총회 때문에 내려갔다가 그곳 택시를 탔지. 오렌지색이었어. 그 바람에 여섯 달 동안 엉덩이에 뾰루지가 나서 돌아버릴 뻔했지."

남자 2: "쿠바 운짱 중 절반은 카스트로파, 절반은 바티스타 추종자야. 산토가 샘한테 그랬대. 회사가 완전히 아수라장이라고. 깜둥이 새끼들이 복지 수표 못 받으면 딱 그 지랄이잖아."

웃음소리가 헤드폰을 가득 채웠다. 잡음까지 섞였다. 리텔은 헤드폰을 벗고 기지개를 켰다.

두 시간밖에 여유가 없지만 아직 그럴듯한 정보는 없었다. 쿠바 정치에는 관심도 없다. 열흘간 암암리에 청취 테이프를 들었건만 여전히 빈 깡통 신세였다.

그는 코트 미드 요원과 거래를 했다. 은밀한 거래. 미드의 정부는 로저 스파크에 산다. 공산당 지부장 몇 명도 근처에 살았다. 두 사람의 합의는 이랬다-나는 네 일을 하고, 너는 내 일을 한다.

두 사람은 실제 업무를 하고 리포트를 점검하는 척하며 시간을 때웠다. 미드의 실제 업무는 공산당과 보험 부자 과부를 뒤쫓고 조폭들의 욕지거리 대화를 듣는 일이었다.

미드는 연금을 확보한 터라 어떤 일에도 열의가 없었다. FBI에 들어온 지 27년이나 되었기 때문이다.

리텔은 신중했다. 켐퍼 보이드의 케네디 침투 관련 내부 정보도 잔뜩 확보했다. 빨갱이팀의 상세 보고서도 철하고 THP 회보에는 미드의 사인을 위조했다.

거리 쪽으로 접근하는 요원도 빠짐없이 확인했다.

도청 기지를 드나들 때도 신중하고 은밀했다.

계획은 먹혀들 것이다. 적어도 당분간은. 그렇다 해도 쓰레기 같은 도청 잡담에는 속이 탈 수밖에 없었다. 아무래도 정보원을 수배해야겠군.

그는 레니 샌즈를 열흘 밤 내내 미행했다.

샌즈는 호모 아지트에 자주 드나들지 않았다. 성적 성향이 강박적이지는 않은 모양이다. 아니면 자신의 성적 취향이 바깥에 알려질까 우려해 그럴 수도 있다.

미시건 애버뉴에 눈발이 휘몰아쳤다. 리텔은 지갑을 꺼내 사진을 보았다. 헬렌의 유광 스냅사진. 머리 스타일 덕분에 화상 흉터가 한층 도드라졌다. 처음 흉터에 키스했을 때 헬렌은 눈물을 흘렸다. 켐퍼는 그 애를 "코뿔소 소녀"라고 불렀다. 리텔은 크리스마스 선물로 헬렌에게 코뿔소 옷걸이를 사주었다.

클레어 보이드로부터 두 사람이 연인이라는 얘기를 듣고 수전은 이렇게 대답했다. "충격이 가라앉으면 그때 내 생각을 말해줄게요."

하지만 아직까지 전화는 없었다.

리텔은 헤드폰을 썼다. 양복점 문이 쾅하고 닫히는 소리가 들렸다.

신원 미상의 남자 1: "살, 살 D., 이런 날씨가 믿겨져? 아바나에서 카스트로와 함께 주사위놀이나 하고 싶지?"

'살 D.'는 마리오 살바토르 도노프리오를 말한다. 별명은 '미치광이 살.' THP 자료에 따르면 독립 마권업자/고리대금업자이며 1951년 살인 사건으로 기소되었다. "정신병리학적인 사디스트 범죄자이며, 타인에게 고통을 가하려는 통제 불능의 사이코섹슈얼 충동의 소유자."

신원 미상의 남자 2: "누가 그랬다고, 살바토르? 뭐든 새롭고 특별한 얘기 좀 해봐."

살: "소식이라면, 콜츠 대 자이언츠 내기에서 지는 바람에 번들(5달러짜리 마약 25개 묶음―옮긴이) 하나를 잃었어. 덕분에 샘한테 돈까지 꿨잖아, 니미럴."

남자 1: "아직 교회 건이 남아 있나, 살? 그곳 형제 그룹을 타호(미국 시에라네바다 산맥에 있는 호수―옮긴이)와 라스베이거스에 데려간다며?"

잡음이 치고 들어오는 바람에 리텔은 기계를 때려 공기 흐름을 정리했다.

살: "…가데나(로스앤젤레스 카운티에 있는 도시―옮긴이)하고 로스앤젤레스에도. 시내트라와 디노를 보고, 카지노의 비밀 슬롯 룸에 들어가 뻥땅

좀 뜯을 참이야. 그런 걸 유람이라고 하지? 쇼도 보고 노름도 하고 좆도 까고…. 이봐, 루, 레니라는 유대인 놈 알지?"

루/남자 1: "그래, 샌즈. 레니 샌즈."

남자 2: "유대인 레니. 샘 G.의 광대 새끼 아냐?"

잡음 때문에 대화를 놓쳤다. 리텔은 콘솔을 손으로 치고 전기 코드를 풀었다.

살: "…그래서 내가 그랬지. '레니, 함께 여행할 친구가 있어야겠어. 유람 친구들을 즐겁게 해줘야 하거든. 그래야 놈들이 돈도 잃고, 나도 삥땅 좀 챙길 거 아냐?' 그랬더니 이러는 거야. '살, 오디션은 없지만 정월 초하루에 노스사이드 엘크스(North Side Eelks)에 나가요. 아실지 모르지만 트럭 노조 사교 클럽에서….'"

갑자기 장비가 뜨거워졌다. 리텔은 작동 스위치를 끈 다음 콘솔이 식을 때까지 기다렸다.

도노프리오/샌즈의 커넥션이 흥미로웠다.

살 D.의 파일을 확인해보았다. 요원의 보고는 끔찍할 정도였다.

도노프리오가 사는 곳은 사우스사이드의 이탈리아 구역으로, 깜둥이 공동 거주 지역에 둘러싸여 있다. 그의 마권과 고리대금 고객들도 대부분 같은 지역에 거주하므로 도노프리오는 주로 걸어서 수금을 돈다. 일정은 거의 매일 반복된다. 도노프리오는 지역 내에서 등대지기를 자처해 쿡 카운티 보안관 사무실의 조폭팀도 그를 '수호천사'쯤으로 파악하고 있다. 예를 들어 깜둥이 범죄단을 상대로 이탈리아계 미국인을 지키는 식인데 이런 역할과 강압적인 수금, 협박 전략 덕분에 마권 영업/고리대금업의 장기 독점이 가능했다. 주목할 만한 점은 1957년 12월 19일 일어난 모리스 시어도어 윌킨스 고문 살인 사건의 용의자였다는 사실이다. 윌킨스는 흑인 청년으로 동네 교회 목사관을 턴 혐의로 조사를 받고 있었다.

폴더에 사진이 붙어 있었다. 미치광이 살은 얼굴에 혹과 흉터가 있고 가고일(교회 등의 건물에서 홈통 주둥이로 쓰는 괴물 모양의 석상―옮긴이)만큼이나 못생겼다.

    리텔은 사우스사이드로 차를 몰고 가 도노프리오의 돈놀이 구역을 돌았다. 살은 59번가와 프레리의 인도를 걷고 있었다.

    리텔은 자동차를 포기하고 20미터 거리를 두고 미행하기 시작했다.

    미치광이 살이 아파트 건물로 들어갔다가 돈을 세며 나왔다. 살은 기도서에 거래 내용을 도표로 작성했다. 눈보라 속에도 굽 낮은 테니스화를 신고 습관적으로 자기 코를 비틀었다.

    리텔은 뒤를 바짝 쫓았다. 바람 소리가 발소리를 덮어주었다.

    미치광이 살이 창문을 들여다보았다. 순찰 경관을 만나자 그에게서도 돈을 받아냈다. 아치 무어 대 이본 듀렐의 리턴 매치에 5달러 베팅.

    거리에는 거의 아무도 없었다. 미행이 마치 일련의 환각처럼 느껴졌다. 식당 직원이 속이려 하자 살은 휴대용 스테이플러를 꺼내 그의 두 손을 카운터에 박아버렸다.

    미치광이 살이 교회 목사관으로 들어갔다.

    리텔은 공중전화로 들어가 헬렌에게 전화를 걸었다.

    헬렌은 두 번째 벨이 울리자 전화를 받았다. "여보세요?"

    "나야."

    "왜 이렇게 시끄러워요."

    "바람 소리. 공중전화야."

    "이 날씨에 밖에 있어요?"

    "그래. 공부 중이니?"

    "그러잖아도 불법 행위 때문에 골머리를 썩고 있었는데, 전화 잘했어요. 수전이 전화했더라고요."

    "오, 그래서?"

    "나도 어른이고 아저씨도 마흔다섯의 자유인이라고 해줬죠. 이렇게 말하더라고요. '기다렸다가 두 사람이 얼마나 오래가는지 보고 엄마한테 말해줄 생각이야.' 워드, 오늘 밤 오실래요?"

    미치광이 살이 밖으로 나오다가 목사관 계단에서 미끄러졌다. 목사가 그를 일으켜주고 작별 인사를 했다.

리텔은 장갑을 벗고 곱은 손을 불었다. "늦을 거야. 라운지 쇼가 있는데 놓치면 안 되거든."

"점점 수수께끼 같은 말씀만 하시네요. 후버 국장 같아요. 매초마다 어깨 너머를 훔쳐보던데…. 켐퍼 아저씨는 딸한테 자기 일에 대해 미주알고주알 다 말해준단 말이에요."

리텔은 웃었다. "지금 속내를 드러낸 건 알고 있니? 잘 생각해보렴."

"오, 맙소사! 그러고 보니 그러네요!" 헬렌이 호들갑을 떨었다.

깜둥이 소년 하나가 지나가자 살이 번개처럼 그 뒤를 쫓았다.

"끊어야겠다."

"늦게라도 오세요."

"그럴게."

미치광이 살은 빨리 달리고 싶었지만 눈보라와 굽 낮은 스니커즈 때문에 속도를 낼 수 없었다.

엘크스 홀 계단은 미어터질 정도였다. 트럭 노조 소속이 아니면 입장도 불투명했다. 폭력배들이 문에서 신분증을 검사했기 때문이다.

사람들은 술병 가방과 식스 팩 맥주를 들고 안으로 들어갔다. 하나같이 외투에 조합 배지를 달았는데, 크기가 FBI 배지만 했다.

한 무리가 계단으로 몰려들었다. 리텔은 FBI 배지를 들고 중앙으로 향했다. 사람들이 우르르 몰린 덕분에 손쉽게 안으로 휩쓸려 들어갈 수 있었다.

금발 미녀가 실 팬티와 젖꼭지 가리개만 아슬아슬하게 걸친 채 외투 보관실을 관리했다. 로비 벽은 불법 슬롯머신으로 빼곡했다. 오늘은 레버를 당길 때마다 잭팟이라 노조원들은 두 손으로 동전을 긁어모으며 환성을 질렀다.

리텔은 배지를 주머니에 넣었다. 사람들이 떠미는 바람에 대형 레크리에이션 홀 안으로 밀려 들어갔다.

카드 테이블 앞 약간 높은 곳에 밴드 스탠드가 있었다. 테이블 어디에

나 위스키 병, 종이컵, 얼음 따위를 세팅해놓았다. 스트리퍼들이 시가를 나눠주었는데, 팁만 주면 뭐든 할 기세였다.

리텔은 링 옆에 자리를 잡았다. 붉은 머리 여자가 엉큼한 손들을 피해 다녔다. 돈다발 때문에 실 팬티가 터질 것 같았다.

조명이 어두워지고 소형 스포트라이트가 밴드 스탠드를 비추었다.

리텔은 재빨리 스카치 온 더 락스 한 잔을 챙겼다.

그의 테이블에도 다른 남자 셋이 앉았다. 생판 모르는 놈들이 등을 탕탕 때리며 지나갔다.

레니 샌즈가 무대 위에 올라가 시내트라처럼 마이크 코드를 빙빙 돌렸다. 레니는 시내트라 흉내를 냈다. 곱슬머리부터 목소리까지 모두. "내 사랑 트럭을 타고 달까지 날아갑시다! 사장 놈들 엉덩이에 바퀴 자국을 내줍시다! 노조는 위대하다! 한마디로, 트럭 노조 짱!"

사람들이 환호하며 고함을 쳤다. 한 남자가 스트리퍼를 붙잡고 강제로 추잡한 개다리 춤을 추게 했다.

레니 샌즈가 절을 하며 말했다. "감사합니다. 대단히 감사합니다! 자, 한바탕 놀아볼까요? 트럭 노조 북부 일리노이 협회 여러분!"

사람들이 박수갈채를 보냈다. 스트리퍼가 얼음 통을 가져왔다. 한쪽 가슴이 리텔의 얼굴을 스쳤다.

"여긴 정말 뜨겁네요." 레니의 말이 끝나기 무섭게 스트리퍼가 무대 위로 올라가 그의 바지 속에 얼음 조각을 부었다. 사람들이 아우성을 쳤다. 리텔 옆의 남자는 비명을 지르고 버번을 토했다.

레니는 절정에 이른 표정을 하며 아랫도리를 마구 흔들어댔다. 얼음이 모두 아래로 떨어졌다.

사람들은 울부짖고 소리치며 테이블을 두드렸다.

스트리퍼는 커튼 뒤로 들어갔다. 레니는 말투를 보스턴 억양으로 바꾸었다. 그의 입에서 보비 케네디의 목소리가 소프라노처럼 흘러나왔다. "내 얘기 잘 들어라, 미스터 호파! 역겨운 조폭, 건방진 트럭 운짱들과 당장 인연을 끊고 친구 놈들을 모조리 고발해. 안 그러면 우리 아빠한테 이를 거야!"

장내가 떠나갈 듯했다. 천장이 윙윙거리고 발 구르는 소리에 바닥이 경련을 일으켰다.

"미스터 호파, 당신은 쓰레기 악당이야! 더 이상 내 여섯 아이들을 노조로 꼬시지 마! 자꾸 그러면 아빠하고 잭 형한테 일러바칠래! 나한테 잘해주면 아버지한테 당신 노조를 사라고 얘기해줄게. 건방진 운짱 놈들도 하이애니스포트의 우리 가족 공관 노예로 삼지 뭐!"

장내가 다시 한 번 들썩였다.

리텔은 욕지기가 나고 머리도 어지러웠다.

레니는 흉내를 냈다. 우쭐하며. 그리고 로버트 F. 케네디를 동성애 사냥꾼이라고 불렀다.

"미스터 호파, 그놈의 앙탈 좀 그만 부려!"

"미스터 호파, 소리 좀 그만 질러! 너 땜에 헤어스타일 망가지잖아!"

"미스터 호파, 언제 철들거니, 애!"

레니는 장내를 완전히 쥐어짰다. 지하실에서 지붕까지 완전히 뒤집어 놓았다.

"미스터 호파, 자기는 너~무 사내다워!"

"미스터 호파, 그만 좀 긁어대! 나일론 팬티 다 찢어지잖아!"

"미스터 호파, 자기네 노조원들도 너~~무 섹시해! 그 양반들 때문에 매클렐런 위원회와 내가 몸이 달아 미치겠다니까!"

레니는 계속해서 조롱을 뽑아냈다. 리텔은 뭔지 모를 세 잔을 연거푸 들이켰다. 레니는 그래도 존 케네디를 거론하지는 않았는데 켐퍼는 그런 모습을 보비/잭의 이율배반이라고 불렀다. 한쪽을 사랑하면 다른 쪽을 미워할 수밖에 없다.

"미스터 호파, 당신이 정직하게 말하면 내가 헷갈려 미치겠어!"

"미스터 호파, 그만 좀 야단쳐! 자꾸 그러면 미용실 비밀을 당신 여편네한테 불어버릴 거야!"

엘크스 홀은 용광로처럼 들끓었다. 열린 창문이 혹한의 바람에 얼어버렸다. 얼음이 동나자 스트리퍼들은 새로 내린 눈으로 통을 채웠다.

마피아 놈들이 테이블을 돌아다니며 수다를 떨었다. 리텔이 파일 사진에서 본 얼굴들이었다.

'모'/'모모'/'무니' 샘 지앙카나, '칼침 토니' 이아노네, 시카고 소두목, '당나귀' 댄 베르사체, '뚱땡이' 밥 파올루치, '미치광이' 살 도노프리오.

레니가 쇼를 마무리했다. 스트리퍼들이 무대에서 엉덩이를 흔들며 절을 했다. "자, 나를 저 하늘까지 태워줘요, 노조 여러분! 지미 호파는 이제 우리의 호랑이입니다. 보비는 말라깽이 시궁쥐에 불과합니다! 다시 말해서, 뭐라고요? 트럭 노조 짱!"

테이블을 두드리고 손뼉을 치고 환호하고 고함을 지르고 휘파람을 불고 울부짖는 소음들…. 리텔은 뒷문으로 빠져나와 바람을 들이마셨다. 땀이 얼어붙고 다리가 후들거렸다. 스카치가 배 속에서 얹힌 모양이다.

문을 들여다보니 사람들이 콩가 춤을 추며 홀 안을 뱀처럼 휘젓고 다녔다. 레니 샌즈는 자기 자동차 옆에서 바람을 쐬며 쌓인 눈을 툭툭 걷어찼다. 미치광이 살이 다가와 레니를 끌어안았다. 레니는 얼굴을 찡그리며 뿌리쳤다. 리텔은 리무진 뒤에 웅크리고 숨었다. 두 사람의 목소리가 바람에 실려 왔다.

"레니, 할 말이 없다. 정말 대단했어."

"조직원들은 쉬워요, 살. 어떤 스위치를 켤지 알기만 하면 끝이니까."

"레니, 그래도 군중은 군중이야. 여기 트럭 노조 놈들은 유람 친구들만큼이나 쓰레기야. 너도 정치 나부랭이는 집어치우고 이탈리아 얘기에나 집중해. 장담한다. 네가 이탈리아 얘기를 건드리면 너를 보기 위해 하이에나들이 엄청 몰려들 거야."

"모르겠어요, 살. 어쩌면 라스베이거스 쇼를 하게 될지도."

"씨발, 내가 사정하잖아, 레니. 내 좆같은 유람 새끼들은 카지노에서 돈 잘 잃는 병신 중독자로 유명해. 네가 최고야, 레니. 놈들이 잃을수록 우린 버는 거야."

"모르겠어요, 살. 듄즈 카지노에서 토니 베넷 오프닝에 나갈지도."

"레니, 이렇게 사정하잖아. 내가 개처럼 네 발로 엎드려 빌잖아, 인마."

레니가 웃었다. "개처럼 짖기 전에 15퍼센트로 정하죠."

"15퍼센트? 이런 좆도…. 나를 등쳐먹겠다고? 이 유대인 새꺄?"

"그럼 20퍼센트. 반유대주의자하고는 돈거래로만 관계해요."

"좆 까, 새꺄. 15퍼센트라고 했잖아."

"좆 까요, 살. 나도 마음 바꿨어요."

침묵이 길어졌다. 리텔은 둘의 눈싸움을 머릿속으로 그려보았다.

"좋아, 좋아, 좋아, 좋아. 씨발, 20퍼센트, 이 좆같은 유대인 강도 놈아."

"살, 난 살을 좋아해요. 그래도 악수는 사양할래요. 손이 너무 끈적거린다고요."

쾅하고 자동차 문 닫히는 소리. 리텔이 보니 미치광이 살이 캐디를 몰고 거리로 미끄러져 나가고 있었다.

레니도 헤드라이트를 켜고 시동을 걸었다. 운전석 창밖으로 담배 연기가 날렸다.

리텔도 자신의 차로 걸어갔다. 레니는 두 줄 건너에 있으니 떠나는 걸 확인할 수 있을 것이다.

레니는 그냥 앉아 있기만 했다. 술꾼들이 헤드라이트 앞을 비틀거리며 지나다가 얼음판에 엉덩방아를 찧었다.

리텔은 와이퍼로 앞창의 얼음을 닦아냈다. 자동차는 범퍼까지 눈 속에 묻혔다.

레니가 차를 움직였다. 리텔은 1분 정도 충분히 뜸을 들이다가 진창눈의 바퀴 자국을 따라갔다. 레니는 곧바로 레이크쇼어 도로 북쪽 노선으로 접어들었다. 리텔은 램프 바로 앞에서 그를 따라잡았다.

레니가 방향을 꺾었다. 리텔은 차 네 대가 사이에 끼도록 속도를 늦추었다. 미행은 느리고 지루했다. 눈 덮인 아스팔트 도로를 기어가는 타이어 체인. 자동차 두 대와 황량한 고속도로.

레니는 골드코스트 출구를 지나쳤다. 리텔은 뒤로 처진 후 그의 미등에 신경을 집중했다.

두 사람은 엉금엉금 시카고를 지났다. 엉금엉금 글렌코와 에번스톤, 윌메트도 지났다. 표지판에 위네트카 마을 경계가 나타났다. 레니는 오른쪽으로 돌았다가 마지막 순간 고속도로를 빠져나갔다.

그를 뒤쫓을 방법은 없었다. 그래봐야 옆으로 미끄러지거나 가드레일을 박고 말 것이다. 리텔은 다음 램프에서 고속도로를 빠져나갔다. 위네트 카는 새벽 1시라 조용하고 아름다웠다. 튜더풍 저택이 즐비하고 거리도 깨끗하게 정비했다.

도로를 관통하자 곧바로 중심가였다. 칵테일 라운지 밖에 자동차가 길게 늘어서 있었다. '페리의 작은 통나무 오두막집.'

레니의 패커드 캐리비언이 갓길에 코를 대고 있었다.

리텔은 차를 세우고 안으로 들어갔다. 천장 깃발 하나가 얼굴을 쓸었다. "환영 1959년!" 은빛 장식이 불빛에 반짝였다.

술집은 바깥 날씨에 비해 훨씬 포근했다. 장식은 소박했다. 벽은 모조나무, 바 카운터는 견목(hardwood), 소파는 인조 가죽이었다.

손님은 남자뿐이고 바는 입석뿐이었다. 사내 둘이 라운지 소파에 앉아 손장난을 했다. 리텔은 얼른 시선을 돌렸다.

리텔은 정면을 바라보았다. 눈이 쓰라렸다. 뒷문 근처에 전화 부스 몇 개가 있는데 문이 닫혀 있어 안전해 보였다.

그는 뒤쪽으로 갔다. 아무도 접근하지 않았다. 총집에 쓸려 양쪽 어깨가 쓰라렸다. 밤새도록 땀을 흘리며 초조해했으니 왜 안 그렇겠는가. 첫 번째 부스로 들어가 앉았다. 문을 조금 여니 바 전체를 볼 수도 있었다.

레니도 보였다. 페르노를 마시고 있었다. 레니와 금발 남자가 서로 다리를 비벼댔다.

리텔은 두 사람을 감시했다. 금발이 레니에게 쪽지를 넘기고 춤을 추듯 떠났다. 플래터스 메들리가 주크박스에서 흘러나왔다.

홀은 한 번에 몇 쌍씩 빠져나갔다. 소파의 커플도 일어났다. 둘 다 바지 지퍼가 벌어진 채였다. 바텐더가 마지막 주문을 받는다고 말했다.

레니는 쿠앵트로를 주문했다. 앞문이 열리더니 '칼침 토니' 이아노네가 들어왔다. 지앙카나 군단에서도 가장 잔인한 소두목. 그가 바텐더에게 짙은 키스를 하기 시작했다. 무려 아홉 건의 토막 살인 용의자인 시카고 마피아 살인마가 바텐더의 귀를 빨고 깨물었다.

리텔은 현기증이 났다. 입이 바짝바짝 탔다. 맥박도 미친 듯이 뛰었다.

토니/레니/토니/레니…. 누가 동성애자인지 누가 알겠는가?

토니가 레니를 보았다. 레니도 토니를 보았다. 순간, 레니가 뒷문으로 뛰어나갔다. 토니가 레니를 뒤쫓았다. 리텔은 얼어붙었다. 전화 부스는 공기가 부족해 그의 호흡까지 모조리 빨아들였다.

리텔은 문을 열고 비틀비틀 밖으로 나갔다. 찬바람에 쓰러질 것만 같았다. 바 뒤쪽에 뒷골목이 있었다. 왼쪽. 바로 옆 건물 뒤쪽에서 소리가 들렸다.

토니가 레니를 눈 위에 메다꽂았다. 레니는 물고 때리고 발버둥을 쳤다. 토니가 잭나이프 두 개를 꺼냈다. 리텔은 총을 꺼내다가 놓치고 말았다. 꼼짝 말라는 경고도 입 밖으로 나오지 않았다.

레니가 무릎으로 토니를 가격했다. 토니가 옆으로 쓰러졌다. 레니가 토니의 코를 물어뜯었다.

리텔은 얼음판에 미끄러졌다. 소리는 두텁게 쌓인 눈에 묻혔다. 두 악당과의 거리는 10미터. 둘 다 그를 보지도, 소리를 듣지도 못했다.

토니가 비명을 지르려 했지만 레니가 놈의 코를 떼어 뱉어내고 입에 눈을 잔뜩 퍼 넣었다. 토니가 떨어뜨린 칼을 레니가 집었다. 둘은 여전히 리텔을 보지 못했다. 리텔은 총을 줍기 위해 무릎으로 기어갔다.

토니가 두 손으로 바닥을 긁어댔다. 레니가 놈을 두 손으로 찔렀다. 두 눈, 두 볼 그리고 목.

리텔은 마침내 총을 집었다.

순간, 레니가 달리기 시작했다.

토니는 눈 위에 피를 토해내다 이내 숨을 거두었다.

음악 소리가 들렸다. 감미로운 작별의 발라드.

밖으로 나오는 사람은 없었다. 주크박스의 소음이 모든 것을 덮었다.

리텔은 토니에게 기어가 시신을 완전히 털었다. 시계, 지갑, 열쇠 꾸러미. 지문이 남은 잭나이프 두 개는 손잡이까지 깊이 박아 넣었다. 좋아, 됐어.

리텔은 칼을 뽑고 자리에서 일어났다. 그리고 숨이 턱에 닿도록 뒷골목을 달려갔다.

13

마이애미, 1959년 1월 3일

피터가 택시 회사에 차를 댔을 때, 망고 하나가 차창에 맞아 박살났다.

거리에는 타이거 택시와 타이거 운짱들이 하나도 없었다. 대신 시위대가 플래카드를 흔들며 인도를 배회했는데, 저마다 잘 익은 과일 가방으로 무장했다.

지미가 어제 로스앤젤레스에서 전화를 했다. "5퍼센트 받으려면 대가를 치러. 나한테 빚도 있잖아? 케네디 도청이 먹통이 됐어. 카스트로가 집권한 후로는 쿠바 놈들도 개판 5분 전이야. 자네가 마이애미로 가서 질서도 잡고 망할 놈의 5퍼센트도 챙겨…."

"피델 만세!" 누군가가 외쳤다.

"카스트로, 위대한 공산주의자!"

두 집 아래쪽에서 쓰레기 전쟁이 벌어졌다. 아이들이 붉고 통통한 석류를 집어던졌다.

피터는 차 문을 잠그고 사무실 안으로 달려 들어갔다. 백인 노동자처럼 생긴 사내가 전화 교환 일을 하고 있었다. 혼자서.

"폴로가 여기 있소?" 피터가 물었다.

촌놈이 깩깩거렸다. "직원 절반은 바티스타 편이고 절반은 카스트로 지지자예요. 그 때문에 폭동이 일어날 판인데, 그런 새끼들이 출근이나 하겠습니까? 여긴 나 혼자뿐이외다."

"폴로가 어디 있느냐고 물었잖아."

"교환대에서 일하다 보니 성질만 버렸어요. 매번 어디서 싸움이 벌어졌고, 어떤 무기를 가져가면 되는지 묻는 전화뿐이란 말입니다. 나도 쿠바 놈들을 좋아하지만, 인간들이 어떻게 툭하면 싸움질이야."

촌놈은 송장만큼이나 말랐다. 텍사스 억양이 심한 데다 이빨은 완전히 썩어 문드러졌다.

피터는 손가락 관절을 꺾어 우두둑 소리를 냈다. "좋은 말로 할 때 풀로가 어디 있는지나 말해."

"싸우러 갔어요. 사탕수수 칼도 챙긴 모양이던데…. 아무튼 피터 본듀런트 씨죠? 난 척 로저스입니다. 지미하고도 잘 알고 시카고 마피아에도 친구가 몇 있죠. 온 세상에 미쳐 날뛰는 공산당 놈들은 나도 딱 질색이랍니다."

쓰레기 폭탄 덕분에 사무실 앞유리창이 더러웠다. 밖에서는 플래카드 시위대가 두 줄로 서서 싸울 태세를 취했다.

전화벨이 울렸다. 로저스가 전화 코드를 꽂았다. 피터는 셔츠에 묻은 석류 씨앗을 털어냈다.

로저스가 헤드폰을 벗고 말했다. "풀로예요. 빅 피터 대장이 오면 집에 들르랍니다. 도와줄 일이 있다고 하네요. 주소는 노스웨스트 59번가 917번지일 거예요. 왼쪽으로 세 블록, 오른쪽으로 두 블록만 가면 됩니다."

피터는 손가방을 내려놓았다.

로저가 물었다. "그런데 누구 편이죠? 턱수염? 아니면 바티스타?"

집은 핑크색 치장 벽토 오두막이었다. 타이거 택시 한 대가 현관을 막고 있었는데, 타이어 네 개 모두 칼에 찢긴 채였다.

피터는 자동차를 넘어가 노크를 했다. 풀로가 문을 빼꼼 열더니 체인을 벗겼다.

안으로 비집고 들어가자마자 피터는 곧바로 상황을 알 수 있었다.

파티 모자 차림의 라틴계 둘이 거실 바닥에 누워 있었다. 숨을 거둔 채.

풀로가 자물쇠를 잠갔다. "피터, 한창 자축 중인데 이 새끼들이 사랑하는 피델 동지를 진정한 마르크스주의자라고 부르잖소. 그런 중상모략은 참을 수가 없어서 말이지." 그러곤 시체의 뒤통수에 대고 인접 사격을 했다. 소구경인지라 대청소를 하는 것도 그렇게 큰일은 아닐 것이다.

피터가 말했다. "우선 이 일부터 해결하자고."

풀로는 시신들의 이를 모두 뽑아 가루로 만들고, 피터는 접시를 달궈 지문을 모두 태웠다.

풀로는 탄피를 벽에서 뽑아 변기로 쓸어내렸다. 피터는 바닥의 얼룩을 재빨리 불로 그을려 분광 테스트를 해도 음성으로 나오게끔 만들었다.

풀로는 거실 휘장을 뜯어 시체들을 감았다. 총상은 응결된 터라 피가 더 이상 새어나오지는 않았다.

그때 척 로저스가 나타났다. 풀로는 그가 능력도 있고 믿을 만하다고 했다. 셋은 시체를 자동차 트렁크에 던져 넣었다.

"당신은 정체가 뭐요?" 피터가 물었다.

척이 대답했다. "석유지질학자입니다. 파일럿 자격증도 있고 전문적인 반공주의자이기도 하죠."

"그럼 누가 월급을 주는데?"

척이 대답했다. "미합중국."

척은 차를 천천히 몰았다. 피터는 생각에 골몰했다. 옛날에 로스앤젤레스가 그랬듯 이번에는 마이애미가 그의 불알을 틀어줘었다.

셋은 느긋하게 도로를 달렸다. 풀로는 황량한 발하버 둑길 너머로 시신들을 던졌다. 그러는 동안 피터는 줄담배를 피우며 풍경을 감상했다.

크고 하얀 집들과 크고 하얀 하늘이 맘에 들었다. 마이애미는 하나의 크고 눈부신 작품이었다. 화려한 중심가와 슬럼가 사이의 넓은 공간도, 여기저기 어슬렁거리는 촌뜨기 경관들도 좋았다. 마치 겁대가리 상실한 깡둥이들을 가차 없이 짓밟아줄 것처럼 보였다.

"카스트로의 이념은 아직은 뜬구름 같아요. 얘기를 들어보면 친미 같기도 하고 친공산당 같기도 하거든요. 정보부 친구들이 열심히 공작 중이기는 한데 만일 공산당 쪽으로 기울면 후장을 따려들 겁니다." 척이 주절거렸다.

세 사람은 플래글러로 돌아갔다. 무장한 남자들이 택시 회사를 지키고 있었다. 비번 경관들인데 인상이 하나같이 통통하고 활달했다.

척이 그들을 향해 손을 흔들며 말했다. "지미는 이 근처 파견 경찰들을 확실하게 챙겨줍니다. 유령 노조까지 만들어놓아 인근 경관 절반은 매일 탱자탱자 놀면서 돈만 두둑이 챙겨가죠."

한 아이가 와이퍼에 인쇄물을 꽂아두었는데 풀로가 번역해주었다. 기이한 슬로건. 공산당 특유의 진부한 표현.

돌멩이가 날아왔다. 피터가 말했다. "여긴 완전히 돌아버렸군. 풀로, 어디든 조용한 곳으로 갑시다."

척 로저스는 라틴계 하숙집에 방을 빌렸다. 무전 장비와 선동 인쇄물이 복도 공간을 완전히 덮고 있었다.

풀로와 척은 느긋하게 맥주를 마셨다. 피터도 팸플릿 제목을 훑어보며 킥킥거렸다. "유대인이 크렘린을 정복한다!" "불소화: 바티칸의 음모?" "빨갱이 먹구름이 몰려온다 – 한 애국자의 대답." "백인은 왜 욕심이 많은가: 과학자의 설명." "친미 체크리스트: 당신은 미합중국을 좋아합니까, 아니면 공산 미국을 좋아합니까?"

"척, 여긴 좀 혼잡하군그래." 풀로가 투덜댔다.

척이 단파 수신기를 만지작거렸다. 비난 연설이 치고 들어왔다. 유대인 은행가들이 어쩌고저쩌고.

피터가 스위치 몇 개를 두드리자 욕설이 찌지직거리다가 사라졌다.

척이 웃으며 말했다. "정치인은 느긋해야 해요. 세계 정세를 한눈에 이해할 수는 없으니 말입니다."

"하워드 휴즈를 소개하고 싶군. 당신만큼 미친 인간인데."

"반공주의자가 미쳤다고 생각합니까?"

"적어도 장사에 도움은 돼. 돈벌이만 된다면 나야 아무 상관없어."

"그다지 지적인 태도는 아니군요."

"꼴리는 대로 생각해."

"그러죠. 당신이 무슨 생각 하는지 알아요. '맙소사, 내가 이 친구 살인 종범이 된 거야? 만나자마자 이렇게 함께 특별한 일을 치르다니!'"

그때 피터가 창가로 몸을 숙였다. 반 블록 저쪽에서 순찰차가 들어오고 있었다.

"내가 보기엔 딱 CIA야. 다들 카스트로가 어디로 튈지 지켜보는 동안, 쿠바 운짱들한테 접근하라는 지령을 받았겠지."

폴로가 발끈하며 말했다. "피델은 미국을 향해 튈 겁니다."

척이 웃었다. "이민자들만 있다면 미국은 성공할 거예요. 안 그래요, 음 … 피터? 프랑스계인가요?"

피터가 양쪽 엄지를 들어 보이자 척이 움찔했다.

"당신들이 지금 막 돈벌이에 환장한 100퍼센트 미국인으로 만들어놓았잖아." 피터가 말했다.

"워워, 당신 애국심을 의심한 적은 없습니다."

문밖에서 수군거리는 소리가 들렸다. 셋의 시선이 서로를 훑었다. 척과 폴로는 재빨리 눈치를 챘다. 피터도 산탄총 장착하는 소리를 들었다. 총신 펌프를 당기는 소리. 세 번. 크고 선명한 소리.

피터는 자기 총을 팸플릿 다발 뒤에 숨겼다. 폴로와 척은 두 손을 들었다. 사복 경찰들이 문을 박살내며 들어왔다. 산탄총을 겨눈 자세였다.

피터는 공포탄 소리를 듣는 순간 재빨리 쓰러졌다. 폴로와 척은 멍청히 있다가 개머리판에 머리를 얻어맞고 의식을 잃었다.

"저 덩치, 엄살이야." 경관이 말했다.

"제대로 해주겠습니다." 다른 경관이 말했다.

고무를 덧댄 개머리판이 날아왔다. 피터는 혀를 깨물지 않기 위해 재빨리 안쪽으로 말아 넣었다.

깨어났을 때는 수갑과 족쇄를 차고 있었다. 의자 등받이가 허리춤을 찔렀다. 머리 위쪽이 욱신거렸다. 조명 때문에 눈도 부셨다. 한쪽 눈만. 살이 찢어져 시야 절반이 사라졌다. 그래도 붙박이 탁자에 경찰 셋이 앉아 있는 정도는 알아볼 수 있었다. 귀 뒤쪽에서 작은 북소리가 둥둥거렸다. 핵폭탄이 척추 위아래를 융단 폭격했다. 피터는 두 팔을 구부려 수갑 체인을 당겼다.

경관 둘이 휘파람을 불었다. 마지막 경관은 박수를 쳤다.

그들은 발목에 이중 족쇄를 채웠다. 피터는 그들한테 더 이상의 빌미를 줄 수는 없다고 생각했다.

고참 경관이 두 다리를 꼬며 말했다. "익명의 정보를 받았소, 본듀런트 씨. 아돌포 헤렌돈 씨와 아르만도 크루즈-마르틴 씨가 마차도의 집으로 들어가는 장면을 이웃 사람이 목격했는데, 몇 시간 후 총성이 들렸다더군. 그런데 그로부터 몇 시간 뒤 당신하고 로저스가 따로따로 들어오더니, 당신네 둘과 마차도 씨가 커다란 물건 두 개를 창문 커튼으로 둘둘 말아 들고 나왔다는 거요. 그래서 로저스 씨의 번호판을 적어두었답니다. 로저스 씨의 차량을 조사해 부스러기를 일부 수거했는데, 지금은 피부 조각으로 추정하고 있소. 물론 이 상황에 대한 귀하의 의견을 듣고 싶소만?"

피터는 두 눈을 질끈 감았다. "기소할 생각 없으면 당장 풀어주지 그래요? 내가 누구고 뭘 아는지 이미 파악했잖소."

"당신이 지미 호파와 가깝다는 사실은 알지. 로저스 씨와 마차도 씨를 비롯해 타이거 택시 운전사 몇몇과 친구라는 것도 알고."

두 번째 경관이 면상을 디밀었다. "지미 호파가 이 도시의 경찰을 모두 매수한 줄 아는 모양인데, 이봐, 내가 여기 온 이유가 바로 그렇지 않다는 사실을 보여주기 위해서야."

"그럼 기소해. 아니면 풀어주고."

"친구, 내 인내심을 시험하지 않는 게 좋아."

"난 네 친구 아니라고, 이 호모 또라이 새꺄!"

"그런 상소리 해봐야 뺨밖에 더 맞겠어?"

"때리기만 해봐. 네놈 눈을 뽑아줄 테니까. 어디 해보시지."

세 번째 경관이 말리고 나섰다. "워워, 자, 이제 그만. 본듀런트 씨, 영장 없이 72시간 구금이 가능하다는 건 알고 있소? 뇌진탕 가능성 때문에 치료를 받아야 한다는 것도 알고? 자, 그러니 시간 끌지 말고…."

"전화 한 통 하겠소. 그다음에 가두든지 풀어주든지 하쇼."

고참 경관이 두 손을 머리 위로 돌렸다. "당신 친구 로저스한테는 전화를 허락했어. 그 새끼, 교도관한테 정부 고위직을 알고 있다는 둥 개소리를 지껄이더니 기껏 스탠튼이라는 사람한테 전화하더군. 그래서? 당신은 지미 호파한테 전화하게? 그래, 두 명이나 죽인 놈한테 지미 삼촌이 보석금을 내주고 악평을 모조리 뒤집어쓸 것 같아?"

그때 핵폭탄이 목을 내리쳐 피터는 잠깐 의식을 잃었다.

두 번째 경관이 한숨을 쉬었다. "이 친구는 협조할 생각이 없는 모양이니 잠깐 쉬게 해줍시다."

피터는 기절했다가 깨어났다. 그리고 다시 정신을 잃었다. 두통은 핵폭탄에서 다이너마이트 수준으로 약해졌다. 피터는 벽의 낙서를 모두 읽었다. 목을 풀기 위해 고개를 좌우로 돌리고 오줌 참기 세계 신기록을 수립했다.

그리고 상황을 분석했다.

풀로는 실토했든 하지 않았든 둘 중 하나다. 척도 마찬가지다. 지미는 보석금을 내든지, 아니면 알아서 하라는 식으로 나올 것이다. 어쩌면 지방검사가 약아빠져서 라틴계끼리 죽고 죽이는 문제는 좆도 아니라고 생각할 수도 있다. 그러니 휴즈 씨한테 전화를 걸자. 휴즈 씨가 후버 국장만 구워삶으면 이 사건은 그 순간 종결이다.

휴즈 씨한테는 3일간 출장을 가겠다고 했고 그도 여행에 동의했다. 질문은 없었다. 휴즈가 동의한 이유는 케네디가를 흔들다 역풍을 맞았기 때문이다. 조와 보비 덕분에 그도 불알이 땅콩만 해졌다는 얘기다.

결국 워드 J. 리텔한테 뒤통수를 얻어맞았다.

이 호모 새끼, 기어이 죽여버리고 말겠어.

게일은 떠났다. 잭 K. 쇼는 비웃음거리로 전락하고 케네디를 향한 호파의 증오는 부글부글 끓었다. 부글부글, 지글지글. 휴즈는 여전히 추문/스캔들에 집착했고 〈허시-허시〉의 특파원 선발에 열을 올렸다.

피터는 벽의 낙서들을 읽었다. 아카데미 수상작. "마이애미 경찰, 개 좆이나 빨아라."

사내 둘이 들어와 의자를 끌어당겨 앉았다. 교도관은 족쇄를 풀어주고 재빨리 나갔다.

피터는 의자에서 일어나 기지개를 켰다. 취조실 지반이 꺼지고 벽이 기울었다.

젊은 쪽이 말했다. "나는 존 스탠튼이오. 여기는 가이 배니스터. 배니스터 씨는 FBI를 은퇴한 후 한동안 뉴올리언스 경찰에서 경정으로 재직했지."

스탠튼은 마른 체구에 머리카락은 모래색이었다. 배니스터는 크고 술주정뱅이처럼 얼굴이 벌겠다.

피터는 담배에 불을 붙였다. 담배 연기에 머리가 둘로 쪼개졌다. "계속하세요."

배니스터가 씩 웃었다. "나도 당신네들의 시민권 문제는 알고 있네. 켐퍼 보이드와 워드 리텔이 당신을 체포했던 것 맞지?"

"알면서 왜 묻습니까?"

"나도 시카고 특수요원으로 일했는데, 그때도 리텔이 약해빠진 계집년이라고 생각했지."

스탠튼이 의자에 가랑이를 벌린 채 걸터앉았다. "하지만 켐퍼 보이드는 달라요. 피터, 당신도 알다시피 택시 회사로 찾아가 당신의 사진을 돌린 사람이오. 그중 하나가 나이프를 꺼냈지만 기막힌 솜씨로 무장 해제시켰지."

피터가 말했다. "보이드는 멋진 남자입니다. 그런데 어째 오디션 분위기로 시작하는데, 뭐 어떤 경찰 업무든 난 기꺼이 그 양반을 추천합니다."

스탠튼이 미소를 지었다. "당신도 나쁜 응모자는 아니오."

배니스터도 미소를 지었다. "당신은 공인 사립탐정에 부보안관 일을 했고, 하워드 휴즈의 오른팔이지. 지미 호파, 폴로 마차도, 척 로저스도 알고 있고. 다들 우수한 후보들이지."

피터는 담배꽁초를 벽에 짓이겼다. "후보라면 CIA도 나쁘지 않죠. 당신들 CIA 맞죠?"

스탠튼이 일어났다. "이제 가도 좋소. 기소 따위는 없을 거요. 로저스와 마찬가지도."

"하지만 계속 연락은 하겠다?"

"꼭 그렇지는 않소. 언젠가 도움을 요청할 수야 있겠지만 그렇다 해도 대가는 충분히 지불하리다."

14

뉴욕시티, 1959년 1월 5일

스위트룸은 엄청나게 컸다. 조 케네디가 호텔로부터 통째로 사들인 곳이다. 맙소사, 손님 100명이 왔는데 절반도 차지 않다니! 전망창 밖으로는 웅대한 센트럴파크가 눈 폭풍에 휩싸였다.

잭이 그를 초대했다. 아버지의 칼라일 호텔 파티를 놓치는 건 바보짓이라면서. 그리고 … 보비가 당신한테 할 말이 있다더군.

여자들도 있다고 했다. 린든 존슨의 붉은 머리도 나타날 거요.

켐퍼는 사람들이 모였다 흩어지는 모습을 구경했다. 파티는 주변에서 어지럽게 소용돌이쳤다.

조 영감은 덩치 큰 딸들과 함께 서 있었다. 피터 로포드는 남성 그룹을 좌지우지했다. 잭은 넬슨 록펠러와 함께 칵테일 새우를 찍어 먹었다.

로포드는 케네디의 집권을 확신하면서 프랭크 시내트라야말로 여성부 장관에 적격이라며 너스레를 떨었다.

보비는 늦게 나타났다. 붉은 머리는 보이지 않았다. 만약 여자를 봤다면 잭이 먼저 신호를 보냈을 것이다.

켐퍼는 에그노그를 홀짝였다. 턱시도 재킷이 조금 커 보였다. 어깨의 권총 지갑을 감추도록 재단 주문을 했기 때문이다. 보비는 무기 소지 금지 정책에 엄격했다. 그의 수하들은 변호사이지 경찰은 아니었다.

켐퍼는 '이중' 경찰이다. 봉급도 두 배, 업무도 두 배.

후버 국장한테는 안톤 그레슬러와 롤란드 키르파스키가 죽었다고 보고했다. 하지만 둘의 '사망 추정'에도 보비 케네디는 전혀 기가 꺾이지 않았다. 보비는 매클렐런 위원회의 임기가 끝난 후에도 호파, 트럭 노조, 마피아를 추적하기로 마음을 굳힌 터였다. 그 후에는 시경 공갈협박팀과 대배심 수사관들이 위원회가 수집한 증거로 무장하고 호파 사냥 선봉대로 나설 것이다. 머지않아 잭의 1960년 대선을 위해 기초 작업에 들어가겠지만, 지미 호파만큼은 끝까지 개인적 목표로 남을 것이다.

후버의 상세한 수사 상황 주문에는 보비가 호파의 선밸리 개발에 투자한 '의문의' 300만 달러를 쫓으려 한다고 보고했다. 보비는 호파가 공급을 갈취했으며 따라서 선밸리 자체가 토지 사기에 해당한다고 확신했다. 트럭 노조 연기금 비밀 장부가 따로 있으며 그중 수천만 달러의 비자금이 조폭과 부정한 사업가들에게 거액의 이자를 붙여 풀려나갔다는 얘기다. 미확인 소문에 따르면, 기금은 은퇴한 시카고 마피아가 관리했다. 보비에게는 기금 문제야말로 호파 사냥의 핵심 실마리였다.

켐퍼는 지금 봉급을 두 번 받는다. 두 개의 업무는 서로 이율배반적이다. 그는 존 스탠튼을 넌지시 떠보았다. …만약 CIA의 쿠바 계획이 자리를 잡는다면? 그럴 경우 세 번째 봉급도 가능해진다. 그 정도면 작은 임시 거처 하나를 유지할 정도의 수입은 될 것이다.

피터 로포드가 레너드 번스타인을 모퉁이로 데려가고, 와그너 시장은 마리아 칼라스와 잡담을 했다.

웨이터가 켐퍼의 잔을 다시 채워주었다. 조 케네디가 노인을 하나 데려왔다. "켐퍼, 이분은 쥘 쉬프랭 씨야. 쥘, 여긴 켐퍼 보이드. 두 사람 얘기가 통할 거요. 둘 다 옛날부터 건달이었으니까."

두 사람은 악수를 했다. 조는 다른 곳으로 가서 베넷 서프를 만났다.

"안녕하십니까, 쉬프랭 씨."

"그래, 고맙네. 그런데 나야 지금도 악당이지만 자네는? 그러기엔 너무 젊은데?"

"잭 케네디보다 한 살 많습니다."

"난 조보다 네 살 어려. 좋아, 그럼 비겼다고 치세. 자네 직업인가? 건달이?"

"FBI에서 은퇴했습니다. 지금은 매클렐런 위원회에서 일하죠."

"정부 요원이라고? 게다가 그 나이에 은퇴를 해?"

켐퍼가 윙크를 했다. "허가받은 차량 절도범 노릇이 지겨웠거든요."

쉬프랭이 윙크를 따라 했다. "지겨웠다…. 덕분에 지금 입고 있는 모헤어 턱시도를 살 수 있다면 그래도 못 견디게 지겨울까? 나도 그런 턱시도가 없는데 말이야."

켐퍼가 미소를 지었다. "무슨 일을 하십니까?"

"무슨 일을 했느냐가 정확한 질문이지. 재무와 노동 자문위원으로 봉사했다고 해야 하나. 아, 물론 완곡한 표현이야. 자네가 의아해할까봐 이실직고하네만, 내가 못한 일이라면 노년에 놀아줄 사랑스러운 자식을 만들지 못한 점일 거야. 조의 자식들처럼 말일세. 저 아이들을 봐."

"시카고 출신이신가요?" 켐퍼가 물었다.

쉬프랭이 활짝 웃었다. "그건 또 어떻게 알았나?"

"지역 억양을 연구했습니다. 덕분에 풍월은 읊죠."

"풍월을 읊는 정도가 아니구먼그래. 그리고 자네 억양 … 앨라배마인가?"

"테네시입니다."

"아하, 볼런티어 주(Volunteer State: 멕시코와의 전쟁에서 3000명의 자원군을 뽑을 때 테네시 주에서만 3만 명이 자원한 데서 유래한 이름 – 옮긴이). 내 친구 헤시가 이 자리에 없어서 유감이군. 그 친구는 디트로이트 출신 건달인데, 오랫동안 사우스웨스트에서 살았다네. 억양이 장난 아니지."

그때 보비가 로비로 들어오자 쉬프랭이 그를 보며 눈을 굴렸다. "저기 자네 두목이 있군. 상소리해서 미안하네만, 저 친구가 사기꾼이라는 생각 안 해봤나?"

"어떤 면에서는요."

"이젠 자네가 완곡어법을 쓰는군. 예전에 조하고 잡담할 때가 기억나는군. 30년 전 거래에서 하워드 휴즈를 엿 먹인 얘기였지. 보비는 '엿 먹였다'는 단어에 성질을 부렸다네. 아이들이 옆방에 있다며. 하지만 애들은 들을 수도 없…."

보비가 신호를 보냈다. 켐퍼는 고개를 끄덕였다. "죄송합니다, 쉬프랭 씨."

"가봐. 대장이 부르는데. 조한테는 자식이 아홉인데, 제일 형편없는 놈도 어지간은 하단 말이야."

켐퍼가 건너가자 보비는 곧바로 외투실로 끌고 갔다. 모피코트와 이브닝 망토가 살갗을 스쳤다.

"잭이 그러는데, 날 보자고 했다면서요?"

"예. 몇 가지 증거를 대조하고 위원회의 성과를 기록해야 해서요. 그래야 대배심한테 작업을 인계하고 표준 보고서를 넘길 수 있지 않겠습니까? 서류 작업을 싫어한다고 들었지만 긴급한 일입니다."

"내일 아침에 시작하겠습니다."

"예, 그래줘요."

켐퍼는 목청을 가다듬었다. "밥, 드릴 말씀이 또 하나 있습니다."

"뭐죠?"

"친한 친구가 하나 있는데, 현재 시카고 지국 요원입니다. 아직 이름을 밝힐 수는 없지만 아주 유능하고 지적인 인물이죠."

보비가 외투의 눈을 털어냈다. "켐퍼, 너무 앞서 가는 것 아닙니까? 지금까지 사람들을 그런 식으로 부렸겠지만, 핵심을 벗어나면 곤란합니다."

"핵심은 그 친구가 자기 의지에 반해 THP에서 쫓겨났다는 점입니다. 그 친구는 후버 국장도 싫어하고, 후버 국장의 '마피아는 없다'는 입장도 싫어합니다. 지금은 저를 통해 마피아 관련 정보를 당신께 전하고 싶어 할 뿐입니다. 그에 따른 위험도 이해하고 있고 또 기꺼이 감수할 각오도 되어 있죠. 다른 얘기지만, 예전엔 예수회 신학대 학생이었습니다."

보비가 코트를 걸쳤다. "믿을 수 있는 사람입니까?"

"물론입니다."

"후버한테 역으로 정보가 흘러들 가능성은?"

"없습니다."

보비가 그를 바라보았다. 증인을 위협할 때의 바로 그 시선. "좋아요. 먼저 이 말부터 전해주세요. 불법 행동은 절대 용납하지 않는다고. 나한테 잘 보이겠다는 생각에 아무 집이나 도청하고 아무 짓이나 저지르는 건 싫습니다."

"그렇게 전하죠. 그럼 어떤 분야를⋯."

"연기금 비밀 장부가 존재할 가능성에 관심이 있다고 전해요. 사실이라면 시카고 마피아가 관리할 겁니다. 일단 그런 전제 아래서 움직이게 하고, 그동안 호파에 대한 전반적인 정보를 다룰 수 있는지 지켜봅시다."

손님들이 한꺼번에 외투실을 지나갔다. 한 여자가 밍크코트를 질질 끌며 따라가는 바람에 딘 애치슨이 하마터면 코트를 밟고 넘어질 뻔했다.

그때 보비가 움찔했다. 켐퍼가 언뜻 보기에도 초점이 흐려졌다.

"무슨 일이십니까?"

"아무것도 아니에요."

"혹시 다른 문제라도⋯."

"아니, 없어요. 자, 나도 가봐야겠군요."

켐퍼는 미소를 지으며 파티장으로 돌아갔다. 중앙 홀은 이미 인산인해였다. 사람들 사이를 빠져나가는 것 자체가 만만치 않았다.

밍크 여자가 사람들의 시선을 끌었다. 여자는 집사에게 자기 외투를 만져보라며 한때 레너드 번스타인이 그 옷을 입었다고 주장했다. 그러다 맘보 스텝으로 사람들 사이를 헤집고 가더니 조 케네디의 술을 낚아챘다.

조가 여자에게 작은 선물 상자를 주었다. 여자는 상자를 손가방 안에 넣었고, 케네디가의 세 딸은 발끈해서 자리를 피했다.

피터 로포드가 밍크 여자에게 윙크했다. 베넷 서프가 몰래 다가가 여자의 드레스 아래를 훔쳐보았다. 블라디미르 호로비츠가 손짓으로 여자를 피아노로 불러들였다.

켐퍼는 전용 엘리베이터를 타고 로비로 내려간 뒤 서비스 전화를 들고 시카고에 비상 연락을 넣어달라며 교환원을 재촉했다.

교환원이 전화를 연결했다. 헬렌이 두 번째 벨소리에 전화를 받았다.

"여보세요?"

"나다, 헬렌. 예전에 네가 반했던 남자."

"켐퍼! 갑자기 웬 달짝지근한 남부 억양이에요?"

"지금 위장 근무 중이라 그래."

"이런, 전 로스쿨에 묶여 있어요. 요즘은 숙소를 찾고 있는데 너무 힘들어요!"

"좋은 일은 원래 다 그런 법이야. 중년의 남자 친구한테 물어보지그래. 다 해결해줄 텐데."

헬렌이 목소리를 낮추었다. "워드 아저씨도 요즘은 울적해하고 말수도 적어요. 아저씨가 한 번⋯."

그때 리텔의 목소리가 들렸다. "켐퍼."

헬렌이 키스를 날리더니 수화기를 리텔에게 건네는 듯했다.

켐퍼가 말했다. "안녕."

"자네나 안녕하게. 서둘러서 미안하네만, 혹시⋯."

"그래, 말했어."

"그래서?"

"보비가 좋다고 했네. 비밀리에 일했으면 하더군. 롤란드 키르파스키가 던져준 단서를 쫓아보고 정말 연기금 비밀 장부가 있는지, 그 안에 엄청난 거액이 돌아다니는지 추적해보게."

"잘됐군. 정말 ⋯ 정말 잘됐어."

켐퍼는 목소리를 낮추었다. "보비도 내가 자네한테 한 얘기를 강조했어. 절대 불필요한 위험을 자초하지 말 것. 잊지 말게. 보비는 나보다도 합법성을 강조하는 사람이야. 그러니 조심하고, 자네가 정말로 신경 써야 할 사람이 누군지 절대 잊지 말게."

밍크 여자가 로비를 지나갔다. 벨보이들이 일제히 달려가 여자에게 문을 열어주었다.

"워드, 전화 끊어야겠어."

"자네한테 신의 축복이 있길 비네, 켐퍼. 케네디 씨한테 절대 실망하지 않을 거라고 전해주게."

캠퍼는 전화를 끊고 밖으로 나갔다. 76번가는 쓰레기통이 넘어져 갓길에 나뒹굴 정도로 바람이 거셌다.

밍크 여자는 호텔 닫집 아래 서 있었다. 여자가 조 케네디의 선물을 끌렀다.

캠퍼가 몇 미터 떨어진 곳에서 보니 다이아몬드 브로치 선물이 1000달러짜리 뭉치 사이에 끼어 있었다.

술꾼 하나가 비틀거리며 지나갔다. 밍크 여자가 그에게 브로치를 주었다. 돈뭉치가 바람에 흔들렸다. 적어도 5만 달러는 됨직했다.

술꾼이 키득거리며 브로치를 보았다. 캠퍼는 큰 소리로 웃고 말았다.

택시가 다가왔다. 밍크 여자가 차창을 들여다보며 소리쳤다. "5번 애버뉴 881번지."

캠퍼는 여자를 위해 차 문을 열어주었다.

여자가 말했다. "케네디가 사람들은 속물 아닌가요?" 여자의 눈은 넋을 잃을 정도로 투명한 녹색이었다.

15

시카고, 1959년 1월 6일

자물쇠를 가볍게 한 번 휘젓자 문이 딸깍하고 열렸다. 리텔은 만능열쇠를 빼낸 후 안으로 들어가 문을 닫았다.

헤드라이트 조명이 창문을 긁으며 지나갔다. 앞쪽 방은 좁고 골동품과 공예품으로 가득했다.

눈이 어둠에 적응했다. 외부 조명이 충분해 불을 켤 위험을 감수할 필요는 없었다.

레니 샌즈의 아파트는 작고 한겨울인데도 퀴퀴했다.

'칼침 토니' 이아노네 살해 사건은 5일이 지났지만 아직 미제였다. TV와 신문에도 사실 하나가 빠졌다. 이아노네가 호모 소굴 밖에서 죽었다는 것. 코트 미드가 확인한 바에 따르면, 지시한 사람은 지앙카나였다. 그는 토니가 호모 소리를 듣는 것도 싫고, 또 믿으려 하지도 않았다. 미드는 도청 기지의 끔찍한 대화 하나를 소개했다. "샘은 애들을 내보내 이미 드러난 호모 놈들을 끌어내 모조리 박살냈어." "샘한테 들었는데, 토니 살인범 불알을 뽑아버릴 거라더군." 샘은 자명한 사실마저 믿지 않았다. 그래서 토니가 '페리의 작은 통나무 오두막집'에 들어간 것도 실수로 치부했다.

리텔은 펜 플래시와 미녹스 카메라를 꺼냈다. 레니의 최근 일정을 보니 자정까지 벤도 킹 자판기 접선이 있었다. 지금은 9시 20분이니 아직 일할 시간은 충분했다.

레니의 주소록은 거실 전화기 아래 끼워져 있었다. 리텔은 주소록을 훑으며 흥미로운 이름들을 걸러냈다. 절충주의자 레니는 록 허드슨과 카를로스 마르첼로를 알았다. 할리우드 레니는 게일 러셀과 쟈니 레이를, 암흑가 레니는 지앙카나와 부치 몬트로즈 그리고 로코 맬배소를 알았다.

이상한 점 하나. 그의 마피아 주소/전화번호가 THP 목록과 일치하지 않았다.

페이지를 넘기다 보니 기이한 이름들도 눈에 들어왔다. 존 케네디 상원의원, 매사추세츠 주 하이애니스포트. 스파이크 노드, 앨라배마 주 모바일 가르디니아 114번지. 로라 휴즈, 뉴욕시티 5번 애버뉴 881번지. 폴 보가즈, 밀워키 파운틴 1489번지.

리텔은 펜 플래시를 입에 물고, 알파벳순으로 페이지를 넘기며 한 장씩 사진을 찍기 시작했다. 웅크리고 앉아 촬영하느라 다리가 아팠다. 플래시도 계속 입에서 흘러내렸다.

잠시 후, 열쇠/자물쇠 소리가 들렸다. 문이 덜컥거리는 소리도. 아직 90분이나 남았는데….

리텔은 문 옆의 벽을 끌어안고 켐퍼에게서 배운 유도 동작을 하나하나 되새겼다.

레니 샌즈가 들어왔다. 리텔은 뒤에서 입을 틀어막았다. 켐퍼의 가르침 – 엄지로 상대의 경동맥을 누른 다음 바닥에 패대기친다.

리텔은 그렇게 했다. 레니는 별다른 저항 없이 바닥에 엎어졌다. 리텔은 입에서 손을 떼고 문을 걸어 차 닫았다.

레니는 비명도, 고함도 지르지 않았다. 얼굴은 까끌까끌한 카펫 위에 짓눌렸다.

리텔이 경동맥을 풀자 레니는 기침을 하고 토악질을 했다.

리텔은 그 옆에 무릎을 꿇고 앉아 리볼버를 뽑고 공이를 젖혔다. "시카고 FBI다. 토니 이아노네 살해범으로 너를 체포하겠다. 협조하지 않으면 네놈을 지앙카나와 시카고 경찰에 넘겨버리마. 친구들을 불라는 얘기는 않겠다. 내 관심은 트럭 노조의 연기금뿐이니까."

레니가 숨을 헐떡였다. 리텔은 일어나 벽에 붙은 스위치를 켰다. 방이 갑자기 눈부실 정도로 환해졌다. 카우치 옆에 술 쟁반이 보였다. 스카치, 버번, 브랜디….

레니가 무릎을 당겨 끌어안았다. 리텔은 총을 허리춤에 끼우고 글라신 가방을 꺼냈다. 가방 안에는 잭나이프 두 개가 들어 있었는데, 피딱지가 덕지덕지했다.

리텔은 칼을 레니에게 보여주었다. "여기 있는 지문을 모두 지우고, 당신 운전면허증과 일치하는 지문 네 개를 묻혔지." 물론 뻥이었다. 있어봐야 얼룩뿐이다. "이번엔 빼도 박도 못해, 레니. 샘이 어떻게 나올지 모르겠나?"

레니가 진땀을 흘렸다. 리텔은 스카치를 따라주었다. 술 냄새에 저절로 침이 고였다.

레니는 두 손으로 술을 홀짝였다. 이젠 터프 가이 목소리도 소용이 없었다. "기금에 대해서는 좆도 몰라요. 내가 아는 건 이런저런 깡패들과 사업가들이 고리대금을 빌리면서 대출 사다리 위로 진출한다는 것 정도요."

"샘 지앙카나가 그 위에 있나?"

"그런 얘기도 있기는 하지."

"그럼 자세히 풀어봐."

"지앙카나도 거액 대출 신청만은 지미 호파와 상의한다고 하더군. 그런 다음 승인할지 거부할지 결정한다고."

"기금 장부책이 따로 있나? 그러니까, 비자금을 감춘 암호 장부 같은 것 말이야."

"그야 나도 모르지."

켐퍼 보이드가 늘 하는 말이 있다―정보원을 겁먹게 만들어라.

레니는 의자에 털썩 걸터앉았다. 정신분열증 환자 레니도 터프한 유대인이라면 절대 바닥에 쪼그리고 앉지 않는다는 정도는 알았다.

리텔은 더블 스카치를 따랐다.

라운지 연예인 레니가 입을 열었다. "마시고 싶은 대로 마셔요."

리텔은 잭나이프를 모두 주머니에 넣었다. "당신 주소록을 확인했어. 그런데 가만히 보니까 주소가 THP 파일과 다르던데?"

"무슨 주소?"

"시카고 범죄 카르텔 멤버들의 주소."

"아, 그 주소."

"왜 다른 거지?"

"모두 갈봇집 주소니까. 놈들이 와이프 몰래 바람피울 때 가는 곳. 나한테도 그런 집 열쇠가 몇 개 있는데, 주크박스 수금액을 가져다줬거든. 그 빌어먹을 호모 바에서 돈을 꺼내는데 이아노네, 그 호모 새끼가 나한테 집적거렸어."

리텔은 술을 들이켰다. "당신이 이아노네를 죽이는 장면을 봤다. '페리의 작은 통나무 오두막집'은 물론 허난도즈 하이드어웨이에 왜 자주 가는지도 알고. 당신한테 두 개의 삶과 두 개의 목소리가 있다는 사실도 알아. 또 모르지, 거시기도 두 개씩인지. 이아노네가 당신을 찾은 이유는 자기가 한 짓을 당신한테 알리고 싶지 않아서였어."

레니가 잔을 움켜잡았다. 두 손으로. 그러자 두꺼운 크리스털이 퍽 소리를 내며 박살났다. 위스키가 물보라를 일으켰다. 피도 술과 함께 흘렀지만 레니는 비명을 지르지도 않았다. 움찔하기는커녕 미동도 없었다.

리텔이 잔을 카우치에 던졌다. "살 도노프리오와 거래했다는 사실도 안다."

무응답.

"살의 도박 친구들과 여행할 계획이라는 것도 알고."

무응답.

"살은 고리대금업자지. 연기금 사다리에 오르고 싶다는 얘기를 한 적 있나?"

무응답.

"이봐, 얘기해. 어차피 여기 온 목적은 이뤄야 나갈 것 아니야."

레니가 손의 피를 닦아냈다. "난 몰라요. 그럴 수도 아닐 수도 있지만,

고리대금이라면 살은 피라미에 불과하지."

"잭 루비는? 댈러스에서 부업으로 고리대금업을 하는데."

"잭은 광대요. 사람들을 잘 알지만 그래봐야 어릿광대에 불과해."

리텔은 목소리를 낮추었다. "시카고 친구들도 알아? 당신이 호모라는 사실을?"

레니가 울음을 삼켰다.

리텔은 다시 물었다. "대답해. 내 말이 맞지?"

레니가 두 눈을 질끈 감고 고개를 끄덕였다.

"신문에서 보니까 이아노네는 결혼을 했던데."

무응답.

"레니…."

"맞아요. 결혼했어요."

"그 친구한테도 갈봇집이 있었나?"

"그랬을 거요."

리텔은 외투 단추를 채웠다. "당신한테 도움이 될 수도 있어, 레니."

무응답.

"다시 연락하지. 내가 뭘 찾는지 알 테니까 잘 파봐."

레니는 그의 시선을 외면했다. 그리고 손에서 유리 조각을 빼내기 시작했다.

리텔은 이아노네의 시체에서 열쇠고리를 꺼내두었다. 고리에는 열쇠가 네 개 매달려 있고 장식에는 "디 조르지오 열쇠방, 에번스톤 허드넛 드라이브 947번지"라고 적혀 있었다.

자동차 열쇠 두 개. 나머지 하나는 집 열쇠, 다른 하나는 갈봇집의 열쇠일 것이다.

리텔은 에번스톤으로 차를 몰았다. 야심한 밤이지만 그래도 운은 좋았다. 열쇠 전문가는 가게 바로 뒷집에 살고 있었다.

FBI의 갑작스러운 등장에 남자는 잔뜩 겁에 질렸다. 그는 자기가 만든 열쇠라는 걸 확인하고 이아노네의 집 열쇠는 모두 자기가 설치했다고 실토했다. 두 집 모두.

에번스톤의 울버튼 84번지. 오크파크 케닐워스 2409번지.

이아노네는 오크파크에 살았다. 그 사실도 신문에 났다. 에번스톤 주소는 갈봇집일 가능성이 컸다.

열쇠 전문가가 쉬운 길을 알려준 덕분에 몇 분 후 집을 찾을 수 있었다.

노스웨스턴 대학의 남학생 클럽하우스 뒤쪽 차고형 주택으로, 동네는 어둡고 쥐죽은 듯 조용했다. 열쇠는 맞았다. 리텔은 총을 꺼내 들고 안으로 들어갔다. 집은 텅 비었고 곰팡내가 났다.

리텔은 두 방의 조명을 모두 켜고 찬장, 서랍, 책장, 골방 등 구석구석을 모두 뒤집어 인공 페니스, 채찍, 징 박힌 개목걸이, 아질산아밀 앰풀, 젤리형 윤활제, 마리화나 한 봉투, 청동 장식의 오토바이 재킷, 총열이 짧은 산탄총, 벤제드린 아홉 롤, 나치 완장, 유화 그림 따위를 찾아냈다. 남자들끼리 비역질과 구강성교를 하는 사진과 '칼침 토니' 이아노네와 대학생이 벌거벗고 뒹구는 스냅사진도 있었다.

켐퍼 보이드는 항상 이렇게 말했다―정보원을 보호하라.

리텔은 셀라노 양복점으로 전화했다. 남자가 전화를 받았다. 보나마나 부치 몬트로즈일 것이다.

리텔은 목소리를 위장했다. "토니 이아노네 걱정은 할 필요 없다. 좆같은 호모 새끼니까. 에번스톤에 있는 울버튼 84번지로 가서 직접 확인해."

"이봐, 지금 뭐라고 씨부리…."

리텔은 전화를 끊고 스냅사진을 벽에 붙여 온 세상이 보도록 했다.

16

로스앤젤레스, 1959년 1월 11일

〈허시-허시〉는 마감을 향해 박차를 가했다. 직원들은 벤제드린 커피라도 마신 듯 분주했다.

'예술가들'이 표지를 장식했다. "폴 로브슨: 겉만 번드르르한 빨갱이." 통신원이 카피를 썼다. "마누라 구타범 스페이드 쿨리: 짓밟는 데 취미 들린 컨트리 탭 댄서." 조사원은 팸플릿을 이것저것 들춰가며 깜둥이의 위생과 암의 관계를 끼워 맞췄다.

피터는 그 광경을 지켜보았다.

따분했다. 문득 마이애미가 뇌리를 스쳤다. 〈허시-허시〉가 엉덩이에 박힌 큰 선인장 같았다.

솔 몰츠먼은 죽었다. 게일 헨디도 떠난 지 오래다.

〈허시-허시〉 신입은 100퍼센트 미친놈들이다. 하워드 휴즈는 추악한 추문 사냥꾼을 찾는 데 혈안이었다.

휴즈가 기대했던 모든 게 날아갔다. 로스앤젤레스 경찰이 케네디 가문의 추문 기사를 압수했다는 사실을 모르는 사람은 없었다. 〈허시-허시〉는 추문 저널리즘의 나환자촌에 불과했다.

148

휴즈는 추문을 갈망했다. 후버 국장과 나눌 중상모략을 갈망했다. 자신의 갈망을 위해 뭐든 사들였다.

피터는 잡지에 실을 만한 추문을 구입했다. 경찰에 심어둔 정보원이 일주일 분량의 밋밋한 추문을 보내준 것이다.

"스페이드 쿨리, 술에 절은 여성 혐오자!" "마리화나 소굴 급습해 살 미네오 검거!" "비트족 검거에 허모사비치 쑥대밭!"

완전히 개지랄이야. 마이애미와 달라도 너무 달라.

마이애미는 최고였다. 마이애미는 떠난 후에도 계속 금단 현상을 일으키는 마약이었다. 가벼운 충격과 함께 마이애미를 떠났지만 그가 받은 깊은 인상에 비하면 아무것도 아니었다.

지미 호파가 전화해서 질서를 회복하라고 했고, 그는 구치소를 나가자마자 일을 처리했다.

택시 회사에는 질서가 필요했다. 정치적 불화 때문에 일요일부터 사업은 완전 엉망이었다. 폭동은 차츰 잦아들었지만 타이거 택시는 여전히 파벌 싸움으로 부글부글 끓었다. 우선 바티스타파와 카스트로파부터 정리해야 했다. 좌우를 막론하고 강성인 선동가들은 백인의 질서 규칙에 따라 손도 좀 봤다.

규율도 정했다. 직장 내에서 음주 및 플래카드 금지. 총기를 비롯한 무기 소지 금지. 무기는 배차원에게 맡길 것. 정치 집회 금지. 파벌 간 충돌 금지.

바티스타파 한 놈이 규율에 항의해서 반쯤 죽여놓았다.

그리고 규율을 더 만들었다. 업무 중 매춘 알선 금지. 창녀들은 집에 두고 나올 것. 근무 중 가택 침입 및 권총 강도 금지.

척 로저스를 새로운 배차원으로 임명했다. 물론 정치적으로 지명한 것이다. 척은 CIA 끄나풀이다. 공동 배차원 풀로 마차도도 CIA에 연줄이 있다.

중견 CIA 요원 존 스탠튼이 택시 회사에 상주했다. 그가 손가락 한 번만 튕기면 풀러의 살인적인 불평도 곧바로 찌그러졌다.

스탠튼의 친구 가이 배니스터는 워드 리텔을 싫어했다. 배니스터와 스탠튼은 켐퍼 보이드에 대해 잘 알았다.

지미 호파는 타이거 택시 회사의 소유주이자 아바나 카지노 두 곳에 지분을 갖고 있다.

리텔과 보이드는 피터를 꼬드겨 두 건의 살인을 저지르게 했다. 스탠튼과 배니스터도 그 사실은 모를 것이다. 스탠튼도 그에게 지분거렸다. "언젠가 도움을 청할 수도 있어."

상황이 딱딱 순조롭게 들어맞기 시작했다. 그의 촉수도 활발해졌다.

피터는 인터콤으로 접수원을 불렀다. "도나, 장거리 직통 전화 좀 부탁해요. 워싱턴 D.C. 매클렐런 위원회의 켐퍼 보이드라는 남자하고 통화하고 싶은데, 교환원한테 상원 건물에 연결해보라고 전해요. 연결이 되면 내가 전화했다고 전하고."

"예, 알겠습니다."

피터는 전화를 끊고 기다렸다. 전화는 큰 도박이다. 보이드는 다른 곳에 있을지도 모른다. 나를 눈감아주기로 하고.

인터콤 불이 깜빡였다. 피터는 수화기를 들었다.

"나야. 전화를 하다니 의외로군."

"음, 빚진 게 있으니까요. 그래서 갚기로 했어요."

"말해봐."

"지난주 마이애미에 갔을 때, 존 스탠튼과 가이 배니스터를 만났는데 켐퍼한테 정말 관심이 많더군요."

"스탠튼하고는 벌써 통화했지만 어쨌든 고맙군. 그들이 나한테 아직 관심이 있다는 사실도 놀랍고."

"좋은 정보를 드린 겁니다."

"자넨 똑똑한 친구야. 내가 해줄 일이라도 있나?"

"〈허시-허시〉에 스캔들 전문 기자가 필요합니다."

보이드는 웃으며 전화를 끊었다.

17

마이애미, 1959년 1월 13일

위원회는 하워드 존슨 호텔에 예약을 해주었다. 켐퍼가 퐁텐블로의 방두 개짜리 스위트룸으로 승격한 것이다. 물론 자기 돈으로 그런 차이를 만들었지만, 이제 곧 봉급이 세 곳에서 들어올 테니 그렇게 사치는 아닐 것이다.

그를 마이애미로 돌려보낸 인물은 보비지만 사실은 그가 유도한 계획이었다. 보비에게는 선밸리에 대한 단서를 가져오겠다고 장담했지만 CIA가 자신을 채용하려 한다는 얘기는 쏙 빼버렸다.

이번 여행은 오히려 휴가에 가까웠다. 스탠튼만 괜찮다면 접선은 당연한 결과다.

켐퍼는 의자를 발코니로 가져왔다. 워드 리텔이 우편으로 보고서를 보냈는데, 먼저 손을 본 다음에 보비한테 보낼 참이었다.

타이핑한 보고서는 열두 장이나 되었으며 육필의 서문까지 동봉했다.

K. B.,

우리가 이 사사로운 음모의 파트너가 된 이후 처음으로 내 행동에 대해 솔직하게 해명하기로 했네. 물론 자네야 케네디 씨를 고려해 내 터무니없는 불법 행위는 생략하길 바랄 걸세. 이제 곧 알겠지만 난 대단한 진척을 이루었다네. 게다가 장담하건대 극한 상황임을 고려한다면 매우 신중했다고도 볼 수 있을 걸세.

켐퍼는 보고서를 읽었다. 사실 "극한 상황"으로 해결될 문제 같지는 않았다.

리텔은 호모 간의 살인을 목격했다. 희생자는 시카고 마피아 소두목. 살인자는 레니 샌즈라는 이름의 마피아 떨거지.

샌즈는 이제 리텔의 쥐가 되었다. 그는 최근 마권업자/고리대금업자 '미치광이 살' 도노프리오와 파트너로 일한 적이 있었다. 도노프리오는 라스베이거스와 타호 호수로 도박 여행을 하는 사람들을 안내했다. 샌즈도 "여행 오락 담당"으로 동행했다. 샌즈에게는 마피아 "갈봇집" 열쇠가 있었다. 리텔은 강제로 갈봇집 세 곳의 열쇠를 복사한 다음 몰래 들어가 증거를 탐색했다. 탐색만 하고 물건은 건드리지 않은 채 나왔다. 화기, 마약, 현찰 1만 4000달러. 돈은 부치 몬트로즈의 갈봇집 골프 가방에 들어 있었다.

리텔은 토니 이아노네의 갈봇집을 찾아냈다. 차고형 아파트엔 호모 섹스 기구가 어지럽게 널려 있었다. 리텔은 보복 가능성으로부터 정보원을 지키기 위해 갈봇집 위치를 시카고 마피아에 흘렸다. 그런 다음 잠복을 통해 놈들이 익명의 정보에 따라 움직이는지 확인했다. 놈들은 정말로 움직였다. 한 시간 후, 샘 지앙카나와 졸개 둘이 갈봇집 문을 박살낸 것이다.

지앙카나 일당은 이아노네의 호모 기구들을 확인했다.

놀랍군. 워드 리텔의 3요소가 완전히 잘 맞아떨어졌어. 행운, 본능, 타고난 무모함.

리텔은 이렇게 결론 내렸다.

내 최종 목표는 '고리대금 대출자'를 물색한 후 '사다리를 올라가' 트럭 노조 연기금에 이르도록 하는 데 있다. 대출자는 합법적 정보원이 가장 이상적이다. 레니 샌즈(그리고 잠재적으로는 '미치광이 살' 도노프리오)는 그런 정보원을 확보해줄 적격의 협조자일 것이다. 이상적인 '고리대금 대출자'는 부정한 사업가로서 조직범죄와 연줄이 있고, 물리적 위협과 연방 기소의 협박에 예민한 자여야 한다. 그런 정보원이라면 연기금 비밀 장부는 물론 불법 은닉 자금의 존재를 파악하는 데 큰 도움이 될 것이다. 이런 식의 접근 방식이라면 로버트 케네디의 기소에도 무한한 기회를 선사할 수 있다. 장부가 존재한다면 은닉 자금 관리자들은 특수 절도 및 탈세 혐의로 얼마든지 기소 가능하다. 이것이 지미 호파 및 트럭 노조와 시카고 마피아의 연결 고리를 캐내 그들의 세력을 괴멸하도록 길을 열어줄 것이라는 케네디 의원의 말에 나도 동의한다. 그런 식의 대규모 자금 공모를 증명할 수만 있다면 대가리들도 추풍낙엽처럼 떨어질 수밖에 없다.

계획은 야심만만하고 고도로 위험했다. 켐퍼는 재빨리 가능한 문제점을 따져보았다. 리텔은 칼침 토니의 성적 경향을 노출했다. 그런데 잠재적 파급 효과까지 모두 고려했을까?

켐퍼는 마이애미 공항에 전화를 걸어 D. C. 항공권을 시카고 경유로 돌렸다. 아무래도 그래야 할 것 같았다. 예감이 맞는다면 워드를 단단히 조심시킬 필요가 있었다.

저녁 어스름이 깔렸다. 룸서비스가 미리 주문한 음식을 가져왔다. 배달은 분까지 정확했다.

그는 비피터 진을 홀짝이고 훈제 연어를 집었다. 콜린스 애버뉴가 환해졌다. 여기저기 조명이 깜빡이며 해안을 감싸기 시작했다.

켐퍼에게도 부드러운 빛이 비추었다. 밍크 여자와의 순간이 떠오르자 써먹지 못한 그럴듯한 대사가 아쉬웠다.

차임벨이 울렸다. 켐퍼는 빗으로 머리를 빗고 문을 열었다.

"안녕하십니까, 보이드 씨." 스탠튼이었다.

켐퍼는 그를 안으로 들였다. 스탠튼이 방 안을 돌아다니며 감탄사를 연발했다. "로버트 케네디가 잘해주는 모양입니다."

"쓸데없는 말은 생략하시죠, 스탠튼 씨."

"그럼 본론만 얘기하죠. 당신은 부유하게 자랐지만 가족을 잃었어요.

그리고 이제 케네디 가문을 골라잡았죠. 바야흐로 푼돈이라도 긁어모을 위치에 오르긴 했는데…. 그런데 이 방 정말 죽입니다그려."

켐퍼가 미소를 지었다. "마티니 드시겠습니까?"

"마티니는 밋밋한 커피 같지 않아요? 난 항상 와인 목록으로 호텔을 평가하는데."

"원하신다면 뭐든 주문할 수 있습니다."

"그렇게 오래 있을 생각은 없어요."

"말씀하시죠."

스탠튼이 발코니를 가리켰다. "쿠바가 저기 있습니다."

"압니다."

"카스트로는 분명 공산주의로 돌아설 겁니다. 4월에 미국으로 건너와 우방 선언을 하기로 수순을 잡았지만, 우리 판단엔 결국 삐딱선을 타고 공식 거부 절차를 취할 겁니다. 머지않아 '정치적 입장이 다른' 쿠바인들도 추방할 텐데, 그럼 그 사람들을 여기 플로리다 빈민가에 수용해야 해요. 우리한테는 그 친구들을 훈련해 반카스트로 저항 세력으로 만들 사람이 필요해진 셈이죠. 보수는 한 달에 현찰로 2000달러. FBI가 지원하는 위장 회사가 있는데 그곳에서 면세 상품을 구입할 기회도 주겠습니다. 최종 제안입니다. 내 개인적으로는, 당신의 첩보 업무가 여타 관계 기관들과 충돌하지 않도록 조처해주죠."

"관계 기관들? 복수인가요?"

스탠튼이 발코니로 나갔다. 켐퍼도 그를 따라 난간에 몸을 기댔다.

"FBI를 나온 건 다소 성급했어요. 당신은 후버 국장과 친하지만, 국장은 정작 케네디 형제를 미워하죠. 그러니까, 까마귀 울자 배 떨어지는 격이 된 겁니다. 화요일에는 FBI 요원이었다가 수요일엔 잭 케네디의 잘나가는 뚜쟁이가 되고, 목요일에 매클렐런 위원회의 수사관으로 변신했으니 도무지 논리적인…."

"CIA의 계약 요원 기본 임금은 얼마죠?"

"한 달에 850."

"하지만 '관계 기관들' 때문에라도 난 특별한 케이스 아닙니까?"

"그래요, 우린 당신이 케네디가와 가까워지고 있다는 사실을 알아요. 잭 케네디가 내년에 대통령에 당선된다는 사실도 알고. 만일 카스트로 문제가 불거지면 그의 쿠바 정책에 입김을 불어줄 사람이 필요할 겁니다."

"로비스트 말인가요?"

"아뇨, 그보다는 은밀한 선동가 쪽이죠."

켐퍼는 전망을 살펴보았다. 바다의 조명이 깜빡거리며 쿠바로 뻗어나가는 듯했다. "생각해보죠."

18

시카고, 1959년 1월 14일

리텔은 시체공시소로 달려 들어갔다. 켐퍼가 공항에서 전화를 걸어 "당장 그곳으로 와!"라고 했다. 전화는 30분 전에 걸려왔지만 자세한 얘기는 하나도 없었다. 그저 그렇게 세 단어만 전하고는 쾅하고 전화를 끊었다.

검시실이 홀을 따라 길게 늘어섰고, 바퀴 달린 들것이 시트를 뒤집어 쓴 채 복도 여기저기 놓여 있었다.

리텔은 들것 사이를 뚫고 지나갔다. 켐퍼는 제일 안쪽 벽의 시체 안치대 옆에 서 있었다.

리텔은 숨을 삼켰다. "도대체….'

켐퍼가 안치대를 빼냈다. 안에는 백인 소년의 시체가 들어 있었다. 소년은 칼로 난자당하고 여기저기 담뱃불로 지진 자국이 있었다. 성기는 도려내 입안에 넣었다.

리텔도 아는 얼굴이었다. 칼침 토니의 누드 사진에 있던 소년.

켐퍼는 리텔의 머리를 누르며 자세히 들여다보게 했다. "너 때문이야, 워드. 마피아 놈들한테 흘리기 전에 이아노네의 지인들과 관련한 증거를 샅샅이 파괴했어야지. 죄가 있든 없든 놈들은 누군가를 죽여야 했고, 결국

156

네가 남겨놓은 사진을 보고 이 아이를 죽이기로 한 거야."

리텔은 황급히 머리를 들려 했다. 담즙과 피와 법의학용 치과 연마제 냄새가 났다.

켐퍼가 그를 더 가까이 밀어붙였다. "넌 지금 보비 케네디 밑에서 일해. 내가 자리를 만들어줬으니 후버가 아는 날엔 난 죽은 목숨이다. 넌 정말 사람 잘 만난 거야. 실종 보고서를 확인한 게 바로 나니까. 또 이런 식으로 말아먹을 생각이 아니면 날 믿어. 알겠어?"

리텔은 두 눈을 질끈 감았다. 눈물이 흘러내렸다. 켐퍼가 그의 머리를 잡은 손에 힘을 주었다. 시체에 뺨이 닿았다.

"10시에 레니 샌즈의 아파트에서 기다릴게. 아직 마무리할 일이 남았어."

일은 도움이 되지 않았다. 공산주의자들을 미행하고 감시 보고서를 작성했다. 손이 떨렸다. 필체는 거의 읽지 못할 정도였다.

헬렌도 도움이 되지 않았다. 목소리라도 듣기 위해 전화를 했지만 로스쿨에 대한 수다 때문에 차라리 비명을 지르고 싶었다.

코트 미드도 도움이 되지 않았다. 둘은 만나 커피를 마시고 보고서를 교환했다. 코트는 그의 꼴이 엉망이며, 보고서는 내용이 빈약하다고 투덜댔다. 청취 기지에 있지 않고 어디를 싸돌아다녔느냐는 비난도 덧붙였다.

그렇다고 정보원을 찾느라 일을 많이 못해 그랬다고 말할 수는 없었다. 일을 망치는 바람에 소년 하나가 죽었다는 말도 하지 못했다.

교회는 그나마 조금 도움이 되었다. 그는 죽은 아이를 위해 촛불을 밝히고 능력과 용기를 달라고 기도했다. 그런 다음 욕실에서 목욕을 하는데, 레니의 말이 떠올랐다. 미치광이 살이 오늘 저녁 세인트비비아나 술집에서 똘마니들을 소집할 거예요.

술집은 큰 도움이 되었다. 수프와 과자 덕분에 속이 편해졌다. 호밀주와 맥주 세 잔에 머리도 맑아졌다.

살과 레니는 세인트비비아나의 레크리에이션 홀을 독차지했다. 똘마니 10여 명이 게걸스럽게 식사 중이었다.

똘마니들은 무대 근처의 빙고 테이블에 앉았는데 누구랄 것도 없이 제 와이프나 두들겨 패는 술주정뱅이로 보였다.

리텔은 비상구 밖에서 어슬렁거리다가 문을 빼꼼 열고 귀를 기울였다.

살이 입을 열었다. "우린 이틀 후에 떠나. 고객 상당수가 일 때문에 빠져나올 수 없어서 가격을 950으로 낮추었어. 제일 먼저 타호 호수로 갔다가 라스베이거스와 로스앤젤레스 교외의 가데나로 이동할 거야. 시내트라가 타호의 칼네바 로지에서 노래를 부를 텐데, 그럼 너는 앞줄 중앙에 있다가 그 친구의 쇼를 받으면 돼. 자, 레니 샌즈, 본명 레니 산두치, 라스베이거스 최고의 스타! 이제 네가 가서 시내트라한테 시내트라보다 더 시내트라 같은 시내트라를 보여주란 말이야! 파이팅, 레니! 파이팅, 동지!"

레니가 시내트라처럼 담배 연기를 뿜어 도넛을 만들자 똘마니들이 박수를 쳤다. 레니는 똘마니들 머리 위로 담배를 던지며 그들을 노려보았다.

"끝난 다음에나 박수 쳐! 이런 버러지 같은 놈팽이들! 디노, 가서 금발 미인 둘을 데려와! 새미, 넌 진 한 상자하고 담배 열 보루 챙기고! 아니면 네놈 남은 눈마저 뽑아주마! 서둘러, 샘! 384기 콜럼버스 시카고 기사단이 손가락을 튕기자 프랭크 시내트라가 펄쩍 뛰노라!"

똘마니들이 바보처럼 웃어댔다. 수녀 복장을 한 여자가 고개를 푹 숙인 채 빗자루를 밀며 사내들 옆을 지나갔다.

레니가 노래하듯 말했다. "살 대장의 도박 여행과 함께 나를 해변으로 데려다주오! 살은 스윙과 도박 유람의 황제이니, 그의 달콤한 매력에 빠져요! 베이거스여, 우리가 간다. 긴장할지어다!"

똘마니들이 박수를 보냈다. 살은 종이봉지를 똘마니들 테이블 위로 던졌다. 똘마니들은 어질러진 물건을 뒤지며 자질구레한 장식품 따위를 챙겼다. 리텔이 보니 포커 칩과 프랑스식 콧수염, 플레이보이 토끼 열쇠 고리 따위였다.

레니는 성기처럼 생긴 신기한 모양의 펜을 들었다. "야, 거기 왕좆들 선착순! 내가 거시기에 사인해주겠다."

금세 한 줄이 만들어졌다. 리텔은 배 속이 메스꺼웠다. 그는 갓길로 건너가 토악질을 했다. 호밀주와 맥주 때문에 목에서 불이 났다. 그렇게 웅크리고 앉아 속을 모조리 비웠다.

똘마니 몇이 열쇠 고리를 흔들며 지나갔다. 몇몇은 그를 비웃었다.

리텔은 가로등에 몸을 기댔다. 레크리에이션 홀 문가에 살과 레니가 보였다. 살이 레니를 벽으로 밀어붙이며 가슴을 가볍게 쳤다. 레니가 입 모양으로 단어 하나를 내뱉었다. "오케이."

문은 조금 열려 있었다. 리텔은 문을 활짝 밀어젖혔다.

켐퍼는 레니의 주소록을 훑고 있었다. 거실 불을 있는 대로 켜둔 채. "진정해, 친구."

리텔은 문을 닫았다. "누가 들여보냈지?"

"자네한테 가택 침입을 가르친 사람이 나야, 잊었나?"

리텔은 고개를 저었다. "레니가 나를 믿었으면 좋겠다. 그런데 다른 사람이 이런 식으로 들이닥치면 누가 좋아하겠나?"

"그 친구는 어느 정도 겁을 줄 필요가 있어. 동성애자라는 이유로 과소평가할 생각은 하지 마."

"그 새끼가 이아노네를 어떻게 했는지는 나도 알아."

"녀석도 그냥 놀라서 그런 거야, 워드. 그 친구가 다시 공황 상태에 빠지면 우리 모두 다칠 수 있다. 난 오늘 밤 어느 정도 상황을 정리하고 싶어."

문밖에서 발소리가 들렸다. 조명을 끌 시간도 없었다.

레니가 들어오더니, 브로드웨이 무대 배우처럼 놀란 표정을 했다. "누구죠?"

"이쪽은 보이드 씨. 내 친구야."

"그래서 이 동네까지 찾아와 불법 침입을 한 다음 나한테 질문 몇 가지 던질 생각인가요?"

"그런 식으로 받아들이지 말고."

"그런 식이라니? 나하고 전화로 통화하자고 했잖아요. 이 일은 당신 혼자 하는 거라며?"

"레니…."

그때 켐퍼가 끼어들었다. "물어볼 게 있어."

레니는 엄지 두 개를 혁대 고리에 끼웠다. "얼마든지. 술도 마음껏 드세요. 리텔 씨도 그러니까."

켐퍼는 즐거운 표정이었다. "당신 주소록을 훑어봤다, 레니."

"어련하시겠어? 리텔 씨도 늘 그러니까."

"보아 하니 잭 케네디는 물론 할리우드 사람들도 많이 알더군."

"그래요. 당신과 리텔 씨도 알고. 아무리 인간쓰레기라도 피할 생각이 없다는 뜻이죠."

"이 로라 휴즈라는 여자는 누구지? 주소가 어디 보자 … 5번 애버뉴 881번지. 이상하게 눈이 가는군그래."

"로라한테 넘어간 남자가 한둘은 아니니까."

"불안해하는군, 레니. 태도가 갑자기 변했어."

리텔이 끼어들었다. "자네 도대체 지금…."

켐퍼가 그의 말을 끊었다. "30대 초반이지? 큰 키, 가무잡잡한 피부, 주근깨?"

"예, 로라 맞는 것 같군요."

"조 케네디가 그 여자한테 다이아몬드에다 최소 5만 달러를 주는 장면을 목격했어. 내가 보기엔 같이 자는 사이 같던데?"

레니가 웃었다. 얼굴엔 이런 표정이 쓰여 있었다. 오, 이런, 망할 놈.

"여자 얘기 좀 해보지." 켐퍼가 말했다.

"아니. 로라는 트럭 노조 연기금하고 아무 관계없어요. 법을 어긴 적도 없고."

"옛날로 되돌아가고 있군, 레니. 그러니까, 토니 이아노네를 잡은 까칠 남이 아니라 꽥꽥거리는 작은 요정 같단 말이야."

레니가 목소리를 중저음으로 바꾸었다. "이러면 되겠습니까, 보이드 씨?"

"대가리는 쇼할 때나 쓰고…. 여자 정체가 뭐야?"

"그 얘기는 할 이유 없습니다."

켐퍼가 미소를 지었다. "당신은 호모에 살인자야. 권리는 니미럴. 당신은 FBI 정보원이야. 당신 주인은 시카고 FBI라고. 그게 무슨 뜻인지 몰라?"

리텔은 구역질이 났다. 심장박동도 제멋대로였다.

"여자 정체가 뭐야?" 켐퍼가 물었다.

레니는 까칠한 사내 역으로 변했다. "이 문제가 FBI하고 무슨 상관이죠? 기껏 당신 둘과 은밀한 거래를 한 겁니다. 잭 케네디한테 불리한 얘기라면 단 한마디도 하지 않을 거요."

켐퍼가 검시 사진을 꺼내 레니한테 들이댔다. 리텔은 시체를 보았다.

레니도 몸서리를 쳤지만 곧바로 거친 사내 표정으로 돌아갔다. 입에 자기 성기를 물고 있는 소년. "그래서? 이 정도로 날 협박하겠다고?"

"지앙카나가 한 짓이야, 레니. 이 친구가 토니 이아노네를 죽였다고 생각했기 때문에. 우리가 한마디만 하면 네놈도 이 신세가 되는 거야."

리텔이 스냅사진을 낚아챘다. "잠깐만 숨 좀 돌리지그래. 그 정도면 알아들었을 걸세."

켐퍼가 리텔을 식당으로 데려가 캐비닛에 밀어붙였다. "용의자 앞에서 절대 내 말에 토 달지 마."

"켐퍼⋯."

"저 새끼를 때려."

"켐퍼⋯."

"때리라고 했어. 자넬 두려워하게 만들란 말이야."

"난 못해. 빌어먹을, 나한테 이러지 마." 리텔이 애원했다.

"때려. 아니면 당장 지앙카나한테 전화 걸어 놈을 넘기겠다."

"안 돼, 이런 ⋯ 제발."

켐퍼가 놋쇠 너클을 꺼내 리텔의 손에 끼워주었다. "놈을 때려, 워드. 반쯤 죽여버려. 아니면 저놈은 지앙카나한테 죽는다."

리텔은 몸을 떨었다. 켐퍼가 리텔을 살짝 때렸다. 리텔은 터덜터덜 레니한테 다가갔다. 레니가 어쭙잖게 얼치기 터프 가이 미소를 지었다. 리텔은 주먹을 쥐고 레니를 가격했다. 레니가 협탁을 붙들고 이빨 몇 개를 토해냈다. 켐퍼가 소파 쿠션을 그에게 던졌다.

"로라 휴즈가 어떤 여자야? 자세히 씨부려봐."

리텔은 너클을 내던졌다. 손이 욱신거리고 감각이 없었다.

"로라 휴즈가 누구냐고 물었다."

레니가 쿠션으로 입을 문지른 다음 의치 하나를 뱉어냈다.

"로라 휴즈가 어떤 년이야?"

레니가 기침을 하고 목청을 가다듬었다. 그리고 한숨을 크게 내뱉었다. 이제 더 이상 어쩔 수 없다는 듯. "조 케네디의 딸이오. 어머니는 글로리아 스완슨이고."

리텔은 눈을 감았다. 이런 식의 질문과 대답은 결국….

"계속해봐." 캠퍼가 재촉했다.

"어디까지? 가족 말고는 오직 나만 아는 사실이오."

"계속해."

레니가 다시 한숨을 쉬었다. 입술이 콧구멍까지 찢어져 있었다. "케네디 씨는 로라를 지원해요. 로라는 그를 사랑하면서 동시에 증오하죠. 글로리아 스완슨은 케네디 씨를 미워하는데, 그가 영화 제작자 시절 그녀를 속여 거액의 돈을 빼앗았기 때문이에요. 지금은 몇 년 전 로라와 의절했는데 … 빌어먹을, 내가 아는 내용은 여기까지요."

리텔은 눈을 떴다. 레니가 협탁을 잡고 의자에 털썩 주저앉았다.

캠퍼는 한 손가락으로 너클을 빙글빙글 돌렸다. "휴즈라는 성은 어떻게 얻은 거야?"

"하워드 휴즈에서 따온 거요. 케네디 씨가 휴즈를 싫어해서 로라가 일부러 그 성을 딴 겁니다. 아버지를 화나게 만들려고."

리텔은 두 눈을 감았다. 이제 자신이 생각지도 않던 상황이 보이기 시작했다.

"레니한테 질문할 것 없어, 워드?"

순간 장면 하나가 스쳐 지나갔다. 성기 모양의 펜을 집어든 레니.

"워드, 눈을 떠. 레니한테…."

리텔은 눈을 뜨고 안경을 벗었다. 방이 흐릿하고 뿌예졌다. "교회 밖에서 미치광이 살과 말다툼을 하던데, 이유가 뭐지?"

레니가 혓바닥을 움직여 이빨 하나를 뽑아냈다. "유람 쇼를 그만둘 생각이었어요."

"이유는?"

"독사 같은 인간이니까. 당신만큼이나."

이제는 완전히 '난 쥐새끼니까' 하는 식의 체념한 목소리였다.

"그런데 그가 그만두지 못하게 했어?"

"아뇨. 내가 말했어요. 6개월까지는 일하겠다고. 물론 그가 그때까지…."

켐퍼가 너클을 돌렸다. "그가 그때까지…?"

"씨발, 살아 있다면요." 차분한 목소리였다. 마치 자기 역할을 이해한 배우 같았다.

"그가 왜 놔주지 않았을까?"

"타락한 노름꾼이니까. 샘 G.한테 2만 달러를 빚졌으니까. 돈을 갚지 않으면 계약은 영원히 유효하니까."

리텔은 안경을 썼다. "이제부터 살 얘기만 하지. 그 친구 빚 얘기도 궁금하군."

레니가 쿠션으로 입을 훔쳤다. 너클에 한 대 더 맞으면 언청이 꼴이 될 판이었다.

"리텔 씨 말에 대답해." 켐퍼가 다그쳤다.

"아, 물론입죠. 리텔 씨…." 니미럴, 좆나게 깨진 호모 꼴이라니.

켐퍼는 너클을 허리춤에 끼워 넣었다. "로라 휴즈한테는 이 얘기 하지 마. 우리 계약 얘기도 떠벌리지 말고."

레니가 일어났다. 무릎이 후들거렸다. "꿈도 안 꿉니다."

켐퍼가 말했다. "당신, 기개가 있군. 로스앤젤레스에서 잡지사 하는 친구를 아는데, 당신 같은 내부 정보원을 찾더군."

레니는 너덜거리는 입술을 밀어냈다. 리텔은 얼른 기도했다. 제발 오늘 밤에는 꿈도 꾸지 않고 잠들게 하소서.

. . .

자료 첨부: 1959년 1월 16일. FBI 공식 녹취록: 국장의 요구에 따라 작성/기밀 1-A: 국장 외 열람 금지. 통화: 후버 국장과 켐퍼 보이드 요원.

JEH: 잘 있었나, 보이드?

KB: 안녕하십니까, 국장님.

JEH: 이번 커넥션은 기가 막히더군. 지금 근처인가?

KB: 노스이스트 'Ⅰ' 스트리트 식당입니다.

JEH: 그렇군. 위원회 사무실이 근처일 테니, 리틀 브라더를 위해 열심히 일
하는 중이겠군.

KB: 그렇습니다, 국장님. 표면적으로는요.

JEH: 좋아, 보고해봐.

KB: 리틀 브라더가 저를 마이애미로 돌려보낼 게 확실합니다. 선밸리 토지
사기 증인을 확보할 수 있다고 보고했거든요. 사실 사소한 증언 일부를
확보하기도 했고요.

JEH: 계속해.

KB: 제가 플로리다에 가는 진짜 이유는 그레츨러와 키르파스키 사건과 관련
해 국장님께 정보를 드리기 위해서입니다. 물론 마이애미와 레이크위어
경찰서를 확인한 결과 다행히 두 사건 모두 파일이 공개로 풀렸다는 답변
을 들었습니다. 암묵적이나마 미제 사건으로 분류했다는 의미 같습니다.

JEH: 대단해. 형제 얘기는 없나?

KB: 위원회의 대노조 활동 임기는 90일 후 끝납니다. 현재 서류 인계 과정
은 편집 단계인데, 대배심에 보낼 핵심 자료 사본은 빠짐없이 국장님께
보내드리겠습니다. 다시 말씀드리지만, 제 생각엔 이번만은 지미 호파도
법적으로 아무 문제없습니다.

JEH: 그래서?

KB: 빅 브라더는 민주당과 동맹 관계인 노조 지도자들에게 계속 전화를 하
고 있습니다. 리틀 브라더가 호파와 실랑이를 벌인다고 해서 노동 운동
전반에 대해 부정적이지는 않다는 점을 설득하기 위해서죠. 제가 알기로
는 내년 1월 초에 입후보를 선언할 예정입니다.

JEH: 달린 쇼프텔 사건의 공모자로 FBI를 의심하지는 않던가?

KB: 그럴 거라고 확신합니다, 국장님. 피터 본듀런트의 애인이 〈허시-허시〉
기사를 리틀 브라더에게 고자질했고, 그래서 워드 리텔이 우리의 1차 도

청 외에 여자가 모르는 본듀런트의 2차 도청까지 노출했죠.

JEH: 형제의 아비가 하워드 휴즈를 엿 먹였다던데?

KB: 그렇습니다, 국장님.

JEH: 〈허시-허시〉는 요즘 물이 안 좋아. 휴즈 씨가 최신호를 매번 미리 보내
　　주는데 내용이 너무 얌전하더라고.

KB: 피터 본듀런트와는 일반 원칙에 입각해 접선을 유지하고 있는데, 할리
　　우드와 연줄이 닿는 친구를 구해줄 것 같습니다. 괜찮다면 추문 기자로
　　쓸 생각입니다.

JEH: 침실에서 읽을거리가 나아진다면야… 꼭 성사되길 바라네.

KB: 예, 국장님.

JEH: 빅 브라더를 개박살 낸 것에 대해 리텔한테 고마워해야 하지 않을까?

KB: 이틀 전 시카고를 지나다가 리텔을 봤습니다.

JEH: 그런데?

KB: 처음엔 THP에서 축출당한 보복으로 반마피아 활동에 전념하는 줄 알았
　　습니다. 그래서 눈을 떼지 말아야겠다고 생각했죠.

JEH: 그런데?

KB: 괜한 기우였습니다. 리텔은 묵묵히 빨갱이팀 공작을 감내하는 것 같습
　　니다. 제가 보기에 변한 점이라면 톰 에이기의 딸 헬렌과 연애를 시작한
　　정도입니다.

JEH: 성적인 관계인가?

KB: 예, 국장님.

JEH: 여자애 나이는?

KB: 겨우 스물하나입니다.

JEH: 아무래도 자네가 리텔을 잘 감시해야겠어.

KB: 그렇게 하겠습니다, 국장님. 통화한 김에 다른 얘기 하나 해도 되겠습
　　니까?

JEH: 얼마든지.

KB: 쿠바 정치 상황 얘기입니다.

JEH: 계속해.

KB: 플로리다에 있을 때 보니, 쿠바 난민들이 바티스타 그룹과 카스트로 그
   룹으로 나뉘었더군요. 지금으로서는 카스트로가 공산주의를 택할 것으
   로 보입니다. 다양한 정치 성향의 쿠바인들이 추방당해 미국 난민촌을
   차지하면 아무래도 골치가 아플 수밖에 없습니다. 대부분 마이애미에 정
   착할 테니까요. 그 분야의 정보도 원하시는지요.

JEH: 정보통이 있나?

KB: 예, 국장님.

JEH: 소스를 밝히지는 않겠지?

KB: 예, 국장님.

JEH: 공작비는 그쪽에서 받길 바라네.

KB: 그게 애매한 부분입니다, 국장님.

JEH: 애매한 건 자네지. 좋아, 쿠바 이민 정보라면 얼마든지 좋네. 덧붙일 말
   있나? 미팅 시간 때문에.

KB: 마지막으로 하나 더. 혹시 그 형제의 아비와 글로리아 스완슨 사이에 딸
   이 있다는 사실을 아십니까?

JEH: 아니, 몰라. 확실한 정보인가?

KB: 근거는 상당합니다. 그 문제에 대해서도 조사할까요?

JEH: 그래. 하지만 괜히 사적으로 얽혀서 정체를 들키지는 말고.

KB: 예, 알겠습니다.

JEH: 유비무환이야. 자넨 사람을 쓸 때 워드 리텔같이 도덕관념이 트릿한 인
   물한테 끌리는 경향이 있어. 그런 놈들을 케네디 가문으로 끌고 들어가
   지는 말게. 그 양반들 흡인력은 당신도 감당하지 못해.

KB: 명심하겠습니다.

JEH: 잘 있게, 보이드.

KB: 안녕히 계십시오, 국장님.

19

로스앤젤레스, 1959년 1월 18일

"휴즈 씨가 J. 에드거 후버와 그렇게 친하면, 그 망할 놈의 소환장 좀 어떻게 해보라고 해." 딕 스타이즐이 투덜댔다.

피터는 그의 사무실을 살폈다. 고객 사진이 대부분이었다. 반면 휴즈는 남미의 몇몇 독재자들, 봉고 연주자 프레스턴 엡스와 벽을 공유했다.

"아직은 후버한테 도움을 청할 사람이 아니에요. 엉덩이를 빨아줄 만큼 가깝다고 생각해야 움직이겠죠."

"그렇다고 소환장을 영원히 밀어낼 수는 없어. 간단하게 TWA를 매각해 3~4억 달러 챙기고 다음 목표를 세우는 게 낫다니까."

피터는 의자에 앉아 몸을 앞뒤로 흔들다가 두 다리를 스타이즐의 책상 위에 올렸다. "그 양반 생각은 다릅니다."

"어떻게 다른데?"

"다르니까 돈 주고 나를 부르지 않았겠어요?"

"이번 경우를 예로 든다면?"

"이번엔 촬영소 배역부에 전화를 걸어 배우 대여섯을 고용할 겁니다. 모두 휴즈 씨로 분장시킨 다음 휴즈 항공 리무진에 태워 밖으로 내보내야죠. 밤거리를 누비면서 돈 좀 뿌리고 여행 계획에 대해 떠들며 다니라고. 팀북투, 나이로비…. 어디면 어때요? 시간만 벌면 되는데."

스타이즐이 어지러운 책상을 뒤졌다. "TWA는 그렇다 치고, 나한테 조사해보라고 보낸 〈허시-허시〉 기사? 그게 다 명예훼손에 걸려. 여기 스페이드 쿨리 기사를 예로 들어보자고. '엘라 메이 쿨리의 가슴에 "넌 내 꺼!'라는 문신이 있나? 당연하다. 엘라의 위험천만하리만큼 파인 옷 위에서 스페이드가 블루그래스(1940년대 후반 미국에서 발생한 컨트리 음악—옮긴이) 발라드에 맞춰 춤을 췄으니까! 모르긴 해도 엘라 메이는 스페이드에게 이렇게 말했을 것이다. 나도 섹스 파티에 끼워줘! 스페이드는 그녀의 말에 주먹질로 응답했고, 그리하여 엘라 메이는 시퍼렇게 부풀어 오른 가슴을 자랑하게 되었다.' 알겠어, 피터? 도무지 빠져나갈 말장난이 없잖아? 아니면…."

스타이즐의 말투가 워낙 단조롭게 윙윙거린 탓에 피터는 귀를 닫고 공상에 잠겼다.

켐퍼 보이드가 어제 전화를 했다. "스캔들 전문 기자 하나 소개해주지. 이름은 레니 샌즈. 지금 타호의 칼네바 로지에서 노름꾼들을 상대로 쇼를 하고 있는데, 가서 얘기해봐. 내가 보기엔 〈허시-허시〉에 딱인데, 문제는 … 워드 리텔하고 가깝단 말이야. 자네도 알겠지만, 결국 FBI와 관련이 있다는 얘기겠지. 또 하나 알아둘 사실은, 리텔한테 그레슬러 건 목격자가 있어. 후버 국장은 깡그리 잊으라고 했지만 리텔이 워낙 제멋대로잖아. 리텔한테는 절대 레니에 대해 입방아 찧지 말라고, 응?"

레니 샌즈라면 괜찮을 성싶었다. "목격자" 운운은 개소리다.

"샌즈를 만나보죠. 하지만 그 전에 할 얘기가 하나 더 있잖아요?" 피터가 물었다.

"쿠바?"

"예, 쿠바. 우리 같은 경찰 출신한테 콩고물이 떨어질 것 같은데요."

"잘 봤어. 어차피 나도 껴들 참이었어."

"나도 할래요. 요즘 휴즈 때문에 돌아버리기 일보 직전이라서요."

"그럼 쌈박한 일 하나 해봐. 존 스탠튼이 좋아할 만한 건으로."

"예를 들면?"

"워싱턴 D. C. 전화번호부에서 내 주소를 확인해 괜찮은 물건 좀 보내."

그 순간 스타이즐의 말에 피터는 정신이 번쩍 들었다.

"그 대뼈리 출신들한테 '주장에 따르면,' '아마도' 같은 수사를 넣어서 기사를 좀 더 문대라고 해. 피터, 내 말 듣는 거야?"

"딕, 다음에 봐요. 할 일이 생겨서."

그는 차를 몰고 공중전화로 가서 도움을 청했다. 상대는 경찰 친구 미키 코헨과 '스타 탐정' 프레드 오태시였다. 둘 다 '좋은 물건'을 구할 수 있다고 했다. 그것도 긴급으로.

스페이드 쿨리한테도 전화했다. 조금 전에 당신 추문을 하나 막아줬습니다. 스페이드가 고맙다며 되물었다. "뭐든 내가 해줄 일이 있나?"

피터는 대답했다. 당신네 밴드 여자 여섯이 필요해요. 한 시간 후쯤 배역부로 보내요. 거기서 기다릴 테니.

스페이드가 말했다. 알았네. 그쯤이야.

피터는 배역부와 휴즈 항공으로 전화했다. 두 곳 모두 만족스러운 대답을 주었다. 여섯 명의 하워드 휴즈가 모두 똑같이 생겼어요. 한 시간 후, 리무진 여섯 대를 배역부로 보내드리겠습니다.

피터는 짝퉁들을 만나 돈을 쥐어 보냈다. 하워드 여섯, 여자 여섯, 리무진 여섯. 여섯 명의 하워드한테는 특별한 지시를 내렸다. 새벽까지 돌아다니며 리우로 떠날 생각이라고 떠벌릴 것!

리무진은 떠났다. 스페이드는 피터를 버뱅크 공항에 내려주었다.

그는 경비행기를 타고 타호로 날아갔다. 조종사는 칼네바 로지 위에서 곧바로 급강하했다.

잘해라, 레니.

카지노에는 슬롯머신, 크랩, 룰렛, 블랙잭, 포커, 빙고 그리고 세상에서 제일 푹신한 카펫이 있었다.

로비에는 마분지로 만든 실물 크기의 프랭크 시내트라를 세워놓았다.

저걸 저 문 옆으로 치워. 누군가가 시내트라 입에 성기를 그려 넣었다. 저 작은 놈은 바 옆에 둬. '스윙거루 라운지의 레니 샌즈!'

누군가가 소리쳤다. "피터! 헤이, 프랑스 떡대 피터!" 시카고 마피아일 것이다. 아니면 놈은 죽은 목숨이다.

소리 나는 쪽을 보니 쟈니 로셀리가 바 안쪽의 부스에서 손을 흔들어 댔다.

피터는 그쪽으로 갔다. 부스 안에는 온통 스타들뿐이었다. 로셀리, 샘 G., 헤시 리스킨드, 카를로스 마르첼로.

로셀리가 윙크를 했다. "피터, 잘 지내냐?"

"예, 잘 지냅니다. 쟈니는요?"

"좋아, 피터. 아주 좋아. 이분들은 알지? 카를로스, 샘, 헤시?"

"명성만 많이 들었습니다."

악수가 오갔다. 피터는 계속 선 채였다. 마피아식 예절인 셈이다.

"피터는 프랑스계 캐나다인이지만 자기도 그 사실을 좋아하지 않아." 로셀리가 말했다.

"누구나 출신은 있는 법이야." 지앙카나가 거들었다.

"난 없네. 좆같은 출생증명서 하나 없으니까. 북아프리카 튀니스나 아니면 과테말라에서 태어났을 거야. 부모는 시칠리아 출신인데, 여권 하나 없었지. 그래서 씨발, 한 번은 아예 묻기까지 했잖아. 도대체 난 어디서 난 거요?" 마르첼로였다.

"나는 유대인인데 전립선이 안 좋아. 부모는 러시아 출신이고, 당신들이 이 그룹에 해가 된다고 생각하지 않으면…."

리스킨드의 말에 마르첼로가 끼어들었다. "피터가 최근 마이애미에서 지미를 도왔어요. 그러니까 … 택시 회사 건이지."

"고마운 일을 했군. 그런 일을 잊으면 안 되지." 로셀리가 말했다.

"쿠바가 좋아지려면 더 당해야 합니다. 수염쟁이 카스트로 놈이 빌어먹을 카지노를 모조리 국유화하겠대요. 거기 있는 산토 T.도 잡아넣고, 우리한테도 하루에 수십만 달러를 내라고 개지랄을 떨고 있어요." 지앙카나가 말했다.

"카스트로가 미국 부자 모두에게 빅 엿을 먹인 꼴이야." 로셀리가 말했다.

앉으라고 하는 사람은 아무도 없었다.

샘 G.가 어느 부랑자를 가리켰다. 부랑자는 열심히 잔돈을 세며 걸어가고 있었다. "도노프리오가 저런 얼간이들을 데려와요. 도박장에 악취만 진동하고 돈은 잃지도 않는 놈들이죠. …나하고 프랭크가 로지의 40퍼센트를 나눠 갖지만 여기가 고급 도박장이지 쓰레기 집합소는 아니잖아요?"

로셀리가 웃었다. "네놈 부하 레니가 지금 살 밑에서 일한다더라."

지앙카나가 손가락으로 부랑자를 겨냥하더니 방아쇠를 당겼다. "누군가가 미치광이 살 도노프리오 자리를 꿰찰 때가 됐어요. 마권쟁이들이 마권보다 더 많이 챙기면, 말 그대로 좆같은 빨갱이 새끼들이 세금 빨아먹는 것하고 뭐가 달라요?"

로셀리가 하이볼을 홀짝였다. "그래서 피터? 칼네바에는 웬일이냐?"

"일 때문에 레니 샌즈와 할 얘기가 있습니다. 〈허시-허시〉 기자로 딱일 것 같아서요."

샘 G.가 도박 칩 몇 개를 주었다. "옛다, 이놈아. 나한테선 돈을 따도 상관없지만 레니는 시카고 밖으로 빼내지 마. 알았냐? 난 그 애가 주변에 있는 게 좋아."

피터는 미소를 지었다. '노땅'들도 싱글거리며 웃었다. 감 잡았지? 지금 이 인간들이 네가 가치 있는 몸이라고 온몸으로 보여주고 있잖아.

피터는 다른 곳으로 가다가 싸구려 라운지로 우르르 몰려가는 창녀들 꼬리에 잡히고 말았다. 그는 여자들을 따라 들어갔다. 방은 입석 전용이었다. 테이블은 만원인지라 늦게 들어온 사람들은 벽에 몸을 기대야 했다.

레니 샌즈는 무대 위에 있었다. 그 뒤로 피아노와 드럼이 보였다.

키보드 주자가 블루스 곡을 연주했다. 레니가 마이크로 그의 머리를 때렸다. "루, 루, 루. 도대체 뭐하는 거야? 우리가 깜둥이니? 지금 뭘 연주하는 거야? 〈수박 좀 줘요, 엄마. 돼지갈비가 이중 주차했어요〉?"

관중이 폭소를 터뜨렸다.

"루, 프랭크 노래나 연주해봐." 레니가 말했다.

루의 피아노가 전주를 때렸다. 레니가 노래를 불렀다. 반은 시내트라, 반은 가성으로. "난 당신을 온몸으로 느껴요. 느껴요. 내 안 깊숙이, 깊숙이 들어온 당신. 치질 걸린 똥꼬가 불타요. 난 당신을 느껴요. …엄마아, 엄마아, 엉덩이가 뜨거워."

노름꾼들이 울부짖었다.

레니가 코맹맹이 목소리를 냈다. "난 당신을 가져요. 내 침대에 묶어놓고 내 맘대로 가져요. K-Y 젤리를 떡칠! 깊이깊이. 하지만 당신은 얼마나 깊은지 알 수 없어요. 난 당신을 가져요!"

쓰레기들이 환호와 야유를 보냈다. 피터 로포드가 들어와 무대를 점검했다─오늘은 프랭크 시내트라가 넘버 원.

드러머가 림 샷을 때렸다. 레니는 마이크로 사타구니 부근을 두드렸다. "콜럼버스의 시카고 기사단, 싸나이 중의 싸나이! 난 여러분을 흠모합니다!"

구경꾼들이 환호를 보냈다.

"솔직히 말해서, 내가 계집애들을 쫓아다니고 열심히 펌프질을 해대는 건 진짜 욕망을 감추기 위한 구실이죠. 바로바로 당신들, 384기 시카고 기사단 말입니다! 저 킹 사이즈 프랭크 소시지에 두툼한 순대! 기름에 소스까지 발라 내 감질 나는 통전복 깊이 쑤셔 박고 싶어 온몸이 저립니다!"

화가 났는지 로포드의 걸음걸이가 빨라졌다. 그가 시내트라에게 미친 듯이 알랑거린다는 얘기는 내부에서 모르는 사람이 없을 정도였다.

도박꾼들이 들끓었다. 얼간이 몇은 기사단 깃발까지 흔들었다.

"여러분을 사랑합니다. 사랑하고, 사랑하고, 사랑합니다! 어서 빨리 여장을 하고 여러분 모두를 초대해 내 떼 썹 파티에서 구르고 싶습니다!"

로포드가 무대를 향해 달려갔다.

피터가 발을 걸었다.

오늘의 엉덩방아를 감상하시라. 고금을 막론한 고전적 몸 개그.

프랭크 시내트라가 성큼성큼 라운지로 들어왔다. 도박꾼들은 아예 발광을 했다.

샘 G.가 그를 가로막고는 뭔가를 속삭였다. 부드럽고 친절하고 자신만만한 표정.

피터도 곧바로 눈치챘다.

레니는 시카고 마피아와 함께 있다. 레니는 가지고 놀 친구가 못 된다.

샘이 미소를 지었다. 샘은 레니의 쇼를 좋아했다.

시내트라가 뒤로 돌았다. 호모들이 그를 에워쌌다.

레니가 코맹맹이 소리를 더 크게 냈다. "프랭크, 돌아와요! 피터, 플로어에서 꺼지지 못해? 이 얼간이 꽃미남 총각!"

레니 샌즈는 꽃미남 개자식이다.

그는 수석 블랙잭 딜러에게 쪽지를 주어 샌즈에게 전해달라고 했다.

레니는 커피숍에 나타났다. 정확히 약속 시간에.

"와줘서 고맙습니다." 피터는 인사부터 챙겼다.

레니가 자리에 앉았다. "쪽지에 돈 얘기를 했잖아요. 돈이야 늘 관심 있죠."

여종업원이 커피를 가져왔다. 잭팟 터지는 소리가 들렸다. 소형 슬롯머신이 테이블마다 붙어 있었다.

"켐퍼 보이드가 당신을 추천했어요. 그 일에 적임자라면서."

"그 양반 밑에서 일해요?"

"아뇨. 그냥 아는 정도입니다."

레니가 입술에 난 상처를 문질렀다. "정확히 어떤 일이죠?"

"〈허시-허시〉 기자 업무입니다. 이야기나 스캔들 따위를 찾아내 작가한테 전하면 됩니다."

"그러니까, 밀고자가 돼라?"

"비슷해요. 로스앤젤레스, 시카고, 네바다 등에 코를 박고 있으면 되는 일이니까."

"보수는?"

"한 달에 1000달러. 현찰."

"영화배우들 추문을 캐라는 거죠? 연예인들이 얼마나 추잡한지 같은?"

"그래요. 민주당계 정치인들하고."

레니가 커피에 크림을 부었다. "못할 이유는 없습니다만. 케네디 가문이라면 얘기가 달라요. 보비는 어쨌거나 상관없다 해도 잭은 나도 좋아하니까."

"시내트라를 싫어하던데? 그는 잭과 친구 아닌가요?"

"잭의 뚜쟁이에다가 가족 전체에 알랑대요. 피터 로포드가 잭의 여동생하고 결혼한 후로는 아예 간신배 프랭크 포주 노릇을 하죠. 잭은 프랭크를 웃기는 놈이라고 생각하지만, 그 이상은 아니에요. 그리고 난 이런 얘기 한 적 없습니다."

피터는 커피를 홀짝였다. "더 얘기해봐요."

"아니, 당신이 질문하쇼."

"좋아요. 난 지금 선셋 스트립에 있는데, 100달러로 한 탕 뛰고 싶어요. 어떻게 하면 되죠?"

"멜을 찾아요. 디노 로지의 주차 요원. 10달러만 주면 헤이븐허스트와 파운틴의 갈봇집으로 보내줄 거요."

"깜둥이를 원하면?"

"워싱턴과 라브레아의 드라이브인 식당을 찾아 깜둥이년 종업원한테 달라고 해요."

"취향이 사내 쪽이라면?"

레니가 주춤했다.

"호모를 싫어하는 줄은 알지만 그래도 대답해봐요."

"니미, 난 그런 거…. 아니 … 라르고의 벨보이가 남창굴을 굴리기는 하죠."

"좋아요. 자, 미키 코헨의 성생활은 어떻습니까?"

레니가 미소를 지었다. "겉치레예요. 실제로는 여자를 밝히지 않지만 미인들과 있는 걸 과시하고 싶어 하죠. 현재 표면상의 애인은 샌디 해시헤이건이라는 여자인데, 이따금 캔디 바나 리즈 르네이하고 데이트하는 경우도 있어요."

"토니 트롬비노와 토니 브랑카토를 박살낸 자는?"

"지미 프라티아노 아니면 데이브 클라인이라는 짭새."

"할리우드에서 성기가 제일 큰 사람?"

"스티브 코크런 아니면 존 아일랜드."

"스페이드 쿨리는 스트레스를 어떻게 풀죠?"

"마약을 빨거나 여편네를 패요."

"에이바 가드너가 시내트라와 잘 때 애인이 누구였죠?"

"누구나. 누구든."

"당장 낙태를 하려면 누굴 찾으면 됩니까?"

"프레드 오태시."

"제인 맨스필드?"

"엄청 밝히는 년."

"딕 콘티노?"

"최고의 여자 사냥꾼."

"게일 러셀?"

"웨스트로스앤젤레스의 싸구려 갈봇집에서 죽도록 퍼마신 여자."

"렉스 바커?"

"미소녀 전문 사냥꾼."

"조니 레이?"

"호모."

"아트 페퍼?"

"약쟁이."

"리자베스 스콧?"

"레즈비언."

"빌리 엑스타인?"

"변태."

"톰 닐?"

"팜스프링스의 지는 해."

"애니타 오데이?"

"마약쟁이."

"캐리 그랜트?"

"호모."

"랜돌프 스콧?"

"호모."

"윌리엄 F. 놀런드 상원의원?"

"초뺑이."

"파커 서장?"

"초뺑이."

"빙 크로스비?"

"초뺑이에 여편네 상습 구타."

"존 오그래디 경사?"

"재즈 연주자들한테 마약 파는 로스앤젤레스 짭새."

"데시 아나즈?"

"창녀 중독자."

"스콧 브래디?"

"마리화나 중독자."

"그레이스 켈리?"

"불감녀. 나도 한 번 먹어봤는데 좆이 얼어서 떨어져나가는 줄 알았다니까."

피터는 웃었다. "나는?"

레니가 씩 웃었다. "공갈의 왕. 포주. 킬러. 혹시 오해할까봐 하는 얘긴데, 난 당신하고 좆질할 만큼 돌대가리는 아니오."

"합격입니다." 피터가 선언했다.

둘은 악수를 했다.

미치광이 살 D.가 컵 두 개를 흔들며 들어왔다. 컵에서 동전이 흘러내렸다.

20

워싱턴 D. C., 1959년 1월 20일

운송업체 직원이 커다란 박스 세 개를 배달했다. 켐퍼는 부엌으로 가져가 포장을 풀었다.

본듀런트가 기름천으로 싸 보낸 물건들. 결국 '좋은 물건'의 의미를 이해한 것이다. 그가 보낸 물건은 기관단총 두 자루, 수류탄 두 개, 소음기를 장착한 45구경 자동권총 아홉 정이었다.

본듀런트는 짧은 익명의 쪽지도 동봉했다. "그대와 스탠튼의 차례."

기관단총은 100퍼센트 장전에 관리 매뉴얼까지 들어 있었다. 45구경은 어깨띠에 완벽하게 들어맞았다.

켐퍼는 권총 하나를 차고 공항으로 차를 몰았다. 그리고 아슬아슬하게 오후 1시 뉴욕 왕복선에 올라탔다.

5번 애버뉴 881번지는 고지대에 있는 튜더 시대 성채였다.

켐퍼는 문지기를 지나쳐 'L. 휴즈' 로비 버저를 눌렀다.

인터콤으로 여자 목소리가 들렸다. "왼쪽 두 번째 승강기를 타세요. 채소는 로비에 두시면 됩니다."

그는 엘리베이터를 타고 12층으로 올라갔다. 문이 열리자 곧바로 실내 로비였다.

로비만으로도 켐퍼가 사는 집 거실 크기였다. 밍크 여자가 커다란 그리스식 열주에 몸을 기대고 있었다. 격자무늬 가운과 슬리퍼 차림이었다.

"케네디 가족 파티에서 본 분이로군요. 잭 말로는 보비의 경찰 소속이라던데."

"제 이름은 켐퍼 보이드입니다, 휴즈 양."

"켄터키 렉싱턴 출신인가요?"

"비슷합니다. 테네시 내슈빌이죠."

로라 휴즈가 팔짱을 꼈다. "운전사한테 주소를 불러줄 때 엿들었군요. 아래층 문지기한테 내 인상착의를 말하고 이름을 알아낸 후 초인종을 눌렀죠?"

"비슷합니다."

"역겨운 다이아몬드 브로치를 쥐버리는 것도 봤나요? 당신처럼 옷을 잘 입는 사람들은 누구나 그런 제스처에 감동하죠."

"교양 있는 여성들만 그런 행동을 하니까요."

로라가 고개를 저었다. "그다지 예리한 안목은 아니시군요."

켐퍼는 로라를 향해 한 걸음 다가섰다. "그럼 이렇게 해볼까요? 아가씨가 그렇게 행동한 이유는 보는 사람이 있었기 때문입니다. 케네디 가문의 특성이죠. 아, 그렇다고 비난할 생각은 없습니다."

로라가 가운을 여몄다. "케네디 가문을 우습게 보지 마세요. 함부로 얘기하지도 말고. 그런 식으로 까불다가는 무릎 위가 잘려나갈 수도 있죠."

"직접 목격하셨나요?"

"예, 그래요. 봤어요."

"로라 양 얘기인가요?"

"아뇨."

"아가씨가 인정하지 않는 사실조차 떨쳐낼 수 없어서?"

로라가 담배 케이스를 꺼냈다. "흡연을 시작한 이유는 그 집 여자들 대부분이 담배를 피우기 때문이죠. 다들 이런 케이스가 있고. 케네디 씨가 나한테 준 것도 그래서고요."

"케네디 씨?"

"오, 조 케네디. 조 아저씨라고도 하죠."

켐퍼는 미소를 지었다. "제 부친은 파산 후 스스로 목숨을 끊었어요. 나한테는 91달러와 당신 목숨을 끊은 총을 유산으로 물려줬답니다."

"조 아저씨는 그보다 훨씬 많이 남겨줄 거예요."

"지금 받는 돈은?"

"매년 10만 달러와 기타 비용."

"이 아파트도 칼라일의 케네디 저택을 본 따서 장식했나요?"

"예."

"아름답군. 가끔 호텔 스위트룸에서 평생 살고 싶다는 생각을 합니다."

로라는 뒷걸음치더니 뒤로 돌아 박물관 넓이의 복도를 따라 사라졌다. 켐퍼는 5분을 기다렸다. 아파트는 넓고 조용했다. 이제 어떻게 하지?

왼쪽으로 방향을 잡았지만 결국 길을 잃었다. 복도 세 곳은 똑같이 식료품실로 이어지고, 식당 입구 네 곳 또한 뱅뱅 돌기만 했다. 그러던 중 우연히 갈라진 복도를 만났다. 서재, 별실….

자동차 소음에 정신이 퍼뜩 들었다. 그랜드피아노 뒤쪽 테라스에서 발 끄는 소리가 들렸다. 켐퍼는 그쪽으로 다가갔다. 테라스만 해도 그의 집 부엌보다 두 배는 족히 커 보였다.

로라는 난간에 기대서 있었다. 산들바람에 가운이 펄럭였다.

"잭이 얘기하던가요?" 로라가 물었다.

"아뇨. 내가 알아냈습니다."

"거짓말. 그걸 아는 사람은 케네디 가문 아니면, 시카고의 친구 한 명뿐이에요. 후버 국장인가요? 보비 말로는 후버가 모른다지만, 난 보비를 안 믿어요."

켐퍼는 고개를 저었다. "후버 국장은 모릅니다. 레니 샌즈가 시카고 FBI 요원한테 얘기했는데, 그가 제 친구였죠."

로라가 담배에 불을 붙였다. 켐퍼는 두 손으로 성냥을 감싸주었다.

"레니가 떠들고 다닐 줄은 생각도 못했네요."

"그 친구도 선택의 여지가 없었죠. 위로가 될지는 모르지만….'

"아뇨, 알고 싶지 않아요. 레니한테는 질 나쁜 친구들이 많아요. 그런 사람들은 결국 원치 않는 일을 하게 만드는 법이죠."

켐퍼는 로라의 팔을 살짝 치며 말했다. "레니한테는 내가 찾아왔다고 하지 마세요."

"왜죠, 보이드 씨?"

"그 친구 오지랖이 보통 넓어야죠."

"아뇨. 그 얘기가 아니라 왜 날 찾아왔냐고 물었어요."

"조 케네디의 파티에서 봤습니다. 그래서 나머지 여백은 로라 양이 직접 채워줄 수 있다고 생각했죠."

"그건 대답이 안 돼요."

"잭이나 보비한테 이곳 주소를 물을 수는 없었습니다."

"왜요?"

"조 아저씨가 좋아하지 않을 테니까요. 보비도 나를 완전히 믿지는 않습니다."

"왜요?"

"나도 여기저기 오지랖이 꽤나 넓답니다."

로라가 몸을 떨었다. 켐퍼는 외투를 벗어 그녀의 양 어깨에 둘러주었다. 로라가 그의 총지갑을 가리켰다. "보비 말로는 매클렐런 요원들은 총을 소지하지 않는다던데?"

"비번입니다."

"내가 너무 따분하고 게을러서 그냥 초인종만 누르면 유혹할 수 있다고 생각했나요?"

"아뇨. 그보다는 먼저 저녁을 사고 싶다는 생각을 했습니다."

로라는 웃다가 담배 연기에 사래가 걸리고 말았다. "켐퍼는 어머니 처녀 적 성인가요?"

"예."

"생존해 계세요?"

"1949년에 요양원에서 죽었습니다."

"아버지가 물려준 총은 어떻게 했어요?"

"로스쿨 다닐 때 반 친구한테 팔았죠."

"그 친구도 총을 가지고 다녔나요?"

"이오지마에서 죽었어요."

로라는 커피 잔에 담배꽁초를 떨어뜨렸다. "저도 고아는 많이 알아요."

"저도 마찬가지입니다. 당신도 어쩌면…."

"아니, 그렇지 않아요. 지금 나한테 잘 보이려고 아무 말이나 막 하는군요."

"별로 과장이라고 생각지 않습니다."

로라가 그의 외투를 바짝 여몄다. 소매가 바람에 펄럭였다. "재치 문답과 진실은 달라요, 보이드 씨. 사실은 날강도 귀족 아버지가 영화배우 어머니를 겁탈해 임신하게 만들었어요. 영화배우 엄마는 이미 낙태를 세 번씩이나 한지라 네 번째까지 모험을 할 형편이 안 됐죠. 영화배우 어머니는 나를 자식으로 인정하지 않았지만 아버지는 1년에 한 번 합법적인 가족들 앞에서 나를 자랑해요. 물론 재미 삼아서죠. 오빠들은 날 좋아해요. 도발적이니까. 이복 여동생을 어떻게 할 수 없으니 환상도 더 크겠죠. 언니들은 나를 싫어해요. 남자들은 아무 여자나 건드려도 되지만 여자는 안 된다는 식의 냉혹한 메시지가 바로 나일 테니 당연하겠죠. 이해가 가요, 보이드 씨? 나한테도 가족은 있어요. 아버지는 가족한테 내 존재를 알렸고 잭은 하버드 동창회를 끝낸 후 나를 집으로 데려갔어요. 잭으로서는 의외의 전리품이었겠지만, 사실은 내가 그 집에 들어가기 위해 시작한 다소 사악한 음모였답니다. 아버지가 '잭, 그 애를 건드리면 안 된다. 네 이복 여동생이야'라고 했을 때 잭이 얼마나 놀랐을지 상상해봐요. 스무 살의 칼뱅주의자 보비가 그 얘기를 엿듣고 소문을 퍼뜨렸죠. 아버지는 소문이 퍼지자 화를 냈지만 그래도 나를 초대해 저녁 식사까지 하게 했어요. 당연히 케네디 부인은 이 모든 상황에 히스테리 반응을 보였고요. 당시 우리의 '오지랖' 친구 레니 샌즈가 잭의 첫 번째 의원 선거를 위해 웅변 강의를 할 때 저녁 식사를 같이했는데, 로즈 여사의 난리를 막은 것도 그였어요. 그래서 가족이 생긴 이후로 우린 함께 비밀을 공유해왔어요. 보이드

181

씨, 아버지는 악마예요. 소유욕도 강하고 무자비하죠. 누구든 자신이 공개적으로 인정한 아이를 색안경을 끼고 본다면 가차 없이 파괴하고 말 거예요. 난 그의 전부를 증오해요. 하지만 나한테 주는 돈뿐 아니라, 내게 해를 입히려는 자는 누구든 혼내준다는 사실만큼은 예외죠."

길고 날카로운 경적 소리. 로라가 아래쪽에 길게 늘어선 택시를 가리켰다. "저 사람들은 독수리처럼 저기 앉아 있어요. 그러다 내가 라흐마니노프를 틀어놓으면 늘 저렇게 소음을 내죠."

켐퍼는 총을 빼내 '옐로캡 전용'이라고 적힌 간판을 겨냥했다. 그러곤 난간에 팔을 기댄 후 방아쇠를 당겼다. 간판은 두 발에 떨어져나갔다. 소음기가 픽픽 먹먹한 소리를 토해냈다. 피터가 공급한 화기는 최고였다.

로라가 환호했다. 운전사들이 겁먹고 당혹스러운 표정으로 위를 가리켰다.

"당신 머리, 맘에 듭니다." 켐퍼가 말했다.

로라가 머리를 풀었다. 머리가 바람에 춤을 추었다.

둘은 얘기를 했다.

켐퍼는 보이드 가문이 어떻게 쇠락했는지 들려주고, 로라는 줄리아드에서 낙제한 후 사교계에서도 실패한 얘기를 했다.

로라는 자신을 준프로급 음악가라고 했으며, 켐퍼는 자신을 야심찬 경찰이라고 소개했다. 로라는 배너티 레이블(vanity label)로 쇼팽을 녹음했고, 켐퍼는 자신이 잡은 차량 절도범들한테 크리스마스카드를 보냈다고 했다.

켐퍼는 잭을 좋아하지만 보비는 참을 수 없다고 했다. 로라는 보비를 심각한 베토벤, 잭을 입심 좋은 모차르트에 비유했다.

로라는 레니 샌즈를 하나밖에 없는 진실한 친구라고 했지만 그의 배신에 대해서는 거론하지 않았다. 켐퍼는 딸 클레어한테 비밀을 모두 얘기한다고 말했다. 자연스럽게 악마의 변호인이 치고 들어왔다. 그는 어떤 말을 하고 어떤 말을 뺄지 정확히 알았다. 켐퍼는 후버 국장을 심통쟁이 늙은 여왕이라고 불렀다. 그리고 자신을 케네디라는 별을 좇는 자유파 실용

주의자라고 표현했다.

로라는 고아 주제를 다시 거론하고, 그는 세 딸을 한꺼번에 묘사했다. 수전 리텔은 판단이 빠르고 예리하다. 헬렌 에이기는 용감하고 격정적이다. 그의 딸 클레어는 너무 가까운 사이라 정확히 알 수 없다.

켐퍼는 워드와의 친분에 대해서도 말했다. 정말로 동생이 있으면 좋겠다고 생각했는데, FBI가 그런 동생을 만들어주었다고 했다. 워드가 보비를 존경한다는 말도 했다. 로라는 보비도 조 아저씨가 사악하며 조폭을 쫓는 이유도 축재를 위해서라는 사실을 안다고 말했다.

켐퍼는 넌지시 동생이 죽었다는 얘기를 하며 바로 그 상실감 때문에 워드를 이상한 방식으로 몰아세운다고 고백했다.

두 사람은 지칠 때까지 얘기했다. 로라가 '21'에 전화하자 저녁 식사가 올라왔다. 샤토브리앙과 와인을 마신 로라는 졸음이 몰려왔다.

두 사람은 그 얘기는 끝내 하지 않았다.

오늘 밤은 아니다. 다음을 기약할 수밖에.

로라는 잠이 들었고, 켐퍼는 아파트를 이리저리 돌아다녔다.

두 바퀴를 돌자 집의 구조를 파악할 수 있었다. 로라 말로는 하녀에게도 지도가 필요하다고 했지만 말이다. 식당은 작은 군대를 먹일 정도의 규모였다.

켐퍼는 CIA 마이애미 지국에 전화했다. 존 스탠튼이 즉시 받았다.

"예?"

"켐퍼 보이드입니다. 당신 제안을 받아들이죠."

"매우 기쁜 소식이군요. 곧 접선합시다, 보이드 씨. 상의할 일이 아주 많아요."

"그럼 안녕히."

"안녕."

켐퍼는 객실로 돌아갔다. 테라스 커튼을 젖혔다. 공원 너머의 마천루들이 로라에게 빛을 던졌다.

그는 로라가 자는 모습을 지켜보았다.

21

시카고, 1959년 1월 22일

레니의 여분 열쇠로 갈봇집 문을 땄지만, 리텔은 문설주 빗장을 박살
내 강도가 침입한 것처럼 위장했다. 작업 중 펜나이프의 칼날을 분질렀는
데, 가택 침입의 전율이 오히려 장애가 되었기 때문이다.

실험 침투 때 평면도를 암기해 뭐가 어디 있는지는 정확히 알고 있다.

리텔은 문을 딴 다음 곧바로 골프 가방을 찾으러 갔다. 1만 4000달러
는 여전히 공 주머니 안쪽에 들어 있었다.

그는 장갑을 꼈다. 위장 절도에는 7분의 시간을 할애했다.

하이파이 전축 코드를 뽑았다. 서랍을 모두 뒤집고 욕실 수납장을 약
탈했다. TV, 토스터기, 골프 가방은 문 옆에 두었다.

고전적인 마약 소굴 들치기 상황인지라 부치 몬트로즈도 의심하지 않
을 것이다.

켐퍼 보이드는 늘 정보원을 보호하라고 말했다.

그는 돈을 챙긴 다음 가방을 자동차에 싣고 가까운 호수로 달려가 쓰
레기로 가득한 물속에 처넣었다.

리텔은 집에 늦게 들어갔다. 헬렌이 침대 한쪽에 잠들어 있었다.

다른 쪽 자리는 차가웠다. 잠도 오지 않았다. 그는 계속 침투 상황을 되새기며 실수한 것은 없는지 확인했다.

새벽 무렵 스르르 잠이 들었는데, 자위 기구에 질식하는 꿈을 꾸었다. 늦잠을 잤더니, 헬렌이 쪽지를 남겨놓았다.

학교 가요. 몇 시에 왔어요? (난감할 정도로) 자유 성향의 FBI 요원이 왜 그렇게 열심히 공산주의자를 쫓는답니까? 공산당이 한밤중에 뭘 하기에?

사랑, 사랑, 사랑해요. H.

리텔은 커피와 토스트를 꾸역꾸역 넘기고 평범한 본드지에 글을 썼다.

도노프리오 씨,

샘 지앙카나가 당신을 대상으로 계약서를 썼습니다. 그에게 1만 2000달러의 부채를 갚지 않을 경우 살해당할 것입니다. 목숨을 부지할 방법이 있으니 오늘 오후 4시에 만납시다. 콜리지 클럽, 하이드파크 58번지 1281호.

리텔은 메모를 봉투에 넣고 500달러를 동봉했다. 레니의 말에 의하면 도박 여행이 끝나서 살도 집으로 돌아가야 한다고 했다.

켐퍼 보이드가 늘 하는 말. 정보원은 돈으로 포섭하라.

리텔은 스피디킹 배달 서비스에 전화했다. 당장 배달원을 보내준다고 했다.

미치광이 살은 곧바로 나타났다. 리텔은 호밀술과 맥주를 옆으로 밀어 놓았다.

둘은 테이블 한 줄을 몽땅 차지했다. '대삐리들'이 바에 앉아 있었지만 두 사람의 얘기를 엿들을 수는 없었다.

살은 맞은편에 앉았다. 뱃살이 늘어진 탓에 셔츠가 배꼽 위까지 말려 올라갔다. "그래서?" 그가 물었다.

리텔은 총을 꺼내 무릎에 놓았다. 테이블에 가려 보이지는 않았다. "500달러로 뭘 했지?"

살이 자기 코를 꼬집었다. "블랙호크스 대 캐나디언스에 걸었지. 오늘 밤 10시면 500달러는 1000달러가 될 거야."

"지앙카나한테는 그것보다 1만 1000달러 많은 빚을 졌더군."

"씨발, 어떤 새끼한테서 들은 거요?"

"믿을 만한 소식통."

"FBI 쥐새끼들 얘긴가? 당신, FBI 맞지? 뺀질뺀질한 게 딱 FBI야. 만일 시카고 짭새나 쿡 카운티 보안관이라면 옛날에 넘어왔을 거야. 그럼 네놈이 일하러 나간 후 네놈 여편네를 따먹고 코흘리개 아들놈도 기꺼이 후장을 따주마."

"당신은 지앙카나한테 1만 2000달러를 빚졌는데, 지금은 돈이 없어. 그가 당신을 죽인다는 얘기지."

"계속해보시지."

"모리스 시어도어 윌킨스라는 흑인 애도 죽였지?"

"그건 또 웬 시체 썩는 소리야? FBI 파일에서 꺼낸 레퍼토리인가?"

"목격자가 있어."

살이 종이 클립으로 귀를 팠다. "좆 까는 소리. FBI는 깜둥이 살인 정도는 거들떠보지도 않아. 나도 그쪽에 친구가 있는데 그 새끼, 교회 창고를 털다가 어떤 암살범한테 당했다더군. 목사 놈들이 공놀이하러 나갈 때를 기다렸다며? 깜둥이 새끼한테 실컷 좆을 빨게 한 다음 전기톱으로 썰었다고 들었어. 완전히 피바다였는데, 제단용 와인으로 살인의 악취를 달랬다더군."

켐퍼 보이드 왈. 절대 두려움이나 혐오감을 드러내지 말라.

리텔은 탁자에 1000달러를 내려놓았다. "당신 빚을 갚아줄 용의가 있어. 두세 번에 나눠서. 그럼 지앙카나도 의심하지 않을 거야."

살이 돈을 집었다. "글쎄, 받을까 말까? 내가 알기로, 샘이 나를 제거하려는 이유는 자기보다 잘생겼기 때문인데?"

리텔은 공이를 당겼다. "돈 내려놔."

살은 돈을 내려놓았다. "그래서?"

"그래서 관심이 있다는 거야?"

"없다면?"

"그럼 지앙카나가 처리하겠지. 당신이 토니 이아노네를 죽였다는 말을 퍼뜨릴 수도 있어. 소문은 들었지? 토니가 호모 소굴 밖에서 당했다는 얘기? 살, 당신은 꽃놀이패야. 맙소사, 좆을 빨게 하고 후장을 딴다고? 졸리엣에서 쓸데없는 것만 배웠군."

살이 현찰에 추파를 던졌다. 그에게서 담배, 땀, 아쿠아 벨바(aqua velva) 로션 냄새가 났다.

"당신은 고리대금업자야, 살. 내 요구가 그렇게 터무니없지는 않을 텐데?"

"그래서?"

"트럭 노조의 연기금에 접근하고 싶어. 당신이 도와주면 누군가를 사다리 위로 올려놓을 수 있겠지. 돈이 급한 미끼는 내가 알아볼게. 샘과 연기금을 동시에 해결할 수 있는 데다 아주 간단해. 친구를 팔아넘기라는 얘기도 아니잖아."

살이 돈을 힐끔거렸다. 진땀까지 흘렀다.

리텔은 3000달러를 더 얹었다.

"오케이." 살이 대답했다.

"그 돈으로 지앙카나 빚을 갚아. 노름하지 말고."

살이 가운뎃손가락을 내밀었다. "도덕 강의는 사절. 그리고 네 어미를 따먹었으니 내가 네 아비다, 좆도."

리텔이 벌떡 자리에서 일어나며 리볼버 총신으로 미치광이 살의 주둥이를 갈겼다.

켐퍼 보이드 가라사대, 정보원을 제압하라.

살이 피와 금 충전제를 뱉어냈다. 바에 앉은 놈들 몇이 토끼 눈을 하고 그 광경을 지켜보았다.

리텔이 노려보자 다들 화들짝 고개를 숙였다.

22

마이애미, 1959년 2월 4일

배가 늦었다.

세관원들이 부두에 몰려들었다. 보건국은 뒤쪽 주차장에 텐트까지 설치했다. 피난민들은 엑스레이를 찍고 혈액 검사도 받을 것이다. 전염병 환자들은 배에 태워 펜서콜라 외곽의 주립 병원으로 보내기로 했다.

스탠튼은 승객 명단을 확인했다. "쿠바 접선자가 명단을 빼냈는데, 추방자는 모두 남자요."

파도가 연신 말뚝을 때렸다. 가이 배니스터가 파도를 향해 담배꽁초를 던졌다.

"말인즉슨 모두 범죄자라는 뜻이지. 카스트로가 '정치적으로 바람직하지 않은' 담요를 쓴 채 '바람직하지 않은' 자들을 제거하는 중이야."

부두 양옆에는 출입소가 있었다. 미국 국경수비대 저격수들이 그 뒤에 웅크리고 대기했다. 낌새만 이상해도 무조건 사격하라는 명령이 떨어진 상태였다.

켐퍼는 정면 잔교에 서 있었다. 파도가 부서지며 바짓단을 적셨다.

구체적인 임무는 유나이티드 프루트 컴퍼니의 전임 보안팀장 테오필리오 파에즈 면담. CIA 브리핑 행낭에 UF로 분류한 회사다. "쿠바 내에 있는 미국 소유의 최고 최대 회사로서 수익성이 높으며 가장 많은 비숙련공 및 반숙련공 고용 업체. 가장 유서 깊은 쿠바 내 반공 요새. 회사 소속의 쿠바 내셔널 보안 지원단은 반공 청년들을 효과적으로 채용해 좌파 노동자 그룹과 쿠바 교육 기관에 침투시켰다."

배니스터와 스탠튼은 수평선을 보았다. 켐퍼는 산들바람에 몸을 맡겼다. 바람이 머리를 헤집는 기분이 좋았다.

계약 요원이 된 지도 열흘이 지났다. 랭글리와 이곳에서 수행한 두 번의 브리핑. 로라 휴즈를 만난 지도 열흘이 지났다. 라가르디아 왕복선 덕분에 밀회는 어렵지 않았다.

로라는 진짜 반한 것 같았다. 건드리기만 해도 미치니 말이다. 말도 재치 있고 쇼팽을 기가 막히게 연주했다. 로라는 케네디 가문이다. 케네디가의 이야기를 위대한 시로 자아냈다.

그런 얘기는 후버 국장에게 하지 않았다. 충성과 배신을 어정쩡하게 버무린 기분이었지만 후버도 어느 정도는 인정하는 분위기였다.

켐퍼에게도 후버 국장은 필요했다. 그래서 계속 전화 보고를 하고는 있지만 매클렐런 위원회 정보에 국한했다.

지금은 세인트레지스 호텔 스위트룸을 잡았다. 로라의 아파트에서 멀지 않지만 비용이 장난 아니다. 맨해튼은 피를 말리는 도시다. 세 곳에서 받는 연봉이 5만 9000달러에 달하건만 이상적인 생활을 누리기엔 턱없이 부족하다.

보비는 따분한 위원회 서류 작성으로 눈코 뜰 새 없이 몰아붙였다. 잭은 위원회 활동 이후에도 일을 맡기겠다는 암시를 흘린 터였다. 아마도 선거 보안팀장 자리가 될 것이다. 잭은 그를 곁에 두고 싶어 했다. 보비는 끝까지 불신하는 분위기지만.

보비는 쉽게 넘어오지 않아. 워드 리텔도 그 정도는 알고 있다.

워드와는 일주일에 두 번 얘기했다. 워드는 새로 영입한 첩자에 대해 떠들어댔다. 살 도노프리오라는 마권업자 겸 고리대금업자.

신중한 워드는 미치광이 살을 협박했다고 했다. 화가 난 워드는 레니 샌즈가 지금 피터 본듀런트 밑에서 일한다고 말했다.

화가 난 워드도 그가 만들어낸 공작임을 알고 있다.

워드는 정보를 보고했다. 켐퍼는 불법적인 내용을 걸러 보비 케네디에게 전송했다. 보비는 리텔을 '유령'으로만 안다. 보비는 그를 위해 기도하고 그의 용기에 혀를 내두른다.

바라건대 그 용기에 신중이 더해지기를. 바라건대 시체공시소의 소년 시신을 통해 워드가 뭔가 깨달았기를.

워드는 융통성이 있고 귀도 열려 있다. 워드는 어떤 의미에서 고아다. 예수회 보육원에서 자란.

워드는 감이 좋다. 연기금 비밀 장부가 존재한다고 믿는다.

레니 샌즈의 판단을 빌리면, 장부는 마피아 원로가 관리하고 있다. 대출 신청자에게 돈을 주고 엄청난 이자를 챙긴다는 얘기도 덧붙였다.

리텔이 엄청난 거액을 추적한다는 뜻이지만 아직은 보비한테 얘기할 필요는 없었다. 그래서 그 정보도 숨겼다. 유령의 보고 중에서 기금 관련 내용은 모두 빼버렸다.

리텔은 광신도를 맡기엔 너무 유순하다. 핵심은 여기에 있다. 그의 비밀 작전을 후버 국장 모르게 할 수 있을까?

물 위에서 검은 점이 하나 까딱거렸다. 배니스터가 쌍안경을 들었다. "아주 느긋하군그래. 선박 뒤에서 주사위 도박이 한창인가보군."

세관원들이 갑판을 덮쳐 리볼버와 곤봉, 속박용 사슬 따위를 압수했다. 스탠튼이 켐퍼에게 사진을 보여주었다. "이놈이 파에즈요. 세관에서 소환하지 못하도록 미리 선수를 쳐야 합니다." 파에즈는 비쩍 마른 자비에르 쿠가트처럼 생겼다.

배니스터가 말했다. "이제 보이는군. 지금 앞으로 나왔는데 상처에, 멍에 장난이 아닌데?"

스탠튼이 움찔했다. "카스트로가 유나이티드 프루트를 싫어합니다. 9개월 전 저 친구가 회사에 대해 쓴 논평이 있는데, 우리 선동팀이 찾아냈죠. 싹수부터 빨갱이 기질이 있던 자입니다."

경비대원들이 거룻배를 가까이 밀어붙였다. 남자들은 서로 먼저 내리겠다고 발로 걷어차고 주먹질을 해댔다.

켐퍼는 총의 안전장치를 풀었다. "어디에 억류할 겁니까?"

배니스터가 북쪽을 가리켰다. "보인턴비치에 모텔 안가가 하나 있어. 불이 났다는 핑계로 투숙객을 모두 쫓아냈지. 저놈들을 여섯 명씩 한 방에 처넣고 어떤 놈을 써먹을지 지켜보자고."

난민들이 고함을 지르며 여기저기서 작은 막대기 깃발을 흔들었다. 테오 파에즈는 단거리 선수처럼 웅크리고 앉았다.

세관 우두머리가 소리쳤다. "준비!"

마침내 거룻배가 부두에 닿았다. 파에즈가 뛰어내렸다. 켐퍼와 스탠튼은 그를 붙잡고 곰처럼 끌어안았다. 그러곤 냅다 달리기 시작했다.

배니스터가 소리쳤다. "CIA다! 이자는 우리가 맡는다!"

저격수들이 공포탄을 쏘았다. 난민들은 웅크려 앉거나 몸을 숨겼다. 세관원들은 거룻배를 끌어들인 다음 말뚝에 묶었다.

켐퍼는 사람들을 밀치며 파에즈를 끌고 갔다. 스탠튼이 미리 달려가 출입소 문을 열었다.

그때 누군가가 비명을 질렀다. "배 위에 시체가 있다!"

그들은 출입소 안에 밀정을 심어두었다. 배니스터가 문을 잠갔다.

파에즈는 풀어주자마자 바닥에 대고 키스를 퍼부었다. 주머니에서 시가가 우르르 떨어져 내렸다. 배니스터가 하나를 집어 킁킁 향기를 맡았다.

스탠튼이 호흡을 골랐다. "미국 상륙을 축하하오, 파에즈 씨. 당신에 대해 좋은 얘기를 많이 들었소. 아, 물론 진심으로 환영하고 기뻐한다는 얘기요."

켐퍼는 창문을 조금 열었다. 시체가 들것에 실려 지나갔는데, 머리에서 발끝까지 온통 칼자국이었다. 세관원들이 난민들을 줄 세웠다. 모두 50명 정도.

배니스터가 테이블 위에 녹음기를 세팅했다.

스탠튼이 말했다. "배에 시체가 있었소?"

파에즈는 의자 위로 몸을 축 늘어뜨렸다. "아뇨. 그냥 정치적 처형입니다. 반미 스파이로 활약하라는 지령을 받고 배에 탄 놈 같아서 취조해봤죠. 그런데 그 말이 사실이지 뭡니까. 그래서 그에 따라 처신, 아니 처벌을 내렸죠."

켐퍼가 자리에 앉았다. "영어 실력이 대단하군요, 테오."

"혼자서 진땀 흘리며 독학한 탓에 말투도 느리고 지나치게 교과서적입니다. 원어민들 말로는, 이따금 요절복통 표현도 잘 쓰고 어떨 때는 난도질도 한다더군요."

스탠튼이 의자를 끌어당겼다. "우리하고 얘기해도 괜찮겠죠? 좋은 집도 마련해놨소. 잠시 후에 보이드 씨가 그곳까지 태워줄 거요."

파에즈가 머리를 숙여 인사했다. "처분대로 따라야죠."

"좋아요. 아무튼 난 존 스탠튼이오. 여기는 내 동료 켐퍼 보이드, 가이 배니스터."

파에즈는 한 사람씩 악수를 나누었다. 배니스터는 남은 시가를 모조리 주머니에 넣고 녹음 스위치를 눌렀다.

"시작하기 전에 뭣 좀 드릴까?"

"아뇨, 미국에서의 첫 식사는 마이애미비치의 울피 델리커테슨 샌드위치를 먹고 싶습니다."

켐퍼는 미소를 짓고 배니스터는 노골적으로 비웃었다.

"테오, 피델 카스트로가 빨갱이입니까?" 스탠튼이 물었다.

파에즈가 고개를 끄덕였다. "예, 의심할 나위 없이 사실입니다. 생각과 실천, 모든 면에서 빨갱이죠. 내 학생 정보원들의 보고에 따르면, 최근 밤늦게 러시아 외교관을 태운 비행기가 여러 차례 아바나로 날아갔습니다. 내 친구 월프레도 올모스 델솔이 비행기 번호를 암기하고 있죠. 함께 배를 타고 왔는데."

배니스터가 담배에 불을 붙였다. "체 게바라는 옛날부터 빨갱이였지."

"예, 그렇습니다. 피델의 동생 라울도 빨갱이에 사이코 개새끼죠. 내 친구 토마스 오브레곤에 따르면, 라울 새끼가 압수한 헤로인을 돈 많은 마약쟁이한테 팔면서 다른 곳에서는 빨갱이 선동으로 위선자 지랄을 떨고 다닌답니다."

켐퍼가 관리 목록을 확인했다. "오브레곤이 함께 배에 탔나요?"

"예."

"그런데 쿠바의 헤로인 거래 정보를 어떻게 알고 있죠?"

"그 친구가 직접 헤로인을 거래했으니까요. 보이드 씨도 알다시피, 함께 배를 타고 온 친구들은 대부분 범죄자입니다. 피델은 우리를 미국에 떠넘기고 싶어 했는데, 당연히 이 땅에서 범죄 행각을 마음껏 펼치라는 소망도 있었겠죠. 그 양반이 몰랐던 사실은 빨갱이가 마약쟁이나 강도 살인보다 더 좆같은 범죄라는 겁니다. 아무리 범죄자들이라도 조국을 개조하려는 애국적 열정은 있거든요."

스탠튼이 의자를 앞뒤로 흔들었다. "카스트로가 마피아 소유의 호텔과 카지노를 빼앗았다는 소문을 들었소."

"사실입니다. 피델은 '국유화'라고 부르죠. 마피아한테서 카지노뿐 아니라 수백만 달러를 빼앗았어요. 토마스 오브레곤 말로는, 저명한 조폭 산토 트라피칸테 주니어가 현재 나시오날 호텔에 구금되어 있답니다."

배니스터가 한숨을 내쉬었다. "카스트로는 그야말로 악몽이로군. 미국과 마피아를 한꺼번에 엿 먹이고 있어."

"마피아는 없습니다, 가이. 후버 국장이 늘 떠들어대는 얘기죠."

"켐퍼, 하나님도 실수를 하는 법이오." 스탠튼이 말했다. "그 정도면 됐어요, 테오. 쿠바 내 미국 시민의 권리는 어떤 상태입니까?"

파에즈가 몸을 긁고 기지개를 켰다. "피델은 인간적으로 보이고 싶어 해요. 쿠바 내 미국인 세력가들을 어르고 달래며 혁명이 가져다준 단물만 보게 하려들죠. 결국 얼치기 선전 도구로 만든 다음 미국으로 돌려보내 공산주의를 퍼뜨리려 할 겁니다. 지금까지 피델은 사랑하는 유나이티드 프루트의 작물 밭을 수도 없이 불태우고, 내 학생 정보원들도 고문 살해했어요. '제국주의자이자 파시스트 회사, 유나이티드 프루트의 스파이'라는 죄목으로 말입니다."

스탠튼이 시간을 확인했다. "가이, 테오를 검역소로 데려다주세요. 테오, 배니스터 씨와 함께 가요. 그런 다음 보이드 씨가 마이애미까지 태워줄 거요."

배니스터는 파에즈를 끌고 나갔다. 켐퍼는 두 사람이 엑스레이 건물로 걸어가는 모습을 지켜보았다.

스탠튼이 문을 닫았다. "시체는 어디든 던져버려요, 켐퍼. 관료들한테는 내가 설명할 테니. 그리고 가이의 울타리를 흔들지 않도록 해요. 성질이 보통 아니니까."

"압니다. 소문을 듣자니, 뉴올리언스 경찰 경정으로 진급한 지 10분 만에 술에 취해 혼잡한 식당에서 총을 쏴댔다더군요."

스탠튼이 미소를 지었다. "당신도 한창 때엔 코르벳 신차 몇 대를 장물로 넘겼다던데?"

"내가 졌습니다. 한 가지 덧붙인다면, 피터 본듀런트의 총기 제공에 대해선 어떻게 생각합니까?"

"인상적이었어요. 그래서 피터한테 제안 하나를 할 생각이오. 다음번에 부국장을 만나면 정식으로 거론해보죠."

"피터는 좋은 친구입니다. 깡패 새끼들 다루는 능력도 있고."

"예, 알아요. 지미 호파도 그 친구를 이용해 타이거 택시를 진압했죠. 진행해봐요, 켐퍼. 요즘은 감이 좋은 것 같으니까."

켐퍼가 녹음기를 껐다. "존, 어차피 알겠지만 저 밖의 인간들 상당수가 통제 불능의 사이코입니다. 놈들을 잠재적인 반카스트로 게릴라로 만들겠다는 발상은 안 먹힐 가능성이 커요. 만일 정상적인 쿠바 이민 가족들과 함께 수용한 후 행여 당신 계획대로 따라온다 해도, 미국이라는 나라의 신선도가 떨어지는 순간 과거의 범죄 성향으로 되돌아갈 겁니다."

"우리가 더 철저하게 격리해야 한다는 뜻인가요?"

"아뇨, 내가 해야 합니다. CIA 모텔 구금 시간을 늘린 다음, 내가 최종 권한을 갖고 어떤 놈을 채용할지 결정하도록 해주세요."

스탠튼이 웃었다. "미안하지만, 그래야 하는 이유 좀 들어봅시다."

켐퍼는 손가락을 꼽으며 요점을 짚어나갔다. "난 9년간 위장 신분으로 일했습니다. 범죄자를 잘 알고, 또 좋아합니다. 차량 절도 그룹에 침투해 멤버들을 체포했고, 그 후에는 검찰청과 함께 놈들을 기소하기 위해 사건 구성을 도왔어요. 범죄자들도 권력에 빌붙기를 원하고 난 그 필요를 이해합니다. 존, 내가 차량 절도범들과 가깝기 때문에 그중 일부는 오직 나한테만 자백하려 해요. 그들을 배신하고 체포까지 한 나한테 말입니다."

스탠튼이 휘파람을 불었다. 사실 그답지 않은 행동이었다. "당신 직무 범위를 넓히고 당신이 선발한 현장 요원과 남겠다는 얘긴가요? 솔직히, 너무 비현실적이지 않아요? 지금도 꼬인 타래가 그렇게 많은데?"

켐퍼는 탕, 하고 테이블을 내리쳤다. "아뇨. 그 일에는 피터 본듀런트를 강력히 추천합니다. 내가 하고 싶은 말은 이렇습니다. 초특급 범죄자 부대. 예, 교육과 훈련만 적절하다면 아주 효과적일 수 있습니다. 예를 들어, 카스트로 문제가 더 꼬인다고 해보죠. 아직 초기이긴 하지만 나중의 추이를 위해서라도, CIA가 향후 추방자 난민 및 합법적 이민자 부대를 최대한 확보해 정예 요원을 선발할 수 있어야 합니다. 이 첫 번째 간부단을 정예 요원으로 만들어보죠. 오합지졸을 최고로 만드는 겁니다, 존."

스탠튼이 자기 턱을 톡톡 두드렸다. "덜레스 국장이 저 친구들 모두에게 그린카드를 선물할 생각이오. 우리가 초반부터 신중하게 선발한다는 사실을 알면 좋아하기야 하겠지. 원래 이민국에 사정하기 싫어하는 사람이니까."

켐퍼가 한 손을 들었다. "거부당한 자들도 추방하면 안 됩니다. 배니스터가 뉴올리언스의 쿠바인들을 조금 알고 있지 않나요?"

"그래요. 그곳에 대규모 친바티스타 커뮤니티가 있으니까."

"그럼 떨거지들은 가이한테 맡기면 됩니다. 일자리를 구해줘도, 안 구해줘도 상관없어요. 비자는 루이지애나에 가서 직접 신청하라 하고."

"당신 구미에 맞는 친구가 몇 명이나 될 것 같소?"

"그야 모르죠."

스탠튼도 관심이 동한 표정이었다. "덜레스 국장도 플로리다 남쪽의 값싼 땅을 사들여 초기 훈련소용으로 돌리는 데 동의했어요. 잘만 설득하면 소규모 정예 부대를 유지하는 것도 가능할 거요. 물론 당신이 선발한 자들을 다른 곳으로 전속하기 전에 신임 요원들을 훈련해야겠지. 내가 보기엔 앞으로도 그런 식의 부대가 더 늘어날 텐데?"

켐퍼는 머리를 끄덕였다. "훈련 기술을 평가 기준에 포함하겠습니다. 훈련소 부지가 어디죠?"

"블레싱턴이라는 작은 해안 마을 외곽이오."

"마이애미에서 접근 가능한가요?"

"예. 그건 왜 묻죠?"

"타이거 택시 회사를 선발 기지로 삼을까 해서요."

스탠튼은 흥분과 근심으로 마음이 복잡한 것 같았다. "갱단과의 관계를 보류한다면 타이거 택시도 충분히 활용 가능한 거점이겠죠. 이미 척 로저스가 일하고 있으니 연줄도 확보한 셈이고."

"존…." 켐퍼가 아주 나지막한 목소리로 불렀다.

스탠튼은 거의 열광하는 표정을 지었다. "당신 제안을 모두 받아들이죠. 물론 부국장의 재가를 받아야겠지만. 대단해요, 켐퍼. 당신은 정말 기대 이상의 인물입니다."

켐퍼가 일어나 인사했다. "감사합니다. 배를 돌려보내는 그날 카스트로를 엿 먹일 수 있을 겁니다."

"당연히 그래야죠. 그런데 당신 친구 잭이 우리 보트피플에 대해 어떻게 생각할 것 같소?"

켐퍼는 웃었다. "잭이라면 이렇게 말할 겁니다. '여자들은 어디 있지?'"

파에즈는 쉴 새 없이 지껄였다. 켐퍼는 창문을 내려 짜증을 삭였다.

마이애미는 하필 러시아워였다. 파에즈의 입은 쉬지 않았다.

켐퍼는 계기반을 두드리며 스탠튼과의 대화를 되새겨보았다.

"…그리고 토머스 고르딘 씨가 유나이티드 프루트(UF)에서 내 후원자였습니다. 계집애를 좋아하다가 나중에는 I. W. 하퍼 스트레이트버번에 푹 빠져 망가지고 말았죠. 카스트로 집권 이후에 UF 임원 대부분이 빠져나왔지만 고르딘 씨는 뒤에 남았어요. 지금은 더 무섭게 마셔대요. 그가 떠나지 않은 이유는 UF 주식 배당금이 엄청나기 때문이죠. 지금은 민병대 사람들을 매수해 개인 경호원으로 써요. 그런데 조금씩 빨갱이 노선을 걷기 시작하는 모양을 보건대 아무래도 피델처럼 빨갱이가 될 모양이에요. 내가 걱정하는 건 그 양반이 사이코 선동가로 변신…."

"주식 배당금…."

"토머스 고르딘…."

그때 전구가 퍽하고 켜지는 바람에 갑자기 눈이 부셨다. 하마터면 차가 도로 밖으로 날아갈 뻔했다.

· · ·

자료 첨부: 1959년 2월 10일. 〈허시-허시〉 특파원 보고.
발신: 레니 샌즈. 수신: 피터 본듀런트.

피터,

다음은 내가 확보한 단서입니다. 1. 미키 코헨이 푼돈을 쫓고 있어요. 깡패 둘을 시켜(조지 피스카텔리, 샘 로 치노) 매춘업을 시작할 것 같다네요. 시카고의 아코디언 음악회에 갔다가 딕 콘티노한테 얻어들은 얘기예요. 라나 터너가 조니 스톰파나토에게 연서를 읽어주었을 때 미키가 그런 생각을 했답니다. 라나의 딸이 조니를 칼로 찌른 후였죠. 조니는 돈 많은 갑부를 따먹고 실직한 카메라맨한테 촬영하게 했죠. 미키한테 동영상 특선집이 있는데, 휴즈 씨한테 전하세요. 3000달러에 모두 넘긴다고 했거든요.

건투를 빌며,
레니

자료 첨부: 1959년 2월 24일. 〈허시-허시〉 특파원 보고.
발신: 레니 샌즈. 수신: 피터 본듀런트.

피터,

살 도노프리오의 도박 원정단과 여행을 다녀왔습니다. 재미있는 소식 몇 토막. 1. 라스베이거스 듄즈 호텔의 심야 칵테일 웨이트리스들은 모두 창녀입니다. 아이젠하워 대통령이 네바다 주 의회에서 연설할 때 비밀검찰국 요원들을 접대했지요. 2. 록 허드슨은 칼네바 레스토랑의 지배인과 떡을 친다고 들었습니다. 3. 레니 브레이스는 마약 진통제에 훅 갔죠. 다음번에 스트립에 나타나는 순간 로스앤젤레스 카운티 보안관들이 엮어 넣으려고 혈안이 되어 있어요. 4. 프레드 오태시가 제인 맨스필드한테 낙태를 시켰다더군요. 그 아버지가 흑인 접시닦이인데, 페니스가 무려 40센티미터죠. 피터 로포드한테 그 인간이 자기 물건을 성나게 만드는 사진이 있어요. 나도 프레드한테 한 장을 샀어요. 우편으로 보낼 테니 휴즈 씨한테 전해줘요. 5. 빙 크로스비가 알코올 중독 신부와 수녀를 위한 가톨릭 요양원에서 치료를 받고 있어요. 위치는 팜스 29번지. 스펠먼 추기경이 면회 갔다가 함께 술에 취해서는 로스앤젤레스로 차를 몰고 가 엄청 마셔댔답니다. 스펠먼이 멕시코 밀입국자 차를 들이받는 바람에 그중 셋이 병원에 실려 갔지만, 빙이 자필 사인 사진과 몇 백 달러로 매수해 넘어갔죠. 스펠먼은 진전섬망증(알코올 중독에 의해 나타나는 온몸의 떨림을 수반한 의식 장애-옮긴이)에 걸린 채 뉴욕으로 돌아가고, 빙은 로스앤젤레스에 머물다가 아내를 때린 다음 다시 금주 요양원으로 돌아갔어요.

건투를 빌며,

레니

자료 첨부: 1959년 3월 4일. 개인 서한.
발신: 에드거 후버. 수신: 하워드 휴즈.

친애하는 하워드,

본듀런트 씨가 새 특파원을 영입한 후 〈허시-허시〉가 매우 좋아졌다는 말씀을 꼭 전하고 싶었습니다. 드디어 훌륭한 FBI 요원이 될 사나이가 등장한 모양입니다! 그래서 하워드가 보내는 보고서를 늘 기대합니다. 보고서 배달을 촉진하려면 본듀런트 씨를 로스앤젤레스 지국으로 보내 라이스 특수 요원을 만나도록 하십시오. 또한 스톰파나토 홈 무비와 깜둥이의 육봉 사진에 대해서도 감사드립니다. 유비무환입니다. 적과 싸우기 전에 알아야겠죠.

행운을 빕니다.

에드거

자료 첨부: 1959년 3월 19일. 개인 서한.

발신: 켐퍼 보이드. 수신: 에드거 후버. **특급 비밀.**

국장님께.

지난번 말씀드린 대로 케네디 가문에 대해 로라 (스완슨) 휴즈에게 얻어들은 생생한 정보를 보내드리고 있습니다. 뜻밖의 교제지만 그동안 휴즈 양의 신뢰를 어느 정도 쌓을 수 있었습니다. 케네디 가문과의 관계 덕을 많이 받은 모양입니다. 휴즈 양은 내가 자기의 출생 비밀을 케네디 일가나 여타 친구들에게 발설하지 않기로 결심한 데 크게 감명을 받았습니다.

휴즈 양은 가족 얘기를 좋아하지만 오직 존, 로버트, 에드워드, 로즈 그리고 자매들에 대해서만 호의적입니다. 조지프 P. 케네디에 대해서는 상당한 울분을 토로합니다. 이따금 보스턴 마피아 레이먼드 L. S. 패트리아르카 및 쥘 쉬프랭이라는 이름의 전직 시카고 밀주업자와의 관계를 거론하고, 케네디의 사업 라이벌인 하워드 휴즈 얘기를 즐겨 합니다. (휴즈 양은 18세 생일 때 성을 '휴즈'로 바꿔 케네디-스완슨이 권한 '존슨'을 물리쳤습니다. 물론 하워드 휴즈의 최대 라이벌인 아버지를 엿 먹이기 위해서였죠.)

휴즈 양의 주장에 따르면, 조지프 P. 케네디와 마피아의 연대는 그가 스카치위스키 수입 금지법을 성공적으로 통과시킨 사실과 관련해 신문 매체가 그에게 덧씌운 '밀주업자' 꼬리표보다 더 깊고도 심각한 문제입니다. 그녀는 구체적으로 마피아 지인의 이름을 대지도 못하고 목격한 사건이나 전해 들은 얘기가 있지도 않지만, 조지프 P. 케네디가 "마피아와 깊게 연루되어 있다"는 의혹은 막연하나마 여전히 짙기만 합니다. 휴즈 양과의 교제를 이어가며 케네디 가문의 정보를 계속 보고하겠습니다.

건승하시길 빌며,

켐퍼 보이드

자료 첨부: 1959년 4월 21일. 요약 보고.

발신: 특수요원 워드 J. 리텔. 수신: 켐퍼 보이드. 편집 후 로버트 F. 케네디 앞

으로 송부 요망.

친애하는 켐퍼,

이곳 시카고 상황은 정신없이 돌아가네. FBI 본연의 임무에 따라 여전히 국내 공산주의자들을 쫓고는 있네만, 날이 갈수록 애처롭고 무해한 존재처럼만 보이는군그래. 이 얘기는 이 정도로 하고, 우리의 실제 관심사로 넘어가겠네.

당사자들은 서로 모르지만, 살 도노프리오와 레니 샌즈는 여전히 내 정보원으로 일하고 있네. 물론 살은 샘 지앙카나에게 빌린 돈 1만 2000달러를 갚았고, 지앙카나는 매질 한 번으로 그를 놓아주었지. 지금까지는 부치 몬트로즈한테서 빼낸 1만 4000달러가 살의 1만 2000달러와 관계있다고 여기는 자는 없는 것 같네. 살에게는 세 번에 걸쳐 갚으라 했고 살도 지시대로 따랐네. 살에게 가한 최초의 폭력이 제대로 먹혔는지 지금은 완전히 겁먹은 생쥐 꼴이라네. 대화 도중 과거 예수회 신학생이었다고 밝혔더니, 나를 고해 신부 정도로 여겼는지 여섯 번의 고문 살인까지 실토하더군. 물론 이 (끔찍할 정도로 구체적인) 고해를 이용해 그를 묶어둘 참이라네.

레니 샌즈는 자네만큼이나 모자가 많다네. 지금은 〈허시-허시〉 기자로 있는데, 맙소사, 얼마나 추잡한 일인지 눈에 선하구먼. 살은 도박 파트너이자 전형적인 시카고 마피아 깡패라네. 실제로 연기금의 활동에 대한 정보를 수집하려 했다면서, 샘 지앙카나가 기금 대출 브로커들한테 보너스까지 지급한다고 주장하더군. '비밀 장부'도 믿는다고 했네. 연기금의 진짜 장부는 은닉 자산을 다루고 또 분명 암호화했을 거라네. 결론적으로 말하자면, 샌즈나 도노프리오한테서는 아직 결정적인 정보를 확보하지 못했네.

또 다른 전선에 대해. 후버 국장은 시카고 마피아 조직원들을 일망타진할 잠재적 기회를 일부러 피하는 것처럼 보이네. 코트 미드는 양복점 도청을 통해 (애매모호하기는 하지만) 강도짓에 관해 언급하는 걸 들었네. 시카고 마피아 행동대원 로코 맬배소와 듀이 디 파스콸레가 케닐워스의 [비(非)시카고 마피아] 복불복 크랩 게임에서 8만 달러를 훔친 모양이야. 그런데 THP 요원들이 후버 국장에게 에어텔로 정보를 전했지만, 국장은 오히려 담당 요

200

원들한테 함구하라는 식으로 아예 보강 수사 자체를 봉쇄했다더군. 맙소사, 국장의 우선순위는 완전 개판이야!

이제 마쳐야겠네. 잘 있게나. 켐퍼 자네한테 늘 감탄한다네. 맙소사, 이젠 CIA라니! 게다가 매클렐런 위원회가 해산하고 나면 케네디가를 위해 또 무슨 일을 할 거라면서?

성공을 빌며,

WJL

자료 첨부: 1959년 4월 26일. 개인 서한.

발신: 켐퍼 보이드. 수신: J. 에드거 후버. **특급 비밀.**

국장님께.

워드 리텔의 활동에 대해 새로운 소식을 전하고자 합니다. 리텔과 저는 정기적으로 전화 통화를 하고 있습니다. 그리고 아직은 그 친구가 (공개적이든 비공개적이든) 독단으로 반마피아 행동에 나설 것 같지는 않습니다.

국장님께서 말씀하셨듯 셀라노 양복점과 THP 청취 기지 인근에서 리텔을 목격했다는 증언이 있었습니다. 그 문제에 대해 리텔을 추궁한 결과 만족스러운 답변을 얻었습니다. 특수요원 코트 미드와 만나 점심 식사를 했답니다.

리텔의 생활은 헬렌 에이기와의 연애 주변을 맴도는 듯합니다. 그로 인해 딸 수전과의 관계도 서먹해졌죠. 딸이 둘의 밀회를 고깝게 생각하기 때문입니다. 헬렌은 제 딸 클레어와 가깝게 지내는 사이지만 서로 다른 대학에 들어간 이후로는 만나는 횟수도 크게 줄었다는군요. 리텔-에이기의 연애는 매주 3~4일 밤을 함께 지내는 식입니다. 둘 다 주거지가 따로 있으며 앞으로도 그런 관계를 유지할 것으로 보입니다. 리텔을 계속 주시하겠습니다.

존경을 담아,

켐퍼 보이드

자료 첨부: 1959년 4월 30일. 개인 서한.
발신: 켐퍼 보이드. 수신: 워드 J. 리텔.

워드,

경고하네만. 셀라노 양복점과 청취 지역에서 더 이상 얼쩡대지 말게. 코트 미드와 함께 있는 모습도 더 이상 들키지 않도록. 후버 국장의 가벼운 의심 정도는 풀어줬다고 생각하네만 조심해서 탈날 일은 없으니까. 이 편지는 즉시 없애버리게.

　　KB

자료 첨부: 1959년 5월 4일. 요약 보고.
발신: 켐퍼 보이드. 수신: 존 스탠튼. **비밀/행낭 배달.**

존, 지난번 행낭에서 요구하신 최신 정보입니다. 소식이 늦어서 미안하지만 당신이 지적했듯 내가 '다중 고용 상태'잖아요.

1. 예. 매클렐런 위원회의 대노조 활동 임기는 끝났어요. 아뇨. 케네디가에서 상근직 제안은 없었지만 조만간 섭외가 오겠죠. 내가 변호사이자 경찰이기 때문에 가능성은 다양해요. 예. 잭과 쿠바 얘기를 했어요. 아직 1960년 선거 이슈로서 실용성에 대해선 아무 의견이 없더군요. 자유주의자로 알려지기는 했어도 동시에 철저한 반동주의자이기도 하니까. 내 생각은 낙관적입니다.

2. 보인턴비치 모텔에서 '면접'을 마쳤어요. 오늘은 비셀 부국장이 지시한 90일간의 억류 기간이 끝나는 날이라 내일 핵심 쿠바인들을 루이지애나로 보낼 겁니다. 가이 배니스터가 합법적 쿠바 이민자 네트워크로 난민들을 인수하기로 했죠. 그쪽에서 주거, 직장은 물론 비자 취득에 필요한 자료를 제공하기로 했어요. 가이는 또한 쿠바인들을 자신의 교육/훈련 프로그램에 집어넣겠답니다.

나도 네 명을 선발해서 블레싱턴 팀의 핵심 간부진을 구성했어요. 1959

년 2월 4일의 '바나나보트' 출신 53명 중 가장 우수한 자들이죠. 내가 '다중 고용 상태'라 억류 심사 과정에 대부분 참석하기 어려웠지만 내가 세운 지침을 따라 유능한 조교들이 교육과 심리 검사를 진행했습니다.

지침은 매우 엄정해요. 내가 직접 거짓말 탐지 검사를 주재해 카스트로가 심어놓은 스파이 존재 여부를 확인했지만 53명 모두 통과했죠. (내 판단엔 배에서 살해당한 자가 밀정으로 보입니다.) 펜토살 나트륨 테스트 역시 모두 통과했어요.

그다음은 취조. 예상한 대로 53명 공히 쿠바 내에서 광범위한 전과가 있더군요. 죄목은 무장 강도, 주거 침입, 방화, 강간, 마약 밀수, 살인 및 다양한 '정치 범죄' 등등. 하나는 성적도착자였는데 아바나에서만 어린 아이 여섯을 강간하고 목을 잘랐답니다.

또 다른 자는 호모 뚜쟁이로 다른 망명자들의 멸시를 받았죠. 둘 모두 극도의 정서 불안 상태라 부국장이 마련한 교육 지침에 따라 처리했어요.

쿠바인들 모두 고문에 가까운 취조를 진행했지만 대부분 대단한 용기로 견뎌내더군요. 해병대 신병훈련소 수준으로 육체적 고통과 정신적 모욕을 가한 결과 대부분 분노와 굴종이 뒤섞인 태도로 반응했습니다. 다만 내가 선발한 4인방은 지적으로 폭력적 성향을 잘 갈무리했죠. 신체적으로도 탁월하고 언변이 좋으며(마이애미 신병 모집 요원으로도 우수해요), 권위에 순종적이고, 또한 철저히 친미에 반공, 반카스트로 성향이에요. 4인방의 프로필은 다음과 같습니다.

A) 테오필리오 파에즈 본인. 생년월일 1921년 8월 6일. 유나이티드 푸르트 보안팀장. 무기와 취조 기술 전문. 전직 쿠바 해군 잠수병. 당원 모집에 능함.

B) 토마스 오브레곤. 생년월일 1930년 1월 17일. 카스트로 게릴라 출신. 마약 배달 및 은행 강도 전력. 특공 무술 및 폭탄 제조에 능함.

C) 윌프레도 올모스 델솔. 생년월일 1927년 4월 9일. 오브레곤의 사촌. 과거 좌파 선동가였으나 은행 계좌를 '국유화'하자 우파 광신도로 변절. 전직 쿠바 육군 훈련교관. 소형 화기 전문.

D) 라몬 구티에레즈. 생년월일 1919년 10월 24일. 파일럿. 선동 팸플릿

작성에 탁월한 능력. 바티스타 비밀경찰의 고문 담당. 대게릴라 기술 전문.

3. CIA에서 블레싱턴 캠프 용도로 구입한 지역 인근을 둘러봤습니다. 황폐한 데다 가난한 백인 쓰레기들이 살고 있는데, 대부분 KKK 단원들이더군요. 아무래도 유능한 백인을 고용해 관리해야겠어요. 물론 자기들 영역을 쿠바 이주민들에게 내준다고 했을 때 껄떡거리며 나설 촌놈들한테 두려움을 가르쳐줄 인물이어야겠죠. 내가 보기엔 피터 본듀런트가 적임자예요. 제2차 세계대전 당시 해병 기록을 보니 크게 인상적이던데. 사이판에서만 14회에 걸친 육박전에서 살아남아 해군 수훈장을 탔으며 이병 땅개에서 야전 장교를 거쳐 대위까지 진급한 인물이죠. CIA 부지 관리자로 본듀런트를 강력히 추천합니다.

오늘은 여기까지. 만약을 위해 뉴욕 세인트레지스에 머물 예정입니다.

다음에 또,

KB

추신: 카스트로의 미국 방문에 대한 존의 판단이 옳았어요. 호텔이 흑인 입장을 불허하자 체크인을 거부하고 곧바로 할렘으로 넘어가 반미 연설을 시작했답니다. 유엔에서의 활동 또한 통탄할 수준입니다. 존의 통찰력에 경의를 표합니다. 카스트로가 '공식 거부'에 들어갔습니다.

자료 첨부: 1959년 5월 12일. 메모.
발신: 존 스탠튼. 수신: 켐퍼 보이드.

켐퍼,

부국장께서 피터 본듀런트의 채용을 허락했습니다. 다만 나로서는 사소한 걱정거리가 있습니다. 접촉하기 전에 그 친구를 간단히 실험해봤으면 좋겠군요. 방식은 당신 재량에 맡기겠습니다.

JS

23

시카고, 1959년 5월 18일

헬렌이 토스트 조각에 버터를 발랐다. "수전이 은근히 비아냥대는 통에 미치겠어요. 우리 얘기를 들은 후로는 기껏해야 서너 번 통화했을 거예요."

미치광이 살이 전화를 걸기로 했다. 리텔은 아침을 옆으로 밀어냈지만 사실 식욕도 없었다. "그 애한테 두 번이나 말했어. 정말, 얻는 게 있으면 잃는 것도 있는 모양이다. 애인을 얻고 대신 딸을 잃었으니."

"그런데 별로 아쉬운 표정이 아니네요."

"수전은 반감을 먹고 사는 애야. 그런 점에선 딱 제 에미지."

"클레어한테 들었는데, 켐퍼 아저씨도 돈 많은 뉴욕 여자하고 연애한다면서요? 그런데 자세한 얘기는 안 하더라고요."

로라 휴즈의 절반은 케네디 가문이다. 켐퍼의 케네디 공략 전선이 두 개가 된 셈이다.

"오늘 아침엔 왜 그렇게 넋 나간 표정이에요?"

"일 때문이야. 신경 쓰이는 일이 있어서."

"그래요? 다른 일 때문이 아니고요?"

벌써 9시. 가데나 기준으로는 7시다. 살은 타고난 도박사라 일찍 일어난다.

헬렌이 눈앞에서 냅킨을 흔들었다. "워드! 내 말 들려요?"

"뭐라고? 그게 무슨 뜻이야? 다른 일 때문이라니?"

"빨갱이팀 일을 한 뒤로 짜증이 늘어서 하는 얘기예요. 항상 대수롭지 않다는 듯 얘기하지만 벌써 몇 달째 푹 빠져 있잖아요."

"그래서?"

"그래서 이젠 악몽까지 꾸고 라틴어로 잠꼬대도 한다고요."

"그래서?"

"한방에 있으면서도 나한테 얘기하지 않잖아요. 정말로 당신이 마흔여섯이고 내가 스물하나인 것처럼 굴기 시작했다고요. 내가 이해 못한다는 이유로 하지 않는 얘기도 많아졌고."

리텔은 헬렌의 두 손을 잡으려 했다.

헬렌은 그의 손을 뿌리치다 냅킨 통을 탁자 밑으로 떨어뜨렸다. "켐퍼 아저씨는 클레어한테 뭐든 말해요. 난 당신도 그런 줄 알았어요."

"켐퍼는 클레어 아버지야. 난 네 아버지가 아니고."

헬렌이 일어나 손가방을 집었다. "집으로 가는 길에 그 말 꼼꼼히 따져볼게요."

"9시 30분 수업은 어쩌고?"

"토요일이에요, 워드. 얼마나 빠져 있으면 무슨 요일인지도 모를까."

살은 9시 35분에 전화했는데, 크게 당혹스러운 목소리였다.

리텔은 살살 구슬리기 시작했다. 살은 즐거운 대화를 좋아했다.

"여행은 어때?"

"도박은 도박이지. 가데나가 좋은 이유는 로스앤젤레스와 가깝기 때문인데, 유대인 레니 놈이 〈허시-허시〉 기사를 캔답시고 자꾸 빠져나가요. 씨발, 쇼에도 지각하고 지랄이라 죽을 맛이라니까. 그 새끼도 썰어버릴까 봐요. 그때 그놈처럼⋯."

"전화야. 쓸데없는 얘기 하지 마, 살."

"용서하슈, 신부 양반. 죽을죄를 지었수다."

"그만해. 내가 뭘 원하는지 알잖아. 그러니까 할 말이나 해."

"알았어요. 베이거스에 있다가 우연히 헤시 리스킨드의 대화를 엿들었소. 아이들이 쿠바 전선을 걱정한답니다. 시카고 마피아가 콧수염한테 아부하려고 엄청 돈을 퍼부었대요. 그 새끼가 나라를 집어삼킨 후에도 카지노를 운영하게 해달라고. 그런데 그 썹새가 빨갱이가 되더니 카지노를 몽땅 국유화했잖소? 콧수염이 산토 T.까지 아바나 감방에 처넣었어요. 요즘엔 애들도 콧수염은 딱 질색이랍니다. 헤시는 콧수염이 뗴씹하는 몽고 천민 같다더만. 두고 보슈, 그 새끼도 조만간 좆 될 테니까."

"그리고?" 리텔이 재촉했다.

"시카고를 떠나기 전 잭 루비하고 통화했수다. 빚 문제가 있다고 해서 내가 돈을 좀 꿔줬지. 지금 하는 스트립 클럽을 팔아치우고 카루셀인가 뭔가 하는 데를 사라고. 잭 루비가 돈은 잘 갚아요. 자기도 댈러스에서 직접 고리대금업을 하거든. 그래서…."

"살, 뜸 들이지 말고 본론부터 얘기해."

"와우, 와우. 내 생각엔 짭새들이 그런 얘기 좋아할 것 같은데."

"살…."

"이런! 얘기부터 들으셔. 잭 루비가 헤시 말을 확인해줬소. 카를로스 마르첼로와 쟈니 로셀리한테 얘기를 했다는데, 콧수염이 시카고 마피아에 하루 7만 5000달러를 지불하라고 했답니다. 카지노 일일 최고 매상에 대한 은행 이자라면서. 생각해보슈. 교회에 하루 7만 5000달러가 생기면 어떤 일을 할 수 있는지."

리텔은 한숨을 내쉬었다. "쿠바는 관심 없어. 루비가 연기금에 대한 얘긴 하지 않던가?"

"워워…."

"살, 죽고 싶어…?"

"이런, 이런, 신부 양반. 먼저 성모송부터 열 번 외운 다음 귀 씻고 얘기 들으슈. 잭 루비 얘기론 텍사스 기름 장사 놈을 샘 G.한테 보냈답디다. 연기금 대출 문제로. 1년 전쯤 얘긴데, 여기에 A급 정보가 있다, 이 말이오.

당연히 나도 떡고물이 있어야지. 도박 자금 정도는 있어야 하지 않겠수? 마권업자와 고리대금업자한테 돈이 없으면 그날로 박살이거든. 당연히 당신 같은 연방 사이코들한테 나불댈 일도 없고 말이야, 응? 신부 양반, 미안하지만 나도 도박꾼이야. 그러니까…."

"돈은 마련해보지, 살. 그 전에 당신이 지앙카나한테 소개할 차용인부터 찾아내. 샘한테 직접 소개할 사람 말이야, 알겠어?"

"맙소사…."

"살…."

"신부 나리, 씨발, 그렇게 쥐어짜면 나도 못 살아, 니미."

"당신 목숨을 구해줬어, 살. 그리고 나한테 푼돈이라도 긁어내려면 당신한텐 이 방법뿐이야."

"오케이, 오케이. 용서하슈, 신부 양반. 씨발, 신학도 출신 FBI라고 할 때 알아봤어야 하는 건데…."

리텔은 전화를 끊었다.

사무실은 주말처럼 고요했다. 요원은 그를 무시한 채 전화만 지켰다.

리텔은 텔레타이프를 빌려 댈러스 지부에 질문했다.

답변은 적어도 10분은 걸릴 것이다. 미드웨이 공항에 전화해 비행기 편을 알아봤는데, 운이 좋았다. 댈러스행 팬암기가 정오에 떠난다. 다시 비행기로 돌아오면 자정 직후엔 집에 도착할 수 있을 것이다.

기계가 진동을 하며 정보를 프린트하기 시작했다. 제이컵 루벤스타인/일명 잭 루비. 생년월일 1911년 3월 25일. 강탈 혐의로 세 차례 체포당했으나 기소 건은 없었다. 1947년, 1948년, 1953년. 뚜쟁이에 댈러스 경찰 정보원으로 추정. 1956년 동물보호협회 수사 건으로 물망에 올랐는데 개들을 성적으로 학대한 혐의가 짙었다. 이따금 사업가들과 무모한 석유 탐사 사업자들을 상대로 고리대금업을 해서 등쳐먹는 것으로도 유명하다.

리텔은 텔레타이프를 찢었다. 잭 루비라면 여행할 가치가 충분했다.

비행기 진동에 스카치 세 잔까지 더하자 졸음이 몰려왔다. 미치광이 살의 고백이 히트곡 메들리처럼 끼어들었다.

살이 깜둥이 소년에게 좆을 빨린다. 도박 빚을 떼어먹은 드라노를 짓 밟는다. 수녀에게 휘파람을 분 두 아이의 목을 딴다.

리텔은 땀을 흘리며 깨어났다. 스튜어디스가 마실 것을 가져다주었다. 주문도 하지 않았건만.

카루셀 클럽은 무허가 스트립쇼 주점이다. 정문 간판에는 비키니 차림 의 쭉쭉빵빵 사진들을 박아 넣었다. 다른 간판에는 '오후 6시 개점'이라고 적혀 있었다. 리텔은 건물 뒤에 주차하고 기다렸다. 렌터카에서 최근의 섹 스와 머릿기름 냄새가 났다.

순찰차 몇 대가 지나가고, 경관 한 명이 손을 흔들었다. 리텔도 감을 잡았다. 잭의 주머니를 노리는 동료 짭새라고 생각했을 것이다.

루비는 5시 15분에 차를 몰고 나타났다. 혼자. 저자는 개와 씹하는 뚱 쟁이다. 정말로 험악한 회담이 될 듯싶었다. 루비가 차에서 내려 뒷문을 열었다. 리텔은 달려가 그를 가로막았다.

"FBI다. 손들어." 전형적인 켐퍼 보이드 스타일.

루비는 선뜻 믿지 않는 눈치였다. 지금은 우스꽝스러운 납작 모자를 쓰고 있었다.

"주머니 비워!" 리텔의 말에 루비도 복종했다.

지폐 뭉치, 개 비스킷, 총신 짧은 38구경이 땅바닥에 떨어졌다.

루비가 그 위에 침을 뱉었다. "교외 공갈단이라면 아주 잘 알아. 술 냄 새 풀풀 풍기는 날라리 정복 짭새들도 어차피 내 손 안에 있고. 그러니 원 하는 물건 챙쳐서 당장 꺼져, 씨발."

리텔은 개 비스킷을 하나 집었다. "먹어, 잭."

루비가 까치발을 했다. 라이트급 권투 선수의 자세와 비슷했다.

리텔은 총과 수갑을 흔들었다. "어서, 개 비스킷 하나 먹어보라니까 그 러네."

"이런, 씨발…."

"'요'자 붙여라, 응?"

"이런 씨발요. 도대체 뭘 하자는 거냐…요?" 리텔은 비스킷을 그의 입에 처넣었다. 루비는 숨이 막혀 씹을 수밖에 없었다.

"물어볼 게 있다, 잭. 제대로 응하지 않으면 국세청에서 감사가 나오고, FBI 친구들이 매일 밤 네놈 고객들을 물고 늘어지고, 댈러스 〈모닝 뉴스〉가 네놈이 개하고 개지랄하는 얘기를 써댈 거야."

루비는 비스킷을 씹다가 가루를 내뱉었다. 리텔이 사타구니를 걷어찼다. 루비가 무릎을 꿇었다. 리텔은 발로 문을 연 다음 그를 안으로 차 넣었다.

루비가 일어나려 하자 리텔은 발길질로 주저앉혔다. 방은 3제곱미터 넓이에 스트립쇼 가운들로 너저분했다. 리텔은 가운 무더기를 걷어차 루비의 얼굴을 덮었다. 그러곤 개 비스킷을 하나 더 꺼내 그의 무릎에 던졌다. 루비가 비스킷을 입에 물고 꾸역꾸역 씹어 넘기기 시작했다.

"질문에 대답해. 너보다 높은 고리대금업자한테 차용인을 소개해본 적 있나?"

루비가 끄덕였다. 예, 예, 예, 예, 예.

"살 도노프리오가 준 돈으로 이곳을 샀지? 사실이면 고개만 끄덕여."

루비가 끄덕였다. 그의 두 발에 더러운 브래지어에 걸렸다.

"살은 심심풀이로 살인을 해. 알고 있나?"

루비가 끄덕였다. 두 볼이 검시실의 소년 시체처럼 붉어졌다.

"토치램프로 태워 죽인 적도 있어. 피해자의 아내가 아무것도 모르고 귀가하자 기름걸레를 입에 물린 다음 역시 불을 붙였지. 그 새끼 표현으로는, 용처럼 불을 뿜으며 죽었다더군."

루비가 바지에 오줌을 지렸다. 물 얼룩이 무릎 주변으로 번졌다.

"네가 알아야 할 게 몇 가지 있다. 하나, 네놈이 그 친구한테 진 빚은 탕감됐어. 둘, 나한테 협조하지 않거나 시카고 마피아 또는 네 짭새 친구들한테 이빨을 깔 경우 살이 댈러스에 와서 네놈을 겁탈한 후 죽일 거야. 이해하지?"

루비가 끄덕였다. 예, 예, 예. 비스킷 조각이 콧구멍으로 새어나왔다.

켐퍼 보이드 가라사대, 절대 말을 더듬지 말 것.

"샬과 연락해도 안 되고, 내 이름을 알 필요도 없어. 이 건에 대해 누구한테도 발설하지 말고, 매주 화요일 오전 11시 나한테만 연락하도록. 시카고의 공중전화로. 내가 먼저 전화해서 번호를 알려줄게. 알아들었지?"

루비가 끄덕였다. 예, 예, 예, 예, 예, 예. 바로 1미터 거리에서 개들이 낑낑거리며 문을 긁어댔다.

"고급 차용인을 찾아내. 물론 샬이 지앙카나의 연기금으로 올려 보낼 인물이어야겠지. 동의하면 고개 끄덕여. 그리고 전체를 이해했으면 다시 두 번."

루비가 세 번 끄덕였다.

리텔은 건물을 빠져나왔다. 개들의 소리가 귀에 거슬렸다.

비행기는 자정에 떨어졌다. 그는 집으로 차를 몰았다. 흥분과 탈진이 뒤섞인 기분.

헬렌의 차가 서 있었다. 돌아왔군. 먼저 사정하겠지? 화해하자며 달려들 거야.

리텔은 주류 상점으로 돌아가 반 파인트짜리 맥주를 구입했다. 술주정뱅이가 구걸하기에 1달러를 주었다. 불쌍한 중생이 딱 잭 루비를 닮았다.

새벽 1시. 일요일. 코트 미드는 청취 기지에서 일하고 있을 것이다.

전화를 했지만 받지 않았다. 다른 THP 요원들이 근무 중일 것이다.

켐퍼는 기지를 피하라고 했지만 마지막 한 번 정도는 눈감아줄 것이다. 리텔은 그쪽으로 이동해 건물로 들어갔다. 도청 송신기는 코드가 빠져 있고 방은 깨끗하게 청소와 정돈을 끝낸 듯했다. 중앙 콘솔 박스에 테이프로 붙인 쪽지가 그 이유를 설명해주었다.

메모: 셀라노 양복점은 훈증 소독 중. 1959년 5월 17일~5월 20일. 그동안 현장 직원들은 모두 대기할 것.

리텔은 술병을 땄다. 몇 모금 마시자 다시 힘이 나고 생각은 수백만 가지로 줄달음질쳤다. 뇌 세포 몇 가닥이 끊기고 꼬였다.

살은 돈을 요구했다. 코트 미드는 크랩 게임 절도를 역설했다. 후버 국장은 그 문제를 보류하라고 지시했다.

리텔은 도청 기록을 확인해 그 문제와 관련한 대화를 찾아냈다. 지난달 특수요원 러스 데이비스가 철해둔 기록.

맬배소: 건배, 덕!

디 파스콸레: 꽥꽥. 죽이잖아? 그 씹새들, 보고도 못한다잖아, 알지?

맬배소: 케닐워스 짭새들이 싸지를 거야. 여기야말로 좆도, 좆 나게 구린 마을이다. 지난번에 우리 같은 꽃미남 둘이 크랩 게임에서 8만 달러를 꿀꺽했는데, 아무도 지랄하는 새끼들이 없잖아.

디 파스콸레: 꽥꽥. 솔로로 뛰는 새끼들이라 그럴 거야. 네놈은 샘한테 비비지 않으면 오리 좆이다, 새꺄. 우린 가면도 쓰고 목소리도 바꿨어. 솔로 씹새들은 우리가 끼었는지도 몰라. 진짜 슈퍼 오리가 된 기분이다. 슈퍼 오리 쫄쫄이라도 구해서 애새끼들 디즈니랜드 데려갈 때 입을까보다.

맬배소: 그래, 너 잘났다, 꽥꽥아. 그래도 총은 쐈어야지, 병신아. 오리 주둥이 새끼가 총도 안 갈기면 씨발, 다른 씹새들이 사팔뜨기 눈으로 볼 거 아냐, 새꺄.

(메모: 케닐워스 경찰 보고서에는 1959년 4월 16일 23시 40분, 웨스트모어랜드 애버뉴 2600블록에서 총격이 있었는지에 대한 설명이 없다.)

디 파스콸레: 이봐, 꽥꽥. 잘 끝난 거야. 안전하게 잘 숨겼고 또….

맬배소: 너무 드러내놓고 놀았어.

디 파스콸레: 꽥꽥. 찢어질 때까지 60일 기다린다고 생지랄 떨기는. 도널드는 데이지 한 번 따먹으려고 20년을 기다렸어, 새꺄. 월트 디즈니 영감이 좆 나게 말렸거든. 씨발, 작년 기억나냐? 유대인 레니가 내 생일 파티에서 한 짓? 데이지 부리가 닳도록 도널드를 빨아대는 와중에 그 지랄을 했잖아. 좆 나게 시끄러웠지.

맬배소: 꽥꽤, 넌 개자식이야, 니미.

(메모: 공사장 소음 때문에 그 후의 대화는 인식 불가능. 23시 10분, 문이 쾅하고 닫힘.)

리텔은 THP 신분 파일을 확인했다. 맬배소와 디 파스콸레는 에번스 톤에 살았다.

리텔은 1959년 4월 18일 테이프를 재생하고 녹취록과 비교했다. 러스 데이비스는 깜빡 잊고 시간 표시를 빼먹었다.

덕이 〈차타누가 기차〉를 콧노래로 불렀다.

맬배소는 가사를 읊었다. "당신 마음의 열쇠가 내게 있어요."

"너무 드러내놓고 놀았다." "열쇠." "기차." 지방 강도 둘은 찢어지기 위해 60일을 기다린다고 했다.

시카고와 이어진 기차역은 40개도 넘는다. 40여 곳의 대기실은 로커와 이어진다. 로커는 개월 단위로 임대한다. 현찰 거래에 기록도, 기명 영수증도 없다. 자물쇠는 90일마다 바뀐다. 일리노이 세법에 따라.

수천 개의 로커. 표식 없는 열쇠. 찢어질 때까지 60일 중 이미 33일이 흘렀다.

로커의 소재는 철판, 대기실은 24시간 경비.

리텔은 이틀을 고민한 끝에 이렇게 결론 내렸다.

미행할 수는 있지만 놈들이 돈을 회수할 때 손 쓸 방법이 없다. 미행은 한 번에 한 놈만 가능하다. 결론. 이로써 기존의 불리함만 두 배가 되었다. 어쨌든 시도는 해봐야 한다. 빨갱이팀 보고서는 대충 써내고 일주일간 놈들을 매일매일 교대로 미행하자.

첫날. 아침 8시부터 자정까지 로코 맬배소 미행. 로코는 차를 몰고 대마초 소굴, 유니언 숍, 글렌코의 여친 집을 전전했다. 기차역 부근에는 접근조차 하지 않았다.

이틀째. 오리 궁둥이 듀이를 오전 8시부터 자정까지 미행. 듀이는 여기저기 창녀촌을 기웃거렸다. 기차역 부근으로는 알짱대지 않았다.

사흘째. 8시부터 자정까지 로코 맬배소 미행. 로코는 밀워키로 차를 몰고 가서 말을 듣지 않는 뚜쟁이들을 피스톨로 구타했다. 기차역 부근엔 가지도 않았다.

나흘째. 8시부터 자정까지 오리 궁둥이 듀이 미행. 듀이는 아들의 야외 파티에 참석했다. 의상은 도널드 덕. 기차역 부근엔 가지도 않았다.

닷새째. 8시부터 자정까지 로코 맬배소 미행. 로코는 시카고의 블랙호크 호텔에서 내내 콜걸과 뒹굴었다. 기차역 부근엔 가지도 않았다.

엿새째. 오전 8시, 오리 궁둥이 듀이 미행. 오전 9시 40분, 듀이의 차는 주차해 있고, 오리 부인이 듀이를 에번스톤 기차역까지 태워주었다.

듀이는 대기실을 어슬렁거렸다. 로커를 둘러보았다. 19번 로커에 도널드 덕 스티커가 붙어 있었다.

리텔은 숨이 막힐 것만 같았다.

6일 밤, 7일 그리고 8일 밤. 리텔은 역에서 계속 잠복했다.

경비가 새벽 3시 10분 커피를 마시러 자리를 비운다는 사실도 알아냈다. 경비는 거리 아래 있는 24시간 식당으로 갔다.

대기실은 최소 8분 동안 무방비 상태였다.

9일째 밤. 역을 급습했다. 리텔은 쇠지레, 양철 가위, 망치, 끌로 무장하고 19번 로커 문을 뜯어낸 다음 돈을 가득 채운 장바구니 네 개를 훔쳤다.

총 8만 1492달러. 이제 정보원 자금이 생겼다. 지폐가 낡은 걸 보니 오랫동안 유통한 듯했다.

그는 미치광이 살에게 착수금으로 1만 달러를 건넸다.

잭 루비를 닮은 술주정뱅이를 찾아 500달러를 주었다.

'칼침' 토니 이아노네의 애인이었던 소년의 이름은 브루스 윌리엄 시파키스. 쿡 카운티 검시실에서 이름을 알아냈다. 그는 아이 부모에게 익명으로 1만 달러를 보냈다.

아나톨 성인의 헌금함에도 5000달러를 넣고 기도했다.

자신의 오만에 대해 용서를 빌었다. 다른 사람들에게 거액의 비용을 지불하고 자아를 얻었다고 하느님께 고해했다. 지금은 위험을 사랑하며, 위험은 겁보다 짜릿한 전율을 준다고 고백했다.

24

아바나, 1959년 5월 28일

비행기가 활주로를 미끄러졌다. 피터는 여권과 두툼한 10달러 뭉치를 꺼냈다. 여권은 캐나다 국적으로 CIA에서 위조했다.

민병대원들이 활주로를 점거하고, 쿠바 경찰들은 유인물을 찾기 위해 키웨스트 비행기를 모조리 수색했다.

보이드가 이틀 전 전화를 걸어 존 스탠튼과 가이 배니스터가 빅 피터를 선택했다고 전했다. 보이드는 CIA와 막 계약을 했다며 빅 피터에게 딱 맞는 일거리가 있다고 했다. 하지만 필경 CIA의 시운전 과정이리라.

그는 이렇게 말했다. "캐나다 여권으로 키웨스트에서 아바나로 날아가. 물론 프랑스 억양의 영어를 써야 해. 그런 다음 산토 트라피칸테가 어디 있는지 알아내고 그의 쪽지를 받아오면 돼. 쪽지는 카를로스 마르첼로, 쟈니 로셀리, 샘 지앙카나 앞으로 하고, 내용은 카지노 국유화 건으로 어느 마피아도 카스트로에게 보복하지 말라는 조언을 담아야 해. 또한 유나이티드 프루트의 겁쟁이 대표 토머스 고르딘을 찾아가 함께 귀국 브리핑을 해. 이 일은 매우 신속하게 처리해야 한다. 카스트로와 아이크가 미국과 쿠바 간의 민간 항공을 전면 금지할 채비를 하고 있거든."

"왜 나죠?" 피터가 물었다.

"너 자신을 다룰 수 있기 때문이지. 택시 회사 덕분에 쿠바인들 사이에서 특훈을 했고, 마피아의 유명 인사가 아니니 카스트로의 비밀경찰도 신원을 모르고." 보이드의 대답은 그랬다.

"보수는요?" 피터가 물었다.

"5000달러. 만약 붙잡히면 외교 밀사가 트라피칸테를 비롯해 미국인 몇을 빼내올 때 네 석방 문제도 함께 다룰 거야. 카스트로가 외국인들을 모두 풀어주는 건 시간문제야."

피터가 망설이자 보이드가 덧붙였다. "내가 약속해. 워드 리텔이 혼란스럽고 위태롭기는 하지만 절대 널 건드리지 못하게 하겠다. 사실 레니 샌즈와 너를 함께 선택한 것도 둘을 보호하기 위해서지."

피터는 웃었다.

보이드가 다시 말했다. "쿠바 경찰한테 잡히면 사실대로 불어."

문이 열렸다. 피터는 10달러짜리 지폐를 여권에 넣었다. 민병대가 비행기로 올라왔다.

놈들은 짝도 맞지 않는 총지갑을 차고 기이하게 생긴 피스톨을 소지했다. 셔츠 앞에 붙인 휘장도 켈로그 콘플레이크 상자에서 오려낸 듯했다.

피터는 조종실을 향해 비집고 나아갔다. 아크등 불빛이 입구와 창문으로 쏟아졌다. 그는 눈부신 조명을 피하며 램프를 걸어 내려갔다.

다른 승객들도 일렬로 빠져나왔다. 민병대원들이 여권에서 팁을 찾았지만 다들 빈손이었다.

민병대장이 고개를 젓자 부하들은 손가방과 지갑까지 압수했다. 한 남자가 항의하며 자기 돈지갑에 매달렸다. 민병대원들이 그를 활주로에 때려눕힌 다음 면도날로 바지를 찢고 주머니를 깨끗이 비웠다. 승객들도 이제 찍소리 못했다. 대장이 승객들의 소지품을 샅샅이 뒤졌다.

피터는 맥주를 홀짝였다. 대원 몇 명이 두 손을 내밀며 올라왔다.

피터는 기름을 쳤다. 손 하나에 10달러씩. 놈들의 군복이 맘에 들었다. 대부분 다 해진 카키복에 그로면 중국 식당 종업원 같은 견장을 달았다.

키 작은 히스패닉계가 카메라를 흔들었다. "당신 축구 해, 친구? 이봐,

떡대, 축구 해?"

누군가가 축구공을 던졌다. 피터는 한 손으로 공을 받았다. 순간 얼굴 바로 위에서 플래시가 픽 하고 터졌다.

감이 오냐? 놈들은 네가 폼을 잡아주길 바라고 있어.

피터는 몸을 잔뜩 웅크린 자세로 조니 유니타스(미국의 전설적인 미식축구 선수-옮긴이)처럼 공을 쥐고 흔들었다. 그런 다음 패스하는 시늉을 하다가 가상의 라인맨(lineman)을 봉쇄하고 언젠가 TV에서 본 깜둥이 축구 선수처럼 머리 위로 공을 튕겨냈다.

대원들이 박수를 치고 환호를 보냈다. 플래시가 픽, 픽, 픽 터졌다.

누군가가 소리쳤다. "헤이, 로버트 미첨!"

촌뜨기들이 사인북을 흔들며 활주로로 달려들었다. 게이트 옆의 택시 승차장으로 달려간 피터는 달구지를 피해 낡은 쉐보레에 올라탔다.

"당신은 로버트 미첨이 아니야." 운전사가 말했다.

택시는 아바나를 여유롭게 헤집고 다녔다. 갖가지 동물과 거리 부랑자들 때문에 도로가 꽉 막힌 터라 시속 15킬로미터를 넘지 못했다.

밤 10시임에도 기온이 32도를 웃돌았다. 거리를 헤매는 얼간이들 절반이 작업복 차림에 예수 그리스도처럼 수염을 길렀다.

에스파냐풍의 흰 도료 건물이 눈에 띄었다. 정문마다 붙은 포스터도 마찬가지였다. 미소 짓는 피델 카스트로. 소리치는 피델 카스트로. 시가를 흔드는 피델 카스트로.

피터는 보이드가 준 스냅사진을 불쑥 내밀었다. "이 남자 알아요?"

"네. 미스터 산토 주니어. 지금 나시오날 호텔에 잡혀 있어요."

"그곳으로 갑시다."

판초가 유턴을 했다. 앞쪽 해안을 따라 호텔들이 들쭉날쭉 이어져 있었다. 조명 불빛이 바다를 비추었다. 거대한 빛 한줄기가 파도를 청록색으로 물들였다.

택시는 나시오날 호텔에 멈췄다. 벨보이들이 우르르 달려왔다. 다 해진 턱시도의 광대들. 운전사에게 10달러를 던져주자 망할 새끼가 감동해서 울먹거렸다. 벨보이들도 손을 내밀었다. 피터는 놈들한테도 두당 10달러씩 안겼다. 또라이 한 놈이 그를 카지노 안으로 밀어 넣었다.

카지노 안은 혼잡했다. 빨갱이들도 자본주의 스타일 도박에 삑이 가는구나. 딜러들은 어깨에 총을 걸쳤고, 민병대 얼간이들이 블랙잭 테이블을 돌렸다. 고객은 100퍼센트 멕시코인, 아니면 히스패닉이었다.

염소들도 제멋대로 돌아다니고 개들은 물을 가득 채운 크랩 테이블에서 물장구를 쳐댔다. 슬롯머신 뒤쪽의 장관! 에어데일과 치와와가 붙어먹고 있었다.

피터는 벨보이를 잡고 귀에다 외쳤다. "산토 트라피칸테. 그 양반을 알아?"

손이 세 개 올라가고, 10달러짜리 세 장이 나갔다. 누군가가 그를 엘리베이터에 처넣었다. 피델 카스트로의 쿠바는 깜둥이 천국으로 개명해야 한다. 엘리베이터가 쏜살같이 치솟았다. 민병대원이 문을 열자 총부리가 먼저 나타났다.

사내의 주머니는 달러 지폐로 넘쳐났다. 피터가 10달러를 건네자 총이 재빨리 사라졌다.

"당신도 구금되고 싶나, 세뇨르? 요금은 하루에 50달러다."

"뭐가 포함되지?"

"방 하나, 텔레비전, 고급 요리, 도박과 여자. 미국 여권 소지자들은 임시로 이곳 쿠바에 억류한다. 아바나는 아직 안전하지 않다. 당신도 고급스럽게 억류당해, 응?"

피터는 여권을 보여주었다. "난 캐나다 사람이야."

"나도 알아. 프랑스 말투잖아. 그래서 알아."

물수건 쟁반이 복도를 따라 놓여 있고, 벨보이들이 칵테일 카트를 밀고 다녔다. 염소 한 마리가 저 앞에서 똥을 쌌다.

피터가 웃었다. "당신네 카스트로는 여관집 주인 같군그래."

"그렇다, 산토 트라피칸테 주니어도 미국에 별 네 개짜리 감방은 없다고 인정한다."

"트라피칸테 씨를 만나고 싶다."

"그럼 이리로."

피터는 사내와 보조를 맞추었다. 술에 떡이 된 외국 뚱땡이 하나가 비틀비틀 복도를 걸어갔다. 민병대원이 감금의 장점을 나열했다.

스위트룸 2314호실은 침대 시트에 포르노 영상을 돌리고 스위트룸 2319호실은 룰렛, 크랩, 바카라 등으로 채웠다. 스위트룸 2329호실은 벌거벗은 창녀들이 대기 중이고, 2333호실은 레즈비언 스트립쇼, 2341호실은 돼지 새끼를 꼬치에 꿰어 굽는다. 2350~2390호실은 실제 크기의 골프 코스로 개조했다.

라틴계 캐디가 클럽을 질질 끌고 지나갔다. 2394호실은 경비가 지키고 서 있었다.

"산토 씨, 손님 오셨습니다!"

산토 트라피칸테 주니어가 문을 열었다. 땅딸막한 40대. 보풀명주 소재의 버뮤다 반바지 차림에 안경을 썼다.

경비가 재빨리 저쪽으로 뛰어갔다.

"내가 제일 싫어하는 게 빨갱이와 아수라장이야."

"트라피칸테 씨, 전…."

"나한테도 눈은 있어. 그것도 네 개씩이나. 피터 본듀런트. 지미를 위해 살인도 마다 않는 놈. 2미터 크기의 고릴라가 방을 노크하고는 설설 기는데 왜 모르겠나? 2 더하기 2보다 쉬운데."

피터가 방 안으로 들어가자 트라피칸테가 미소를 지었다. "나를 데려가려고 왔나?"

"아닙니다."

"지미가 보냈지?"

"아뇨."

"샘? 카를로스? 씨발, 내가 지금 2미터 고릴라하고 스무 고개나 하고 자빠져야겠냐? 그런데 고릴라를 깜둥이로 둔갑시키는 법 알아?"

"털을 뽑아버린다?" 피터가 말했다.

트라피칸테가 한숨을 내쉬었다. "씨발놈, 벌써 들었군. 옛날에 우리 꼰대 농담을 말아먹은 새끼가 있었는데, 그 자리에서 골로 보냈잖아, 꼰대가

… 우리 꼰대가 누군지는 알지?"

"산토 트라피칸테 시니어?"

"그래, 너 잘났다, 니미. 씨발, 고릴라와 농담 따먹기나 하자니 좆 나게 따분하군."

돼지기름이 냉각팬에 덕지덕지 붙어 있고 실내는 역겨운 배색의 가구들로 가득했다.

트라피칸테가 제 불알을 긁었다. "그래서, 누가 보냈다고?"

"보이드라는 CIA 요원입니다."

"내가 아는 CIA는 척 로저스라는 개자식뿐인데?"

"로저스는 저도 압니다."

트라피칸테가 문을 닫았다. "그것도 알아. 네놈과 택시 회사 얘기, 네놈과 풀로와 로저스 얘기도 모두 알고, 네놈이 감추고 싶은 얘기도 다 알고 있지. 어떻게 아는지 알아? 이 바닥 새끼들이 하나같이 야부리 까는 데 도사거든. 그나마 다행이라면 바깥 인간들한테 까발리지 않는다는 것 정도겠지."

피터는 창밖을 보았다. 바다의 청록빛도 부표 너머로 사라졌다. "보이드가 메모를 부탁했습니다. 수신자는 카를로스 마르첼로, 샘 지앙카나, 쟈니 로셀리. 카지노를 국유화한 일을 빌미로 카스트로에게 어떠한 보복도 허락하지 않는다는 내용을 포함해야 합니다. 제가 보기엔 시카고 조직이 섣불리 꼭지가 돌아 쿠바 공작을 날려버릴까봐 걱정하는 것 같습니다."

트라피칸테가 TV에서 메모장과 펜을 집었다. 그리고 빠르게 써내려가며 또박또박 읽기까지 했다. "친애하는 카스트로 수상, 빨갱이 개자식 봐라. 네놈 혁명은 빨갱이 똥구덩이다. 네 새끼가 집권하더라도 카지노를 운영하게 해달라고 돈을 엄청 쑤셔 박았건만, 돈도 꿀꺽하고 죽어라 엿까지 먹여? 네놈은 보비 케네디 호모 새끼하고 매클렐런 위원회 호모 새끼들보다 더 좆같아, 이 씹새야. 나시오날 호텔을 먹어? 씨발, 머리통하고 좆대가리에 매독이나 걸려라, 빨갱이 새꺄."

복도에서 골프공 튀는 소리가 요란했다. 트라피칸테가 움찔하더니 메모를 들었다.

피터는 쪽지를 읽었다. 산토 주니어 씀…. 깔끔하고 명료하고 문법도 정확했다. 피터는 쪽지를 주머니에 넣었다. "감사합니다, 트라피칸테 씨."

"감사는 좆도. 내가 동시에 두 가지 얘기를 쓰고 읽으니 놀랍냐? 보이드한테 전해. 약속은 1년이고 더 이상은 안 돼. 쿠바 얘기라면 다들 한배를 탔으니까 면전에서 엿 먹이지 말라는 말도 전하고."

"보이드도 고마워할 겁니다."

"고맙긴 좆도. 손톱만큼이라도 고맙다면 여기서 데려가기나 해."

피터는 시계를 확인했다. "저한테 캐나다 여권이 둘뿐인데, 유나이티드 프루트 쪽 놈을 데려가야 합니다."

트라피칸테가 골프 클럽을 들었다. "누가 뭐래? 돈은 돈이고, 프루트 놈들이 시카고 조직보다 쿠바 단물을 더 많이 빨아냈으니까."

"곧 나오실 겁니다. 미국인 송환을 위해 물밑 작업을 한다는군요."

트라피칸테가 퍼팅 자세를 했다. "좋아. 가이드를 하나 붙여주지. 네놈을 태우고 다니다가 프루트 놈까지 공항에 데려다줄 거야. 공항에 내려주기 전에 네 주머니부터 털겠지만 빨갱이 새끼들이 잡고 있는 한 그 정도 도움도 감지덕지야."

어떤 녀석이 그 집으로 가는 방향을 알려주었다. 지난주에 톰 고르딘이 횃불 파티를 열고는 수수밭을 몽땅 태워버렸습죠. 어찌나 뜨겁던지 그분 특유의 파시스트 이미지까지 태워먹었죠. 가이드를 맡은 헤수스의 설명이었다.

헤수스는 정글복과 야구 모자 차림이었다. 폴크스바겐을 몰았는데, 차 안에는 기관총을 장착하고 후드로 덮어놓았다.

폴크스바겐은 아바나를 빠져나와 진창길에 올라섰다. 헤수스는 한 손으로 운전대를 잡고 야자나무 사이를 누볐다. 수수밭이 지글거리며 하늘을 오렌지-핑크색으로 물들였다. 바티스타의 쿠바 이후에는 횃불 파티도 중대 사건이었다.

전신주가 삑삑거리며 지나갔다. 피델 카스트로의 얼굴이 전신주마다 나붙었다. 저 멀리 주택들의 조명이 보였다. 200미터 정도. 헤수스는 야자

나무 그루터기로 가득한 공터로 들어갔다. 그는 이곳을 잘 알기라도 하듯 느긋했다. 손짓을 하거나 말을 하지도 않았다.

뭔가 이상했다. 함정일까?

헤수스가 브레이크를 잡고 헤드라이트를 껐다. 조명이 꺼지는 순간, 횃불 하나가 쓱 하고 지나갔다.

빛이 공터 위로 번졌다. 피터는 캐딜락 포장 지붕과 라틴계 놈 여섯 그리고 술에 취해 휘청거리는 백인 놈 하나를 보았다.

"저분이 세뇨르 톰입니다." 헤수스가 말했다.

라틴계 놈들은 총신이 짧은 산탄총을 지녔다. 캐딜락에는 짐과 밍크코트가 가득했다.

헤수스가 차에서 내려 에스파냐어를 지껄이자 놈들이 폴크스바겐의 외국인에게 손 인사를 했다.

밍크는 차창으로 보일 만큼 높이 쌓였고 가방에서는 미국 달러가 삐져나왔다. 피터는 감을 잡았다. 니미럴, 뻔해도 너무도 뻔했다.

토머스 고르딘이 손으로 데메라라 럼주 병을 들고 흔들었다. 놈은 공산당을 찬양하는 따위의 개소리를 늘어놓는 중이었다. 말도 계속 꼬였다. 죽음의 쇼를 벌이는 와중에도 술에 떡이 되다니.

불붙일 횃불도 여러 개 보였다. 나무 그루터기 위에는 기름통까지 있었다. 고르딘은 술을 계속 퍼마신 탓에 빨갱이들 구호를 방언하듯 내뱉었다. 헤수스는 라틴계 놈들과 어울렸다. 놈들이 다시 외국인에게 손 인사를 했다. 고르딘이 캐딜락 후드에 대고 토악질을 했다.

피터는 기관총 옆으로 미끄러지듯 움직였다. 라틴계 놈들이 돌아보더니 손을 허리춤으로 가져갔다.

피터는 총을 쏘았다. 놈들의 등을 향해 두루룩 갈기자 줄줄이 쓰러졌다. 딱딱거리는 총소리에 새 떼가 찍찍거리며 하늘 높이 치솟았다.

고르딘은 땅바닥에 엎드려 태아처럼 몸을 옹송그렸다. 총알은 아슬아슬하게 그를 비껴갔다. 라틴계 놈들이 비명을 지르며 죽었다. 피터는 시체에까지 총을 난사해 아예 누더기를 만들어버렸다. 화약과 뜨겁게 달궈진 총구 냄새가 어우러져 묘한 악취를 자아냈다.

피터는 시체와 폴크스바겐 위에 기름을 붓고 태워버렸다. 50구경 탄약 한 박스가 폭발했다.

세뇨르 톰 고르딘은 완전히 의식을 잃었다. 피터는 그를 캐딜락 뒷자리에 던져 넣었다. 밍크코트 무더기가 작고 안락한 침대가 되어주었다. 화물을 점검해보니 돈과 주식 증서가 거의 산더미였다.

비행기는 새벽에 떠난다. 피터는 글러브 박스에서 도로 지도를 찾아 아바나로 돌아가는 경로를 표시했다. 그리고 캐디에 올라 시동을 걸었다. 야자나무에 붙은 불 덕분에 운전하기는 좋았다.

공항에는 첫 비행기가 뜨기 전에 도착했다. 낯을 익혀둔 민병대원이 세뇨르 미첨을 불러댔다.

피터는 고르딘을 흔들어 깨운 뒤 럼콕을 먹여 얌전하게 만들었다. 라틴계 놈들이 돈과 코트를 압수했지만 놀랄 것도 없었다.

피터는 로버트 미첨 사인을 몇 개 해주었다. 빨갱이 몇이 두 사람을 비행기로 데려갔다.

"당신, 로버트 미첨이 아니잖아." 조종사가 말했다.

"와우, 셜록 탐정 나셨네."

고르딘은 꾸벅꾸벅 졸았다. 다른 승객들이 둘을 노려보았다. 기름과 술 냄새가 진동했기 때문이다.

비행기는 아침 7시에 떨어졌고, 켐퍼 보이드가 마중을 나왔다. 그가 피터에게 봉투에 5000달러를 담아 건넸다.

보이드는 아주 조금 초조해 보였다. 아주 조금 짜증도 냈다. "피터, 수고했네. 다른 사람들하고 저 버스를 타고 마을에 가 있어. 며칠 후 로스앤젤레스에서 전화하지."

피터는 5000달러를 받고, 보이드는 고르딘과 주식 증서 가방을 챙겼다. 고르딘은 당혹한 표정이었다. 보이드는 완전히 다른 사람처럼 굴었다.

피터는 버스에 올라탔고, 보이드는 고르딘을 창고로 데려갔다.

이곳은 촌구석 공항이다. 그 밖에는 CIA 짭새와 술에 떡이 된 놈뿐.

피터의 예감이 초고속으로 돌아가기 시작했다.

25

키웨스트, 1959년 5월 29일

오두막은 코딱지만 한 터라 탁자 하나와 의자 둘이 공간을 거의 차지
했다. 켐퍼는 아이용 장갑을 끼고 고르딘을 다루었다. 취조는 질질 늘어졌
다. 상대가 진전섬망증 환자였기 때문이다.

"당신한테 UF 주식이 있다는 사실을 가족도 아나?"

"가족이라니? 난 아티 쇼, 미키 루니보다 많이 결혼하고 이혼했어. 시
애틀에 사촌이 몇 있기는 하지만 놈들 머릿속에는 우드헤이븐 컨트리클
럽의 술집으로 가는 길뿐이야."

"쿠바에서 당신한테 주식이 있다는 사실을 아는 사람은?"

"경호원들이 알지. 하지만 방금 전 술을 마시고 제국주의자들의 사탕
수수밭 몇 곳을 제거할 준비를 하고 있는데, 어느 순간 나는 내 차 뒤에 있
고 당신 친구가 운전대를 잡고 있더라고. 솔직히 엄청 취해서 아무것도
몰라. …그런데 당신 친구한테 기관총이 있었나?"

"그렇진 않을 거야."

"그럼 폴크스바겐은?"

"고르딘…."

"미스터 보이스 ··· 보이슨인지 보이손인지는 모르지만, 어떻게 된 거야? 당신이 뭔데 날 이 헛간에 처박아놓고 내 가방을 빼앗은 거냐고? 그리고 이 질문은 또 뭐야? 내가 돈 많은 미국 사업가라서 당신 편이라고 생각하는 거야? 당신네 CIA 짭새들이 과테말라 선거를 조작했다는 것도 모를 줄 알아? 당신 친구가 납치할 때 난 카스트로 수상하고 칵테일파티에 가는 중이었어. 피델 카스트로, 쿠바의 해방자 말이야. 좋은 사람이지. 농구도 잘하고."

켐퍼는 주식 양도 서류를 펼쳐놓았다. 위조 전문가한테 부탁해서 기가 막히게 만든 것이다. "여기다 사인해요, 고르딘. 당신 비행기 티켓 값 대신이니까."

고르딘이 서류 세 벌에 사인을 했다. 켐퍼는 공증을 하고 사인한 세 곳 모두에 인장을 찍었다. 인장도 전문가 친구 솜씨였다. 추가 부담 없이.

고르딘이 웃었다. "CIA 짭새와 공증이라. 죽이는 조합이로세."

켐퍼는 45구경을 꺼내 그의 머리를 쏘았다.

고르딘은 의자에서 날아가 쓰러졌다. 한쪽 귀에서 피가 뿜어져 나왔다. 켐퍼는 그의 머리를 밟아 피의 분출을 막았다.

그때 밖에서 뭔가가 바스락거렸다. 켐퍼는 총으로 문을 열었다.

피터 본듀런트. 주머니에 손을 넣은 채 서 있었다.

둘은 서로를 보며 미소를 지었다.

피터가 허공에 대고 '50 대 50'을 그렸다.

· · ·

자료 첨부: 1959년 6월 11일. 요약 보고.

발신: 켐퍼 보이드. 수신: 존 스탠튼. **비밀/우편 행낭 배달.**

존,

이 서신 작성이 늦은 이유는 두 가지입니다. 하나는 모호한 사건을 결말까지 지켜본 다음 존과 접촉하고 싶어서이고, 둘은 이 메모에 내가 (솔직히 말해) 날려버린 임무를 상술할 생각이었기 때문입니다.

내가 알아서 피터 본듀런트에게 시험 임무를 맡기고 그가 CIA의 상근 요원으로 적합한지 여부를 판단할 근거를 달라고 했죠? 그 말대로 본듀런트를 쿠바로 보내 UF 대표 토머스 고르딘이라는 자를 빼냈죠. 테오필리오 파에즈가 "변덕이 죽 끓듯 하고 공산 노선을 신봉한다"고 설명한 자예요. 본듀런트는 이 임무의 전반부를 성공적으로 수행했습니다.

브리핑 이전에 고르딘 씨를 키웨스트의 러스티스쿠퍼 모텔에 넣고 혼자 쉬도록 내버려두었는데, 그게 큰 실수였어요. 고르딘이 몰래 숨겨온 45자동권총으로 자살했습니다. 난 키웨스트 경찰을 불러 본듀런트와 함께 진술했고, 검시관은 고르딘의 죽음을 자살로 규정했죠. 본듀런트는 고르딘의 알코올 중독과 우울증에 대해 진술했고 부검의도 고르딘의 간 손상 정도가 상당하다고 확인했습니다. 그의 시신은 시애틀의 먼 사촌한테 보냈습니다. 가까운 가족이 없더군요.

확인이 필요하면 키웨스트 경찰서 힐드레스 서장한테 연락해봐요. 물론, 실수에 대해서는 미안합니다. 다시는 이런 일이 없도록 하죠.

건투를 빌며,

켐퍼 보이드.

자료 첨부: 1959년 6월 19일. 개인 서한.

발신: 존 스탠튼. 수신: 켐퍼 보이드.

친애하는 켐퍼,

지극히 안타까운 일입니다. 게다가 그런 식의 터무니없는 실수를 즉시 보고하지 않다니! 맙소사, 고르딘한테는 CIA에 문제를 일으킬 만한 직계 가족은 없어요. 그런 점에서라면 당신도 어느 정도는 정상 참작의 피해자일 수밖에 없을 거요. 결국 스스로 인정했듯 당신은 변호사 겸 경관이군요. 스파이가 아니라.

대신 당신이 솔깃해할 얘기를 하나 해주죠. 엘리트 팀을 선발해 블레싱턴 수용소를 운영하도록 한다는, 당신 아이디어를 비셀 부국장이 받아들였어요. 당신이 직접 선발한 인물들(파에즈, 오브레곤, 델솔, 구티에레즈)은 랭글리에서 심화 훈련을 받고 있으며 현재 아주 잘하고 있습니다. 전에 말했듯 부국장은 피터 본듀런트를 고용해 수용소를 맡긴다는 의견에도 동의했지만, 고르딘 사건이라는 변수가 생겼으니 다시 재고해볼 생각입니다.

　고르딘 사건으로 불편하긴 해도 당신을 상근 요원으로 채용하겠다는 열망만큼은 여전합니다. 다시 연락할 때까지 당신 판단 아래 임무를 모두 중단하기 바랍니다.

　존 스탠튼

자료 첨부: 1959년 6월 28일. 개인 서한.
발신: 워드 J. 리텔. 수신: 켐퍼 보이드. 편집 후 로버트 F. 케네디 앞으로 송부.

켐퍼,
　반마피아 정보 수집은 빠른 속도로 진행 중이네. 현재 다방면으로 수집한 정황에 따르면, 트럭 노조 연기금 장부가 (필경 암호화 형태로) 존재할 가능성이 크네. 레니 샌즈는 복수의 장부가 존재한다고 확신하고 살 도노프리오 역시 비슷한 소문을 알고 있더군. 다른 출처를 통해서도 관련 소문을 확인했네. 은퇴한 시카고 마피아 요원이 장부를 관리하고 있다, 샘 지앙카나가 연기금의 '대출 승인 총책'이라는 등의 얘기도 듣고 있네. 그 밖에도 소문은 무성하지만 여전히 확증 단계는 아니야. 위장 대출자를 만들어 연기금 자체에 실제로 접근해야 확신을 할 수 있을 걸세.
　그리고 5월 18일에 세 번째 정보원을 수중에 넣었네. 댈러스 기반의 스트립 클럽 운영자 겸 고리대금업자인데, 현재 살 도노프리오를 거쳐 샘 지앙카나에게 올려 보낼 대출자를 수배하고 있네. 나로서는 핵심 정보원일 수밖에 없네만, 과거 대출자를 지앙카나와 연기금에 소개한 경력이 있기 때문이지. 정보원은 매주 화요일 아침 아파트 근처의 공중전화에서 내게 전화를 걸기로 했네. 몇 차례에 걸쳐 돈을 주기도 해서 어느 정도는 나를 두려워하고 또 존중한다네. 살 도노프리오와 마찬가지로 돈 문제가 끊이지 않는 자일세. 조만간 위장 대출자를 섭외할 것이라 믿고 있네.

지금은 나한테도 자금이 있다네. 일명 정보원 자금인데 5월 말쯤 강도들이 감춰둔 8만 1000달러를 확보해두었지. 그 돈에서 3만 2000달러를 살 도노프리오에게 주어 장악력을 좀 더 굳혀두었네.

묘한 일이야. 처음에는 레니 샌즈가 최고 정보원이 될 줄 알았는데 살과 댈러스 쪽이 능력을 발휘하니 말일세. 돈에 더 절박해서 그럴까? 켐퍼, 레니를 피터 본듀런트와 엮는 바람에 〈허시-허시〉가 내 공작에 걸림돌이 되고 말았네. 그리고 당연히 그 탓은 자네한테 있네. 레니는 최근 넋을 잃고는 내 일을 한다는 사실조차 깜빡깜빡하더군. 그 친구가 자네 친구 휴즈 양한테 까발리고 있을까? 궁금하구먼.

자네 지시에 따라 코트 미드와 청취 기지는 피하고 있네. 코트와는 이미 업무 거래마저 공식적으로 중지했지. 나도 신중하려 노력 중이네만 그래도 유토피아적 꿈을 버릴 수는 없다네. 내 일생의 꿈? 존 F. 케네디 행정부와 형의 반마피아 공작을 실현하는 로버트 케네디. 맙소사, 바로 그때가 천국 아니겠나, 켐퍼? 케네디 씨께, 부디 내 기도를 전해주게나.

자네의 친구,

WJL

자료 첨부: 1959년 7월 3일.

발신: 켐퍼 보이드. 수신: 로버트 F. 케네디.

친애하는 보비,

보비의 '시카고 유령' 작전에 대해 간략하게나마 소식을 전합니다.

유령은 현재 열심히 일하고 있습니다. 이 지구상에 보비만큼 조직범죄를 싫어하는 사람이 있다는 사실은 보비도 고마워해야 할 일입니다. 하지만 아무리 열심이라 해도 어차피 보비께서 제게 지시한 법의 테두리라는 한계가 있습니다. 연기금의 비밀 장부가 존재할 가능성을 탐색 중이나 결과는 여전히 미흡할 수밖에 없군요. 시카고 마피아는 폐쇄 집단입니다. 내부 첩자를 확보하려 하고는 있지만 아직은 노력 차원에 불과합니다.

매클렐런 위원회 임기 종료 후 보직을 제게 제안하지 않으시겠습니까?

건승을 빌며,

켐퍼

자료 첨부: 1959년 7월 9일. 개인 서한.

발신: 로버트 F. 케네디. 수신: 켐퍼 보이드.

친애하는 켐퍼,

유령에 대한 보고 고마워요. 신학도 출신의 FBI 요원이 나와 반마피아 열정을 공유한다니 기쁘군요. 무엇보다 인상적인 건 그 친구가 그다지 욕심이 없어 보인다는 점이오. (예수회 신학생이니 당연히 금욕 훈련을 받았겠죠?) 반면 당신 요구는 너무 많군요. 좋아요. 잭과 내가 제안을 하나 하겠소. (자세한 사항과 돈 얘기는 나중에 상의하도록 합시다.)

우리 조직에 남아 자리 두 개를 채워줘야겠어요. 첫째, 매클렐런 위원회의 공문서 수송 책임자. 조직은 해산하지만 유령과 마찬가지로 내 열정은 여전하오. 우리의 반마피아 및 반호퍼 추진력은 그대로 유지합시다. 지금까지 수집한 증거 자료가 적절한 수사력을 확보하기까지 당신이 큰 도움을 줄 것이라 믿소. 둘째, 잭이 1월에 대선 출마 선언을 할 예정인데, 당신이 11월 선거까지 주요 선거 운동의 보안을 맡아주길 바라고 있소. 당신 생각을 알려주시오.

밥

자료 첨부: 1959년 7월 13일. 개인 서한.

발신: 켐퍼 보이드. 수신: 로버트 F. 케네디.

친애하는 보비,

받아들이겠습니다. 예, 유령과 달리 전 요구가 많습니다. 지미 호퍼를 잡고 잭을 대통령으로 만들겠습니다.

켐퍼

자료 첨부: 1959년 7월 27일. FBI 공식 녹취록. 국장 요구에 따라 녹음/비밀 등급 1-A, 국장 외 열람 금지. 통화: 후버 국장과 특수요원 켐퍼 보이드.

JEH: 안녕, 보이드.

KB: 안녕하십니까, 국장님.

JEH: 당신 메시지에 좋은 소식이 들어 있더군.

KB: 좋은 소식 이상입니다. 형제가 저를 상근직으로 고용했으니까요.

JEH: 보직은?

KB: 매클렐런 위원회의 증거를 대배심 및 수사 기관 등에 송부하는 일을 감독하고 빅 브라더의 선거 운동 보안을 책임지는 일입니다.

JEH: 동생은 그럼 여전히 호파 전선을 유지하는 건가?

KB: 조만간 십자가에 매달고 말 겁니다.

JEH: 가톨릭교도들이 책형(죄인을 기둥에 묶어놓고 창으로 찔러 죽이는 형벌-옮긴이)의 개념에 미쳐 있기는 하지.

KB: 예, 그렇습니다, 국장님.

JEH: 그럼 가톨릭 상습범 전선도 유지하자고. 리텔은 여전히 좁고 곧은 길을 걷는 중인가?

KB: 예, 국장님.

JEH: 리히가 빨갱이팀 보고서를 에어텔로 송신해줬어. 그 친구, 일은 잘하는 것 같더군.

KB: 작년에 국장님 때문에 그 친구가 식겁했죠. 지금은 어떻게든 정년까지 버틸 생각밖에 없습니다. 말씀드렸듯 술도 많이 마시고 헬렌 에이기와의 연애 때문에 옴짝달싹 못하거든요.

JEH: '연애 사건'을 단절 기회로 삼는 게 좋겠어. 로라 휴즈 양과의 밀회는 어떻게 되어가나?

KB: 밀회라는 표현은 적절치 않습니다, 국장님.

JEH: 보이드. 당신은 역사상 전례 없는 개소리 달인에 뻥쟁이 대가와 통화하고 있어. 아무리 헛소리를 잘한다 한들 나를 당하겠나? 당신은 로라 휴즈와 떡을 치고 있어. 물론 잭의 눈에 띄기 위해서라면 로즈 케네디 할망구를 비롯해서 케네디 여자들 모두와 그 짓을 할 인간이지. 자, 어쨌든 이왕 말이 나왔으니, 휴즈 양이 그쪽 가문에 대해 뭐라고 말하던가?

KB: 휴즈 양은 아비 얘기만 합니다, 국장님. 부친과 그 친구들에 대해서는 상당히 신랄하더군요.

JEH: 계속해봐.

KB: 1920년대에 조와 옛 친구 쥘 쉬프랭이 멕시코 불법 이민자들을 몰래 밀입국시켰습니다. 그러고는 조가 RKO 스튜디오를 운영할 때 놈들을 공사 인부로 활용했죠. 조와 쉬프랭은 여자들을 성추행하고 하녀로 고용했다가 임금의 절반을 숙식비로 떼어먹은 다음 국경수비대에 넘겨 추방했죠. 쉬프랭은 여자들을 시카고로 데려와 갈봇집을 열고 마피아와 정치인들을 접대하게 했습니다. 로라 말로는, 조가 갈봇집에서 몰래 영화를 만들었다는군요. 휴이 롱과 젖통이 커다란 멕시코 난쟁이 둘이 상대였죠.

JEH: 휴즈 양이 일화를 아주 생생하게 알고 있군. 형제에 대해선 뭐라고 하던가?

KB: 둘에 대해서는 말을 아낍니다.

JEH: 지금 자네처럼.

KB: 예, 저도 두 사람을 좋아합니다.

JEH: 내가 보기에도 배신에 한계를 정한 것 같군. 의식 못할지 몰라도 자넨 지금 그 가족한테 완전히 빠져 있어.

KB: 공과 사는 구분합니다, 국장님.

JEH: 좋아. 그 점은 믿겠네. 자, 이제 쿠바 이민자 캠프로 가볼까? 쿠바 난민 정보를 입수했다고 했는데 기억나나?

KB: 물론입니다, 국장님. 곧 자세한 보고서를 올리겠습니다.

JEH: 로라 휴즈가 아주 비싼 모양이야.

KB: 예?

JEH: 모르는 척하지 말게, 켐퍼. CIA가 자네를 채용했잖아. 맙소사, 돈 받는 곳이 무려 세 군데야.

KB: 국장님, 공과 사는 구분합니다.

JEH: 물론 그렇겠지. 나도 그놈의 공과 사를 무너뜨릴 생각은 없어. 잘 있게, 보이드.

KB: 안녕히 계십시오, 국장님.

자료 첨부: 1959년 8월 4일. 〈허시-허시〉 특파원 보고.
발신: 레니 샌즈. 수신: 피터 본듀런트.

피터,

이상하게도 호모들이 요즘 내 엉덩이를 물고 싶어 하는 것 같아. 아주 넓은 홀에서만 공연하는데 왜 그러는지 모르겠어. 자기도 알겠지만 내가 살 도노프리오와 이탈리아 연주회를 해왔잖아. 주로 레노, 베이거스, 타호, 가데나, 미시건 호수 등에서 하는 선상 도박인데 발에 차이는 놈들이 게이라니까. 그것도 쫄깃쫄깃한 프랑스 똥꼬 편대급으로 말이야. 1) 로스앤젤레스 윌셔 & 라시에네가의 델로레스 드라이브인 식당은 종업원들을 모두 남창으로 쓰고 있어. 단골손님은 애들라이(애들레이?) 스티븐슨. 두 차례 대선 후보를 지냈고 빨갱이 성향이라 휴즈 씨가 싫어할 인물이지. 2) TV 〈투데이 쇼〉의 데이브 개러웨이는 최근 뉴욕 타임스 스퀘어에서 어린 남자애들을 주물러대는 바람에 한 번 난리가 났잖아. 간신히 기사를 막기는 했는데, 호모계의 속칭 '노예 데이브'가 최근 베이거스 외곽 남창집에 나타난 적이 있대. 3) 타호에서 휴가 나온 수병을 만났는데 캠프펜들턴 외부에 특무상사가 운영하는 남창집을 안대. 이런 식으로 운영한다는군 - 잘생긴 수병들이 실버 레이크(스위스 알프스?)와 선셋 스트립을 알짱거리면서 호모들을 꼬시는 거지. 놈들은 돈 때문에 거시기를 꺼내 흔들지 않아. 특무상사를 찾아가 100달러를 박았더니, 남창들한테 걸려 들어온 호모 유명 인사들 이름을 술술 홀리더군. 한 번 들어봐요. 왕자지 월터 피전이 로스펠리츠 지역의 호화로운 남창굴에서 어린 소년들과 떡을 친다. 영국 연극의 우상(요정?) 래리 올리비에가 최근 윌턴 극장에서 해군 헌병을 더듬다 걸리자 경찰을 매수했다. 등등. 남창굴이 밝힌 호모 명단에는 대니 케이, 리버레이스(놀랐지?), 몬티 클리프와 지휘자 레너드 번스타인도 들어 있어요. 이봐요, 내가 지금 〈허시-허시〉 문체로 쓰고 있는데…. 감 잡았어요? 나중에 다시.

파이팅.

레니

자료 첨부: 1959년 8월 12일. 개인 서한.

발신: 켐퍼 보이드. 수신: 존 스탠튼. **비밀/우편 행낭 배달.**

존,

피터 본듀런트에 대해 좀 더 생각해봤어요. 주로 타이거 택시 회사와 우리 엘리트 간부단 내용이지만요.

생각할수록 타이거 택시 회사를 마이애미의 잠재적인 행동 거점으로 삼아야겠다는 생각만 굳어지는군요. 이 생각을 풀로 마차도에게 꺼내봤죠. 택시 회사의 공동 배차장이자 계약 요원 척 로저스의 절친으로, 과거 카스트로 진영에서 지금은 강성 반카스트로파로 분류되고 있는 인물이죠. 어쨌든 그도 내 열정에 공감하며 로저스를 택시 회사의 상근 배차 팀장으로 임명하는 데 동의하고, 지미 호파의 승인도 얻어냈어요. 호파가 백인 관리자를 노골적으로 선호하니까요. 풀로는 현재 우리를 위해 택시 운전사를 모집 중입니다. 호파 역시 CIA와의 협조를 무척 고무적으로 평가해요. 또한 쿠바를 공동의 적으로 여기고 있는데, 그렇게 야만적이고 편협한 인물로서는 대단한 선견지명인 셈이죠.

풀로 마차도를 우리 간부단의 다섯 번째 임원으로 제안합니다. 그리고 토마스 오브레곤, 윌프레도 올모스 델솔, 테오필리오 파에즈, 라몬 구티에레즈를 상근 운전사로 채용하도록 허락해주십시오. 블레싱턴 캠프 구축은 거의 완성 단계이지만 아직은 그곳에서 훈련할 망명 이민자가 없어요.

국외 추방자들이 더 들어올 때까지 마이애미의 쿠바 공동체에서 모병하는 식으로 우리 요원들을 활용할 수 있을 겁니다.

피터 본듀런트. 예, 그 친구는 (나도 물론) 토머스 고르딘 문제를 망쳤죠. 하지만 이미 지미 호파가 택시 회사의 특별 관리자로 임명한 자예요. 아바나 카지노 국유화를 빌미로 마피아가 카스트로에게 보복해서는 안 된다는 산토 트라피칸테의 메시지도 직접 확보했고요. 본듀런트는 그의 지시를 S. 지앙카나, C. 마르첼로, J. 로셀리에게 직접 전달했고 셋 모두 트라피칸테의 의견에 동의했어요. 이번에도 폭력적이고 근시안적인 인물들은 상식 밖으로 CIA와 협조하더군요.

본듀런트는 스캔들 잡지의 사실상 편집장이므로 우리가 반(反)정보 기관지로 활용할 수 있을 겁니다. 내 생각에도 그 친구야말로 캠프를 운영할 최적격의 인물이에요.

부디 내 제안을 다시 생각해봐요.

켐퍼 보이드

자료 첨부: 1959년 8월 19일. 개인 서한.
발신: 존 스탠튼. 수신: 켐퍼 보이드.

켐퍼,

당신이 모두 이겼습니다. 예, 마차도는 간부단에 합류할 수 있어요. 예, 로저스는 델솔, 오브레곤, 파에즈와 구티에레즈를 운전사로 고용해도 좋아요. 예, 마이애미에 입소도 허락하죠. 예, 피터 본듀런트를 고용해 블레싱턴을 맡깁시다. 단, 하워드 휴즈와의 일도 유지하도록 해야 해요. 휴즈는 잠재적으로 가치가 큰 동맹이므로 CIA에서 멀어지는 건 원치 않아요.

수고했어요, 켐퍼.

존

자료 첨부: 1959년 8월 21일. 전신 타자 보고서.

발신: 로스앤젤레스 경찰서 정보부. 수신: 시카고 FBI 특수요원. 워드 J. 리텔.

특수요원 리텔의 집으로 밀봉 수신.

내용: 살바토르 도노프리오의 로스앤젤레스 활동 건에 대한 귀하의 전화 문의

에 대하여

처리: 피의자는 유명한 지하 조직 인물로서 집중 감시 중임

자영 고리대금업자로부터 돈을 빌리는 장면 포착. 차후 해당 대출인을 취조한 결과. 피의자는 '거액' 차용인들을 소개하는 식으로 '한 밑천' 챙기게 해주겠다고 호언함. 피의자는 또한 샌타애니타 경마장에서 대규모 투기를 벌인 바 담당 경관들이 떠들고 다니는 얘기를 엿들음. "벌써 죽은 꼰대가 물려준 돈 절반을 날렸대."

가데나의 럭키 너겟 카지노 도박 유람 중 피의자가 기이한 행동을 하는 장면을 목격함. 그의 노름 벗이자 역시 유명한 지하 인물 레너드 조지프 사이델비츠(일명 레니 샌즈)도 다양한 호모 전용 칵테일 라운지를 출입했는데, 주목할 사항은 사이델비츠의 풍자 쇼가 점점 음란해지는 동시에 지독한 반동성애 성향을 드러내고 있음.

그 이상의 정보를 원하시면, 연락 바랍니다.

제임스 E. 해밀턴

로스앤젤레스 경찰서 정보부장

26

시카고, 1959년 8월 23일

앰프 소리에 작은 방이 붕붕 울렸다. 리텔은 조폭처럼 느긋하게 굴었다. 미치광이 살의 거실과 뒷방 벽장을 전선으로 연결한 다음 사방 벽에 마이크를 달고 음성 에코를 과다하게 설정한 터였다.

벽장은 뜨겁고 비좁아 헤드폰까지 땀이 찼다.

대화. 미치광이 살과 '영화 제작자' 시드 카비코프.

살은 계속해서 도박장을 어슬렁댔다. 리텔이 로스앤젤레스 경찰 기록을 내밀자 얼마 전에 준 5000달러까지 날렸다고 고백했다.

기차역 로커 절도 사건은 여전히 미제였다. 살은 그 돈이 어디에서 나왔는지도 모른다. 양복점 도청으로 그 사건에 대한 소문이 사방으로 번졌지만 맬배소와 덕은 여전히 깜깜하기만 했다.

그러던 중 잭 루비가 그를 찾아와 말했다. "연기금에 보낼 친구를 확보했수다. 살 D.가 찾는다던."

그의 정보원들은 협조 체제를 구축했다. 다만 레니 샌즈는 예외였다.

리텔은 헤드폰을 꼈다. 카비코프가 말했다. 윙윙거리는 마이크.

"…헤시 말로는 좆 빨아주는 데만 거의 2만 달러가 들어간다더군."

미치광이 살: "시드, 시드, 유대인 시드, 나하고 농담 따먹기나 하려고 망할 텍사스에서 날아온 건 아니잖소?"

카비코프: "그래, 맞는 얘기요, 살. 댈러스를 지나다가 잭 루비를 잠깐 만났는데, 그 친구 말이 '시카고에 가서 살 D.를 만나봐. 그 친구라면 연기 금에서 거액을 끌어다줄 수 있지. 살이 중개인이니까 모모든 윗대가리든 만나게 해줄 거야. 돈이 필요하면 살을 만나' 하더군요."

미치광이 살: "'모모'라고 부르는 폼이 당신도 스스로 미친놈이라고 생각하는 모양이지?"

카비코프: "당신이 이디시어를 하는 것과 마찬가지요. 다들 관계가 있길 바라니까. 같은 동아리라고 믿으려 하고."

미치광이 살: "동아리가 무슨 돈 항아리인 줄 알아, 이 뚱땡이 빵 장수 놈아."

카비코프: "살, 살."

미치광이 살: "이름 좀 작작 불러라, 뚱땡아. 그래, 계획이 뭔데? 당연히 뭔가 있을 거 아냐? 애새끼 성년의 날 기념하려고 연기금을 기웃거리지는 않겠지?"

카비코프: "계획은 성인물이오, 살. 지금 1년 동안 멕시코에서 촬영 중이지. T. J., 후아레즈. 그곳이 출연료가 싸거든."

미치광이 살: "씨발, 본론만 씨부리고 무용담은 집어치워."

카비코프: "이런, 분위기도 좀 잡읍시다."

미치광이 살: "분위기? 까고 앉았네, 병신."

카비코프: "살, 살, 난 지금 성인물을 촬영 중이에요. 내 실력 알잖소. 솔직히 멕시코에 내려가 찍은 지는 이틀째고, 잭의 클럽 스트리퍼들을 쓰고 있지만, 기막힌 작품이 된다니까 그러네. 잭한테 기가 막힌 년이 하나 있거든. 살, 살, 그런 눈으로 보지 말아요. 이봐요, 난 포르노 영화 주인공들로 합법적인 호러 액션 영화를 만들고 싶어요. 내 소원이오. 동시 상영 후반에 합법적인 영화를 예약하고 포르노물로 비용을 충당하고 싶다 이거요. 살, 살, 그렇게 인상부터 쓰지 말라니까 그러네. 대박 영화가 틀림없어. 샘과 연기금에는 내 이익에다가 봉급, 극장 수익의 50퍼센트를 떼어

주겠소. 살, 잘 들어봐요. 씨발, 이 거래는 완전히 대박이라니까. 완전히 땅 짚고 헤엄치기야."

침묵. 26초의 투자.

카비코프: "살, 그만 좀 노려보고 얘기 좀 들어봐요. 완전히 대박이라니까 그러네. 그리고 이익을 우리끼리 나누고 싶단 말이오. 까놓고 말하면, 어떤 점에선 나도 펀드하고 인연이 깊지. 이봐요, 내가 듣기로 쥘 쉬프랭이 연기금 장부를 쥐고 흔든다던데. …그러니까 바깥 사람들이 모르는 진짜 장부 말이오. 이봐요, 이래봬도 내가 옛날에 쥘과 아는 사이 아니겠소? 그것도 1920년대에. 그 양반이 마약을 팔아 그 이익금을 조 케네디의 RKO 영화에 댔잖아요. 샘한테 얘기해요. 쥘한테 내 이름을 대라고, 예? 내가 믿을 만한 놈이고 지금도 같은 편이라면 그 양반도 기억할 거라고 말이오."

리텔은 헤드폰을 조정했다. 이런, 하느님 맙소사….

땀이 헤드폰에까지 스며들어 목소리가 찍찍거렸다. "쥘 쉬프랭." "연기금 장부 책임자." "진짜 장부." 리텔은 벽장 벽에 재빨리 휘갈겼다.

카비코프: "…그래서 난 며칠 후에 텍사스로 날아가요. 내 명함을 받아요, 살. 아니, 두 개를 받아서 하나는 모모한테 주고. 명함은 늘 좋은 인상을 주거든."

작별 인사와 쾅하고 문 닫는 소리. 리텔은 헤드폰을 벗고 벽에 적은 단어들을 노려보았다.

미치광이 살이 올라왔다. 티셔츠 아래로 뱃살이 가볍게 흔들렸다.

"어땠소? 좆 나게 밟아줬는데. 아니면 저 새끼도 나를 의심했을 거요."

"잘했어. 지금부터 돈 관리나 잘해. 연기금에 접근할 때까지는 나한테 한 푼도 없으니까."

"카비코프 놈은 어떻게 하려고?"

"일주일 안에 놈을 지앙카나한테 연결할지 여부를 알려주지."

살이 딸꾹질을 했다. "로스앤젤레스로 전화하쇼. 가데나에 유람팀을 데려가야 하니까."

리텔은 벽을 노려보며 단어 하나하나를 암기하고 수첩에 옮겨 적었다.

27

가데나, 1959년 8월 25일

레니는 한껏 멋을 내고 키스를 마구 날렸다. 도박꾼들이 발광을 했다. 가자, 레니. 어서, 어서, 어서….

레니는 호모를 싫어했다. 그는 고질라가 도쿄를 삼키듯 호모들을 먹어 치웠다. 럭키 너겟 라운지를 통째로 삼켰다.

피터는 지켜보았다. 레니가 우스꽝스러운 동작을 연출했다. …호모 동산 꼭대기에서 카스트로 호모가 아이크 호모를 더듬고 있다!

"피델! 내 사타구니에서 그놈의 수염 좀 치워줄래? 어서!"

피터는 지루했다. 진부한 익살과 진부한 맥주. 럭키 너겟은 뚱뚱이다.

딕 스타이즐이 그를 내려보냈다. 딕은 불만이 많았다. 레니의 최근 보고는 인쇄가 불가능할 정도로 역겨웠다. 휴즈와 후버는 좋아했지만 마구잡이식 호모 비방은 〈허시-허시〉를 말아먹을 수도 있다.

"피델! 거기 K-Y젤 좀 넘겨줘요! 우리도 외교 관계를 재개해야지! 피델! 내 피가 유나이티드 프루트 수수밭처럼 타올라요!"

캠퍼 보이드가 보기에 레니에겐 재능이 있었다. 그리고 문득 영감이 떠올랐다. 〈허시-허시〉를 통해 반카스트로 분위기를 확산하는 거야!

레니에겐 각본 능력이 있었다. 예전엔 바티스타 앞에서 가방을 푼 적도 있다. 그는 자신의 능력과 스타일을 꿰고 있다. 그렇다고 쿠바 빨갱이들이 고발을 할 수도 없잖은가.

레니는 수위를 높였다. 피터는 밤 10시의 백일몽을 촬영했다. 총천연색으로 번쩍이는 순간.

톰 고르딘은 죽었다. 보이드는 미소를 지었다. 그리고 UF의 주식으로 가득한 가방. 두 사람은 시신 바로 옆에서 거래를 마쳤다. 모텔 방을 빌려 총을 한 방 쏜 다음 고르딘을 자살한 것처럼 위장했다. 키웨스트의 멍청한 짭새들도 속아 넘어갔다. 보이드가 주식을 팔아 둘이 13만 1000달러씩 챙겼다.

두 사람은 현찰을 분배하기 위해 D. C.에서 만났다.

"너를 쿠바 건에 끼워줄 수 있지만 몇 달은 걸릴 거야. 고르딘 사건을 말아먹었다고 해야 하니까." 보이드가 말했다.

"그래서요?" 피터가 되물었다.

"로스앤젤레스로 돌아가 〈허시-허시〉 일을 하면서 하워드 휴즈 비위를 맞추고 있어. 연줄만 잘 굴리면 우리도 쿠바 덕분에 한몫 단단히 챙길 수 있을 테니까."

피터는 로스앤젤레스로 돌아가 시키는 대로 했다. 휴즈한테는 곧 떠나야 한다고 못을 박아두었다.

휴즈는 열을 받았다. 그래서 엄청난 양의 코데인으로 화를 달랬다.

쿠바 건에는 피터도 군침을 흘렸다. 너무나 하고 싶었다. 지난달, 산토 트라피칸테가 쿠바에서 빠져나오자마자 카지노 독식 때문에라도 박살을 내야 한다고 떠들고 다녔다.

보이드는 택시 회사를 "잠재적 발진 기지"라고 불렀다. 보이드에게는 꿈틀거리는 꿈이 있었다 – 지미 호퍼, 택시 회사를 CIA에 팔아넘기다.

척 로저스는 일주일에 한 번 전화해서 택시 회사가 탈 없이 잘 굴러간다고 보고했다. 지미 호파가 매달 5퍼센트의 보수를 챙겨줬지만 그 돈을 벌기 위해 피터가 하는 일은 좆도 없었다.

보이드는 로저스를 시켜 그의 쿠바 애완견들을 고용하도록 했다. 오브레곤, 델솔, 파에즈, 구티에레즈. 척은 카스트로파 운전사 여섯을 해고했는데, 멍청이들이 모두를 죽여버리겠다며 길길이 날뛰기는 했다.

택시 회사는 이제 100퍼센트 반카스트로 진영이다.

레니는 진부한 쇼를 끝냈다. 마지막 희생자는 삼류 날강도의 왕, 애들레이 스티븐슨이었다. 피터는 기립박수 뒤로 숨었다.

도박꾼들은 레니를 사랑했다. 레니는 프리마돈나가 핥아주듯 그들을 어루만졌다.

반짝, 반짝, 반짝…. 촉수가 작동하기 시작했다. 그에게는 촉수로 빚어낸 아이디어가 있다. 자, 조금만 더 밀어붙이자.

둘은 북쪽으로 차를 몰았다. 차 세 대 정도 간격이었다. 레니의 패커드에 커다란 안테나가 달려 있어 피터는 그걸 보며 따라갔다.

웨스턴 애버뉴. 로스앤젤레스로 가는 길이다. 레니는 윌셔에서 서쪽, 도헤니에서 북쪽으로 핸들을 꺾었다. 자동차가 뜸해지기 시작했다. 피터는 뒤로 물러나 먼 거리에서 쫓기 시작했다.

레니는 샌타모니카에서 동쪽으로 돌았다. 피터는 느긋하게 초코바를 즐겼다. 별 네 개짜리. 클론다이크 신제품. 이곳은 메모리 레인 지역. 부보안관 시절, 거리의 비밀 술집들을 빠짐없이 드나들며 삥땅을 뜯었었다.

레니는 속도를 줄여 갓길에 붙은 상태로 트로픽스, 오키드, 래리의 라소 룸을 지나쳤다.

레니, 아무리 화가 나도 까놓고 드러내진 마.

피터는 차 두 대를 끼고 빈둥거렸다. 레니가 네츠 네스트 뒤쪽 주차장에 차를 세웠다.

빅 피터의 눈은 천리안이다. 슈퍼맨이자 그린 호넷이다.

피터는 블록을 돌아간 뒤 주차장으로 들어섰다.

레니의 차는 뒷문 옆에 서 있었다.

피터는 메모를 남기기로 했다.

가능하면 그 새끼는 집으로 보내. 그리고 선셋 & 하이랜드의 스탠즈 드라이브인으로 올 것. 문 닫는 시간이 지나도 기다리겠음.

　　피터 B.

　　피터는 레니의 앞창에 쪽지를 끼웠다. 호모 새끼 하나가 지나가면서 그를 위아래로 훑어보았다.

　　피터는 차 안에서 식사를 했다. 칠리버거 두 개, 감자튀김, 커피.

　　여급들이 스케이트를 타고 지나갔다. 레오타드, 푸시업 브래지어에 타이츠 차림.

　　게일 헨디는 그를 변태라고 했는데, 여자들이 저런 식으로 신경을 건드릴 때마다 예외 없이 좆이 꼴렸다.

　　여급들은 미인이었다. 스케이트를 타고 쟁반을 나르는 모습도 죽였다. 지금 초코아이스크림을 꺼내는 금발은 침대에서도 끝내줄 것이다.

　　피터는 아이스크림 없은 피치파이를 주문했다. 금발이 가져왔다. 그때 레니가 그의 차를 향해 걸어왔다.

　　레니가 조수석 문을 열고 미끄러져 들어왔다.

　　심각한 표정. 저 프리마 디바의 취향은 호모다.

　　피터는 담배에 불을 붙였다. "나를 엿 먹이려들 만큼 멍청하지 않다고 한 적 있는데, 아직 유효한가?"

　　"그래요."

　　"이 일은 켐퍼 보이드와 워드 리텔이 당신한테 시킨 건가?"

　　"이 일이라니? 아, 예, 그래요."

　　"개소리. 나도 믿지 못하지만 샘 지앙카나도 개의치 않을 거야. 지금 당장 샘한테 전화해서 '레니가 사내놈들을 따먹는다'고 할 수도 있어. 그럼 샘도 2분 정도 충격에 빠졌다가 곰곰이 생각하겠지? 보이드와 리텔이 그 문제로 협박했다 해도 지렁이만큼은 앙탈을 부렸을 것 같은데."

　　레니가 어깨를 으쓱였다. "리텔이 샘과 짭새들한테 까발리겠다고 협박했어요."

　　피터는 물 잔에 담배를 떨어뜨렸다. "역시 개소리. 저기 스케이트 타고 다니는 브루넷(흑갈색 머리의 백인 여성―옮긴이) 보이나?"

"물론."

"보이드와 리텔이 뭐라고 협박했는지 말해. 그러니까 저년이 저기 청색 쉐보레로 갈 때까지."

"기억 못하면?"

"그럼 내 소문을 이 자리에서 모두 확인하게 될 거야."

레니가 미소를 지었다. 프리마 디바 스타일. "내가 토니 이아노네를 죽였어요, 피터. 리텔이 그 건으로 날 협박하고 있고."

피터가 휘파람을 불었다. "오, 대단한데? 토니도 거친 녀석이었지."

"그러니까 협박할 생각 접고 원하는 게 뭔지나 그냥 씨부려요."

"대답은 아무것도 없다야. 당신의 지저분한 비밀도 더 이상 퍼뜨릴 생각 없고."

"믿으려고 노력해보죠."

"리텔하고는 과거가 있다. 난 그 새끼가 싫어. 보이드하고는 친하지만 리텔하곤 얘기가 달라. 그 새끼한테 기대려면 보이드를 엿 먹여야 하거든. 하지만 당신을 함부로 대하면 얘기해, 나한테."

레니는 발끈해서 주먹을 꼭 쥐었다. "수호천사는 필요 없소. 나도 한가닥…."

여급들이 지그재그로 자동차 사이를 누볐다. 피터는 뒤쪽 창을 열어 바람을 통하게 했다. "당신한테 신임장을 주지, 레니. 여가 시간에 당신이 뭘 하든 개의치 않겠어."

"인심은 후하네."

"고맙군. 자, 이제 리텔한테 누가 뭘 했다고 고자질했는지 얘기해봐."

"싫어요."

"대답이 달랑 '싫어요'야?"

"난 피터 당신과 계속 일하고 싶어요. 그러니 여기서 나가기 전에 용건이나 말해요, 예?"

피터는 조수석 걸쇠를 풀었다. "〈허시-허시〉에 더 이상 호모 얘기는 없어. 지금부터는 반카스트로, 반빨갱이 얘기만 쓰도록. 기사도 당신이 직

243

접 써. 어느 정도 정보는 줄 테니까 나머지는 알아서 메워 넣고. 쿠바에도 다녀와. 휴즈 씨의 정책도 알잖아. 거기서부터 시작하자고."

"그게 전부요?"

"왜? 파이하고 커피도 줄까?"

레니 샌즈는 사내아이들과 떡친다. 하워드 휴즈는 딕 닉슨의 동생에게 돈을 빌려주었다.

추악한 비밀.

빅 피터는 여자를 원한다. 이왕이면 겁탈이 좋지만 필수는 아님.

새벽부터 전화벨이 울렸다.

"켐퍼야."

"켐퍼. 망할, 지금 몇 신데요?"

"너를 고용하기로 했다, 피터. 스탠튼이 즉시 계약 요원 지위를 부여하기로 했어. 임무는 블레싱턴 캠프 관리."

피터는 눈을 비볐다. "그건 공적인 얘기고 우리가 할 일은 뭐죠?"

"우리는 CIA와 마피아의 협조를 원활하게 만드는 역할을 수행한다."

28

뉴욕시티, 1959년 8월 26일

조 케네디는 대통령 문장의 넥타이핀을 나누어주었다. 칼라일 스위트룸도 짝퉁 백악관처럼 꾸몄다.

보비는 따분해 보이고 잭은 즐거운 표정이다. 켐퍼는 넥타이를 셔츠에 끼웠다.

"켐퍼는 도둑 같군." 잭이 말했다.

"여기 모인 이유는 선거 때문이야, 잊었어?" 보비가 지적했다.

켐퍼는 바지의 보푸라기를 털어냈다. 지금은 아마포 정장에 흰색 가죽 구두를 신었다. 그 바람에 실직한 아이스크림 장수 같다며 조가 비꼬기도 했다. 로라가 그런 복장을 좋아해서 주식 절취 자금으로 마련한 옷이다. 고급 여름 결혼 예복인 셈이다.

"루스벨트가 준 넥타이핀이야. 버리지 않은 이유는 언젠가 오늘 같은 모임이 있으리라고 믿었기 때문이지." 조가 말했다.

조는 이벤트를 원했다. 가까운 협탁에 집사가 애피타이저를 마련해두었다.

보비가 넥타이를 풀었다. "2월에 내 책이 하드백으로 나와. 형이 출마 선언을 하고 한 달쯤 후지만 페이퍼백은 7월에나 나오니까 전당 대회 즈음이겠지. 그 책으로 호파 십자군이 제대로 진영을 갖출 거야. 매클렐런 위원회와의 관계 때문에 형이 노조 문제로 골치를 썩지 않았으면 좋겠어."

잭이 웃었다. "그놈의 책 때문에 넌 아무것도 못하잖아. 대필 작가를 썼어야지. 난 그렇게 하고도 퓰리처상을 받았어."

조가 크래커에 캐비어를 얹었다. "켐퍼가 자기 이름을 원문에서 빼고 싶은 모양이던데. 안됐군, 그럼 제목도 '내면의 아이스크림 장수'로 할 수 있었을 텐데 말이야."

켐퍼는 넥타이핀을 어루만졌다. "저 밖에는 저를 증오하는 차량 절도범이 100만 명은 될 겁니다, 케네디 씨. 제가 어떤 일을 하는지 저들이 몰랐으면 합니다."

"켐퍼는 은밀하게 움직이는 스타일입니다." 잭이 말했다.

"그래, 보비도 그런 점은 배워야 해. 전에도 수천 번은 했지만 앞으로도 그만큼은 더 해야겠다. 지미 호파와 마피아에 매달려봐야 다 헛지랄이야. 언젠가 표를 따내기 위해 그 친구들이 필요할 수도 있는데, 아예 짓밟아놓고 침까지 뱉겠다는 얘기냐? 빌어먹을 위원회도 못마땅한데 책까지 써서 괴롭히겠다니, 원. 켐퍼가 카드를 숨길 줄 아니까, 보비, 너도 좀 배우도록 해라."

보비가 키득거렸다. "좋겠소, 켐퍼. 아버지가 외부인 앞에서 자식들을 나무라는 경우는 10년에 한 번 있을까 말까 한 행사라오."

잭이 시가에 불을 붙였다. "시내트라가 깡패 놈들하고 친구야. 그자들이 필요하면 매파로 쓸 수도 있을 거야."

보비가 의자 쿠션을 때렸다. "프랭크 시내트라는 겁쟁이 쓰레기야. 조폭 꼬붕 놈하고는 거래 안 해."

잭이 눈알을 굴렸다. 켐퍼는 그걸 중재자 역할을 할 신호로 받아들였다.

"책도 가능성이 있다고 봅니다. 예비 선거 기간에 노조원들한테 책을 배포하고, 그런 식으로 조금씩 점수를 올리는 겁니다. 일부러 경찰 관계자들을 잔뜩 불러 위원회 일을 시켰는데, 제 생각엔 잭의 반범죄 경력을 앞세워 공화당 지방검사들과 위장 동맹을 맺을 수도 있습니다."

잭이 담배 연기로 동그란 원을 만들었다. "조폭 파괴범은 보비요, 내가 아니라."

"그래도 위원회에 계셨습니다."

켐퍼의 지적에 보비가 미소를 지었다. "형은 영웅적으로 그려줄게. 형하고 아버지가 처음부터 호파한테 흐물거렸다는 얘기는 쏙 빼주지."

다들 웃었다. 보비가 카나페를 한 줌 집었다.

조가 목청을 가다듬었다. "켐퍼, 자넬 이 모임에 초대한 이유는 J. 에드거 후버 얘기를 하기 위해서야. 지금 상황을 논의해야겠어. 오늘 밤 파빌론에서 만찬을 주재한 터라 준비가 필요하다네."

"후버가 세 분에 대해 작성한 파일들 때문입니까?"

잭이 고개를 끄덕였다. "특히 전시(戰時)에 나와 관련한 연애 사건이 걸려요. 후버는 그 여자가 나치 스파이라고 믿는다던데⋯."

"잉가 아바드 말씀이신가요?"

"그래, 맞아요."

켐퍼는 보비의 카나페 하나를 빼앗았다. "예, 후버 국장이 그 얘기도 기록했습니다. 몇 년 전에는 나한테 자랑까지 했죠. 제안 하나 해도 되겠습니까? 우선 분위기부터 정리할 필요가 있습니다만."

조가 머리를 끄덕였다. 잭과 보비도 의자 끄트머리로 엉덩이를 당기며 자세를 바로 했다.

켐퍼는 세 사람을 향해 상체를 내밀었다. "후버 국장도 내가 위원회에서 일한다는 사실을 알 겁니다. 연락을 끊었으니 물론 화도 나겠죠. 이제 다시 접선해서 여러분과 일한다고 말할 생각입니다. 잭이 당선된다 해도 FBI 국장은 갈아치우지 않는다는 확신을 주는 겁니다."

조가 머리를 끄덕였다. 잭과 보비도 끄덕였다.

"신중하면서도 기막힌 한 수가 될 겁니다. 발언권을 얻게 되면 쿠바 문제도 꺼낼 생각입니다. 아이젠하워와 닉슨도 반카스트로를 선언했죠. 저도 생각해봤는데, 잭이 어느 정도는 반카스트로 정책을 확립할 필요가 있습니다."

조가 자기 넥타이핀을 만지작거렸다. "다들 카스트로를 미워하기 시작했는데, 쿠바는 정파적 이슈가 못 돼."

"아버지 말씀이 맞습니다. 하지만 당선되면 해병을 내려보낼 생각입니다."

"당선한 후라고 하자."

"예, 당선 후. 해병을 보내 창녀촌을 모두 해방시키겠습니다. 켐퍼가 군대를 이끌고 가서 아바나에 전진 기지를 구축할 수도 있습니다."

조가 윙크했다. "아바나에 갈 때 거시기는 챙겨야겠군, 켐퍼."

"예, 잊지 않겠습니다. 그리고 진심으로 잭을 쿠바 전선의 선봉에 서도록 하겠습니다. 반카스트로 정보에 정통한 친구가 하나 있습니다. FBI 출신이죠."

보비가 이마의 머리카락을 쓸어 넘겼다. "FBI 얘기가 나왔으니 말인데, 유령은 어때요?"

"간단히 말해서 꾸준합니다. 연기금 장부를 쫓고는 있지만 별로 진척은 없는 듯합니다."

"요즘엔 어쩐지 꾀를 부리는 것 같던데."

"절대 그렇지 않습니다. 절 믿으세요."

"내가 만날 수 있을까?"

"은퇴한 후라면요. 그 친구, 후버 국장을 무서워합니다."

"누군 아닌가?"

조의 말에 모두가 웃었다.

세인트레지스는 칼라일보다 조금 급이 낮다. 켐퍼의 스위트룸은 케네디 가문의 방보다 세 배쯤 작았다. 웨스트 40번지의 수수한 호텔. …잭과 보비는 그곳에서 그를 만났다.

밖은 찔 듯이 더웠다. 스위트룸도 20도에 달했다.

켐퍼는 후버 국장에게 쪽지를 보냈다. 확인했습니다. 당선 후에도 잭 케네디는 국장님을 해고하지 않을 겁니다. 켐퍼는 다음을 위해 악마의 변호인 게임을 했다. 이른바 케네디 전당 대회 후 입지를 굳히기 위한 도박이었다.

정적들은 그의 여정에 토를 달았다. 복잡한 신의 관계에도 물음표를 달았다. 그는 스스로에게 올가미를 던져놓고 기가 막히게 빠져나왔다.

오늘 밤에는 로라를 만나기로 했다. 저녁을 먹은 후 카네기 홀에서 리사이틀 감상. 로라는 피아니스트의 스타일을 비웃으며 그의 명연주를 끊임없이 연습할 것이다. 이른바 케네디 기질이다. 싸워라. 이길 수 없다면 대중 앞에 나서지 말라. 로라는 절반은 케네디가의 여인이다. 그녀에게도 경쟁심이 있지만 가족의 지원은 없었다. 이복 언니들은 바람둥이와 결혼해 지조를 지켰다. 로라는 남자 관계가 복잡하다. 로라 말에 따르면, 조 역시 딸들을 사랑하지만 마음 깊은 곳에서는 기껏해야 깜둥이 취급을 하는 것과 다를 바 없었다.

로라와 만난 지도 벌써 7개월째다. 케네디 가문은 둘의 관계에 대해 낌새도 차리지 못했다. 약혼을 공식화한 다음에나 말할 생각이다. 물론 충격을 받겠지만 동시에 안도할 수도 있다. 그를 신뢰하고, 또 공과 사를 구분하는 인물이라는 걸 알기 때문이다.

로라는 배짱 있는 남자와 예술을 사랑했다. 그녀는 고독한 여자다. 레니 샌즈 외에는 친구가 하나도 없는. 로라는 케네니가의 집요함을 물려받았다. 어느 조폭 놈팽이가 잭에게 연설 강의를 해준 덕분에 그의 이복 여동생과 유대 관계를 형성했다. 그런 식의 유대는 결국 적을 만들어낸다. 레니는 로라에게 이것저것 떠벌릴 수 있다. 끔찍한 이야기를 지어낼 수도 있다.

로라는 한 번도 레니를 거론하지 않았다. 레니 덕분에 두 사람이 만나게 되었음에도 불구하고. 레니하고는 아마도 장거리 전화로 수다를 떨 것이다. 레니는 변덕이 심한 놈이다. 화가 나든 겁에 질리든 떠벌리고 말 것이다.

보이드가 리텔을 보내 나를 때렸어. 보이드와 리텔은 더러운 착취자야. 보이드가 〈허시-허시〉 일을 맡겼는데, 역시 더러운 직장이야.

레니를 향한 두려움은 4월 말쯤 절정에 달했다.

보인턴비치 오디션을 통해 두 가지 보안 결함이 드러났다. 아동 성범죄자와 호모 뚜쟁이. CIA 가이드라인에는 '폐기 처분'이라고 규정했다. 그는 놈들을 에버글레이즈로 끌고 가 총살했다. 뚱쟁이가 낌새를 알아채고 빌었지만 입에다 총알을 박아 깽깽 소리를 끊어버렸다.

클레어에게도 두 사람을 냉혹하게 죽였다고 고백했다. 클레어는 상투적인 반공산주의 구호로 대답했다.

뚱쟁이 때문에 레니 생각이 났다. 뚱쟁이는 악마의 변호인처럼 즉석연설을 했지만 결국 빠져나오지 못했다.

레니는 로라 문제로 그를 망칠 수도 있다. 더 이상 몰아붙이면 역공에 당할 수도 있다. 레니는 시한폭탄이다. 레니에 관한 한 깔끔한 해결책은 없다. 로라의 외로움을 달래주면 도움이 될까? 그럼 레니와 만나는 횟수가 줄어들까?

켐퍼는 클레어를 툴레인에서 데려와 로라를 소개했다. 클레어는 로라를 보고 감탄했다. 10년 연상의 시크한 도시녀. 둘은 금세 친해지고 툭하면 전화로 수다를 떨었다. 주말이면 함께 콘서트와 박물관을 일주하기도 했다.

그는 세 배의 봉급 값을 하기 위해 끊임없이 돌아다니고, 딸은 미래의 새엄마와 친구가 되어주었다.

로라는 클레어에게 과거 얘기를 모두 들려주었다. 클레어에겐 사람의 마음을 여는 재주가 있다. 클레어는 감동했다. 아버지가 언젠가는 대통령의 이복 매제가 될 수도 있어.

그는 미래의 대통령을 위해 뚱쟁이 짓을 했다. 잭은 그의 검은 수첩을 뒤적이며 여섯 달 동안 여자 100명을 섭렵했다. 샐리 레퍼츠는 잭을 준강간범으로 묘사했다. "여자를 구석으로 몰아서는 녹초가 될 때까지 구애를 해요. 거절하는 날에는 이 세상에서 가장 쓸모없는 여자가 되고 마는, 그런 기분 알죠?"

검은 수첩도 거의 고갈될 지경이었다. 후버 국장이라면 잭에게 FBI가 심어놓은 콜걸들과 연결해주라고 말했을 것이다. 가능성이 없지도 않다. 잭이 대선을 유리하게 이끌 경우 후버 국장이 "실행해"라고 말할 것이기 때문이다.

전화벨이 울렸다. 켐퍼는 두 번째 벨소리에 받았다. "예?"

장거리 전화라 잡음이 심했다. "켐퍼? 척 로저스입니다. 지금 택시 회사에 있는데, 일이 좀 생겼어요. 켐퍼도 알아야 할 것 같아서요."

"무슨 일?"

"친카스트로 놈들을 해고했는데, 어젯밤 차를 몰고 나타나 주차장에 난사했어요. 운이 좆 나게 좋아 다친 사람은 없지만, 풀로 말로는 근처 어딘가 짱 박혀 있을 거라네요."

켐퍼는 카우치에서 기지개를 켰다. "며칠 후에 내려갈게. 그때 정리하자고."

"어떻게 정리해요?"

"택시 회사를 CIA에 팔아넘기겠다고 지미를 협박할 생각이야. 두고 봐. 국장하고 뭔가 만들어낼 테니까."

"빡세게 나가야 합니다. 빨갱이 새끼들이 총질한 것만으로도 쿠바 난민 애들한테 얼마나 쪽팔린 줄 아세요?"

"걱정 마. 확실하게 가르쳐줄 테니까. 실망하지 않을 거야."

켐퍼는 열쇠로 문을 열고 들어갔다. 로라가 테라스 문을 열어둬서 콘서트 조명에 센트럴파크가 번쩍거렸다.

너무도 단순하고 너무나 깔끔했다. 쿠바 정찰대가 난사하는 장면을 본 적이 있는데, 당시에 비하면 이 정도는 새 발의 피에 불과했다.

놈들은 밤하늘을 배경으로 UF 건물을 불태웠다. 그 순간이야말로 순수하고 원시적이고 매혹적이었다.

그때 머릿속에서 목소리가 들렸다. 로라의 전화 요금 청구서를 확인해 봐. 그는 로라의 서재 서랍을 뒤져 청구서를 찾아냈다. 지난 석 달 동안 레니 샌즈에게 열한 번이나 전화를 걸었다.

다시 목소리. 너 자신을 믿어. 아무 일도 없을 것이다. 로라는 레니 얘기를 꺼낸 적도 없고, 의심스러운 행동을 한 적도 없다.

목소리. 로라가 실토하도록 만들어.

두 사람은 앉아서 마티니를 마셨다. 로라는 하루 종일 쇼핑한 뒤라 햇

볕에 가무잡잡해졌다.

"오래 기다렸어요?" 로라가 물었다.

"한 시간 정도."

"세인트레지스로 전화했더니 교환원이 벌써 떠났다고 하더라고요."

"산책하고 싶어서."

"이렇게 뜨거운 날씨에?"

"다른 호텔에 가서 메시지를 확인할 일이 있었어."

"데스크에 전화해서 알아보면 되잖아요."

"종종 직접 보고 싶을 때가 있거든."

로라가 웃었다. "내 애인은 스파이."

"꼭 그렇지는 않아."

"당신한테 세인트레지스 스위트룸이 있다는 사실을 알면, 내 짝퉁 가족이 무슨 생각을 할까요?"

켐퍼는 웃었다. "흉내를 낸다고 하겠지. 돈이 어디서 났는지 의아해할 테고."

"나도 신기해요. FBI 연금과 케네디 봉급이 그렇게 많지는 않을 텐데."

켐퍼는 로라의 무릎에 한 손을 올렸다. "증권 시장에선 운이 좋았거든. 전에 말했잖아, 로라. 궁금한 얘기가 있으면 그냥 물어봐."

"좋아요, 그러죠. 전에는 산책 얘기를 한 번도 한 적이 없는데, 왜 1년 중 가장 더운 날 산책을 나갔을까요?"

켐퍼는 두 눈을 살짝 감았다. "내 친구 워드를 생각했어. 함께 시카고 호숫가를 산책하곤 했는데, 요 근래 갑자기 보고 싶더군. 아마 그래서 맨해튼과 시카고 호수 기온을 착각한 모양이야. 왜 갑자기 슬픈 표정이지?"

"오, 아무것도 아니에요."

로라가 미끼를 물었다. 그의 시카고/친구 얘기에 걸린 것이다.

"이런! '오, 아무것도 아니에요'라니. 로라…."

"아뇨. 진짜, 아무것도 아니에요."

"로라…."

로라가 그에게서 떨어졌다. "켐퍼, 정말이에요."

캠퍼는 한숨을 쉬었다. 정말로 섭섭하기 짝이 없다는 표정 연기까지 했다. "아니, 레니 샌즈겠지. 내 말 때문에 자기가 그 친구 생각을 한 거야."

로라는 긴장을 풀었다. 그럴듯하게 포장한 말을 그대로 받아들인 것이다. "아, 내가 레니를 안다고 말했을 때 당신이 어쩐지 마뜩찮은 표정이었어요. 그래서 그 사람 얘기를 하지 않았어요. 괜히 당신 심기만 건드릴까봐."

"레니가 말하던가? 날 안다고?"

"네, 다른 FBI 사람도 있는데, 이름은 몰라요. 나한테 자세한 얘기는 하지 않으려 했지만 두 사람 모두 무서워하는 것 같았어요."

"우리는 그 친구를 곤경에서 구해줬어, 로라. 물론 대가가 있었지. 그 대가가 뭔지 알고 싶어?"

"아뇨, 알고 싶지 않아요. 레니가 사는 곳은 추악한 세계니까. 그리고 네, 당신은 호텔 스위트룸에서 살고 내 이복 가족을 위해 일해요. 모르죠, 또 어디서 일하는지. 난 그저 좀 더 솔직했으면 하고 바랄 뿐이에요."

로라의 눈빛에 그도 체념하고 만다. 위험하기 짝이 없지만 달리 뭘 어쩌겠는가.

캠퍼가 말했다. "내가 준 녹색 드레스 있지? 그 옷 입어요."

파빌론은 온통 실크무늬와 촛불로 가득했다. 극장가의 식당이라 손님도 다들 성장을 했다.

지배인에게 100달러를 안겨주자 웨이터가 두 사람을 케네디가의 밀실로 안내했다.

시간이 멈춘 것 같았다. 캠퍼는 로라를 옆에 세워두고 문을 열었다.

조와 보비가 고개를 들더니 곧장 얼어붙었다. 에이바 가드너는 유리잔을 천천히 내려놓았다.

잭이 미소를 지었다.

조는 포크를 떨어뜨렸다. 수플레가 터졌다. 에이바 가드너의 코르셋에 초콜릿 소스가 튀었다.

보비가 일어나며 두 주먹을 쥐었다. 잭이 그의 허리띠를 잡고 다시 주저앉혔다.

잭이 웃었다. "머리보다 배짱이로군." 아마도 그런 말을 했던 것 같다.

조와 보비는 부글부글 끓었다. 열을 받아 어쩔 줄을 몰라 했다.

시간이 멈춘 것 같았다. 에이바 가드너는 실제보다 작아 보였다.

29

댈러스, 1959년 8월 27일

그는 아돌푸스 호텔 스위트룸을 잡았다. 침실 밖으로는 커머스 거리와 잭 루비의 카루셀 클럽 남쪽이 보였다.

켐퍼 보이드 가라사대, 감시용 숙소에 돈을 아끼지 말라.

리텔은 쌍안경으로 문을 감시했다. 현재 시각 오후 4시. 6시까지 문을 여는 스트립 클럽은 없을 것이다.

시카고-댈러스 비행 예약은 이미 확인했다. 시드 카비코프는 어제 비행기로 빅 D.에게 갔다. 그의 여정에는 렌터카 픽업까지 들어 있었다.

최종 목적지는 텍사스 주 매캘런. 바로 멕시코 국경이다.

그곳에 간 이유는 성인 영화 때문. 미치광이 살에게는 잭 루비의 스트리퍼들과 촬영을 한다고 했다.

리텔은 병가를 내기로 하고, 기침을 하면서 리히에게 전화했다. 비행기 표는 가명으로 끊었다. 켐퍼 보이드는 말했다 – 행적을 숨겨라.

카비코프는 미치광이 살에게 '진짜' 장부가 존재한다고 했다. 쥘 쉬프랭이 장부를 관리한다고 했다. 그리고 쥘 쉬프랭이 조 케네디와 가깝다고도 했다. 당연히 평범한 사업 관계일 것이다. 조 케네디의 사업 영역은 장

255

난이 아니다.

리텔은 문을 노려보았다. 눈의 피로 때문에 머리가 지끈거렸다. 카루셀 클럽 밖에 사람들이 모이기 시작했다. 근육질의 청년 셋, 값싸 보이는 여자 셋. 시드 카비코프…. 땀을 비 오듯 흘리는 뚱땡이. 무리는 서로 인사하고 담배에 불을 붙였다. 카비코프가 두 손을 저었다. 과장된 몸짓.

잭 루비가 문을 열었다. 닥스훈트 한 마리가 달려 나와 보도에 똥을 갈겼다. 루비가 똥을 배수로 안으로 차 넣었다.

무리가 안으로 움직였다. 리텔은 뒷문으로 숨어드는 과정을 머릿속으로 그려보았다. 뒷문은 고리에 사슬을 걸어 빼꼼 열고 밖을 확인하는 시스템이기에 분장실을 통해 클럽의 중심으로 들어갈 수 있다.

그는 거리를 가로질러 주차장으로 돌아 들어갔다. 차는 한 대뿐이었다. 지붕을 내린 1956년형 포드 컨버터블. 등록증은 조향축에 노끈으로 붙어 있었다. 주인은 제퍼슨 데이비스 티핏.

개들이 컹컹 짖었다. 개새끼들 때문에 루비는 술집을 개루셀 클럽이라고 개명까지 했다. 리텔은 문에 접근해 펜나이프로 빗장을 땄다.

안은 어두웠다. 빛줄기 하나가 분장실을 관통했다. 그는 까치발로 빛이 나오는 곳까지 접근했다. 향수와 개 냄새가 났다. 연결 문이 조금 열려 있고 빛은 그곳에서 나왔다.

사람들의 목소리가 들렸다. 루비, 카비코프가 보였다. 정복 차림의 댈러스 경관 하나가 스트리퍼 도피로 옆에 서 있었다.

리텔은 목을 길게 빼물었다. 시야가 좀 더 넓어졌다.

통로는 복잡했다. 여자 넷과 남자 넷. 모두 알몸이다.

"J. D., 저년들 죽이지 않아?" 루비.

"난 여자한테 까다롭지만 대체로 괜찮군요." 짭새.

남자들은 손으로 발기에 열중이고 여자들은 오오, 아아, 하고 신음을 흘렸다. 닥스훈트 세 마리가 복도를 뛰어다녔다.

카비코프가 키득거렸다. "잭, 물건 찾아내는 데는 당신이 메이저 보우스와 테드 맥을 합친 것보다 나아요. 죽입니다. 저 예쁜이들한테 전혀 불만 없어요."

"우린 언제 만나죠?" J. D.가 물었다.

"내일 오후 2시쯤. 매캘런의 세이지브러시 모텔 커피숍. 그다음에 촬영지로 가는 겁니다. 대단한 오디션이야! 오디션이 순조롭게 끝나야 할 텐데."

한 놈은 성기에 문신을 하고 여자 둘은 칼 흉터에 멍 자국까지 보였다. 걔들이 싸우기 시작했다.

"안 돼, 얘들아. 그만." 루비가 소리쳤다.

리텔은 룸서비스 만찬을 주문했다. 스테이크, 시저 샐러드, 글렌리벳 위스키. 강도 은닉 자금의 위세이기도 하지만 리텔 자신보다는 켐퍼 스타일이다.

세 잔을 마시자 본능이 꿈틀거리고 넉 잔에 자신감까지 생겼다. 자기 전에 한 잔 더 마시고 로스앤젤레스의 미치광이 살에게 전화를 걸었다.

살은 앵앵거리기부터 했다. 돈 내놔, 돈 내놔, 돈 내놔.

노력해보겠다. 리텔이 대답했다.

노력만으로는 부족해. 살이 짖었다.

착수해. 카비코프를 연기금 대출에 연결해. 지앙카나에게 연락해서 모임을 만들고 36시간 안에 시드한테 전화로 확인해줘. 리텔이 지시했다.

살이 숨을 꿀걱 들이켰다. 살은 두려워했다.

돈을 마련해줄게. 리텔이 다독였다.

살은 그렇게 하겠다고 대답했다. 그가 다시 앵앵거리기 전에 전화를 끊었다. 은닉 자금이 800달러밖에 남지 않았다는 얘기는 하지 않았다.

리텔은 새벽 2시에 모닝콜을 듣고 출발했다. 그의 기도가 길어졌다. 보비 케네디는 대가족인 탓이다.

운전은 열한 시간이 걸렸다. 매캘런에 도착했을 때는 16분밖에 남지 않았다.

사우스텍사스는 한증막처럼 덥고 습했다. 리텔은 고속도로를 빠져나와 뒷좌석을 점검했다. 사용하지 않은 스크랩북 한 권, 스카치테이프 12개,

롤리플렉스 망원 렌즈를 장착한 폴라로이드 랜드 카메라. 칼라 필름은 모두 40롤이고, 스키 마스크와 FBI의 불법 플래시 점멸등도 챙겼다. 완벽한 휴대용 증거 장비인 셈이다.

리텔은 다시 차에 올라 세이지브러시 모텔을 찾아냈다. 주도로 바로 옆에 있는 말굽 모양의 고급 단층 가옥.

그는 커피숍 앞에 차를 세웠다. 기어는 중립에 놓고 시동과 에어컨은 켜두었다.

J. D. 티핏은 2시 6분에 들어왔다. 컨버터블은 과적 상태였다. 포르노 배우 여섯은 앞에 탔다. 카메라 장비들이 트렁크 밖으로 흘러넘칠 것만 같았다.

무리는 커피숍으로 들어갔다. 리텔은 줌 렌즈로 순간을 잡았다. 카메라가 윙하고 돌아가며 사진을 토해냈다. 사진은 손 안에서 1분도 채 안 되어 현상이 끝났다. 죽이는군….

카비코프도 차를 세우고 경적을 울렸다. 리텔은 차 번호판도 촬영해두었다.

티핏과 일당이 음료를 들고 나와 두 차에 나눠 탄 후 남쪽으로 향했다. 리텔은 스물을 센 다음 뒤를 쫓았다. 도로는 한산했다. 5분 정도 그렇게 일반 도로를 달리다가 국경검문소를 세 차례 만났다.

경비가 손짓으로 모두 통과시켰다. 리텔은 장소 확인차 사진을 찍었다. 연방법 위반을 위해 달려가는 자동차 두 대.

멕시코는 텍사스보다 먼지가 더 지독했다. 행렬은 양철지붕 마을을 수도 없이 지났다.

자동차 한 대가 티핏 뒤로 끼어들어 리텔은 그 차를 보호막으로 활용했다. 관목 숲 언덕으로 접어들면서는 J. D.의 꽁지 안테나에 집중했다. 도로 절반은 먼짓길, 절반은 아스팔트였다. 타이어 밑에서 자갈이 잘그락 소리를 내기도 했다.

카비코프는 표지판에서 우회전했다. "도미실리오 데 에스타도 폴리시아." 주 경찰 막사. 대충 번역하면 그런 뜻이다.

티핏도 카비코프를 따라갔다. 도로는 온통 흙바닥이라 차 뒤로 먼지구름이 장난 아니었다. 차들은 바짝 붙은 채 바위투성이 작은 산언덕을 올랐다.

리텔은 주도로에 남아 계속 움직였다. 산허리 50미터 위로 숲이 보였다. 소나무 관목 숲. 숨어서 촬영하기엔 최적이었다.

그는 도로 옆에 차를 세우고, 장비를 더플백에 챙겼다. 자동차는 나뭇가지와 회전초 따위로 덮었다.

메아리 소리가 사방으로 튀었다. 촬영장은 언덕 바로 위쪽이었다.

그는 소리를 따라갔다. 장비까지 짊어진 채. 거의 90도 비탈길이었다.

정상에서는 진흙투성이 공터가 내려다보였다. 촬영 위치로는 더할 나위 없었다.

'막사'는 양철지붕 오두막이었다. 주 경찰차가 그 옆에 서 있었다. 쉐보레와 낡은 허드슨 호닛.

티핏이 필름 통을 날랐다. 뚱땡이 시드는 멕시코 경관들에게 뇌물을 먹이고, 배우들은 수갑을 찬 여자 몇을 점검 중이었다.

리텔은 관목 옆에 웅크리고 앉아 장비를 꺼냈다. 망원 렌즈를 통하니 아주 가깝게 보였다. 막사 창문은 모두 활짝 열려 있고 그 안에 매트리스가 보였다. 경관들은 검은색 셔츠를 입고 완장을 둘렀다. 경찰차는 호피 가죽 시트커버를 씌웠다. 여자들은 교도소용 신분 팔찌를 찼다.

무리가 흩어졌다. 검은 셔츠 몇이 여자들 수갑을 풀어주었다. 카비코프는 장비를 막사 안으로 날랐다.

리텔도 작업에 착수했다. 더위에 두 무릎이 후달릴 지경이었다. 망원 렌즈는 썩 훌륭했다. 그는 마구 사진을 찍었다. 현상한 사진은 확인한 다음 더플백에 가지런히 늘어놓았다.

매트리스에서 엉킨 여자들도 찍고 시드 카비코프가 레즈비언 연기를 강요하는 모습도 찍었다. 음란한 삽입 장면도 촬영했다. 자위 기구를 이용한 윤간 장면도 찍고, 남자들이 멕시코 여자들을 피가 나도록 채찍질하는 장면도 찍었다.

폴라로이드는 빙빙 돌면서 클로즈업 화면을 토해냈다. 뚱땡이 시드의 전과는 화려했다. 음란 행위 사주, 폭행 중범죄, 포르노 촬영 및 주간(州間)

판매 등 모두 아홉 건의 연방법을 위반한 결과다.

리텔은 필름 40롤을 모두 찍었다. 땀이 온몸을 적시고 바닥까지 흘러내렸다. 시드 카비코프에 대한 증거 사진은 확실했다. 여성 인신 매매, 윤락금지법 위반, 납치 및 성폭행 종범.

찰칵! 식사 시간. 경찰들이 순찰차 지붕에서 옥수수빵을 굽는다.

찰칵! 죄수 하나가 탈출을 시도한다. 찰칵!/찰칵!/찰칵! 경찰 둘이 그녀를 잡아 겁탈한다.

리텔은 자기 차로 돌아와 훌쩍거리며 울었다. 국경 바로 옆에서.

리텔은 사진들을 스크랩북에 붙이고 기도와 맥주로 마음을 달랬다. 잠복할 곳도 찾았다. 국경 1킬로미터 북쪽의 접근로 갓길.

도로는 일방통행이며 주간 도로에 진입하는 유일한 통로다. 조명이 밝아 번호판도 얼마든지 식별이 가능했다. 리텔은 기다렸다. 에어컨 바람에 꾸벅꾸벅 졸기도 했다. 한밤중이 오락가락했다.

자동차들은 규정에 맞춰 속도를 늦췄다. 국경순찰대가 매캘런까지 내내 딱지를 끊었기 때문이다.

헤드라이트들이 지나쳤다. 리텔은 연신 뒷번호판을 훑어보았다. 에어컨 바람에 오한이 일었다.

카비코프의 캐딜락이 지나갔다. 리텔은 슬며시 그 뒤에 따라붙었다. 경광등을 지붕에 붙이고 스키 마스크를 썼다. 체리빛 조명이 빙글빙글 돌았다. 리텔은 상향등을 켜고 경적을 울렸다.

카비코프가 차를 세웠다. 리텔은 차로 앞을 막고 캐딜락으로 향했다.

카비코프가 비명을 질렀다. 가면은 밝은 적색에 하얀 악마의 뿔을 달았다.

협박했다는 사실은 기억난다.

마지막 협박도 기억난다. 지앙카나와 전화 통화 좀 해줘야겠어.

타이어 레버도 기억한다. 대시보드의 피도 기억한다.

그때의 기도도 기억난다.

오, 하느님, 제발, 이자를 죽이지 않게 해주세요.

30

마이애미, 1959년 8월 29일

"빨갱이 씹새끼들이 내 회사에 총질을 했어. 처음엔 보비 케네디 놈이더니, 이젠 쿠바 빨갱이 새끼들까지!"

소리 나는 쪽으로 머리를 돌리니 지미 호파가 고함을 치고 있었다. 지미와의 점심은 화약고다. 화만 나면 저렇게 음식과 커피가 사방으로 튀어다닌다.

피터는 머리가 아팠다. 타이거 택시 회사 건물은 만찬장과 대각선에 있다. 빌어먹을 호피무늬에 눈까지 지끈거렸다.

피터는 창가에서 돌아섰다. "지미, 얘기 좀 하죠."

호파가 그의 말을 씹었다. "보비 케네디 놈이 얼치기 대배심 놈들을 몽땅 보내 내 뒤를 캐고 있어. 돌대가리 검사 새끼들도 제임스 리들 호파한테 개긴다니까."

피터는 하품을 했다. 로스앤젤레스의 싸구려 위스키는 재앙이다.

보이드가 그에게 출격 명령을 내렸다. 택시 회사로 거래할 것. 마이애미에 정보/모병 전진 기지를 만들고 싶어. 바나나보트는 더 들어와. 블레싱턴 캠프가 활성화하면 우리 애들이 일할 운전사 거점이 더 필요해.

종업원이 커피를 새로 내왔다. 호파의 잔이 비어 있었다.

피터는 다시 불렀다. "지미, 사업 얘기 좀 해요."

호파가 크림과 설탕을 넣었다. "그래, 기껏 로스트비프 샌드위치나 먹으려고 여기까지 날아왔을 리야 없겠지."

피터는 담배에 불을 붙였다. "CIA가 택시 회사 절반을 '임대'하고 싶어해요. CIA와 시카고 마피아에서 쿠바를 신경 쓰기 시작했거든요. CIA는 택시 회사를 모병에 적합한 곳으로 보고 있어요. 쿠바 이민자들이 마이애미로 좆 나게 몰려들 테니 회사가 반카스트로로 한 방 터뜨리면 대박이 날 겁니다."

호파가 딸꾹질을 했다. "절반 임대가 무슨 뜻이야?"

"호파는 매달 현찰로 5000달러 기본에 총이익의 절반을 받습니다. 국세청은 CIA가 막아줄 거예요. 내 5퍼센트는 총수익에서 나오고, 척 로저스와 풀로가 회사를 운영해야 해요. 나도 정기적으로 들러 점검할 겁니다. 곧 블레싱턴에서 계약 업무를 시작하니까요."

지미가 눈을 번쩍 떴다. "다 좋은데, 풀로 말로는 켐퍼 보이드가 케네디 놈들하고 찰떡궁합이라던데? 좆도 맘에 안 들어."

피터는 어깨를 으쓱였다. "풀로 말이 맞아요."

"보이드가 보비와의 앙금을 풀어줄 수 있을까?"

"그 양반은 충성을 바칠 때가 너무 많아 꿈도 못 꿀 겁니다. 보이드 문제라면 쓴맛, 단맛 다 감수할 수밖에 없어요."

호파가 넥타이의 얼룩을 닦아냈다. "쓴맛이라면 빨갱이 새끼들이 내 택시 회사에 총질을 했고, 단맛이라면 … 네가 놈들을 좀 손봐준다면 그 제안을 받아들일 용의가 있다."

피터는 배차실에서 모임을 가졌다. 확실한 놈들. 척, 풀로, 보이드의 남자 테오 파에즈.

모두가 에어컨 앞으로 의자를 끌어당겼다. 척이 병을 돌렸다.

풀로는 사탕수수 칼을 바윗돌에 갈았다. "반역자 여섯 놈 모두 집을 비우고 '안가'라는 데로 옮겼다고 들었어요. 이 근처라는데, 당연히 빨갱이 돈으로 숨었을 거요."

척이 병에서 침을 닦아냈다. "롤란도 크루즈가 어제 주변에서 알짱대더라고. 내가 보기엔 우리가 감시받고 있다고 말하면 더 안전할 것 같던데. 경찰 친구가 놈들 차량번호를 알려줬어요. 피터가 싹 쓸어버리라고 하면, 간단하게 끝내주겠소."

"반역자들에게 죽음을." 파에즈가 중얼거렸다.

피터는 벽에서 에어컨을 뜯어냈다. 수증기가 봇물처럼 터져 나왔다.

"오케이. 놈들한테 타깃을 주겠다, 이 말이죠?" 척이 말했다.

피터는 택시 회사를 폐쇄했다. 밖에서 누구나 알 수 있도록. 풀로가 에어컨 수리공에게 전화를 걸고, 척은 운전사 모두에게 전화해 당장 택시를 차고로 돌리라고 지시했다.

수리공이 와서 벽 시설을 제거했다. 운전사들은 택시를 두고 집으로 돌아갔다. 풀로가 문에 안내문을 내걸었다. 타이거 택시 회사 임시 휴업.

테오, 척, 풀로는 저인망을 치러 갔다. 차량은 무전 장치가 달린 비번 차들을 고르고 호피무늬와 타이거 택시 기장을 지웠다.

피터는 몰래 회사로 돌아갔다. 조명을 모두 끄고 창문을 잠근 터라 안은 지옥처럼 더웠다.

그는 네 방향 통신 수단을 확보했다. 차량 세 대와 타이거 회사 교환대. 풀로는 코럴게이블스를, 척과 테오는 마이애미를 훑었다. 피터는 헤드폰과 핸드 마이크로 그들과 접선했다.

정말로 죽치고 앉아 있는 일이었다. 척은 유대인-깜둥이 신들을 저주하면서 무전기를 혹사했다.

세 시간이 꾸역꾸역 흘러갔다. 저인망 3인방의 수다는 갈수록 거세졌지만, 카스트로파 놈들은 머리카락도 보이지 않았다.

피터는 헤드폰을 쓴 채 꾸벅꾸벅 졸았다. 탁한 공기 탓에 정신이 가물거렸지만 세 명의 헛소리에 짧은 악몽까지 꾸었다. 늘 꾸는 악몽이다. 일본군 땅개들과 루스 밀드레드 크레스마이어의 얼굴을 쫓는 악몽.

피터는 무전기 잡음과 증폭 피드백에 정신을 차렸다. 풀로의 목소리가 들린 것 같았는데?

"자동차 두 대 기지로. 위급하다, 오버."

피터는 퍼뜩 잠이 깨어 마이크를 켰다. "말하라, 폴로."

폴로가 딸깍 소리를 내며 들어왔다. 자동차 소음이 그의 목소리 뒤를 가득 채웠다. "롤란도 크루즈와 세자르 살시도를 보고 있다. 놈들은 텍사코 주유소에 들러 코카콜라 두 병을 가솔린으로 채웠다. 지금 빠른 속도로 회사로 가는 중."

"플래글러, 아니면 46번가?"

"46번가. 피터, 저놈들이 아무래도…."

"택시를 모두 담글 모양이야, 폴로. 계속 뒤를 쫓고, 놈들이 주차장에 들어오면 입구를 봉쇄해. 총은 쏘지 말고, 알았나?"

"알았다, 오버."

피터는 헤드폰을 벗었다. 교환대 위 선반에 지미의 못 박은 야구 방망이가 있었다. 그는 방망이를 들고 주차장으로 달려 나갔다. 하늘은 칠흑처럼 어둡고 바람은 끔찍할 정도로 습했다. 피터는 방망이를 흔들며 용기를 끌어올렸다.

헤드라이트 몇 개가 46번가를 달려왔다. 쿠바의 고전적인 자동차처럼 낮은 조명.

피터는 호피무늬 메르세데스 옆에 웅크렸다.

타코 왜건이 주차장 안으로 치고 들어왔다. 폴로의 쉐보레도 바로 뒤에서 조명과 엔진을 끈 채 미끄러져 들어왔다.

롤란도 크루즈가 차에서 내렸다. 화염병과 성냥을 들고 있었다. 폴로의 차는 눈치채지 못한 모양이다. 피터는 뒤에서 다가갔다. 폴로가 헤드라이트를 켜 크루즈의 뒤쪽을 대낮처럼 밝혔다.

피터는 있는 힘을 다해 야구 방망이를 휘둘렀다. 방망이는 놈의 옆구리를 파고 들어가 갈빗대를 으스러뜨렸다.

크루즈가 비명을 질렀다.

폴로가 차에서 나왔다. 그의 차량 상향등이 크루즈를 비추었다. 크루즈가 피와 뼛조각을 뱉어냈다. 세자르 살시도가 엉금엉금 똥차에서 내렸다. 엄청 겁에 질린 표정이었다.

피터는 방망이를 집어던졌다. 화염병이 바닥에 떨어졌지만 깨지지는 않았다. 풀로가 살시도를 공격했다. 타코 왜건이 엔진을 크게 켜놓은 터라 소음을 막아주었다. 피터는 총을 꺼내 크루즈의 등을 쏘았다. 상향등이 풀로의 쇼를 잠깐 잡아주었다.

풀로는 박스테이프로 살시도의 얼굴 위쪽을 감고 타코 왜건 트렁크를 활짝 열었다. 그러곤 수도사처럼 느긋하게 주차장의 호스를 풀었다.

피터가 크루즈를 트렁크에 집어넣었다. 풀로는 녀석의 내장을 하수도 구멍으로 쓸어내렸다.

어두웠다. 자동차들이 플래글러 거리를 질주했다. 물론 이 빌어먹을 상황을 알 리는 없다.

피터는 화염병을 잡고, 풀로는 그의 쉐보레를 주차했다. 풀로는 계속해서 숫자를 중얼거렸다. 살시도가 안가 주소를 분 모양이다.

타코 왜건은 녹색 유광 페인트에 의자는 모피였다. 지저분한 장식의 1958년 신형 임팔라. 풀로가 운전대를 잡았다. 피터는 뒷좌석에 올라탔다. 살시오가 재갈을 문 채 비명을 지르려 했다.

플래글러 거리를 질주하며 풀로가 큰 소리로 주소를 불러주었다. 노스웨스트 53번가 1809번지. 피터는 라디오 볼륨을 최대로 올렸다.

보비 다린이 목이 터져라 〈드림 러버〉를 불러댔다.

피터는 살시오의 뒤통수를 쏘았다. 이빨이 터지며 박스테이프를 갈가리 찢어놓았다.

풀로는 아주 아주 느리게 운전했다. 계기반과 의자에서 피가 뚝뚝 떨어졌다.

화약 연기에 숨이 막혔지만 악취가 빠져나갈까봐 창문을 내릴 수는 없었다.

풀로는 왼쪽, 오른쪽으로 핸들을 꺾었다. 방향 감각이 기가 막혔다. 풀로는 시체를 실은 왜건을 몰고 코럴게이블스 방죽길을 달렸다. 아주 아주 느리게. 그리고 마침내 폐쇄된 계류장을 찾았다. 바닷물까지는 30미터 정도 거리였다. 계류장은 황량했다. 주정꾼도, 연인도, 야간 낚시꾼도 없었다.

둘은 차에서 내렸다. 풀로는 기어를 중립에 넣고 차를 계류장 널빤지 위로 밀었다. 피터가 화염병에 불을 붙여 자동차 안에 집어넣었다.

두 사람은 멀찌감치 달아났다.

불꽃이 기름 탱크에 붙자 임팔라가 폭발했다. 널빤지에도 순식간에 불이 옮겨 붙었다. 계류장이 쉭 소리를 내며 순식간에 불에 휩싸였다. 철썩거리던 파도가 불 맛을 보고는 치지직 비명을 질렀다.

피터는 미친 듯이 기침을 했다. 화약 냄새와 시신의 피 냄새를 너무 많이 삼킨 탓이다.

널빤지가 푹 꺼지자 임팔라는 암초 위로 내려앉았다. 증기가 치직 소리를 내며 1분여 동안 솟구쳤다.

풀로가 숨을 삼켰다. "척이 이 근처에 살아요. 나한테 집 열쇠가 있는데, 쓸 만한 장비가 있을 거요."

놈들의 안가는 다 쓰러져갔으나 문만은 철옹성처럼 보였다. 야자 숲이 사방을 에워쌌고, 그 블록에 집은 달랑 하나뿐이었다.

안방 불은 켜져 있었다. 무명 커튼으로 창문을 덮었지만 그림자들이 선명하게 드러났다.

두 사람은 현관 옆 창턱 바로 밑에 웅크렸다. 피터도 그림자 넷과 목소리 넷을 구분할 수 있었다. 남자 넷이 카우치에 앉아 술을 마시고 있었다. 그것도 창문을 마주하고!

풀로가 묘안을 짜낸 눈치였다. 둘은 척의 집에서 가져온 방탄조끼와 총을 점검했다. 리볼버 네 정, 탄알은 스물네 발.

피터가 카운터를 했다. 둘은 '셋'에 일어나 곧바로 창문을 향해 방아쇠를 당기기 시작했다.

유리가 터져나갔다. 픽픽! 소음기의 먹먹한 소리가 비명으로 바뀌었다. 창문이 깨지고 커튼이 떨어졌다. 이제 진짜 타깃이 보였다. 빨갱이 쿠바 놈들이 피로 범벅이 된 벽에 몸을 기대고 있었다.

놈들이 총을 찾아 허우적댔다. 어깨와 허리춤에 총지갑을 차고 있었다. 피터는 창턱을 뛰어넘다가 놈들의 응사에 방탄조끼 부분을 맞고 뒤로 튕겨나갔다.

풀로도 뛰어들었다. 빨갱이들은 닥치는 대로 방아쇠를 당겨댔다. 빨갱이들은 아무렇게나 쏘아댔다. 소음기도 없는 대형 피스톨인지라 굉음이 엄청났다.

풀로도 조끼를 빗겨 맞고 쓰러져 한 바퀴 돌았다. 피터는 카우치 위로 쓰러진 채 초인접 거리에서 리볼버 두 정의 탄창을 모두 비웠다.

피터는 놈들의 머리와 목과 가슴을 맞추었다. 뭔가 불길하면서도 끈적거리는 숨소리….

잠시 후, 다이아몬드 반지 하나가 마루 너머로 굴러갔다. 풀로가 반지를 집어 키스했다.

피터는 두 눈에서 피를 닦아냈다. 그때 TV 세트 옆에서 비닐에 싸인 무더기가 보였다.

흰 가루가 새어나오고 있었다. 헤로인.

31

마이애미, 1959년 8월 30일

켐퍼는 에덴록 풀장 옆에서 신문을 읽었다. 웨이터가 몇 분마다 커피를 새로 채워주었다.

〈헤럴드〉는 "마약 전쟁으로 쿠바인 네 명 사망"이라는 기사를 톱으로 다뤘다. 신문은 증인도, 단서도 없다고 했다. 가장 가까운 용의자는 "라이벌 쿠바 조폭"이었다.

켐퍼는 사건을 종합해보았다.

존 스탠튼이 3일 전 보고서를 보냈다. 아이젠하워 대통령의 대쿠바 군사 행동 예산이 상당히 줄었다. 라울 카스트로가 헤로인 판매를 통해 대마이애미 선전 자금 확보에 나섰다. 헤로인 판매 거점/안가는 이미 구축을 완료했다. 헤로인 판매상에는 타이거 택시 운전사 출신 둘도 포함되었다. 세자르 살시도와 롤란도 크루즈.

켐퍼는 피터에게 CIA/택시 회사 임대 건을 마무리하라고 지시했다.

지미 호파는 택시 회사에 총격을 가한 자들에게 복수하려 할 것이다. 물론 피터라면 아주 효과적으로 복수 건을 해결할 수 있다.

그는 존 스탠튼과 식사하면서 오랜 시간 보고서에 대해 논의했다.

존은 헤로인을 다루는 쿠바 빨갱이들은 만만치 않다고 말했다. 아이크가 결국 추가 예산 확보에 나서겠지만 중요한 건 지금이다. 머지않아 바나나보트들이 들이닥칠 것이다. 반카스트로 광신도들이 플로리다에 몰려들고 강성 당원들은 운동에 합류해 행동을 요구할 것이다.

물론 강경파들이 득세할 수밖에 없다. 블레싱턴 캠프는 여전히 공작원이 부족하고 엘리트 팀은 테스트조차 받지 못한 상태. 따라서 강경파들이 현재의 전략 기조를 훼손하고 재정적 헤게모니를 장악할 수 있다.

빨갱이 마약상들은 거칠다. 그런 막가파들과 싸울 수는 없다.

켐퍼는 스탠튼이 직접 그런 말을 하도록 유도했다. 결국 스탠튼이 덧붙였다. 우리가 놈들의 수준을 넘어서면 가능하죠.

대화는 애매했다. 모호한 개념들이 사실로 굳어지고 두루뭉술한 대화가 의미를 얻었다.

"예산 자급자족." "독립." "공사 구분." "기본을 알아야." "특히, 공작 자원 활용." "현찰 박치기를 기반으로 CIA와 약물 자원의 공조." "거래 목적을 누설하지 않고." 두 사람은 모호한 수사학으로 거래를 마쳤다. 스탠튼한테는 켐퍼 자신이 계획 대부분을 고안한 것처럼 믿도록 만들었다.

켐퍼는 신문을 훑어보았다. 4면 헤드라인. "방죽길에서 사체 발견." 쉐보레 한 대가 불에 타면서 목재 계류장이 붕괴했다. 자동차에는 롤란도 크루즈와 세자르 살시도가 타고 있었다. "경찰 당국은 크루즈와 살시도 살해가 어젯밤 코럴게이블스에서 발생한 쿠바인 네 명 학살 사건과 관계가 있을 것으로 추정했다."

켐퍼는 1면으로 돌아갔다. 단락 하나가 눈에 들어왔다. "피해자들이 헤로인 마약상이라는 소문이 있었으나 현장에서는 마약이 발견되지 않았다." 서둘러라, 피터. 난 네놈이 똑똑하고 통찰력이 있다고 믿어.

피터는 일찍 나타났다. 커다란 종이가방을 들었는데, 풀장 옆의 여자는 거들떠보지도 않았다. 걸음걸이도 평소처럼 성큼성큼 했다.

켐퍼가 의자 하나를 내주었다. 피터도 탁자 위 〈헤럴드〉를 보았다. 지금은 1면 헤드라인만 보이도록 접힌 채였다.

"자네지?" 켐퍼가 물었다.

피터는 가방을 탁자 위에 놓았다. "폴로도 함께요."

"둘이?"

"예, 그래요."

"가방엔 뭐지?"

"정제하지 않은 헤로인 7킬로그램과 다이아몬드 반지 하나."

켐퍼는 반지를 꺼냈다. 보석과 금세공이 훌륭했다.

피터가 커피를 따랐다. "가져요. 나와 CIA의 결혼 선물이니까."

"고맙군. 아무튼 곧 그 때문에 물어볼 일이 있을지도 몰라."

"그쪽에서 오케이했으면 좋겠군요."

"호파는 좋대?"

"예, 하겠대요. 단서를 붙이기에 해결해주고 온 겁니다. 뭐, 이미 아시겠지만."

켐퍼는 가방을 가리켰다. "자네가 직접 처분할 수도 있었겠지. 그래도 난 아무 말도 안 했을 테지만."

"한배를 탔잖아요. 당분간은 죽이는 재미 때문에라도 켐퍼의 의무 조항에 깝칠 생각은 없어요."

"그게 뭔데?"

"공사 구분."

켐퍼는 미소를 지었다. "지금껏 자네한테 들은 얘기 중 제일 거창한 단어군."

"영어를 배우려고 책을 읽죠. 웹스터 대사전도 열 번은 봤을 겁니다."

"자넨 이민자의 성공 표본이야."

"우라질. 아무튼 그 전에 CIA 공식 임무부터 말해주지 그래요?"

켐퍼는 반지를 돌렸다. 햇빛에 다이아몬드 조각이 반짝거렸다. "공식적으로는 블레싱턴 캠프를 운영해. 건물이 더 들어서고 활주로도 하나 만들고 있으니 일단 공사 감독부터 해야겠지. 자네 임무는 쿠바 난민들을 훈련해서 쿠바에 잠입시키고, 그 후에는 다른 훈련소, 택시 회사, 마이애미로 돌려서 먹고살게 해주는 거야."

"지나칠 정도로 합법적으로 들리네요."

수영장 물이 발밑까지 튀었다. 위층 스위트룸은 규모가 거의 케네디급이다.

"보이드…."

"아이젠하워가 CIA에 무언의 지령을 내렸어. 은밀하게 카스트로를 박살내라고. 시카고 마피아도 카지노를 돌려받으려 하고. …어쨌든 플로리다 해안에서 기껏 150킬로미터 거리에 공산 정권이 들어서는 걸 원하는 사람은 없어."

"내가 모르는 얘기도 해봐요."

"아이크의 예산 배정이 다소 깎였다."

"흥미를 가질 만한 얘기는."

켐퍼는 가방을 찔렀다. 흰 가루가 퍽하고 삐져나왔다. "쿠바 공작 재정을 뒷받침할 계획이 하나 있어. 전적으로 CIA의 지원이 있어야겠지만, 내가 보기엔 확실히 먹혀."

"그림은 대충 알겠어요. 그래도 직접 말해주시죠."

켐퍼는 목소리를 낮추었다. "산토 트라피칸테와 손을 잡는 거야. 그 양반 마약 루트와 내 간부단을 밀매꾼으로 이용해 이놈을 파는 거지. 산토의 마약은 물론 마이애미에서 확보할 수 있는 마약 모두. CIA도 멕시코의 양귀비 농장에 지분이 있으니까. 그곳에서 금방 처리한 놈을 구입해 척 로저스의 비행기로 운반하면 돼. 그럼 공작 자금도 넘쳐날 거야. 트라피칸테한테는 콩고물로 1퍼센트 떼어주고, 마약 일부는 블레싱턴 공작원들과 함께 쿠바에 들여보내 현지의 계약 요원들한테 나누어주는 거지. 그렇게 판 돈으로는 물론 무기를 구입해야겠지. 자네 임무는 간부단을 감시해서 놈들이 깜둥이들한테만 팔게 만드는 거야. 애들이 직접 해도 안 되고 이익금에 손을 대서도 안 돼."

"우리 몫은?" 피터가 물었다.

켐퍼도 그렇게 물을 줄 알았다. "없어. 트라피칸테가 계획을 받아들이면 우린 더 단 것을 챙길 수 있어."

"그런데 아직 얘기할 생각은 없는 거죠?"

"오늘 오후, 탬파에서 트라피칸테를 만나기로 했어. 만난 다음 결과를 알려주지."

"그동안에는요?"

"트라피칸테가 좋다고 하면 우린 일주일쯤 뒤에 들어갈 거야. 그때까지 자넨 블레싱턴으로 가서 상황 점검이나 해둬. 간부 애들도 만나고, 미스터 휴즈한테는 플로리다 체류가 길어질 것 같다고 말해."

피터가 미소를 지었다. "휴즈가 뚜껑 열리겠네요."

"그 정도는 자네가 잘 다루잖아."

"내가 마이애미에서 일하면 캠프는 누가 맡죠?"

켐퍼는 주소록을 내밀었다. "뉴올리언스로 가서 가이 배니스터를 만나봐. 캠프를 돌릴 백인이 필요하다고 얘기해. 캠프 주변의 플로리다 백인 개자식들을 다뤄야 하니까 까칠한 놈으로. 걸프 만의 꼴통 보수들은 다 가이 손 안에 있어."

피터는 배니스터의 주소를 냅킨에 받아 적었다. "모든 게 제대로 맞아떨어진다고 확신하는 겁니까?"

"확실해. 카스트로가 갑자기 친미로 돌아서지 않기만 기도해."

"케네디 꼬붕치고는 괜찮은 소감이군요."

"잭이라면 이 기막힌 아이러니를 이해할 거야."

피터가 손가락 관절을 꺾었다. "지미 말로는, 켐퍼가 잭한테 얘기해서 보비를 좀 말려야 한다던데."

"꿈 깨라고 그래. 난 잭이 대통령에 당선되길 원해. 호파를 돕겠다고 케네디 가문에 끼어들 생각도 없고. 이래봬도…."

"공사는 구분한다. 압니다."

켐퍼는 반지를 들었다. "스탠튼은 나를 통해 케네디의 쿠바 정책에 입김을 넣고 싶어 하지만, 우리한테는 쿠바가 골칫거리일수록 좋아, 피터. 물론 케네디 행정부까지 이어져야겠지."

피터가 양쪽 엄지를 꺾었다. "잭이 똑똑은 하지만 미국 대통령감은 아니잖아요?"

"자격은 개나 주라고 해. 아이크가 한 짓이라곤 유럽을 침공한 일하고

272

자네 삼촌을 닮았다는 것밖엔 없어."

피터가 기지개를 켰다. 셔츠 자락 아래로 리볼버 두 정이 드러났다.
"아무튼 나도 낍니다. 씨발, 모른 척하려 해도 건수가 너무 커요."

렌터카에 심각한 표정의 예수가 매달려 있었다. 켐퍼는 반지를 예수
머리에 씌웠다.

마이애미를 빠져나오자마자 에어컨이 죽었지만 라디오 콘서트 덕분
에 더위를 잊을 수 있었다. 거장의 쇼팽 연주. 켐퍼는 파빌론에서의 장면
을 다시 돌려보았다.

잭은 중재를 자청해 상황을 가라앉혔다. 조의 표정도 누그러지고 어설
프지만 함께 술도 했다. 보비는 여전히 뚱하고 에이바 가드너는 끝까지
난감해했다. 도대체 어떤 상황인지 알 수가 없었기 때문일 것이다.

다음 날 조가 쪽지를 보내왔다. "로라한테는 배짱 있는 사내가 필요
해." 아무튼 결론은 그랬다.

로라도 그날 밤 "사랑한다"고 말했다. 그도 크리스마스에 청혼하기로
마음을 굳혔다. 이제 로라를 받아들일 수 있다. 봉급을 세 곳에서 받고 호
텔 스위트룸도 두 개나 된다. 여섯 자릿수 잔고의 은행 계좌도 있다.

게다가 트라피칸테가 응해주기만 한다면….

트라피칸테도 추상적인 개념을 이해했다.

"예산 자급자족," "독립," "공사 구분"에는 즐거워하고 "CIA와 약물 자
원 공조"에는 폭소를 터뜨렸다.

트라피칸테는 누비 실크 정장 차림이었고 사무실은 미색 목재를 소재
로 모던한 덴마크 느낌을 주었다. 그는 켐퍼의 계획에 대찬성이었다. 정치
적 의미 또한 재빨리 알아챘다.

회담은 길어졌다. 부하 하나가 아니스 술과 패스트리를 가져왔다.

대화는 결국 삼천포로 빠졌다. 트라피칸테는 빅 피터 본듀런트의 신화
를 꼬집었다. 켐퍼의 발밑에 놓인 종이가방은 거들떠보지도 않았다.

부하가 에스프레소와 크르부아지에 VSOP를 가져왔다.

켐퍼는 답례를 하며 끼어들 기회를 잡았다. "라울 카스트로가 보낸 물건입니다, 트라피칸테 씨. 피터와 난 굳건한 신뢰의 상징으로 부디 받아주셨으면 합니다."

트라피칸테가 가방을 들었다. 묵직한 느낌에 미소를 지으며 몇 번 가볍게 쥐어보았다.

켐퍼는 브랜디를 저었다. "우리의 직간접적인 노력으로 카스트로를 제거할 수 있다면 트라피칸테 씨의 공헌을 잊지 않도록 피터와 제가 확실히 챙기겠습니다. 그보다 물론 쿠바의 새로운 지도자가 여러분, 그러니까 지앙카나 씨, 마르첼로 씨, 로셀리 씨에게 카지노를 돌려주고 새 카지노를 지을 수 있도록 설득부터 해야겠죠."

"그 친구가 거절하면?"

"우리가 죽입니다."

"그런데 당신과 피터가 이 힘든 일을 마다하지 않는 이유는 뭐요?"

"쿠바가 해방된다면, 카프리와 나시오날 호텔 카지노 이익의 5퍼센트를 영구적으로 보장해주십시오."

"쿠바가 계속 빨갱이 국가로 남으면?"

"그럼 쪽박이죠."

트라피칸테가 고개를 끄덕였다. "다른 친구들한테도 말해봄세. 물론, 내 대답은 '예스'요."

32

시카고, 1959년 9월 4일

정전기 잡음이 심했다. 집-자동차 도청은 늘 이런 식으로 조악했다.

신호는 50미터 밖에서 들어왔다. 시드 카비코프는 테이프로 마이크를 가슴에 붙였다.

미치광이 살이 만남을 주선했다. 샘 G.는 자기 아파트를 고집했다. 그곳에서 하든지, 아니면 꺼져. 부치 몬트로즈가 계단에서 시드를 맞이해 왼쪽 뒷건물로 안내했다.

자동차는 지글지글 끓는 수준이었으나 잡음을 줄이기 위해 창문을 모두 올려야 했다.

카비코프: "끝내주는 집입니다, 샘. 진심이에요, 아주 아늑합니다. 아담하고."

직직거리는 소음. 마이크의 꿀꺽거리는 소리. 집 안 상황을 대충 짐작할 수 있었다. 시드가 테이프를 긁고 있군. 텍사스에서 나한테 맞은 델 문지르는 거겠지. 지앙카나의 목소리도 알아듣기 어려웠다. 미치광이 살을 언급한 것 같기는 했다.

리텔은 오늘 아침 살을 찾아다녔다. 살의 영역을 죽어라 뒤졌지만 끝내 행방을 찾지는 못했다.

몬트로즈: "당신이 옛날에 쥘 쉬프랭과 안면이 있다는 얘기는 들었소. 친구들도 조금 알고. 게이트에서 추천이 들어온 이유도 그 때문이겠지."

카비코프: "우리들만의 리그 같군요. 리그에 있어야 리그에 들어올 수 있다."

자동차들이 큰 소리를 내며 지나가는 통에 창문 달그락거리는 소리가 잡음처럼 끼어들었다.

카비코프: "리그라면 내가 서양 최고의 포르노 감독이라는 사실 정도는 누구나 압니다. 유대인 시드한테는 최고의 꽃보지와 무릎까지 늘어진 왕좆대가 있어요. 오직 나뿐이죠."

지앙카나: "살이 당신한테 연기금 대출을 신청해보라고 했나?"

카비코프: "예, 그랬습니다."

몬트로즈: "살한테 돈 문제가 있소, 시드?"

자동차 소음이 신호를 덮었다. 소음은 정확히 60초 후에 가라앉았다.

몬트로즈: "살이 리그에 있다는 것도 알고 리그가 리그라는 것도 알지만, 지난 1월에 내 코딱지만 한 러브호텔이 털렸단 말이오. 망할 골프 가방에 1만 4000달러나 들었소."

지앙카나: "4월에도 친구들이 8만 달러가 든 로커를 털렸어. 알다시피, 그 일 이후에 살이 새 돈을 뿌리기 시작했거든. 부치와 난 얼마 전에 눈치 챘지. 아직 낌새뿐이지만 말이야."

리텔은 정신이 아뜩해졌다. 맥박도 미친 듯이 빨라졌다.

몬트로즈: "그래서? 누구와 접선한 거요? FBI, 아니면 쿡 카운티 보안관?"

쿵쿵 소리가 마이크를 때렸다. 시드의 맥박도 빨라졌다. 칙 하는 소음이 쿵쿵 소리에 더해졌다. 시드의 땀이 도청기 관을 막기 시작했다.

대화가 툭툭 끊기다가 멈추었다. 볼륨 스위치를 때렸지만 지지직거리는 소음뿐이다. 리텔은 창문을 내리고 46초를 헤아렸다. 시원한 바람에 머리가 맑아졌다. 그자는 나에 대해 알지 못해. 두 번 다 스키 마스크를 쓰고 얘기했잖아.

카비코프가 비틀거리며 인도로 나왔다. 셔츠 뒤로 전선이 대롱거렸다. 그가 차에 타더니 빨간 신호등까지 무시하고 달리기 시작했다.

리텔도 열쇠를 돌렸지만 시동이 걸리지 않았다. 도청하느라 배터리가 방전된 것이다.

살의 집에 뭐가 있는지는 알고 있다. 호밀주와 맥주를 네 잔씩 마시자 간신히 가택 침입할 용기가 생겼다.

놈들은 지하실에서 살을 고문했다. 살을 발가벗겨 천장 파이프에 매단 다음, 호스로 물을 뿌리고 점프 리드(자동차 배터리 충전용 케이블 - 옮긴이)로 지졌다.

살은 불지 않았다. 지앙카나는 리텔이라는 이름을 얻지 못했다.

뚱땡이 시드는 이름은커녕 생김새도 모른다.

놈들은 시드를 텍사스로 돌려보낼 수도 있다. 도로 어딘가에서 죽이거나 살릴 수도 있다.

놈들은 전기 케이블로 살의 혀를 조여 얼굴을 밝은 흑색으로 태워놓았다.

리텔은 뚱땡이 시드의 호텔로 전화를 걸었다. 데스크 담당은 카비코프 씨가 안에 있으며 한 시간 전 방문객 두 명이 들어갔다고 대답했다.

리텔은 "절대 그 방에 전화하지 말라"고 당부했다. 그런 다음 술집에서 호밀주와 맥주를 두 잔 더 마시고 나서 직접 확인하기 위해 차를 몰았다.

놈들은 문을 잠그지 않았다. 시드는 욕탕에 있고, 물이 계속 넘쳐흘렀다. 놈들이 TV 코드를 뽑아 욕탕에 집어던졌을 것이다.

물은 그때까지도 보글보글 끓었다. 전류가 카비코프를 산 채로 태워버렸다.

리텔은 울고 싶었지만 호밀주와 맥주 덕분에 감정까지 메말랐다.

켐퍼 보이드는 말했다 - 절대 돌아보지 말 것.

33

뉴올리언스, 1959년 9월 20일

배니스터는 파일과 계보 노트를 제공했다. 피터는 후보를 세 명까지 압축했다.

그의 호텔방은 파일로 넘쳐났다. 전과 기록과 FBI 보고서. 극우의 남부를 서류로 압축해놓은 것이다.

그는 KKK 사이코들과 네오나치에 대한 최신 정보도 확보하고, 극우 백인지상주의자들에 대해서도 정통했다. FBI 녹을 먹는 인텔리들한테도 호기심이 많았다. 딕시(Dixie: 미국 동남부의 여러 주를 가리키는 말―옮긴이)의 KKK 절반은 FBI에 침투했다.

FBI의 쥐새끼들은 거세를 하고 린치를 하며 돌아다녔다.

후버의 진짜 관심은 KKK의 우편 사기 상세 기록이었다.

선풍기 바람에 파일 서류가 펄럭였다. 피터는 침대에 길게 누워 담배 연기로 도넛을 만들었다.

켐퍼 보이드에게 보내는 메모: CIA는 KKK 블레싱턴 지부에 자금을 지원해야 한다. 백인 빈민들이 캠프를 포위했는데 모두 라틴계를 싫어한다. 지부를 부추겨놓으면 놈들의 신경을 다른 곳으로 돌릴 수 있다.

피터는 전과 기록을 훑었다. 자료에 대해서는 전혀 기대할 게 없었다. 후보들이군.

윌튼 톰킨스 에번스 목사: 라디오 메시아. 전과자. '반공산주의 십자단' 담임목사. 매주 단파 라디오로 설교. 에스파냐어에 능통. 공수 부대 출신. 미성년 강간으로 세 차례 유죄 판결. 배니스터의 평가: "유능하고 열정적이지만 반가톨릭 성향이 강해 쿠바인들과 공조 난망. 훈련 교관으로 가능성이 크며 라디오 프로그램은 어디서든 방송이 가능하기 때문에 재배치할 필요가 있음. 척 로저스의 절친."

더글러스 프랭크 록하트: FBI 정보원/KKK 단원. 탱크 부대 하사관. 댈러스 경찰 출신. 극우 지도자 라파엘 트루질로의 총기 밀매 전력. 배니스터의 평가: "남부 최고의 KKK 정보원으로 판단. 확고한 KKK 광신자. 거칠고 무모하며 귀가 얇고 다혈질임. 라틴계를 향한 폭력에 전혀 거리낌이 없으며, 특히 빨갱이일 경우 더 심한 것으로 보임."

헨리 데이비스 허즈페스: 남부 최고의 선동가. 에스파냐어에 능통. 합기도 및 유도 유단자. 제2차 세계대전 전투기 조종사. 태평양 전쟁 당시 13회 출격. 배니스터의 평가: "나는 행크를 좋아하지만 고집이 세고 터무니없이 신랄함. 현재 폰차트레인 호수 망명 캠프와 더글러스 프랭크 록하트의 KKK(두 시설이 위치한 대지는 모두 내 소유임) 사이 연락원으로 내 밑에서 일하는 중임. 행크는 사람은 좋으나 제2차 바나나 캠프에는 부적합함."

셋은 서로 가까이 지낸다. 오늘 밤에는 셋 모두 파티 계획이 있다. KKK가 가이의 캠프 옆에서 십자가를 태우기로 했기 때문이다.

피터는 십자가를 태우기 전에 잠깐 눈이라도 붙이고 싶었다. 요즘은 수면이 절대적으로 부족했다. 지난 3주간 눈코 뜰 새 없이 바쁘고 힘들었다. 보이드가 CIA와 친한 마약 농장에서 모르핀을 들여와 비행기로 로스앤젤레스의 휴즈 씨한테 전해주기도 했다. 휴즈 씨는 선물에 흡족해하며 이렇게 말했다. 마이애미로 돌아가서 안부를 전해줘.

그는 휴즈에게 지금 자신이 반공산주의 십자군이라는 얘기는 하지 않았다. 쿠바가 미국 쪽으로 돌아설 경우 카지노 두 곳의 이익 5퍼센트를 영원히 챙긴다는 얘기도 빼먹었다.

보이드는 공작을 트라피칸테한테 팔았다. 마르첼로, 지앙카나, 로셀리도 동의했다. 보이드는 매년 1인당 최소 1500만 달러를 벌 수 있다고 확신했다.

피터는 레니한테 〈허시-허시〉를 반카스트로 선전으로 채우라고 지시했다. 휴즈와 후버가 침을 흘리는 섹스 나부랭이는 집어치우고 대신 매춘부를 보내 달래주라고 했다.

로스앤젤레스는 포로수용소이고 플로리다는 여름 캠프다.

피터는 부랴부랴 마이애미로 돌아갔다. 보이드는 멕시코 마약 농장을 간부단의 주요 공급원으로 선정하고 사인했다. 척은 우선 6킬로그램을 싣고 날아가 가공한 후 여섯 배로 만들어 돌아왔다. 트라피칸테는 간부단 전원에게 보너스까지 넉넉히 지급했다.

간부단한테는 총신 짧은 화기와 매그넘은 물론 방탄조끼에 최신형 마약 차량까지 지급했다.

풀로는 1959년형 엘도. 척은 매끄러운 포드 비키. 델솔, 오브레곤, 파에즈, 구티에레즈는 모두 쉐보레였다. 라틴계는 결국 라틴계다. 고급 장난감을 머리부터 발끝까지 타코로 만들었으니 말이다.

그 친구들을 만나면서 개개인의 성향을 파악했다.

구티에레즈는 성실하고 조용하다. 델솔은 계산적이고 똑똑하다. 그의 사촌 오브레곤은 위험천만한 인물인지라 보이드도 그의 자격을 의심하기 시작했다.

산토 주니어는 자신의 마이애미 마약 사업을 재편성해 간부단에게 깜둥이 독점 거래를 넘겼다.

보이드는 지방 마약쟁이들 모두에게 시식회를 열었다. 간부단은 엄청난 양을 공짜로 나눠주었다. 척은 니거타운(Niggertown: 흑인 지구-옮긴이)을 '클라우드 나인(Cloud Nine: '행복의 절정'이라는 뜻-옮긴이)'이라고 바꿔 불렀다.

그들은 이내 자선을 사업으로 전환해 2인승 자동차를 타고 다니며 약을 팔았다. 산탄총은 눈에 잘 띄게 두었다. 마약쟁이 하나가 라몬 구티에레즈를 털려고 했을 때 테오 파에즈가 쥐약 바른 산탄으로 골로 보내버렸다.

산토 주니어도 지금까지는 크게 흡족해했다. 산토는 간부단 제1계명을 제안했다. 상품을 시식하지 말 것. 피터는 제2계명을 제안했다. 빅 'H', 즉 헤로인을 빨다 걸리면 나한테 죽는다.

마이애미는 범죄 천국이다. 블레싱턴은 천국의 문이다.

캠프는 14에이커에 달했다. 시설로는 합숙소 두 곳, 무기 창고, 작전 본부, 활주로가 있고 선창과 쾌속선 기지를 건설하는 중이다.

간부 모집단은 훈련 점수가 높은 자들을 성급하게 내려보냈다. 지역의 백인 빈민들은 라틴계 놈들이 자기들 영역을 장악했다며 길길이 뛰었다. 피터는 KKK 실업자 일부를 부두에 고용해 잠정적인 평화를 유도했다. KKK와 이민자들이 함께 일하기 시작한 것이다.

현재 수용 인원은 14명. 하지만 난민들이 매일 쿠바를 탈출하고 CIA 캠프도 증가 추세라 1960년 중반까지 40여 명으로 늘릴 계획이었다.

카스트로는 살아남을 것이다. 적어도 보이드와 나를 부자로 만들 때까지는….

십자가는 신나게 타올랐다. 1킬로미터 밖에서도 불길이 보였다.

고속도로를 벗어나자 곧바로 진창길이었다. 표지판이 길을 안내해주었다. "깜둥이 출입 엄금!" "KKK-백인이여, 단결하라." 환풍기로 벌레들이 비집고 들어와 손바닥으로 때려잡았다. 철조망 울타리가 보이고 KKK 단원들이 열중쉬어 자세를 취하는 광경도 보였다.

다들 흰색 후드 가운 차림에 보라색 파이프 장식을 달았다. 놈들의 모습이 몸에 시트를 두른 도베르만 핀셔 같았다.

피터는 배니스터의 출입증을 내밀었다. 얼간이들이 그를 확인하고 들어가라고 손짓했다. 그는 트럭들 사이에 차를 세우고 천천히 걸어갔다. 십자가가 한적한 소나무 숲 공터를 밝혀주었다.

쿠바인들은 한쪽에 떼를 지어 있고 백인들은 다른 쪽에서 부기우기를 추었다. 포스터를 덕지덕지 붙인 트레일러들이 길게 늘어서서 두 진영 사이를 갈라놓았다.

왼쪽: 빵 바자회, KKK 라이플 사격장, KKK 기장을 파는 행상들. 오른쪽: 둘로 나뉜 블레싱턴 캠프.

피터는 백인 진영을 어슬렁거렸다. 뾰족한 후드들이 그 앞에서 알짱댔다. 이봐, 왜 가운을 입지 않았나?

벌레들이 붕붕거리며 십자가로 돌진했다. 총성과 핑핑, 타깃을 스치는 소리가 두 귀를 때렸다. 습도는 100퍼센트에 달했다.

나치 완장을 2.99달러에 팔았다. 유대인 랍비 저주 인형 … 5달러에 세 개, 떨이.

트레일러 옆을 지나는데 샌드위치 입간판이 거친 바람을 버티고 서 있었다. "WKKK – 에번스 목사 반공산주의 십자군."

하이파이 스피커가 차축에 붙어 있지만 음향이 튀는 통에 완전히 헛소리만 들렸다.

창문을 들여다보았다. 20여 마리의 고양이가 오줌과 똥을 싸고, 짝짓기에 열중이었다. 멀대 같은 놈 하나가 마이크에 대고 꽥꽥 소리를 질러댔다. 고양이가 발톱으로 단파 전선을 긁고 있으니 머지않아 튀김 요리가 되어 승천할 모양이다.

피터는 후보 하나를 지우고 계속 걸어갔다. 백인들이 후드를 쓴 탓에 얼굴 사진으로는 허즈페스나 록하트를 알아볼 수 없었다.

"본듀런트! 여기!"

가이 배니스터의 목소리. 아래쪽에서 들려왔다.

진창길에서 딸깍하고 바닥 문이 열리더니 잠망경 비슷한 놈이 톡 튀어나와 몸을 흔들었다. 손. 가이가 직접 방공호를 파놓은 것이다.

피터는 그 안으로 내려갔다. 배니스터가 문을 닫았다.

공간은 3.5제곱미터 정도였다. 〈플레이보이〉 미인들이 사방 벽을 장식했다. 가이는 밴 캠프의 포크 앤드 빈스 통조림과 버번위스키에 파묻혀 있었다.

배니스터가 망원경을 접었다. "시트도 뒤집어쓰지 않고 혼자 있으니 고독남이 따로 없던데?"

피터가 기지개를 켜자 천장에 머리가 닿았다. "멋진데요, 가이."

"자네가 좋아할 줄 알았어."

"돈은 누가 대죠?"

"누구나."

"누구나?"

"내 땅이야. 그런데 CIA가 건물을 세워주고, 카를로스 마르첼로가 무기에 3만 달러를 내놓고, 샘 지앙카나가 주 경찰 구워삶는 비용으로 또 얼마를 내더라. KKK 병신들도 입장료를 내고 물건을 팔지. 난민들이 하루 네 시간씩 도로 공사를 하고 임금 절반을 반쿠바 운동으로 내놓기도 하고."

냉방 장치가 최대로 돌아가는 터라 방공호는 거의 이글루 수준이었다. 피터는 몸을 떨었다. "허즈페스와 록하트가 여기 있다면서요?"

"허즈페스는 오늘 아침 차량 절도범으로 잡혔어. 이번이 세 번째라 보석도 안 될 거야. 그래도 에번스는 여기 있네. 종교 문제만 아니라면 그렇게 나쁘지는 않아."

"사이코가 분명해요. 보이드도, 나도 사이코를 데리고 있을 생각은 없어요."

"사이코도 등급이 있지. 그 정도면 쓸 만해."

"원하신다면. 아무튼 록하트밖에 없다면 그 친구와 몇 분 정도 독대 좀 해야겠어요."

"왜?"

"시트를 뒤집어쓰고 돌아다니는 놈이잖아요. 공과 사 구분은 가능한지 알아봐야죠."

배니스터가 웃었다. "너 같은 놈이 공과 사라니, 웃기는군."

"나도 요즘 여기저기서 듣는 얘기니까요."

"지금이야 차원이 다른 애들을 다루니까. 이제 CIA잖아?"

"에번스 같은 놈들 얘긴가요?"

"그래. 그래도 그놈이 너보다 반공 신념이 강하다고 생각하자고."

"공산주의가 사업에 걸리적거리기는 하지만 애써 깎아내릴 필요는 없어요."

배니스터가 양쪽 엄지를 혁대에 걸었다. "그래서 네가 속물이 된 기분이라면 그것도 큰 착각이야."

"예?"

배니스터가 미소를 지었다. 거만하기 짝이 없는 미소. "용공은 친공과 동의어니까. 네놈 원수 워드 리텔은 공산주의를 인정해. 시카고 친구가 그러는데, 후버 국장이 그 인간한테 친공 이미지를 덧씌우려 한다더군. 친공이라서가 아니라 반공 활동을 하지 않기 때문이지. 콩고물이 줄어들면 속물과 용공이 네놈을 어디로 데려갈지 알아?"

피터는 우두둑 손가락 관절을 꺾었다. "록하트를 데려와요. 보이드가 뭘 원하는지 설명하게. 그리고 이제부터 연설 좀 작작합시다, 예?"

배니스터가 주춤하며 입을 열려고 했다.

피터는 재촉했다. "어서요!"

배니스터가 덧문을 열고 나갔다. 두 배나 빠른 속도로.

정적과 차가운 바람이 기분 좋았다. 통조림 요리와 술도 맛있어 보이고 사진도 기가 막혔다. 특히 7월의 여왕.

러시아가 원자폭탄을 떨어뜨렸다고 하자. 그래서 여기 숨는다. 그럼 폐소성 발열에 걸려 저 여자들이 진짜로 보일 수도 있을 것이다.

록하트가 덧문을 열고 들어왔다. 검댕으로 얼룩진 헝겊을 뒤집어쓰고 두 손은 총지갑과 리볼버 두 자루에 가 있었다.

연한 적색 머리에 주근깨. 미시시피 억양이 심했다. "난 돈을 좋아해요. 플로리다로 가도 상관없지만 린치 금지 규칙은 곤란해요."

피터는 손등으로 놈을 후려쳤다. 록하트는 쓰러지지 않았다.

균형 능력, A 플러스.

"니미, 하찮은 시비로 백인 떡대 놈도 죽인 나야!"

무의미한 허세, C 마이너스.

피터는 다시 때렸다. 록하트가 오른쪽 총을 빼냈다. 하지만 겨냥은 하지 않았다.

두려움, A 플러스. 신중함, C 마이너스.

록하트가 턱에서 피를 닦아냈다. "나도 쿠바 새끼들을 좋아해요. 기존의 인종 배제 정책을 넓혀서 당신네 애들도 우리 조직에 끼워주겠수다."

유머 감각, A 플러스.

록하트가 이빨 하나를 뱉어냈다. "뭐든 줘보슈. 설마 펀치 백으로 쓰려고 부르지는 않았을 것 아뇨."

피터는 윙크했다. "보이드 씨와 내가 당신한테 보너스를 줄 생각이야. CIA 역시 당신이 좋아하는 KKK를 넘겨줄 생각도 있고."

록하트는 스테핀 페칫(미국의 흑인 코미디언 및 영화배우─옮긴이)처럼 스텝을 밟았다. "와우, 이렇게 고마울 데가! 당신이 진짜 백인 KKK 단원이라면 셔츠 자락에 입이라도 맞추고 싶소!"

피터는 놈의 불알을 걷어찼다.

놈은 쓰러지면서도 비명을 지르지 않고 낑낑거리지도 않았다. 리볼버의 공이를 당겼지만 쏘지는 않았다.

전체적으로는 합격점이다.

34

뉴욕시티, 1959년 9월 29일

택시는 엉금엉금 기었다. 켐퍼는 가방 위에 서류를 올려놓았다.

그래프에는 각 카운티 별로 예비 선거 상황이 나타나 있다. 가로 항목에는 그가 경찰과 접촉한 내역을 목록화했다.

그는 민주당 지지자들을 대조 및 확인하고 공화당 골통들을 제거해나갔다. 지루한 작업이다. 조가 그냥 잭에게 백악관을 사주면 될 일을.

도로도 체증이 심했다. 택시들이 여기저기서 경적을 울려댔다. 켐퍼는 악마의 변호인 게임을 벌였다. 진실을 감추면 절대 다치지 않는다.

보비는 그가 왜 플로리다에 머무는지 의심했다. 켐퍼는 되레 화를 내는 식으로 줄타기를 했다.

"매클렐런 위원회의 증거 배포가 제 책임 아닌가요? 예, 선밸리 건이 아직 명치에 걸려 있습니다. 그곳에 내려가 트럭 노조 불평분자 몇과 얘기해봤어요."

택시는 슬럼가를 관통했다. 워드 리텔 때문에 머릿속이 어지러웠다.

한 달 동안 둘 사이엔 대화도, 편지도 없었다. 도노프리오의 죽음 문제로 짧은 파문이 일었지만 여전히 오리무중이다. 워드도 그에 대해선 전화도, 편지도 없었다.

워드와 접선해야 한다. 미치광이 살의 죽음이 워드의 정보원으로 일했기 때문인지 여부를 파악해야 한다.

운전사는 세인트레지스에 멈췄다. 켐퍼는 차비를 내고 재빨리 데스크로 향했다. 데스크 담당이 쭈뼛거렸다.

"내 방에 인터폰 넣어서 휴즈 양께 내려오라고 전해주게."

데스크가 헤드폰을 쓰고 교환대의 번호를 눌렀다. 시계를 확인해보니 저녁을 먹기엔 늦은 시간이었다.

"지금 통화 중이십니다, 보이드 씨."

켐퍼는 미소를 지었다. "휴즈 양과 내 딸일 거야. 호텔 요금인데도 몇 시간씩 수다를 떨거든."

"에, 사실은 어떤 남자분이세요."

켐퍼는 움찔했다. "미안하지만 헤드폰 좀 빌려주게."

"에⋯."

켐퍼는 10달러를 밀어주었다.

"에⋯."

켐퍼는 50달러를 채워주었다. 데스크가 돈을 잡고 헤드폰을 건넸다.

켐퍼는 헤드폰을 썼다.

레니가 얘기 중이었다. 무척이나 고음에 들뜬 목소리. "아무리 끔찍한 놈이라 해도 그는 죽었어. 나 같은 술꾼들을 위해 일했는데. 술꾼과 야만인이 있는데, 지금은 술꾼이 나한테 쿠바에 대한 헛소리를 기사로 쓰게 했어. 이름들을 밝힐 수는 없지만, 맙소사, 로라⋯."

"켐퍼 보이드 얘기는 아니죠?"

"내가 두려워하는 자는 다른 사람이야. 야만인과 술꾼. 술에 취하면 어떻게 나오는지 로라는 몰라. 그런데 살이 살해당한 후로는 아무 연락도 없는 거야. 그 바람에 미칠 지경이라니까."

말 그대로 공과 사의 교란이었다. 손을 볼 필요가 있었다.

35

시카고, 1959년 10월 1일

쓰레기들이 파도에 실려 해변까지 올라왔다. 종이컵과 선박 여행 일정 표 따위가 갈기갈기 찢긴 채 발밑에 쌓였다.

리텔은 쓰레기를 차내며 걸음을 옮겼다. 몬트로즈의 집에서 훔친 물건을 버린 곳도 지나쳤다.

그때도 쓰레기, 지금도 쓰레기.

촛불을 밝혀야 할 죽은 자가 셋이나 된다. 잭 루비는 안전한 것 같았다. 그는 일주일에 한 번 카루셀 클럽에 전화해 그의 목소리를 들었다.

살은 고문과 싸웠다. '리텔'이나 '루비'의 이름은 불지 않았다. 카비코프는 그를 그저 스키 마스크 차림의 경관으로만 알고 있다.

'미치광이 살'과 '유대인 시드.' 재미있는 별명들이었건만. 보비 케네디도 조폭들의 별명을 좋아하는 듯했다.

그는 유령 보고서를 버리기 시작했다. 빨갱이팀 공작도 버리고 있었다. 리히 부국장에게는 하느님과 예수 그리스도도 좌파였다고 주장했다.

헬렌과의 밀회도 일주일에 한 번으로 줄이고 레니 샌즈에게도 전화하지 않았다. 친구는 단 둘뿐. 올드 오버홀트와 팹스트 블루 리본(둘 모두 술의 상품명－옮긴이).

잡지 한 권이 물에 흠뻑 젖은 채 물살에 떠내려 왔다. 잭 케네디와 재키의 사진.

켐퍼는 상원의원한테 사냥개 피가 흐른다고 했다. 보비가 결혼 서약을 충실히 지킨다는 얘기도 했다.

뚱땡이 시드 말에 따르면 형제의 부친도 쥘 쉬프랭을 알고 있다. 쉬프랭은 진짜 연기금 장부를 관리한다. 그런데 아무리 술을 마셔도 그 사실 하나 잊게 해주지 못하다니.

리텔은 해변 도로로 건너갔다. 발이 아프고 바짓단에서는 모래가 흘러내렸다.

땅거미가 지고 있었다. 벌써 몇 시간째 남쪽을 향해 걷기만 했다.

문득 정신이 들었다. 목적지에서도 세 블록이나 떨어진 곳이었다.

그는 다시 돌아가 레니 샌즈의 문을 노크했다.

레니가 문을 열고 멍하니 섰다.

"다 끝났어. 다른 문제는 묻지 않을게." 리텔이 말했다.

레니가 다가오더니 쉴 틈 없이 악을 쓰기 시작했다.

"멍청이," "인간쓰레기," "겁쟁이" 같은 단어가 들렸다. 레니가 숨도 쉬지 않고 퍼붓는 동안 리텔은 그의 눈을 들여다보며 가만히 서 있었다.

36

시카고, 1959년 10월 2일

켐퍼는 다이너스클럽 카드로 자물쇠를 땄다. 아무리 잠금 장치로 떡칠을 해봐야 악당 짭새 한 명 막지 못한다는 사실을 레니는 알지 못했다.

리텔은 정보원에게 은퇴란 없다는 사실을 몰랐다. 켐퍼는 거리에서 은퇴 쇼를 지켜보았다. 워드는 진짜 채찍을 맞듯 욕을 먹으며 서 있었다.

켐퍼는 문을 닫고 어둠 속으로 들어갔다. 레니가 10분 전 A&P 마켓으로 걸어갔으니 30분 안에는 돌아올 것이다.

로라도 난감한 화제는 피해야 한다는 것 정도는 알고 있다. 세인트레지스에서의 전화를 언급하지 않은 이유도 그래서다.

발소리와 열쇠 소리가 들렸다. 켐퍼는 조명 스위치 쪽으로 이동해 소음기를 총에 끼웠다.

레니가 들어왔다.

"아직 끝나지 않았어." 켐퍼가 말했다.

쇼핑백이 떨어지고 유리가 깨졌다.

"로라나 리텔하고는 두 번 다시 얘기하지 마. 피터 밑에서 〈허시-허시〉 일이나 해. 연기금 장부에 대해서는 최대한 캐보되 나한테만 보고하고."

"싫어요." 레니가 대답했다.

켐퍼는 스위치를 켰다. 거실에 불이 들어왔다. 골동품으로 잔뜩 치장한 방. 너무나 여성스러운….

레니가 눈을 깜빡였다. 켐퍼는 장식장의 다리를 쏴서 잘라냈다. 도자기와 크리스털이 박살났다.

이번엔 책장을 쐈다. 루이 14세의 카우치를 쏴 헝겊 쪼가리와 나무 지저깨비로 만들었다. 손으로 직접 칠을 한 치펜데일 옷장도 날려버렸다.

톱밥과 화약 연기가 소용돌이쳤다. 켐퍼는 탄창을 갈아 끼웠다.

"좋아요, 그렇게 할게요." 레니가 대답했다.

. . .

자료 첨부: 1959년 10월 5일. 〈허시-허시〉 잡지 기사. 작성: 레니 샌즈(필명, 피어리스 폴리티코펀디트).

암적 존재인 카스트로가 빨갱이 논리로 쿠바를 물들이는 동안 애국자들은 고국을 갈망하다!

권좌에 앉은 지 10개월이 채 되지 않았건만 자유세계는 이미 구호와 여송연 냄새에 찌든 권력자 피델 카스트로의 행동에 녹초가 되었다!

지난 1월 초입, 민주 절차에 따라 선출한 반공파 쿠바 수상 풀헨시오 바티스타가 카스트로에게 축출당했다. 털북숭이 오랑우탄 히피 선동가는 토지 개혁, 사회 정의는 물론 식사 때마다 바나나 피클을 먹게 해주겠다고 약속했지만, 결국 빨갱이 인민위원들의 입빠른 고약에 불과했다. 그는 미국 해안에서 불과 150킬로미터 떨어진 작은 요새의 자유를 장악해 닥치는 대로 애국 토호들의 주머니를 털고, 미국 소유 호텔 카지노를 '국유화'했으며, 또한 유나이티드 프루트 컴퍼니의 달콤한 바나나밭을 바야흐로 바삭바삭 불살라버리고 미국이 혼신을 다해 보호해온 천문학적 자산을 들고 튀었다. 빨갱이의 주력 사업. 먹튀!!

그렇다. 결국 문제는 신성으로 고안한 귀물, 바로 달러 뭉치다. 물론 미국 달러다. 초절정 초강력 대통령 초상화들로 치장한 다양하고 다채로운 달러 다발이 공산주의의 공짜 근성에 그만 개판이 되고 만 것이다!!!

기사: 털복숭이 히피 선동가는 아바나의 찬란한 역사인 나시오날과 카프리 호텔의 비천한 벨보이들을 비틀어 팁까지 국유화해 쫓아낸 다음, 야비한 아바위 빨갱이 야전 임원들로 발 빠르게 대체했다. 바로 갈 데까지 간 가짜 딜러들이자 가책 없이 간만 큰 간악한 강도들이 아니던가!

기사: 바나나밭은 이제 바나나 튀김 신세다! 미국의 이타적이고 사해동포적인 경제가 열정적으로 보호해온 부지런한 농부들은 이제 빨갱이 보상에 발버둥치는 복지 빵점, 빈민 박해 빨갱이 박쥐들의 밥이 되고 말았다.

기사: '날강도' 카스트로는 기절초풍에 혼비백산하고야 말 정도로 엄청난 양의 '빅 H,' 곧 헤로인으로 플로리다 해안을 휩쓸고 헤집어놓았다. 그는 쿠바 이민 노예 지역을 조금씩 확대하는 데 주력한다. 좀생이 좀비들이 카스트로의 같잖은 가스펠로 헤로인과 마약에 헤까다한 막장 왕국을 물들인다.

기사: 쿠바 망명자들은 뺀질이 형제의 사탕발림에 격하게 반발하고 있다. 물론 그 점에서라면 토박이 미국인들도 못지않다. 그들은 지금 마이애미와 사우스플로리다에서 병력을 모집 중인데, 카스트로의 미어터지는 날림 감옥에서 오렌지색(빨간색 아님!) 죄수복을 훈장으로 매단 거친 호랑이들이다. 이제 호랑이들이 미국 해안에 몰려들어 달콤한 미국 찬가를 불러댄다.

기자는 현재 반카스트로 게릴라를 양성 중인, 강력한 미국인 반공주의자 '빅 피터'를 인터뷰했다. "문제는 애국이죠. 바다 건너 불과 150킬로미터 나라 밖에 공산주의 독재가 판을 쳐도 괜찮아요? 난 안 괜찮아요. 그래서 쿠바 해방군을 결성한 겁니다. 이제 쿠바 망명자와 쿠바 혈통의 국내인 모두에게 초대장을 보냅니다. 우리 군에 합류하세요. 마이애미에 산다면 주변에 물어봐요. 쿠바 주민들은 우리가 진짜라고 말해줄 겁니다."

기사: 빅 피터 같은 사람들이 그렇게 헌신적인 한 카스트로는 새 직업을 찾아야 할 것이다. 어이, 로스앤젤레스 근처 웨스트베니스에 커피숍을 하나 아는데, 거기라면 날라리 시인 피델도 쓸 거야. 헤이, 피델, 관심 없나?

추신. 친애하는 애독자 여러분, 댁들이 여기서 처음 들었으니까 지금부터 오프더레코드. 쉿, 허시-허시.

292

자료 첨부: 1959년 10월 19일. 개인 서한.

발신: J. 에드거 후버. 수신: 하워드 휴즈.

친애하는 하워드,

〈허시-허시〉 10월 5일자 피어리스 폴리티코펀디트의 기사는 정말 대단했습니다. 억지가 있기는 했지만 선정적인 문장만 채로 쳐내면 정치적 본질을 볼 수 있더군요.

레니 샌즈가 〈허시-허시〉 문체에 제대로 적응한 모양입니다. 물 만난 선동가답게 희망을 보여주고 있어요. 타이거 택시 회사가 살짝 핸들을 꺾어 보람찬 일을 할 수 있는 적절한 기회가 생긴 듯합니다. 특히 우리의 실용주의자 친구 피에르 본뒤런트의 고귀한 감성이 마음에 와 닿았습니다.

대체로 매우 유익한 호였습니다.

건필하시길,

에드거

자료 첨부: 1959년 10월 30일. 요약 보고.

수신: 존 스탠튼. 발신: 켐퍼 보이드. **비밀/우편 행낭 배달.**

친애하는 켐퍼,

짧게나마 최근의 정치 상황에 대해 알려주리다. 도무지 연락이 되지 않아 이 편지는 집배원을 통해 전합니다.

우선, 지금은 상부에서도 카스트로 문제가 커지리라 확신하는 분위기입니다. 최근 예산이 깎이기는 했지만 카스트로의 장악력이 커지면 백악관도 결국 돈줄을 풀 수밖에 없을 겁니다. 우리 친구 피어리스 폴리티코펀디트의 말을 요약하자면 "나라 밖 150킬로미터 거리에 공산주의 독재를 원하는 사람은 아무도 없으니까". (그 친구의 저질 기사 쓰는 방식으로 보고서를 작성하고 싶군요.) 덜레스 국장, 비셀 부국장 그리고 쿠바 전문 담당자들도 1960년 말과 1961년 초의 망명 물결에 대비하기 시작했어요. 그때까지 CIA는 미국

기반의 정에 망명 군대를 적어도 1만 명은 확보할 수 있으며 여론도 확실히 우리 편입니다. 전반적으로는 걸프 만 캠프에서 수륙 양용 공격군을 발진하고 공군의 지원을 받는다는 계획이죠.

계획이 구체화되는 대로 계속 알려드리겠습니다. 당신은 우리 친구 잭 옆을 지켜요. 1961년 1월 20일 이후까지 계획이 유효하면 잭이 바로 그 계획을 승인하거나 찢어발길 당사자가 될 테니 말입니다.

지난번 얘기한 뒤로 '바나나보트' 열한 척이 더 플로리다와 루이지애나에 상륙했어요. 지역 담당관들은 이민자를 양도해 다양한 캠프로 분배 중입니다. CIA의 도움을 사양한 자들은 마이애미로 보낼 참입니다. 그자들 중에 우리 간부단이 포섭한 대상이 있는지 알고 싶군요. 당신도 알겠지만 우리 블레싱턴 캠프는 공식적으로 병력을 수용할 준비를 마쳤습니다. 그 때문에 블레싱턴을 주축으로 간부단을 마이애미 사업에 돌릴 적기라고 생각해요.

간부단이 마이애미 '사업'에 대해 그간 말을 아껴왔지만 지금은 기꺼이 이익이 증가하고 있으며, 당신이 멕시코의 친CIA 단체와 맺은 협약도 잘 돌아가는 것 같아요. 언젠가 상부에서도 이 사업을 건강한 구상으로 평가하겠지만 반카스트로의 분노든 뭐든 그 경지에 달할 때까지는 공과 사 및 비밀 유지를 확실히 해주기를 다시 한 번 당부합니다. 트라피칸테 씨의 참여는 비밀로 해요. S. 지앙카나 씨와 C. 마르첼로 씨가 이 사업에 기여했다는 사실도 알려지지 않았으면 합니다.

소식 기다리겠습니다. 이 서한은 태워버리십시오.

건승하시길,

존

자료 첨부: 1959년 11월 1일. 요약 보고.
발신: 켐퍼 보이드. 수신: 로버트 F. 케네디.

친애하는 보비,
법무부 조직범죄 과장 제임스 다우드와 얘기해봤습니다. 그와는 연방 검찰청에 있을 때 만난 사이라 배심원들한테 호파 증거 자료를 보내면서 당연히 그도 포함했죠. 이제 그 수고가 결실을 보기 시작했습니다.

아시겠지만 랜드럼-그리핀 노동 개혁 법안이 국회를 통과했습니다. 따라서 공화당이 장악한 법무부도 '호파 사냥'의 명분이 확실해졌습니다. 다우드는 오하이오, 루이지애나, 플로리다의 대배심 수사처마다 수사관들과 회계 고문단을 배정했습니다. 매클렐런 위원회가 바로 랜드럼-그리핀 법을 만들었다는 것은 누구나 아는 사실이죠. 다우드 또한 정치적 가능성을 보고 우리의 선밸리 증거에 혼신을 다하기로 했습니다. 증인 그레츨러와 키르파스키의 실종이 수사에 도덕적 정당성을 부여해준다는 말도 했죠. 1959년 10월 25일자로, 사우스플로리다 대배심 세 곳에 수사관 여섯을 보내 돕고 있으며 지금은 선밸리 땅을 구입한 후, 불만이 많은 트럭 노조원을 찾는 데 주력한다고 들었습니다. 다우드는 '호파 사냥' 절차에 최소한의 예산만 집행한다고 했는데, 어느 정도는 우리의 정치적 목적과도 맞아떨어집니다.

제가 확신하는 바로는 '호파 사냥' 열기를 너무 초당적으로 밀어붙이지 않아야 합니다. 그보다는 잭이 노조 부패 척결 후보로 드러나야 하니까요. 다우드의 판단에 따르면 호파가 예비 선거 주를 순회하며 유권자들에게 반 케네디 정서를 퍼부을 텐데, 이 또한 우리 입맛과 맞아떨어집니다. 아무리 감추려 해도 압박이 강해지면 호파는 늘 사이코 깡패가 되고 마니까요. 우리 입장이라면 트럭 노조가 공화당 후보를 지지해야 합니다. 리처드 닉슨이 호파의 돈을 받고 총선에서 노조 부패 문제를 회피하도록 만들어야죠. 그럼 잭이 더 열심히 합법 노조 지도자들에게 다가가 그들과 호파 일당을 구분한다는 확신을 심어주어야 합니다.

이제 예비 선거 얘기를 할까 합니다. 케네디의 범죄와의 전쟁 이미지에 공화당을 지지하던 사법계 지인들도 상당수 감명을 받았습니다. 저도 위스콘신, 뉴햄프셔, 웨스트버지니아의 카운티마다 돌아다니며 노력하겠습니다. 보비의 지방 조직은 모두 건강해 보입니다. 자원자를 만날 때마다 호파의 순회에 대한 소문에 귀를 열어두라고 당부했습니다.

나중에 또 보고드리겠습니다. 책을 쓰세요. 선거에도 크게 도움이 될 것입니다.

켐퍼

자료 첨부: 1959년 11월 9일. 개인 서한.
발신: 로버트 F. 케네디. 수신: 켐퍼 보이드.

켐퍼,

편지 고마워요. 당신도 정치적으로 생각하기 시작했네요. 호파-공화당 관계 분석도 상당히 예리하고, 법무부가 선밸리를 주목했다는 말도 기뻐요. 선밸리야말로 호파 사건의 핵심이라고 늘 생각해왔으니까.

단언컨대 불법으로 조달한 연기금 자금(자그마치 300만 달러)이 호파의 선밸리 투자에 돈을 대고 호파가 총액의 상당 부분을 감추고 있어요. '진짜' 연기금 장부 가능성에 대한 단서나 정보 중 일부는 큰 도움이 될 거요. 그런데 시카고 유령은 뭘 하고 있지?

익명의 예수회 십자군에 대해 당신은 대단한 일꾼이라고 추켜세웠지만 유령이 보고서를 보내지 않은 지도 벌써 몇 달이 지났소.

밥

자료 첨부: 1959년 11월 17일.
발신: 켐퍼 보이드. 수신: 로버트 F. 케네디.

친애하는 보비,

동의합니다. 지금 연기금 단서들을 이용하셔도 좋을 듯합니다. 유령은 열심히 분투 중이나 계속 난관에 부딪치고 있습니다. 잊지 마셔야 할 점은 그 친구는 FBI 요원으로서 정식 임무도 산더미랍니다. 전에 말씀드렸듯 열심히 일하고 있으나 진도는 무척 더딜 수밖에 없습니다.

켐퍼

자료 첨부: 1959년 12월 4일. FBI 현장 감시 리포트.

발신: 찰스 리히 지국장. 수신: J. 에드거 후버. **극비/국장 외 열람 금지.**

국장님,

지시에 따라 1959년 9월 15일부터 수시티(Sioux City) 지국에서 선발한 요원들이 특수요원 워드 J. 리텔을 현장 감시 중입니다. 향후 셀라노 양복점 인근에서 목격한 적은 없으며 노골적인 반조직범죄 활동도 자제하는 분위기입니다. 켐퍼 보이드 요원과도 만나지 않았습니다. (11월 20일 설치한) 집 전화 도청에 따르면, 헬렌 에이기하고만 통화하고 이따금 전처 마거릿에게 전화를 거는 정도가 고작입니다. 딸 수전과는 전화를 걸지도 받지도 않습니다. 그리고 11월 20일 도청 개시일 이후로는 보이드 요원의 전화도 없었습니다.

리텔의 업무 능력은 계속 퇴보하고 있습니다. 퇴보는 미행을 시작하기 전부터 그랬죠. 하이드파크와 로저스파크의 공산당원들을 감시하는 임무인데, 리텔은 종종 감시 위치를 벗어나 술집에서 술을 마시거나 이곳저곳 성당을 찾아다니곤 합니다.

리텔의 빨갱이팀 보고서는 빈약합니다. 임무에 할당한 시간도 종종 조작하고 공산당원들에 대한 논평은 거의 노골적으로 우호적입니다.

1959년 11월 20일, 특수요원 W. R. 힝클이 목격한 바에 따르면 미국공산당 지도자 맬컴 카말레스가 그의 집 밖에서 리텔을 만났습니다. 카말레스는 리텔을 "FBI 위장"이라고 비난하며 해명을 요구했죠. 리텔은 카말레스를 술집으로 데려가 함께 정치 논쟁을 벌였고 11월 29일과 12월 1일에 다시 만나기까지 했습니다. 힝클 요원의 관찰에 따르면 두 남자는 친구 또는 술 동료 정도로 가까워지고 있답니다.

시카고 대학의 FBI 정보원 다수가 리텔 요원과 헬렌 에이기가 캠퍼스 내에서 심하게 다투는 모습을 목격했습니다. 둘의 관계는 위기에 빠진 것으로 보이며 에이기 양은 그가 음주 문제로 도움을 받아야 한다고 애원합니다. 1959년 11월 3일, 특수요원 J. S. 버틀러에 따르면 리텔과 에이기 양은 정치 논쟁을 벌였습니다. 에이기 양은 부통령 리처드 닉슨에게 존경을 표했고 리텔은 닉슨을 "사기꾼 딕"이라고 부르며 "공산당 학대자이자 구린 돈에 놀아나는 비밀 파시스트"라고 욕했습니다.

결론: 리텔의 용공 면모가 드디어 드러났습니다. 그의 파괴분자적 언동, 빨갱이팀에서의 반역적인 근무 태만, 맬컴 카말레스와의 친분이 계속 이어지면 보안에 심각한 구멍이 날 것입니다.

시카고 지국장 찰스 리히 올림

자료 첨부: 1959년 12월 21일. 현장 보고서.

발신: 피터 본듀런트. 수신: 켐퍼 보이드. 존 스탠튼에게 전달 요망. **KB, 발송에 주의할 것.**

KB,

죄송. 스탠튼이 원하던 보고서인데 늦었어요. 난 보고서를 작성하는 게 싫으니까 당신이 원하는 대로 편집해서 전해줘요. 스탠튼은 반드시 보고서를 폐기해야 해요. 내가 알기엔 CIA도 언젠가 우리 일을 100퍼센트 따라올 테지만 그러려면 시간이 꽤 걸릴 겁니다.

1. KKK 잡역부들이 선창과 쾌속정 기지를 완성했습니다. 블레싱턴도 100퍼센트 잘 돌아갑니다.

2. 더기 프랭크 록하트는 진국입니다. 노는 물이 그래서 별 개 같은 아이디어가 만발하지만 누군 안 그런가요? 일을 방해하지만 않는다면 그렇게 나쁘다는 생각은 안 합니다. FBI 접선책이 루이지애나의 라이벌 KKK 정보를 캐내지 않는다며 열을 냈지만, 록하트가 작전 책임자는 당신이라는 얘기를 하자 꼬리를 내렸다네요. 내가 보기엔 그자가 후버와 내통하고 있어요. 당신한테 백지 위임장이 있다는 얘기를 후버한테 들은 겁니다. 록하트는 지금까지는 잘하고 있어요. 트라피칸테로부터 약간의 돈을 받아 넘겨줬더니 그걸로 블레싱턴 외곽에 자신의 KKK 지부를 열더군요. 스카우트 보너스를 풀자마자 KKK 단원들이 모조리 옛 지부를 버리고 록하트와 계약했답니다. 린치, 교회 폭파, 구타 등 존이 금지한 사항들은 모두 얘기해주었습니다. 아쉬

운 표정이긴 했지만 그럭저럭 해내는 듯합니다. 록하트는 쿠바 애들과 친하고 지부 놈들한테도 간부단이나 훈련병과 인종 문제를 일으키지 말라고 지시해둔 상태입니다. 지금까지는 놈들도 지시에 잘 따르고 있습니다.

3. 마이애미 사업은 점점 좋아지고 있습니다. 지난달, 부커 T. 워싱턴 주택 사업 총수익은 트라피칸테 조직의 최고 기록보다 14퍼센트 많았고, 조지 워싱턴 카버 프로젝트는 ST 최고 기록을 9퍼센트 초과 달성했죠. 척 로저스 말에 따르면, 멕시코 목장 애들도 충실하다더군요. 멕시코를 오갈 때 비행 일지를 기록하지 않도록 멕시코 주립 경찰과 계약했다는 얘기도 들었습니다. 지금은 블레싱턴에 활주로가 있어 척은 훨씬 더 안전하게 챙길 수 있습니다. 나는 배당금을 매주 탬파의 ST에게 전달하는데, 그도 수익분에 기뻐하며 보너스를 정기적으로 간부단에게 나눠주고 있습니다. 15퍼센트는 직접 나한테 건네 쿠바 공작에 기부하고, 5퍼센트는 가이 배니스터가 뉴올리언스에 세운 총기 기금에 투자합니다. 아직까지는 풀로, 척, 파에즈, 오브레곤, 델솔, 구티에레즈 모두 정직합니다. 상품이나 자금이 부족하지도 않습니다.

4. 부하들의 종합 평가서를 원하셨지만, 내 생각으로는 누군가가 상품/돈을 훔치거나 일을 망치지 않는 한 모두 A⁺를 받아야 마땅합니다. 쾌속정이 쿠바로 들어갈 때 오브레곤이 다소 겁을 내거나 그의 사촌 델솔이 미덥지 못하기는 해도 아직까지 문제가 될 정도는 아닙니다. 문제는 트라피칸테의 좀도둑 출신이 아니라 친미, 반카스트로 골통들입니다. 차라리 택시 회사의 요금을 꿍치고 술과 창녀들을 대줘 열기를 날려버리는 게 나을 것 같습니다. 고삐를 너무 조이면 결국 터지기밖에 더하겠습니까?

5. 신병 모집책으로서도 나쁘지 않습니다. 블레싱턴에 침상이 44개 있는데 현재까지는 빈 적이 한 번도 없습니다. 지금은 척, 풀로, 록하트와 함께 18일 주기로 훈련을 하고 있습니다. 소형 화기, 라이플, 육박전, 쾌속정 파괴 기술을 가르치고 일자리 정보를 주어 마이애미에 보내는 식입니다. 그곳에서 모집한 신병들은 암호명 HK/쿠거 담당관에게 서류를 보내고 담당관은 다시 침상의 여유를 따져 CIA가 지원하는 훈련 캠프 중 한 곳으로 신병을 보냅니다. 전에 말씀하신 침공이 가능해진다면 훈련병들이 더 많아야 선발도 용이할 겁니다.

6. 파에즈, 오브레곤, 델솔, 구티에레즈, 풀로와 함께 야간 쾌속정으로 쿠바에 침투하곤 합니다. 쿠바 내 접선자들에게 상품을 인도하고 민병 순찰 보트를 총격, 침몰시켰습니다. 풀로와 구티에레즈가 빠져나오던 중 민병대 놈들이 해변에서 자는 것을 보고 모두 기관단총으로 사살했죠. 풀로는 장교의 머리 가죽을 벗겨 우리 선두함 라디오 안테나에 매달고 다닙니다.

7. 원하시는 대로 블레싱턴, 마이애미 사업, 택시 회사를 분주히 오가고 있습니다. 당신이 케네디가와 친구라는 사실에 지미 호파의 꼭지가 조금 돌기는 했지만 임대 거래 자체는 만족해합니다. 쿠바 난민들이 마이애미에 몰려들수록 타이거 택시 회사가 발전한다는 사실도 이해했고, H. H.에게 전하라고 보낸 상품도 고맙게 받았습니다. 플로리다에 온 이후로 내내 생각했지만, 바로 그 물건 때문에 나를 자르지 않는 것 같습니다. 나도 그만두기야 하겠지만, 켐퍼도 CIA와 후버의 관계 회복을 바라는 것으로 알고 있습니다. 그래서 일주일에 한 번씩 전화를 걸어 한 발은 여전히 걸쳐놓은 상태입니다. H. H. 말로는 현재 모르몬교도들을 풀어 그를 보살피게 한다더군요. 예전에 내가 했던 대로 TWA 소환을 피하도록 그를 돕는 겁니다. 다만 물건만은 불가능해서 내가 조달해주는 한 로스앤젤레스 봉급도 타낼 수 있습니다.

8. 레니 샌즈는 혼자 〈허시-허시〉를 편집하고 있습니다. 그가 작성하는 쿠바 기사들은 훌륭하고 쿠바 공작을 위해서도 좋은 이슈를 제공하는 것 같습니다.

여기까지. 기록이 남는 건 원치 않으니 스탠튼에게 말해서 폐기하세요.

우리의 대의를 위하여!

PB

37

블레싱턴, 1959년 12월 24일

록하트는 계기반에 두 발을 올렸다. 인조 섬유 솜으로 만든 산타클로스 복장인지라 온통 땀투성이였다. "교회를 폭파해도, 깜둥이를 죽여도 안 된다면서요. 차라리 KKK에 도덕법을 집행하지 그러슈?"

피터도 장단을 맞추기로 했다. 더기 프랭크 록하트는 헛소리의 귀재다. "그게 뭔데?"

"아, 조 레드넥의 여동생 샐리가 리로이한테 홀딱했다는 얘기는 들었죠? 방망이가 30센티라는? 그런데 두 연놈이 그 짓을 하다가 들켜요. 그래서 샐리에게 인종 짬뽕 낙인을 찍어야 한다, 이겁니다."

"리로이는 어쩌고?"

"좆대를 어디에서 구했는지 물은 다음 백인 사이즈로 만들어줘야죠."

피터는 웃었다. 더기 프랭크가 창밖으로 코를 풀었다. "농담 아니에요, 피터. 난 사우스플로리다 KKK의 왕립기사단 황제 직속 마법사요. 그런데 지금껏 내가 한 일이라곤 CIA 보너스를 나눠주고 소프트볼팀을 만들어 당신네 염병할 깜둥이 비밀결사대와 놀아주는 것뿐이잖소."

피터는 길 잃은 개를 피하느라 핸들을 꺾었다. 트럭이 도로의 움푹 파인 곳을 지나갔다. 짐칸에서 선물 포장한 칠면조들이 덜컹거리며 미끄러졌다. "설마 당신네 FBI 담당관이 린치를 허락하지는 않았겠지?"

"아니, 안 했소. 하지만 '더기 프랭크, 미국 정부의 녹을 먹는 동안에는 깜둥이를 죽이지 말라'는 얘기도 안 했지. 그 차이를 아슈? 당신도 나한테 하지 말라고 얘기하는데, 그건 진심이거든."

앞쪽에 오두막들이 보였다. 칠면조 인도 장소. 산토 주니어가 지역 주민들에게 콩고물을 좀 나눠주라고 당부했다. 강탈한 물건 중 여분의 가금류가 있었다. 공짜 크리스마스 칠면조가 선의를 증진한다고 믿었던 것이다.

"당신 일이나 잘해. 지금 큰 건이 물려 있으니까 쓸 데 없는 문제 일으키지 말고."

록하트가 말했다. "당근이지. 내 일도 열심히 하고, 척 로저스가 백색가루 비행기를 몰고 블레싱턴 기지 활주로에 착륙한다는 사실도 입 닥치고 있잖소. 내 말은, 애들한테도 레크리에이션이 필요하다 이거요."

피터는 핸들을 꺾었다. "지미 호파한테 얘기해보지. 어쩌면 당신 애들을 상어 사냥에 데려갈지도."

"차라리 도덕법 69항을 집행하지 그러슈?"

"그건 또 뭔데?"

"리로이의 형제 타이론과 루퍼스가 샐리의 집 문을 노크하다가 걸렸어요."

"그래서 뭘 하게?"

"샐리를 엄벌하죠."

"타이론과 루퍼스는?"

"바지를 내려서 가문의 전통인지 확인해요."

피터는 웃었다. 더기 프랭크가 눈처럼 하얀 턱수염을 긁었다. "어쩌다 내가 산타클로스 옷을 입게 된 거요?"

"내 몸에 맞는 복장이 없어서."

"쿠바 놈들 복장을 쓰면 되잖아요."

"말도 안 돼. 라틴계 산타클로스?"

302

"정말 쪽팔려서 그래요."

피터는 더러운 놀이터 안으로 들어갔다. 흑인 아이들 몇이 산타를 보고 열광했다.

더기 프랭크가 트럭에서 내려 아이들한테 칠면조를 던져주었다. 아이들이 달려와 그의 턱수염을 잡아당겼다.

동네 흰둥이들은 칠면조를 받았다. 동네 깜둥이들도 칠면조를 받았다. 블레싱턴 경찰도 칠면조를 받고 짐 빔(Jim Beam: 버번위스키의 브랜드―옮긴이)을 강탈했다.

훈련생들은 칠면조 요리와 트로이 피임약을 받았다. 산토 주니어도 크리스마스 선물을 내려보냈다. 탬파 창녀를 가득 태운 버스. 44명의 남자와 44명의 창녀가 일제히 44개의 침대에서 뒹굴기 시작했다.

피터는 여자들을 자정에 돌려보냈다. 록하트는 구석진 곳에서 크리스마스 십자가 하나를 불살랐다. 피터는 갑자기 쿠바를 치고 빨갱이들을 죽이고 싶었다.

그는 마이애미로 전화를 걸었다. 폴로도 그의 생각에 혹했다. 폴로가 대답했다. 몇 놈 데려갈게요.

척 로저스가 마약을 한 보따리 싣고 착륙했다. 피터는 선두함에 휘발유를 채웠다.

록하트가 밀주를 들고 들어왔다. 피터와 척은 술잔을 나눴다. 대마초를 피우는 사람은 없었다. 그럴 경우 일을 망칠 수도 있다.

두 사람은 선창에 앉았다. 투광 조명이 캠프 전체를 비추었다.

한 훈련병이 자다 말고 비명을 질렀다. 잉걸불이 십자가 주위를 날아다녔다. 문득 1945년의 크리스마스가 생각났다. 해병대를 나오자마자 로스앤젤레스 보안관이 그를 채용했었는데.

폴로의 자동차가 사람들 눈을 피해 활주로를 가로질렀다. 척이 기관단총과 실탄을 계류장 옆에 쌓아두었다.

더기 프랭크가 물었다. "나도 갈까요?"

"그래." 피터가 대답했다.

델솔, 오브레곤, 풀로가 쉐보레에서 내렸다. 셋은 배를 뒤뚱거리며 걸었는데, 맥주와 칠면조를 너무 많이 처먹은 탓이다.

선창에 도착해 보니, 토마스 오브레곤이 선글라스를 쓰고 있었다. 새벽 2시에. 선글라스와 긴소매 옷. 이렇게 턱 없이 포근한 밤인데.

피터는 뺨을 올려붙여 오브레곤의 선글라스를 벗겼다. 개자식의 눈은 완전히 마약에 절어 있었다. 투광 조명에 번드르르한 두 눈이 드러났다.

오브레곤은 바짝 얼었다. 로저스가 그를 제압했다.

아무도 입을 열지 않았다. 그럴 필요도 없었다. 눈으로 보는 장면이 더 호소력이 강하기 때문이다.

오브레곤이 몸을 꿈틀거렸다. 풀로가 소매를 걷어 올리자 바늘 자국이 두 팔에 가득했다. 추악한 붉은 점들.

모두가 델솔을 쳐다보았다. 오브레곤의 빌어먹을 사촌. 결론은 뻔했다. 그 새끼로 해.

척이 오브레곤을 놓아주었다. 피터는 자기 총을 델솔에게 건넸다.

오브레곤은 덜덜 떨며 선창 위에서 비틀거렸다.

델솔이 그의 가슴에 여섯 발을 쏘았다.

오브레곤은 한 바퀴 돌아 물속에 빠졌다. 총알이 낸 상처마다 김이 칙 소리를 내며 꺼져갔다.

풀로가 뛰어들어 머리 가죽을 벗겼다.

델솔은 시선을 피했다.

38

히아니스 부두, 1959년 12월 25일

크리스마스트리가 천장을 밝혔다. 가짜 눈이 거대한 선물 더미를 뒤덮었다.

켐퍼는 달걀술을 홀짝였다.

"휴일이면 슬퍼지는 모양이군." 잭이 말했다.

"꼭 그렇지는 않습니다."

"내 부모야 아이들을 낳느라 무리했지만 당신네 부모는 선견지명이 있어서 한둘 정도로 끝났잖소."

"동생이 있었는데, 사냥 갔다가 오발 사고로 죽었죠."

"몰랐던 얘기네요."

"아버지와 난 여름 별장 주변에서 사슴을 쫓았어요. 계속 주변을 살피며 숲을 향해 총을 쏘았죠. 그때 언뜻 컴튼 위크와이어 보이드가 보였습니다. 갈색 재킷에 흰색 귀덮개가 달린 모자를 썼는데 그때가 1934년 10월 19일이었습니다."

잭이 고개를 돌렸다. "켐퍼, 유감이에요."

"애초에 얘기를 꺼낸 제 잘못입니다. 전 한 시간 후 뉴욕으로 떠나야 하고, 대화를 원하셨는데 오히려 대화를 끊고 말았네요."

실내는 난방이 너무 과했다. 잭은 난로에서 의자를 좀 더 떼어놓았다.

"아직 로라를 만나요?"

"예, 딸이 사우스벤드에서 친구들과 크리스마스 식사를 하고 스키 여행을 떠납니다. 그 후 뉴욕에서 로라와 저를 만나기로 했죠."

피터가 준 반지는 잘 닦아 광이 번쩍번쩍했다. 오늘 밤에는 기어이 그 질문을 할 참이었다.

"당신하고 로라 일은 기막힌 충격이었어요."

"하지만 익숙해지셨죠?"

"어느 정도는."

"초조해 보이십니다, 잭."

"8일 후면 발표인데, 머릿속이 이런저런 문제로 복잡하기만 해요. 어떻게 처리할지 난감하기도 하고."

"예를 들면?"

"웨스트버지니아. 석탄 광부와 얘기해야 하잖소. 그런데 그 인간이 '이봐요, 당신 아버지가 미국 최고 갑부라면서요? 당신도 평생 손에 물 한 번 묻혀본 적 없고?'라고 물으면 어떡하지?"

켐퍼는 미소를 지었다. "이렇게 대답하세요. '사실입니다.' 그럼 우리가 심어놓은 반백의 노인이 이렇게 외칠 겁니다. '머리가 진짜 좋다던데, 그게 참말이오?'"

잭이 폭소를 터뜨렸다. 켐퍼는 재빨리 연줄을 확인했다. 지앙카나와 트라피칸테가 웨스트버지니아를 대부분 장악했다.

"그곳에 도와줄 만한 사람들이 있습니다."

"불합리한 쪽은 그 사람들한테 빚지는 걸로 합시다. 그래야 내 유전적 운명을 부패한 아일랜드 정치가로 끌어안을 수 있을 테니까."

켐퍼는 웃었다. "그래도 초조해 보이십니다. 대화를 원하셨으니, 분명 심각하게 논의할 말씀이 있는 것 같은데."

잭이 의자를 뒤로 젖히며 스웨터에서 가짜 눈을 털어냈다. "후버 국장 생각을 했소. 아무래도 그자가 로라의 아버지를 알 것 같거든."

악마의 변호인이 자동적으로 치고 들어왔다. "몇 년 됐을 겁니다. 제가 로라와 만나는 것도 압니다. 아버지 얘기는 그녀보다 빨리 알았죠."

보비의 아이들이 방 안으로 뛰어 들어왔다. 잭이 애들을 쫓아내고 발 끝으로 문을 닫았다.

"관음증 호모 새끼 같으니."

켐퍼는 생각나는 대로 읊어댔다. "그뿐 아니죠. 부계의 혈통은 물론 지금까지 잭의 연애 건에 대해서도 샅샅이 꿰고 있습니다. 잭, 제가 후버를 막을 최선의 방책입니다. 저를 좋아하고 믿는 데다 그 양반이 바라는 것이라야 잭이 당선된 후에도 자리를 보전하는 것뿐이니까요."

잭이 담뱃갑으로 자기 턱을 두드렸다. "아버지는 후버가 우리를 감시하려고 당신을 보냈다고 말씀하시더군."

"부친 말씀이 틀리지는 않습니다."

"뭐?"

"후버는 차량 절도 수사에서 부정을 저질렀다는 이유로 저를 조기 은퇴시켰습니다. 그래서 매클렐런 위원회에 지원했는데, 그 후로 후버가 저를 쪼아대는 중입니다. 제가 로라와 만난다는 사실을 알고는 잭에 대한 정보를 묻기도 했죠. 제가 싫다고 하자 '나한테 빚을 졌다'고 하더군요."

잭이 고개를 끄덕였다. 그래, 그렇겠지. "아버지가 사립탐정을 맨해튼에 보내 당신을 미행했는데, 그 친구 말이 세인트레지스에 스위트룸이 있다고?"

켐퍼는 윙크를 했다. "잭 가족이 사는 방식에 혹했습니다. 저한테도 연금, 봉급, 주식 배당금이 있습니다. 게다가 돈 많이 드는 여인한테 구애 중이죠."

"주로 플로리다에 있는 거요?"

"후버가 친카스트로 그룹을 감시하게 했죠. 그에게 빚을 진 이유이기도 하고요."

"그래서 선거 이슈로 그렇게 열심히 쿠바를 미는 건가?"

"맞습니다. 제가 보기에 카스트로는 큰 골칫거리입니다. 당연히 그에 대해 강경책을 쓰셔야 합니다."

잭이 담배에 불을 붙였다. 그야 당연하지. "아버지한테는 아무 문제없다고 말하지. 하지만 한 가지 약속은 해야 할 거요."

"약속이라뇨?"

"로라와 당장은 결혼하지 않겠다는 약속. 기자들이 꼬일까봐 걱정하고 계시거든."

켐퍼는 그에게 반지를 건넸다. "저 대신 보관하고 계시죠. 오늘 밤 로라한테 청혼할 생각이었는데, 아무래도 대선 이후로 미뤄야겠군요."

잭이 반지를 주머니에 넣었다. "고맙소. 그 바람에 크리스마스 선물이 없어진 것 아니오?"

"뉴욕에 가서 뭐든 골라보겠습니다."

"저기 나무 아래 에메랄드 핀이 있어요. 로라는 녹색이 어울리니까. 재키도 찾지 않을 거요."

39

사우스벤드, 1959년 12월 25일

리텔은 기차에서 내려 뒤를 확인했다.

도착하고 출발하는 승객들은 평범해 보였다. 노트르담 아이들과 불안해하는 부모들. 치어리더 몇이 몸을 떨었다. 영하 12도에 창녀처럼 미니스커트 차림을 했으니 왜 안 그렇겠는가.

무리가 흩어졌다. 플랫폼에서도 달라붙는 자는 없었다. 한마디로 말해, 유령만이 유령을 본다.

자꾸만 뒤를 확인하는 습관은 음주 부작용일 것이다. 전화선의 딸깍거리는 소리도 과민 반응일 가능성이 크다.

전화기를 두 개나 분해했지만 도청 장치는 찾지 못했다. 마피아도 외부 도청은 불가능하다. 경찰이라면 또 몰라도. 지난주 그와 맬컴 카말레스를 감시하던 남자도 어쩌면 단골손님에 불과하고, 다만 두 사람의 좌파적 대화에 솔깃했을 것이다.

리텔은 역 라운지에 들러 호밀주와 맥주를 연거푸 세 잔 꺾었다. 수전과의 크리스마스 식사 때문에라도 술이 필요했다.

인사치레는 늘어지고 대화는 편안한 주제 사이를 오락가락했다.

그가 껴안자 수전은 움찔했다. 헬렌은 완전히 거리를 두었다. 클레어는 '여자 쿰퍼'로 자랐는데, 정말이지 기절초풍할 정도로 아버지와 똑같았다. 수전은 그를 아버지라 부르지 않고, 클레어는 "워드 베이비"라고 불렀다. 헬렌은 그녀가 사춘기라고 비아냥거렸다.

수전은 이제 제 엄마처럼 담배를 피워댔다. 불을 붙이고 연기를 내뿜는 것까지 일사천리였다. 아파트도 마거릿의 방을 그대로 빼닮았다. 자기류와 딱딱한 가구들이 너무 많았다.

클레어는 시내트라 레코드를 틀고, 수전은 달걀술을 희석해 내왔다. 아버지가 술을 너무 많이 마신다고 헬렌이 고자질했을 것이다.

쿰퍼 소식은 몇 달째 듣지 못했다고 말했다.

클레어가 미소를 지었다. 아버지의 비밀을 모두 알기 때문이다. 수전이 저녁을 준비했다. 마거릿이 줄창 만들곤 했던 햄과 감자 요리.

넷이 자리에 앉았다. 리텔은 고개를 숙이고 기도했다. "오, 하늘에 계신 아버지, 우리 모두와 이 자리에 없는 친구들에게 축복을 내려주소서. 최근 우리 곁을 떠난 세 친구의 영혼을 바치나이다. 오만하기는 해도 정의를 수호하려는 충절 때문에 목숨을 잃었으니 굽어 살피소서. 이 신성한 날과 새해에도 우리 모두를 축복하소서."

수전이 눈을 굴리며 "아멘"을 읊조렸다. 클레어는 햄을 썰고 헬렌은 와인을 따랐다.

여자들은 잔을 가득 채웠다. 리텔에게는 조금만 따랐는데, 그마저 싸구려 카베르네 소비뇽이었다.

"아버지는 오늘 밤, 애인한테 청혼한대요. 아버지와 멋쟁이 새엄마를 위해 건배하죠. 나보다 아홉 살밖에 많지 않아요." 클레어의 말에 리텔은 속이 메스꺼웠다. 케네디의 숨은 매제로 발돋움하는 쿰퍼라니….

"클레어, 대단하다, 얘. 어떻게 '새엄마'와 '멋쟁이'가 한 문장에 들어간다니?" 수전이 말했다.

클레어가 고양이 발톱을 만들었다.

"어떻게 세대 차이를 빼먹을 수 있겠어? 우리가 알다시피 세대 간극이

네 불만의 핵심이잖아. 안 그래?"

헬렌이 끙 하고 신음 소리를 냈다. 수전은 접시를 옆으로 밀어내고 담배에 불을 붙였다.

리텔은 자기 잔을 채웠다.

"워드 베이비, 검사로서 우리 셋을 평가해봐요." 클레어가 말했다.

리텔은 미소를 지었다. "그야 어렵지 않지. 수전은 방탕아들을 기소하고, 헬렌은 고집 센 FBI 요원들을 변호하고, 클레어는 법무 법인에 들어가 아버지의 값비싼 취향에 돈을 대겠지."

헬렌과 클레어가 웃었다. 수전은 웃지 않았다.

"그런 사소한 일로 평가받고 싶진 않아요." 수전이 말했다.

리텔은 와인을 꿀꺽 들이켰다. "FBI에 들어갈 수도 있어, 수전. 1년 21일 후면 나도 은퇴하니까 그때 내 자리로 들어가 후버 국장 밑에서 불쌍한 좌파들을 고문하면 돼."

"빨갱이들이 뭐가 불쌍해요? 게다가 아버지 21년 연금으로는 술값 대기도 빠듯할 것 같네요."

클레어가 움찔했다. 헬렌도 말리고 나섰다. "수전, 제발."

리텔은 술병을 잡았다. "존 F. 케네디 일을 할 것 같아. 어쩌면 정말로 대통령이 될지도 모르지. 잭의 동생이 조직범죄를 공산당보다 싫어하는데, 모르긴 해도 가족의 성향이 다 비슷해."

"믿을 수가 없군요. 전 세계 절반을 노예화한 정치 체제와 일반 조폭을 비교하다니. 아버지가 대권을 돈으로 사는 얼빠진 자유주의자 정치인한테 넘어갔다는 것도 기가 막히고요."

"켐퍼 보이드도 잭을 좋아해."

"미안해요, 아버지. 클레어, 너한테도 미안하지만, 켐퍼 보이드는 돈을 사랑해요. 존 F. 케네디한테 돈이 많다는 사실을 모르는 사람 있어요?"

클레어가 방을 뛰쳐나갔다.

리텔은 술을 벌컥벌컥 들이켰다. "공산주의자가 무고한 사람들을 죽이지는 않아. 공산주의자는 자동차 배터리를 사람들 성기에 걸고 전기 고문을 하지도 않아. 공산주의자는 TV 전선을 욕조에 던지지도…."

헬렌이 뛰쳐나갔다.

수전이 힐난했다. "아버지, 정말 한심할 정도로 나약하네요."

그는 병가를 얻어 새해까지 처박혀 지냈다. 음식과 술은 A&P에서 배달해주었다.

로스쿨 종합 시험을 핑계로 헬렌은 오지도 않았다. 전화 통화도 주로 사소한 잡담과 한숨뿐이었다. 그놈의 딸깍하는 소리 때문에 매번 돌아버릴 것만 같았다.

켐퍼는 전화도, 편지도 없었다. 그를 무시하기로 한 것이다.

리텔은 호파 전쟁과 관련한 보비 케네디의 책을 읽었다.

TV에서 로즈볼과 코튼볼을 보고, 칼침 토니 이아노네를 추모했다. 그가 죽은 지 정확히 1년이 되었다.

정확히 호밀/맥주 넉 잔에 취기가 돌았다. 지금 상황에서 가장 적절한 용기가 뭔지 생각해보았다. 쥘 쉬프랭과 연기금 장부에 도전하겠다는 의지. 술을 몇 잔 더 마시자 그런 생각도 쏙 들어갔다. 무모한 도전은 곧 희생을 뜻했다. 용기란 말 그대로 나약함을 뻥 튀긴 것에 불과하다.

존 케네디의 대통령 후보 수락 연설도 들었다. 상원 당직자 회의실이 지지자들로 빼곡했다.

카메라들이 바깥의 피켓 라인을 잡았다. 트럭 노조원들. "헤이, 헤이, 호, 호. 케네디는 '노조 아웃'을 원한다!"

기자의 목소리가 겹친다. "플로리다 대배심은 트럭 노조위원장 제임스 R. 호파를 집중 조사 중입니다. 그는 트럭 노조의 선밸리 개발과 관련해 토지 사기 혐의를 받고 있습니다."

선밸리 외곽에서 호파가 웃는 장면에 끼어든다.

피터, 날 위해 몇 놈을 잡아주겠나?

아버지, 정말 한심할 정도로 나약하네요.

40

탬파, 1960년 2월 1일

잭 루비가 죽는 소리를 했다. "완전히 돌아버리겠어. 살 D. 씹새끼가 나한테 큰돈을 빚지고 죽었는데, 국세청 놈들이 받지도 않은 돈을 찾아내 겠다고 저 지랄들이잖아. 클럽 때문에 똥줄이 타는 판에 샘은 일찌감치 나를 팽이나 시키고. 너도 알다시피 내가 쿠바 공작의 후원자잖아. 친구하고 씨발, 스트리퍼 잔뜩 싣고 가서 블레싱턴 애들 떡치게 해줬는데, 내 입장에선 완전히 자발적이었다니까. 지금 한 얘기하고도 아무 상관없는 행동이라 이거야."

산토 트라피칸테 주니어는 책상에 앉고 루비는 그 앞에 서 있었다.

뚱땡이 독일 셰퍼드 세 마리가 카우치에서 꾸벅꾸벅 졸았다.

피터는 루비의 비굴한 모습을 지켜보았다. 집무실에서는 악취가 진동 했는데, 개들이 아무런 제재도 없이 돌아다녔기 때문이다.

루비가 말했다. "정말 끝장이야. 여기도 교황한테 탄원하는 기분으로 왔단 말이야."

트라피칸테가 말했다. "아니, 아바나에 갇혀 있을 때 네놈이 여자들을 데려오긴 했지만, 그래봐야 1만 달러 가치도 안 돼. 내 주머니에서 1000

313

달러 정도는 내줄 수 있지만 더 이상은 꿈 깨."

루비가 손을 내밀었다. 산토는 돈다발을 꺼내 100달러짜리 몇 장을 빼주었다. 피터가 일어나 문을 열었다.

루비는 돈을 세며 걸어 나가고, 산토는 그가 서 있던 자리에 향수를 뿌려댔다.

"소문을 듣자니 성적 취향이 좆같다더라고. 너한테 매독을 옮겨서 평생 쪽팔릴 수도 있어. 좋아, 좋은 소식 있으면 말해봐. 거지새끼하고 하루를 시작하고 싶지는 않으니까."

"12월과 1월에 2퍼센트 올랐습니다. 윌프레도 델솔이 사촌을 잘 다뤘으니 간부단을 배신할 것 같지는 않고 우리 돈을 훔치는 애들도 없습니다. 오브레곤 건으로 사소한 소동도 진화했다고 봅니다."

"누가 엿 먹이는 거야? 그렇지 않다면 나를 보자고 할 놈이 아니잖아?"

"폴로가 창녀들을 돌리고 있습니다. 여자들한테 수작을 부리게 해서 5달러짜리 마약과 캔디 바를 팔아먹더군요. 돈을 모두 양도하고는 있지만, 아무래도 눈감아줄 사업은 못 됩니다."

"그럼 그만두게 해." 트라피칸테가 말했다.

피터는 카우치 끄트머리에 앉았다. 투탕카멘이 공연히 그를 향해 으르렁거렸다. "록하트와 KKK 일당이 캠프 인근에 사교 클럽을 열었는데, 지금 린치에 대해 논의하는 중입니다. 그 꼭대기에 록하트의 친구들이 있는데, 댈러스 짭새 J. D.도 그중 하나죠. 루비와 함께 차를 타고 온 자입니다. 척 로저스는 J. D.를 비행기에 태우고 반공 전단지를 뿌리고 싶어 합니다. 사우스플로리다에 집중 포화를 하겠답니다."

산토가 책상 블로터를 때렸다. "그놈의 개지랄 좀 못하게 만들어."

"알겠습니다."

"그런 문제까지 나한테 확인받을 필요는 없어"

"켐퍼는 모든 규율이 트라피칸테 씨한테서 시작해야 한다고 생각합니다. 훈련병들이 우리를 노동자라고 생각하길 바라는 거죠. 관리자와 싸우는."

"켐퍼는 예민한 친구야."

피터는 파로크 왕과 아서 왕을 쓰다듬었다. 망할 놈의 투탕카멘 왕은 여전히 노려보기만 했다.

"카스트로는 내 카지노를 몽땅 돼지우리로 만들었어. 여편네가 직접 고른 카펫 위로 염소 새끼들이 똥을 싸지르고 다니다니."

"대가를 치를 겁니다." 피터가 대답했다.

그는 마이애미로 돌아왔다. 택시 회사는 게으름뱅이들로 가득했다. 록하트, 폴로, 망할 놈의 간부단 모두.

척 로저스는 제외. 그나마 비행기를 타고 전단지를 뿌리고 있단다.

피터는 회사 문을 닫고 법을 공표했다. 그리고 그 법을 '간부단 비-독립선언과 KKK 무-권리장전'이라고 이름 지었다.

뚱쟁이질 금지. 강도질 금지. 개소리 금지. 가택 침입 금지. 금품 갈취 금지. 린치 금지. 깜둥이 구타 금지. 교회 폭파 금지. 쿠바인 모욕 금지.

블레싱턴 KKK 지부의 특별 의무: 쿠바인을 사랑할 것. 쿠바인을 건드리지 말 것. 쿠바인을 건드리는 자는 누구든 박살낼 것.

록하트가 인종학살법이라고 비꼬자 피터는 놈의 손가락 관절을 박살냈다. 록하트는 입을 다물었다.

작전은 끝났다. 잭 루비가 찾아와 차에 태워달라고 떼를 썼다. 여자들을 블레싱턴으로 데려가야 하는데 자동차 기화 장치가 터졌단다.

피터는 좋다고 했다. 여자들은 카프리스 속옷과 비키니 차림이었다. 상황이 좋지 않았다.

루비는 앞에 타고 J. D. 티핏과 스트리퍼들은 트럭 짐칸에 탔다. 비구름이 몰려오고 있었다. 태풍이라도 부는 날에는 완전히 좆 됐다고 봐야 했다.

피터는 남쪽으로 가는 2차선 도로를 택했다. 라디오를 틀어 루비의 입을 막았다. 척 로저스의 비행기가 어딘가에서 날아와 나무 높이쯤에서 공중제비를 몇 바퀴 돌았다.

여자들이 환호를 보냈다. 척이 식스 팩 맥주를 던지자 J. D.가 잡았다. 전단지들이 공중에서 떨어졌다. 피터는 허공에서 하나를 낚아챘다.

"'빨갱이들을 바다에 처넣었다'를 네 글자로 줄이면?" 1번만으로도 분위기를 알 만했다. 흥해 흥어!

루비가 주변을 둘러보았다. 티핏과 여자들은 맥주를 벌컥벌컥 들이켜고 척은 비행 패턴을 바꿔 흑인 교회에 벽돌을 투하했다.

라디오 신호가 죽자 루비가 앵앵대기 시작했다. "산토 머리가 좋은 건 아니잖아? 내가 부탁한 돈에서 10분의 1만 내민 것도 기억력 10분의 9가 깜빡깜빡하기 때문일 거야. 씨발, 저년들을 아바나까지 데려가려면 얼마나 좆 빠지는지 좆도 모르잖아. 콧수염 새끼 때문에 빡치기야 했겠지. 씨발, 그렇다고 나처럼 시카고 FBI 새끼가 찰거머리처럼 따라붙은 것도 아니잖아."

피터가 끼어들었다. "시카고 FBI라뇨?"

"이름은 몰라. 잠깐 얼굴만 봤을 뿐이니까. 알라 만세."

"인상착의를 설명해봐요."

"키는 185센티 정도. 나이는 마흔여섯이나 일곱. 안경잡이. 머리는 회색에 숱이 없고 술꾼이 확실해. 딱 한 번 대면했는데, 입에서 위스키 냄새가 났거든."

도로가 푹 꺼졌다. 피터가 브레이크를 잡았지만 하마터면 트럭이 빠져 오도 가도 못할 뻔했다. "어떻게 따라붙었는지 얘기해줘요."

"왜? 내가 왜 너하고 이런 빌어먹을 쪽팔린 얘기를 해야 하는데? 이유 하나만 대봐."

"얘기하면 1000달러 주죠. 맘에 들면 4000달러 더 주고."

루비가 손가락을 꼽았다. 하나부터 다섯까지.

피터는 운전대를 가볍게 톡톡 두드렸다. 1-2-3-4-5.

루비가 입술로 박자를 따라 했다. 1-2-3-4-5.

피터는 다섯 손가락을 들었다. 루비가 큰 소리로 수를 셌다.

"맘에 들면 5000달러라고?"

"그래요, 잭. 맘에 안 들어도 1000달러."

"얘기하기엔 위험이 엄청 큰데…."

"그럼 하지 말든지."

루비가 유대인의 별 목걸이를 만지작거렸다. 피터는 계기반에 다섯 손가락을 펼쳤다. 루비가 별에 키스하고 기이한 한숨을 쉬었다.

"지난 5월, 댈러스에서 FBI 새끼한테 좆 나게 얻어터졌어. 씹새가 온갖 협박을 주워섬기는데, 장난이 아니더라고. 어차피 잃을 게 없는 사이코 광신도였거든. 그 새낀 내가 빅 D.하고 시카고에서 돈놀이하는 사실도 알고, 샘 지앙카나한테 거액 대출 희망자를 올려 보낸다는 것도 알았어. 그렇게 빡빡하게 나온 것도 그 때문이었지. 트럭 노조 연기금에서 흘러나온 돈을 추적하고 싶어 했거든."

구닥다리 리텔. 무모하고 어리석은 인간.

"일주일에 한 번씩 공중전화로 연락하라고 협박했는데, 내가 깽깽대면 몇 달러씩 집어주곤 했지. 한 번은 내가 아는 영화감독 얘기를 해보라는 거야. 시드 카비코프라고. 그 친구, 살 도노프리오라는 돈놀이꾼을 만나고 싶어 했거든. 어쨌든 대출을 받게 해주려고 샘한테 감독 놈을 올려 보냈지. 그 후엔 어떻게 됐는지 몰랐는데, 나중에 시카고 신문에서 카비코프와 도노프리오 둘 다 살해당했다는 기사를 읽었어. 그것도 빌어먹을 '고문 살해'였다. 두 사건 모두 아직 미제고. 씨발, 내가 아인슈타인은 아니지만 시카고에서 '고문'이면 직빵 샘 G.라는 것 정도는 알지. 다행히 샘은 내가 끼어 있다는 사실을 몰라. 아니면 당근 불려 갔겠지, 니미. 그런데 이 쓰레기 난리 바닥에 FBI 사이코 새끼가 있는 거잖아."

리텔은 무법자처럼 일한다. 보이드의 절친이기도 하다. 레니 샌즈는 리텔 및 도노프리오와 함께 일했다.

루비가 무릎에서 개털을 뜯어냈다. "5000달러 가치는 있지?"

도로가 희미해졌다. 하마터면 악어와 부딪칠 뻔했다.

"살 D.와 카비코프가 죽은 후에도 FBI가 전화했어요?"

"아니, 전혀. 그보다 내 5000…."

"줘요, 줍니다. 그자가 다시 전화할 때 나한테 알려주면 3000달러를 더 얹어줄게요. 거기에 만나도록 주선까지 해주면 5000달러 더."

루비는 좋아서 어쩔 줄을 몰라 했다. "왜? 씨발, 그렇게 돈을 처바르려는 이유가 뭐야?"

피터는 미소를 지었다. "우리 둘만의 비밀. 오케이?"

"네가 비밀을 원하면 나도 비밀을 지키지. 이래봬도 내가 입 무겁고 비밀 잘 지키기로 소문이 짜한 사람이걸랑."

피터는 매그넘을 꺼내 무릎 사이에 끼웠다.

루비가 미소를 지었다. 오, 뭐하자는 거야?

피터는 실린더를 빼낸 다음 실탄 다섯 개를 넣고 돌렸다.

루비가 다시 미소를 지었다. 이봐, 농담이 심하잖아.

피터는 그의 머리를 쏘았다. 5 대 1의 선택은 유효했다. 공이가 빈 약실을 때린 것이다.

루비의 얼굴이 KKK 후드만큼이나 창백해졌다.

피터는 말했다. "주변에 물어봐요. 내가 어떤 사람인지."

차는 어둑해져서야 블레싱턴에 떨어졌다. 루비와 티핏은 스트립쇼를 준비했다.

피터는 경찰로 위장해 미드웨이 공항에 전화했다. 접수원이 루비의 이야기를 확인해주었다. 지난해 5월 18일, 워드 J. 리텔이라는 자가 댈러스로 떠났다. 그는 전화를 끊고 이번에는 에덴록 호텔을 불렀다. 교환원은 켐퍼 보이드가 '출타 중'이라고 했다. 피터는 그에게 메시지를 남겼다. "오늘 밤 10시. 루아우 라운지. 긴급."

보이드는 담담하게 받아들였다. 마치 숨 쉬기조차 귀찮은 사람 같았다. "워드가 연기금을 쫓는다는 사실은 알고 있었어."

피터는 담배 연기로 동그란 원을 내뿜었다. 보이드의 말투에 배알이 꼴렸다. 이런 개 같은 대접을 받기 위해 150킬로를 달려왔단 말인가. "아무렇지도 않다는 거예요?"

"리텔이 걱정스럽기는 하지만 그 밖에는 걱정할 문제가 아닌 것 같아. 왜? 네 정보원이 까발릴 것 같아서?"

"아뇨, 그놈은 리텔의 이름도 몰라요. 게다가 좆 나게 겁을 줘놨죠."

토치에서 나오는 불빛이 테이블을 밝혔다. 보이드는 그 기이하고도 작은 조명을 흘끗 쳐다보았다. "왜 이 문제가 걱정인지 모르겠군, 피터."

"지미 호파 때문이죠. 우리하고 쿠바 건으로 엮였는데 지미가 바로 연기금이니까요."

보이드가 테이블을 톡톡 두드렸다. "리텔은 시카고 마피아와 연기금만 파고들어. 쿠바 공작은 끄떡없을 거야. 아무튼 지미한테 경고할 필요도 없고, 레니 샌즈와 상의할 생각도 하지 마. 그쪽 분야가 아니니까. 괜히 긁어 부스럼 낼 필요 없잖아."

역시 구닥다리 보이드였다. 하나같이 "알 필요 없다"는 식이라니.

"지미한테 경고할 필요는 없다 해도 이것만은 확실히 해두죠. 지미가 나를 고용한 이유는 안톤 그레츨러를 제거하기 위해서였어요. 그 때문에 리텔한테 당하고 싶지는 않다 이겁니다. 그 양반 때문에 내가 그 일에 끼어들었지만 완전히 꼭지가 돌아 아예 까발리고 싶어 하니까. 후버 국장이 있든 없든."

보이드가 마티니 막대기를 저었다. "네가 롤란도 키르파스키도 담갔어?"

"아뇨, 지미가 직접 했죠."

보이드가 휘파람을 불었다. 너무나 충동적이야. 너무나.

피터는 상체를 디밀었다. "리텔을 너무 많이 봐주네요. 지나칠 정도로."

"우린 둘 다 형제를 잃었어, 피터. 그러니 그쯤 해두지."

아무런 의미도 없는 말이었지만, 보이드는 이따금 그런 식으로 모호하게 넘어갔다.

피터는 등을 기댔다. "리텔을 감시하기는 합니까? 그 양반 고삐를 단단하게 틀어쥐고 있냐고요?"

"그 친구하고는 몇 달째 접촉하지 않어. 지금은 오히려 그 친구와 후버 국장한테서 거리를 두고 있지."

"왜요?"

"그냥 본능 같은 거야."

"생존 본능?"

"그보다는 귀소 본능에 가깝겠지. 누군가와 멀어지면 현재 인물에게 끌리는 법이니까."

"케네디 가문 같은?"

"그래."

피터는 웃었다. "그러고 보니 잭이 떠난 후로 당신을 본 적이 별로 없군요."

"대선 이후까지는 만날 일 없을 거야. 스탠튼도 다른 곳에 신경 쓰지 말라고 하더군."

"당연하겠죠. 당신을 고용한 것도 케네디 가문에 붙이기 위해서였으니."

"후회하지 않을 거야."

"나도 아쉬울 일 없수다. 말인즉슨, 간부단을 나 혼자 운영한다는 뜻일 테니까."

"감당할 수 있나?"

"깜둥이들이 춤은 출 수 있습니까?"

"당연하지."

피터는 맥주를 홀짝였다. 밋밋한 맛. 깜빡 잊고 새 술을 주문하지 않았다. "대선 일이 11월까지 이어질 것처럼 말하는군요."

"당연히 그렇게 될 거야. 잭은 뉴햄프셔와 위스콘신에서 우세해. 웨스트버지니아만 이기면 그다음부터는 순탄 대로지."

"그럼 그가 반카스트로이길 바랍니다."

"그것도 당연해. 리처드 닉슨처럼 능변가는 아니지만. 딕은 옛날부터 공산당을 탄압해왔어."

"대통령 잭이라…. 맙소사!"

보이드가 웨이터에게 신호를 보내자 마티니 잔이 재빨리 당도했다.

"가능성이 커, 피터. 잭은 특유의 매력으로 이 나라를 구석으로 밀어붙일 거야. 여자 다루듯이. 예를 들어 잭과 딜링이 딕 닉슨 영감, 둘 중에서 선택한다고 할 때 여자들이 어느 쪽으로 움직일 것 같아?"

피터는 맥주잔을 들었다. "미국 만세. 바람둥이 잭 만세."

두 사람은 잔을 부딪쳤다.

"잭은 쿠바 공작을 후원할 거야. 침공까지 이어진다 해도 반드시 그의 행정부에서 해야 해." 보이드가 주장했다.

피터는 담배에 불을 붙였다. "그 문제는 걱정 안 합니다. 리텔만 떼어 내줘요. 그럼 걱정할 일은 하나밖에 없으니까."

"CIA가 간부단 사업을 눈치챌까봐 불안한 모양이군."

"당연하죠."

"오히려 놈들이 알아냈으면 좋겠어. 실제로 11월 전에는 귀띔해줄 생각이다. 어차피 들킬 수밖에 없는 일이야. 그래도 그쪽에서 알아낼 즈음엔 케네디와의 관계가 확실하게 자리를 잡을 테니까 함부로 건드리지 못해. 훈련병 규모도 너무 크고 간부단이 벌어들이는 돈도 무시할 수준을 넘겠지. 도덕성 문제라면 … 한 나라를 불법 침공하는 판에 깜둥이한테 헤로인 좀 판다고 뭐가 대수겠나?"

이번에도 구닥다리 보이드. 제멋대로 판단하고 제멋대로 결론짓고.

"리텔 걱정도 집어치워. 그 친구, 보비 케네디한테 전해주겠다고 증거를 수집 중인데, 보비한테 보내는 정보는 내가 모두 검열해. 리텔은 절대 널 건드리지 못해. 그건 내가 허락하지 않아. 키르파스키를 죽였다는 이유로 지미를 겨냥할 수도 없고, 너뿐 아니라 공작에 관한 한 그 어느 것도 흠집 낼 수 없다. 그래도 조만간 호파는 보비가 잡을 테니까 그 일에는 개입하지 않도록 해."

피터는 머리가 빙빙 도는 기분이었다. "반박할 생각은 없지만 지금은 리텔이 신경 쓰여요. 당신 친구가 기어이 피박을 쓰겠다면 나도 마다할 생각은 없다고요."

"그 점엔 나도 토를 달지 않겠어. 뭘 해도 좋지만, 그래도 죽이지는 마."

악수를 나누며 보이드가 프랑스어로 덧붙였다. "피에르, 기억을 떠올려봐."

상대를 이해할 수 있어야 통제도 가능한 법이다.

41

뉴욕시티/히아니스 부두/뉴햄프셔/위스콘신/일리노이/웨스트버지니아,
1960년 2월 4일~5월 4일

크리스마스 때 확신했지만 그 이후로도 의혹은 점점 굳어만 갔다.

잭은 로라의 반지를 보관했고, 켐퍼는 재키의 에메랄드 핀을 받았다. 자동차는 시동이 걸리지 않았다. 케네디의 운전사가 점검하는 동안 켐퍼는 공관을 어슬렁거리다가 잭이 변신하는 모습을 보았다.

그는 해변에 혼자 서서 유권자에게 보여줄 모습을 소리 높여 연습하고 있었다.

켐퍼는 보이지 않는 곳에서 그를 지켜보았다.

잭은 키가 큰 편이다. 목소리는 성량보다 울림통이 컸다. 상대를 찌르는 듯한 동작도 과거에 늘 아쉬웠던 매력을 채워주었다.

잭은 웃었다. 고개를 기울여 얘기를 경청했다. 전문가답게 러시아, 시민권, 우주 경쟁, 쿠바, 가톨릭 문제, 자신의 어린 시절을 요약하고 리처드 닉슨이 일구이언의 게으름뱅이 반동이며 작금의 위기에 지상에서 가장 위대한 나라를 이끌기엔 부적절한 인물로 묘사했다.

그는 정말로 영웅처럼 보였다. 집중하는 순간엔 혼신의 열정을 있는 대로 쏟아 부었다.

자기도취는 그대로였으나 세상을 얻을 때까지는 잠시 미뤄두기로 한 듯했다.

잭은 승리를 확신했다. 켐퍼는 잭이 위대함에 신비감이라는 위력까지 보태리라는 사실을 알고 있었다. 이 새로운 자유 때문에라도 사람들은 그를 사랑할 수밖에 없으리라.

로라는 핀을 맘에 들어 했다.

잭은 뉴햄프셔와 위스콘신을 접수했다.

지미 호파도 해당 주를 순회하며, 트럭 노조를 동원하고 국영 TV에 나가 욕설을 퍼부어댔다. 지미는 입을 열 때마다 특유의 광기를 드러냈다.

켐퍼는 반격을 개시했다. 잭을 지지하는 피켓들이 트럭 노조 피켓들과 난투극을 벌였다. 잭 진영의 남자들은 목소리도 크고 플래카드도 잘 흔들었다.

보비의 책은 베스트셀러에 올랐다. 켐퍼는 노조마다 책을 공짜로 배포했다. 여론은 4개월 만에 지미를 쓰레기로 만들었다.

잭은 눈부실 정도로 미남이었다. 호파는 거만한 데다 곤경에 처했다. 그의 반케네디 구호에는 하나같이 각주가 따라붙었다. "현재 토지 사기로 수사 중."

사람들은 잭을 사랑했다. 그의 몸에 손을 대고 싶어 했다. 켐퍼는 사람들이 제재 없이 접근하게끔 했다.

켐퍼는 사진사들을 가까이 배치했다. 잭의 유쾌함을 정말로 사랑의 빛이 반사해 나온 것이라고 생각하게 만들고 싶었다.

네브래스카는 거의 무주공산이었다. 웨스트버지니아 예비 선거는 6일이 걸렸는데, 잭은 허버트 험프리를 저 멀리 떼어놓았다.

프랭크 시내트라가 남부 두메산골의 유권자들을 유혹했다. 험프리 보거트를 따르는 배우 집단은 신나는 잭 찬가를 작곡해서 페이올라(돈을 지불하면 음반을 틀어주는 라디오 방송을 일컫는 말-옮긴이)를 통해 계속 틀어댔다.

로라는 시내트라를 목소리만 큰 좀고추라고 불렀다.

로라는 잭의 상승세에 격분했다. 로라는 그의 이복동생이자 버림받은 고아였다. 그리고 켐퍼 보이드는 내부자 지위를 획득한 이방인이었다.

켐퍼는 매일 밤 거리에서 로라에게 전화했다. 로라는 그저 겉치레라고 생각했다.

로라는 레니 샌즈를 그리워했다. 하지만 켐퍼가 쫓아버렸다는 사실은 모른다. 레니가 시카고 번호를 바꿔 로라가 전화할 방법은 없었다. 켐퍼는 레니의 전화 요금 청구서를 추적해 그가 전화하지 않는 것까지 확인했다.

보비는 '웅변 코치' 레니를 기억했다. 몇몇 임원이 복습 과정을 만들어 레니를 뉴햄프셔로 초대했다. 잭이 레니를 켐퍼에게 소개했다. 레니는 노련한 연기를 펼치며 분노든 두려움이든 눈꼽만큼도 드러내지 않았다. 그리고 잭의 연설 목소리를 최고 수준으로 만들어주었다. 보비는 그를 위스콘신 유세 임원으로 받아들였다. 군중동원팀. 레니는 작은 예산으로 많은 군중을 모았고, 보비는 크게 기뻐했다.

클레어는 주말 대부분을 로라와 지냈다. 그 애는 잭의 이복동생이 미치광이 닉슨의 팬이라고 말했다.

그건 후버 국장도 마찬가지였다.

그와는 2월 중순에 통화했다. 후버 국장이 전화를 걸어 "맙소사, 이게 도대체 얼마 만인가!" 하며 반가운 척을 했는데, 완전히 표리부동한 말투였다. 켐퍼는 자신의 충성을 재확인해주고, 조 케네디의 오래된 의구심을 설명해주었다. 후버는 이렇게 반응했다. "자네의 위장을 보강할 파일을 만들어주지. 그래서 플로리다 여행을 오로지 나를 위한 공작으로 보이게 만드는 거야. 좋아, FBI의 친카스트로 감시단장으로 임명하면 되겠군그래."

켐퍼는 플로리다의 주요 일정을 알려주었다. 후버는 그에게 가짜 일정표를 보내 암기하도록 했다.

후버는 선거 얘기는 거론하지 않았다. 케네디의 승리를 감지했다는 뜻이다.

잭과 여자들 얘기도 쏙 빼먹었다. 창녀들을 도청하자는 제안도 하지 않았다. 켐퍼가 왜 연락하지 않았는지에 대해서도 캐묻지 않았다.

더 이상 갈봇집을 늘이는 걸 원치도 않았다. 그저 충성도 높은 자리 하나만 지키면 그만이었다.

뚜쟁이 착취? 아니면 뚜쟁이의 봉사? 물론이다.

켐퍼는 잭에게 매일 밤 콜걸을 한 명씩 제공했다. 지방 풍기단속반에 전화를 걸어 배급을 부탁하고 잭이 안은 여자들을 모조리 취조했다.

여자들은 잭을 사랑했다.

특수요원 워드 리텔도 그랬다.

대화를 끊은 지 6개월이 지난 어느 날, 워드가 잭의 밀워키 대중 집회에 나타났다. 시카고 망령이 되어 나타난 전직 시카고 유령.

그는 나약하고 지저분해 보였다. 어느 모로 봐도 FBI 요원과는 거리가 멀었다.

워드는 마피아 소문이나 연기금 전술에 대해서는 입을 다물었다. 도노프리오 살인에 대해서도 언급하지 않았다. 그리고 자신이 빨갱이팀 임무에 소홀했다고 인정했다. 자신이 미행하던 좌파와 친분을 쌓았다는 고백도 했다.

워드는 케네디의 선거에 감동했다. 케네디 배지를 달고 근무했으며 지국장 리히가 그런 짓을 그만두라고 하자 난동까지 부렸다.

워드 리텔의 반마피아 십자군은 죽었다. 후버 국장은 이제 그들을 건드릴 수 없었다. 보이드/리텔과의 공모는 무익하고 무가치했다.

켐퍼는 보비한테 유령이 아직 활동 중이라고 보고했다. 보비의 대답은 야멸찼다. 쓸 데 없는 일로 귀찮게 하지 마세요.

리텔은 8개월 후 은퇴할 예정이었다. 그의 꿈은 케네디가의 약속에 달렸다.

워드는 잭을 사랑한다.

뉴햄프셔도 잭을 사랑한다. 위스콘신도 잭을 사랑한다.

웨스트버지니아가 마음을 열어주었다. 그린브라이어 카운티는 중요한 격전지이자 마피아가 장악한 지역이었다.

켐퍼는 마피아의 도움을 청하지 않기로 했다. 보비가 싫어하는 자들한테 잭이 빚을 질 이유는 없었다.

시내트라는 상황을 제대로 표현했다. "잭의 마술이 나를 사로잡았네!"

42

블레싱턴/마이애미, 1960년 2월 4일~5월 4일

"잃어버린 형제" 운운하던 말이 계속 신경 쓰였다. 도무지 머릿속에서 밀어낼 수가 없었다.

존 스탠튼은 3월 중순 캠프를 순회했다. 피터는 그때 넌지시 켐퍼 보이드의 배경에 대해 물었다.

스탠튼은 CIA에서 조사한 적이 있다고 대답했다. 사냥 사건 얘기로 점수를 얻었고, 그 후로는 사소한 문제에 휘둘리지 않았다고 했다.

보이드는 프랑스어를 한다. 허풍도 믿게 하는 능력이 있다. 자신의 세계가 쉭쉭 정신없이 돌아가도록 만든다.

피터의 최근 석 달은 말 그대로 '제멋대로'였다.

켐퍼의 일정은 오로지 케네디뿐이었다. 그리고 피터의 일정은 이제 쿠바가 전부다.

폴로는 더 이상 창녀들을 돌리지 않는다. 록하트는 새로운 지부 강령을 끌어안았다. 블레싱턴의 2주짜리 훈련도 6회나 돌아갔다. 총 746명.

쿠바인들은 화기 취급, 유도, 쾌속정 조종, 파괴 기본 등을 배웠다. 척 로저스가 친미 교의를 주입했다.

간부단은 마이애미 모병을 이어갔고 다혈질의 쿠바인들이 몰려들었다. CIA의 공작 캠프도 이제 예순 곳으로 늘었다. 과테말라에 '상급 훈련소'를 설립해 완전 군장으로 군사 훈련을 실시했다.

아이크도 주머니 끈을 풀고 망명자 침공 계획을 승인했다. 사실 대단한 정책 변화다. 피델 공략을 위한 3종 계획이 모두 틀어지면서 랭글리의 사고력이 마구 헝클어졌기 때문이다.

저격수들은 콧수염한테 접근할 수 없었다. 이유는? 보좌관들이 콧수염 특유의 폭탄 시가를 피워댔기 때문이다. 랭글리는 다 때려치우고 그냥 침공하자고 주장했다.

어차피 다음 해 초, 잭 행정부에서 가능한 일이다.

보이드는 잭에게 계획에 동의할 것을 제안했다. 보이드의 설득력은 최고다. 산토 주니어가 한 말이 있다 – 켐퍼 보이드는 잭 케네디의 귀를 가졌다.

시카고 마피아도 잭의 선거 본부에 익명으로 얼마간을 보냈다. 요컨대 공과 사를 구분한 통 큰 기부인 셈이다.

지미 호파는 몰랐다. 잭도 몰랐다. 물론 빚을 갚을 적기가 올 때까지는 계속 몰라야 한다.

샘 G.는 잭한테 일리노이를 사줄 수 있다고 했고, 샘이 위스콘신에서 큰돈을 썼다는 사실은 레니도 인정했다. 웨스트버지니아에서도 다르지 않았다. 시카고 마피아의 돈으로 주 전체를 잭에게 상납한 격이었다.

보이드가 그런 야바위에 대해 물었을 때 레니는 모른다고 대답했다. 피터는 계속 비밀로 하라고 당부했다. 잭을 빚쟁이로 만들었다는 사실을 알면 켐퍼도 그냥 넘어가지는 않을 것이다.

보이드는 신뢰감을 준다. 트라피칸테도 그를 좋아한다.

산토가 쿠바 공작 기금을 모을 때 지앙카나, 로셀리, 마르첼로가 거금을 내놓았다. 고전적인 공과 사 개념이다.

CIA 고관들도 선물을 모른 척했다. 그러던 중 간부단의 마약 사업에 대한 정보를 입수했다. 켐퍼가 알려주기 전이었다.

그들은 그마저 눈감았다. 그들은 대충 부인할 수 있다고 여기고 존 스탠튼에게 계속하라고 얘기해주었다. 그 정보를 CIA 외부 인력에는 알리지 말라는 조언도 했다. 그러니까 비상근 경찰 요원이나 깐깐한 경관들 말이다.

스탠튼은 안심했다. 켐퍼는 기뻐했다. 켐퍼는 그 문제가 잭/보비 불화의 핵이라고 말했다. 결정적 도덕 이슈로서 마약 판매.

빅 브라더는 동맹을 애써 무시하려들 것이다. 리틀 브라더라면 신에게 운명을 걸고 마피아-CIA 계약을 모조리 쓸어버렸을 것이다.

빅 브라더는 제 아비만큼이나 세속적이고 리틀 브라더는 깐깐했다. 그러니까 불알은 커다란데 정액이 텅 빈 워드 리텔 꼴이다.

보비에게는 아버지의 돈과 형의 은닉 자금이 있다. 리텔한테는 술과 종교가 있다. 잭 루비한테는 정보의 대가로 받은 5000달러가 있다. 리텔이 다시 삶을 망치려든다면 빅 피터도 가만있지 않을 것이다.

보이드는 리텔을 죽이지 말라고 했다. 보이드는 리텔의 연기금 작전을 지원하고 있다. 말인즉슨 적어도 거액을 챙길 기회는 있다는 뜻이다.

리텔은 날라리 잭을 사랑한다. 달린 쇼프텔처럼. 게일 헨디처럼.

나처럼.

이봐, 잭. 당신은 내 옛 여친을 따먹었어. 켐퍼 보이드 말로는 당신이 백인이라지만 좆도 상관없수다.

난 당신을 위해 마약을 팔고 있소. 배니스터라는 자한테 현찰을 갖다 바치는 중이지. 그자가 미국을 말아먹으려는 유대인/교황주의자들과 당신을 이어준다더군.

블레싱턴 요새를 좋아하지, 잭? 지금은 마피아의 리조트요. 이따금 보스들이 들러 반카스트로 쇼를 벌이고 있지.

산토 주니어가 읍내 밖에 모텔을 하나 샀다던데…. 잭, 당신 동생을 에버글레이즈 늪 속에 던져버리면 아마도 공짜로 재워줄 거요.

샘 G.가 찾아오고, 카를로스 마르첼로가 방문하고, 쟈니 로셀리가 딕 콘티노를 데려왔다. 그의 아코디언도. 레니 샌즈는 쇼를 벌였다. 변태 성욕자 피델 흉내엔 모두가 뒤집어졌다.

마약 수익금은 더욱 많아지고 간부단의 사기도 하늘을 찔렀다. 라몬 구티에레즈는 쾌속정을 몰고 다니며 머리 가죽을 모았다. 헤시 리스킨드는 머리 가죽 보너스 기금을 가동했다.

레니 샌즈는 중상 및 비방에 열중이다. 성 추문 잡지에 두드려 맞는 콧수염 카스트로. 미스터 휴즈도 〈허시-허시〉 정치 기사가 싫지는 않지만 그보다 성 추문에 전념했으면 한다.

피터는 일주일에 한 번 휴즈에게 전화했다. 휴즈는 숨도 안 쉬고 욕설을 퍼부었다.

TWA 건은 여전히 지지부진했다. 딕 스타이즐은 휴즈에게 비슷한 인물들을 계속 갖다 바쳤다. 휴즈는 깜둥이들이 암을 유발한다며 아이크한테 노예 제도를 부활하라고 다그쳤다.

모르몬 개자식들도 병균 강박증 환자인지라 빅 피터한테서 떨어질 줄 몰랐다. 피터의 별장도 살균을 했는데, 곤충 스프레이의 위력은 가히 핵폭탄급이었다. 두에인 스퍼전이라는 얼간이가 모르몬 팀장을 맡았다. 놈은 깜둥이들 손이 닿았음직한 문고리마다 소독한 고무를 뒤집어씌웠다.

휴즈는 새로운 자극에 탐닉했다. 요컨대 매주 수혈을 받았다. 그것도 솔트레이크 외곽의 혈액은행에서 순수한 모르몬 피만을 구입해 빨아들였다.

휴즈는 늘 이렇게 말한다. "마약아, 고마워." 피터는 늘 이렇게 말한다. "CIA야, 고마워."

피터는 여전히 휴즈의 녹을 먹는다. 그중 23퍼센트는 부양비로 떼인다. 택시 회사의 지분 5퍼센트와 계약 요원 봉급도 받는다.

떡치는 일에 여자를 대주고 돈을 뜯기도 한다.

지미 호파는 며칠에 한 번씩 택시 회사에 들른다.

지미의 전형적인 행동이라면 영어가 짧은 운전사들한테 욕설을 해대는 것이다. 교환대는 윌프레도 델솔이 떠맡았다. 사촌이 죽은 후로 폭력에 대한 기대를 접었기 때문이다.

윌프레도는 영어를 알아들었다. 지미가 쿠바 사람들을 욕한다면서 도저히 참을 수 없다고 투덜대기도 했다. 니미, 멋모르고 깝치다가 걸리는 날엔 개박살을 내주겠어. 호파가 아무리 길길이 날뛰어도 '케네디'를 어쩔 수는 없다.

잭과 지미는 TV에 나와 서로 등을 졌다. 케네디는 야유하던 유권자들까지 사로잡았다. 호파는 흰 양말을 신고 물방울무늬 넥타이를 맸다.

승패 예상 따위는 필요 없다. 난 승자와 패자를 알아맞힐 수 있다.

이따금 잠을 이룰 수가 없다. 이따금 머릿속에서 수소폭탄이 터진다.

43

그린브라이어, 1960년 5월 8일

양옆으로 비상 경계선이 연단까지 이어졌다. 잭 지지파와 트럭 노조 지지파 피켓이 가득 메웠는데 모두 강경파들이다.

주도로는 차량 통행까지 봉쇄했다. 집회 동원 군중이 블록 세 개를 빽빽이 채웠다. 적어도 6000명은 되는 듯싶었다.

군중은 소리를 지르고 웅성거렸다. 플래카드가 3미터 높이까지 오르내렸다.

잭이 첫 연설을 하기로 했다. 험프리는 조작된 동전 던지기에서 패해 맨 끝으로 밀렸다. 사실 위세만으로도 잭의 3 대 1 승이다. 웨스트버지니아 선거전은 너무나 싱거웠다.

트럭 노조 깡패들이 확성기에 대고 소리쳤다. 얼간이들 일부는 마분지 피켓을 쳐들었다. 교황의 독니를 감춘 잭을 타도하자!

켐퍼는 두 손을 컵 모양으로 만들어 귀 뒤에 댔다. 군중의 소음은 끔찍했다. 돌멩이들이 날아와 깃발들을 갈가리 찢었다. 켐퍼는 아이들한테 돈을 주고 몰래 돌을 던지게 했다.

잭이 연단에 섰다. 조잡한 음향 시설과 호파 지지파의 욕설 때문에 연설은 거의 들리지 않았다.

하지만 상관없다. 사람들이 그를 볼 수 있으면 그만이다. 험프리가 연단에 오르자 군중이 흩어지기 시작했다. 상가의 술집 몇 곳을 지정해 공짜 술을 제공했기 때문이다.

켐퍼 보이드의 술. 불알친구가 센리 위스키 트럭을 강탈해 내용물을 그에게 팔아넘겼다.

거리는 혼잡했다. 골목도 혼잡했다. 피터 로포드가 수녀들 무리를 향해 넥타이핀을 높이 던졌다.

켐퍼는 일행과 함께 연단을 지키며 조리 없이 목소리만 큰 얼굴들을 지근거리에서 살펴보았다. 레니 샌즈와 전형적인 마피아 멤버.

짭새가 레니를 향해 엄지를 치켜세웠다. 레니는 엄지 둘로 답했다.

레니는 선거 운동원에서 떨어져나갔다. 따라서 이곳에 어떠한 공식 의무도 없다.

짭새가 오른쪽으로 꺾었다. 레니는 왼쪽으로 방향을 틀더니 쓰레기통이 즐비한 골목으로 숨어들었다.

켐퍼는 그를 따라갔다. 사람들이 걸리적거리는 통에 속도를 올릴 수 없었다. 고삐리들이 인도를 따라 걷다가 그를 밀쳤다. 레니는 골목 중간에서 짭새 둘과 만났다.

군중의 소음도 잦아들었다. 켐퍼는 쓰레기통 뒤에 숨어 엿들었다.

레니가 돈다발을 흔들었다. 짭새 하나가 지폐 몇 장을 뜯어냈다.

"200달러만 더 주면 험프리 유세 버스를 막고 몇 놈을 들여보내 쒸죽일 수도 있소." 경관이 큰소리를 쳤다.

"그렇게 해. 미스터 G.의 일이니까 선거 운동원들한테는 입도 뻥긋하지 말고." 레니가 말했다.

돈다발을 받아든 짭새들이 골목집의 쪽문을 열고 사라졌다. 레니는 벽에 기댄 채 담배에 불을 붙였다.

켐퍼는 그에게 다가갔다.

뺀질이 레니가 물었다. "뭐죠?"

"뭐라니? 나한테 얘기했어야지."

"무슨 얘기?"

"내가 모르는 내용들."

"뭘 몰라요? 우린 둘 다 케네디 소속이잖아요."

레니는 말재간이 좋다. 세상의 어떤 놈도 속여 넘길 수 있다.

"지앙카나가 위스콘신에서도 돈을 댔군. 맞지? 보비가 마련해준 무대에서 이런 식으로 연기를 해먹으면 안 되지. 안 그래?"

레니가 어깨를 으쓱였다. "샘과 헤시 리스킨드."

"누가 그 친구들을 움직였지? 너야?"

"내 말이 씨가 먹히겠어요? 아실 만한 분이."

"불어, 레니. 입 무거운 척하지 말고. 좋은 말로 할 때, 응?"

레니가 담배꽁초를 벽에 비벼 껐다. "시내트라가 잭한테 영향력이 있다고 떠벌리고 다녀요. 잭이 매클렐런 위원회에 있을 때와 달리 일단 대통령이 되면 완전히 안면을 깔 거라는 말도 하고. …무슨 말인지 알죠?"

"그래서 지앙카나가 통째로 사들였다?"

"아뇨, 내가 보기엔 당신이 프랭크를 부추겼어요. 어쨌든 쿠바 전선으로 캠퍼가 큰 공을 세웠으니 잭 편을 들어도 그렇게 나쁘지는 않겠네요."

캠퍼는 미소를 지었다. "보비와 잭이 이 일을 알 필요는 없어."

"그건 아무도 원치 않아요."

"빚쟁이들이 치고 들어오면?"

"샘은 경솔한 빚쟁이를 싫어해요. 나한테 빚 타령할까봐 미리 말하지만, 난 연기금 얘기는 좆도 모릅니다."

문득 발 끄는 소리가 들렸다. 캠퍼가 돌아보니 좌우에서 트럭 노조원들이 접근하고 있었다. 놈들은 골목 양쪽 끝에서 허리를 숙인 채 쇠사슬을 흔들어댔다.

놈들이 레니를 놀렸다. 땅딸보 레니, 유대인 레니, 케네디를 가르친 레니….

레니는 놈들의 진면목을 알아보지 못했다. 겁쟁이 레니가 쌈박한 레니/터프 가이 레니 역에 흠뻑 빠진 탓이다.

"조만간 다시 보자." 캠퍼는 중얼거렸다.

"보고 싶지 않아요." 레니가 말했다.

켐퍼는 골목집 문으로 들어가 이중 걸쇠를 잠갔다. 비명 소리와 쇠사슬 소리. 쿵 소리…. 노조 깡패들이 양쪽에서 압박해 들어온 것이리라.

레니는 고함을 치거나 비명을 지르지 않았다. 시간을 재보니 놈들은 1분 6초 후에 구타를 시작했다.

44

시카고, 1960년 5월 10일

그 일 때문에 리텔은 돌아버릴 지경이었다. FBI에 양심선언이라도 해야 할 판이다.

칙 리히는 멀 카말레스를 싫어한다. 하원반미활동조사위원회(HUAC)는 멀을 16개의 빨갱이 선두 그룹과 연결했다. 리히의 FBI 사수는 시카고 지국장 출신의 가이 배니스터였다.

배니스터도 멀을 증오한다. 멀에 대한 빨갱이 보고서는 8페이지나 되었다.

리텔은 멀을 좋아했다. 자주 만나 커피도 마셨다. 멀은 1946년부터 1948년까지 루이스버그에서 지냈다. 배니스터는 선동 이미지를 덧씌우고 연방 검찰에 그를 기소하도록 부추겼다.

리히가 오늘 아침 그를 불렀다. "멀 카말레스를 밀착 감시해야겠어, 워드. 그자가 참석하는 집회마다 따라가서 선동적인 언동을 좀 체크해. 우리가 써먹을 수 있도록 말이야."

리텔은 카말레스한테 전화를 걸어 경고했다.

카말레스가 말했다. "오늘 오후 사회노동당에서 연설이 있는데, 서로 모르는 척 연기해보죠."

리텔은 호밀주와 소다를 섞었다. 시간은 5시 40분. 국영방송 뉴스 이전에 작업할 시간은 있었다.

그는 무의미한 얘기들로 보고서를 채웠다. 멀의 FBI 비난 연설은 생략하고 애매한 논평으로 끝을 맺었다. "피감시자의 사회노동당 연설은 무미건조하고 강경 좌파의 불투명한 구호가 난무했으나 선동적인 성격과는 거리가 멀었다. 질의응답 시간의 언급도 선정적이거나 도발적이지 않았다."

멀은 후버 국장을 "워커와 무릎바지를 즐겨 입는 파시스트 병신"이라고 불렀다. 그게 선동적인 표현이냐고? 물론 절대 아니다.

리텔은 TV를 켰다. 존 케네디가 화면을 채웠다. 이제 막 웨스트버지니아 예비 선거에서 승리했단다.

초인종이 울렸다. 리텔은 '문 열림' 버저를 누르고 A&P 배달 직원한테 줄 돈을 꺼냈다.

레니 샌즈가 들어왔다. 얼굴이 엉망이었다. 멍들고 꿰매고. 코는 부러져 부목까지 댔다.

레니가 비틀거리며 멋쩍게 웃고는 TV를 향해 손을 저었다.

"안녕, 잭. 당신 정말 좆같이 잘나빠졌어!"

리텔은 자리에서 일어났다. 레니가 책장에 몸을 부딪치더니 간신히 중심을 잡았다. "워드, 좋아 보입니다! J. C. 페니 슬랙스 바지랑 흰색 싸구려 셔츠가 딱 어울려요!"

케네디는 시민권에 대해 연설 중이었다. 리텔은 연설 도중 TV를 꺼버렸다.

레니가 잘 가라며 손을 저었다. "고마워요, 잭. 내가 여자를 좋아했다면 큰처남이 되었을 그대! 저 괴물 인간 보이드는 나를 몰아냈지만, 그래도 당신은 내 친구 로라를 받아들일 용기라도 있었지!"

리텔은 그를 향해 다가갔다. "레니…"

"씨발, 다가오지도 말고, 건드리지도 마! 당신의 좆같은 죄의식을 해소할 생각이라면 일찌감치 꿈 깨서. 그나마 페르코단 덕에 기분 죽이는데, 잿물 끼얹기만 해봐. 그랬다간 트럭 노조 장부 얘기 따위는 입도 뻥긋하

336

지 않을 테니까, 이 떨거지 짭새 나으리야."

리텔은 의자를 꼭 붙들었다. 손가락이 헝겊을 찢고 들어갈 정도였다. 레니만큼이나 다리가 후들거렸다.

책장이 크게 흔들렸다. 레니도 뒤꿈치로 서서 기우뚱거렸다. 마약과 주먹질에 취한 레니. "쥘 쉬프랭이 제네바 호수 어딘가에 장부를 몽땅 보관하고 있어. 거기에 집이 하나 있거든. 장부는 근처 은행 금고나 보관함에 들어 있지. 어떻게 아느냐고? 거기서 쇼를 했으니까 알지. 쥘과 쟈니 로셀리가 떠드는 얘기를 들었으니까 안다고! 아, 자세한 얘기는 묻지 마셔. 이유? 나도 몰라. 생각해봐야 머리만 아프고."

팔이 미끄러졌다. 이어서 의자도 미끄러졌다. 리텔은 비틀거리며 TV 장식장을 짚고 일어났다. "나한테 얘기하는 이유가 뭐야?"

"보이드 놈보다 코딱지만큼은 나으니까. 보이드도 뭔가를 노리고 그놈의 정보에 군침을 흘리더군. 씨발, 샘 밑에서 일 좀 했다고 좆 나게 깨지고…."

"레니…."

"…장부만 있으면 아무리 권력자라도 엉금엉금 긴다며? 샘이 그러더라고! 그래서 내가 그랬지. 그러면 쓰냐고…."

"이봐, 레니…."

"그런데 기분이 좆같은 거야. 그래서 페르코단 좀 털어 넣었는데…. 정신을 차려보니, 여기네. 좋아, 재수 좋으면 내일 아침엔 하나도 기억하지 못할 텐데 뭐."

리텔은 다가갔다. 레니는 뺨을 때리고 할퀴고 주먹질과 발길질을 하며 그를 밀어냈다. 책장이 넘어졌다. 레니가 마구 곱드러지며 문밖으로 달려나갔다.

법전 한 권이 바닥에 떨어졌다. 헬렌 에이기의 액자 사진이 박살났다.

리텔은 제네바 호수로 차를 몰았다. 도착했을 때는 이미 한밤중이라 주간 도로 인근의 모텔에 투숙했다. 물론 돈은 선불로 지불하고 숙박부에는 가명을 기록했다.

객실에 비치한 전화번호부에 쥘 쉬프랭이 있었다. 주소에는 '지방 무료 우편배달' 표시가 있었다. 리텔은 지도를 통해 위치를 확인했다. 호수 근처의 숲 속 사유지.

그는 다시 차를 몰고 나가 도로 안쪽에 주차했다. 그리고 쌍안경으로 자세히 살펴보았다. 석조 저택에 부지는 최소 10에이커에 달했다. 숲이 사유지를 에워쌌으나 벽이나 울타리는 보이지 않았다. 투광 조명도 없었다. 문에서 차도까지 약 150미터. 앞쪽 창은 모두 보안 테이프로 봉쇄했다. 경비소도 대문도 보이지 않았다. 위스콘신 주립 경찰이 부정기적으로 순찰을 돌기는 할 것이다. 레니는 "금고 및 보관함"이라고 했다. "보이드/정보/뭔가를 노리고"라는 말도 했다.

레니는 약에 취했지만 정신은 또렷했다. 보이드와 관련한 문장은 해독하기 쉬웠다. 켐퍼는 독자적으로 기금 단서를 추적하고 있었다.

리텔은 모텔로 돌아와 옐로 페이지에서 지역 은행 아홉 곳을 찾아냈다. 신중하게 행동하면 아무런 제재도 받지 않고 해낼 수 있다. 켐퍼 보이드는 늘 대담함과 신중함을 강조했다.

켐퍼는 직접 레니를 위협했다. 사실 전혀 놀랄 일은 아니다.

그는 10시에 일어났다. 지도를 확인해보니 은행은 모두 걸어서 갈 수 있는 거리에 있었다.

첫 번째 은행 네 곳은 지점장이 협조해주었다. 대답도 직접적이었다. 쉬프랭 씨는 우리와 거래가 없습니다. 다음 두 곳도 고개를 저었다. 역시 대답은 명확했다. 우리 은행에는 안전 금고가 없습니다.

일곱 번째 은행은 서류를 보자고 했다. 그래도 실패한 건 아니었다. 쉬프랭이라는 이름이 무의식적으로 스쳐 지나갔기 때문이다.

여덟 번째 은행과 아홉 번째 은행. 우린 은행엔 금고가 없습니다.

인근엔 주요 도시가 몇 곳 더 있다. 200킬로미터 반경에만 소도시가 20여 군데다. 안전 금고에 대한 접근은 꿈 깨라는 얘기다.

'금고'는 일정한 지점에서의 보관을 뜻한다. 보안 회사들이 위치 현황을 알고 있겠지만 소송을 걸기 전에는 내놓을 리가 없다.

레니는 현장에서 일했다. 어쩌면 한 개든 여러 개든 직접 금고를 봤을 것이다. 하지만 지금은 너무 감정이 격한 터라 접근하기 쉽지 않았다.

잭 루비가 쉬프랭을 알고 있을 수도 있다. 잭 루비는 뇌물에 약하고 말도 잘 듣는다.

리텔은 공중전화로 댈러스에 전화를 걸었다.

세 번째 벨이 울리자 루비가 수화기를 들었다. "카루셀 클럽입니다. 여흥을 원하시는 분은…."

"나야, 잭. 시카고 친구."

"니미 … 차라리 몰랐으면…." 놀라고 당황한 목소리. 소화 불량에라도 걸린 사람 같았다.

"쥘 쉬프랭을 얼마나 잘 알지, 잭?"

"잘 몰라. 지나가다 마주친 정도? 왜? 왜? 또 왜?"

"당장 위스콘신으로 날아와. 어떤 구실을 대든 제네바 호수 별장에 들러. 그 집 실내 구조를 알아야겠어. 해준다면 내가 평생 저금한 돈을 모두 주지."

"니미, 전생에 무슨 원한이…."

"4000달러야, 잭."

"니미, 전생에 나랑 무슨…."

개가 깽깽거리는 소리에 루비의 목소리가 묻혔다.

45

블레싱턴, 1960년 5월 12일

지미 호파가 말했다. "나도 예수 심정을 알겠어요. 파라오 새끼들이 예수를 팔아 권력을 따냈는데, 케네디 형제들도 나를 짓밟고 잘나가잖습니까."

"역사는 똑바로 알아야지. 예수를 끌어들인 자는 율리우스 카이사르였어." 헤시 리스킨드가 지적했다.

"조 케네디하고는 말이 통할 거요. 골통은 보비 하나잖아? 필요하다면 조가 잭한테 인생을 가르쳐주지 싶은데." 산토 주니어가 거들었다.

"J. 에드거 후버가 보비를 싫어하는데, 그래도 그 친구는 시카고 마피아한테 이기지 못한다는 것 정도는 알지. 그 아이가 당선되면 보비 놈보다 똑똑한 애들이 앞으로 나서지 않겠어?" 쟈니 로셀리가 말했다.

그들은 쾌속정 선창 위에 갑판 의자를 놓고 대자로 누워 있었다. 피터는 술을 차갑게 해놓고 영감들이 실컷 떠들게 내버려두었다.

"예수는 물고기를 빵으로 만들었다지만, 그거 빼면 나도 할 만큼 했어요. 예비 선거에 60만 달러를 쏟아 부었다고요. 짭새, 시의원, 국회의원, 시장, 대배심, 상원의원에 판사, 지방 검사, 검찰 수사관 등등 넘어올 만한 놈은 싸그리 매수했다 이겁니다. 씨발, 예수는 홍해인지 빨갱이 바다인지를 갈라놓고도 해변 모텔까지만 갔다잖아요." 호파가 계속 구시렁댔다.

"지미, 진정해. 가서 좆이나 빨리고 푹 쉬는 게 좋아. 믿을 만한 곳을 내가 아는데, 색시들이 임무에 충실한 데다 자네 같은 명사라면 어떻게든 잘 보이려들 거야." 리스킨드.

"잭이 뽑히면 보비는 무대 뒤로 사라져. 매사추세츠 주지사 정도는 하겠지. 아, 그럼 레이먼드 패트리아르카와 보스턴 애들이 골머리를 썩을라나." 로셀리.

"그런 일은 없을 겁니다. 그러기엔 조와 레이먼드가 너무 구닥다리예요. 게다가 문제가 생길 때 법을 집행하는 사람은 조 아니겠습니까? 잭이나 보비가 아니라." 산토 주니어.

"내가 신경 쓰는 건 대배심 기소 건 판결입니다. 변호사 말로는 선밸리가 내 맘대로 되기 어렵다네요. 연말까지는 기소할 거라면서. 그러니 좆도, 조 케네디가 예수라도 된다는 개소리는 집어치우죠. 베수비오 산에서 하나님한테 십계명을 준 자가 조는 아니잖습니까?" 호파.

"산토 말이 일리는 있어." 리스킨드.

"아라랏 산이야, 지미. 베수비오 산은 옐로스톤 공원에 있어." 로셀리.

"여러분은 잭 케네디를 모릅니다. 캠퍼 보이드 개자식이 뼛속까지 반카스트로라고 뺑친 모양인데, 실제로는 빨갱이 새끼라고요. 빨갱이한테 알랑거리고 깜둥이나 빨아주는 호모 새끼가 정상인 양 깝치고 있단 말입니다." 호파.

물보라가 선창을 때렸다. 50미터쯤 떨어진 곳에서 구호 소리가 들려왔다. 록하트가 훈련병들을 밀집 대형으로 세워 구보를 시키고 있었다.

"나 같으면 계집년들한테 가서 쉬겠다." 리스킨드.

"총액이 얼마죠, 헤시?" 로셀리.

"1만 7000 언저리." 리스킨드.

"누굴 호구로 압니까? 기껏해야 8000이겠죠. 그보다 비싸면 그 짓에 빠져서 돈 버는 일도 생깔 양반이 무슨."

선창 전화가 울렸다. 피터는 의자를 뒤로 젖혀 수화기를 집었다. "본듀런트입니다."

"다행히 자네가 받았군. 그런데 너희 군발이 새끼들은 '여보세요'라고 하지 않나?"

잭 루비…. 씨발, 제대로 걸렸군.

피터는 송화구를 손으로 감쌌다. "무슨 일이오? 긴급한 일 아니면 전화하지 말라고 했는데?"

"FBI 씹새 때문에 그러잖아. 어제 그 새끼가 전화했어. 지금도 겨우 전화하는 거야."

"뭘 원합디까?"

"나한테 4000을 줄 테니 위스콘신에 있는 제네바 호수까지 날아가서 거기 있는 쥘 쉬프랭의 집 내부 구조를 캐내래. 아무래도 그 망할 놈의 연기금 문제…."

"하겠다고 해요. 지금부터 48시간 후에 은밀히 만나자고 하고. 그다음에 다시 전화합시다." 루비는 잔뜩 겁을 먹은 탓에 말까지 더듬었다. 피터는 전화를 끊고 손가락 관절을 우두둑 소리가 나도록 꺾었다.

망할 전화가 다시 울렸다. 피터가 먼저 받았다. "잭, 무슨 짓이오?"

"난 잭이 아니야. 지앙카나라고 해. 미스터 호파를 찾고 있다. 거기에 네놈하고 같이 있다던데?"

피터는 수화기를 흔들었다. "전화 왔어요, 지미. 샘입니다."

호파가 트림을 했다. "저 기둥에 달린 스피커 틀어. 샘하고는 이분들한테 숨길 얘기 없으니까."

피터는 스위치를 켰다. 호파가 마이크에 대고 소리쳤다. "안녕, 샘."

스피커가 큰 소리를 뱉어냈다. "당신네 웨스트버지니아 새끼들이 내 아이 레니 샌즈를 까부셨어, 지미. 다시는 이런 일 없도록 해. 한 번만 더 그러면 사람들 앞에서 벌벌 기게 만들어줄 테니. 충고 하나 하겠는데 … 좆같은 정치 집어치우고 정신 똑바로 차려. 감방 가기 싫으면!"

지앙카나가 쾅하고 수화기를 내려놓았다. 그 소리에 선창이 흔들렸다. 헤시, 쟈니, 산토는 넋 나간 표정을 지었다.

호파는 욕설을 내뱉었다. 새들이 숲 속에서 날아올라 하늘을 덮었다.

46

제네바 호수, 1960년 5월 14일

도로는 목장을 가로지르고 양쪽으로는 철조망이 이어졌다. 구름이 달빛을 가려 시계는 제로에 가까웠다.

리텔은 차를 세우고 종이가방에 돈을 채웠다. 10시 6분. 루비는 아직 나타나지 않았다. 리텔은 헤드라이트를 껐다. 구름이 빠르게 흘러갔다.

순간, 달이 거대한 그림자를 비추었다. 차를 향해 다가오는 그림자.

앞창이 부서지고 계기반이 무릎 위로 쏟아져 내렸다. 쇠몽둥이가 운전대를 내리치고 기어를 뜯어냈다. 두 손이 리텔을 자동차 후드 밖으로 끌어냈다. 유리가 두 볼을 찢고 입에 박혔다.

그림자가 그를 도랑에 처박았다. 그리고 다시 일으켜 세우더니 가시철망 울타리에 밀어붙였다. 그는 대롱대롱 매달렸다. 철망의 가시가 옷과 살을 꿰뚫어 움직일 수도 없었다.

괴물이 총지갑을 재빨리 뜯어냈다. 그리고 때렸다. 때리고 또 때렸다.

철망이 흔들렸다. 뾰족한 금속이 등뼈까지 뚫고 들어왔다. 그는 피와 유리 조각과 쉐보레의 후드 장식품 조각을 토해냈다.

기름 냄새가 났다. 차가 폭발하고 열풍이 머리카락을 태웠다.

울타리가 무너졌다. 하늘을 보니 구름이 다시 몰려오고 있었다.

...

자료 첨부: 1960년 5월 19일. FBI 사건 메모.
발신: 밀워키 특수요원 팀장 존 캠피언. 수신: J. 에드거 후버.

국장님께,

특수요원 워드 리텔 폭행 사건 수사는 거의 진척이 없습니다. 주로 리텔 요원의 소극적 태도와 비협조 때문입니다.

밀워키 및 시카고 지국 요원들이 일제히 제네바 호수 주변을 탐문하며 목격자는 물론 리텔이 그 지역에 자주 나타났는지 여부를 조사했으나 소득은 전무합니다. 시카고의 리히 지국장께서는 리텔이 FBI 내부 보안 문제로 3급 감시를 받고 있으나 최근 두 차례에 걸쳐(5월 10일, 5월 14일) 위스콘신 주 경계의 북쪽 도로에서 그를 놓친 적이 있다고 말씀하셨습니다. 제네바 호수 주변에서 리텔이 어떤 일을 했는지는 여전히 오리무중입니다.

상세 수사 현황:

1) 습격이 발생한 장소는 시골 접근로이며, 제네바 호수에서 남동쪽으로 6킬로미터 떨어진 곳입니다. 2) 리텔의 자동차 파편, 도랑 내부의 솔 흔적으로 미루어보건대 범인은 타이어 자국을 모두 지워 법의학팀의 추적을 봉쇄하려 했습니다. 3) 리텔의 자동차 화재는 고성능 질소 가스 혼합물에 의한 것으로 군용 폭발물 제조에 사용하는 유형입니다. 그런 종류의 혼합물은 연소 속도가 빠르며 주로 목표물 주변의 피해를 최소화할 수 있습니다. 습격은 군사 경력 보유자 및 군용 화기에 접근할 수 있는 자의 소행입니다. 4) 법의학팀 분석을 통해 종이가방과 함께 불에 탄 달러를 찾아냈습니다. 재의 부피로 미루어볼 때 리텔은 거액의 돈을 종이가방에 넣고 운반 중이었습니다. 5) 농부들이 구조했을 때 리텔은 넘어진 가시철망 울타리에 꽂혀 있었습니다. 리텔은 제네바 호수 인근의 오버랜더 병원으로 이송되어 후두부 자상 및 열상, 갈비뼈 골절, 타박상, 코뼈 골절, 쇄골 골절, 내출혈 및 창유리 파편에 의한 안면 자상 등 다양한 처치를 받았습니다. 14시간 후, 리텔

344

은 의료진의 만류에도 불구하고 퇴실을 강행해 택시를 타고 시카고로 떠났으며 시카고 지국 요원들이 자택까지 미행했습니다. 하지만 그가 입구에서 쓰러지는 바람에 요원들의 판단 아래 세인트캐서린 병원으로 후송했습니다. 6) 리텔은 현재 병원에 있으며 '상태 양호'로 분류, 일주일 내에 퇴원할 것으로 보입니다. 요원이 담당 의사에게 확인한 결과, 얼굴과 등의 흉터는 평생 지워지지 않으며 다른 부상 또한 회복이 빠르지는 않을 듯합니다. 7) 요원들은 세 가지 요점을 갖고 리텔을 반복 취조했습니다. 제네바 호수에 온 이유. 불탄 돈의 존재. 그를 공격한 범인들의 정체…. 리텔은 은퇴 후 거처를 찾기 위해 제네바 호수에 왔다고 했으며, 돈의 존재는 부인했습니다. 또한 자신에게는 적이 없으므로 습격은 오인에 의한 것이라고 주장하고 있습니다. FBI 빨갱이팀 경력 때문에 공산주의자들이 보복을 했을 가능성에 대해서도 "농담하나? 빨갱이들도 알고 보면 다 좋은 사람이야"라고 답했습니다. 8) 요원 보고. 리텔은 최소한 제네바 호수에 두 번 다녀왔습니다. 하지만 주변 호텔 및 모텔 숙박부 어디에도 이름이 나타나지 않는 바 가명으로 투숙하거나 친구 및 지인 집에 머물렀을 것으로 추정합니다. 리텔은 차에서 눈을 붙였다고 주장하지만 신빙성이 떨어집니다.

수사는 계속 진행하겠습니다. 지시 바랍니다.

존 캠피언 밀워키 지국 특수요원 팀장

자료 첨부: 1960년 6월 3일. FBI 사건 메모.
발신: 시카고 지국장 찰스 리히. 수신: J. 에드거 후버.

국장님께,

특수요원 워드 J. 리텔에 대해 보고드립니다.

리텔 요원은 현재 가벼운 업무에 복귀해 연방 검찰청과 함께 FBI의 국외 추방 서류를 검토하는 일을 하고 있습니다. 그의 로스쿨 전공인 문서 분석 기술을 활용하는 보직이죠. 요원들의 질문에도 습격 얘기만큼은 입을 다물고 있습니다. 캠피언 요원이 보고드렸겠지만 제네바 호수 방문 건에 대해서는 아직 증인을 확보하지 못한 상태입니다. 보고에 따르면, 헬렌 에이기한 테도 그 얘기만큼은 하지 않는답니다. 시카고 지국에서 리텔의 유일한 친구는 코트 미드 요원인데, 아래는 제가 직접 면담한 결과입니다.

A) 미드의 진술: 1958년 말부터 1959년 초 THP에서 방출당한 후, 리텔은 THP 청취 기지 주변을 어슬렁거리며 팀의 작업에 관심을 표했습니다. 관심은 곧 시들었지만 미드가 나중에 추측한 바에 따르면, 리텔이 독자적으로 반마피아 활동을 감행했을 가능성은 거의 없습니다. 그의 판단에 따르면, 시카고 마피아가 리텔을 습격하거나 아니면 리텔이 감시 중인 좌파 진영에서 반좌파 활동을 빌미로 보복할 리도 없습니다. 헬렌 에이기와의 관계로 드러났듯 젊은 여자들을 좋아하는 경향이야말로 습격의 원인이라는 게 미드의 판단입니다. "위스콘신으로 돌아가 중년 신사를 좋아하는 여자애나 찾아봐. FBI든 아니든 여동생이 마흔일곱 살짜리 초빼이와 놀아나는 꼬락서니에 뚜껑 열리는 오빠들은 많으니까." 미드의 결론입니다. 제가 보기에도 가능성이 제일 큽니다.

B) 1950년 당시 리텔의 FBI 체포 경력을 점검했습니다. 최근 가석방으로 풀려난 범죄자 중에서 복수를 기획했을 가능성을 살펴보기 위해서입니다. 용의자 열둘을 가려냈지만 모두 알리바이가 깨끗했습니다. 문득 1952년 리텔이 피터 본듀런트라는 자를 체포했다는 기억이 나더군요. 그자는 구속 절차 도중 리텔을 조롱하고 겁박했습니다. 요원들이 습격 전후를 즈음해 본듀런트의 행적을 조회한 결과 플로리다에 있었음을 확인했습니다.

리텔의 용공 성향은 계속 깊어집니다. 뿌리 깊은 파괴분자 맬컴 카말레스와도 친분이 확실합니다. 현재 전화 도청으로 총 아홉 차례의 리텔/카말레스 통화를 확인했는데 모두 좌파의 명분에 대한 공감이나 FBI의 '마녀 사냥'에 대한 반감을 드러냈습니다. 5월 10일, 제가 전화를 걸어 즉시 카말레스에 대한 밀착 감시를 지시했으나, 5분 후 리텔은 카말레스에게 전화해 경고부터 했습니다. 카말레스는 그날 오후 사회노동당 회합에서 연설이 있다고 했는데, 그 모임에 리텔과 FBI 정보원이 참석했습니다. 리텔과 FBI 정보원은 서로 모르는 사이였습니다. 정보원은 카말레스가 선동적이고 FBI와 후버에 대한 적개심을 노골적으로 드러냈다고 보고했습니다. 하지만 5월 10일

리텔의 보고서는 그의 연설을 선동과는 거리가 멀다고 판단했습니다. 보고서는 그 밖에도 반역 행위에 가까울 정도로 노골적인 거짓말과 왜곡으로 가득했습니다. 국장님, 지금이야말로 습격에 대한 비협조와 최근의 선동적인 행동과 관련해 리텔에게 좀 더 적절한 조치를 취해야 할 때입니다. 즉각적인 조처를 기대하겠습니다.

그럼 이만,

찰스 리히

자료 첨부: 1960년 6월 11일. FBI 서한.

발신: J. 에드거 후버 국장. 수신: 찰스 리히 시카고 지국장

리히 지국장,

워드 리텔 건에 대해: 아직 아무 조치도 취하지 말게. 리텔을 공산당 감시 임무로 복귀시키되 그에 대한 감시는 완화하도록. 습격 사건 수사에 대해서는 계속 보고 요망.

JEH

자료 첨부: 1960년 7월 9일. FBI 공식 녹취록. 국장의 지시에 따라 녹음/비밀 등급 1-A. 국장 외 열람 금지. 통화: 후버 국장과 특수요원 켐퍼 보이드.

KB: 안녕하십니까, 국장님.

JEH: 켐퍼, 자네한테 실망이야. 나를 그렇게 오래 피하다니.

KB: 그럴 리가 있습니까, 국장님.

JEH: 당연히 그럴 리가 없겠지. 말이야 늘 번지르르하게 하니까. 문제는 내가 연락하지 않으면 나한테 전화나 했겠냐 이거야.

KB: 아닙니다, 국장님. 물론 해야죠.

JEH: 잭 1세 폐하 대관식 이전에, 이후에?

KB: 폐하 대관식은 또 뭡니까, 하하.

JEH: 후보 지명을 받는 건가?

KB: 그럴 것 같습니다. 첫 번째 투표에서 지명할 듯싶네요.

JEH: 게다가 당선까지 하고?

KB: 예, 당연히 그렇게 믿고 있습니다.

JEH: 내 생각도 별반 다르지 않네. 빅 브라더와 미국이 얼빠진 연애에 빠졌다는 증거야 어디서나 볼 수 있으니까.

KB: 잭은 국장님을 붙들고 싶어 합니다.

JEH: 물론 그렇겠지. 캘빈 쿨리지 이후 대통령은 다 그랬으니까. 자네도 잭 왕자가 기껏해야 8년 동안 권좌에 있을 거라는 사실을 명심하게. 난 종말 때까지 자리를 지킬 거고.

KB: 명심하겠습니다.

JEH: 당연히 그래야지. 내가 빅 브라더한테 관심을 갖는 이유가 자리 보전 때문만은 아니라는 사실을 알란 말이야. 자네하고 달리, 국가 안보 같은 이타적인 걱정도 있다네. 그리고 자네와 달리 내 기본적인 관심은 자리 보전이나 연봉 인상이 아니야. 자네하고 달리, 나야 어디 위선을 떠는 기술도 형편없잖아. 안 그래?

KB: 예, 그렇습니다, 국장님.

JEH: 그래, 자네가 왜 나한테 연락을 피했는지 짐작해볼까? 빅 브라더를 FBI 여자들하고 연결해달라고 할까봐 불안했지?

KB: 맞기도 하고 틀리기도 합니다.

JEH: 무슨 뜻인가?

KB: 빅 브라더도 저를 온전히 믿지 않는다는 뜻입니다. 예비 선거 스케줄이 워낙 바빠서 저도 지역 콜걸들을 확보할 여유밖에 없습니다. FBI 도청 장치가 대기 중인 호텔방에 빅 브라더를 집어넣을 수는 있지만, 리틀 브라더도 몇 년간 경찰 주변을 어슬렁거려 그런 식의 합작 도청이 존재한다는 사실을 알 겁니다.

H: 자네하고 얘기하면 머리부터 아파.

KB: 무슨 말씀입니까?

JEH: 거짓말을 하는지 아닌지 모르겠거든. 까놓고 말해서 어느 정도는 상관
　　하지도 않지만.

KB: 감사합니다, 국장님.

JEH: 감사할 필요 없어. 그다지 좋은 얘긴 아니니까. 그래도 솔직한 심정이
　　야. 자, 어쨌든 로스앤젤레스 전당 대회에는 갈 참인가?

KB: 내일 떠납니다. 다운타운의 스태틀러에서 묵기로 했죠.

JEH: 연락하겠네. 즉위식을 기다리는 동안 잭 폐하께서 혹시 여자를 그리워
　　하지는 않겠나?

KB: 왜요? 정기라도 채워주시게요?

JEH: 아니, 그냥 얘길 잘 들어주는 여자. 가을 선거 운동 동안 우리도 공통된
　　업무 얘기 정도는 할 수 있잖아? 리틀 브라더가 자네 여행 계획을 신뢰할
　　경우겠지만….

KB: 물론입니다, 국장님.

JEH: 워드 리텔은 누가 공격한 거야?

KB: 저도 모릅니다, 국장님.

JEH: 리텔과는 얘기해봤나?

KB: 헬렌 에이기가 전화해서 알았습니다. 그래서 병원에 있는 워드한테 전
　　화했는데, 끝내 범인을 얘기하지 않더군요.

JEH: 피터 본듀런트가 맘에 걸려. 지금 자네 쿠바 건에 들어가 있지?

KB: 예, 그렇습니다.

JEH: 그래서?

KB: CIA 사업에 따라 일하죠.

JEH: 시카고 지국에서는 본듀런트한테 알리바이가 있다지만, 알리바이 제
　　공자가 유명한 마약쟁이에 쿠바 내에서도 여러 차례 강간범으로 잡힌 적
　　이 있어. 하긴 알 카포네 말처럼 알리바이는 알리바이겠지만.

KB: 예, 국장님. 국장님께서도 말씀하셨듯 반공은 사이코 인간들을 낳죠.

JEH: 잘 있게, 켐퍼. 다음 통화는 자네가 자발적으로 나서주길 기대하겠네.

KB: 예, 안녕히 계십시오, 국장님.

47

로스앤젤레스, 1960년 7월 13일

프런트에서 금박 열쇠를 내주었다.

"예약에 문제가 생겼습니다. 저희 실수로 손님 객실을 사용할 수 없게 되었습니다. 대신 일반실 요금으로 스위트룸을 드리겠습니다."

데스크에 다시 숙박계가 올라왔다.

켐퍼가 말했다. "고마워. 그런 실수라면야 얼마든지."

직원이 숙박계를 뒤적였다. "질문 하나 해도 되겠습니까?"

"내가 맞춰보지. 내 방을 케네디 선거 운동 본부에서 징발했다면, 왜 내가 다른 간부들과 함께 빌트모어에 가지 않고 이곳에 머무르느냐고?"

"예, 정확히 그렇습니다."

켐퍼는 윙크를 했다. "내가 스파이니까."

직원이 웃었다. 국회의원으로 보이는 사람들이 손짓으로 그의 시선을 끌었다.

켐퍼는 그들을 지나 엘리베이터를 타고 12층으로 올라갔다. 스위트룸. 양쪽 미닫이문에 금박 테두리, 온통 골동품 장식.

켐퍼는 안으로 들어갔다. 실내 장식을 음미하고 북동북 쪽의 전망을 감상했다.

침실 두 개. TV 세 대와 전화기 세 대. 미국 대통령 인장이 박힌 백랍 얼음 통에 샴페인 한 병.

그는 곧바로 '실수'의 이유를 알아차렸다. J. 에드거 후버의 작품.

겁을 주고 있군. '넌 내 거야.' 국장은 그렇게 말하고 있었다. 케네디를 향한 편애와 호텔 스위트룸 취향을 비웃고 있었다.

그 인간이 도청 정보를 노리고 있어.

켐퍼는 거실 TV를 켰다. 전당 대회 해설이 화면을 채웠다.

다른 TV들도 켜고 볼륨을 최고로 올렸다. 그리고 스위트룸을 정밀 조사하기 시작했다. 탁상 램프 다섯 개 안에서 소형 마이크를 찾아냈다. 침실 거울 뒤에 가짜 벽널도 있었다. 거실 징두리 벽판 안에도 보조 마이크 두 개를 채워 넣었는데, 작은 구멍을 소리관으로 이용한 터라 전문가가 아니면 절대 찾아내지 못할 것이다. 전화기도 살폈다. 세 대 모두 도청 장치를 박아놓았다.

켐퍼는 후버 입장에서 생각해보았다.

우리는 며칠 전 항시 도청에 대해 얘기했어. 나는 잭을 'FBI' 여자들과 얽고 싶지 않다고 했고. 후버는 잭이 불가피한 선택이라는 걸 알아. 거짓말일 수도 있고. 어쩌면 간통을 빌미로 그의 친구 딕 닉슨을 도우려 할 수도 있고.

내가 '예약 실수'를 꿰뚫어 본다는 정도는 그도 알 것이다. 비밀 통화는 공중전화로 한다는 사실도 안다. 실내 통화는 삼가고 도청 장치는 꺼버리리라는 것도.

도청의 기본을 리텔한테 배웠다는 사실도 알겠지만 아주 기막힌 요령까지 터득했다는 사실은 모를 것이다.

주요 도청 장치를 해체하더라도 보조 장치까지 찾아내리라고는 생각지 못할 것이다. 당연히 보조 장치로 공격이 가능하다고 판단했으리라.

켐퍼는 TV를 끄고 일부러 크게 언짢은 말을 토해냈다. "후버, 이 망할 인간!"을 비롯해 다양한 욕설들.

그는 기본 도청 장치를 뜯어냈다.

그리고 스위트룸을 다시 조사했다. 훨씬 더 치밀하게.

두 번째 전화 도청 장치도 찾아냈다. 매트리스 라벨 두 곳과 의자 쿠션 세 곳에 마이크 구멍이 있었다.

그는 로비로 내려가 가명으로 808호실을 예약했다. 그리고 존 스탠튼의 호텔로 전화해 가명과 방 번호를 남겨놓았다.

피터는 로스앤젤레스에서 하워드 휴즈를 만나고 있었다. 그는 감옥 집에 전화해 수영장 청소원에게 메시지를 남겼다.

이제 할 일이 없다. 보비는 5시나 되어야 그를 찾을 것이다.

그는 철물점에 가서 펜치, 집게, 필립스 스크루드라이버, 절연 테이프, 소형 막대 자석 두 개를 구입한 다음 스태틀러 호텔로 돌아가 작업을 개시했다.

먼저 버저 케이스 전선을 다시 잇고 송전선 회로를 바꾸었다. 베갯속으로 벨소리를 죽이고 납 케이블의 피복을 벗겨내 수신 전화가 녹음용 전화기에 뒤죽박죽 기록되도록 만들었다. 그리고 부품을 쉽게 조립할 수 있도록 배열한 뒤 룸서비스에 전화해 비피터 드라이진과 훈제 연어를 주문했다.

전화가 수차례 걸려왔다. 역공 시스템은 완벽하게 작동했다.

발신자의 목소리를 거의 들을 수 없을 정도였다. 딱딱거리는 잡음이 상대의 얘기를 먹어 도청 청취자도 켐퍼의 목소리만 들을 수 있었다.

로스앤젤레스 경찰 연락원의 전화도 있었다. 계획대로였다. 케네디 상원의원을 모터사이클로 대회장까지 에스코트하기로 했습니다.

보비도 전화했다. 기자들이 빌트모어로 돌아가야 하는데 택시를 몇 대 확보할 수 있겠소?

켐퍼는 택시 회사에 전화해 보비의 지시를 수행했다. 배차원의 얘기를 듣기 위해 귀를 바짝 갖다 대야 했다.

윌셔 거리에서 경적 소리가 울렸다. 켐퍼는 시간과 거실 창을 확인했다. '케네디와 신도들' 오토바이 퍼레이드가 지나갔다. 분까지 정확한 시각에.

역사가 생생한 흑백 그림으로 펼쳐졌다.

CBS가 최초로 잭을 당선 유력 후보로 지목했다. ABC는 패닝 샷을 터뜨렸다. 조금 전에는 스티븐슨의 대형 시위가 터졌다. NBC는 엘리너 루스벨트의 짜증을 내보냈다. "케네디 상원의원은 너무 어려!"

ABC는 재키 케네디를 요란하게 조명했다. NBC는 프랭크 시내트라가 사절 활동을 벌이는 모습을 취재했다. 프랭크는 허영이 심했다. 잭 말에 따르면 카메라 반사를 줄이겠다며 머리가 벗겨진 곳에 스프레이를 뿌리기까지 했다.

캠퍼는 어슬렁거리며 채널을 돌렸다. 문득 늦은 오후의 포푸리 향이 번져왔다.

전당 대회 분석과 야구 시합. 전당 대회 인터뷰와 메릴린 먼로 영화. 전당 대회 장면. 전당 대회 장면. 전당 대회 장면.

잭의 스위트룸 본부를 멋지게 잡은 화면도 있었다. 테드 소렌슨, 케니 오도넬, 피에르 샐린저도 보였다.

샐린저와 오도넬은 단 한 번 만났다. 잭이 소렌슨을 가리키며 말했다. "내《용기 있는 사람들》을 대필한 작가요."

'공사 구분'을 고전적으로 규정한 책이다. 잭과 보비 말고 다른 사람들은 캠퍼를 거의 몰랐다. 기껏 뒤치다꺼리나 하고 잭한테 여자나 대주는 짭새에 불과하지 않은가.

캠퍼는 TV를 모두 한자리에 모아 인상적인 장면을 연출했다. 클로즈업과 미드 샷(mid-shot)으로 잡은 잭.

방의 조명을 모두 끄고 볼륨도 줄였다. 이제 이미지 셋과 하나의 속삭임만 남았다. 바람이 잭의 머리카락을 헤집었다. 피터는 잭의 머리 스타일을 자신의 중요한 업적으로 여겼다.

피터는 한사코 리텔 습격 얘기를 거부했고 돈 얘기만 했다. 피터가 전화했을 때 리텔은 아직 병원에 있었다. 피터는 본론부터 치고 들어왔다. "당신도 연기금 장부에 미쳤고 리텔도 마찬가지요. 리텔을 찔러서 장부를 찾아내도록 해요. 그래야 돈줄을 움직일 테니까. 그러니까 선거 이후에도 우리 둘이 리텔을 보듬어야 한다는 얘깁니다. 돈줄이 얼마나 큰지는 모르지만 이익도 나누고요." 피터는 워드를 박살냈다. 자기 말대로 '공갈 협박'을 배달했다.

켐퍼는 병원의 리텔한테 전화했다. 워드는 공사를 구분해서 대답했다. "그 문제만큼은 자네를 믿지 않아, 켐퍼. FBI에서 법의학 자료를 받았겠지만 그래도 누가 왜 그랬는지는 절대 말할 수 없네."

장소는 위스콘신의 제네바 호수다. 그곳에 연기금 장부가 있는 게 틀림없다. "자네를 믿지 않아." 이 말의 뜻은 하나다. 레니 샌즈가 리텔에게 헛소리를 지껄였다.

피터는 공사를 잘 구분한다. 워드와 레니도 잘한다. 존 스탠튼은 CIA가 그 특별한 개념을 주조할 거라고 말했다.

존은 4월 중순 그가 있는 D. C.로 전화해 랭글리가 공사 구분의 벽을 세웠다고 얘기했다. "그쪽에서 예산을 없앴어요, 켐퍼. 간부단 사업에 대해 알고 인정은 하지만 예산은 배정하지 않겠다는 거죠. 우리야 블레싱턴 직원으로 봉급을 받겠지만 실제 간부단 사업은 종결된 셈입니다."

말인즉슨 CIA의 후광이 꺼졌다는 뜻이다. CIA 머리글자도, CIA 암호명도, CIA 이니셜/공문서식 말투도 불가하다.

간부단은 완전히 토사구팽 신세였다.

켐퍼는 소리를 끈 채 채널을 돌리다가 기막힌 대비를 보았다. 두 대의 TV 화면에 나란히 나온 잭과 메릴린 먼로.

켐퍼는 웃었다. 문득 후버한테 엿을 먹이고 싶었다.

그는 전화기를 들고 일기 예보 번호를 돌렸다. 모노톤의 신호음…. 간신히 들릴 정도.

"케니? 안녕, 켐퍼 보이드야." 4초 정도 침묵. "아니, 의원님과 통화할 일이 있어." 다시 4초. "안녕하셨습니까, 잭?" 밝고 쾌활한 목소리.

그는 5초를 기다리며 그럴듯한 대답을 들었다. "예, 에스코트 준비는 다 끝났습니다." 22초. "예, 그렇습니다. 당연히 바쁘시겠죠."

8초. "예, 보비한테도 전해주세요. 건물 보안 요원들도 모두 배정을 끝냈습니다."

12초. "맞습니다. 전화를 드린 이유는 혹시 여자가 필요한지 궁금해서입니다. 필요하시면 만나고 싶어 하는 여자들이 몇 명 있어서요."

24초. "그럴 리가요."

9초. "로포드가 만들어요?"

8초. "이런, 잭. 메릴린 먼로 말입니까?"

8초. "내 여자들을 보내지 않는다고 하시면 믿어드리죠."

6초. "맙소사."

8초. "다들 실망하겠군요. 아무튼 다음 기회를 기다려야죠."

8초. "당연하죠. 자세한 내용 기다리겠습니다. 예, 안녕히 계십시오."

켐퍼는 전화를 끊었다. 잭과 메릴린이 화면에서 머리를 부딪쳤다.

그는 이제 막 관음증/전화 도청 천국을 만들었다. 후버는 청바지에 정액을 지리고 어쩌면 정말 미친 생각을 하고 있을지도 모른다.

48

베벌리힐스, 1960년 7월 14일

와이오밍은 날라리 잭한테 돌아갔다. 주 의회 의원들은 완전히 돌아버렸다 .

휴즈는 볼륨을 줄이고 베개를 물어뜯었다. "결국 놈이 후보군. 그렇다고 당선됐다는 얘기는 아니잖아?"

"예, 그렇습니다." 피터가 대답했다.

"너 일부러 바보 흉내 내냐? '예, 그렇습니다'가 맞는 대답이야? 게다가 그 의자에 앉는 것만으로도 아주 시건방져 보여."

광고가 치고 들어왔다. 예켈 올즈모빌, 유권자의 선택!

"이러면 어떻습니까? '예, 잭이 머리 스타일은 좋지만 사장님이 좋아하는 닉슨이 대선에서 압승할 것입니다.'"

"훨씬 낫다. 하지만 아직 어딘가 시건방져." 휴즈가 투덜댔다.

피터는 엄지 관절을 꺾었다. "절 보겠다고 하셔서 여기까지 비행기를 타고 날아왔습니다. 3개월분의 쓰레기 기사까지 가져왔죠. 소환장 회피 전략을 상의하겠다고 해놓곤 지금껏 케네디 가문만 욕하셨습니다."

"이제 대놓고 시건방이로군." 휴즈가 인상을 찌푸렸다.

피터는 한숨을 내쉬었다. "그럼 모르몬 애들을 시켜서 절 내보내시죠. 두에인 스퍼전을 보내 주법과 연방법을 모조리 까부수고 마약이나 잔뜩 가져오라고 하든지요."

휴즈가 움찔했다. IV 튜브가 팽팽해지고 혈액 용기가 찌그러졌다. 흡혈귀 휴즈. 무병장수를 위해 피를 빨아들이는 휴즈.

"피터, 이 잔인한 놈 같으니."

"아뇨, 전에도 말씀드렸듯이 사장님한테만 잔인하기로 했습니다."

"네놈 눈이 점점 작아지고 독해졌어. 이젠 아예 이상한 눈으로 노려보잖아."

"언제 내 목을 물까 기다리는 겁니다. 산전수전에 공중전까지 겪었지만 이런 식의 드라큘라 성향엔 익숙할 수가 없군요."

휴즈가 징그럽게 미소를 지었다. "네놈이 피델 카스트로와 싸우는 게 더 이상해."

피터는 미소를 지었다. "특별히 하실 말씀 있습니까?"

전당 대회 모습이 퍼뜩 떠올랐다. 날라리 잭의 지지자들이 소리를 지르고 까무러쳤다.

"모르몬 동료들이 개발한 소환장 회피 계획을 검토해줘. 내가 보기엔 아주 기발한데…."

"그건 전화로도 할 수 있는 얘기입니다. 사장님은 1957년 이후로 TWA 서류를 붙들고 계신데, 제 생각엔 법원에서도 더 이상 관심이 없습니다."

"아무리 그렇다 해도 지금은 TWA를 포기하지 못할 특별한 이유가 있어. 적어도 적절한 시점까지는."

피터는 한숨을 내쉬었다. "말씀하시죠."

휴즈가 수혈 장치를 두드렸다. 혈액 용기의 피가 묽어지며 붉은색에서 핑크색으로 변했다. "결국 양도한다 해도 그 돈으로 라스베이거스의 호텔 카지노를 몇 개 사고 싶어. 거액의 현찰 비자금을 모아 제대로 숨을 쉬는 거야. 병균 없는 사막의 바람 말이야. 호텔 경영은 모르몬 친구들한테 맡길 생각이고. 그러면 환경오염의 주범인 깜둥이들의 출입을 무리 없이 철저히 막을 수 있겠지. 돈줄만 확보하면 다양한 방위 산업 영역으로 사업을 다변화하면서 종잣돈 세금은 내지 않아도 된다 이거야. 내가 보기에는….”

피터는 귀를 닫아버렸다. 휴즈는 계속 숫자를 토해냈다. 100만, 10억, 1조. TV에서는 잭 케네디가 묵음으로 “나를 찍어달라”고 외쳐댔다.

피터도 머릿속으로 숫자를 돌려보았다.

제일 먼저 리텔…. 제네바 호수에서 연기금을 추적하고 있다. 그다음은 쥘 쉬프랭…. 시카고 마피아의 존경을 받는 영감. 쥘이 자기 집에 연기금 장부를 짱박아놓고 있을 가능성은 충분하다.

“피터, 내 말을 듣지 않는 거냐? 그놈의 애새끼 정치인 말고 나한테나 신경 쓰란 말이야.” 휴즈가 투덜댔다.

피터는 스위치를 껐다. 뺀질머리 잭이 사라졌다.

휴즈가 기침을 했다. “좀 낫군. 네놈은 그 자식을 존경하는 눈초리로 봤어.”

“헤어스타일 때문입니다, 사장님. 머리를 어떻게 하면 저렇게 세우는지 궁금해서요.”

“기억력이 개판이군. 난 성질머리가 개판이야. 특히 대답이 개판일 때는 더 그렇지.”

“예?”

“2년 전 일 기억 안 나? 네놈한테 3만 달러를 줬잖아. 저 새끼한테 창녀를 붙여 타협해보라고.”

“기억납니다.”

“그건 제대로 된 대답이 아니야.”

“제대로 된 대답은 ‘상황은 변합니다’죠. 사람들이 잭한테 모이는 판에 설마 미국이 딕 닉슨과 동침할 거라고 믿지는 않으시겠죠?”

휴즈가 상체를 일으켜 세웠다. 침대 난간이 흔들리고 IV 장비가 비틀거렸다. “난 리처드 닉슨의 주인이야.”

“압니다. 사장님께서 그 동생한테 던져준 대출금에는 그도 당연히 감사하겠죠.”

드라큘라가 몸을 부르르 떨었다. 그러더니 특유의 덧니로 아랫입술을 깨물었다. 드라큘라가 무슨 말인가를 하려 했다. "그, 그, 그래…. 네놈도 그 얘길 알지. 깜빡했군."

"사장님은 너무 바빠서 일일이 기억하지 못할 겁니다."

드라큘라가 새 마약을 향해 손을 내밀었다. "딕 닉슨은 좋은 남자야. 케네디 가문은 뿌리까지 썩었고. 조 케네디는 1920년대 이후로 조폭들한 테 돈을 빌려주고 있어. 악명 높은 레이먼드 L. S. 패트리아르카가 불알까지 빚지고 있다는 건 분명한 사실이야."

그는 닉슨 대출금을 공중으로 남겼다. 그리고 보이드에게 마약을 먹일 수도 있고 잭한테 크게 빌붙을 수도 있다.

"저도 사장님께 빚을 졌죠."

휴즈가 활짝 웃었다. "네놈이 말귀를 알아먹을 줄 알았다."

49

시카고, 1960년 7월 15일

리텔은 자신의 새 얼굴을 살펴보았다.

나약한 턱 선은 핀과 뼈 조각으로 다시 구성했다. 턱이 박살나고 함몰했기 때문이다. 평소 코가 맘에 들지 않았건만 지금은 납작한 데다 콧마루까지 생겼다.

헬렌은 그가 위험해 보인다고 했다. 흉터 때문에 창피하다고 했다.

리텔은 거울에서 한 걸음 물러났다. 빛이 변하며 새로운 각이 드러났다. 지금은 다리도 전다. 턱이 덜그럭거린다. 병원에 있는 동안 10킬로그램이나 붙었다.

피터 본듀런트는 기막힌 외과 의사다.

리텔의 새 얼굴은 대담하다. 과거의 유령 이전 정신으로는 새 얼굴과함께 살 수 없을 것이다.

쥘 쉬프랭에게 접근하는 것이 두렵다. 켐퍼를 마주하기도 두렵다. 통화하기도 두렵다. 귓속에서는 계속 딸깍거리는 소리가 들렸다.

아마도 턱에 심은 핀의 오작동 때문일 것이다. 딸깍거리는 소리는 청각섬망증일지도 모른다.

은퇴는 6개월밖에 남지 않았다. 멀 카말레스는 공산당에 변호사가 필요하다고 했다.

옆집 TV 소리가 꽝꽝 울렸다. 존 케네디의 수락 연설이 박수갈채에 묻혔다.

FBI는 더 이상 습격 사건을 물고 늘어지지 않았다. 후버도 그가 보이드의 케네디 공격을 방해할 수 있다는 정도는 알고 있다.

리텔은 거울로 다가섰다. 눈썹 위 흉터에 주름이 잡혔다.

시선을 뗄 수가 없다.

50

마이애미/블레싱턴, 1960년 7월 16일~10월 12일

피터가 쾌속정을 타고 쿠바를 오간 것도 40회에 달했다. 민병대 기지를 기습해 머리 가죽도 열여섯 개나 획득했다.

라몬 구티에레즈가 간부단의 마스코트를 디자인했다. 악어 주둥이에 면도날 이빨을 가진 핏 불(pit bull). 라몬의 여자 친구가 바느질로 어깨 기장 마스코트를 만들어주었다.

인쇄업자가 마스코트 명함을 디자인했다. 야수의 입에서 "쿠바에 자유를!"이라는 함성이 터져 나오는 디자인이었다.

카를로스 마르첼로가 명함 한 장을 가져왔다. 샘 G.한테도 있다. 산토 주니어는 친구 및 친지들한테 10여 장을 나눠주었다.

야수는 피를 갈망했다. 야수는 카스트로의 수염을 말뚝에 꿰고 싶어 했다.

블레싱턴은 연신 훈련병을 배출했다. 침략 계획은 새로운 무기를 필요로 했다. 더기 프랭크 록하트가 여분의 상륙용 주정(舟艇)을 구입해 기수마다 한 번씩 앨라배마를 '침공'했다.

걸프 만은 쿠바를 자극했다. 훈련병들이 해변을 기습해 해수욕객을 식

겹하게 만들었기 때문이다.

더기 프랭크가 훈련생 교육을 전담하고 피터는 틈틈이 훈련을 시켰다. 척, 풀로, 델솔은 택시 회사를 운영했다.

피터는 쾌속정으로 쿠바를 드나들었다. 델솔만 빼고 모두 함께였다. 오브레곤의 죽음에 깡다구를 잃은 탓이다. 피터는 그를 비난하지 않았다. 한순간에 혈족을 잃는 게 장난은 아니다.

누구나 마약을 팔았다.

간부단은 오로지 깜둥이 중독자만 상대했다. 마이애미 경찰도 암묵적으로 인정했다. 마약팀한테도 보험용으로 돈을 지불했다.

8월 말경, 백인 조폭이 그들의 구역을 박살내려 했다. 얼간이 하나가 총을 쏴서 데이드 카운티의 부보안관을 죽였다.

피터는 놈을 찾아냈다. 놈은 7만 달러와 와일드 터키 위스키 한 상자를 챙겨 짱 박혀 있었는데, 피터는 풀로의 손도끼로 녀석을 처리하고 현찰을 부보안관의 미망인에게 선물했다.

이익은 폭등했다. 그것도 퍼센트 차원을 넘어선 수치로. 엄청난 돈이 블레싱턴과 가이 배니스터에게 흘러들었다. 레니 샌즈는 〈허시-허시〉로 선동전을 벌였다. 선정적인 잡지가 매주마다 턱수염을 두드렸다.

드라큘라는 매주 전화를 걸어 개똥같은 개소리를 해댔다. 라스베이거스를 사서 무균 도시로 만들고 싶어! 드라큘라는 절반은 제정신이고 절반은 맛이 갔다. 그래도 돈이 걸려 있을 때는 신중했다.

보이드는 2주에 한 번 전화했다. 그는 날라리 잭의 경호 팀장이자 뚜쟁이다. 후버 국장은 전화로 그를 괴롭혔고, 켐퍼는 전화를 피하기 시작했다. 후버는 잭한테 도청 장치를 완비한 여자를 밀어 넣고 싶어 했다.

보이드는 그걸 전력질주라고 불렀다. 잭이 '그분'이 될 때까지 '그분'을 피하라.

후버는 보이드의 로스앤젤레스 스위트룸을 도청하고 보이드는 그에게 맛깔난 거짓 정보를 쏘아주었다. 잭 폐하께서 메릴린 먼로와 떡을 치고 계신다!

후버는 거짓말을 통째로 삼켰다. 로스앤젤레스 요원의 전언에 의하면 먼로는 이제 집중 감시 아래 놓여 있다. 실내 도청 및 전화 도청 전담 감시 요원 여섯. 요원들은 당혹스러웠다. 뺀질머리 잭과 M. M.은 전혀 접촉하지 않았기 때문이다.

피터는 미친 듯이 웃어댔다. 드라큘라가 소문을 확인해주었다. 메릴린과 잭은 대박 아이템이야!

보이드는 잭의 여자를 모두 샅샅이 조사했다.

보이드에 따르면, 잭과 닉슨은 막상막하였다.

피터는 어차피 버린 몸이라고 했다. 정보를 지미 호파한테 넘길 수도 있어. 당신한테 줘서 닉슨을 유리하게 만들 수도 있고.

지미는 동료다. 보이드는 파트너다. 누가 더 쿠바 공작에 우호적일까? 잭 아니면 닉슨?

사기꾼 딕은 확실하게 반콧수염이다. 잭은 말만 번드르르했지 여전히 열정이 부족하다. 존 스탠튼은 닉슨을 '미스터 침략군'이라고 불렀다. 켐퍼는 잭이 침공 계획 모두에 청신호라고 했다.

보이드의 주요 선거 이슈는 공사 구분이다.

아이크와 딕은 FBI와 마피아가 쿠바로 이어져 있음을 알고 있다. 케네디가는 모른다. 잭이 백악관을 훔친 다음엔 알 수도 있고, 모를 수도 있다.

까발릴지 아닐지를 누가 결정하지? 켐퍼 캐스카트 보이드 자신. 결정 요인. 도덕주의자 보비가 빅 브라더에게 얼마나 영향력이 있는가에 달려 있다.

보이드는 마피아/CIA 연대를 모두 끊을 수 있다. 보비는 보이드/본듀런트 카지노 보상 거래를 모조리 끊어낼 수 있다.

잭이냐, 딕이냐? 단 하나의 운명적인 선택.

그나마 현명한 선택이라면? 닳고 닳은 빨갱이 사냥꾼 닉슨에게 걸지 말 것. 그다지 똑똑하지는 않지만 섹시한 남자, 잭한테 기름을 쳐서 백악관에 앉혀라.

보이드에게 투표하라. 야수에게 투표하라. 말뚝에 꽂힌 피델 카스트로의 수염에 투표하라.

• • •

자료 첨부: 1960년 10월 13일. FBI 서신.
발신: 시카고 지국장 찰스 리히. 수신: J. 에드거 후버. **비밀/국장 외 열람 금지.**

국장님.

워드 J. 리텔 요원의 용공 성향은 이제 사실로 굳어졌습니다. 이 서신은 리텔과 관련한 과거의 비밀 보고를 모두 대신합니다.

최근의 변화에 대해 간단히 보고드립니다.

1) 클레어 보이드(켐퍼 C. 보이드의 딸이자 리텔 가족과 오랜 친구)를 접선했습니다. 다만 면담에 대해서는 부친한테 알리지 않기로 합의했습니다. 보이드 양에 따르면, 지난 크리스마스 때 리텔 요원이 노골적으로 반FBI, 반후버 멘트를 쏟아내고 미국공산당을 찬양했답니다.

2) 리텔 습격 사건 수사는 진전이 없습니다. 리텔이 위스콘신의 제네바 호수에서 어떤 일을 했는지도 역시 오리무중입니다.

3) 지난달 2주 동안, 리텔 요원의 연인 헬렌 에이기를 집중 감시했습니다. 에이기 양이 소속되어 있는 시카고 로스쿨 교수진에게 그녀의 정치 성향에 대해 질문한 결과, 역시 FBI를 공개적으로 비판해왔다는 대답을 네 건 확보했습니다. 어느 교수는(시카고 지국 정보원 #179) 에이기 양이 "위스콘신의 간단한 습격 사건" 하나 해결 못한다며 FBI를 맹공했다고 밝혔습니다. 심지어 "아버지를 죽게 하고 애인을 절름발이로 만든 미국의 게슈타포"라고 부르기도 했답니다. (시카고 대학장은 로스쿨 학생들의 사인을 의무화하고 있는 학생 충성 서약 조항에 따라 에이기 양의 대학원 장학금을 철회할 것을 권하는 중입니다.)

결론.

이제 리텔 요원에게 접근할 시기입니다. 지시를 기다리겠습니다.

그럼 이만,

찰스 리히 시카고 지국장

자료 첨부: 1960년 10월 15일. FBI 서한.
발신: J. 에드거 후버 국장. 수신: 찰스 리히 지국장.

리히 지국장,
지시할 때까지 리텔 요원에게 접근하지 말 것.
JEH

51

시카고, 1960년 10월 16일

숙취는 끔찍했다. 악몽 때문에 머리까지 이상해져 식당 사람이 모두 짭새처럼 보였다.

리텔은 커피를 저었다. 손이 떨렸다. 멀 카말레스가 부드러운 롤빵을 만지작거렸다. 그 역시 온몸을 떨고 있었다.

"멀, 하고 싶은 얘기가 뭐요?"

"이런 부탁 하면 안 되는 줄은 알지만…."

"FBI 공무와 관련한 도움이라면, 내가 지금부터 정확히 3개월 후 은퇴한다는 사실을 이해해야 해요."

멀이 웃었다. "전에도 얘기했듯 우리 당엔 항상 변호사가 필요해요."

"먼저 일리노이 변협의 심사를 받아야겠죠. 그렇지 않으면 D. C.로 이사해서 연방법으로 개업하든지."

"어차피 좌파 명분에 크게 공감하는 사람은 아니니까."

"그보다는 FBI 옹호론자에 가깝죠. 멀…."

"교직을 준비하고 있어요. 주 교육위원회가 블랙리스트를 까발린다는 얘기가 있던데, 내 전력을 감추고 싶어요. 당신이라면 보고서를 써서 내가 당을 떠났음을 증명해줄 수 있지 않을까 해서요."

카운터의 걱다리는 어딘가 낯이 익었다. 바깥에서 어슬렁거리는 자도 마찬가지였다.

"워드…."

"물론이죠, 멀. 다음 보고서에 쓸게요. 아예 공산당을 탈퇴해 닉슨 선거 본부에서 뛴다고 하지 뭐."

멀은 간신히 눈물을 감췄다. 워드를 끌어안으려다 테이블을 엎을 뻔했다.

"여기서 나갑시다. 사람들 앞에서 빨갱이를 끌어안고 싶진 않으니까." 리텔이 말했다.

식당은 그의 집 맞은편에 있었다. 리텔은 창가 자리를 차지하고 앉아 범퍼 스티커로 투표를 하며 시간을 때웠다.

닉슨 차 두 대가 갓길에 주차했다. 집주인의 차 앞창에도 닉슨-로지 도안이 붙어 있었다.

차들이 쏜살같이 지나갔다. 리텔이 훑어보니 닉슨 6, 케네디 3이었다.

종업원이 커피를 내왔다. 리텔은 플라스크 위스키 두 방울을 더했다.

즉석 비공식 투표 결과: 닉슨이 시카고를 먹는다!

햇살이 창을 때렸다. 놀라운 왜곡이 리텔을 때렸다. 새로운 얼굴과 삐뚤빼뚤한 헤어 라인.

헬렌이 아파트 외부 계단을 뛰어올랐다. 다급해 보였다. 화장도 하지 않고 외투도 입지 않고 스커트와 블라우스는 짝짝이었다. 헬렌이 그의 차를 보고 거리 맞은편을 살폈다. 그리고 창문 안의 리텔을 보았다.

헬렌이 달려왔다. 손가방에서 공책이 펄럭였다.

리텔은 문으로 다가갔다. 헬렌이 두 손으로 문을 열었다.

리텔이 잡으려 하자 헬렌이 그의 총지갑에서 총을 빼냈다.

헬렌이 그의 가슴을 때렸다. 팔을 때렸다. 안전장치를 한 채 방아쇠를 당기려 했다. 주먹으로 도리깨질을 하듯 마구 때렸다. 어찌나 빠른지 말릴 수조차 없었다.

아이라인이 두 뺨에 흘러내렸다. 손가방이 뒤집어지며 책들이 쏟아졌다. 헬렌이 이상한 단어들을 토해냈다. "장학금 취소." "충성 서약." "FBI." "당신, 당신, 당신."

사람들이 둘을 돌아보았다. 카운터의 남자 둘이 총을 꺼냈다.

헬렌은 더 이상 때리지 않았다. "망할! 당신 때문이야. 분명해. 당신 때문이란 말이야!"

그는 사무실로 차를 몰았다. 리히의 차를 움직이지 못하게 막아놓고 지국장실로 뛰어 올라갔다. 리히의 사무실은 잠겨 있었다. 코트 미드가 그를 보더니 다른 곳으로 피했다.

남자 둘이 와이셔츠 차림과 어깨 총지갑을 하고 지나갔다. 리텔도 아는 자들이었다. 아파트 밖에서 전신주를 수리하던 전화국 직원들.

리히의 문이 활짝 열렸다. 한 남자가 고개를 빼쏨 내밀었다. 역시 아는 자였다. 어젯밤 우체국에 있던 남자.

문이 닫혔다. 목소리가 새어나왔다. "리텔." "에이기의 딸."

리텔은 문을 걷어차 빗장을 뜯어냈다. 리텔은 그 장면을 멀 카말레스 스타일로 판단했다. 회색 플란넬 차림의 파시스트 4인조. 네 명의 기생충, 우파 착취자들….

리텔은 소리쳤다. "잊지 마. 나도 아는 게 있다고. 얼마든지 FBI를 엿먹일 수 있단 말이야."

리텔은 펜치, 안전 고글, 땜질 납, 유리절단기, 고무장갑, 10구경 산탄총, 녹탄 100발, 산업용 다이너마이트 한 상자, 방음 스펀지 200미터, 망치, 못, 대형 더플백 두 개를 구입했다.

리텔은 공용 주차장에 차를 세웠다.

'코인텔프로'라는 위장 신분으로 1957년형 포드 빅토리아를 렌트했다.

스카치위스키도 한 병 구입했다. 그저 용기를 낼 수 있을 정도면 충분하다.

그리고 아이오와 주 수시티를 향해 남쪽으로 차를 몰았다.

렌터카를 반납한 그는 밀워키행 기차를 타고 북쪽으로 향했다.

. . .

자료 첨부: 1960년 10월 17일. 비밀 서한.
발신: 존 스탠튼. 수신: 켐퍼 보이드.

켐퍼,

가이 배니스터로부터 불길한 전화를 받았는데, 아무래도 당신도 알아야
할 것 같아서요. 요즘 당신하고 연락하기 어렵던데 … 이 서신이 부디 늦지
않게 도착하길 바랍니다.

마이애미 지국의 가이 친구들이 마이애미 경찰 정보과장과 아주 가까워
요. 정보과에서는 카스트로파 쿠바인을 느슨하게 감시하고 있는데, 그들이
어울리는 라틴계 남자들 자동차 번호판을 매일 체크하는 정도랍니다. 그런
데 우리 부하 윌프레도 올모스 델솔이 가스파르 라몬 블랑코와 함께 있는
장면을 두 차례 확인했어요. 라몬 블랑코. 나이 37세. 쿠바 계열 협회에서도
유명한 용공 멤버이자 선동 전위대로서 라울 카스트로의 후원까지 받는 인
물입니다.

내가 신경을 쓰는 이유는 피터 본듀런트가 델솔의 사촌 토마스 오브레곤
을 손본 적이 있기 때문입니다. 피터를 시켜 이 사실을 확인해봐요. 우리의
공사 구분 절차 때문에 내가 직접 접촉할 수는 없습니다.

건승을 빌며,

존

52

마이애미, 1960년 10월 20일

조종사가 착륙 지연을 알렸다. 켐퍼는 시간을 확인했다. 피터가 얘기한 시간은 지금 막 증발해버렸다.

피터는 오늘 아침 오마하에서 그를 따라잡았다. 보여줄 게 있어요. 꼭 봐야 하는 일입니다.

피터는 잠시 착륙해도 20분 이상 걸리지 않는다며 다음 비행기로 잭한테 돌아갈 수 있을 거라고 장담했다.

마이애미가 저 밑에서 반짝였다. 그는 오마하에서 중요한 일을 해냈다. 여섯 시간이나 우회하는 바람에 일이 늦어지긴 했지만.

대선은 예측이 불가능할 정도로 접전이었다. 이제 18일밖에 남지 않았건만 닉슨이 다소 우세할 수도 있었다.

그는 출발 라운지에서 로라에게 전화했다. 그가 케네디가와 맺을 수 있도록 불을 밝혀준 여인. 클레어는 로라가 닉슨의 승리를 갈망한다고 말해주었다.

클레어는 지난달 FBI의 취조를 받았다는 얘기도 했다. 워드 리텔의 정치관에 대해서만 집중적으로 물었단다.

요원들은 클레어를 위협했다. 아버지에게 면담 얘기를 하지 말라는 주의도 주었다.

클레어는 약속을 깨고 3일 전 그에게 알려주었으며 그도 즉시 워드에게 전화했다. 전화가 울리고 또 울렸다. 벨소리 톤만으로도 도청 장치가 있음을 알 수 있었다. 그는 코트 미드한테 전화해 워드의 행방을 물었다. 미드는 워드가 지국장실 문을 걷어찬 다음 사라졌다고 했다.

클레어가 어젯밤 오마하로 전화했다. FBI가 헬렌의 로스쿨 장학금을 철회하도록 했다는 얘기였다.

후버 국장은 이틀 전부터 전화하지 않았다. 상황으로 보건대 분명 연관이 있었다. 선거 운동이 너무도 급박해 신경 쓸 틈도 없었지만.

옆바람이 심한 탓에 착륙도 거칠었다. 비행기가 꼬리날개를 흔들며 활주로로 미끄러졌다.

착륙 계단이 걸렸다. 켐퍼도 사람들과 함께 문으로 향했다.

부조종사가 문을 열었다. 바로 아래 피터가 있었다. 카트를 활주로에 주차한 채.

켐퍼는 한 번에 세 단씩 계단을 내려갔다.

피터가 그를 잡고는 손을 입에 대고 소리쳤다. "비행기가 연착해서 30분밖에 시간이 없어요!"

켐퍼는 카트에 올라탔다. 운전은 피터가 했다. 피터는 수화물 사이를 비집고 수위실로 향했다.

수화물 담당이 문을 지켰다. 피터가 그에게 20달러를 건넸다.

리넨 식탁보를 간 작업대 위에 진, 베르무트, 유리잔과 서류 여섯 장이 놓여 있었다.

"전부 읽어봐요." 피터가 말했다.

켐퍼는 제일 윗장을 훑다가 퍼뜩 정신을 차렸다.

하워드 휴즈가 딕 닉슨의 동생한테 20만 달러를 빌려주었다. 사진 복사, 부기 서류, 예금 전표 등 증거 자료도 있었다. 누군가가 목록을 편집했는데, 닉슨은 휴즈의 정부 계약과 관련한 입법안을 제출했다.

켐퍼는 술을 따랐다. 두 손이 떨려 비피터 위스키를 작업대에 엎지르기까지 했다.

그는 피터를 보았다. "돈을 요구하지는 않았지?"

"돈을 원했다면 지미한테 전화했겠죠."

"잭한테 전하지. 마이애미에 친구가 있다고."

"쿠바를 침공하게 해달라고 전해요. 그럼 똔똔이라고 생각하죠."

마티니는 기가 막히게 독했다. 수위실이 칼라일처럼 빛을 발했다.

"윌프레도 델솔을 감시해. 지금이야 별 볼일 없지만 아무래도 그 새끼가 말아먹을 것 같아."

"지금 보비한테 전화해요. 그 인간이 나한테 빚졌다는 얘기를 당신 입으로 듣고 싶으니까."

· · ·

자료 첨부: 1960년 10월 23일. 〈클리블랜드 플레인 딜러〉 헤드라인

휴즈 - 닉슨 돈 거래 선거판 요동

자료 첨부: 1960년 10월 24일. 〈시카고 트리뷴〉 부제

케네디, 닉슨 - 휴즈 공모 맹공

자료 첨부: 1960년 10월 25일. 〈로스앤젤레스 헤럴드 - 익스프레스〉 헤드라인 및 부제

닉슨, 권력 남용 부인
휴즈 대부 소동으로 부통령 여론 악화

자료 첨부: 1960년 10월 26일. 〈뉴욕 저널-아메리칸〉 부제

닉슨, 휴즈 대출 소동을 "찻잔 속 태풍"이라며 일축

자료 첨부: 1960년 10월 28일. 〈샌프란시스코 크로니클〉 헤드라인

닉슨 동생, 휴즈 대출을 "비정치적"으로 일축

자료 첨부: 1960년 10월 29일. 〈캔자스시티 스타〉 부제

케네디, 휴즈 대부 건으로 닉슨 맹공

자료 첨부: 1960년 10월 30일. 〈보스턴 글러브〉 헤드라인

갤럽, 대선 여론 막상막하!

53

제네바 호수, 1960년 11월 5일

리텔은 점검 목록을 훑어 내려갔다.

고글, 귀마개, 펜치, 유리절단기 - 확인. 납땜, 장갑, 산탄총, 탄약 - 확인. 방수 퓨즈 다이너마이트 - 확인. 방음용 스펀지 - 확인. 망치, 못 - 확인.

점검: 모텔 객실에서 지문이 남을 만한 표면은 모조리 닦아냈다.

점검: 퇴실비는 경대 위에 놓아두었다.

점검: 모텔 투숙객과는 철저히 접촉을 피했다.

그는 3주간의 주의 사항 목록을 살폈다.

이틀에 한 번씩 모텔을 바꾸었다. 위스콘신 남부 전역을 거치며 지그재그 형식으로. 내내 가짜 턱수염과 콧수염을 붙였다. 불시에 렌터카를 바꾸었다. 렌터카를 확보할 때까지는 버스를 이용했다. 렌터카는 가급적 먼 도시에서 구했다. 디모인, 미니애폴리스, 그린베이.

자동차는 위장 신분으로 빌렸다. 돈은 현찰로 지불. 해당 자동차는 투숙한 모텔과 먼 거리에만 주차했다.

모텔 내에서는 절대 전화를 걸지 않았다. 퇴실하기 전에는 표면을 모두 닦아냈다.

미행 회피 전술을 채택했다. 음주량도 하룻밤에 여섯 잔으로 줄여 정신을 안정 수준으로 유지했다.

미행은 감지하지 못했다.

혼자 있는 사람을 볼 때마다 반응을 확인했으나 경찰이나 마피아 부류는 보지 못했다. 대개는 불쾌한 반응을 보였다. 뭘 꼬나봐?

쥘 쉬프랭의 영지를 감시한 결과, 함께 사는 도우미나 현장 경호원이 없다는 판단을 내렸다.

쉬프랭의 일상도 파악했다. 토요일 밤, 배저 글렌 컨트리클럽에서 만찬 및 카드. 일요일 아침, 글렌다 레이 매트슨의 집 방문.

쥘 쉬프랭은 매주 토요일 오후 7시 05분에서 일요일 새벽 2시 00분까지 보이지 않았다 그의 영지는 두 시간마다 경찰이 순찰을 돌며 주변 도로를 대충 확인했다.

안전한 장소는 물론 경보기 설계도도 확보했다. 설계도를 확보하기 위해 보안 회사를 무려 열일곱 곳이나 수소문했다. 밀워키 경찰 경사로 위장하고 몇 년 전 체포한 적 있는 위조 전문가에게서 위조 서류와 신임장을 구입해 신분을 보강했다. 경관 행세는 철저히 위장 상태로 행했다.

현장에 두 개의 철제 금고가 있다.

무게는 각각 50킬로그램. 정확한 위치도 외웠다.

마지막 점검:

새 모텔은 벨로이트 외곽에 있으며, 투숙에 문제는 없다.

쉬프랭의 미술 수집품에 대한 신문 기사를 오렸다. 범죄 현장에 남겨둘 참이다.

리텔은 크게 심호흡을 하고 세 잔을 연거푸 마셨다. 곧이어 조바심이 크게 가라앉았다.

화장실 거울로 얼굴을 확인했다. 용기를 위한 마지막 점검….

낮은 구름이 달을 가렸다. 리텔은 1킬로미터 떨어진 지점으로 차를 몰았다. 11시 47분. 거사까지 2시간 13분 남았다. 주 경찰 순찰차가 옆을 지나 동쪽으로 달려갔다. 11시 45분 정각에 도는 순찰이다.

리텔은 포장도로를 벗어났다. 울퉁불퉁한 흙길에 차가 요동쳤다. 전조등을 켜고 언덕을 지그재그로 내려갔다. 비탈길은 이내 평평해졌다. 뒷바퀴를 마구 흔들어 타이어 자국을 지웠다.

공터 여기저기 나무들이 서 있어 도로에서는 그의 차를 볼 수 없었다.

조명을 죽이고 더플백을 들었다. 건물의 조명은 모두 서쪽 언덕을 향하고 희미한 방향등만 따로 떨어져 있어 도움을 주었다.

방향등을 향해 걸어갔다. 낙엽이 두껍게 쌓여 발자국은 걱정할 필요 없었다. 불빛이 몇 초마다 밝아졌다.

이윽고 간이 차고 옆 진입로에 다다랐다 쉬프랭의 엘도라도 브로엄은 보이지 않았다.

서재 창으로 달려가 낮게 엎드렸다. 희미한 실내 램프 불빛 덕분에 활동이 어렵지는 않았다. 연장을 꺼내 우수관의 전선 두 개를 끊어냈다. 외부 아크등이 탁탁거렸다. 경보 테이프가 두꺼운 유리창 사이에 붙어 있었다.

둘레를 측정한 다음 자석 테이프를 알맞게 잘랐다. 테이프를 외부 유리 윤곽을 따라 붙였다.

다리가 아팠다. 식은땀이 면도를 하다 난 상처에 달라붙었다.

테이프 위에 자석을 얹은 다음, 유리절단기로 윤곽 안쪽에 원을 그렸다. 유리는 아주 두꺼웠다. 홈을 파는 데만도 두 손과 온 체중이 필요했다.

경보는 터지지 않았다. 조명도 켜지지 않았다.

유리를 둥글게 잘라냈다. 사이렌 소리도 없고 쫓아오는 소음도 들리지 않았다.

두 팔이 불에 덴 듯 아팠다. 어깨뼈도 끊어질 것만 같았다. 땀이 얼어 온몸에 오한이 일었다.

바깥 유리창이 깨졌다. 장갑 안에 소매를 집어넣고 유리를 더 힘껏 밀어붙였다.

29분이 흘렀다.

팔꿈치의 압력에 안쪽 유리가 딱 소리를 냈다. 유리를 걷어차 기어 들어갈 공간을 만들었다.

안으로 뛰어내렸다. 구멍이 좁은 탓에 유리 파편이 살을 찢었다.

서재는 떡갈나무 소재였으며 녹색 가죽 의자가 즐비했다. 옆벽에는 예술 작품들을 걸었다. 마티스 하나, 세잔 하나, 반 고흐 하나.

스탠드 불빛 덕분에 근근이 작업을 할 수 있었다.

연장을 배열했다.

금고는 둘 다 찾아냈다. 움푹 들어간 벽 안에 50센티미터 간격으로 붙어 있었다.

세 겹 두께의 방음 스펀지로 벽 공간을 채운 다음 5센티미터 길이의 못을 광택 나는 떡갈나무에 박아 고정했다.

금고를 덮은 부분에 X 표시를 했다. 그런 다음 고글을 쓰고 귀마개를 한 다음 산탄총을 장착해 방아쇠를 당겼다.

한 발, 두 발, 거대한 실내 폭발음.

세 발, 네 발, 단단한 나무들이 떨어져나가기 시작했다.

재장전하고 발사, 재장전하고 발사, 재장전하고 다시 발사.

나무 지저깨비들에 얼굴을 베었다. 화약 연기에 구역질을 할 것만 같았다. 시계는 제로에 파편이 고글을 사정없이 때렸다.

재장전하고 발사, 재장전하고 발사, 재장전, 발사. 40여 발을 쏘자 벽과 뒤쪽 서까래가 붕괴했다. 회벽이 무너지고 2층 가구들이 떨어져 박살 났다. 금고 두 개도 잡석 틈새로 쓰러졌다.

잡석을 걷어찼다. 빌어먹을, 숨이라도 쉴 수 있으면 좋으련만.

리텔은 파편과 스카치를 토했다. 화약 연기와 시꺼먼 가래를 기침과 함께 뱉어냈다. 나무 무더기를 파낸 다음 금고 두 개를 더플백에 넣었다.

72분 경과.

서재가 식당까지 뺑 뚫렸다. 40여 발의 총알에 미술 작품도 벽에서 떨어졌다.

세잔은 무사했다. 마티스는 액자만 가볍게 망가졌다. 반 고흐는 산산조각 났다. 리텔은 신문 기사 클립을 떨어뜨렸다.

커튼 자락으로 더플백을 등에 묶었다.

그림들을 집어 들고 현관문으로 달렸다.

신선한 공기에 머리가 어지러웠다. 공기를 들이켜며 달렸다.

낙엽에 미끄러지고 나무에 걸려 넘어지기도 했다. 방광이 터질 지경이었다. 기분은 완전히 개판이었다. 넘어지고 또 넘어졌다. 100킬로그램의 철근 때문에 계속 언덕 아래로 곤두박질쳤다.

온몸이 흐물거렸다. 일어설 수도 없고, 더플백을 들 수도 없었다.

엉금엉금 기었다. 차에 올라탄 다음에는 천천히 접근로로 빠져나오며 내내 숨을 헐떡였다.

백미러로 얼굴을 보는데 '영웅'이라는 단어가 잠깐 스쳐 지나갔다.

리텔은 북서쪽을 향해 지그재그로 달리며 사전에 골라둔 폭파 지점에 다다랐다. 프레리두치엔 외곽의 숲 속 공터.

대형 콜먼 랜턴 세 개로 조명을 밝혔다.

그림은 모두 태워 재를 흩뿌렸다. 그런 다음 다이너마이트 여섯 개를 금고 다이얼 케이스에 밀어 넣었다.

퓨즈를 100미터쯤 늘어뜨린 후 성냥불을 붙였다.

금고가 터졌다. 문짝 두 개가 수목 한계선까지 날아갔다. 산들바람이 불에 그을린 돈다발을 사방으로 날렸다.

리텔은 파편을 뒤졌다. 폭발하는 바람에 최소한 10만 달러는 날아갔을 것이다. 그럼에도 무사한 물건은? 비닐로 감싼 대형 장부 세 개.

리텔은 돈 뭉치를 묻고 금고 파편은 모두 공터에 인접한 도랑물에 던져 넣은 뒤 새 모텔로 차를 몰았다. 물론 규정 속도는 확실하게 지켰다.

장부 세 권. 한 권당 200페이지. 각 페이지마다 교차 항목 표시법을 사용했는데, 일반적인 부기 스타일과는 차이가 컸다. 커다란 숫자가 왼쪽에서 오른쪽으로 적혀 있었다.

리텔은 장부를 침대 위에 펼쳤다. 첫 번째 느낌. 매달 및 매년 연기금 총액을 어떻게 편집하든 총액은 그 액수를 훨씬 상회했다.

갈색 가죽 장부 두 권은 암호였다. 좌변 항목의 숫자/기호 목록은 대충 이름과 숫자의 길이를 맞춘 것처럼 보였다. 따라서 AH795/WZ458XY

는 이름 다섯 글자, 성 일곱 글자일 것이다. 물론 아닐 수도 있다.

검은색 가죽 장부는 암호화하지 않았다. 비슷하게 거액 계정을 포함했으며 제일 왼쪽 항목은 두세 자리의 목록을 나타냈다. 목록은 아마도 대출자 또는 피대출자의 머리글자일 것이다.

검은색 장부는 다수의 수직 항목으로 세분화했고, 항목은 실제 단어로 표기했다. "대부 %"와 "양도 #."

리텔은 검은색 장부를 옆으로 밀었다. 두 번째 직감. 암호 해독이 쉽지 않을 수도 있겠군.

갈색 장부로 시선을 돌렸다. 기호 이름과 숫자를 따라가며 돈이 일정하게 증가하는 과정을 살폈다. 총액이 정확히 배가 되는 것으로 보아 연기금의 변제 이자는 악랄한 수준의 50퍼센트였다.

반복되는 문자가 있었다. 4~6글자마다 점점 커졌는데 아무래도 단순한 날짜 암호 같았다. A는 1, B는 2. 문득 정말 그렇게 단순할지 모른다는 생각이 들었다.

그는 기호와 숫자를 맞춰놓고 고민해보았다.

자금 대출 부당 이득은 1930년까지 거슬러 올라갔다. 기호와 숫자는 왼쪽에서 오른쪽으로 갈수록 커져 1960년 초까지 이어졌다.

평균 대출금은 160만 달러, 반제금은 240만 달러.

최소 대출금은 42만 5000달러. 최고액은 860만 달러.

수치는 왼쪽에서 오른쪽으로 갈수록 증가했다. 오른쪽 마지막 항목은 곱셈과 나눗셈이었는데, 퍼센트 계산이 기이했다.

리텔은 머리를 굴렸다.

우수리는 대부 투자 이익으로 반제 이자 위에 기록했다.

문득 떠오른 생각이 있었다. 호파의 선밸리 은닉 자금을 찾아라.

연필로 내역을 훑어 내려갔다. 점을 연결했다. 1956년 중반에서 1957년 중반. 그리고 '지미 호파(Jimmy Hoffa)'의 스펠링에 해당하는 열 자리 기호.

1.2와 1.8은 찾아냈다. 보비 케네디의 '유령 자금' 300만 달러로 추정되는 돈. 그는 다섯, 여섯, 다섯 자리 기호가 완벽하게 교차하는 열을 찾아

냈다. 5, 6, 5=제임스 리들 호파(James Riddle Hoffa).

호파는 선밸리 기소를 웃어넘겼다. 그만큼 확신했다는 뜻이다. 속임수를 완벽하게 덮었던 것이다.

리텔은 장부를 훑으며 특이한 총액들을 골라냈다.

작은 '0'이 이어졌다. 기금은 억만 단위였다.

눈이 침침해져 돋보기를 챙겼다.

장부를 다시 훑었다. 동일한 숫자들이 계속 반복되었다. 큰 괄호로 묶은 네 자리 숫자.

[1408]…. 계속 반복.

리텔은 갈색 장부를 샅샅이 뒤졌다.

1408은 모두 21개. 유령 자금 300만 달러 바로 옆에 두 개. 암산을 해보니 총 4900만 달러를 빌려주었거나 빌렸다는 얘기다. 어느 쪽이든 엄청난 돈이다.

그는 검은색 장부의 머리글자 항목을 확인했다. 배열은 알파벳순. 쥘쉬프랭은 깔끔한 고무도장으로 기입했다.

오전 9시. 다섯 시간밖에 남지 않았다.

"대부 %"라는 부제가 시선을 끌었다. "B-E"라는 항목이 그래프를 따라 내려갔다. 숫자/철자 암호는 25퍼센트까지 해독했다.

그는 곰곰이 따져보았다.

머리글자는 연기금 대출자들의 꼬리표다. 변제 이자는 높지만 그렇다고 악랄한 수준은 아니었다.

"양도 #" 항목을 살펴보았다. 목록은 획일적이었다. 머리글자와 여섯 자리 숫자. 그게 전부였다.

그는 다시 머리를 굴렸다.

머리글자는 은행 계좌번호였다. 변제한 돈을 깨끗하게 세탁하기 위한 용도. 해당 머리글자는 모두 B로 끝났는데, '지점(branch)'이라는 단어의 약자 같았다.

리텔은 노트에 기호를 옮겨 적었다.

BOABHB=아메리카 은행, 베벌리힐스 지점.

HSALMBB=가계 저축 및 대부 은행, 마이애미비치 지점.

추측은 맞아떨어졌다.

리텔은 머리글자로부터 은행 이름을 아는 대로 뽑아낼 수 있었다.

다음은 1408을 추적하는 항목. 역시 딱 들어맞았다. JPK, SR/SFNBB/ 811512404.

SFN은 시큐어러티-퍼스트 내셔널. BB는 버펄로나 보스턴, 아니면 B 자가 들어가는 도시의 지점일 것이다.

SR는 '시니어'를 뜻할 것이다. 왜 이런 칭호까지 더한 걸까?

JPK 바로 위에 있는 SR: JPK [1693] BOADB. 1408에 비하면 소액이 다. 그는 기금에 겨우 640만 달러를 빌려주었을 뿐이다.

SR는 단순히 대출자와 머리글자가 같은 사람을 구분하기 위해 더한 것이다.

JPK, SR [1408] SFNBB/811512404. 엄청난 거액 대출….

잠깐.

잠깐만.

JPK, SR.

조지프 P. 케네디, 시니어.

BB는 보스턴 지점.

1959년 8월 시드 카비코프와 미치광이 살이 한 얘기. "이래봬도 내가 옛날에 쥘과 아는 사이 아니겠소? 그것도 1920년대에. 그 양반이 마약을 팔아 그 이익금을 조 케네디의 RKO 영화에 댔잖아요."

잠깐. 전화를 걸자. FBI 사이코로 분장해서 확인하거나 반박하자.

리텔은 0번을 돌렸다. 땀이 전화기 위로 비 오듯 쏟아졌다.

교환원이 나왔다. "어디로 돌려드릴까요?"

"시큐어러티-퍼스트 내셔널 은행. 매사추세츠 보스턴 지점."

"잠깐만 기다려주세요. 번호를 찾아 연결해드릴게요."

리텔은 기다렸다. 아드레날린이 치고 들어왔다. 현기증도 나고 입술은 바짝 타들어갔다.

남자가 전화를 받았다. "시큐어러티-퍼스트 내셔널입니다."

"FBI 특수요원 존슨입니다. 매니저와 얘기할 수 있을까요?"

"잠깐만 기다리세요. 연결하겠습니다."

딸깍하는 연결음이 들렸다. 다시 남자 목소리. "미스터 카모디입니다. 뭘 도와드릴까요?"

"아, FBI의 존슨입니다. 여기 그 은행 계좌번호가 있는데, 주인이 누군지 알아야 해서요."

"공식 요청인가요? 오늘은 일요일이고, 전 이번 달 잔고 조사를 감독하기 위해…."

"공식 요청입니다. 은행 서류를 신청할 수도 있지만, 직접 사람이 찾아가봐야 서로 좋을 것 없잖습니까?"

"예. 에 … 제 생각에는…."

리텔은 좀 더 밀어붙였다. "계좌 번호는 811512404입니다."

남자가 한숨을 내쉬었다. "404 목록은 개인 안전금고 계정입니다. 예금 계좌에 관심이 있으시다면 제 생각엔…."

"그 계좌번호로 얼마나 많은 금고를 임대했나요?"

"그 계좌는 저도 잘 알고 있습니다. 크기도 그렇고. 아시겠지만…."

"금고가 얼마나니까?"

"금고실에 있는 90개 전부입니다."

"외부에서 곧바로 귀중품을 그 금고실에 예치할 수 있나요?"

"물론입니다. 귀중품은 누구든 아무도 모르게 금고에 예치 가능합니다. 물론 계좌 소유자의 비밀번호를 알아야겠죠."

90개의 은닉 금고. 마피아가 세탁한 현찰 수백만 달러.

"계좌번호 주인은 누구죠?"

"에…."

"영장 청구를 해야 하나요?"

"에, 전…."

"계좌 주인이 조지프 P. 케네디 시니어 맞죠?"

"에 … 어 … 예."

"상원의원의 부친?"

"예, 상원의원…."

손에서 수화기가 미끄러졌다. 리텔은 전화기를 발로 걷어찼다. 검은색 장부. 미스터 1408, 백만장자 고리대금업자.

리텔은 숫자로 돌아가 그 사실을 확인했다. 눈이 흐려질 때까지 숫자를 세 번씩 확인했다.

그랬다. 조 케네디는 기금에 선밸리 종잣돈을 빌려주었다. 그리고 연기금은 그 돈을 제임스 리들 호파에게 빌려주었다.

선밸리는 토지 사기 중범죄에 해당한다. 선밸리 때문에 피터 본듀런트는 두 명을 살해했다. 안톤 그레츨러와 롤란드 키르파스키.

리텔은 장부의 1408을 추적했다. 쉼표의 향연…. 원금을 제외한 인출. 1회차 당기 순이익.

조는 오직 이자만 인출했다. 조의 기본 대출금 총액은 기금 내에서 유동 자산으로 남아 있었다. 그리고 점점 불어났다.

돈 세탁, 은닉, 장부 조작, 조세 피난, 자본 집중…. 노조 깡패, 마약 밀매꾼, 고리대금업자, 마피아 파시스트 독재자들에게 투자.

암호 장부엔 구체적인 사항이 들어 있었다. 그는 암호를 풀어 돈이 어디로 갔는지 정확히 파악할 수 있었다.

비밀로 하죠, 보비. 당신이 아버지를 증오하게 하지는 않겠습니다.

리텔은 한계를 넘어 여덟 잔째 술을 마셨다. 그리고 숫자를 마구 외치며 의식을 잃었다.

54

히아니스 부두, 1960년 11월 8일

잭은 선거인단 투표에서 100만 표를 얻어 한참 앞서기 시작했다. 닉슨은 선두 자리를 갉아먹었다. 중서부는 불확실해 보였다.

켐퍼는 TV 석 대를 보며 전화기 넉 대를 오락가락했다. 그의 모텔 객실은 하나의 거대한 소켓이었다. 비밀검찰국 일엔 전선이 많이 필요하다.

적색은 개인 전화였다. 백색 전화 두 대는 직접 케네디 공관에 걸고, 청색 전화는 비밀검찰국과 준-대통령 당선자를 연결했다.

밤 11시 35분.

CBS는 일리노이 판세를 박빙으로 보았다. NBC는 막상막하, ABC는 잭이 51퍼센트를 얻어 승리할 것이라고 했다.

켐퍼는 창문을 확인했다. 비밀검찰국 요원들이 밖에 모여 있었다. 그들은 모텔을 통째로 예약한 터였다.

백색 전화 2번이 울렸다. 보비. 투덜이 보비.

기자 하나가 장대뛰어넘기로 경내에 침입했다. 폭주 차량이 닉슨 깃발을 잔뜩 매달고 달려와 본관 잔디밭을 망가뜨렸다.

켐퍼는 비번 경관 둘을 불러 그쪽으로 보내며 불법 침입자들을 패주고 차량을 압수하라고 지시했다.

적색 전화가 울렸다. 산토 주니어. 그가 마피아의 소문을 들려주었다.

아무래도 일리노이가 아슬아슬. 샘 G.가 잭을 돕기 위해 승부수를 던졌소. 지금 레니 샌즈가 투표함을 채우고 있어. 의원 100명이 그를 돕고 있는데, 잭이 쿡 카운티를 공략해야 박빙이나마 일리노이 전체를 먹을 수 있을 거요.

켐퍼는 전화를 끊었다. 적색 전화가 다시 울렸다. 이번에는 피터가 어디선가 들었다며 풍문을 전해주었다.

후버 국장이 휴즈 씨한테 전화를 했대요. 휴즈 씨 말로는 메릴린 먼로가 아주 음탕하답니다. FBI가 먼로를 도청했어요. 지난 2주간 디스크자키 앨런 프리드, 빌리 에크스타인, 프레디 오태시, 린 틴틴의 트레이너, '정글의 라마르' 존 홀, 그녀의 집 풀장 청소부, 피자 배달원 둘, 토크쇼 앵커 톰 듀건, 가정부 남편하고 잤는데 상원의원 존 F. 케네디는 없었다네요.

켐퍼는 웃으며 전화를 끊었다. CBS는 대선전을 "한치 앞도 예측이 불가능한 박빙"으로 정의했다.

ABC도 똑같은 전망을 내놓았다. "예측 불가의 박빙."

백색 전화 1번이 울렸다.

켐퍼는 수화기를 들었다. "보비?"

"나요. 선거인단 선거에서 앞섰다는 소식을 전하려 전화했소. 일리노이와 미시간은 우리가 우세야. 휴즈 대부 건이 큰 도움이 됐어요. 켐퍼, 당신의 '익명 정보원'한테 고맙다고 전해줘요."

"그다지 기쁜 목소리가 아닌데요?"

"끝날 때까지는 이긴 게 아니니까. 그리고 아버지 친구분이 지금 막 돌아가셨소. 아버지보다 어린 분인데. 그래서 지금 힘들어하고 계셔."

"제가 아는 분입니까?"

"쥘 쉬프랭. 몇 년 전에 만난 적이 있을 거요. 위스콘신에서 심장마비로. 집에 갔더니 강도가 들었대요. 그러곤 곧바로 저 세상으로 떠났소. 제네바 호수의 아버지 친구가 전화했는데…."

"제네바 호수?"

"그래요. 시카고 북쪽. 켐퍼…."

리텔 습격 장소. 쉬프랭, 시카고 출신의 조폭.

"켐퍼…."

"죄송합니다. 잠시 딴생각을 했어요."

"할 얘기가 있는데…."

"로라 얘긴가요?"

"어떻게 알았소?"

"로라 얘기가 아니면 그렇게 주저하실 리가 없으니까요."

보비가 목청을 가다듬었다. "전화해서 당분간 가족과 접촉하지 않았으면 고맙겠다고 전해줘요. 그 정도는 이해할 거야."

코트 미드는 리텔이 사라졌다고 했다. 우연일 수도 있겠지만….

"켐퍼, 듣고 있소?"

"예."

"전화해요. 기분 나쁘게 만들 필요는 없지만 단호하게 말해요."

"알겠습니다."

보비가 전화를 끊었다. 켐퍼는 적색 전화로 교환대를 불렀다. 시카고 BL8-4908.

신호가 갔다. 두 번의 벨 소리와 아주 미미한 도청 잡음 두 번.

"여보세요?" 리텔이었다.

켐퍼는 송화구를 덮었다.

"보이드? 내 삶에 다시 끼어드는 이유가 두려워서야? 아니면 나한테 뭔가 있다고 생각해서 그래?" 리텔이 말했다.

켐퍼는 전화를 끊었다.

워드 J. 리텔…. 이 미친놈.

55

마이애미, 1960년 11월 9일

가이 배니스터가 장거리 전화로 악을 썼다. 피터는 귀가 따가울 정도였다. "교황파의 헤게모니가 부활하는 거야. 그자는 깜둥이와 유대인을 사랑한다고. 의원이 된 후로도 공산당에 대해 온건 노선을 택했건만 그런 자가 이기다니 믿을 수 없군. 미국인들이 그런 개소리에 넘어가다니 기가 막혀서."

"본론부터 얘기하죠, 가이. J. D. 티핏이 뭔가를 주웠다고 했죠?"

배니스터가 흥분을 가라앉혔다. "깜빡 잊고 전화를 못했어. 네가 케네디를 좋아한다는 사실도 깜빡했고."

"그 양반 헤어스타일을 좋아해요. 보기만 해도 꼴리거든요."

배니스터가 다시 흥분하기 시작해 피터는 재빨리 말을 끊었다. "아침 8시예요. 택시는 여기저기 정체고 운전사 셋이 아파서 결근입니다. 본론만 얘기해요."

"딕 닉슨이 재검표를 요구해야 해."

"가이…."

"좋아, 알았어. 보이드가 얘기하지 않았어? 윌프레도 델솔과 얘기해보라고?"

"얘기했어요."

"얘기해봤어?"

"아뇨, 바빴어요."

"티핏이 그러는데, 델솔이 카스트로파 놈들과 어울린다는 얘기를 들었대. 아무래도 해명을 해야 하지 않겠어?"

"만나보죠."

"그래야 할 거야. 그 일 하는 동안 정치적 머리도 개발해보라고."

피터는 웃었다. "잭은 백인이에요. 그 양반 머리만 생각해도 꼴리는 걸 어쩝니까?"

피터는 윌프레도의 집으로 차를 몰고 가 문을 두드렸다. 델솔이 속옷 바람으로 문을 열었다.

눈빛이 트릿하고 몸은 앙상했다. 너무나 졸린지 똑바로 서 있기도 힘들어 보였다. 그가 부르르 몸을 떨며 불알을 긁고 산발한 머리를 헤집었다. 그래도 눈치만은 빨랐다. "누가 내 악담을 했군요."

"계속해봐."

"원래 협박할 때만 사람을 찾아오잖아요."

"맞는 얘기야. 적어도 해명은 들어야겠지."

"그럼 물어봐요."

"카스트로파 애들하고 자주 얘기한다던데?"

"예, 그래요."

"그래서?"

"내 사촌 토마스가 어떻게 죽었는지, 얘기를 들어주거든요. 나를 잘 꼬드기면 간부단을 배신할 수 있다고 생각해요."

"그래서?"

"그러면 이렇게 말하죠. 토마스 일은 좆같지만 피델 카스트로가 더 좆같다고."

피터는 문에 몸을 기댔다. "쾌속정 공작이 별로 맘에 안 들지?"

"민병대 애들 몇 명 죽여봐야 소용없으니까."

"다시 침투 그룹에 넣어주면?"

"그럼 가야죠."

"자네가 만났다는 친구 하나를 담그라고 지시하면?"

"가스파르 블랑코가 여기서 두 블록 거리에 살아요."

"그 새끼를 죽여." 피터가 말했다.

피터는 깜둥이 마을을 돌아보았다. 순전히 시간을 때우기 위해서였다. 라디오는 온통 선거 뉴스만 토해냈다.

닉슨이 패배를 인정했다. 계집애 닉슨은 엉엉 목 놓아 울었다. 날라리 잭은 운동원들에게 고마움을 표하고 날라리 부인이 임신을 했다고 선언했다.

깜둥이 마약쟁이들이 구두닦이 부스 옆에 모여 있었다. 폴로와 라몬이 약을 팔기 위해 그쪽으로 차를 몰았다. 척은 배서한 복지 카드를 받고 마약 꾸러미를 주었다.

잭은 뉴프런티어에 대해 떠들었다. 폴로는 구두닦이한테 상당량의 마약을 넘겼다.

지방 방송 뉴스가 떴다.

코럴 게이블스 술집 밖에서 총성. 가스파르 라몬 블랑코라는 이름의 경찰, 총격에 사망.

피터는 미소를 지었다. 1960년 11월 8일이 이보다 좋을 수는 없었다.

그는 점심을 먹은 후 타이거 택시 회사에 들렀다. 테오 파에즈가 주차장 세일을 진행 중이었다. 장물 TV 한 대에 20달러. TV는 모두 배터리 팩에 연결했는데, 잭이 20개의 스크린에서 활짝 웃었다.

피터는 잠재적 구매자들과 어울렸다. 지미 호파가 무리에서 빠져나와 이 맑고 시원한 날 식은땀을 흘려댔다.

"안녕하세요, 지미."

"히죽거리지 마. 네놈하고 보이드가 저 호모 새끼 승리를 바랐다는 것 정도는 아니까."

"걱정 마세요. 저 양반이 리틀 브라더의 고삐는 단단히 잡을 겁니다."

"걱정이 그것뿐이면 좋게?"

"무슨 뜻입니까?"

"쥘 쉬프랭이 죽었어. 제네바 호숫가에 집이 있는데, 강도를 당해서 엄청 비싼 그림들을 잃어버렸대. 그 와중에 아주 중요한 서류도 사라지고, 쥘은 심장마비로 죽었지. 어쩌면 강도 새끼가 지하실에서 지금쯤 우리 오물을 연구하고 있을지도 몰라."

리텔. 미쳐도 단단히 미쳤군.

피터는 웃었다.

"뭐가 그렇게 웃겨?" 호파가 신경질을 냈다.

피터의 웃음은 더 커져만 갔다.

"그만 웃어, 미친놈아."

피터는 웃음을 그칠 수 없었다. 호파가 총을 꺼내 TV 화면 속의 뺀질 머리 잭 여섯 명을 쏴 죽였다.

56

워싱턴 D. C., 1960년 11월 13일

우편집배원이 켐퍼에게 속달 편지를 가져왔다. 소인은 시카고. 반송 주소는 없었다.

봉투를 개봉하자 깨끗이 타이핑한 편지 한 장이 전부였다.

나한테 장부가 있어. 모두 내가 죽거나 실종될 때를 대비해 10여 가지 방식으로 안전장치를 취해놓았지. 장부는 오로지 로버트 케네디한테만 보낼 거야. 단, 내가 3개월 이내에 케네디 행정부의 임명직을 받을 경우에 한해서.

장부는 안전하게 감춰두었어. 장부와 함께 83쪽짜리 조서도. 자네가 매클렐런 위원회-케네디한테 위장 잠입한 내용을 상술했지. 조서는 파기할 거야. 마찬가지로 내가 케네디 행정부에서 지명을 받은 후에. 난 여전히 자네를 좋아하고 자네한테 배운 훈련에도 감사하고 있어. 이따금 자네답지 않게 무수한 신분을 드러낼 위험까지 무릅쓰고 이타심을 발휘한다는 사실도 알고 있네. 물론 내가 사내로서 뭔가를 이룰 수 있도록 돕기 위해서지.

이왕 말이 나왔으니, 장부에 관한 한 자네의 동기를 신뢰하지 않는다는

점도 언급하겠네. 자네를 친구로 생각하고 있네만, 그건 신뢰와는 거리가
멀어.

  켐퍼는 피터에게 메모를 썼다.

  트럭 노조 장부는 잊게. 리텔이 우리를 엿 먹였어. 그놈을 가르친 게 후
회스럽군. 위스콘신 주립 경찰에 조심스레 알아봤는데, 그쪽도 완전히 헛다
리를 짚은 모양이야. 다음에 만날 때는 법의학 보고서를 제공하겠네. 자네
도 통감하게 될 거야. 헛지랄도, 불평도 끝이야. 피델 카스트로를 타도하자.

57

시카고, 1960년 12월 8일

바람이 차를 흔들었다. 리텔은 히터를 틀고 의자를 젖혀 길게 누웠다.

그의 잠복은 철저히 위장이었다. 직접 당원이 될 수도 있다. 그렇게 하면 멀도 천군만마를 얻은 기분이리라.

지금은 블랙리스트 제외 기념 파티다. 시카고 교육위원회는 멀 카말레스를 고용해 기초수학을 가르치게 했다.

손님들이 집으로 모여들었다. 리텔과 안면 있는 좌파만 해도 적색분자 감시팀 서류로 1킬로미터 길이 분량은 될 것이다. 몇 명이 그에게 손 인사를 했다. 멀은 아내한테 커피와 쿠키를 들려 보내겠다고 했다.

리텔은 그 집을 감시했다. 멀은 크리스마스 조명을 켰다. 현관 옆 크리스마스트리가 온통 청색과 황색의 꽃을 피웠다.

9시 30분까지만 남아 있을 참이었다. 파티는 일상적인 휴일 모임 정도로 보고하면 그만이다. 리히는 형식상 그의 판단을 인정할 것이다. 둘의 관계 때문에라도 직접 대면하는 것은 개연성이 적다.

그가 문을 걸어찬 얘기와 제네바 호수 문제는 질문 없이 넘어갔다. 은퇴까지는 39일 남았다. FBI는 외면 전략을 고수하며 그가 민간인이 될 때까지 지켜볼 것이다.

연기금 장부는 덜루스의 은행 금고에 짱박아두었다. 집에는 20여 건의 암호 해독 문서가 있다. 술을 한 방울도 마시지 않은 지 17일째다.

연기금 장부는 언제라도 보비한테 보낼 수 있다. 연필 몇 번 그으면 조 케네디의 이름도 지울 수 있다.

낙엽이 떨어지며 차창을 맹폭격했다. 리텔은 차에서 내려 힘껏 기지개를 켰다.

그때 사람들이 멀의 집 진입로로 달려갔다. 철컥 철컥. 산탄총 장전하는 금속성 소리가 요동쳤다. 등 뒤에서도 발소리가 들리는가 싶더니 누군가가 그를 자동차 보닛에 처박고 총지갑을 벗겼다. 날카로운 크롬 조각이 얼굴을 찍었다. 칙 리히와 코트 미드가 멀의 집 문을 걷어차고 있었다.

정장과 외투 차림의 거한들이 그에게 몰려들었다. 안경이 떨어졌다. 사방이 답답하고 뿌예졌다. 누군가가 그를 거리로 끌어내더니 수갑을 채웠다.

군청색 리무진이 다가와 섰다. 거한들이 그를 붙들고 안으로 밀어 넣었다. 후버의 얼굴이 보였다. 누군가가 입을 테이프로 감았다.

리무진이 출발하자 후버가 입을 열었다. "멀 카말레스는 선동 및 폭력으로 미합중국 전복을 기도한 혐의로 체포했어. 자네의 FBI 임기는 오늘자로 끝나고 연금도 취소됐다. 용공분자라는 신상 보고서도 벌써 사법 당국에 보냈고. 50개 주의 변호사 관련 단체와 미 대륙의 로스쿨 학장들 앞으로도 보냈지. 켐퍼 보이드의 비밀 활동 정보를 공개하면, 당신 딸과 수전, 헬렌 에이기까지 영원히 법조계에 들어오지 못하게 하고, 지난 3주간의 실종이 쥘 쉬프랭의 제네바 호수 저택 파괴와 모종의 관계가 있다는 얘기를 주요 조직범죄 두목들한테 알려줄 생각이야. 모르지 또 그쪽에서 사실을 밝혀낼지도. 좌파에 대한 공감은 물론 재정적으로 어렵고 도덕적으로 문제가 많은 자들에 대한 불타는 동정심을 긍휼히 여겨 지금부터 그놈의 자포자기, 자학, 변절 기질을 철저히 보장해줄 곳에 있게 해주지. 운전사, 차 세워."

리무진의 속도가 줄고 수갑도 풀렸다.

리텔은 차에서 끌려나와 사우스사이드의 배수구에 처박혔다.

깜둥이 부랑자들이 다가와 그를 구경했다. 여긴 왜 왔수, 백인 나으리?

· · ·

자료 첨부: 1960년 12월 18일. 개인 서한.

발신: 켐퍼 보이드. 수신: 법무장관 지명자, 로버트 F. 케네디.

친애하는 지명자님께.

먼저 진심으로 감축드립니다. 훌륭한 법무장관이 되시리라 믿어 의심치 않습니다. 지미 호파를 비롯한 쓰레기들이 활대 끝에 매달려 버둥대는 모습이 벌써부터 눈에 선합니다.

호파는 적절한 시점에 화해 제스처를 내놓을 듯합니다. 이 편지의 목적은 전직 FBI 요원 워드 J. 리텔을 법무부 고문단에 추천하기 위해서입니다. 리텔은 시카고 유령으로서 1959년 초부터 비밀리에 우리 임무를 수행했습니다. 1940년 노트르담 로스쿨을 최우수 성적으로 졸업하고 연방 변호사 자격이 있으며 연방의 국외추방법 분야에 정통합니다. 그를 위촉하시면 반마피아, 반트럭 노조와 관련한 최근 정보를 상당량 확보하실 수 있습니다.

익명으로 활동하는 동안, 리텔이 오랫동안 지명자님과 연락이 끊겼다는 사실을 알지만, 그로 인해 호감이 줄지 않았길 바라마지 않습니다. 리텔은 훌륭한 변호사이자 범죄 조직과 싸우는 전사입니다.

그럼 이만,

켐퍼

자료 첨부: 1960년 12월 21일. 개인 서한.

발신: 로버트 F. 케네디. 수신: 켐퍼 보이드.

친애하는 켐퍼,

워드 리텔에 대한 내 대답은 '절대 불가'요. 후버 국장으로부터 보고서를 접수했는데, 설령 어느 정도 편견이 있다 해도 리텔은 극좌 성향의 알코올 중독자이고 그 근거도 충분했소. 후버 국장은 또한 리텔이 시카고 마피아로부터 뇌물을 받았다는 증거도 동봉했더군. 그런 점으로 미루어 반마피아, 반트럭 노조 증거 또한 신빙성이 없을 것 같소. 리텔이 당신 친구이며 한 번쯤 우리를 위해 열심히 일했다는 사실은 알고 있소. 하지만 솔직히 말해서 나는 신임 간부진에 손톱만큼의 오점도 허용할 수 없는 입장이오.

리텔 문제는 접기로 합시다. 당신을 케네디 행정부에 임명하는 문제는 유효하오. 당신도 대통령 당선자와 내 선물에 기뻐하리라 믿소.

건승을 빌며,

밥

자료 첨부: 1961년 1월 17일. 개인 서한.

발신: J. 에드거 후버. 수신: 켐퍼 보이드.

친애하는 켐퍼,

축하하고, 축하하고, 또 축하하네.

하나, 최근 자네의 회피 전술은 놀랍도록 효과적이었어. 둘, 메릴린 먼로 헛소리도 날 한참 동안 골탕 먹였는데, 가히 전설적인 책략이 아닐 수 없더군. 셋, 법무부 비상근 법률고문으로 임명된 것 또한 축하하네. 지인 말로는 자네가 남부의 투표권 남용에 집중한다더군. 아주 적절한 보직이야! 과거 우파 쿠바인들을 보듬었듯 이제 좌파 성향의 깜둥이들도 끌어안을 수 있게 되었으니 말일세!

이제 자넨 제자리를 찾았네. 그렇게 자애롭고 충성스러운 사내한테 그보다 더 어울리는 일이 어디 있겠나! 다시 한 번 동료로서 일할 수 있길 기대하겠네.

언제나처럼,

JEH

58

뉴욕시티, 1961년 1월 20일

그녀는 울고 있었다. 눈물 자국에 화장이 온통 망가졌다.

켐퍼가 현관으로 들어가자 로라는 가운을 여미며 뒷걸음질 쳤다.

그는 작은 꽃다발을 내밀었다. "취임식에 가야 해요. 며칠 후에 돌아오리다."

그녀는 꽃다발을 외면했다. "그럴 줄 알았어요. 나한테 잘 보이려고 그놈의 턱시도를 입지는 않았을 테니까."

"로라…."

"나는 초대도 하지 않았어요. 이웃들은 부르면서. 잭의 선거 운동에 수만 달러를 기부한 사람들이죠."

마스카라가 얼굴에 흘러내렸다. 얼굴 전체가 엉망이 되었다.

"며칠 후 돌아오면 하나하나 얘기해봅시다."

로라가 옷장을 가리켰다. "맨 윗서랍에 300만 달러짜리 수표가 있어요. 다시 가족과 연락하지 않으면 내 돈이라더군요."

"찢어버릴 수도 있소."

"당신은 그럴 수 있어요?"

"그건 내가 대답할 일이 아니오."

로라의 손가락은 담뱃진에 갈색으로 변해 있었다. 바로 옆의 재떨이에도 담배꽁초가 넘쳐났다.

"그 사람들이에요, 나예요?" 로라가 물었다.

"그 사람들." 켐퍼가 대답했다.

3부

돼지들

1961년 2월~11월

자료 첨부: 1961년 2월 7일. 서신 보고.
발신: 켐퍼 보이드. 수신: 존 스탠튼. **비밀/우편 행낭 배달.**

존,

정보를 얻기 위해 리틀 브라더와 백악관 측근들을 조심스레 압박하는 중
이지만, 아쉽게도 현시점까지 대통령은 우리의 침공 계획에 애매한 입장입
니다. 계획 자체가 긴박하다는 사실 때문에 더욱 망설이는 것처럼 보입니
다. 물론 취임 초기부터 그런 절박한 부담을 안고 싶지는 않겠죠.

케네디 대통령과 법무장관은 지금껏 덜레스 국장 및 비셀 부국장의 브리
핑을 받았습니다. 리틀 브라더 또한 고위급 대표 회담에 계속 참석하는데,
틀림없이 긴급 현안 모두에 대해 대통령의 주요 조언자로 보입니다. 우리
친구들이 당혹해하는 사실은 리틀 브라더가 여전히 조직범죄에 집착하고,
반면 쿠바 현안에 대해서는 무관심하다는 데 있습니다. 지인의 전언에 따르
면, 대통령 또한 우리 침공 계획의 '긴급성'에 대해 동생에게 알리지 않은 듯
합니다.

블레싱턴 캠프는 이미 침공 준비를 마무리했지만, 훈련병 모집은 잠정 중단한 상태입니다. 44개의 침상은 1961년 1월 30일 현재, 다른 모병 캠프에서 선발한 수료병들로 채워 수륙 양용 전투 기술을 훈련 중입니다. 선발병들은 현재 블레싱턴 침공군으로 분류해 피터 본듀런트와 더글러스 프랭크 록하트가 매일 엄격하게 훈련하고 있으며, 보고에 따르면 사기도 매우 높은 모양입니다.

나는 지난주 블레싱턴을 방문해 1961년 2월 10일에 있을 비셀 부국장의 검열에 앞서 준비 현황을 점검했습니다. 다행히 피터와 록하트가 모든 걸 최고조로 올려놓았더군요.

상륙정들은 현재 위장 기지에 정박해 있습니다. 기지는 록하트의 KKK에서 모집한 노동자들이 만들었죠. 척 로저스는 본듀런트가 고안한 계획의 일환으로, 라몬 구티에레즈에게 추가 비행 코스를 일러주었습니다. 그에 따라 구티에레즈는 카스트로 망명자로 위장해 침공일에 블레싱턴으로 날아갈 겁니다. 물론 위조한 반카스트로 학대 사진들을 소지하고요. 그 사진들은 진짜로 변해 각 매체에 실릴 겁니다. 화기와 실탄도 재고 조사를 마쳤고 출고 준비도 끝냈습니다. 캠프에서 1킬로미터 떨어진 선창 또한 블레싱턴 침공군을 싣기 위한 군함을 맞이할 준비를 마쳤고요. 역시 1961년 2월 16일까지 결론이 나야 합니다.

지금은 자유가 생겨 종종 플로리다에서 시간을 보내요. 두 분 형제께서 내가 1년 전 저질렀던 허언을 아직 믿기 때문이죠. 즉, 후버 국장의 강요에 따라 내가 마이애미 지역의 반카스트로 진영을 염탐했다는 얘기 말입니다. 지금은 법무부 임무(흑인들이 투표권을 거부당했다고 고발한 사건을 수사 중) 때문에라도 당분간 남부에 갇혀 있어야 해요. 제가 특별히 이 사건을 요청한 이유는 마이애미와 블레싱턴에서 가깝기 때문입니다. 리틀 브라더께서도 내가 남부 출신임을 알고 임무를 맡겼죠. 더욱이 주요 목표 지역까지 선택하도록 허락한 덕분에 앨라배마 주 애니스턴 주변을 고를 수 있었답니다. 마이애미행 여객기가 매일 여덟 차례 운행해서 공무를 수행한다 해도 90분간 비행기를 타면 그만이에요. 내가 필요하면 D. C. 근무지나 애니스턴 외곽의 위그웜 모텔로 직접 연락하면 됩니다. (아무 말 말아요. 나도 나답지 않은 호텔이라는 것 정도는 아니까.) 다시 한 번 강조하지만 CIA-시카고 마피아 유대 관계를 리틀 브라더가 알아서는 안 됩니다. 빅 브라더가 그에게 법무장관직을 제안했을 때 나 또한 시칠리아 동지들만큼 놀라고 당혹스러웠답니다. 그의 반조직범죄 열정은 더욱 강해졌습니다. 따라서 C. M., S. G., J. R.이 쿠바 공작에 돈을 기부했다거나 우리 간부단 사업이 여전히 존재한다는 사실까지 알게 할 수는 없어요.

이만 마칩니다. 2월 10일, 블레싱턴에서 뵙죠.

KB

자료 첨부: 1961년 2월 9일. 서신 보고.
발신: 존 스탠튼. 수신: 켐퍼 보이드. **비밀/우편 행낭 배달.**

켐퍼,

당신 메모를 받았습니다. 상황은 가히 무르익을 대로 무르익은 것 같은데, 빅 브라더가 초를 치지 않으면 좋겠군요. 블레싱턴 침공 계획에 몇 가지를 추가해봤습니다. 검열 때 만나면 당신 생각을 알려주기 바랍니다.

1. 피터 본듀런트와 척 로저스를 재배치해 블레싱턴 현장 보안을 통합하고, 니카라과 및 과테말라 전진 기지와 블레싱턴 간의 통신을 담당하게 했습니다. 로저스가 두 기지 사이를 비행할 수 있으니 피터가 중재자로서 더 큰 활약을 할 수 있을 겁니다.

2. 테오 파에즈가 신병을 데려왔습니다. 네스토르 하비에르 차스코. 1923년 4월 12일 출생. 테오가 아바나에서 UF를 위해 정보원들을 돌릴 때 알았다더군요. 차스코는 여러 차례 좌파 그룹에 침투했고 한 번은 UF 대표의 암살 기도를 막기도 했답니다.

카스트로가 집권했을 때 차스코는 라울 카스트로의 현지 헤로인 공장에 침투해 마약을 반카스트로 반란군한테 넘겼고, 반란군은 이 마약을 판 돈으로 무기를 구입했답니다. 차스코는 노련한 마약 거래꾼이자 전문 취조인이며, 쿠바에서 훈련한 저격수로 바티스타 대통령이 다양한 남미 지도자에게 임대한 적도 있어요. 테오 말에 의하면 차스코가 1951년과 1958년 사이에 좌익 폭도를 최소 14명까지 암살했다는군요.

차스코는 마리화나를 팔아 생계를 유지하다가 지난달 쾌속정을 타고 쿠바를 탈출했습니다. 그리고 마이애미에서 파에즈와 접선, 쿠바 공작 관련 일을 하게 해달라고 졸라댔죠. 테오는 그를 피터 본듀런트에게 소개했는데, 나중에 피터가 나한테 한 말에 따르면 첫눈에 반했답니다. 네스토르 차스코를 즉시 블레싱턴 간부단으로 고용해달라고 조르더군요. 당신과 연락이 닿지 않는다면서요. 나도 차스코한테서 좋은 인상을 받았습니다. 그래서 그를 즉시 고용했고, 피터를 통해 다른 간부단에 소개했습니다. 파에즈 말로는 그 모임 또한 훈훈했답니다. 차스코는 간부단의 사업 요령을 배우는 동시에 블레싱턴 훈련 교관으로 활동 중입니다. 이제 곧 블레싱턴, 마이애미 그리고 과테말라와 니카라과의 공식 기지를 오가게 될 겁니다. 한 담당관이 블레싱턴을 지나던 중 그의 훈련 기술을 보고 비셀 부국장한테 곧바로 인사 요청을 넣었다는 얘기도 들었습니다.

당신도 검열 때 차스코를 만날 텐데, 역시 맘에 들 거라 믿습니다.

3. 실제 침공을 하는 동안, 당신과 차스코가 간부단의 마이애미 사업 지구를 순찰해야겠습니다. 현지 정보원들 분석에 따르면, 침공 계획이 어느 정도는 쿠바로 새어나갈 수밖에 없답니다. 그러니 우리가 침공 준비에 집중하는 동안 친카스트로 지역 그룹들이 섣불리 우릴 공격하지 못하게 쐐기를 박아둘 필요가 있겠죠. 마이애미는 애니스턴에 대한 접근성이 좋으니 리틀 브라더를 만나면 미스터 H. 지시로 친카스트로 활동을 감시한다고 말하면 될 겁니다.

마지막으로 곤란한 부탁 하나.

카를로스 M.이 가이 배니스터에게 군자금 30만 달러를 추가로 내놓았습니다. 카를로스는 쿠바 공작의 주요 후원자인데, 리틀 브라더를 아주 두려워하고 있죠. 당연한 노릇이긴 하지만 카를로스와 관련해 보비가 어떤 계획을 갖고 있는지 알아봐주시겠습니까?

부탁을 들어주리라 믿고 미리 감사드립니다. 내일 블레싱턴에서 봅시다.

존

59

블레싱턴, 1961년 2월 10일

좌로 봐. 우로 봐. 앞에 총. 검사총. 지금부터 M-1 약실을 점검한다.

훈련장은 불꽃이 튀었다. 훈련병들은 라인 댄서처럼 동작이 하나하나 맞아떨어졌다.

록하트가 구호를 외치고 네스토르 차스코는 기수 역할을 했다. 별과 줄무늬, 괴물 핏 불이 펄럭였다.

피터는 흰 장갑의 검열단을 이끌었다. 리처드 비셸과 존 스탠튼이 그 뒤를 쫓았다. 소모사 울 정장 차림의 민간인들.

훈련병들은 풀 먹인 군복을 입고 크롬 전투모를 썼다. 풀로, 파에즈, 델솔, 구티에레즈는 조금 벗어난 위치에서 훈련을 지휘했다.

보이드는 부두에서 지켜보았다. 사병들한테 모습을 드러내고 싶지 않았기 때문이다.

피터는 무기를 확인하고 병사들한테 돌려주었다. 비셸은 그들의 어깨를 두드리며 미소 지었다. 스탠튼은 하품을 억눌렀다. 이건 전시용 쇼에 불과했다.

록하트가 고함쳤다. "어깨에에에에 총! 기준 중앙 선두!"

44정의 라이플이 올라갔다. 차스코는 10보 전진 후 뒤로 돌았다.

차스코가 경례를 하고 깃발을 절도 있게 내밀었다.

록하트가 "내려 총!"을 외치자 병사들이 차례로 총을 내리며 묘한 파도 효과를 만들어냈다.

비셀은 넋을 잃은 채 바라보고 스탠튼은 박수를 쳤다.

보이드는 차스코를 보았다. 스탠튼이 저 난쟁이 똥자루를 가혹한 예수 그리스도로 만들어놓았군.

차스코는 타란툴라 고기를 먹고 표범 오줌을 마셨다. 양곤은 물론 리우에서까지 빨갱이들을 죽였다.

차스코가 기침을 하며 포장도로에 침을 뱉었다. "이곳 미국에서 귀관들과 함께하게 되어 기쁘다. 영광스럽게도 독재자 피델 카스트로와 싸우는 자리 아닌가. 귀관들한테 세뇨르 리처드 비셀을 기쁜 마음으로 소개한다."

활기찬 박수 소리. 그리고 추-추-추를 외치는 50개의 목소리.

비셀이 손짓으로 소음을 가라앉혔다. "세뇨르 차스코의 말이 옳다. 피델 카스트로는 살인마 독재자이므로 반드시 콧대를 꺾어놓아야 한다. 내가 여기 온 이유도 그렇게 할 것임을 천명하기 위해서다. 그것도 멀지 않은 미래에!"

추-추-추-추-추-추….

비셀은 케네디식으로 허공을 찔렀다. "귀관들의 사기가 매우 높다. 당연히 바람직하다. 쿠바 내에도 그만큼 전의에 불타는 사람들이 있는데, 지금 이 순간 그 열정만으로도 3~4개 여단의 가치가 있다고 확신한다. 쿠바 현지에서 귀관들의 상륙 거점을 마련하고 피델 카스트로의 거실까지 길을 안내해줄 사람들이다."

추-추-추-추-추-추….

"귀관들을 비롯해 수많은 용사가 귀관들의 조국에 침투해 재탈환할 것이다. 귀관들은 현지에 살고 있는 반카스트로 세력과 연대해 피델 카스트로를 몰아낼 것이다. 현재 과테말라, 니카라과 그리고 걸프 만에 1600명의 병력이 진을 치고 해안 기지에서 배를 띄울 날만 기다리고 있다. 귀관들은 그 병력에 귀속한다. 귀관들은 타격대로서 직접 참전할 것이며, B-26기가 뒤를 받치고 미 해군 기동 부대 전함들이 귀관들을 조국까지 에스코트할 것이다. 우리는 성공한다. 귀관들은 자유 쿠바에서 사랑하는 사람들과 크리스마스를 보낼 수 있을 것이다."

피터가 신호하자 44명의 훈련병이 일제히 거총 자세를 취해 비셀을 놀라게 만들었다.

스탠튼은 브레이커스 모텔에서 점심을 준비했다. 손님은 백인뿐이었다. 피터, 비셀, 보이드, 척 로저스.

산토 주니어 소유의 모텔이라 블레싱턴 사람들은 외상으로 밥을 먹고 술을 마셨다. 커피숍에서는 딱딱한 이탈리아 음식을 제공했는데 정말 형편없었다.

일행은 제일 좋은 창가 자리를 차지했다. 비셀이 대화를 이끌었지만 아무도 끼어들 엄두를 내지 못했다. 피터는 보이드 옆에 앉아 링귀네 접시를 집었다.

척이 맥주를 나눠주었다. 보이드가 피터에게 쪽지를 건넸다.

차스코가 맘에 들어. 완전히 "작은 고추가 맵다"의 전형이더군. W. J. 리텔도 그런 표정이었지. 그 친구를 보내 피델을 쏘면 어떨까?

피터는 냅킨에 재빨리 적었다.

피델하고 WJL 둘 다 쏘라고 해요. 연기금 장부를 훔쳐갔는데 아는 인물이 우리뿐이라 지미가 완전히 돌아버렸어요. 뭐든 손을 써야 하지 않겠어요?

보이드는 메뉴판에 "안 돼"라고 썼다. 피터가 큰 소리로 웃었다.

비셀이 신경질을 냈다. "내 말이 우습나, 본듀런트?"

"아닙니다, 부국장님. 우습지 않습니다."

"나도 그렇게 생각해. 케네디 대통령께 여러 차례 보고했지만 여전히 침공일을 위임할 생각이 없다는 얘기를 하던 참이었으니까. 정말 재미없는 얘기잖아?"

피터는 자기 잔에 맥주를 따랐다. 대답은 스탠튼의 입에서 나왔다. "덜레스 국장께서는 대통령을 '열정적이지만 신중하다'고 말씀하셨죠."

비셀이 미소를 지었다. "우리의 비밀 무기는 여기 있는 보이드 씨요. 케네디의 오른팔이자 우리 사람이니까. 내 생각엔 선택의 순간이 오면 CIA 신분을 드러내고 공개적으로 침공 계획을 옹호할 거요."

피터는 움찔했다. 보이드는 이미 여섯 번이나 부인하지 않았던가?

스탠튼이 끼어들었다. "부국장님이 농담하신 거요, 켐퍼."

"알고 있습니다. 우리 동맹이 얼마나 복잡해졌는지도 당연히 이해하시리라 믿습니다."

비셀이 냅킨을 집었다. "이해하네, 보이드. 그리고 호파, 마르첼로를 비롯해 몇몇 이탈리아 신사분들이 우리 공작에 얼마나 관대했는지도 이해하고, 자네가 케네디 캠프에 영향력이 상당하다는 사실도 아주 잘 이해하고 있지. 대통령의 쿠바 관련 연락 책임자로서 난 피델 카스트로와 빨갱이가 마피아보다 훨씬 사악하다는 점도 충분히 알고 있어. 아, 자네가 우리 친구들을 위해 나서달라는 부탁은 하지 않겠네. 신성한 케네디 가문한테 점수라도 깎이면 곤란하지 않겠나?"

스탠튼은 수저를 내려놓았다. 피터는 안도의 한숨을 길게 내뱉었다.

보이드는 똥 씹은 미소를 지었다. "그렇게 말씀해주셔서 감사합니다, 비셀. 행여 부탁을 했으면 좆이나 까라고 대답했을 겁니다."

60

워싱턴 D. C., 1961년 3월 6일

그는 하룻밤에 세 잔을 마셨다. 더도 덜도 아닌 석 잔.

술도 위스키에서 스트레이트 진으로 바꾸었다. 강한 도수가 부족한 양을 벌충해주었다. 석 잔은 증오심을 부추긴다. 넉 잔 이상이면 증오심마저 늘어지게 만든다.

석 잔은 이렇게 말한다. 분노를 터뜨려. 넉 잔 이상은 이렇게 말한다. 네놈은 추악하고 무기력해.

술을 마실 때면 항상 거울을 마주보았다. 유리는 금이 가고 깨졌다. 새 아파트는 온통 싸구려뿐이다.

리텔은 술을 벌컥벌컥 들이켰다. 한 잔, 두 잔, 세 잔. 술기운에 자신과 말다툼도 했다.

이틀 후면 마흔여덟이다. 헬렌도 떠나고 J. 에드거 후버까지 너를 엿먹였지만, 무엇보다 효과적으로 인생을 말아먹은 건 바로 네놈 자신이야. 너는 헛지랄에 목숨을 걸었어. 로버트 F. 케네디도 너를 버렸다. 지옥으로 떨어졌다가 공식 추락 서류를 가지러 돌아온 거야.

그는 직접 보비를 만나려 했으나 예스맨들한테 쫓겨났다. 보비한테 보

410

낸 네 번의 편지는 답신 하나 없었다.

켐퍼가 법무부 일자리를 얻어주려 했지만 보비는 그마저 거부했다. 후버를 증오하던 자가 후버한테 빌붙은 것이다. 후버는 훼방까지 놓았다. 어느 로펌도 로스쿨도 네놈을 고용하지 않을 거야.

켐퍼는 너한테 연기금 장부가 있다는 사실을 알아. 지금 살아 있는 것도 그 덕분이지.

넌 밀워키의 예수회 은닉처로 갔어. 신문 매체는 일제히 네 강도 행각을 대담하다고 추켜세웠지. 신비의 절도 고수, 제네바 호숫가의 영지를 무너뜨리다! 넌 몬시뇰을 위해 큰일을 하고 스스로에게 침묵의 규범을 강요했어.

너는 분노로 술을 태워버렸어. 맷집을 키웠고, 암호문을 연구했어. 기도를 통해 누구를 증오하고 누구를 용서할지 깨달았어.

너는 〈시카고 트리뷴〉 부고란을 읽었어. 코트 미드, 급성 심근경색으로 죽다. 너는 예전에 자주 다니던 곳을 서성거렸고 네가 자란 집은 여전히 예수회 로봇을 대량 생산 중이지.

너한테는 D. C.에서 개업할 자격증이 있어. 후버도 달아날 쥐구멍은 남겨두었지. 바로 그의 뒷마당에.

동부로 이사를 가면 기분은 좋을 거야. 워싱턴의 로펌들은 네 빨갱이 전과 때문에 학을 떼겠지만.

켐퍼에게서 연락이 왔다. 인류평등주의자 켐퍼는 전직 차량 절도범들과도 친하게 지낸다. 차량 절도범들은 연방에 기소당하기 십상이므로 싸구려 백이라도 늘 아쉽기만 하다.

차량 절도범들은 종종 일거리를 물어다주기도 한다. 방세를 내고 하룻밤에 세 잔을 마실 수 있을 정도의 돈.

켐퍼가 전화해서 잡담을 했다. 연기금 장부 얘기는 꺼내지 않았다. 그렇게 높은 자리에 있는 사내를 미워할 수는 없다. 그토록 증오에 면역이 강한 사내를 증오할 수는 없다.

켐퍼는 너에게 대단한 선물을 주었어. 그의 배신을 모두 보상할 정도의 선물.

켐퍼는 자신의 시민권 업무를 "감동적"이라고 했다. 케네디 가문이 그렇게 자상하고 자애롭게 증명한 값싼 노블레스 오블리주 아니던가?

너는 조 케네디가 자금을 지원한 거액의 유혹을 증오해. 수양아버지들은 크리스마스 때마다 싸구려 선물을 사주었지. 조는 아들들에게 더러운 돈으로 세상을 사주었고.

너는 기도를 통해 거짓을 증오하라고 배웠어. 기도를 통해 통찰력을 배웠어. 기도는 거짓말에 달라붙어 목을 조르지.

너는 대통령의 얼굴을 보고 대통령의 얼굴을 통해서 보지. 지미 호파가 선밸리 사건 위에서 스케이트 타는 모습을. 어느 기자는 증거 불충분을 외쳐대기도 하겠지.

네게는 저 부정을 뒤집을 것들이 있어. 케네디가의 치부를 고발할 것들. 너는 장부의 나머지 암호를 깰 수 있어. 악덕 자본가와 그의 아들 '왕자' 소년 지도자를 세상의 웃음거리로 만들 수 있어.

리텔은 암호책을 꺼냈다. 하룻밤 석 잔의 술에서 배운 게 있다.

넌 망했어. 그러니 이제 뭐든 할 수 있어.

61

위싱턴 D. C., 1961년 3월 14일

보비가 마이크를 잡았다. 변호사 14명이 의자를 당기고 공책과 재떨이를 제 무릎에 올려놓았다.

브리핑 룸은 외풍이 심했다. 켐퍼는 외투를 어깨에 걸친 채 뒷벽에 기대섰다.

법무장관의 목소리가 커서 가까이 갈 필요는 없었다. 태풍 때문에 앨라배마행 비행기가 뜨지 못해 시간도 많았다.

보비가 연설을 시작했다. "여러분을 왜 불렀는지 알 겁니다. 현재의 기본 업무도 이해하리라 믿습니다. 취임식 이후 내내 업무에 묶여 지내느라 사건 파일에 접근할 수도 없었죠. 그래서 여러분 스스로 그 일을 하게끔 하기로 결심했습니다. 여러분은 조직범죄팀입니다. 물론 의무가 뭔지도 압니다. 더 이상 절대 미적거리지 않겠습니다."

사람들이 펜과 연필을 꺼냈다. 보비는 그들 앞에 의자를 끌고 가 걸터앉았다.

"여러분은 변호사이자 수사관입니다. 자기 할 일을 아는 법 집행관이라면 수단과 방법을 가리지 않는 수사관이어야 합니다. 필요하다면 FBI의

413

도움도 받을 수 있습니다. 후버 국장을 설득해 우선순위를 조금만 바꾸면 되니까요. 국장은 여전히 국내 공산주의자가 조직범죄보다 더 위험하다고 믿고 있지만, FBI를 좀 더 협조적으로 만들기 위해 우리가 극복해야 할 장애일 뿐입니다."

요원들이 웃었다.

"극복해야죠." 매클렐런 위원회 출신의 경관이 말했다.

보비가 타이를 풀었다. "극복해야죠. 켐퍼 보이드 고문이 저만치에서 느긋하게 지켜보고 있는데, 그도 남부의 인종차별 정책을 극복할 겁니다. 보이드 씨한테는 합류를 권할 생각이 없습니다. 방 뒤에서 숨어 지내는 일이 바로 그의 활동 방식이기 때문이죠."

켐퍼는 손을 흔들었다. "제가 스파이입니다."

보비도 손을 흔들어주었다. "대통령께서도 늘 그렇게 말씀하시네."

켐퍼는 웃었다. 어정쩡하지만 보비도 지금은 그를 좋아했다. 로라와의 결별이 큰 이유였다. 클레어는 로라와 여전히 가까이 지낸다. 종종 뉴욕의 소식을 들려주기도 했다.

보비가 말을 이었다. "헛발질은 그만합시다. 매클렐런 위원회의 청문회를 통해 공격 대상을 확보했습니다. 그 대가리는 바로 지미 호파, 샘 지앙카나, 쟈니 로셀리, 카를로스 마르첼로입니다. 이자들의 국세청 파일을 가져와요. 시카고, 뉴욕, 로스앤젤레스, 마이애미, 클리블랜드, 탬파 경찰서를 뒤져 관련 정보를 확보하고 문서화된 영장 서류도 필요합니다. 그래야 놈들의 회계 장부와 개인 기록을 확보할 수 있으니까."

"호파는 어떻게 합니까? 선밸리는 불일치 계류 중이지만 다른 접근 방식을 찾을 수 있을 겁니다." 누군가가 외쳤다.

보비가 양쪽 소매를 걷었다. "일차 불일치 배심은 다음엔 방면을 뜻합니다. 그놈의 유령 자금 300만 달러는 추적을 포기했고, 이른바 진짜 연기금 장부 또한 일장춘몽이라는 생각이 듭니다. 지금은 대배심들을 골라 호파 증거를 퍼붓는 수밖에 없어요. 그리고 그동안 시 경찰이 전화 도청을 이행하려면 연방법을 통과시켜 법무부 영장을 받도록 해야 합니다. 그래야 우리가 전국적인 전화 도청 정보를 샅샅이 뒤질 수 있어요."

요원들이 박수를 보냈다. 매클렐런 위원회 출신 요원이 허공을 향해 어퍼컷을 날렸다.

보비가 일어났다. "카를로스 마르첼로에 대한 옛 추방명령서를 찾아냈어요. 이탈리아 부모에 북아프리카 튀니스 출신인데 과테말라 출생증명서를 위조했더군. 놈을 과테말라로 추방해요. 그것도 당장."

켐퍼의 이마에서 식은땀이 배어나왔다.

62

멕시코, 1961년 3월 22일

양귀비밭이 수평선을 덮고, 줄기와 구근에서 스며 나온 마약이 로드아일랜드 절반 크기의 계곡을 가득 채웠다.

교도소 수감자들이 채취 작업을 했다. 멕시코 경찰이 채찍을 찰싹거리며 가공 작업을 감시·감독했다.

헤시 리스킨드가 견학단을 이끌었다. 피터와 척 로저스는 따라다니며 그가 주인 역할을 하도록 해주었다.

"이 농장에서 몇 년간 나와 산토에게 물건을 공급해주었지. 이 친구들, CIA를 위해서도 모르핀을 가공했어. 우익 폭도들이 큰 총상을 당하면 CIA가 늘 지원해주거든. 좀비들 대부분이 형기가 끝나도 그냥 죽치고 앉아 일하는데, 그저 파이프나 빨고 옥수수 빵이나 얻어먹으면 장땡이야. 나도 욕심이 그렇게 단순했으면 좋겠다. 씨발, 빌어먹을 우울증 때문에 의사만도 아홉 놈이나 데리고 있으니 원. 그리고 난 니미, 너무 뻔뻔해. 네놈들 찌질이야 화통하다고 하겠지만 이건 뭐 '좆 빨리기' 세계 기록이라도 세우려는 놈 같으니. 아무리 좆 나게 빨아주면 전립선에 좋다고 해도 그렇지. …그래도 옛날보다는 덜해. 지금도 실력 있는 계집 사냥꾼 하나를 달고 다니기는 해. 최근에는 딕 콘티노가 사냥개 역할을 해주지. 그 새끼의 라운지 쇼를 모두 보면 넘쳐날 만큼 여자를 대준단 말이야."

해가 단숨에 산 너머로 떨어졌다. 그들은 인력거를 타고 움직였다. 마약쟁이 수감자들이 운전을 했다.

"간부단에 5킬로그램을 미리 떼어줘야겠어요. 침공 때까지는 여기 돌아올 수 없을 테니까." 피터가 말했다.

척이 웃었다. "잭 삼촌께서 허락이나 하신답니까?"

피터가 구근을 가볍게 때리자 하얀 액이 배어나왔다. "그리고 블레싱턴 양호실에도 모르핀 공급이 충분했으면 좋겠어요. 당분간은 이번이 마지막이라고 생각해야 하지 않겠어요?"

헤시가 인력거 밖으로 상체를 내밀었다. 인력거꾼은 사타구니만 헝겊으로 두르고 다저스 야구 모자를 썼다.

"그 정도는 다 해줄 수 있어. 트럭 노조 집회에서 60명 좆을 빨아줄 연놈을 준비하는 데 비하면 일도 아니지."

척이 구근 액으로 면도 상처를 가볍게 두드렸다. "턱이 얼얼하네요. 효과는 좋지만 이런 식으로 인생을 말아먹고 싶지는 않습니다."

피터는 웃었다.

헤시가 투덜댔다. "피곤하군. 돌아가서 주문량 채워주고 낮잠이나 조금 자야겠어."

척이 인력거에 폴짝 올라탔다. 인력거꾼이 꼽추 콰지모도를 닮았다.

피터는 까치발을 하고 저 멀리까지 내다보았다.

적어도 고랑이 1000개는 됨직했다. 고랑 하나당 노예가 20명쯤. 값싼 노동력. 간이침대와 싸구려 콩밥.

척과 헤시가 먼저 출발했다. 인력거 경주에 재미가 들린 탓이다.

보이드는 후버 국장의 명언을 말해주었다 - 반공에는 미친 개자식들이 몰린다.

그들은 멕시코에서 과테말라로 이동했다. 파이퍼 듀스는 비행이 신통찮았다. 척이 짐칸을 너무 많이 채운 탓이다.

라이플, 반공 전단지, 헤로인, 모르핀, 옥수수 빵, 테킬라, 군대에서 남은 점프 부츠, 마틴 루서 킹 주술 인형, 〈허시-허시〉 과월호가 잔뜩인 데다 가이 배니스터가 배포한 보고서 등 사판 500부까지 FBI 로스앤젤레스 지국에서 가져왔다. 케네디 대통령이 메릴린 먼로와 떡을 치지 않는다는 사실은 후버 국장도 알고 있다. 그럼에도 여전히 그녀를 집중 감시하고 있으며 지난 6주간 먼로 양을 거친 남자는 루이스 프리마, 휴가 나온 해병 둘, 스페이드 쿨리, 프랜초트 톤, 이브 몽탕, 스탠 켄튼, 얼룩다람쥐 데이비드 세빌, 피자 배달원 넷, 밴텀급 복서 파이팅 하라다 그리고 이상한 R&B 방송국의 디스크자키라는 내용을 담고 있었다.

척은 보고서를 "최고의 군수품"이라고 불렀다.

피터는 눈을 붙이고 싶었지만 멀미 때문에 불가능했다. 훈련 캠프가 먹구름 사이로 드러났다. 모두가 예정대로다.

캠프는 점점 커졌는데, 허공에서 보니 블레싱턴을 열 개 모아놓은 것 같았다.

척이 기수를 꺾어 하강하기 시작했다. 피터는 활주로와 조금 떨어진 곳에서 창밖으로 토를 했다.

비행기가 미끄러져 들어갔다. 피터는 테킬라로 입 냄새를 지웠다. 쿠바 훈련병들이 짐칸으로 달려들어 라이플을 내렸다.

담당 장교가 보급품 양식을 들고 다가왔다. 피터는 밖으로 나가 항목을 확인했다. 총, R&R 위스키, 반카스트로 선동 잡지 〈허시-허시〉.

"식사를 하셔도 되고, 보이드 씨와 스탠튼 씨를 기다리셔도 좋습니다." 장교가 말했다.

"잠시 돌아보겠네. 이곳은 처음이거든."

척이 활주로에 대고 오줌을 쌌다.

"출격 날짜에 대해선 얘기 없나?"

피터가 묻자 장교가 고개를 저었다. "대통령이 계속 미적거립니다. 비셀 부국장도 여름 이전에는 틀렸다고 여기는 눈치더군요."

"결국 허락할 거야. 그냥 모른 척하기엔 먹이가 너무 달콤하거든."

피터는 정처 없이 걸었다. 캠프는 살인마들의 디즈니랜드였다.

쿠바인 600명과 백인 50명이 무리지어 사는 곳. 12개의 막사, 연병장, 라이플 사격장, 권총 사격장, 활주로, 식당, 침투 훈련장, 화학전 시뮬레이션 터널.

발진 기지 세 곳도 1.5킬로미터 남쪽 해안에 설치했으며 40여 기의 수륙 양용차에는 50구경 기관총을 설치했다.

임시 탄약 창고. 야전 병원. 가톨릭교회와 2개 국어에 능통한 신부.

피터는 정처 없이 걸었다. 블레싱턴 수료병들이 손을 흔들며 아는 체를 했다.

담당 교관들이 자랑거리를 늘어놓았다.

네스토르 차스코를 보세요. 가상 암살 훈련을 지도하는 중입니다.

반공 교육 워크숍입니다.

욕설 훈련은 군대 사기를 강화하기 위해 만들었습니다.

위생병의 암페타민 창고입니다. 침투 전 용기를 북돋우는 용도이며 현재는 포장 상태입니다.

저기 있는 철조망 쪽을 보시죠. 보병들이 LSD라는 마약에 잔뜩 취해 있습니다.

일부는 비명을 지르고 일부는 울고 있었다. LSD가 좋아 죽겠다는 듯 씩 쪼개는 자들도 있었다. 담당 교관에 따르면 존 스탠튼이 내놓은 아이디어였다. 침공하기 전에 마약으로 쿠바를 물들이자.

랭글리는 그런 개수작을 승인했다. 랭글리는 더욱이 포장까지 했다. 집단 환각을 도입해 예수 재림을 연출하자!

랭글리는 자살 특공대를 꾸렸다. 특공대를 예수 그리스도처럼 보이게 만들었다. 마약 침투와 동시에 특공대를 보내 쿠바를 침공하겠다는 것이다.

피터는 배를 잡고 웃었다. 담당 교관이 "우스갯거리가 아니다"라며 면박을 주었다. 마약에 흠뻑 젖은 노예가 성기를 내놓고 돌아다녔다.

피터는 정처 없이 떠돌았다. 주변은 어디나 번득이고 번쩍거렸다.

대검 훈련을 보세요. 저 번쩍이는 지프들을 보세요. 저 주정뱅이처럼 보이는 신부를 보세요. 야외에서 영성체를 주고 있습니다.

피터는 휴게실 건물로 갔다. 당구대와 카운터가 공간의 3분의 2를 차지했다.

보이드와 스탠튼이 들어왔다. 떡대 하나가 입구를 막고 섰다. 프랑스 낙하산병 군복 차림이라 그럴듯해 보였다.

"들어와, 로랑." 켐퍼가 프랑스어로 말했다.

놈은 토끼 귀에 덩치가 산만 했다. 프랑스 제국주의자의 거만이 그대로 몸에 배어 있었다.

피터는 인사를 챙겼다. "안녕하슈, 대위." 물론 프랑스어였다.

보이드가 미소를 지었다. "로랑 게리, 이쪽은 피터 본듀런트."

왕재수가 구두 뒤꿈치를 딸깍거리더니 프랑스어로 씨부렸다. "무슈 봉두랑, 만나 뵙게 되어 대단히 영광입니다. 대단한 애국지사라고 들었습니다."

피터는 퀘벡 억양으로 말했다. "대위, 나로선 그저 기쁠 따름이네. 어쨌든 지금은 애국 이상을 만끽하고 있지."

왕재수가 웃었다.

"해석 좀 해주겠소, 켐퍼? 얼간이가 된 기분이군그래." 스탠튼이 투덜댔다.

"지금 이해한 내용이 대충 맞아요."

"그러니까, 피터가 자기 말고 지구상에 하나뿐인 2미터짜리 프랑스인한테 시비를 걸고 있다는 뜻인가?"

왕재수가 어깨를 으쓱였다. 뭐? 뭐? 뭐라고?

피터는 윙크를 했다. "대위, 자네 정체는 뭔가? 수구 꼴통? 아니면 '쿠바 곡식 열차를 타고 온 용병?'" 물론 프랑스어였다.

왕재수가 어깨를 으쓱였다. 뭐? 뭐라고?

보이드가 피터를 현관으로 데려갔다. 히스패닉들이 속보로 연병장을 가로질러 식당으로 향하고 있었다.

"진정해, 피터. 저 친구는 CIA야."

"무슨 재주로요?"

"사람을 잘 쏘거든."

"그럼 피델을 쏘고 영어를 배우라고 해요. 뭐든 노력을 해보라고 말입니다. 아니면 나한테는 그냥 재수 없는 프랑스 놈일 뿐이에요."

보이드가 웃었다. "지난달 콩고에서 루뭄바라는 자를 죽였어."

"그래서요?"

"깐깐한 알제리인도 몇 놈 잡았지."

피터는 담배에 불을 붙였다. "그럼 잭한테 말씀드려서 아바나로 내려보내요. 네스토르도 함께. 그리고 잭한테 이 말도 전해요. 나한테 닉슨-휴즈 건을 빚졌다고. 그런데 나로 말하자면, 역사가 그다지 순조롭지 못하네요. 가서 출정일이나 달라고 졸라봐요. 아니면 나 혼자라도 넘어가서 피델을 박살낼 겁니다."

"조금만 더 참아. 잭은 여전히 줄다리기를 하는 중이니까. 게다가 공산 치하의 국가를 침공하는 일이야. 덜레스와 비셀이 계속 졸라대기엔 아무래도 버거운 문제지. 아무튼 분명히 머지않아 오케이할 거야."

피터는 현관의 깡통을 걷어찼다. 보이드가 총을 꺼내 방아쇠를 연달아 당겼다. 깡통이 춤을 추며 연병장 저 멀리 날아갔다.

피터는 탄약통을 걷어찼다. "잭한테 전해요. 침공이 사업에도 득이 된다고."

보이드가 손가락으로 총을 돌렸다. "공개적으로 침공을 지지했다가는 CIA 위장이 날아갈 수도 있어. 내가 애초 플로리다에 온 것도 FBI 위장 덕분이었어."

"그놈의 시민권 일은 녹록하잖아요. 대충 시늉만 하다가 깜둥이들이 신경을 건드리려고 하면 마이애미로 날아와도 그만이니까."

"그렇지 않아."

"그래요?"

"그래. 자네가 쿠바 사람들을 좋아하듯 나도 함께 일하는 흑인들을 좋아해. 솔직히 말하면 그 친구들 비애가 더 크게 맘에 와 닿기도 하고."

피터는 담배를 던졌다. "마음에 있는 얘기를 해요. 다시 말씀드리지만, 놈들을 너무 많이 풀어주고 있어요."

"내가 신경을 쓰지 않는다는 얘기야?"

"그런 얘기가 아니라 나약한 모습을 너무 많이 봐준다는 겁니다. 그리고 내 돈 문제로 말할 것 같으면, 켐퍼가 케네디 집안에서 배운 오만한 도련님 성향 때문이에요."

보이드가 새 클립을 꺼내 약실에 한 발을 밀어 넣었다. "그 성향이라면 잭한테서 배웠지. 보비가 아니라. 보비야말로 사람을 깔보고 제멋대로 재단하거든."

"우리 측근도 몇 명 싫어하죠."

"그래. 카를로스 마르첼로도 미워하기 시작했어. 내 생각보다도 많이."

"카를로스한테 얘기했어요?"

"아직. 하지만 상황이 나빠지면 자네한테 부탁할게. 어쨌든 마찰을 피해야 하니까."

피터는 손가락 관절을 몇 개 꺾었다. "그 문제라면 따질 것 없이 오케이해야죠. 켐퍼도 오케이할 일이 하나 있습니다."

보이드는 15미터 거리의 흙더미를 겨냥했다. "안 돼. 워드 리텔을 죽일 수는 없어."

"왜죠?"

"장부를 보험으로 걸어놨거든."

"그럼 고문이라도 해서 정보를 캐내죠."

"안 될 거야."

"왜요?"

보이드가 방울뱀의 머리를 날렸다.

"왜냐니까요, 켐퍼?"

"안 된다는 걸 증명하기 위해 정말로 죽을 놈이니까."

63

워싱턴 D. C., 1961년 3월 26일

명함에는 이렇게 적혀 있다.

워드 J. 리텔
법률고문
연방변호사협회 면허
OL6-4809

주소는 없다. 고객들한테 집 밖에서 일한다는 사실을 알리고 싶지 않았다. 근사한 지위도 없고 돋움 활자를 쓰지도 않았다. 솔직히 여력도 없었다.

리텔은 3층 복도를 돌아다녔다. 중범죄 기소자들이 명함을 받고는 별 미친놈 다 보겠다는 듯 위아래를 흘겨보았다.

악덕 변호사. 소송 브로커, 중년의 타락한 변호사.

연방 법원의 일은 생동감으로 넘쳤다. 여섯 개 분과와 빡빡한 심리 일정. 잠재적 고객군으로서 힘 없는 부랑자들.

리텔은 명함을 건넸다. 한 남자가 그에게 담배꽁초를 튕겼다.

켐퍼 보이드가 다가왔다. 아름다운 켐퍼. 어찌나 멋지게 단장했던지 눈이 다 부셨다. "술 한 잔 사줄까?"

"지금은 술 별로 안 마셔."

"그럼 점심은?"

"좋지."

헤이-애덤스 식당은 백악관 맞은편에 있었다. 켐퍼는 연신 창밖을 내다보았다. "…내 일에는 조서를 받아 파일을 연방 지법에 보고하는 것도 있어. 과거 투표를 방해받은 흑인들이 인두세 불법 징세를 이유로 배제당하거나 문맹 시험을 빙자해 제약받지 않도록 점검해야 하지. 지방 선거 관리인들이 어떻게든 떨어뜨리려고 달려들거든."

리텔은 미소를 지었다. "케네디가 사람들이야 어떻게든 법 조항을 손질해서 앨라배마의 깜둥이들을 모두 민주당원으로 등록하려 하겠지. 왕조를 세우는 초기 단계에서야 반드시 챙겨야 하는 일 아닌가?"

켐퍼가 웃었다. "대통령의 시민권 정책까지 색안경을 쓰고 볼 텐가?"

"자네 작품인가?"

"별로. 억압은 어느 모로 보나 경솔하고 무의미한 짓이지."

"그럼 그들을 사랑한다는 말인가?"

"물론, 사랑하지."

"자네 남부 억양이 돌아왔군그래."

"사람을 만날 때가 좋아. 남부 백인이 자기들 편이면 쉽게 마음을 열지. 왜 그렇게 웃는 거야, 워드. 내 말이 우스워?"

"앨라배마가 플로리다와 가깝다는 생각이 갑자기 들어서."

"그래, 자넨 늘 눈치가 100단이었지."

"법무장관도 자네 외도를 아시나?"

"아니. 그래도 플로리다 방문 건은 확실하게 재가를 받고 있어."

"어디 보자, 후버 국장은 자네한테 위장을 제공하고, 보비도 후버를 싫어한다고 공헌하지만 마찬가지로 화나게 할 짓은 못하겠지."

켐퍼가 손짓으로 웨이터를 물렀다. "증오심이 묻어나는군, 워드?"

"후버 국장은 미워하지 않아. 그렇게 겉과 속이 같은 인간을 미워할 수야 없지."

"하지만 보비도…."

리텔은 속삭였다. "내가 보비를 위해 얼마나 희생했고, 그 보답으로 얼마나 당했는지 알잖아. 참을 수 없는 건 케네디가 놈들이 당연히 그럴 자격이 있다고 생각한다는 사실이야."

"장부는 자네한테 있어." 켐퍼가 지적했다. 소매 사이로 화려한 골드 롤렉스 시계가 드러났다.

리텔은 백악관을 가리켰다. "그래, 나한테 있어. 열두 가지 방법으로 부비트랩을 걸어두었지. 내가 맛이 갈 때는 물론 장부 위치를 잊을 경우를 대비해 변호사 12명에게 비상시 대처 방안까지 마련해뒀네."

켐퍼가 두 손을 맞잡았다. "자네가 죽거나 오랫동안 실종될 경우, 내가 위장 접근했다는 조서가 법무부에 들어가도록 해두었겠지?"

"아니, 자네 위장 취업과 천문학적인 거부 조지프 P. 케네디가 마피아와 결탁해 금융 부정을 저질렀다는 조서는 전국의 시경 조폭팀한테 가도록 했네. 아, 물론 상원과 하원의 공화당 의원들한테도 보낼 걸세."

"브라보." 켐퍼가 찬사를 보냈다.

"칭찬 고마워."

웨이터가 테이블에 전화를 올려놓았다. 켐퍼는 그 옆에 폴더를 내려놓았다.

"자네 파산했지, 워드?"

"파산지경이지."

"내 최근 행동에 대해서는 아직 불만 한마디 안 했어."

"그래봐야 소용없으니까."

"지금은 조직범죄에 대해 어떻게 생각하나?"

"지금 감정이라면 좀 더 관대한 쪽이겠지."

켐퍼가 폴더를 두드렸다. "연방이민국 자료를 빼냈어. 자네야말로 지구 최고의 국외 추방 영장 전문 변호사 아닌가."

리텔의 소맷자락은 더럽고 해졌다. 켐퍼는 화려한 황금 커프링크스를 찼다.

"우선 1만 달러부터 하자고, 워드. 그 정도는 보장할 수 있네."

"대가는? 장부를 자네한테 넘기라고?"

"장부는 잊어. 그냥 다른 사람한테 넘기지만 않으면 돼."

"켐퍼, 도대체 그게….."

"자네 고객은 카를로스 마르첼로야. 그자를 추방하려는 사람은 보비 케네디고."

전화가 울렸다. 리텔은 커피 잔을 떨어뜨렸다.

"카를로스야. 공손히 대해, 워드. 이 양반, 아첨을 무지 좋아하거든."

. . .

자료 첨부: 1961년 4월 2일. FBI 통화 녹취록. 국장의 지시에 따라 기록/국장 외 열람 금지. 통화: J. 에드거 후버 국장과 로버트 F. 케네디 법무장관.

RFK: 보비 케네디입니다. 후버 국장. 몇 분 정도 시간을 내주셨으면 합니다.

JEH: 물론입니다.

RFK: 몇 가지 의전 문제에 대해 상의하고 싶습니다.

JEH: 예, 말씀하십시오.

RFK: 우선, 소통 건입니다. 귀하의 THP팀의 요약 자료 사본 일체를 제출하라고 서류를 내려보냈습니다만.

JEH: 그런 일은 처리하는 데 시간이 좀 걸립니다.

RFK: 6주면 충분하다고 생각합니다만.

JEH: 제가 일부러 지연한다고 생각하시는 모양인데 그렇지 않습니다.

RFK: 지시를 이행해주시겠습니까?

JEH: 물론입니다. 죄송하지만 지시를 내린 이유를 다시 한 번만 말씀해주시겠습니까?

RFK: FBI의 반마피아 정보를 모두 점검해 그걸 명부에 올리고자 하는 지역 대배심들과 함께 공유하고 싶어서입니다.

JEH: 성급한 조처 아닐까요? THP에서 나온 정보가 새어나갈 경우 THP 정보원들은 물론 전자 감시 기지까지 위험에 빠뜨릴 수 있습니다.

RFK: 그런 정보는 모두 안보 관점에서 평가할 것입니다.

JEH: 그런 기능을 FBI 인력 외부에 맡길 수는 없습니다.

RHK: 그 말에는 절대 동의 못합니다. 정보를 공유해요, 후버 국장. 정보 수집만으로는 조직범죄를 소탕할 수 없습니다.

JEH: THP 조항에는 대배심 기소를 위한 정보 공유 관련 사항이 없습니다.

RFK: 그럼 개정하면 될 일이죠.

JEH: 그야말로 성급하고 부주의한 처사입니다.

RFK: 국장 마음대로 생각해도 좋지만 이미 끝난 일입니다. 내가 직접 THP 활동을 폐지했음을 잊지 않았으면 좋겠군요.

JEH: 간단한 사실 하나만 상기시켜드리겠습니다. 마피아를 기소해서 이길 수는 없습니다.

RFK: 나도 상기시켜드리죠. 국장은 수년간 마피아의 존재조차 부인했습니다. 그리고 FBI는 법무부 전체의 일부에 지나지 않으며 따라서 법무부 정책을 따라야 합니다. 또 하나. 대통령 각하와 나는 FBI가 감시 중인 좌파 그룹의 99퍼센트가 미력하거나 무력하며 또한 조직범죄와 비교해 터무니없을 정도로 무해하다고 판단하고 있습니다.

JEH: 역사적 관점에서 볼 때 독설은 언제나 경솔하고 어리석은 행위라고 말씀드리고 싶습니다.

RFK: 좋으실 대로.

JEH: 그 밖에 더 하실 말씀 있습니까? 물론 덜 공격적인 주문이면 좋겠습니다만.

RFK: 있습니다. 전화 도청 책무 조항을 입법할 생각입니다. 전화 도청을 실시할 경우 전국 시경 어디든 반드시 법무부에 보고해야 합니다.

JEH: 그러면 대부분 연방 정부의 부적절한 개입이자 주법에 대한 심각한 침탈로 받아들일 것입니다.

RFK: 주법의 개념은 사실상의 인종차별과 낡은 낙태법까지 위법 모두를 물타기하려는 연막에 불과했죠.

JEH: 제 생각은 다릅니다.

RFK: 충분히 알아들었습니다. 다시 한 번 말씀드리지만 오늘부터는 FBI가 개입한 전자 감시 작전에 대해 하나도 빠짐없이 보고하시기 바랍니다.

JEH: 예.

RFK: 분명히 알아들으셨죠?

JEH: 예.

RFK: 직접 뉴올리언스 지국장에게 연락해 요원 넷을 배정, 카를로스 마르첼로를 체포하세요. 72시간 안에 처리하시기 바랍니다. 지국장한테 분명히 전해요. 마르첼로를 과테말라로 국외 추방하라고요. 국경순찰대가 그에게 자세한 사항을 전달할 겁니다.

JEH: 예.

RFK: 분명히 알아들었습니까?

JEH: 예.

RFK: 이만 끊겠습니다, 후버 국장.

JEH: 그럼 안녕히.

64

뉴올리언스, 1961년 4월 4일

너무 늦었다. 몇 초 차이로.

요원 넷이 카를로스 마르첼로를 연방 차량에 처넣었다. 집 현관 밖에서 카를로스 부인이 악다구니를 썼다.

피터는 거리 맞은편에 차를 세우고 지켜보았다. 구조 임무는 30초 차이로 무산되었다. 마르첼로는 속옷에 비치 샌들 차림이었는데, 흡사 잔뜩 겁에 질린 무솔리니 꼴이었다.

보이드가 말아먹었어.

보이드는 말했다. 보비가 카를로스를 추방하려 한다. 그러니 너와 척이 뉴올리언스로 날아가 먼저 빼내라. 이런 말도 했다. 전화도 경고도 하지 말고 그냥 내려가. 그리고 관료들이란 으레 늑장을 부린다고 했는데…. 치명적인 오판이었다.

FBI가 떠났다. 카를로스 부인은 현관에 멍하니 서 있었다. 마치 비탄에 빠진 미망인 같았다.

피터는 FBI 차량을 쫓았다. 이른 아침이라 차가 많았다. 그는 FBI의 안테나에 시선을 고정하고 링컨 자동차의 보라색 번호판 뒤를 따라갔다.

척은 모아상 공항으로 돌아가 자동차에 주유를 했다. FBI도 그 방향으로 향했다. FBI는 카를로스를 민간 항공기에 태우거나 국경순찰대에 넘길 것이다. 그는 과테말라로 떠날 테고, 과테말라는 CIA를 사랑한다.

FBI 차량이 일반 도로를 따라 동쪽으로 향했다. 앞쪽에 다리가 보였다. 톨게이트와 두 개의 차선이 강을 가로질렀다.

두 차선 모두 가드레일이 있고 좁은 통행로가 가장자리를 따라 곧게 이어졌다. 자동차들이 톨게이트 앞을 가득 메웠다. 차선마다 최소 스무 대는 되었다.

피터는 차선을 가로질러 FBI 차량을 막아섰다. 왼쪽 요금 징수소와 가드레일 사이에 좁은 공간이 있었다.

피터는 가속 페달을 밟았다. 바깥쪽 거울이 난간에 부딪쳐 뜯겨나갔다. 사방에서 경적이 울렸다. 왼쪽 휠 캡이 헛돌았다. 멍하니 바라보던 징수소 직원이 나이 든 여자한테 커피를 쏟았다.

피터는 시속 65킬로미터의 속도로 징수소를 비집고 지나가 다리 위로 올라섰다. FBI 차량은 한참 뒤에서 오도 가도 못하고 있었다.

피터는 재빨리 모아상 공항으로 향했다. 렌터카는 더럽고 페인트가 벗겨졌다. 차를 지하 주차장에 박아놓고 공항 포터에게 콩고물을 발라 정보를 알아냈다.

과테말라행 비행기? 아뇨, 오늘은 없습니다. 국경순찰대? 트랜스텍사스 카운터 옆입니다.

피터는 그쪽으로 건너가 신문으로 얼굴을 가리고 대기했다. 사무실 문이 열리고 닫혔다.

남자들이 쇠고랑을 들고 들어갔다.

남자들이 비행 기록을 들고 나왔다.

남자들이 문밖에 서서 수다를 떨었다.

"속옷 차림으로 죽였다는 얘기도 있던데?"

"파일럿이 이탈리아 놈들을 진짜 싫어해."

"8시 30분에 출발할 거야."

피터는 사설 비행기 격납고로 달려갔다. 척은 자기 비행기 코에 앉아 선동 잡지를 읽고 있었다.

피터가 말했다. "놈들이 카를로스를 확보했어. 우리가 놈들보다 먼저 과테말라로 간다. 뭘 할지는 거기 가서 생각해보고."

"거긴 망할 외국이잖아요. 그 양반을 블레싱턴으로 데려가야 하는데, 지금 기름으로는…."

"가자. 몇 군데 전화 좀 걸어보고. 뭐든 해봐야지."

척이 이착륙 허가서를 받는 동안, 피터는 가이 베니스터에게 전화해 상황을 설명했다.

가이는 존 스탠튼과 통화해 방법을 짜내보겠다고 대답했다. 폰차트레인 호수에 단파 장비가 있어 척의 주파수로 무전을 할 수 있었다.

비행기는 8시 16분에 이륙했다. 척은 헤드폰을 쓰고 비행 통신을 도청했다.

국경순찰대 비행기는 늦게 떴다. 순찰대의 과테말라시티 도착 예정 시각은 척보다 46분 뒤였다.

척은 중저공 비행을 하는 내내 헤드폰을 벗지 않았다. 피터는 심심풀이로 선동 팸플릿을 훑어보았다.

제목들이 기가 막혔다. "빨갱이들을 빨대로 빨아버리자! 빨리 빨리!"

좌석 아래 포르노/선동 콤보 잡지도 한 권 있었다. 나치 귀걸이를 한 글래머 여자가 맘에 들었다. 갑자기 여자를 품고 싶었다. 강간이면 더 좋겠지만 아니라도 상관없다.

계기반 조명이 깜빡였다. 척이 비행기-기지 사이의 메시지를 갈취해 일지에 기록했다.

국경순찰대 대원들이 카를로스 때문에 허둥대고 있다. 대원들은 사령부에 전화해 기내 화장실이 없는데 카를로스가 깡통에 오줌을 누지 않겠다고 버틴다며 투덜댄다. (카를로스 고추가 새끼손가락만 하단다.)

피터는 웃으며 컵에 오줌을 누고 2000미터 상공에서 바다 위로 쏟았다. 시간이 더뎠다. 배 속이 울렁거리다가 가라앉았다. 피터는 미지근한 맥주로 멀미약을 삼켰다.

다시 조명이 깜빡였다. 척은 폰차트레인의 신호를 받고 메시지를 기록했다.

가이가 JS와 연락했다. JS는 연줄을 동원해 과테말라 지인들과 접촉했다. 여권 확인 없이 착륙할 수 있다. CM을 확보할 경우. 호세 가르시아라는 이름으로 GC 힐튼에 투숙하도록 조처할 것. JS는 KB의 얘기를 전했다. CM한테 오늘 밤 워싱턴 D. C.의 변호사에게 전화하도록 할 것. 번호 0L6-4809.

피터는 메시지를 주머니에 넣었다. 멀미약이 치고 들어왔다. 잘 자요, 아름다운 왕자님.

다리가 저려 잠에서 깨어났다. 정글 지대와 크고 검은 활주로가 눈에 들어왔다.

척은 가볍게 착륙한 뒤 엔진을 껐다. 라틴계 몇이 정말로 레드 카펫을 굴리며 접근했다. 다소 낡기는 했지만 훌륭한 카펫이었다.

라틴계들은 우익 아첨꾼 유형으로 보였다. CIA는 과테말라를 구해준 적이 있다. 기습 타격으로 빨갱이들을 깨끗이 청소한 것이다.

피터는 깡충 뛰어내린 다음 다리를 주물렀다. 척과 라틴계들이 속사포 에스파냐어로 얘기했다.

드디어 과테말라에 왔지만 … 너무 빨랐다.

대화 소리가 점점 커지는 통에 피터는 귀가 얼얼할 지경이었다. 따다다다다다.

46분 동안 뭐든 준비해야 했다. 피터는 세관 건물로 건너갔다. 그의 작은 두뇌가 총천연색으로 깜빡였다. 카를로스는 오줌을 눠야 한다.

화장실은 여권 카운터와 붙어 있었다. 피터는 화장실을 확인했다.

넓이 2.5제곱미터의 정사각형. 창문 뒤에는 얇은 칸막이가 있었다. 창밖으로는 활주로가 몇 개 보이고 구식 쌍발기들이 일렬로 서 있었다.

카를로스는 땅딸막하다. 척은 선로처럼 말랐다. 피터는 거인 중의 거인이다.

척이 들어와 소변기 옆에서 지퍼를 열었다. "일이 완전히 좆 됐는데 좋은 건지 나쁜 건지 모르겠어요."

"무슨 소리야?"

"국경순찰대가 17분 후 착륙한대요. 여기서 연료만 넣고 100킬로미터를 더 날아간답디다. 그곳 세관에서 카를로스를 체포한다나봐. 들어보니까, 도착 예정 시간은 그다음 망할 놈의 비행…."

"비행기에 돈이 얼마나 있지?"

"1만 6000달러. 산토가 배니스터와 함께 던져버리라고 했죠."

피터는 고개를 저었다. "세관원 놈들을 매수해야겠어. 잔뜩 안겨주면 웬만한 위험은 감수할 거야. 저 창밖에 차 한 대와 운전사를 대기시키고, 네가 카를로스를 밀어내면 돼."

"감 잡았어요." 척이 대답했다.

"그 양반이 오줌을 누지 않으면 우린 좆 되는 거야."

라틴계들이 계획을 받아들였다. 척은 두당 2000달러씩 떡고물을 먹었다. 카를로스가 세상에서 제일 오래 묵은 오줌발을 날리는 동안 라틴계들이 국경순찰대 놈들을 붙들고 있기로 했다.

피터는 창문 칸막이를 헐겁게 풀었다. 척은 격납고 두 곳 너머에 비행기를 짱박았다.

라틴계들이 1949년형 메르세데스 도피 차량을 제공했다. 운전사도 왔다. 루이스라는 이름의 근육형 호모.

피터는 메르세데스를 창가에 붙였다. 척은 〈허시-허시〉 최근호를 들고 변기 의자에 걸터앉았다.

국경순찰대 비행기가 착륙했다. 공항 직원들이 주유를 하느라 분주했다. 피터는 세관 건물 뒤에 숨어 지켜보았다.

라틴계들이 레드 카펫을 풀었다. 키 작은 남자가 카펫을 솔질하며 다녔다. 순찰대원 둘이 비행기에서 내렸다.

조종사의 목소리가 들렸다. "가라고 해. 어차피 달아날 때도 없잖아?"

카를로스가 허둥지둥 비행기에서 내리더니 엉거주춤 건물로 달려갔다. 루이스가 시동을 걸었다. 쾅하고 화장실 문 닫히는 소리가 피터한테까지 들렸다.

"로저스, 도대체 무슨…." 카를로스가 외쳤다.

창문 스크린이 떨어져나갔다. 카를로스 마르첼로가 빠져나왔다. 엉덩이를 드러낸 채.

힐튼까지 도주하는 데 한 시간이 걸렸다. 마르첼로는 쉬지도 않고 보비 케네디를 욕했다.

영어, 이탈리아 표준어, 시칠리아 사투리. 뉴올리언스 얼치기 프랑스 사투리…. 이탈리아 마피아치고는 나쁘지 않았다.

루이스는 양복점에 차를 세웠다. 척이 마르첼로의 치수를 물어 옷 몇 벌을 사주었다.

카를로스는 차 안에서 갈아입었다. 작은 창문을 비집고 나오느라 살갗이 벗겨져 셔츠에 피가 묻었다.

호텔 매니저가 뒷문 입구에서 맞아주었다. 넷은 몰래 화물용 승강기를 타고 꼭대기 특실로 올라갔다.

매니저가 문을 열었다. 얼핏 봐도 스탠튼의 솜씨였다.

특실은 방 셋, 욕실 셋. 휴게실에는 슬롯머신이 나란히 붙었다. 거실은 쳄퍼 보이드의 스위트룸 크기였다.

바는 먹을거리로 가득 채우고 이탈리아식 뷔페를 차려놓았다. 치즈 쟁반 옆 봉투에 2000달러와 쪽지가 들어 있었다.

피터 & 척

두 사람이 마르첼로 씨를 구해낼 줄 알았네. 잘 돌봐드리게. 쿠바 공작의 소중한 친구니까.

JS

마르첼로가 돈을 낚아챘다. 매니저가 군침을 흘렸다. 피터는 그를 문까지 데려가 100달러를 찔러주었다.

마르첼로는 살라미 소시지와 빵을 허겁지겁 먹었다. 척은 블러디 메리를 한 잔 탔다.

피터는 방을 돌아보았다. 길이 40미터… 와우!

척은 선동 잡지를 들고 누웠다.

마르첼로가 징징댔다. "오줌 마려워 죽을 뻔했어. 오줌을 오래 참으면 고자가 된다던데."

피터는 맥주와 크래커 몇 개를 쑤셔 넣었다. "스탠튼이 D. C. 변호사를 섭외했다는데, 전화해봐요."

"벌써 얘기 끝났어. 씨발, 돈을 엄청 처발라서 유대인 최고 변호사들을 긁어모았는데, 또 하나가 없긴 거야."

"지금 전화해서 마무리 짓지 그래요?"

"네가 전화해. 그리고 옆에 있어. 통역이 필요할지 모르니까. 변호사 새끼들은 도무지 알아먹지 못할 개소리만 늘어놓는다니까."

피터는 커피 테이블 위의 전화기를 들었다. 호텔 교환원이 전화를 받았다. 마르첼로가 바 위의 전화기를 들었다. 장거리 신호가 희미하게 들렸다.

남자 목소리. "여보세요?"

"누구? 헤이-애덤스에서 나랑 통화했던 그 친구요?"

"예, 워드 리텔입니다. 마르첼로 씨죠?"

피터는 속으로 욕을 내뱉었다.

카를로스가 의자에 털썩 주저앉았다. "맞소, 나요. 여긴 과테말라의 과테말라시티고…. 죽어도 오고 싶지 않은 곳이야. 자, 내 관심을 얻고 싶다면 나를 이곳에 처박은 인간 욕부터 좀 해보슈."

피터는 이를 앙다물었다. 송화구를 꼭 막아 둘 다 씩씩거리는 숨소리를 듣지는 못할 것이다.

"나도 그 인간이 싫습니다. 한 번 당하기도 했죠. 그자를 괴롭힐 수 있다면 뭐든 할 수 있습니다."

카를로스는 낄낄거리며 웃었다. 베이스-바리톤 목소리를 들으니 더욱 기괴했다. "관심은 끌었어. 이제 전에 나한테 했던 달콤한 말도 해주고, 당신이 일을 잘한다고 믿도록 아무 말이나 씨부려보슈."

리텔이 목청을 가다듬었다. "국외 추방 영장 절차가 전문이고 거의 20년 가까이 FBI 요원으로 일했습니다. 켐퍼 보이드와는 가까운 친구이기도 하고…. 케네디가에 대한 찬양이 맘에 들지는 않지만 그래도 그 친구, 쿠바 공작에 대한 신념만으로도 그 모두를 능가합니다. 마르첼로 씨를 안전하고 합법적으로 만들어 사랑하는 사람들과 재결합하게 만들어달라더군요. 그래서 제가 나선 겁니다."

피터는 욕지기가 나왔다. 보이드, 이런 썹새끼….

마르첼로가 마른 빵을 잘랐다. "켐퍼 말로는 당신이 1만 달러 능력이 있다고 하더군. 그 말대로만 해준다면야 1만 달러는 그저 착수금에 불과해."

리텔이 비굴한 태도로 바뀌었다. "마르첼로 씨를 위해 일하게 되어 영광입니다. 켐퍼도 불편하게 해드려 미안해하고 있습니다. 마지막 순간 기습 정보를 준 것도 그 친구였는데, 그쪽에서 그렇게 빨리 나설 줄은 몰랐다더군요."

마르첼로가 빵으로 목덜미를 긁었다. "켐퍼가 일은 잘하지. 그 친구한테 크게 불만은 없어. 사소한 얘기야 다음에 그 잘난 면상 보면서 따지면 될 일이고. 아무튼 케네디 집안이 내 친한 친구들까지 포함해 미국 유권자의 49.8퍼센트를 빨아먹었잖아? 그러니까 내 목숨과 팔다리만 안 건드린다면 그 결과에 시비 걸 생각도 없네."

"켐퍼도 그 말을 들으면 좋아할 겁니다. 먼저 말씀드리자면, 지금 임시 복원 청원서를 작성하는 중입니다. 서류는 앞으로 연방의 3심 담당관들이 검토할 겁니다. 그리고 마르첼로 씨의 뉴욕 변호사에게 전화를 걸어 함께 장거리 변호 전략을 구상하도록 하겠습니다."

마르첼로는 구두를 벗어 던졌다. "그렇게 하게. 우선 여편네한테 전화해서 무사하다고 전해줘. 여기서 빼내줄 수만 있다면 뭐든 닥치는 대로 해보라고."

"그렇게 하겠습니다. 곧 사인하실 서류를 갖고 내려가 뵙겠습니다. 72시간 안에."

"집에 가고 싶어." 마르첼로가 대답했다.

피터는 전화를 내려놓았다. 양쪽 귀에서 도널드 덕처럼 쉭 소리를 내며 연기가 뿜어져 나왔다.

셋은 시간을 죽였다. 방이 워낙 커서 따로 따로 놀 수 있어 좋았다.

척은 에스파냐어 TV를 보았다. 카를로스는 멀리 있는 부하들에게 전화를 돌려댔다. 피터는 워드 리텔을 죽일 방법을 아흔아홉 가지나 생각해냈다.

존 스탠튼이 전화했다. 피터는 개똥 같은 헛소리로 그를 즐겁게 해주었다. 스탠튼은 뇌물로 쓴 돈은 CIA가 보전해주겠다고 말했다.

피터가 말했다. 보이드가 카를로스한테 변호사를 붙였어요. 스탠튼이 대답했다. 대단한 친구라고 들었어. 피터는 하고 싶은 말을 꿀꺽 삼켰다. 이제 그놈을 죽일 수도 없잖아!

보이드, 이 찢어죽일 놈.

스탠튼은 뒷거래를 시작했다고 말했다. 1만 달러면 카를로스한테 임시 비자를 내줄 수 있다. 과테말라 외무장관이 공개적으로 다음과 같이 공언하기로 했다.

마르첼로 씨는 과테말라에서 태어났으며 그의 출생증명서는 진본이다. 케네디 법무장관의 착오다. 마르첼로 씨의 출생은 절대 애매하지 않다. 마르첼로 씨는 합법적으로 미국으로 건너갔으나 안타깝게도 확인할 기록이 하나도 남아 있지 않다. 이제 입증하는 일은 케네디 법무장관 몫이다.

스탠튼의 말에 의하면, 외무장관은 대통령 잭을 싫어한다고 했다.

잭이 그의 여편네와 딸들을 모두 건드렸기 때문이란다.

피터가 말했다. 잭이 내 옛 여친을 따먹었어요.

스탠튼이 말했다. 와우, 그런데도 그자가 당선하도록 도왔다고? 어쨌든 척한테 그쪽 외무장관을 구워삶으라고 해. 다른 얘기지만, 잭은 지금도 출격 날짜만 만지작거리고 있어.

피터는 전화를 끊고 창밖을 보았다. 여명의 과테말라시티. 아무리 봐도 좆같은 동네다.

세 사람을 일찍부터 졸기 시작했다.

피터는 일찍 깨어났다. 악몽 때문에 시트를 덮은 채 몸을 잔뜩 웅크리고 숨을 몰아쉬었다.

척은 뇌물 건을 해결하기 위해 떠났다. 카를로스는 두 번째 시가를 물었다.

피터는 거실 커튼을 열었다. 밖에서 커다란 소동이 벌어지고 있었다.

갓길에 트럭들이 나란히 서 있고 카메라를 든 사람들도 보였다. 케이블이 로비 안으로 잔뜩 뻗어 있었다.

사람들이 위쪽을 가리켰다.

거대한 영화 카메라가 정확히 그들의 방을 향하고 있었다.

"들통 났어요." 피터가 말했다.

카를로스는 먹다 남은 해시브라운에 시가를 던져놓고 창가 쪽으로 달려갔다.

"여기서 한 시간 거리에 CIA 캠프가 있습니다. 척을 찾아 비행기를 타면 됩니다." 피터가 말했다.

카를로스는 창밖을 내려다보았다. 아닌 게 아니라 소동이 벌어지고 있었다. 카를로스는 아침 식사용 카트를 창 너머로 밀고 18층 아래로 떨어지는 모습을 지켜보았다.

65

과테말라, 1961년 4월 8일

열기가 활주로에서 춤을 추었다. 한증막 같은 열기…. 켐퍼, 미친놈. 옷을 가볍게 입으라는 경고라도 했어야지.

켐퍼의 경고는 본듀런트가 그곳에 있다는 얘기뿐이었다.

켐퍼는 3일 전 과테말라시티에서 마르첼로를 빼내 CIA가 여관 주인 노릇을 하도록 안배했다.

켐퍼는 추신을 덧붙였다. 피터는 자네한테 연기금 장부가 있다는 사실을 알아.

비행기에서 내리는데, 머리가 몽롱했다. 그가 휴스턴에서 바꿔 탄 비행기는 제2차 세계대전 당시 사용하던 수송기였다.

프로펠러 바람이 지면을 때려 열기를 부추겼다. 캠프 부지는 크고 먼지가 많았다. 전체적으로는 정글의 찰흙 공터에 기이한 건물들이 퍼질러 앉은 형세였다. 지프 한 대가 미끄러지듯 달려오더니 운전사가 인사를 건넸다. "리텔 씨?"

"예."

"제가 모시겠습니다. 친구분들이 기다리고 계십니다."

지프에 올라타자 백미러에 그의 오만한 새 얼굴이 비쳤다.

휴스턴에서 술을 석 잔 마셨다. 오늘 단 한 번의 기회를 잡도록 도와줄 낮술. 지프는 쏜살같이 달렸다. 군인들이 열을 지어 행군하고 구령이 겹겹이 메아리쳤다.

지프는 막사 안뜰로 들어가 반원형의 작은 임시 막사 앞에 멈췄다. 여행 가방을 들고 안으로 들어가는데, 걸음걸이가 딱딱하기 그지없었다.

방에는 에어컨이 돌았다. 본듀런트와 카를로스 마르첼로가 당구대 옆에 서 있었다.

피터가 윙크를 했다. 리텔도 윙크로 답했다. 안면 근육이 일그러졌다.

피터가 손가락 관절을 꺾었다. 특유의 협박성 동작이다.

"뭐야, 둘 다 호모야? 서로 윙크나 해대고?" 마르첼로가 투덜댔다.

리텔은 여행 가방을 내려놓았다. 갑자기 술기운이 치밀어 올랐다. 놀라움에 알코올이 흥분한 것이다. "안녕하십니까, 마르첼로 씨."

"돈이 마르고 있어. 피터와 CIA 친구들이 알랑거릴 때마다 그놈의 쿠바 계획에 돈을 처바르고 말거든. 여기에서만도 하루에 2만 5000달러는 빠져나가는 기분이라고."

피터는 큐에 초크를 칠하고 마르첼로는 두 손을 주머니에 집어넣었다. 켐퍼가 경고했었다. 그 양반은 절대 악수를 하지 않아.

"몇 시간 전에 마르첼로 씨 변호사와 얘기했습니다. 필요한 게 있으신지 묻더군요."

마르첼로가 미소를 지었다. "와이프 뺨에 키스하고 애인과 뒹굴고 싶어. 갈라투어 식당에서 오리 로샹보도 먹고 싶은데 니미, 여기에선 하나도 할 수가 없잖아."

본듀런트가 당구대에 걸터앉았다. 리텔은 여행 가방을 휙 움직여 그의 모습을 차단했다.

마르첼로가 키득거렸다. "아무래도 두 사람, 앙금이 있는 모양이군."

피터가 담배에 불을 붙였다. 리텔은 그가 내뱉는 담배 연기를 고스란히 들이마셔야 했다.

"마르첼로 씨께서 검토해야 할 서류가 많습니다. 함께 살펴보는 동안 마르첼로 씨의 이민사를 뒷받침해줄 구체적인 이야기도 만들어내야 합니다. 그래야 바서만 씨가 추방 명령 철회 요청을 할 때 활용할 수 있죠. 엄청난 영향력을 가진 분들이 마르첼로 씨의 본국 송환을 바라고 또 저도 그분들과 함께 일할 겁니다. 예기치 못한 여행이라 당연히 고되시겠지만, 켐퍼 보이드와 제가 척 로저스의 비행기를 타고 며칠 안에 루이지애나로 돌아갈 수 있도록 해드리겠습니다."

마르첼로가 짧고 빠르게 스텝을 밟았다. 원래부터 발이 빠르고 노련한 사람이었다.

"당신 얼굴이 왜 그래, 워드?" 피터가 물었다.

리텔은 여행 가방을 열었다. 피터가 8번 공을 잡고 맨손으로 내리쳐 반쪽을 냈다. 나뭇조각이 뜯기고 튀었다.

"글쎄, 일을 그런 식으로 진행해도 되는지 잘 모르겠군." 마르첼로가 말했다.

리텔은 연기금 장부를 꺼내며 짧은 기도로 마음을 가라앉혔다. "지난 여름, 제네바 호숫가의 쥘 쉬프랭 저택이 털렸다는 사실은 두 분 다 아실 겁니다. 그림 몇 개와 함께 장부책 몇 권이 사라졌죠. 물론 트럭 노조 연기금의 진짜 장부라는 바로 그 책입니다. 도둑은 시카고 지국의 THP 코트미드 요원의 정보원이었는데, 그림이 너무나 유명해서 처리할 수 없다는 사실을 깨닫고 대신 장부를 코트에게 넘겼죠. 미드는 1월에 심장마비로 죽기 직전 장부를 내게 넘겼습니다. 다른 사람한테는 아무 말도 하지 않았다더군요. 아마 지앙카나 조직의 누군가한테 팔려고 했을 겁니다. 몇 쪽이 찢겨나가기는 했지만 그 밖에는 완전한 것 같습니다. 제가 장부를 가져온 이유는 마르첼로 씨께서 호파 위원장 및 트럭 노조와 얼마나 가까운지 알기 때문입니다."

마르첼로의 입이 벌어졌다. 피터는 큐를 반으로 잘랐다.

리텔은 휴스턴에서 장부 중 열네 페이지를 찢어냈다. 케네디 관련 내역을 안전하게 감춘 것이다.

마르첼로가 손을 내밀었다. 리텔은 교황에게 하듯 그의 커다란 다이아몬드 반지에 입을 맞추었다.

66

애니스턴, 1961년 4월 11월

선거인 명부와 인두세 보고서. 문맹 시험 점수와 증언.

벽에 걸린 코르크보드 네 곳에 서류가 주렁주렁 매달렸다. 하얀 종이 위에 검은 글씨로 타이핑한 체계적 억압.

방은 좁고 우중충했다. 어차피 위그웜 모텔이 세인트레지스 같을 수는 없다.

켐퍼는 투표권 방해 사건부터 살펴보았다.

한 건의 문맹 테스트와 한 건의 증언이 명백한 증거 자료가 되었다.

흑인 남자인 델마르 허버트 보웬은 1919년 6월 14일 앨라배마 주 애니스턴에서 태어났다. 글을 읽고 쓸 줄 아는 터라 자신을 "독서광"으로 소개도 했다.

1940년 6월 15일, 선거인 명부에 등록하려 했으나 접수원이 이렇게 말했다. 이봐, 읽고 쓸 줄은 아나?

보웬은 읽고 써보았다. 접수원은 탈락을 위한 질문을 퍼부었다. 주로 고급 수학 관련 문제였다.

보웬은 대답을 못했고, 투표권을 박탈당했다.

켐퍼는 보웬의 문맹 테스트 결과를 보고 애니스턴의 접수원이 점수를 위조했다는 확신이 들었다.

켐퍼는 서류를 묶었다. 따분한 작업이다. 케네디의 시민권 조사는 너무 유해서 취향에 맞지 않았다. 그의 취향은 무력 외교 쪽이다.

어제는 런치 카운터에서 샌드위치를 집었다. 그것도 흑인 카운터에서…. 순전히 재미로.

무지렁이 백인 놈이 그를 "깜둥이 애인"이라 부르기에 당수로 밥그릇에 처박아버렸다.

어젯밤에는 누군가가 문에 대고 총을 쏘았다. 한 흑인 말로는 KKK가 마을 아래쪽에서 십자가를 태웠단다.

켐퍼는 보웬의 서류를 마무리했다. 그나마 크게 서두른 덕분이었다. 세 시간 후 마이애미에서 존 스탠튼을 만나기로 했다.

오늘 아침엔 전화가 불이 나면서 일정이 어긋났다. 보비는 국외 추방 소식을 요구했고, 리텔은 최신형 핵폭탄을 터뜨리겠다고 했다.

워드는 연기금 장부를 카를로스 마르첼로에게 전달했다. 피터 본듀런트가 거래를 지켜보았다. 마르첼로는 워드의 복잡한 개인사를 받아들이기로 한 듯했다.

워드는 이렇게 말했다. "사본을 만들었네, 켐퍼. 따라서 자네의 위장 침투와 조 케네디의 부정에 대한 증거는 아직 보험에 들어 있는 셈이야. 그러니 피터한테 나를 죽이지 말라고 조언해주면 고맙겠군."

그는 곧바로 피터한테 전화했다. "리텔을 죽이지도 말고, 카를로스한테 그의 얘기가 개수작이라는 말도 하지 마."

피터의 대답은 이랬다. "나도 대가리는 있습니다. 이 바닥에서 댁만큼은 놀아봤으니까."

리텔은 두 사람을 조종했다. 대단한 협박은 아니지만 그 장부는 돈이 되는 도박이었다.

켐퍼는 45구경에 기름칠을 했다. 보비는 그가 총을 가지고 다닌다는 사실을 알고 허세라며 비웃었다.

그는 취임식 때도 총을 소지했다. 퍼레이드 중에는 보비를 만나 로라와 완전히 끝냈다고 보고했다.

켐퍼는 백악관 리셉션에서 잭을 만나 처음으로 "대통령 각하"라는 호칭을 썼다. 대통령으로서 잭의 첫 명령은 이랬다. "오늘 밤 늦게 여자 몇 명 부탁합시다."

켐퍼는 부랴부랴 조지타운 대학의 여대생 둘을 구했다. 대통령은 재빨리 끝낼 테니 여자들을 짱박아두라고 지시했다.

켐퍼는 여자들을 백악관 영빈관에 짱박았다.

켐퍼가 하품을 하자 잭이 얼굴에 물을 뿌렸다.

새벽 3시. 취임 축하는 새벽 이후까지 이어질 것이다.

잭은 흥분제를 원했다. 두 사람은 대통령 집무실로 들어갔다. 그곳에서는 의사가 약병과 주사기를 준비하고 대기 중이었다.

대통령이 한쪽 소매를 올렸다. 의사가 주사를 놓았다. 케네디는 금세 오르가슴에 오른 것 같았다.

켐퍼도 한쪽 소매를 올렸다. 의사가 주사를 놓았다. 몸속에서 핵폭탄이 터졌다.

흥분은 24시간 지속되었다. 시공간이 그의 것이 되었다.

잭의 흥분이 곧 그의 흥분이었다. 그 단순한 사실이 놀랍도록 분명해 보였다. 시간과 공간이 켐퍼 캐스카트 보이드라는 한 사람에게 속했다. 그런 의미에서 그와 잭은 서로를 구분할 수 없었다.

켐퍼는 잭의 옛 여자 하나를 골라 윌러드 호텔에서 섹스를 했다. 그 순간을 상원의원들과 택시 운전사들한테 떠벌렸다. 주디 갈런드는 그에게 트위스트를 가르쳐주었다.

약 기운이 빠져나가자 너무도 아쉬웠다. 하지만 그 이상은 오히려 순간의 가치를 훼손할 뿐이다.

전화벨이 울렸다. "보이드입니다."

"보비요, 켐퍼. 대통령 각하와 함께 있어요."

"제가 장관님께 드린 정보를 다시 보고드릴까요?"

"아니, 그보다 우리가 의견 차이를 조정하도록 도와줬으면 좋겠소."

"어떤…?"

"쿠바 건. 당신이 최근 상황을 비공식적으로 챙기고 있을 테니 이 문제에 관한 한 최고 아니겠소?"

"어떤 내용이죠? 무슨 말씀을 나누셨습니까?"

보비가 짜증을 냈다. "망명자 침공 계획. 당신도 들었는지 모르겠지만 리처드 비셀이 내 집무실에 찾아와 CIA가 그 건을 덥석 물었는데, 지금 쿠바 용병들이 다소 불안해한다는 거요. 그래서 주요 상륙 지역을 선정했다는데, 플라야히론인지 피그스 만인지 하는 곳이랍디다."

완전히 새로운 얘기였다. 랭글리가 타깃을 선정했다는 얘기는 스탠튼한테서도 듣지 못했다.

켐퍼는 당혹스러운 척했다. "어떻게 도와드려야 하죠? 아시다시피 CIA에는 아는 사람이 없는데."

그러자 잭의 목소리가 들렸다. "보비는 그 일이 이렇게까지 진행됐는지 몰라요, 켐퍼. 취임 전에 앨런 덜레스가 그 건에 대해 브리핑을 했지만, 그 이후로는 한 번도 얘기해본 적이 없어요. 참모들도 그 망할 건 때문에 의견이 분분하고."

켐퍼는 총지갑을 만졌다.

보비가 말했다. "망명자들의 준비 상황에 대해 독자적으로 평가할 필요가 있소."

켐퍼는 웃었다. "침공이 실패하고 장관님께서 이른바 '반역자들'을 지원했다는 사실이 알려지면 두 분 모두 세계 여론 법정에서 망신을 당하겠죠."

"바로 그거요." 보비가 인정했다.

잭이 말했다. "요점은 그거요. 보비한테 몇 주 전에 이 문제를 맡겼어야 했는데, 그놈의 조폭을 쫓느라 너무 바빠서 말이야. 켐퍼…."

"예, 각하."

"지금껏 날짜 문제로 지지부진했어요. 비셀도 계속 압력을 넣고, 내가 알기론 당신이 후버 국장 지시로 반카스트로 작전을 한다니까 적어도…."

"쿠바에 대해 어느 정도 알고는 있지만, 기껏해야 친카스트로 그룹의 현황에 대해서뿐입니다."

보비가 으름장을 놓았다. "쿠바는 항상 당신 몫이었어. 그러니 플로리다로 가서 뭐든 긍정적인 대안을 만들어봐요. CIA 훈련 캠프도 방문하고 마이애미도 한 바퀴 돌아보고. …나중에 전화할 때는 작전이 성공 가능한지 보고해야 합니다. 어서 서둘러요."

"지금 떠나죠. 48시간 안에 보고드리겠습니다."

존은 숨이 끊어질 정도로 웃었다. 켐퍼가 의사를 부를까 고민할 정도였다.

두 사람은 스탠튼의 비밀 테라스에 앉아 있었다. 랭글리는 그를 퐁텐블로 호텔로 옮겨주었다. 호텔 스위트룸 생활은 중독성이 있다.

산들바람이 콜린스 애버뉴에 불었다. 켐퍼는 목이 따끔거렸다. 그는 잭의 보스턴 억양까지 섞어가며 전화 통화를 재현했다.

"존….'

스탠튼이 숨을 골랐다. "미안, 미안. 대통령의 우유부단이 이렇게 재미있을 줄 상상도 못해서 그래요."

"내가 뭐라고 보고하면 됩니까?"

"'침공이 재선을 보장할 겁니다'면 어떻겠어요?"

켐퍼는 웃었다. "마이애미에서 시간을 때워야 하는데 뭐 좋은 제안 없어요?"

"있죠, 두 개나."

"얘기해봐요. 그리고 내가 앨라배마에 처박혀 있는 걸 알면서도 왜 나를 보자고 했는지 그 이유도 말하고."

스탠튼은 스카치와 물을 조금씩 부었다. "그놈의 시민권 일이 짜증났을 것 같은데?"

"뭐, 별로."

"깜둥이 투표는 누워서 헤엄치기 아닌가? 그놈들은 원래 고분고분하잖아요."

"쿠바 놈들보다 조금 더 까다롭고 범죄 성향은 훨씬 덜 하죠."

스탠튼이 미소를 지었다. "그만. 나를 또 죽어라 웃게 만들 작정이에요?"

켐퍼는 두 발을 난간에 걸쳤다. "웃음까지 이용하는 분 아니던가요? 랭글리는 당신을 혹사하고 당신은 오후 1시에 술을 마시고 있으니."

스탠튼이 고개를 끄덕였다. "사실입니다. 덜레스 국장 이하 요원들은 하나같이 침공을 바라고 나도 예외는 아니죠. 당신의 첫 번째 질문에 답하자면, 지금부터 48시간은 대통령한테 제공할 그럴듯한 군사 현황 보고서를 고안해내는 데 씁시다. 풀로, 네스토르 차스코와 함께 간부단 지역을 사전 답사도 해보고. 마이애미는 거리 정보를 얻기에 최고니까 침공 소문이 쿠바 공동체 내에 얼마나 깊숙이, 얼마나 정확히 퍼져 있는지도 직접 판단해봐요."

켐퍼는 진과 토닉을 섞었다. "곧바로 시작하죠. 그 밖에 다른 문제는?"

"CIA는 쿠바 망명 정부를 세울 거요. 실제 침공 시 블레싱턴에 거점을 마련하고. 위장 정부이기는 하겠지만, 최소한 지도자를 합의 선발해 카스트로를 잡았을 경우 곧바로 투입할 수준이어야겠죠. 그럼 침공 후 사나흘 정도가 되지 않겠어요?"

"그러니까, 누구를 선발하느냐에 대해 내 의견이 필요한 건가요?"

"그래요. 망명 정치에 익숙하지는 않아도 간부단의 의견은 들어봤을 테니까요."

켐퍼는 고민하는 척했다. 서두르지 말자. 저자를 기다리게 해야….

스탠튼이 두 손을 저었다. "이런, 내가 무슨 큰 고민거리라도 준 것 같네요."

켐퍼는 고민에서 빠져나오는 척했다. 눈은 초롱초롱하고 힘도 있었다. "극우 인물이어야 합니다. 산토를 비롯해 시카고 조직 친구들과 기꺼이 일하고, 얼굴마담이되 질서를 유지할 정도는 되어야겠죠. 쿠바 경제를 회복하기 위해서라도 카지노를 돌려주고 영업 이익을 보장해야 해요. 최선책이죠. 쿠바 정세가 불안하거나 빨갱이가 다시 장악한다 해도 시카고 조직으로부터 재정 지원을 받을 수 있어야죠."

스탠튼이 두 손을 깍지 껴 한쪽 무릎을 잡았다. "시민권 개혁자 켐퍼 보이드한테서는 좀 더 계몽적인 대답을 기대했는데…. 물론 우리 이탈리아 친구들의 기부라고 해봐야 합법적인 정부 예산에 비하면 새 발의 피에 불과하다는 사실은 아시리라 믿지만요."

켐퍼는 어깨를 으쓱였다. "쿠바의 지불 능력은 미국인의 여행에 좌우됩니다. 시카고는 그 점을 보장해줄 수 있죠. 유나이티드 푸르트는 쿠바에서 쫓겨났으니, 극우 꼴통들만 남아 뇌물을 받고 국유 재산을 사유화하려 들겠죠."

"계속해봐요. 그럴듯하군."

켐퍼는 자리에서 일어났다. "카를로스는 내 변호사 친구와 함께 과테말라 캠프에 내려가 있는데, 척이 며칠 후 비행기로 실어와 루이지애나에 숨길 겁니다. 듣기로는 좀 더 친망명 집단 쪽으로 기울었다더군요. 침공이야 성공하겠지만 쿠바 내의 혼란은 얼마간 지속될 겁니다. 우리가 누굴 심든 강력한 공적 감시, 따라서 공적 책임 아래 두어야 합니다. 우리 둘 다 알다시피 CIA도 강력한 감시를 받고, 따라서 비밀공작과 관련한 안건 모두에서 거부권을 제약할 수밖에 없어요. 그때 간부단이 필요합니다. 아니, 간부단만큼 단호하고 자율적인 그룹이 다섯 개는 있어야 할 거예요. 은밀한 재정 지원도 당연히 있어야 하고. 새 지도자한테 비밀경찰도 필요할 테니 시카고 조직이 만들어주어야 합니다. 행여 당사자가 친미를 주저한다면 암살 또한 시카고 조직이 책임져야죠."

스탠튼이 일어났다. 그의 눈이 열정적으로 이글거렸다. "나한테 최종 결정권은 없지만 어쨌든 대찬성입니다. 당신 연설이 잭의 취임 연설만큼 화려하지는 않아도 정치적으로는 훨씬 더 철저해요."

물론 이익 중심적이기도 하고….

"감사합니다. 존 F. 케네디와 비교하는 것만으로도 영광이죠."

운전은 풀로가 했다. 네스토르는 얘기하고, 켐퍼는 지켜보았다.

자동차는 8자를 그리며 아무렇게나 돌아다녔다. 허름한 오두막과 주택 예정지가 휙휙 지나갔다.

"나를 쿠바에 보내주십시오. 지붕에서 피델을 쏘고 조국의 시몬 볼리바르가 되겠습니다." 네스토르가 큰소리를 쳤다.

풀로의 쉐보레는 마약으로 가득했다. 가루가 비닐 가방에서 터져 나와

좌석이 온통 하얬다.

"권투 선수로 쿠바에 보내주십쇼. 키드 가빌란 같은 볼로(bolo) 펀치로 피델을 때려죽이겠습니다."

백태 낀 눈들이 그들을 돌아보았다. 이곳 마약쟁이들은 풀로의 차를 안다. 마약쟁이들이 손을 내밀었다. 풀로는 씀씀이가 후하기로 소문이 났기 때문이다.

풀로는 그런 식의 자선을 뉴 마셜 플랜이라 불렀다. 그의 자선이 복종을 부른다는 얘기다.

켐퍼는 지켜보았다.

네스토르가 암거래 장소에 차를 세우고 미리 포장한 마약을 팔았다. 풀로는 산탄총으로 모든 거래를 지원했다.

켐퍼는 지켜보았다.

풀로가 럭키 타임 주류 판매점 밖에서 간부단 외의 거래를 목격했다. 네스토르는 12구경 탄피에 암염을 넣고 밀매꾼들을 향해 갈겼다. 밀매꾼들이 사방으로 흩어졌다. 암염은 옷을 찢고 살갗을 쓰라리게 만든다.

켐퍼는 지켜보았다.

"나를 스킨다이버로 쿠바에 보내주십시오. 수중 작살총으로 피델을 쏘겠습니다."

거리 모퉁이의 주정뱅이들이 티버드 와인을 들이켰다. 아교 중독자들은 걸레를 킁킁거렸다. 앞마당 잔디 절반은 고장 난 차들이 차지했다.

켐퍼는 지켜보았다.

택시 찾는 소리가 구내 스피커를 쩌렁쩌렁 울렸다. 풀로는 흑인 거주 지역에서 포키토 아바나까지 차를 몰았다.

피부색이 검정색에서 갈색으로 바뀌었다. 주변 색도 점점 파스텔 톤으로 변했다.

파스텔 색의 교회들. 파스텔 색의 댄스 클럽과 술집들. 파스텔 톤의 밝은 구아야베라 셔츠들.

풀로는 차를 몰았다. 네스토르는 지껄였다. 켐퍼는 지켜보았다.

쉐보레는 주차장의 주사위 노름판을 지났다. 가두연설을 하는 곳을 지나고 친카스트로 팸플릿을 뿌리는 사내를 두들겨 패는 남자 둘을 지났다.

켐퍼는 지켜보았다.

쉐보레는 플래글러를 미끄러지다가 창녀한테 돈을 주고 거리 정보를 얻었다.

창녀 A는 카스트로가 호모라고 했다. 창녀 B는 카스트로 자지가 30센티미터라고 했다. 창녀 모두가 알고 싶어 하는 얘기는 하나다. 그놈의 대침공은 언제 한대요? 창녀 C는 블레싱턴에서 소문을 들었다고 말했다. 다음 주에 침공을 한다던데요? 창녀 D는 관타나모에 핵폭탄을 터뜨린다 했고, 창녀 E는 거기가 아니라 플라야히론이라고 했다. 창녀 F는 머지않아 비행접시 부대가 아바나에 착륙한다고 장담했다.

풀로는 차를 몰았다. 네스토르는 플래글러를 위아래로 어슬렁거리는 쿠바인들의 머릿수를 세었다.

어디나 침공 소문이 넘쳐났다. 셋은 기분 좋게 소문을 만끽했다.

켐퍼는 두 눈을 감고 귀를 기울였다. 빠른 에스파냐어 명사들이 뛰어나왔다. 아바나, 플라야히론, 바라코아, 오리엔테, 플라야히론, 관타나모, 관타나모.

켐퍼는 결론을 내렸다.

사람들이 얘기하고 있다.

휴가 중인 훈련병들이 얘기한다. CIA 위장 단체들이 얘기한다. 얘기는 풍자이자 헛소리이자 희망 사항이자 뼈대뿐인 진실이다. 요컨대 닥치는 대로 쏴대면 어느 하나는 목표에 제대로 맞으리라는 생각.

얘기는 지엽적인 보안 비밀까지 포함했다.

풀로는 대수롭지 않다는 표정이었다. 네스토르는 어깨를 으쓱하는 것으로 그만이었다. 켐퍼도 보안 누수를 '감당 가능 수준'으로 치부했다. 쉐보레는 플래글러를 벗어나 옆길로 접어들었다.

풀로는 택시 호출을 모니터했다. 네스토르는 피델 카스트로를 고문할 방법을 떠올려댔다. 켐퍼는 창밖을 보며 풍경을 만끽했다.

쿠바 여자들이 세 사람을 향해 키스를 날렸다. 자동차 라디오에서는 맘보 음악이 한창이었다. 거리의 한량들이 맥주에 절인 멜론을 게걸스럽게 먹었다.

풀로가 딸깍하고 전화를 끊었다. "윌프레도예요. 돈 후안이 마약 거래에 대해 뭔가를 알아냈다네요. 아무래도 만나봐야겠어요."

돈 후안 피멘텔은 결핵 기침을 했다. 그의 거실은 주문 생산용 바비와 켄 인형들로 어지러웠다.

문 안으로 들어가니 돈 후안에게서 박하향의 체스트 러브 냄새가 났다.

"보이드 씨 앞에서 직접 말해. 쿠바 프로젝트를 후원하는 친구시니까." 풀로가 말했다.

네스토르가 벌거벗은 바비를 집었다. 인형은 재키 케네디 헤어스타일에 수세미 음모를 붙였다.

돈 후안이 기침을 했다. "이야기는 25달러. 이야기에 주소를 더하면 50달러."

네스토르는 인형을 놓고 성호를 그었다. 풀로가 20달러짜리 2장과 10달러짜리 한 장을 주었다.

그는 돈을 셔츠 주머니에 넣었다. "주소는 발루스트롤 4980. 쿠바 정보국에서 온 남자 넷이 살아요. 당신네 침공이 성공하면 쿠바의 돈줄이음 … 막힐까봐 엄청 걱정하더군요. 집에 1회용 마약이 가득한데, 모두 급전을 마련하기 위한 것들이죠. 그러니까, 에 … 당신네 공격에 저항할 자금을 마련한다는 뜻이지. 헤로인 500그램도 마찬가지로 소량씩 포장해놓고, 이문이 제일 많은 곳에서 팔 때만 노리고 있어요."

켐퍼는 미소를 지었다. "경비는 있나?"

"몰라요."

"물건은 누구한테 팔지?"

"쿠바인들은 아니오. 아무래도 깜둥이와 돈 없는 흰둥이겠지."

켐퍼는 풀로를 팔꿈치로 푹 찔렀다. "이 양반은 믿을 만한 정보원이야?"

"예, 그렇습니다."

"반카스트로?"

"예, 그래요."

"어떤 상황에서도 우리를 배신하지 않을 사람인가?"

"그건 대답하기가…."

돈 후안이 바닥에 침을 뱉었다. "씨발, 쪼잔하게 그런 질문을 나한테 직접 안 하고…."

켐퍼는 당수로 그의 목을 내리쳤다. 돈 후안은 인형 선반을 붙들고 캑 캑거리며 숨 막히는 소리를 냈다.

네스토르가 그의 얼굴에 베개를 떨어뜨렸다. 켐퍼는 45구경을 꺼내 그대로 쏴버렸다.

소음기가 총소리를 완전히 죽였다. 피에 젖은 깃털이 휘날렸다.

네스토르와 풀로는 황당하다는 표정을 지었다.

"나중에 설명해줄게." 켐퍼가 말했다.

저항하는 자들이여, 쿠바를 구하라!

빨갱이들이 더러운 복수심으로 마약을 풀고 있다.

헤로인 대학살! 마약 밀매꾼 카스트로가 웃는다!

독재자를 추방하자! 마약 희생자가 산처럼 쌓이고 있다!

켐퍼는 배차 서류에 헤드라인을 적었다. 주변은 타이거 택시로 가득했다. 야간 교대조가 막 들어오고 있었다.

그는 편지를 썼다.

PB,

레니 센즈에게 동봉한 헤드라인으로 〈허시-허시〉 기사를 쓰라고 해. 신속히 처리하되 지난주 마이애미 신문들을 뒤져 배경 이야기를 참조하고, 필요하면 나한테 전화하라고 해. 당연히 침공과 관련 있는 기사지. 내 느낌은 거사일이 아주 가깝다는 쪽이야. 아직 자세한 계획까지 설명할 수는 없지만 자네가 좋아할 만한 일이야. 레니가 주문을 이해하지 못하면 〈허시-허시〉 특유의 스타일로 그냥 이 헤드라인을 뻥튀기해도 좋다고 전해.

지금 니카라과나 과테말라 어딘가에 있다며? 이 행낭이 늦지 않게 닿기

를 바라. 그리고 WJL은 동료로 생각해. 평화 공존이 늘 양보를 의미하지는
않으니까.

KB

켐퍼는 봉투에 소인을 찍었다. C. 로저스/다음 비행기! 긴급. 풀로와
네스토르가 지나가며 당혹스러운 표정을 지었다. 돈 후안을 왜 죽였는지
아직 설명하지 않았기 때문이다.

산토 주니어한테는 바티스타라는 이름의 애완 악어가 있었다. 그들은
차를 몰고 가 산토의 풀장에 돈 후안의 시체를 던졌다.

켐퍼는 전화기를 남자 화장실로 끌고 들어갔다. 그리고 목소리를 세
번이나 가다듬었다. 그런 다음 보비의 비서에게 전화해 녹음기를 틀라고
얘기했다. 비서는 부랴부랴 시키는 대로 했다. 너무도 긴박한 목소리에 혹
한 것이다.

켐퍼는 벅차게 찬양하고 벅차게 울먹였다. 망명자들의 사기와 전투태
세를 칭송했다. CIA의 계획은 놀랍다. CIA의 사전 침공 보안은 탄탄하다.

켐퍼는 개종한 회의론자처럼 열변을 토했다. 뉴프런티어식의 수사를
구사하고 특유의 테네시 억양으로 개종자의 확신을 뿜어냈다.

비서가 테이프를 당장 보비한테 가져가겠다고 했다. 그녀의 목소리도
떨렸다.

켐퍼는 전화를 끊고 주차장으로 나갔다. 테오 파에즈가 다가와 쪽지를
전했다.

W. 리텔 전화. CM과는 잘됐다고 함. CM의 뉴욕 변호사 말로는 법무부
요원들이 루이지애나에서 CM을 찾고 있다고 함. W. 리텔은 CM이 과테말
라 캠프에서 지내거나 한동안 나라를 떠나 있어야 한다고 했음.

이카로스처럼 상승하는 워드 리텔…. 정말 놀랍군.

문득 산들바람이 불어왔다. 켐퍼는 호피무늬 후드 위에 길게 누워 하
늘을 올려다보았다.

달이 휘영청 떠올랐다. 악어 바티스타는 이빨이 달처럼 하얬다.

켐퍼는 꾸벅꾸벅 졸다가 구호 소리에 놀라 깼다. 어서, 어서, 어서, 어서, 어서…. 오직 그 한마디뿐이었다.

고함 소리는 황홀할 지경이었다. 배차실이 거대한 음향실처럼 소리로 가득했다.

침공일이 정해졌어! 다른 일로는 이렇게 열광할 리가 없어.

산토가 바티스타에게 스테이크와 프라이드치킨을 먹였다. 올림픽 경기장 크기인 그의 풀장은 기름투성이였다.

바티스타가 돈 후안의 머리를 뜯어먹었다. 네스토르와 풀로가 고개를 돌렸다.

그는 고개를 돌리지 않았다. 이제는 비정상적으로 살상을 즐기기 시작했다.

67

니카라과, 1961년 4월 17일

피그스! 피그스! 피그스! 피그스! 피그스! 피그스! 피그스! 피그스!

남자 600명이 구호를 외쳤다. 그 소리에 부대 숙소가 흔들렸다.

남자들이 트럭에 뛰어올랐다. 트럭은 범퍼와 범퍼를 맞대고 발진 기지로 내려갔다.

피그스! 피그스! 피그스! 피그스! 피그스!

피터는 지켜보았다. 존 스탠튼도 지켜보았다. 그들은 지프를 타고 부대를 순시하며 출정 상황에서 발생할 변수들을 꼼꼼히 챙겼다.

부두: 기장을 없앤 미 해군 함정.

상륙용: 박격포, 수류탄, 라이플, 기관총, 무선 장비, 의료 장비, 모기약, 지도, 실탄 및 피임약 600정. 피임약은 랭글리의 정신과 의사가 승리의 부산물로 대량 겁탈을 예견했기 때문이다.

출정 부대: 각성제로 무장한 쿠바 반란군.

활주로: 카스트로의 공군 상비군을 두드리기 위한 B-26 폭격기 16기. 까맣게 지운 미국 기장에 주목하라. 이 쇼는 제국주의의 야욕이 아니다.

피그스! 피그스! 피그스!

피그스, 즉 돼지라는 단어는 목적지와도 맞아 떨어졌다. 존 스탠튼은 구호를 아예 기상 신호로 만들었다. 정신과 의사도 반복이 용기를 키운다고 말했다.

피터는 고순도 각성제를 커피에 타 넘겼다. 이제 분위기를 보고 느끼고 냄새 맡을 수 있었다. 저 비행기들이 카스트로의 공군력을 무력화한다. 전함들이 발진한다. 여섯 개 전진 기지에서 시차를 두고 바다로 뛰어든다. 두 번째 공습에서 민병대원들을 대량 학살한다. 총체적 혼란이 집단 탈출을 낳는다.

자유의 전사들이 해안을 덮친다. 전사들이 행군한다. 전사들이 사살한다. 전사들이 섬멸한다. 전사들이 현지 반란 세력을 규합해 쿠바를 수복한다. 마약과 선동에 지칠 대로 지친 섬.

그들은 날라리 잭이 첫 번째 공습을 허락할 때까지 기다리고 또 기다렸다. 지시는 모두 뺀질머리 잭한테서 나와야 한다.

피그스! 피그스! 피그스! 피그스! 피그스!

피터와 스탠튼은 지프로 현장을 시찰했다. 계기반에 단파 무전기를 설치해 현장 간의 소통이 용이했다.

과테말라와의 직통 라인도 있다. 타이거 택시 회사와 블레싱턴. 두 곳은 같은 수준에서만 무선 연락이 가능했다. 백악관과의 직통 전화는 오직 랭글리만 가능했다.

잭의 명령이 떨어졌다. 비행기 여섯 대를 보내라.

피터는 불알이 오그라드는 기분이었다. 무전병은 잭이 쪼잔하다며 투덜댔다. 열여섯 기 중에서 겨우 여섯 기? 니미럴, 소꿉놀이를 하자는 것도 아니고….

그들은 계속 현장을 돌았다. 피터는 줄담배를 피웠다. 스탠튼은 세인트크리스토퍼 메달만 만지작거렸다.

보이드가 3일 전 행낭 메시지를 보냈다. 레니 샌즈에게 〈허시-허시〉를 어떻게 하라는 아리송한 주문이었는데, 어쨌든 레니한테 보내기는 했다. 레니도 서둘러 기사를 만들겠다고 대답했다.

레니는 늘 잘해냈다. 워드 리텔은 언제나 놀라웠다. 트럭 노조 장부 거래는 기막힌 한 수였으나 카를로스를 향한 아첨이야말로 최고였다.

보이드는 그들을 과테말라 캠프에 묵게 했다. 마르첼로는 개인 전화를 확보해 장거리 공갈 사업을 개시했다.

카를로스는 신선한 생선을 좋아했다. 툭하면 화려한 디너파티를 열었다. 리텔은 메인 주의 로브스터 500마리를 매일 과테말라로 공수했다.

카를로스는 마약 군단을 게걸스러운 대식가들로 개종했다. 그리고 대식가 군단을 하급 노무자로 만들었다. 망명자 게릴라들을 훈련해 자기 구두를 닦게 하고 심부름을 보냈다.

보이드는 마르첼로 작전을 수행 중이었다. 피터에게는 한 가지 명령만 내렸다. 리텔을 건드리지 말 것.

본듀런트-리텔 휴전은 보이드의 연출인지라 잠정적일 수밖에 없다.

피터는 줄담배를 피웠다. 담배와 마약에 입이 바짝바짝 마르고 두 손이 제멋대로 떨렸다.

그들은 계속 시찰을 했다. 스탠튼이 젖은 옷을 비틀어 짰다.

피그스! 피그스! 피그스! 피그스! 피그스!

그들은 부두 옆에 차를 세우고 병력이 탑승 발판에 오르는 광경을 지켜보았다. 600명의 군사가 2분도 채 안 되어 배에 올랐다.

단파 무전기가 찌지직거렸다. 바늘이 블레싱턴 주파수로 올라갔다.

스탠튼은 헤드폰을 썼다. 뚱뚱한 쿠바인 하나가 선미에서 토악질을 해댔다.

스탠튼이 말했다. "망명 정부를 수립했어. 비셀도 결국 내가 추천한 우익 인사들을 승인했고. 거기까지는 좋아. 그런데 우리가 몰아낸 가짜 망명자 놈들이 맞불을 놓았어. 라몬 구티에레즈가 비행기를 타고 블레싱턴에 착륙했을 때 더기 록하트가 부른 기자들이 라몬을 알아보고 야유를 보내기 시작했지. 큰일은 아니더라도 문제는 역시 문제야."

스탠튼의 말에 피터는 머리를 끄덕였다. 토사물과 썩은 물과 라이플 600정의 기름 냄새가 진동했다.

스탠튼은 헤드폰을 벗었다. 세인트크리스토퍼를 어찌나 문질러댔던지 광이 다 무뎌졌다.

그들은 계속해서 시찰했다. 이건 전쟁이 아니라 연료와 마약만 축내는 헛지랄이다. 제발, 잭…. 비행기를 더 보내요. 전함을 증강하라고 명령해요.

피터는 엉덩이가 가려웠다. 스탠튼은 자기 부하들 얘기를 주절대고 또 주절댔다.

몇 시간이 수십 년 같았다. 피터는 머릿속으로 이런저런 리스트를 돌리는 식으로 스탠튼의 헛소리를 차단했다.

자신이 죽인 사람들. 따먹은 여자들. 로스앤젤레스와 마이애미 최고의 햄버거. 퀘벡을 떠나지 않았다면 무엇을 하고 있을까? 켐퍼 보이드를 만나지 않았다면 어떤 일을 했을까?

스탠튼이 라디오를 조작하자 딸깍거리며 보고가 들어왔다.

공습은 실패했다. 폭격은 피델 카스트로 공군의 10퍼센트도 처리하지 못했다.

잭은 보고에 역정을 냈다. 반응도 계집애 같았다. 2차 공습 예정 없음.

척 로저스의 꽥꽥거리는 목소리. 마르첼로와 리텔은 여전히 과테말라에 있다고 했다. 척은 본토의 속보를 몇 개 던져주었다. 카를로스를 목격했다는 허위 정보에 따라 FBI가 뉴올리언스를 급습했다.

보이드의 공작이었다. 거짓 전화 정보로 보비의 관심을 돌리고 마르첼로의 행적을 감출 수 있다고 판단한 것이다.

척이 빠져나갔다. 스탠튼은 헤드폰을 눌러쓴 채 산발적인 호출에 귀를 기울였다.

몇 초가 몇 년 같았다. 몇 분은 망할 몇 세기 같았다.

피터는 상처가 나도록 불알을 긁었다. 목이 잠기도록 담배를 피웠다. 홧김에 야자나무 잎을 쏘았다.

스탠튼이 "로저"와 함께 통신을 끊었다.

"록하트였어. 망명 정부가 반란에 직면했대. 자네가 빨리 블레싱턴으로 가봐야겠어. 로저스가 과테말라에서 날아와 태워줄 거야."

비행기는 쿠바 해안을 우회했다. 약간 돌아가도 시간은 별로 안 걸려요. 척은 그렇게 말했다.

"고도 낮춰!" 피터가 외쳤다.

척이 고도를 낮추었다. 800미터 아래서 불길이 치솟았다.

척은 레이더 감지선 아래로 곤두박질친 다음 해변을 따라 저공비행을 했다. 피터는 창에 쌍안경을 붙였다.

비행기 잔해가 보였다. 쿠바 반란군. 야자나무들이 불타고 소방차가 백사장에 주차해 있었다.

공습 사이렌이 최고음으로 빽빽댔다. 선창에 스포트라이트가 보이고, 토치카는 만조선 바로 위에 설치했다. 모든 인원을 배치하고 모래주머니를 쌓아두었다.

민병대원들이 선창에 몰려 있었다. 토미 산탄총과 폭탄으로 저 성냥개비들을 태워버려야 하는데.

현재 위치, 플라야히론 남쪽 130킬로미터 지점. 길게 뻗은 해안은 이미 적색경보 상태였다. 피그스 만이 이렇게 강하다면 침공은 완전히 좆됐다고 복창해야 한다.

문득 퍽퍽, 하고 총성이 들렸다. 작은 콩가루들이 펑펑 날아다녔다.

척은 상황을 파악했다. 놈들이 우리를 쏘고 있어.

척이 애마 파이퍼를 뒤집었다. 피터의 몸도 뒤집혔다.

머리가 지붕을 때리고 안전벨트에 몸이 단단히 꼈다. 척은 비행기를 뒤집은 채로 미국 영해까지 날아갔다.

땅거미가 떨어졌다. 블레싱턴은 고전력 아크등 아래 이글거렸다.

피터는 멀미약 두 알을 털어 넣었다. 백인 얼간이들과 아이스크림 트럭들이 정문 게이트 밖에 진을 치고 있었다.

척의 비행기는 활주로에서 속도를 늦추며 격납고로 들어갔다. 피터는 넋을 잃은 채 뛰어내렸다. 각성제와 멀미가 원, 투, 쓰리 펀치를 날린 탓이다.

조립식 막사가 연병장 중앙에 있고 삼중 철조망이 사방을 에워쌌다. 불협화음의 고함 소리가 터져 나왔다. "피그스! 피그스! 피그스!" 같은 활기찬 구호와는 사뭇 다른 비명 소리였다.

피터는 기지개를 켜며 여기저기 근육을 풀었다.

록하트가 달려왔다. "망할, 빨리 들어가서 저 라틴 놈들 좀 어떻게 해 봐요!"

"무슨 일인데?" 피터가 물었다.

"케네디가 말아먹었기 때문이죠. 딕 비셀 말로는 잭이 승리를 원하기는 하지만 전면전은 싫고 또 침공이 좆 돼도 욕먹고 싶어 하지는 않는대요. 낡은 화물선도 모두 출정 준비를 했는데 백악관에 있는 저 교황과 씹새끼가 도무지…."

피터는 록하트의 뺨을 때렸다. 땅딸보가 비틀거리다 곧바로 차려 자세를 취했다. "무슨 일이냐고 물었잖아."

록하트가 코를 닦으며 키득거렸다. "우리 KKK 애들이 임시 정부 친구들한테 밀주를 조금 팔았는데, 놈들이 정규군 애들과 정치 토론을 벌이기 시작했답니다. 재빨리 병력을 모아 저렇게 철조망으로 문제아들을 격리하기는 했는데, 열 받은 쿠바 술꾼 60명이 여전히 서로 물어뜯고 있어요. 빨갱이 독재 타도에 집중해야 할 이 중요한 순간에 개새끼들처럼 쌈질이나 하고 있는 겁니다."

"총을 들었나?"

"아뇨. 무기고는 잠그고 경비도 세웠습니다."

피터는 조종석 계기반 위에 손을 넣어 척의 야구 방망이와 만능 연장을 꺼냈다. 그런 다음 철판 가위를 챙기고 방망이를 허리춤에 찼다.

"어떻게 하게요?" 록하트가 물었다.

"생각이 있어." 피터는 이렇게 대답하고 펌프 창고를 가리켰다. "정확히 5분 후에 소방 호스를 열어."

"호스가 조립 건물을 박살낼 텐데요?" 록하트가 말도 안 된다는 표정을 지었다.

"내가 원하는 바야."

격리 중인 라틴계들이 웃고 떠들었다. 록하트는 번개처럼 달려가 펌프 창고에 다다랐다.

피터는 울타리에 접근해 철조망을 끊어냈다. 척이 점퍼로 두 손을 감싸고 철조망을 끌어내렸다.

피터는 잔뜩 웅크린 채 철조망 사이를 통과해 완전히 쪼그린 자세로 막사까지 달려갔다. 방망이질 한 번에 문이 뜯겨나갔다.

놈들은 그의 습격을 눈치채지 못했다. 그러기엔 망명 정부 간부들이 너무 바빴다. 팔씨름, 카드 게임, 술 많이 마시기. 바닥에서는 악어 새끼 경주까지 벌어졌다. 응원하는 놈들. 내기 전표로 가득한 담요. 술 단지 무게에 푹 늘어진 침상.

피터는 방망이를 단단히 틀어쥐었다. 출정: 신병 훈련소의 몽둥이찜질 훈련.

피터는 안으로 들어갔다. 몽둥이 끝이 놈들의 턱과 갈빗대마다 사정없이 박혔다. 망명 정부 놈들이 반격을 가하며 마구 휘두르는 주먹이 그의 몸에 닿기도 했다.

몽둥이에 침상 들보가 부서졌다. 뚱보의 틀니가 날아가고, 악어들도 기회는 이때다 하고 뒤뚱뒤뚱 달아났다.

망명 정부 놈들도 상황을 파악했다. 저 백인 킹콩한테 저항하지 마.

피터는 막사를 갈가리 찢었다. 라틴계 놈들이 역류처럼 그의 뒤로 물러났다.

그는 뒷문을 뜯어내고 현관에서 지붕으로 이어진 기둥을 향해 몽둥이를 휘둘렀다. 왼쪽으로 다섯 번, 오른쪽으로 다섯 번. 미치광이 미키 맨틀이 따로 없었다.

벽이 부르르 흔들렸다. 지붕이 뒤틀리고 바닥이 흔들거렸다. 라틴계 놈들이 빠져나갔다. 지진이다! 지진이다!

그때 호스의 물이 치고 들어왔다. 엄청난 수압에 울타리가 무너졌다. 물줄기에 막사 지붕도 날아갔다.

피터도 물 폭탄을 맞고 한 바퀴 굴렀다. 막사가 터지고 시멘트 벽돌만 남았다.

망명 정부 놈들의 꼬락서니라니.

달아나고 넘어지고…. 깜둥이 물세례 피하기 댄스 고고 씽!

물대포가 뚝 그쳤다. 피터는 웃기 시작했다.

남자들은 홀딱 젖은 채 서서 덜덜 떨었다. 피터의 웃음이 사방으로 전염되어 거대한 폭소를 자아냈다.

연병장은 즉석 조립 쓰레기장으로 변했다.

폭소가 이내 완벽한 군사 구호로 변하기 시작했다. 함성이 하늘을 찔렀다. 피그스! 피그스! 피그스! 피그스! 피그스!

록하트가 담요를 나누어주었다. 피터는 각성제를 탄 맥주로 남자들을 달랬다.

그들은 자정에 전함에 올랐다. 256명의 망명군이 승선했다. 모두 나라를 수복하자는 열의로 무장한 터였다.

무기, 상륙용 주정, 의료 장비도 실었다. 무전기 채널을 열어두었다. 블레싱턴에서 랭글리, 출정 사령부가 위치한 부두 모두.

지시가 떨어졌다.

빼질머리 잭 왈: 2차 공습 포기.

아무도 1차 공습의 사망자 수를 알려주지 않았다. 해변 요새에 대한 보고도 없었다. 스포트라이트와 해안 참호에 대해서도 일언반구하지 않았다. 민병대의 경계에 대해서도 함구했다.

피터는 그 이유를 알았다.

랭글리는 지금 아니면 아무것도 없다는 사실을 안다. 우리가 도박 판돈 신세로 전락했다는 사실을 군인들에게 알릴 필요가 어디 있겠는가?

피터는 각성제를 포기하고 술을 벌컥벌컥 들이켰다. 그러곤 이 기이한 대학살 와중에 자기 침상에서 의식을 잃었다.

일본 놈들. 일본 놈들. 일본 놈들. 사이판. 총천연색 대형 화면으로 펼쳐진 1943년.

놈들이 떼 지어 몰려왔다. 그는 놈들을 죽였다. 죽이고 또 죽였다. 모두 죽여버리겠다고 소리쳤지만 아무도 퀘벡 프랑스어를 알아듣지 못했다.

일본군 전사자들이 벌떡 살아났다. 그가 맨손으로 다시 죽이자 이번에는 죽은 여자들로 부활했다. 루스 밀드레드 크레스마이어의 복제 인간들.

새벽에 척이 깨웠다. "케네디가 반쯤 넘어왔대요. 모든 기지가 한 시간 전에 병력을 준비했어요."

대기 시간이 길어졌다. 단파 무전기도 고장이 났다.

전함 통신은 깜빡거리고 기지 간 통신도 잡음에 헛소리뿐이었다.

척은 오작동 원인조차 파악하지 못했다. 피터는 직접 전화 통신을 시도했다. 타이거 택시 회사와 랭글리 마약 거래소.

둘 다 길게 통화 신호만 이어졌다. 척은 통화 신호를 친카스트로 전선의 전파 방해 탓으로 돌렸다.

록하트는 핫라인 번호를 외우고 있었다. CIA의 마이애미 지국. 보이드가 "침공 본부"라고 부르던 곳인데, 간부단 임원들도 접근조차 못하는 핵심 세력이었다.

피터가 다이얼을 돌렸지만 통화음만 더 시끄러울 뿐이었다. 척이 소음의 근원을 잡아냈다. 비밀 전화선이 수신 전화 때문에 과부하가 걸린 것이다.

모두 막사 주변에 앉아 있었다. 무선은 연신 픽픽거리며 잡음만 기침처럼 뱉어냈다.

시간은 지루하게 흘러갔다. 몇 초가 몇 년이 되고 몇 분은 억겁의 세월로 변했다.

피터는 줄담배를 피웠다. 더기 프랭크와 척이 그의 담배를 몽땅 빼앗아 피웠다.

록하트가 파이퍼를 깨끗이 청소했다. 피터와 척은 오랫동안 서로를 바라보았다.

더기 프랭크가 그들의 권태를 깼다. "나도 갈 수 있죠?"

심심풀이 침공 덕분에 그들도 더욱 가까워졌다. 피그스 만 공격은 분명 빈틈도 많고 거칠었다.

보급선 한 척이 암초에 걸려 있었다. 선체 구멍으로 시체들이 떨어져 내리고 해변에서 10미터 떨어진 곳에선 상어들이 신체 부위를 뜯어먹고 있었다.

척은 주변을 선회하다 두 번째 통과를 시도했다. 피터는 조종 패널에 몸을 부딪쳤다. 또 다른 탑승자가 쏠리는 통에 척과 피터는 옴짝달싹 못 했다.

상륙용 주정이 해변에 상륙했다. 산 자들이 죽은 자들을 짓밟고 넘어갔다. 해변의 붉은 파도를 맞으며 시체들이 100미터 가까이 뻗어 있었다.

침략군은 계속 상륙했다. 그러나 해변에 닿는 순간 화염방사기가 일제히 그들을 맞이했다. 그들은 산 채로 통구이가 되고 말았다.

붙잡힌 반란군 50여 명이 수갑을 찬 채 모래에 얼굴을 박았다. 빨갱이 한 놈이 전기톱을 들고 포로들의 등 뒤를 가로지르며 달렸다.

피터는 톱날이 회전하는 것을 보았다. 피가 분출하는 것을 보았다. 물 속으로 굴러 떨어지는 머리들을 보았다.

불길이 비행기를 향해 치고 올라왔지만 몇 센티미터 부족했다.

척이 헤드폰을 벗었다. "사령부 통신을 잡았어요! 케네디가 2차 공습은 없다고 했대요. 미군을 보내 우리 애들을 구할 생각도 없답니다."

피터는 매그넘을 창밖으로 겨냥했으나 불줄기가 그마저 낚아챘다.

저 아래 바다에서는 상어들이 맴을 돌았다. 빨갱이 뚱보 한 놈이 참수한 머리를 흔들었다.

68

과테말라, 1961년 4월 18일

그들의 방은 무선실과 붙어 있었다. 원치도 않는 침공 소식이 벽을 뚫고 들어왔다.

마르첼로는 잠을 청하고, 리텔은 국외추방법을 연구하느라 애를 썼다.

케네디는 결국 2차 공습 지시를 내리지 않았다. 반란군 병사들은 해변에서 잡혀 그대로 난도질을 당했다.

예비 병력은 "피그스! 피그스! 피그스! 피그스!"를 외쳐댔다. 멍청한 단어가 막사 구내를 뒤흔들었다.

수구 꼴통 치매. 다소 산만하고, 다소 유쾌하며 존 F. 케네디를 향해 노골적 반감을 보임.

리텔이 보니 마르첼로도 엎치락뒤치락했다. 맙소사, 마피아 두목과 한 방에서 자다니…. 역시 기가 막힌 노릇이 아닐 수 없다.

속임수는 먹혀들었다. 카를로스는 장부 항목에서 자신의 연기금 거래 내역을 알아보았다. 부채가 기하급수적으로 늘었다.

카를로스는 거액의 합법적 부채를 더한 셈이었다. 개심한 FBI 조직범죄 팀원한테 목숨을 맡기고 있으니 말이다.

가이 배니스터가 오늘 아침 전화해 대박 정보가 있다며 호들갑을 떨었다. 카를로스가 과테말라에 숨어 있다는 사실을 보비 케네디가 알아냈다는 얘기였다.

보비는 외교적 압박을 가했다. 과테말라 총리는 쩔쩔 맸다. 카를로스는 국외로 추방당할 것이다. 당장은 아니지만.

전에는 배니스터를 '계집애'라고 불렀는데, 이제 그의 전화 매너는 공경에 가까웠다.

마르첼로가 코를 골기 시작했다. 알파벳 무늬의 실크 파자마 차림으로 침상에 누워 있는 모습이 애처롭기까지 했다.

옆방에서 고함 소리와 쾅쾅거리는 소음이 들려왔다. 그림은 뻔했다. 놈들이 식탁을 두드리고 뭔가 쓰러진 물체를 걷어차고 있었다.

"끝났어."

"덜 떨어진 겁쟁이 새끼!"

"비행기도 배도 보내지 않는대. 해안 공습도 없고!"

리텔은 밖으로 나갔다. 반란군들이 새로운 구호를 만들어냈다.

"케네디, 포기하지 마라. 케네디, 우리를 보내줘!"

병사들이 막사 주변을 뛰어다녔다. 그들은 스트레이트 진과 보드카와 알약을 털어 넣고 약제용 단지를 축구공처럼 차고 다녔다.

담당관의 집무실을 털었다는 얘기다. 의무실 문은 마구 짓밟혀 박살이 났다.

"케네디, 우릴 보내줘! 케네디를 죽이자!"

리텔은 안으로 들어가 벽에 걸린 전화기를 들었다. 숫자 12개를 누르자 택시 회사가 직통으로 나왔다.

"네, 타이거 택시입니다."

"켐퍼 보이드 바꿔. 워드 리텔이라고 전하고."

"네, 잠깐만요."

리텔은 셔츠 단추를 풀었다. 습기가 살인적이었다.

카를로스가 악몽을 꾸는지 뭔가를 중얼거렸다.

켐퍼가 전화를 받았다. "무슨 일인가, 워드?"

"자넨 무슨 일이야? 목소리가 어두운데?"

"쿠바 지구에 온통 폭동이야. 침공도 맘대로 되지 않고. 그런데 워드, 무슨⋯."

"과테말라 정부가 카를로스를 찾고 있다는 얘기를 들었네. 보비 케네디가 눈치챘다더군. 아무래도 다시 옮겨야겠어."

"그렇게 해. 과테말라시티 외곽에 집을 구하고 이 번호로 다시 전화해. 그럼 척 로저스를 보낼 테니 어디 더 먼 곳으로 가봐. 워드, 지금은 통화하기 어려워. 일단 상황이 정리⋯."

전화가 끊겼다. 과부화 걸린 전선. 기가 막히는군. 기분 좋은 일도 있기는 했다. 켐퍼 C. 보이드가 당혹해하다니.

리텔은 밖으로 나갔다. 구호는 점점 더 강도를 높여갔다.

"케네디는 개자식! 피델 카스트로가 그렇게도 두렵더냐?"

69

마이애미, 1961년 4월 18일

켐퍼는 마약을 타고, 네스토르는 독약을 탔다.

두 사람은 책상 두 개를 딱 붙여놓고 함께 일했다.

배차실을 독차지하고 아무도 들어오지 못하게 했다. 풀로는 오후 6시에 타이거 택시 회사 문을 닫고 운전사들에게 엄명을 내렸다. 폭동 현장으로 가서 피델 진영을 박살내라.

켐퍼와 네스토르는 계속 일했다. 둘의 환상적인 조립 라인이 느리게 움직였다. 두 사람은 스트리크닌과 드라노를 섞고 헤로인 같은 흰 가루를 만들어 1회용 비닐봉지에 나눠 담았다.

단파 무전기를 작동하자 빌어먹을 사망자 통계가 잡음과 함께 흘러나왔다.

〈허시-허시〉는 어제 인쇄에 들어갔다. 레니가 전화를 걸어 내용을 말해주었는데, 피그스 만의 대승을 찬양했단다.

이틀 전 비밀 마약 창고에 침입했다. 안전 위주의 가벼운 실험이었지만 그래도 히터 덮개 안에서 헤로인 봉지 200개를 찾아냈다.

돈 후안이 정보를 제공했는데, 그의 죽음으로 증인도 사라졌다.

네스토르가 1회용을 조제했다. 켐퍼는 그걸 주사기에 넣고 눌렀다. 우윳빛 액체가 뿜어져 나왔다.

"진짜 같은데요. 깜둥이들은 속을 겁니다."

"소굴 근처로 가자. 오늘 밤 다시 뒤집어놓아야 해."

"네. 그리고 케네디가 더 대담해지길 빌어야겠죠."

비바람 덕분에 폭도들은 실내로 후퇴했다. 플래글러의 나이트클럽 절반은 밖에 순찰차가 진을 쳤다.

두 사람은 공중전화로 차를 몰았다. 네스토르가 아편굴에 전화를 걸었다. 건물은 두 블록 거리에 있었다.

둘은 소굴 주변을 돌았다. 쿠바 중산층 지역의 주택 앞마당마다 물놀이용 구유가 있고 잔디 여기저기에 장난감이 굴러다녔다.

아편굴은 복숭아색 치장 벽토의 에스파냐식 건물이다. 늦은 밤이라 거리는 조용하고 어두웠다. 조명은 없었다. 진입로에도 차가 보이지 않고 창문 밖으로 TV 불빛조차 새어나오지 않았다.

켐퍼가 갓길에 차를 세웠지만 문을 열어보는 집은 없었다. 커튼이 열리거나 들리지도 않았다.

네스토르가 가방을 확인했다. "뒷문?"

"그쪽은 위험할 수도 있어. 지난번엔 잠금 장치를 거의 박살냈잖아."

"그럼 어떻게 들어가려고요?"

켐퍼가 장갑을 꼈다. "부엌문에 개구멍이 있어. 네가 기어 들어가 안쪽에서 빗장을 열면 돼."

"개구멍이 있으면 개도 있겠네요."

"지난번엔 없었어."

"지난번에 없었다고 지금도 없으라는 법 없잖아요?"

"폴로와 테오가 감시했으니까 개는 확실히 없어."

네스토르도 장갑을 꼈다. "그럼 좋아요."

두 사람은 진입로까지 걸어갔다. 켐퍼는 몇 초마다 주변을 살폈다. 비구름이 낮게 깔려 운신을 도와주었다.

개구멍은 커다란 개와 작은 남자한테 딱 적당한 크기였다. 네스토르가 기어서 집 안으로 들어갔다.

켐퍼가 장갑을 단단히 끼우는 동안 네스토르가 안에서 문을 열었다.

둘은 문을 건 다음 신발을 벗고 부엌을 지나 히터 덮개로 다가갔다. 직진으로 세 걸음 오른쪽으로 네 걸음…. 켐퍼는 지난번에 정확히 계산한 대로 걸음을 옮겼다.

네스토르가 플래시를 들고 켐퍼는 덮개를 벗겼다. 비닐봉지 다발은 똑같은 위치에 그대로 있었다. 네스토르가 봉지를 다시 셌다. 켐퍼는 가방을 열고 폴라로이드를 꺼냈다.

"정확히 20개예요." 네스토르가 말했다.

켐퍼는 마약 다발을 근접 촬영했다.

잠시 기다리자 사진이 카메라에서 미끄러져 나왔다.

켐퍼는 사진을 테이프로 벽에 붙이고 플래시로 비추었다. 네스토르가 비닐봉지를 바꿨다. 사소한 주름과 접힌 부분까지 정확히 복제해야 하는 고된 작업이었다.

바닥이 땀으로 흥건해 켐퍼가 닦아냈다.

"피터한테 전화해서 상황이 어떤지 알아볼까요?" 네스토르가 물었다.

"이미 우리 손 밖의 일이야." 켐퍼가 대답했다.

제발, 잭….

두 사람은 새벽까지 자동차에서 잠복하기로 합의했다. 동네 사람들도 거리에 주차하므로 네스토르의 임팔라가 어색해 보이지는 않을 것이다.

둘은 의자를 뒤로 젖히고 건물을 감시했다.

켐퍼는 '잭, 쪽팔림 모면' 시나리오를 구상했다.

제발 집으로 와서 마약을 가져가. 그걸 후다닥 팔아치워 우리의 따끈따끈한 선동 작전을 도와주란 말이다.

네스토르가 꾸벅꾸벅 조는 동안, 켐퍼는 피그스 만의 영웅시를 지었다.

자동차 한 대가 진입로로 들어갔다. 쾅하고 문 닫히는 소리에 네스토르가 화들짝 깨어 놀란 눈을 했다.

켐퍼가 그의 입을 막았다. "쉿, 조용히 보기만 해."

남자 둘이 집으로 들어갔다. 실내조명이 입구를 가득 채웠다.

켐퍼도 아는 자들이었다. 카스트로 진영의 폭도들로서 마약에 손을 댔다는 소문도 있었다.

네스토르가 차량을 가리켰다. "엔진을 *끄지* 않았어요."

켐퍼는 차를 보았다. 잠시 후, 놈들이 큰 가방을 들고 문을 나왔다.

네스토르가 차창을 조금 열자 에스파냐 말이 들렸다.

"문 닫은 클럽에 가서 약을 팔겠대요." 네스토르가 통역을 해주었다.

놈들이 다시 차에 탔다. 차내 천장 등이 켜지자 둘의 얼굴이 대낮처럼 보였다. 운전사가 가방을 열었다. 동행한 녀석이 비닐을 열고 코로 흡입을 했다. 그리고 씰룩거렸다. 경련을 일으키고 몸부림을 쳤다.

회수해. 놈들은 지금 그걸 팔 수 없어….

켐퍼는 비척거리며 차에서 내려 진입로를 향해 달렸다. 총을 꺼내 마약 차량 정면을 겨냥했다.

마약을 흡입한 녀석이 발버둥을 치자 차창이 뜯겨나갔다.

켐퍼는 운전사를 겨냥했다. 마약쟁이가 몸부림치다가 대신 총에 맞았다.

운전사가 총신 짧은 권총을 꺼내 반격했다. 켐퍼도 곧바로 응사했다. 네스토르도 달려오며 총을 두 발 쏘았다. 한 발은 옆 창문에 맞고 한 발은 차 지붕을 빗겨 지나갔다.

켐퍼도 한 방 맞았다. 유탄에 마약쟁이의 얼굴이 날아갔다. 네스토르가 운전사의 뒤통수를 갈기자 놈이 핸들에 머리를 박았다.

경적이 울리기 시작했다. 미친 듯이 목 놓아 울었다.

켐퍼는 운전사의 얼굴을 쏘았다. 안경이 깨지고 가발이 벗겨졌다.

경적이 울렸다. 네스토르가 운전대를 날렸다. 망할 경적이 더 큰 소리로 울려 퍼졌다.

켐퍼는 경적의 비명을 들었다. 보도의 구경꾼들을 보았다. 죽음의 차 옆에서 창녀들을 보았다. 가방을 날치기하는 창녀들.

켐퍼는 비명을 질렀다. 네스토르가 진짜 '헤로인' 봉지를 그의 콧속에 털어 넣었다.

　켐퍼는 웩웩거리며 재채기를 했다. 심장이 빠르게 뛰고 뜨거워졌다.

　켐퍼는 새빨간 피를 조금 토했다.

　네스토르가 재빨리 차를 몰았다. 구경꾼들이 숨을 곳을 찾아 달아났다. 웃기게 생긴 말라깽이 하나가 우스꽝스러운 각도로 벌렁 나자빠졌다.

. . .

자료 첨부: 1961년 4월 19일. 〈디모인 레지스터〉 헤드라인

실패한 침공과 미국의 후원자들

자료 첨부: 1961년 4월 19일. 〈로스앤젤레스 헤럴드-익스프레스〉 헤드라인

세계 지도자들 "불법 개입" 한 목소리

자료 첨부: 1961년 4월 20일. 〈댈러스 모닝 뉴스〉 헤드라인

케네디, "불필요한 도발" 비난 직면

자료 첨부: 1961년 4월 20일. 〈샌프란시스코 크로니클〉 헤드라인 및 부제

미국 우방국들, 피그스 만의 실패 맹비난
반란군들의 시체를 보며 카스트로, 흡족한 웃음

자료 첨부: 1961년 4월 20일. 〈시카고 트리뷴〉 헤드라인 및 부제

케네디, 피그스 만 공습 변호

전 세계적 비난에 대통령의 위신 추락

자료 첨부: 1961년 4월 21일. 〈클리블랜드 플레인 딜러〉 헤드라인 및 부제

CIA, 피그스 만 실패에 대한 비난 직면

망명군 지도자 "겁쟁이 케네디" 맹비난

자료 첨부: 1961년 4월 22일. 〈마이애미 헤럴드〉 헤드라인 및 부제

케네디, "2차 공습은 자칫 제3차 세계대전을 초래할 우려가 있었다."

망명 단체, 전사자와 전쟁 포로 서훈

자료 첨부: 1961년 4월 23일. 〈뉴욕 저널-아메리칸〉 헤드라인 및 부제

케네디, 피그스 만 작전 변호

공산당 지도자, "제국주의 공격" 비난

자료 첨부: 1961년 4월 24일. 〈허시-허시〉 잡지 기사. 레니 샌즈가 피어리스 폴리티코펀디트라는 필명으로 작성.

겁쟁이 고자 카스트로 축출!

빨갱이들이 달아나며 쥐약으로 복수!

카스트로의 악에 바친 악랄한 빨갱이 통치가 벌써 2년째다. 큰 소리로

외쳐라. 자랑스럽고 당당하게. 피델 카스트로. 구절구절 구린내 굽이치는 턱주가리 털북숭이 구라 왕이 드디어 지난주 극적이고도 적시에 적자의 자리에서 축출당했도다. 빨갱이들이 빨판처럼 빨아먹은 조국에 굶주린 자랑스러운 영웅들의 승승장구 승전보 만세!

이를 '1961년 쥐 잡는 날'이라 부르자. 피그스 만을 카리브의 카르타고라 부르고, 플라야히론은 애국의 판테온이라 하자. 카스트로는 거덜 나고 거세되었도다. 소문에 의하면 턱수염까지 밀어버리고 복수를 위해 쫓는 추적자들의 원망과 원성과 원한을 피해 꽁지를 감추고 꽁무니를 뺐다고 한다.

피델 카스트로. 수염 깎인 초라한 1961년의 삼손. 열광적으로 기뻐하는 데릴라. 신을 두려워하고 세상을 존중하는 쿠바의 영웅들이여!!!

카스트로의 음습하고 음험한 음모는 마침내 끝장났도다! 10-4. 끝. 악랄하고도 악덕한 통치의 잔재들이 지금도 도덕적으로 마이애미를 마구마구 매질하는도다!!!

기사: 미치광이 피델 카스트로는 이제 미래의 미친 도박 판돈 돈줄이 돌지 않아 돌아버릴 것이다.

기사: 피델 카스트로는 미국의 인류평등주의와 인종 정책을 혹평하며, 미국 지도자들이 깜둥이 시민들을 옹졸하게 옴 보듯 한다며 몰아붙였다.

기사: 전술했듯 피델 카스트로의 아나키스트 동생 라울은 마이애미에서 살인적인 마약 헤로인을 팔고 있다.

기사: 피그스 만은 카스트로의 워털루로 여겨졌다. 구라 왕 군주의 구더기 노예 군단 군바리들이 헤롱헤롱 헤로인으로 마이애미의 흑인 구역을 초반에 초토화했다. 수많은 흑인 마약 중독자들이 빨갱이 칵테일을 빨고 줄줄이 죽음의 길을 걸어갔다.

기사: 이번 호는 긴급 발간했다. 〈허시-허시〉 독자들이 우리가 우려낸 플라야히론 이야기에 굶주리지 않아야 하기 때문이다. 고로 우리는 앞서 거론한 흑인들을 거명할 수도 없고 그들의 거북살스러운 거세 문제 또한 거창하게 건드릴 생각은 없다. 그러한 정보는 새롭게 진행하는 특집이자 야심만만한 다음 호인 "바나나 공화국의 손익 계산. 누가 빨갱이고 누가 죽었는가?"에서 다룰 것이다.

안녕히 계시라, 친애하는 독자여. 우리 모두 자유가 갈가리 찢긴 아바나에서 키다리 쿠바 아저씨를 만날 수 있기를.

자료 첨부: 1961년 5월 1일. 개인 서한.

발신: J. 에드거 후버. 수신: 하워드 휴즈.

친애하는 하워드,

요즈음 〈허시-허시〉에 대해 좀 더 신경을 쓰셔야겠습니다. 4월 24월 판을 보시면 너무 섣불리 발간한 데다 심각한 태만 및 어리석은 의도까지 여기저기서 찾을 수 있을 겁니다.

L. 샌즈 군에게 예견 불능의 사건들에 대한 그럴듯한 사전 정보라도 있답니까? 기사를 보면 마이애미 지역에서 흑인 상당수가 헤로인을 남용한다고 했는데, 마이애미 경찰에 확인해본 결과 그런 일은 전혀 없다더군요.

쿠바인 10대 아홉 명이 독성 헤로인을 투약하고 죽기는 했습니다. 마이애미 경찰 말로는, 4월 18일 쿠바 청년 둘이 다량의 맹독 헤로인이 가득한 가방을 훔쳤는데, 미제 저격 사건에 연루되어 쿠바인 둘이 살해당한 바로 그 차였죠.

마이애미 경찰이 〈허시-허시〉 기사가 (역사적으로 부정확하면서도) 묘하게 예언적이라고 하기에 그저 흔하디흔한 우연의 일치에 불과하다고 얼버무렸습니다. 다행히 그도 그 대답에 만족해하는 듯했습니다.

샌즈 군에게 사실을 제대로 기록하라고 충고해주시길. 〈허시-허시〉가 어디 공상 소설을 발표해서야 쓰겠습니까? 우리한테 특별한 이익이 있다면 또 모르겠지만.

그럼 이만,

에드거

자료 첨부: 1961년 5월 8일. 〈마이애미 헤럴드〉 단신.

대통령, 간부 회의 소집해 피그스 만의 실패를 점검하다

쿠바 난민의 피그스 만 침공 실패를 "쓰라린 교훈"이라 칭한 이후, 케네디 대통령은 오늘 또다시 기꺼이 배워야 할 가르침이라는 표현을 썼다.

대통령은 비공식 기자 간담회를 열고, 그간 스터디 그룹을 결성해 피그스 만 침공이 왜 실패했는지 정확히 파악하고, 또한 이른바 "당혹스러운 시행착오"의 와중에 미국의 대쿠바 정책을 재평가하도록 조처했다고 발표했다. 스터디 그룹은 피그스 만에서 퇴각한 생존자들은 물론 침공 계획에 관여한 CIA 고위 간부 및 현재 플로리다에 만연한 반카스트로 조직의 쿠바 난민 대변인들과 인터뷰할 예정이다.

스터디 그룹은 알리 버크 제독과 맥스웰 테일러 장군을 포함하고 있으며 법무장관 로버트 F. 케네디가 의장을 맡았다.

자료 첨부: 1961년 5월 10일. 개인 서한.
발신: 로버트 F. 케네디. 수신: 켐퍼 보이드.

친애하는 켐퍼,

부상자한테까지 일거리를 안기고 싶지 않지만, 현재 치유도 잘하고 원기를 회복한 데다 또 법무부에 복귀하고 싶어 한다는 얘기를 들었소. 당신을 위험한 곳으로 보낸 것은 유감이오만 회복하고 있다니 고맙기 그지없다오.

두 번째 임무를 주겠소. 지리적으로 애니스턴에서의 업무뿐 아니라 후버 국장을 위한 이따금의 마이애미 외유에도 적합한 일이오. 대통령께서 피그스 만 참사와 쿠바 문제를 종합적으로 평가하기 위해 스터디 그룹을 만들었소. 우리는 CIA 관료, 현장 담당관, 피그스 만 생존자 외에 CIA와 무관한 난민 단체장들과도 만날 생각이오. 내가 그 그룹의 장을 맡았으니 당신이 내 대리인이자 연락책이 되어 마이애미의 CIA 활동과 그들의 쿠바 관련 활동을 맡아줘야겠소.

이 일에 당신이 적격이라고 생각하오. 비록 망명군 전력에 대한 침공 전

평가가 매우 부정확하기는 했지만, 이번 실패에 대해 대통령은 물론 나 또한 당신을 비난할 생각이 전혀 없음을 알려주고 싶소. 이번 재평가 과정에서 책임은 당연히 CIA의 과잉 충성, 안이한 침공 전 보안 그리고 쿠바 내 반정부 세력에 대한 터무니없는 오판에 맞춰야 할 것이오.

마이애미에서 한 주 더 쉬도록 해요. 각하께서도 안부를 걱정하오. 마흔다섯 살의 사내가 평생을 위험과 싸워왔으면서도 정작 폭동 현장에서 무명의 암살자가 발사한 유탄에 맞다니. 참 애석한 일이오.

푹 쉬고 내주에 전화해요.

보비

자료 첨부: 1961년 5월 11일. 관련 에어텔 통신.

발신: J. 에드가 후버 FBI 국장. 수신: 마이애미, 보스턴, 댈러스, 탬파, 시카고, 클리블랜드 책임 요원. **등급: 비밀 1-A/수령 후 파기.**

담당자 귀하,

보안 이유로 귀하의 이름을 쓰지 않았습니다. 이 에어텔을 1급 비밀로 취급하고 다음 지시를 수행한 직후 직접 답신 바랍니다.

귀하의 THP 요원들이 조직범죄 집회 장소에 도청 장치를 설치한 적이 있습니까? 이를 최우선으로 파악하되 이 작전과 관련한 정보는 지금의 법무부 채널 내에서 거론해선 안 됩니다. 또한 구두 및 서면의 도청 보고는 오직 내게만 하도록. 이 작전은 독자적으로 판단하고 법무부 재가는 배제합니다.

JEH

자료 첨부: 1961년 5월 27일. 〈올랜도 센티널〉 '범죄 감시' 기사

카를로스 마르첼로의 기이한 오디세이

마피아 두목(추정) 카를로스 마르첼로가 어디에서 태어났는지 아는 사람은 아무도 없다. 그저 튀니스, 북아프리카, 또는 과테말라 어디쯤으로 추정할 뿐이다. 마르첼로의 기억 또한 고향이 아니라 그를 입양한 고국, 즉 미국에 머물러 있다. 법무장관 로버트 F. 케네디가 지난 4월 4일 그를 추방한 나라이기도 하다.

카를로스 마르첼로. 조국 없는 남자.

마르첼로의 주장대로 국경순찰대는 그를 뉴올리언스에서 납치해 과테말라의 과테말라시티 인근으로 추방했다. 마르첼로에 따르면 그동안 그는 용감하게 공항을 탈출해 "다양한 은닉처"를 전전했으며 지금은 변호사와 동행하면서 합법적으로 집과 가정 그리고 연간 300만 달러(추정)의 부정 축재 왕국으로 돌아올 방법을 모색 중이다. 한편 로버트 F. 케네디는 루이지애나 주 각지에서 해당 마피아 두목(추정)의 행방에 대한 익명의 제보를 확인하고 있으나 아직 이렇다 할 성과를 얻지는 못했다. 케네디 장관은 마르첼로가 "대담한 탈출" 직후, 과테말라 정부의 보호 아래 과테말라에 은신 중임을 확인하고 현재 과테말라 정부에 외교적 압력을 가하고 있다. 과테말라 총리는 압력에 굴복해 주 경찰을 동원, 마르첼로 체포에 나섰다. 그 결과 마피아 황제와 그의 변호사가 현재 과테말라 인근의 셋방에 살고 있다는 사실을 확인하고 즉시 엘살바도르로 추방했다.

두 사람은 마을과 마을을 전전하며 지저분한 술집에서 식사하고 더러운 막사에서 잠을 청했다. 변호사는 마르첼로의 부하인 조종사와 접선해 좀 더 아늑한 은신처로 달아날 궁리를 했으나 연락이 닿지 않았다. 두 사람은 또다시 추방당할까봐 두려워 계속 도보로 달아났다.

로버트 F. 케네디와 법무부 관리들은 판례를 준비하고 마르첼로의 변호사 또한 서류를 준비해 뉴욕시티에 있는 마피아의 공식 법률팀에 전송했다. 그러던 중 마르첼로의 조종사가 홀연히 나타나 (기자의 비밀 정보원에 따르면) 동료들을 엘살바도르에서 멕시코의 마타모로스로 이송했으며, 그 과정에서 레이더 감지를 피하기 위해 극저공 비행을 한 것으로 알려졌다.

그 후 마르첼로와 변호사는 걸어서 국경을 넘었으며, 마피아 대왕(추정)은 텍사스 매캘런의 미국 국경순찰대 구치소에 자수했다. 판사 3인 합의제인 이민항소위원회를 통해 보석 석방 후 미국에 남을 수 있다고 확신했기 때문이다.

그의 확신은 맞았다. 마르첼로는 지난주 자유인으로 법원을 걸어 나왔다. 무국적자의 끔찍한 공포에서 드디어 벗어난 것이다.

법무부 관리의 말에 따르면, 마르첼로 국외 추방 소송은 앞으로 법정에서 몇 년간 이어질 공산이 크다. 적절한 타협이 가능한지에 대한 질문에 케네디 법무장관은 이렇게 답했다. "가능하다. 단, 마르첼로가 미국 재산을 포기하고 러시아 또는 로어모잠비크로 이주할 경우에만."

카를로스 마르첼로의 기이한 오디세이는 계속되고 있다….

자료 첨부: 1961년 5월 30일. 개인 서한.
발신: 켐퍼 보이드. 수신: 존 스탠튼.

존,

진과 훈제 연어 감사합니다. 병원 음식에 의지하던 참이라 정말 맛있게 잘 먹었어요.

12일 이후 애니스턴으로 돌아왔습니다. 리틀 브라더께서 회복의 개념을 인정하지 않은 덕분에 현재 쿠바 스터디 그룹을 위해 자유 민권 운동가들을 추적하고 진술을 모으는 중입니다. (나를 경찰 모르게 병원에 넣어준 N. 차스코에게 감사합니다. 네스토르는 이중 언어에 능숙한 의사들을 기가 막히게 구워삶더군요.)

스터디 그룹의 임무 때문에 고민이 많아요. 쿠바 공작 시작부터 관여했기에 리틀 브라더에게 한마디만 잘못 들어가도 두 형제 모두로부터 박살이 나고 말 겁니다. 내 변호사 자격도 박탈해 다시는 어떤 종류의 경찰/정보 요원으로 일하지 못하게 하겠죠.

어쨌든 지금은 은밀하게 난민 면담자들을 찾아내고 있어요. 물론 전에 만나본 적도 없고 내가 CIA 비밀 요원이라는 사실도 모르는 자들이죠. 그들의 진술을 최대한 편집해 CIA의 침공 전 공작을 최대한 긍정적으로 그릴 생각입니다. 알다시피 빅 브라더는 반CIA 경향이 점점 심해지는 상황이에요. 리틀 브라더도 그런 반감을 공유하지만 쿠바 공작에 대해서만큼은 진심으로 열정을 보입니다. 그 때문에 기운이 나기는 하지만 새삼 강조하거니와 마피아-난민-CIA의 연결 고리가 리틀 브라더에게 드러나면 끝장입니다. 쿠바 공작과의 새로운 관계를 감안하면 정말 심각한 문제가 될 수 있어요.

CIA와 계약을 파기하고 오직 법무부의 두 가지 업무에만 집중할 생각이에요. 내가 리틀 브라더의 직통 라인으로 활동하면 CIA한테도 최선이 될 겁니다. 쿠바 문제가 정책적으로 재평가를 받는 상황인 점을 고려하면, 내가 정책 사기꾼들과 가까이 있을수록 CIA와 쿠바 공작 모두에 이득이 될 겁니다.

간부단 사업은 여전히 수익이 크며, 풀로와 네스토르가 능력껏 운영하리라 믿습니다. 산토 얘기로는 이탈리아 동료들도 거액의 기부를 이어갈 것 같더군요. 플라야히론의 맛을 봤는데 어떻게 빠져나갈 수 있겠어요? 리틀 브라더가 이탈리아 친구들을 싫어하지 않는다면 우리 삶이 좀 더 편안할까요?

건승을 빌며,

켐퍼

70

마이애미/블레싱턴, 1961년 6월~11월

타이거 택시 회사에는 실내에 커다란 다트판이 있다. 운전사들은 피델 카스트로의 사진을 붙여놓고 얼굴을 송곳으로 난자했다.

피터한테도 비밀 타깃이 있었다.

워드 리텔. 지금은 카를로스 마르첼로의 수하이자 조폭의 보호를 받는 탓에 건드릴 수조차 없지만.

그리고 하워드 휴즈. 그의 전 주인이자 은인.

휴즈는 피터를 해고했다. 레니 샌즈 말로는 모르몬교도들의 사주에 〈허시-허시〉의 참패가 덮친 탓이란다.

당시 보이드는 병원에서 모르핀에 푹 빠져 지내는 바람에 레니한테 "이번 호는 버려"라고 지시할 처지가 못 되었다. 레니는 어떤 호모 새끼와 골방에 처박혀 지냈고, 그 덕분에 침공이 물거품이 되었다는 사실도 알지 못했다.

드라큘라는 모르몬 놈들을 사랑한다. 모르몬 두목 두에인 스퍼전이 마약 거래처 일부를 장악해 이제 피터 본듀런트라는 티켓 없이도 마약 여행을 떠날 수 있었다.

좋은 소식. 스퍼전은 암 환자다. 나쁜 소식. 휴즈가 〈허시-허시〉를 포기했다.

피그스 만/마약 기사는 당혹스러운 논쟁을 부추겼다. 휴즈는 레니를 자르는 대신 추문 기사를 쓰게 했다. 대중이 소비하기에도 너무 추잡한 추문들이라 기사는 오로지 추문 애독자 둘만 읽게 될 것이다. 드라큘라와 J. 에드거 후버.

드라큘라는 레니한테 주급 500달러를 주었다. 그리고 매일 밤 레니를 불렀다. 레니는 드라큘라와 함께 배를 채우고 "나는 라스베이거스에 가고 싶어!"라는 꿈에 취했다.

휴즈와 리텔은 다트 연습 게임에 불과했다.

본 경기는 대통령 존 F. 케네디.

왜냐고? 우유부단하고 어영부영하고 뺀질뺀질하고 피그스 만에 겁을 먹고 질질 오줌이나 지리니까.

왜냐고? 비굴하고 비천하고 비겁하니까. 애기처럼 징징거리다가 결국 쿠바를 빨갱이 국가로 만들었으니까.

왜냐고? 미적미적 체면만 차리다가 블레싱턴 용사 열한 명이 학살당하는 동안 바지에 똥이나 갈기고 앉았으니까.

그는 잭에게 휴즈/닉슨 부정 거래를 넘겼다. 호모 새끼의 백악관 정복에 일조한 것이다. 보이드/본듀런트 카지노 지분 거래…. 미꾸라지 딕 닉슨에 버금가는 건수.

CIA는 계속해서 난민 강경파들을 만들어냈다. 쾌속정 부대는 연일 쿠바 해안을 두드렸지만 기껏해야 허리케인 앞에서 방귀 뀌는 수준이었다.

잭은 2차 공습을 "얼마든지 가능"하다고 했다. 그렇다 해도 공습 일자를 정하거나 애매한 수사 이상의 행동을 취하지는 않을 것이다.

잭은 새 대가리다. 쩍쩍대지도 못하고 바지에 오줌이나 찔끔거리는 찌질이다.

블레싱턴은 여전히 대성황이다. 간부단 마약 사업은 대박이다. 풀로는 보이드 총격전 증인들을 매수했다. 물론 40여 명의 증인도 짭짤한 수익을 올렸다.

네스토르는 보이드의 생명을 구했다. 그는 두려움을 모른다. 일주일에 한 번 아바나에 잠입한다. 이유는 만에 하나 콧수염을 만날지 모른다는 기대감 때문이다.

월프레도 델솔이 택시 회사를 운영했다. 지금은 행동도 안정적이고 친카스트로 성향도 물거품처럼 걷혔다.

지미 호파는 때때로 택시 회사를 찾았다. 지미는 최고의 케네디 증오자이며, 그 이유도 충분했다.

보비는 자신의 장단에 맞춰 지미를 춤추게 했다. 이른바 '제 발 저림/대배심 블루스'다. 결국 지미 엉덩이에 커다란 뾰루지 하나가 생긴 격이다. 달린 쇼프텔 협박에 대한 향수로 더욱 불거진 뾰루지.

지미는 이렇게 말했다. "다시 할 수 있어. 잭을 공격하면 보비를 제거할 수 있다고. 잭이 아직도 여자를 밝히잖아?"

지미는 집요하게 그 문제를 물고 늘어졌다. 지미의 분노는 시카고 마피아 전체의 감정과 다르지 않았다.

"잭 놈한테 일리노이를 사주다니 정말 어리석었어." 샘 G.의 말이다.

"켐퍼 보이드가 잭을 좋아했어. 그래서 그 새끼가 진국이라고 착각한 거야." 헤시 리스킨드는 이렇게 합리화했다.

보이드는 이제 삼중 사중의 스파이가 되었다. 당연한 얘기지만 불면증까지 겹쳤다. 거짓말을 돌려막느라 잠을 잘 새가 없었다.

보이드는 쿠바 스터디 그룹의 연락책이다. 지금은 잠시 간부단에서 손을 뗐지만 역시 일을 단순화하기 위한 고육책이다.

보이드는 보비에게 친CIA용 왜곡 정보를 제공했다. 그리고 CIA에 스터디 그룹의 비밀을 제공했다.

보이드는 보비와 잭을 압박했다. 카스트로를 암살하고 2차 공습을 재개하라고 재촉했다.

형제는 제안을 거절했다. 보이드는 잭보다 보비가 쿠바 작전에 적극적이라고 했으나 차이는 애매한 수준에 불과했다.

잭은 2차 공습은 불가하다고 했다. 끝내 털북숭이 제거 작전을 승인하지 않았다. 스터디 그룹은 몽구스 작전이라는 대안 공작을 만들어냈다.

익살맞으면서도 원대한 작전명이다. 금세기가 끝나기 전에 쿠바를 잡자. 여기에 매년 5000만 달러를 대겠다. 물어, CIA. 어서 달려들어. 이 돈을 물어가라니까!

몽구스는 JM/웨이브를 낳았다. JM/웨이브는 마이애미 대학 캠퍼스 건물 여섯 동에 대한 익살맞은 암호명이다. JM/웨이브는 스터디 그룹 비밀 기지 내에서도 최고급이자 최신식이다.

JM/웨이브는 사이코 대학원이다.

물어, CIA. 어서 물어. 난민 그룹을 감시하되 은밀하게 행동해. 까딱하다간 빽질머리 잭에 대한 여론을 망칠 수 있다.

보이드는 여전히 잭을 사랑했다. 너무 깊이 빠져 잭을 제대로 파악할 수 없었다. 보이드 말에 따르면, 그가 시민권 임무를 사랑한 까닭은 그 어떤 속임수도 개입하지 않기 때문이다.

보이드는 잠을 이루지 못했다. 불면은 축복이다. 켐퍼…. 그래도 내 폐쇄공포적 악몽에 비할 수는 없다.

71

워싱턴 D. C., 1961년 6월~11월

사무실이 맘에 들었다. 카를로스 마르첼로가 구입해준 사무실이다.

넓은 방이 세 개나 되는 스위트룸. 건물은 백악관과도 아주 가까웠다.

장식도 전문가가 맡아서 했다. 오크나무 벽과 녹색 가죽으로. 쥘 쉬프랭의 서재를 그대로 옮겨놓은 기분이었다.

접수원이나 비서는 없다. 카를로스가 비밀 공유를 꺼려했기 때문이다.

카를로스는 마피아의 일을 모두 맡겼다. 전직 시카고 유령은 이제 마피아 변호사가 되었다.

균형은 진짜처럼 보였다. 그는 자신의 증오를 공유하는 사내한테 별을 달아주었다. 켐퍼가 그러한 결합을 가능하게 해주었다. 조합이 맞아떨어지리라는 사실을 직감한 것이다.

존 F. 케네디는 켐퍼에게 전권을 부여했다. 두 사람은 성장이 멈춘 매혹적이고 친박한 두 마리 바퀴벌레였다. 케네디는 자객들을 외국으로 내보내곤 상황이 꼬이자 철저히 외면해버렸다. 켐퍼는 일부 흑인들을 보호하면서 다른 흑인들한테는 마약을 팔았다.

카를로스 마르첼로도 마찬가지로 추악한 게임을 벌였다. 사람들을 이

485

용하고 규칙을 강요했다. 카를로스는 자기 목숨의 대가를 영원한 파멸로 지불하리라는 사실을 알았다.

두 사람은 함께 수백 킬로미터를 걸었다. 정글 마을의 미사에 참석해 거액의 십일조를 바치기도 했다.

그들은 둘뿐이었다. 경호원도 수행원도 따라오지 않았다.

두 사람은 술집에서 식사를 하고 마을 전체에 점심을 사주었다. 리텔은 식탁에서 국외 추방 관련 서류를 쓰고 전화로 뉴욕에 보냈다.

척 로저스가 두 사람을 멕시코로 실어 나를 때 카를로스는 이렇게 말했다. "당신을 믿겠어, 워드. 당신이 '자수해'라고 하면 그렇게 하겠어."

리텔은 신뢰를 지켰다. 세 명의 판사는 증거를 읽고 마르첼로를 보석으로 풀어주었다. 리텔의 법정 서류는 대담하고 또 재기로 넘쳤다.

호파가 두 번째 고객이 되었다. 이제 유일한 역경은 로버트 케네디뿐이었다.

그는 호파의 공식 기소에 대한 적요서를 작성해 자신의 재기를 재확인했다.

1961년 7월. 선밸리 건에 대한 두 번째 기소가 각하되었다. 리텔은 대배심에 부적절한 선발이 있었음을 증명했다.

1961년 8월. 사우스플로리다 대배심 한 명이 사임했다. 리텔은 함정수사로 증거를 확보했음을 증명했다.

리텔은 완전히 전환기를 맞이했다.

우선 술을 끊었다. 조지타운에 멋진 아파트를 임대하고 마침내 연기금 장부 암호도 깼다.

숫자와 철자가 단어로 바뀌었다. 단어는 이름이 되고 경찰 파일, 전화번호부, 잘 알려진 금융가 목록으로 바뀌고 결정적 단서를 드러냈다.

그는 넉 달 동안 꼬박 리스트를 추적했다. 명사, 정치인, 범죄자, 익명을 찾아내고 사망자 명단과 전과자 기록까지 뒤졌다. 이름은 물론 생년월일, 수치를 네 번씩 확인하고 관심을 끄는 자료는 교차 점검했다.

주주 보고서와 관련해 숫자를 점검하고 다시 이름과 연결해 추적했다. 자신의 투자 포트폴리오에 비추어 이름과 숫자를 평가하고 엄청난 금융 부정의 비밀스러운 흔적을 긁어모았다.

트럭 노조 중앙 지부 연기금 대출자: 미국 상원의원 24명, 하원의원 114명, 앨런 덜레스, 라파엘 트루힐루, 풀헨시오 바티스타, 아나스타시오 소모사, 후안 페론, 노벨상 수상자들, 마약 중독 영화배우들, 고리대금업자들, 노조 깡패들, 노조 파괴 공장 소유주들, 팜비치 사교계 명사들, 조폭 기업가들, 알제리 주식을 다량 보유한 프랑스 꼴통 보수들, 연기금 미납자로 보이는 67명의 미제 피살자들.

대표적인 현금 출처/대부자는 단 한 명. 조지프 P. 케네디 시니어였다.

쥘 쉬프랭은 급사했다. 필경 기금의 엄청난 잠재력을 직감했을 것이다. 일반 깡패 수준을 훨씬 초월한 음모이니 왜 아니겠는가.

리텔은 쉬프랭의 정보를 채울 수 있다. 그 한 가지 일에 전력을 쏟아부을 수도 있다.

5개월 동안 술을 한 모금도 마시지 않으니 하나는 분명해졌다. 넌 무슨 일이든 할 수 있어.

4부

헤로인

■ 1961년 12월~1963년 9월 ■

72

마이애미, 1961년 12월 20일

CIA 친구들은 그곳을 "선탠 대학"이라고 불렀다. 크리스마스가 5일밖에 남지 않았건만 반바지에 배꼽티 여대생들이라니…. 맙소사!

피터는 여자를 밝힌다. 겁탈을 선호하지만 아니더라도 상관은 없다.

"내 말 듣는 거야?" 보이드가 짜증을 냈다.

"듣고 있어요. 보고도 있고. 죽이는 여행이긴 하지만 JM/웨이브보다는 여대생들이 더 좋은 걸 어쩝니까?"

두 사람은 건물 사이로 들어갔다. 본부는 여대생 체육관과 대각선 지점에 있었다.

"피터, 자네…."

"알아요. 폴로와 네스토르가 간부단 사업을 알아서 꾸린다면서요. 록하트는 손을 떼고 미시시피에 자기 KKK단을 꾸린 다음 FBI 밀정 노릇을 시작했고요. 척은 블레싱턴에 자리를 잡았고, 내 임무는 무기를 뉴올리언스의 가이 배니스터한테 보내는 일이다. 록하트한테 아는 무기상이 몇 있는데, 내가 치고 들어갈 수 있다. 그리고 가이가 조 밀티어라는 친구한테 빠져 있는데, 왕년에 존 버치 협회(1958년 창립한 미국의 반공산주의 극우 단체. 존 버치는 제2차 세계대전 직후 중국에서 암살당한 선교사-옮긴이)와 미니트맨(미국 독립전쟁 당시의 민병대-옮긴이) 소속 몇 놈을 낚았던 새끼다. 군자금이 좆 나게 빵빵한 곳들인데, 밀리터어가 그중 일부를 택시 회사에 바를 거다. 아닌가요?"

그늘진 보도에 다다른 그들은 햇빛이 들지 않는 벤치를 골랐다. 피터가 두 다리를 뻗으며 체육관을 훔쳐보았다.

"따분하다는 놈치고 기억력 하나는 좋군."

피터가 하품을 했다. "JM/웨이브와 몽구스는 따분해요. 해안 침공, 무기 밀매, 난민 그룹 감시…. 모조리 하품만 나옵니다."

보이드도 벤치에 걸터앉았다. 대학생들과 쿠바 강경파들이 벤치 두 개를 나란히 차지했다. "네가 원하는 행동을 얘기해봐."

피터가 담배에 불을 붙였다. "피델을 잡아야죠. 그야 나도 찬성이고 당신도 찬성이잖아요. 찬성하지 않는 사람은 당신 친구 잭과 보비뿐이에요."

보이드는 미소를 지었다. "어쨌든 해야 한다는 생각이 들어. 실패를 덧씌울 반죽만 만들어내면 침공 책임이 CIA나 우리한테까지 돌아오지는 않을 거야."

"잭과 보비도 놈들이 그냥 운이 좋다고 생각할 거예요."

보이드는 고개를 끄덕였다. "일단 산토한테 물어봐야겠다."

"이미 했어요."

"맘에 들어 하더냐?"

"예, 당근이죠. 산토가 쟈니 로셀리와 샘 G.한테 얘기했고 둘 다 들어오겠다고 대답했어요."

보이드는 자기 어깻죽지를 문질렀다. "그런 식으로 정족수만 채우게?"

"꼭 그렇지는 않아요. 다들 아이디어는 좋아했지만 확신이 더 필요하다는 눈치였어요."

"워드 리텔을 끌어들여서 보고서라도 몇 개 후닥닥 만들어야겠군. 요즘은 누구보다 그 친구 말을 믿으려 할 테니까."

"그가 카를로스와 지미를 녹인 방법이 좋다고 생각하는군요."

"넌 안 그래?"

피터가 담배 연기로 동그란 원을 내뱉었다. "나도 물론 화려한 복귀라고 감탄은 하지만, 리텔과는 이미 선을 그었어요. 그런데 당신이 흐뭇해하는 이유는 계집애 같던 양반이 사내 구실을 했기 때문 아닌가요?"

여대생들이 지나갔다. 빅 피터는 여자를….

"이제 우리 편이야. 잊지 마." 보이드는 잘라 말했다.

"잊지 않았어요. 당신 친구 잭이 우리 편이었다는 사실도 기억하고."

"잭은 지금도 우리 편이야. 보비 말에는 귀를 기울이는데, 보비도 쿠바 공작을 찬성하기 시작했어."

피터가 담배 연기로 또다시 기막힌 원을 만들어냈다. "죽이는 소식이군요. 보비 그 작자가 대통령이 될 때쯤 우리도 카지노 돈을 만져볼 수 있겠네요."

보이드는 머릿속이 어지러웠다. 충격의 후유증일 수도 있다. 트라우마가 오래갈 수도 있다고 했다.

"켐퍼, 내 말 듣고…?"

보이드는 그의 말을 끊었다. "네놈은 전반적으로 반케네디 정서에 빠져 있어. 카지노 자금에 접근하기 위해서라도 대통령이 최선의 선택이라는 데 자꾸 걸고넘어지잖아. 게다가 피그스 만 참사의 주원인은 대통령의 우유부단이 아니라 CIA의 총체적 준비 부실 때문이었어. 몰라서 그래?"

피터가 후우, 한숨을 내쉬더니 벤치를 때렸다. "예, 켐퍼 친구들을 비난해서 죄송합니다요. 죽을죄를 지었습죠."

"친구들이 아니라 친구야. 단수."

"좆 나게 미안합니다요. 어쨌든 미국 대통령한테 달라붙어서 뭐 얻어먹을 일이 있는지 잘 모르겠어요."

보이드는 씩 웃었다. "콩고물이 있는 곳으로 보내줄 분이야."

"미시시피의 머리디언 깜둥이를 보호하는 것처럼요."

"나한테는 이제 흑인 피가 흐른다. 세인트어거스틴 병원에서 흑인 피를 수혈 받았거든."

피터가 웃었다. "켐퍼는 백인 나으리 콤플렉스 환자예요. 깜둥이도 챙기고 라틴 놈들도 챙기고, 그러면서 자신이 귀족 구원자라는 얼빠진 생각

492

을 품는 거죠."

"다 봤냐?" 보이드가 물었다.

피터가 키 큰 흑갈색 머리의 백인 여학생한테서 시선을 돌렸다. "예, 다 봤어요."

"그럼 이제부터 피델 처리 건에 대해 얘기해볼까?"

피터가 나무를 향해 담배꽁초를 던졌다. "내 논평은 딱 하납니다. 네스토르한테 맡길 것."

"나도 네스토르와 소모품 저격수 둘을 생각 중이야."

"어디서 찾을 건데요?"

"함께 둘러보자고. 네가 2인조 팀 둘을 선발하고 내가 한 팀을 꾸린다. 네스토르는 어쨌든 최종 선발팀과 보내고."

"좋아요, 해보죠." 피터가 대답했다.

더기 프랭크 록하트는 남부 극우파들을 도청했다. 무기 구매자들도 누굴 찾아야 하는지 알고 있다. 미시시피 주 퍼킷 출신의 붉은 머리 더기.

산토와 카를로스는 각각 5만 달러씩 냈다. 피터는 돈을 받고 무기 쇼핑에 돌입했다.

더기 프랭크는 5퍼센트 수수료를 받고 중개에 나섰다. 인종 범죄자들로부터는 중고 A-1을 다량으로 구입했다.

록하트는 그쪽에 능했다. 딕시의 우익들이 무기 수요를 재평가하고 있음을 간파했다. 과거에는 빨갱이들의 위협이 주요 화기의 수요를 높여 토미 기관총, 박격포, 수류탄이 인기가 많았다. 하지만 지금은 공격적인 깜둥이들이 빨갱이의 위협을 능가해 소형 화기가 더 잘 나갔다.

남동부 지역은 아예 거대한 무기 시장이다. 피터는 쓰레기 같은 피스톨을 주고 최신형 바주카포를 구했다. 작동 가능한 톰슨 기관단총도 개당 50달러에 구입했다. 그리고 50만 개가량의 실탄을 캠프에 공급했다.

미니트맨, 국가주권당, 국가부흥당, 각종 KKK 기사단, KKK 남부연맹 등이 무기를 제공했다. 그는 소모성 예비 살인자들의 집단 난민 캠프 여섯 곳에 무기를 제공했다.

피터는 무기 구입에 3주를 소비하고 마이애미와 뉴올리언스를 다섯 차례 왕복했다.

5만 달러가 증발했다. 헤시 리스킨드가 추가로 2만 달러를 냈다. 헤시는 겁이 났다. 의사들이 폐암 판정을 내렸기 때문이다.

헤시는 건강 문제를 잊기 위해 캠프에서 잠깐 휴가를 보냈다. 그는 잭 루비와 스트리퍼들, 딕 콘티노를 데려왔다. 아코디언도 가져왔다.

스트리퍼들은 옷을 벗고 난민 훈련병들과 신나게 뒹굴었다. 헤시는 캠프 전체에 좆 빨기 서비스를 돌리고 딕 콘티노는 〈에스파냐의 숙녀〉를 6000번쯤 연주했다.

지미 호파는 폰차트레인 호숫가에서 열린 파티에 나타나 케네디 집안에 대해 쉬지 않고 욕하며 저주하는 등 길길이 날뛰었다.

조 밀티어는 모바일 외곽에서 열린 파티에 참석해 무기 기금으로 선뜻 1만 달러를 내놓았다.

가이 배니스터는 조 밀티어 영감이 "무해하다"고 했다. 록하트는 영감이 툭하면 흑인 교회를 불태운다고 했다.

피터는 피델 저격에 투입할 예비 사격수들을 점검했다. 원칙은 단 두 가지 질문뿐이었다. 전문 저격수인가? 네스토르 차스코의 결정타를 위해 희생할 각오가 있는가?

피터는 최소 쿠바인 100명과 얘기했고 네 명이 결승에 올랐다.

치노 크로마호르: 피그스 만 생존자. 검색 불가능한 관장(灌腸) 폭탄으로 카스트로와 자폭할 각오.

라파엘 에르난데스-브라운: 시가 노동자/무장 경비원. 담배밭을 능욕한 악당 콧수염한테 맹독 여송연을 건네 함께 산화할 각오.

세사르 라모스: 쿠바 육군 요리병 출신. 폭발하는 새끼 돼지 요리를 만들어 카스트로와 최후의 만찬을 벌일 각오.

월터 '후아니타' 차콘: 여장 남자 변태 성욕자. 피델 카스트로의 후장을 따고 절정은 난민의 교차 사격으로 마무리.

피터는 캠퍼 보이드에게 쪽지를 보냈다.

가능하다면 내가 뽑은 저격수들을 우선 선발 요망.

73

머리디언, 1962년 1월 11일

켐퍼는 코카인을 흡입했다. 헤로인 짬뽕. 마약을 시작한 후 정확히 열여섯 번째다. 의사가 처방을 중단하고 열두 번째이며, 평균 매달 1.3회 정도의 비중독 흡입이다. 머리가 빙빙 돌고 두뇌가 빨라졌다. 세미놀 모텔의 지저분한 방이 정말 멋져 보였다.

메모: 흑인 목사를 만날 것. 목사는 투표권 원고들을 모으는 중이었다.

메모: 더기 프랭크 록하트를 만날 것. 록하트는 저격수 후보 둘을 대기해놓았으니 한 번 봐달라고 했었다.

약 기운이 치밀어 올랐다. 어깻죽지가 더 이상 욱신거리지 않았다. 뼈를 맞춘 핀들도 제대로 자리를 잡았다.

켐퍼는 코를 훔쳤다. 책상 위의 초상화가 반짝반짝 빛을 발했다. 잭 케네디. 피그스 만 이전에 찍은 사진. 피그스 만 이후엔 비문을 적어놓았다 — 켐퍼에게, 아무래도 총알을 몇 방 맞은 것 같소.

흡입한 #16은 옥탄가가 높은 모양이다. 잭의 미소가 증발했다. 기분 짱 박사께서 사진을 찍기 직전 그를 쏴 죽였다.

잭은 젊고 강해 보였다. 하지만 지난 9개월 동안 그런 모습은 대부분

495

깎여나갔다. 피그스 만의 참사 덕분이다. 잭은 비난의 홍수 뒤에서 성장했다.

잭은 자책했다. 그리고 CIA를 원망했다. 앨런 덜레스와 딕 비셀을 해고하며 이렇게 말했다. "CIA를 갈가리 찢어놓고 말겠어!"

잭은 CIA를 좋아한다. 보비는 싫어한다. 보비는 이제 호파와 마피아만큼이나 피델 카스트로를 증오한다.

피그스 만 습격에 대한 사후 조치는 고통스러울 정도로 지지부진했다. 그는 켐퍼 보이드로서 이중 요원 역할을 수행했다. 수사 및 은폐. 보비에게 깨끗한 난민 수십 명을 보여주었다. 그들은 랭글리가 그에게 보여주길 바라는 자들로 범법자와는 거리가 멀었다.

스터디 그룹은 침공을 이렇게 불렀다.

"주먹구구." "전력 부족." "허위 정보에 기초한 상황 판단."

그는 동의했다. 랭글리는 동의하지 않았다.

랭글리는 그가 케네디 옹호론자라고 비난했다. 정치적으로 불온하다는 말도 했다.

존 스탠튼이 전해준 얘기다. 그는 묵묵히 그런 평가에 동의했다.

켐퍼는 이렇게 말했다. 그래, JM/웨이브는 결국 잘될 거야.

속으로는 그 반대였다. 그는 보비한테 피델 카스트로를 암살하라고 재촉했다. 보비는 거부했다. 너무나 조폭 스타일이라 케네디 정책에 불리하다는 이유였다.

보비는 도덕적 확신이 강한 골목대장이다. 그 때문에 심중을 이해하기 어려울 때가 많다. 골목대장 보비는 주요 도시 10여 곳에 폭력범죄팀을 꾸렸다. 팀의 목표는 오직 하나, 조직범죄 정보원들을 채용하는 데 있었다.

당연히 그 움직임에 후버 국장이 발끈했다. 별도의 대마피아팀이 THP를 짓밟을 수 있기 때문이다.

골목대장 보비는 골목대장 후버를 싫어한다. 골목대장 후버도 증오로 답한다. 이는 전례를 찾아보기 어려운 증오인지라 법무부도 증오로 들끓었다.

후버는 의례상 뒤로 물러서는 시늉을 했다. 보비는 FBI의 자율권을 짓

밟았다. 가이 배니스터는 후버가 전국의 마피아 소굴에 불법으로 도청 장치를 심었다고 비난했다.

보비는 눈치도 채지 못했다. 후버 국장은 비밀을 어떻게 지키는지 잘 알았다.

워드 리텔도 그랬다. 워드의 최고 비밀은 조 케네디의 연기금 '부정'이다. 조는 지난해 치명적인 뇌졸중을 맞았다. 클레어 말로는 그 때문에 로라가 크게 "곤혹스러워한다"고 했다.

로라는 아버지와 연락하고 싶었지만 보비가 가로막았다. 300만 달러의 구속력은 그만큼 엄중하고 영원했다.

클레어는 툴레인을 우등으로 졸업했다. 뉴욕 로스쿨도 클레어를 받아들였다. 클레어는 뉴욕시티로 이사해 로라의 집 근처에 아파트를 얻었다.

로라는 켐퍼에 대해 거의 언급하지 않았다. 보이드가 마이애미를 지나다가 우연히 총에 맞았다는 소식을 클레어한테 전해 들었을 때 로라는 "켐퍼가 우연히? 말도 안 돼"라고만 대답했다.

클레어는 총격 사건 얘기를 믿었다. 의사가 전화했을 때에는 세인트어거스틴 병원까지 쏜살같이 달려왔다.

클레어는 로라한테 새 애인이 생겼다고 했다. 멋진 남자라는 말도 했다. 클레어도 로라의 멋진 애인, 레니 샌즈를 만났다고 했다.

레니는 켐퍼의 지시를 어기고 로라와 연락을 재개했다. 그는 늘 일을 우회적으로 처리했다. 〈허시-허시〉의 피그스 만 기사는 양날의 비아냥으로 가득했다.

켐퍼는 개의치 않았다. 레니는 언제든 진압이 가능한 데다 이젠 그의 삶과도 무관한 존재였다.

레니는 하워드 휴즈를 위해 추문을 파헤쳤다. 어떤 비밀은 까발리고 다른 비밀은 깔고 앉았다. 그리고 1961년 4월 켐퍼 보이드가 얼마나 엉망진창이었는지 상황 증거를 확보했다.

켐퍼는 다시 코카인을 흡입했다. 심장이 빨라졌다. 어깻죽지가 먹먹했다. 문득 지난 5월은 지난 4월의 보상이었다는 생각이 들었다.

보비는 그에게 자유 민권 운동가들을 추적하라고 지시했다. "그냥 지

497

켜만 보다가 KKK든 누구든 험악하게 나오면 그때 도움을 요청해요. 아직 몸 상태가 좋지 않다는 사실 잊지 말고.”

켐퍼는 지시대로 했지만 기자와 카메라맨들보다 가까이 접근했다.

시민권 운동가들이 버스에 오르는 모습을 보고 그 뒤를 쫓았다. 운동가들이 활짝 열린 창문 너머로 쏟아져 나왔다.

깡패 놈들도 버스를 쫓았다. 자동차 라디오에서 〈딕시〉가 울려 퍼졌다. 그는 돌을 던지는 몇 놈을 따돌렸다. 총은 여전히 팔걸이 붕대에 들어 있었다.

켐퍼는 애니스턴에서 차를 세웠다. 백인 깡패 몇 놈이 타이어를 긁었다. 백인 마피아는 차고를 털어 ‘자유의 버스’를 마을 밖으로 몰고 갔다.

켐퍼는 낡은 쉐보레를 렌트해 뒤를 쫓았다. 78번 고속도로로 들어서자 곧바로 폭동 현장이 나왔다.

버스가 불길에 휩싸였다. 경찰, 자유 민권 운동가들, 백인 빈민들이 도로에서 뒤죽박죽으로 엉켰다.

흑인 소녀가 땋은 머리에서 불길을 털어냈다.

횃불을 든 놈이 고무를 벗기고 있기에 도로 밖으로 끌고 가 피스톨로 반쯤 죽여놓았다.

이따금 새로운 맛을 본다. 그렇게라도 해야 상황을 버텨낼 수 있기 때문이다.

“…최선의 방안을 제안하자면, 사실 공개 법정에서 증언할 필요는 없습니다. 연방 판사들은 여러분의 조서와 내 진술서를 읽고 거기에서 시작할 테니까요. 여러분 중 누군가가 증언대에 불려간다 해도 법정은 폐쇄될 겁니다. 기자도 없고 검찰이나 지방 경찰도 참석하지 않는다는 뜻이죠.”

교회당은 아주 좁아 모두가 서서 예배를 보았다. 목사가 60여 명을 모아준 터였다.

“질문 있나요?” 켐퍼가 물었다.

“어디 출신이오?” 남자가 외쳤다.

“보호는 어떻게 받죠?” 여자가 물었다.

켐퍼는 연단 위로 상체를 기울였다. "테네시 주 내슈빌 출신입니다. 1960년에 그곳에서 대규모 시위가 있었다는 걸 아실 겁니다. 인종차별 폐지를 위해 큰 획을 그었죠. 그것도 거의 무혈 혁명이었습니다. 오늘 보니, 미시시피는 내 고향보다 훨씬 비민주적이군요. 그리고 보호 얘기라면, 이렇게 말씀드릴 수 있습니다. 선거인 등록을 할 때 모두 함께 가세요. 목격자가 많을수록 좋습니다. 등록하고 투표하는 사람이 많을수록 좋습니다. 여러분의 투표를 방해하는 상황은 분명 존재하지만, 투표하는 사람이 많을수록 여러분 편의 지방 관리를 많이 뽑을 수 있고, 그럼 차별도 차츰 사라질 것입니다."

"이곳 공동묘지는 기가 막히죠. 그렇다고 미리 들어갈 사람이 어디 있겠습니까?" 남자.

"여기 법이 우리 편으로 훌쩍 넘어온다는 기대는 말아야죠." 여자.

켐퍼는 미소를 지었다. 코카인 두 번, 마티니 두 잔을 곁들인 점심 덕분에 교회가 벌겋게 불타올랐다. "공동묘지 문제라면 여기만큼 아름다운 곳은 저도 생전 처음입니다. 물론 2000년이 되기 전에 그곳에 가고 싶어 하는 사람은 없겠죠. 지난해 케네디 대통령께서는 자유 민권 운동가들을 매우 효과적으로 보호해주셨습니다. 그리고 앞서 말한 백인 쓰레기, 남부 빈민, 얼간이 백인 노동자들이 신이 내려주신 시민권을 무력으로 짓밟으려 한다면 연방 정부가 더 큰 힘으로 도발에 맞설 것입니다. 누구도 여러분의 자유 의지를 훼손할 수 없기 때문입니다. 그게 정당하고 정의롭고 진실한 일이기 때문입니다. 친절과 관용과 불굴의 정의가 바로 여러분 편입니다."

군중이 일어나 기립 박수를 쳤다.

"…당신이 말한 달짝지근한 거래로군요. 나한테도 KKK 로열 기사단이 있지만 기본적으로는 FBI 가맹점이나 진배없죠, 뭐. 내가 할 일은 귀를 깔고 다른 기사단 놈들을 우편 사기로 밀고하는 것뿐이죠. 임페리얼 기사단은 후버 국장이 정말 좋아하거든요. 나도 기사단 두 곳에 정보원들을 심어놓았는데, 돈도 내 FBI 수당으로 줍니다. 덕분에 그룹 장악력을 굳힐 수 있었죠."

오두막에서는 해묵은 양말과 퀴퀴한 마리화나 냄새가 났다. 더기 프랭크는 KKK 가운에 리바이스를 신었다.

켐퍼는 의자에 앉은 파리를 짓이겼다. "저번에 얘기한 저격수들은?"

"이곳에 있습니다. 나와 함께 지내고 있죠. 이 근처 모텔들이 쿠바인과 깜둥이를 똑같이 봐서요. 물론 보이드 씨가 그 모두를 바꾸려 노력 중이라는 건 압니다."

"지금 어디 있지?"

"도로 밑에 사격장이 있어요. 로열 기사단 몇 명과 그곳에 있습니다. 맥주 드릴까요?"

"드라이 마티니는 없나?"

"이 근처엔 없습니다. 그런 걸 찾다가는 당장 FBI 선동가로 찍히고 말죠."

켐퍼는 미소를 지었다. "스카이라운지의 바텐더가 내 편이야."

"유대인이거나 호모겠군요."

켐퍼는 목소리를 깔았다. "이 새끼가 … 지금 나하고 해보자는 거야?"

록하트가 움찔했다. "에 … 아무튼 내가 듣기로는 피터가 애들 넷을 골랐답니다. 가이 배니스터는 보이드 씨한테 아직 둘이 더 필요하다고 하더군요. 워낙 바쁜 분이시니 당연하겠죠."

"저격수 얘기나 해. 잡소리는 집어치우고, 본론만."

록하트가 의자를 밀어 뒤로 물러났다. 켐퍼는 의자를 끌어 더 가까이 붙였다.

"에, 어, 배니스터, 그분이 애들을 저한테 보냈습니다. 쾌속정으로 쿠바에 잠입한 뒤 앨라배마 해안을 돌며 주유소와 주류 업소 몇 곳을 털었다더군요. 그때 로랑 게리라는 프랑스 친구와 다시 만났는데, 가이한테 전화를 걸어 반피델 공작을 펴달라고 애들한테 부탁했답니다."

"그래서?"

"가이는 애들이 미친놈들이라면서 쳐다보지도 않습니다. 솔직히 그분 눈에야 누군들 안 미쳤겠습니까? 그래서 나한테 보냈겠지만, 난들 놈들을

500

어디에 써먹겠습니까?"

캠퍼는 더 가까이 접근했다. 록하트가 의자를 뒤로 밀었지만 벽에 막히고 말았다.

"아, 갑자기 왜 이렇게 몰아붙이는 겁니까?"

"쿠바 애들 얘기도 해봐."

"맙소사, 난 우리가 친구인 줄 알았는데요."

"친구 맞아. 그러니까 쿠바 애들 얘기나 해."

록하트가 의자를 옆으로 빼냈다. "이름은 플래시 엘로르데와 후안 카네스텔입니다. 물론 '플래시'는 진짜 이름이 아니죠. 성이 똑같은 유명한 라틴계 복서가 있는데 그자의 별명이랍니다."

"그래서?"

"둘 다 명사수에 피델을 증오합니다. 플래시는 아바나에서 창녀 인신매매를 했죠. 후안은 강간범인데 카스트로의 비밀경찰에 걸려 거세를 당했어요. 1959년부터 1961년 사이에 여자를 무려 300명이나 따먹었대요."

"자유 쿠바를 위해 죽겠다고 하던가?"

"당근이죠. 플래시 말로는, 지금까지 삶을 돌이켜보면 매일매일 살아서 깨어나는 게 기적이랍니다."

캠퍼는 미소를 지었다. "네놈도 그런 태도를 배워야 해, 더기."

"무슨 말씀을….'

"머리디언 외곽에 근사한 흑인 교회가 있어. '제일 오순절 침례교회'라고 하는데 오래된 묘지가 딸려 있지."

록하트는 한쪽 콧구멍을 누르고 바닥을 향해 콧물을 발사했다. "그래서요? 도대체 정체가 뭡니까? 깜둥이 교회 수호자라도 됩니까?"

캠퍼는 다시 목소리를 깔았다. "애들한테 그 교회는 건드리지 말라고 전해."

"망할, 백인 자존심도 있는데 그런 얘기가 씨가 먹히겠습니까?"

"'예, 알겠습니다, 보이드 씨'라고 해."

록하트가 버벅거렸다. 캠퍼는 〈우리 승리하리라〉를 흥얼거렸다.

"예, 알겠습니다, 보이드 씨." 록하트가 대답했다.

플래시는 모호크족 머리를 했다. 후안은 사타구니가 불쑥 튀어나왔는데, 불알이 있어야 할 자리를 손수건이나 덧댄 휴지로 채웠기 때문이다.

사격장은 트레일러 주차장 인근 공터였다. 복장을 갖춘 KKK 단원들이 깡통을 쏘며 맥주와 잭 대니얼을 들이켰다.

놈들은 기껏 20미터 거리에서 깡통 넷 중 하나를 맞추었지만 플래시와 후안은 두 배가 넘는 거리에서도 실수가 전혀 없었다.

늦은 오후에다 총도 고작 낡은 M-1이었다. 더 좋은 라이플과 망원 조준기가 있다면 둘은 무적이 될 것이다.

더기 프랭크가 주변을 도는 동안, 켐퍼는 쿠바인들의 사격을 지켜보았다. 플래시와 후안은 상체를 벗고 셔츠로 모기를 쫓았다. 둘 다 엉덩이 위부터 고문 흉터가 선명했다. 켐퍼는 휘파람을 불며 록하트에게 손짓을 했다. 저 친구들을 데려와, 당장.

더기 프랭크가 둘을 데려왔다. 켐퍼는 낡은 포드 용달차에 몸을 기대고 있었다. 바닥에 술병과 총이 널려 있었다.

명사수들이 다가왔다. 켐퍼는 정중하고 점잖게 그들에게 접근했다.

미소와 인사에 이어 악수가 오갔다. 플래시와 후안은 셔츠를 입었다. 거물 백인 나으리에 대한 예의인 셈이다.

켐퍼는 곧바로 안면을 바꾸었다. "내 이름은 켐퍼다. 너희들에게 임무를 주려고 왔다."

플래시가 말했다. "일, 좋지요. 누구를…."

후안이 그의 입을 막았다. "어떤 임무입니까?"

"매우 중요한 임무다. 피델 카스트로를 암살해." 켐퍼는 에스파냐어로 말했다.

플래시가 펄쩍 뛰었다. 후안이 그를 잡고 진정시켰다. "농담 아니시죠, 보이드 씨?"

켐퍼는 돈다발을 꺼냈다. "얼마를 줘야 믿겠나?"

둘이 황급히 다가왔다.

켐퍼는 100달러짜리 지폐 뭉치를 흔들었다. "나도 어느 쿠바 애국자만큼 피델 카스트로를 싫어한다. 배니스터 씨나 너희 친구 로랑 게리한테 내가 어떤 사람인지 물어봐. 후원자를 구할 때까지 내 쌈짓돈으로라도 보수를 챙겨주겠다. 카스트로를 죽이는 데 성공하면 거액의 보너스도 있다."

현찰이 등장하자 둘은 침을 질질 흘렸다.

켐퍼는 플래시한테 100달러, 후안에게 100달러를 주었다. 그리고 플래시한테 다시 100달러, 후안에게 100달러. 플래시한테 100달러….

후안이 주먹을 꼭 쥐고 말했다. "믿겠습니다."

켐퍼는 트럭에서 술병을 꺼냈다. 플래시가 바퀴 덮개에 올라가 맘보춤을 추었다.

"우리 것도 남겨요, 백인 양반!" KKK가 소리쳤다. 켐퍼가 한 모금을 마셨다. 플래시도 한 모금을 마셨다. 후안은 꿀꺽꿀꺽 절반을 비웠다.

칵테일 시간은 자연스럽게 친목으로 이어졌다.

켐퍼는 플래시와 후안에게 옷을 몇 벌 사주었다. 둘은 록하트의 오두막에서 마약을 꺼내왔다.

켐퍼는 뉴욕의 중개인에게 전화했다. 주식을 조금 팔고 나한테 5000달러를 보내. 중개인이 왜냐고 물었다. 켐퍼는 사람을 고용할 일이 생겼다고 대답했다.

플래시와 후안은 숙소도 필요했다. 켐퍼는 잘 아는 모텔 담당자를 쪼아 '백인 전용' 원칙을 바꾸도록 했다. 담당자도 동의했고, 플래시와 후안은 세미놀 모텔로 들어갔다.

켐퍼는 뉴올리언스의 피터에게 전화해 피델 제거 오디션 일정을 잡자고 말했다.

둘은 의견을 교환했다.

켐퍼는 저격수 두당 5만 달러, 제반 경비 20만 달러로 예산을 정했다. 피터는 해직 수당을 제안했다. 불합격 저격수에게 1만 달러씩. 켐퍼도 동의했다. 피터가 제안했다. 블레싱턴에서 파티를 열죠. 산토가 샘 G.와 쟈니를 브레이커스 모텔에 묵게 할 겁니다. 켐퍼는 동의했다. 피터가 이런 제안도 했다. 라틴계 제물도 필요합니다. CIA, 간부단 어디에도 속하지 않은 놈으로. 켐퍼는 하나 찾아보자고 대답했다.

피터가 말했다. 내 애들이 켐퍼 애들보다 용감합니다.

켐퍼는 반박했다. 아니, 그렇지 않아.

플래시와 후안은 술을 마시고 싶어 했다. 켐퍼는 둘을 스카이라인 라운지로 데려갔다.

바텐더가 따졌다. 백인이 아니잖아요. 켐퍼가 20달러를 챙겨주자 바텐더가 말했다. 이제 보니 백인이네요.

켐퍼는 마티니를 마셨다. 후안은 I. W. 하퍼를 마셨다. 플래시는 마이어스의 럼과 코크를 마셨다.

플래시가 에스파냐어로 말하면 후안이 통역을 했다. 켐퍼는 노예 창녀에 대해 배웠다.

플래시는 여자들을 납치했다고 했다. 로랑 게리가 그 여자들을 헤로인 중독자로 만들었다. 후안은 처녀들을 길들여 색광으로 만들었다.

켐퍼는 신이 나서 들었다. 그들의 추악한 얘기를.

후안은 잘린 불알을 아쉬워했다. 여전히 발기도 되고 섹스도 하지만 일시에 방사하는 쾌감은 느낄 수 없단다.

여섯은 군복에 풀을 먹이고 흑색 안료로 위장했다. 피터의 아이디어였다. 저격 후보자들을 무섭게 보이도록 합시다.

네스토르는 브레이커스 모텔 뒤에 사격장을 만들었다. 켐퍼는 그곳을 "날림의 기적"이라고 불렀다.

도르래로 타깃을 매달고 의자는 무너진 칵테일 부스에서 가져왔다. 오디션 무기는 CIA 최고급. M-1, 다양한 피스톨, 조준경을 장착한 30.06라이플이었다.

테오 파에즈가 밀집으로 카스트로 타깃을 만들었다. 실물 크기에 콧수염과 시가까지 더해 사실성을 추구했다.

로랑 게리가 파티장에 처들어왔다. 테오는 그가 프랑스산 마리화나를 피웠다고 했다. 네스토르는 그가 샤를 드골을 죽이려 했다고 말했다.

심판관들은 차일 아래 웅크리고 앉았다. S. 트라피칸테, J. 로셀리, S. 지앙카나. 모두 하이볼과 쌍안경을 하나씩 들었다.

피터가 무기 배급을, 켐퍼가 사회를 맡았다.

"여기 여러분께서 선발해야 할 전사 후보자 여섯이 있습니다. 이번 공작을 후원하는 분들이니 당연히 누굴 보낼지 최종 결정하고 싶으실 겁니다. 피터와 저는 네스토르 차스코를 포함한 3인조 팀을 생각하고 있습니다. 네스토르야 다들 아시겠지만 후방을 맡을 겁니다. 시작하기 전에 모든 후보자가 충실하고 용감하며, 그 일의 위험을 충분히 이해하고 있다는 것을 말씀드립니다. 붙잡힌다 해도 누가 이 작전을 수립했는지 불기 전에 자결할 것입니다."

지앙카나가 시계를 두드렸다. "늦었소. 빨리 진행합시다."

트라피칸테도 자기 시계를 두드렸다. "켐퍼, 빨리 합시다. 탬파에 빨리 돌아가야 해요."

켐퍼가 끄덕이자 피터가 피델 #1을 15미터 거리에 놓았다.

후보자들이 리볼버를 장착하고 양손 사격 자세를 취했다.

"발사." 피터가 외쳤다.

치노 크로마호르는 카스트로의 모자를 날렸다. 라파엘 에르난데스-브라운은 시가를 끊어내고, 세사르 라모스는 양쪽 귀를 베어냈다.

총소리의 반향이 잦아들었다. 켐퍼는 반응을 확인했다.

산토는 따분해 보였다. 샘은 초조해 보였다. 쟈니는 다소 난감한 표정이었다.

후아니타 차콘은 사타구니를 겨냥했다. 피델은 남성을 잃었다.

플래시와 후안은 두 발을 쏘았다. 피델은 두 팔과 두 다리를 잃었다.

로랑 게리가 박수를 쳤다. 지앙카나는 시계를 보았다.

피터는 피델 #2를 세웠다. 100미터 거리. 저격수들이 퇴물 M-1을 들었다.

심판관들이 쌍안경을 들었다. 피터가 "발사"를 외쳤다.

크로마호르는 카스트로의 두 눈을 파냈다. 에르난데스-브라운은 엄지 둘을 쳐냈다.

라모스는 시가를 날리고, 후아니타는 카스트로를 거세했다.

플래시가 두 다리를 무릎까지 날렸다. 후안은 심장을 정확히 뚫었다.

"사격 중지!" 피터가 외쳤다. 저격수들이 무기를 내려놓고 대기 선으로 물러났다.

"인상적이긴 한데, 이런 큰일을 섣불리 결정할 수는 없지 않겠어?" 지앙카나.

"나도 같은 생각이오." 트라피칸테.

"생각할 시간을 좀 줘야겠소." 로셸리.

켐퍼는 역겨웠다. 스피드볼 약기운이 역류했다.

피터는 몸을 부르르 떨고 있었다.

74

워싱턴 D. C., 1962년 1월 24일

리텔은 책상 금고에 돈을 넣었다. 한 달 수임료. 현찰 6000달러.

"세지 않아?" 호파가 물었다.

"믿으니까요."

"실수할 수도 있어."

리텔은 의자를 뒤로 젖혀 그를 올려다보았다. "그럴 리가요. 게다가 직접 찾아오셨잖습니까."

"이 좆같은 날씨에 내 사무실로 오라면 기분 좋았겠다."

"다음 달 초에 주서도 됐을 텐데요."

호파는 책상 끄트머리에 걸터앉았다. 코트에서 눈이 녹아내렸다.

리텔은 폴더를 옮겼다. 호파는 수정 문진을 집었다.

"격려하려고 온 겁니까, 지미?"

"아니. 하지만 자네가 격려한다면 얼마든지 들어주지."

"이건 어때요? 지미가 이기고 보비가 질 겁니다. 길고도 고통스러운 싸움이겠지만, 지미가 근소한 차이로 승리합니다."

호파가 문진을 만지작거렸다. "내가 보니까 말이야, 켐퍼 보이드가 내

507

법무부 파일 복사본을 당신한테 넘긴 모양이던데?"

리텔이 고개를 저었다. "켐퍼가 그럴 리 있나요. 나도 달라고 할 이유가 없고. 그 친구, 케네디 집안과 쿠바 건만으로도 바쁩니다. 그 작은 보따리 안에 또 무슨 도깨비장난이 들어 있는지 모르겠지만, 그 친구한테도 절대 넘지 말아야 할 선은 있어요. 지미와 보비 케네디도 그중 하납니다."

"선은 있다가도 없는 거야. 그리고 쿠바에 관한 한 시카고 마피아에서 지금껏 기웃거리는 친구는 카를로스뿐이야. 산토, 샘 같은 자들은 그놈의 케케묵은 섬나라 개지랄에 일찌감치 학을 떼고 말았어." 호파가 투덜댔다.

리텔은 넥타이를 바로잡았다. "잘됐네요. 저도 지미와 카를로스를 보비 케네디 손아귀에서 빼내는 일 말고는 전혀 관심 없거든요."

호파가 미소를 지었다. "당신도 예전엔 보비 편이었어. 듣기로는 숭배하는 수준이었다며?"

"선은 있다가도 없는 겁니다. 지미 말씀입니다."

호파가 문진을 내려놓았다. "사실이야. 어떻게든 보비를 이겨야 한다는 것도 사실이고. 그런데 자네가 케네디 도청 건을 까발렸잖아. 1958년에 피터 본듀런트가 나를 위해 해줬던 일인데."

리텔은 움찔하다가 억지 미소를 지었다. "모르시는 줄 알았는데."

"모를 리가 있나. 어쨌든 빌어먹게도 당신을 용서한 것만은 분명해."

"또다시 용서하려는 것도 사실이겠죠?"

"그래, 사실이다."

"피터를 부르시죠, 지미. 나야 그 친구한테 별 도움이 안 되지만 피터는 지상 최고의 공갈범입니다."

호파가 책상 너머로 상체를 들이밀었다. 바짓단이 밀리자 싸구려 흰색 털양말이 드러났다. "당신도 같이 와."

75

로스앤젤레스, 1962년 2월 4일

피터가 목을 주물렀다. 근육이 완전히 꼬이고 뭉쳤다. 난쟁이나 앉을 법한 의자에 앉아 날아온 탓이다.

"여태껏 지미가 까라면 깠지만 커피와 빵을 먹으러 바다를 건너다니 좀 심하지 않습니까?"

"거사에는 로스앤젤레스가 최고야."

"거사라뇨?"

호파가 넥타이에서 에클레어 크림을 찍어냈다. "곧 알게 돼."

부엌에서 소리가 들렸다. 피터가 물었다. "누굽니까?"

"워드 리텔. 앉아, 피터. 너 때문에 신경 쓰이잖아."

피터는 옷가방을 떨어뜨렸다. 집에서 시가 냄새가 진동했다. 호파는 트럭 노조원들한테 총각 파티에 쓰라고 집을 빌려주곤 했다.

"리텔요? 빌어먹을. 이러려고 데려왔습니까?"

"이봐, 과거사는 과거사일 뿐이야."

과거사? 네놈 변호사가 네놈 기금 장부를 훔쳤어, 병신아.

호파가 평화주의자처럼 두 손을 들었다. "진정해, 둘 다. 떡고물이 없으면 당신 둘을 한방에 초대하지도 않았어."

피터는 두 눈을 문질렀다. "저도 바쁜 놈입니다. 겨우 오찬 간담회 때문에 밤새 날아왔으니, 내가 왜 좆같은 일을 더 맡아야 하는지 이유 하나만 대보시죠. 아니면 당장 공항으로 돌아가겠습니다."

"당신이 직접 얘기해, 워드."

리텔은 커피 컵에 두 손을 녹였다. "보비 케네디가 터무니없이 지미를 괴롭히고 있어. 그래서 잭을 까내리는 테이프 프로필을 만들어 그가 보비를 떼어내도록 압박할 생각이야. 방해만 없었다면 쇼프텔 공작이 먹혀들었을 테지만. …다시 하자고. 잭이 호감을 느끼고 밀회를 즐길 여자를 찾아내야겠어."

피터가 두 눈을 굴렸다. "지금 미국 대통령을 협박하겠다는 건가요?"

"그래."

"당신하고 나하고 지미가?"

"너, 나, 프레디 투렌틴 그리고 우리가 끌어들일 여자를 포함해서."

"이 일을 할 만큼 우리가 서로를 믿을 수 있겠습니까?"

리텔은 미소를 지었다. "둘 다 잭 케네디를 싫어해. 게다가 서로 충분히 욕했으니 이제 불가침조약을 맺을 때도 됐잖아?"

피터는 문득 온몸에 소름이 돋았다. "켐퍼한테는 얘기하지 말죠. 당장 밀고할 겁니다."

"오케이. 이 건에 대해서라면 켐퍼는 울타리 안으로 들어오지 못해."

호파가 딸꾹질을 했다. "자네 둘은 서로를 보는 눈빛이 이상해. 그러니까 내가 울타리 밖으로 밀려난 기분이잖아. 이놈의 울타리에 돈을 대는 놈은 바로 난데 말이야."

"레니 샌즈." 리텔이 불쑥 내뱉었다.

호파는 에클레어 부스러기를 털었다. "유대인 레니가 좆도 무슨 상관이야?"

피터는 리텔을 보았다. 리텔도 피터를 보았다. 두 사람의 뇌파가 패스트리 접시 위 어딘가에서 빠지직거리며 충돌했다.

호파는 너무도 당혹스러운 표정이었다. 두 눈이 초점을 잃고 화성까지 날아갔다. 피터는 리텔을 부엌으로 데려가 문을 닫았다.

"레니가 할리우드 인물이라는 얘기죠? 그래서 미끼로 쓸 여자를 구해 줄 수 있다는 거예요?"

"그래. 설령 그 새끼가 거절한다 해도 상관없어. 적어도 여긴 로스앤젤레스니까."

"협박 전문 여자들을 찾기엔 지상 최고의 도시죠."

리텔은 커피를 홀짝였다. "그래. 레니는 한때 내 정보원이었으니 아직 나한테 힘이 남아 있을 거야. 그 새끼가 협조하지 않으면 쫄 건수도 있고."

피터가 손가락 관절을 우두둑 꺾었다. "그 새낀 호모예요. 호모 술집 뒷골목에서 잘나가는 씹새랑 떡을 친 적도 있죠."

"레니가 그렇게 말하던가?"

"놀랄 필요 없습니다. 사람들은 이상하게 원치 않는 얘기까지 나한테 씨부리는 경향이 있거든요."

리텔은 컵을 싱크대에 담갔다. 호퍼가 문밖에서 어슬렁거리고 있었다.

"레니도 켐퍼를 알아요. 게다가 켐퍼와 사귀던 휴즈라는 여자와 가까운 모양이던데."

"레니는 안전해. 일이 꼬이면 토니 이아노네 건으로 족치면 돼."

피터가 목덜미를 주물렀다. "이 계획을 또 누가 알죠?"

"아무도. 그건 왜?"

"시카고 조직이 알고 있나 해서요."

리텔은 고개를 저었다. "너, 나, 지미가 전부야."

"계속 그렇게 나갑시다. 레니는 샘 G.와 가깝고 샘은 사람들이 기분 나쁘게 만들면 꼭지가 돌죠." 피터가 지적했다.

리텔은 스토브에 몸을 기댔다. "좋아. 나도 카를로스한테 얘기하지 않을 테니, 너도 트라피칸테한테 함구해. 켐퍼의 시카고 친구들한테도 마찬가지야. 이 건은 우리만 알고 있자고."

"그러죠. 한데 2주 전 뭔가를 캐내려고 몇 놈이 켐퍼와 나를 쫀 적이 있어요."

리텔은 어깨를 으쓱였다. "결국은 알게 되겠지만, 그때쯤이면 우리 성과에 크게 기뻐하겠지. 보비도 그 친구들을 괴롭혀왔으니까, 내 생각엔 레니를 어떻게 하든 지앙카나가 무마할 방안을 마련해줄 거야."

"난 레니를 좋아해요." 피터가 말했다.

"나도 그래. 하지만 사업은 사업이야."

피터가 난로 위에 달러 기호를 그렸다. "우리가 지금 얼마짜리를 얘기하는 거죠?"

"한 달에 2만 5000달러. 네 비용과 프레디 투렌틴의 보수 포함해서. 너도 CIA 일로 어디로 갈 데가 있다고 들었는데, 지미하고 난 상관없어. 나도 FBI에서 직접 선을 딴 적이 있으니까. 그리고 이 작전은 너, 나, 투렌틴 외에 아무도 모르게 할 수 있을 거야."

호파가 문을 두드렸다. "씨발, 나와서 나한테도 얘기해! 둘만 속닥거리니까 돌아버리겠잖아!"

피터가 리텔을 세탁실로 데려갔다. "그렇게 해요. 여자를 찾아내고 몇 군데 선만 따면 잭 케네디를 처리할 수 있습니다."

리텔이 팔을 빼냈다. "레니의 〈허시-허시〉 기사를 확인해야겠어. 그런 여자에 대한 단서를 얻을 수 있겠지."

"내가 하죠. 하워드 휴즈 사무실에 가면 기사를 볼 수 있어요."

"오늘 해. 준비를 마무리할 때까지 앰배서더 호텔에 묵을 테니까."

문이 열렸다. 지미가 자기 젖꼭지를 비틀고 있었다.

"후버 국장도 부를까요?" 리텔이 말했다.

"자네 미쳤어?"

리텔은 미소를 지었다. 애써 겸손한 표정까지 지었다. "그는 우리만큼이나 케네디 가문을 증오해요. 그와의 관계를 재개해야겠어요. 테이프를 몇 개 넘긴 다음, 지미와 카를로스를 도와줄 쐐기로 한쪽 구석에 박아두는 겁니다."

그럴듯한 얘기였다.

"후버가 음란 변태라는 사실은 알지, 피터? 미국 대통령의 섹스 비디오를 갖게 해주면 대신 뭘 내놓을지 알아?"

호파가 느릿느릿 부엌으로 들어왔다. 셔츠에 무지개색 도넛 부스러기가 잔뜩 묻어 있었다.

피터가 윙크를 했다. "워드, 당신을 좋아할 수도 있겠다는 생각이 들기 시작했어요."

휴즈의 사무실은 이제 '접근 제한' 표시가 붙었다. 모르몬 개자식들이 문 양쪽을 지키며 희한한 스캐너로 신분증을 확인했다.

피터는 빈둥빈둥 주차장 문으로 들어갔다.

경비가 쫑알쫑알 시끄럽게 굴었다. "우리 비모르몬교도는 이곳을 드라큘라 성이라고 부릅니다. 휴즈 씨는 백작이고, 두에인 스퍼전은 모르몬-프랑켄슈타인 대장이죠. 암으로 죽어가느라 벌써 시체처럼 보이거든요. 이 건물에 광신도들이 북적거리지 않았을 때가 그립군요. 그때는 휴즈 씨가 직접 들어왔죠. 병균 공포도 없으셨고, 라스베이거스를 사들인다는 얼빠진 생각도 하지 않으셨어요. 아, 물론 벨라 루거시처럼 수혈을 받지도 않고…."

"래리…."

"…그때는 경찰하고도 얘기했는데. 아시죠? 지금 그분이 얘기하는 사람은 모르몬교도들과 에드거 후버 국장 그리고 레니라는 〈허시-허시〉 기자뿐이랍니다. 제가 좀 심하게 떠벌리나요? 하루 종일 주차장을 지키면서 소문을 듣는데, 모르몬교도가 아닌 사람은 필리핀 잡역부하고 일본 여자 교환원이 전부거든요. 그래도 휴즈 씨께선 여전히 수완이 좋으십니다. 예, 물론이죠. 듣기로는 TWA 매각 단가를 올리셨다더군요. 돈을 받으면 곧바로 은행에 들어가겠죠? 라스베이거스 구입 자금이면 몇 조는 들어 있어야 할 텐데."

래리는 숨까지 헐떡이며 떠들었다.

피터는 재빨리 100달러짜리 지폐를 꺼냈다. "레니의 특파원 기사는 파일 룸에 있죠?"

"물론이죠."

"나를 그 안에 들여보내주면 900달러를 더 줄게요."

래리가 고개를 저었다. "불가능해요, 피터. 이곳 직원들은 모조리 모르몬 개들인데, 몇 명은 FBI 출신이거든요. 후버 국장이 직접 뽑아줬대요."

"레니는 지금 로스앤젤레스에서 놀고 있죠?"

"예. 시카고 일을 그만뒀어요. 〈허시-허시〉 기사를 쓰기는 하는데, 지금은 등사지에 몇 장 찍어내는 수준이래요."

피터는 100달러를 또 찔러주었다. "그 친구 주소를 찾아줘요."

래리는 롤로덱스를 뒤져 카드 하나를 건넸다. "노스킬케아 831번지. 여기서 별로 멀지 않아요."

그때 병원 앰뷸런스가 들어왔다.

"무슨 차죠?" 피터가 물었다.

"백작이 마실 피죠. 모르몬 순정품."

파티 분위기는 좋았으나 결국 차선에 불과했다. 진짜 쇼는 피델 타도여야 했다. 산토와 CIA가 파티를 망쳤다. 둘 다 쿠바 공작이 개수작이라도 되는 양 건성이었다.

왜 그랬을까?

피터는 저격수들을 풀어주었다. 켐퍼도 자기 애들을 데리고 미시시피로 돌아갔다. 로랑 게리도 함께 떠났다. 켐퍼는 군자금을 위해 자기 주식을 팔았다. 켐퍼는 최근 묘하게 고집을 부렸다.

피터는 킬케아로 관심을 돌렸다. 831번지는 네 가구가 사는 전형적인 웨스트할리우드 스타일이다.

에스파냐풍의 전형적인 2층 건물. 층당 전형적인 방 두 개. 전형적인 가택 침입 전문가들이 좋아하는 전형적인 엇각의 문들.

뒷마당 차고가 없어 임대인들은 갓길에 주차했다. 레니의 패커드는 보이지 않았다.

피터는 차를 세우고 현관으로 올라갔다. 네 개의 문 모두 문과 문설주 이음매가 벌어져 있었다.

거리는 조용했다. 현관도 죽은 듯이 조용했다. 왼쪽 계단의 우편함에 'L. 샌즈'라고 적혀 있었다. 피터는 주머니칼로 자물쇠를 땄다. 실내조명이 확 쏟아졌다. 레니는 어두워진 후엔 밖에서 지내므로 최소 네 시간은 수색이 가능하다.

피터는 문을 잠그고 들어갔다. 작은 공간이 복도를 따라 이어졌다. 전부 방 다섯 개. 그는 부엌, 찬방, 침실을 확인했다. 집은 쾌적하고 조용했다. 레니는 애완동물을 피하고 호모 애인도 집에 들이지 않았다.

서재는 침실과 붙어 있었다. 넓이는 아담하고 책상 하나와 파일 캐비닛 몇 개가 공간을 다 잡아먹었다.

꼭대기 서랍을 확인하니 뭔가 가득했다. 폴더를 잔뜩 채워둔 것이다. 폴더는 100퍼센트 최고급 추문이었다. 이미 발간한 〈허시-허시〉 추문과 미발간 추문들. 1959년 초부터 기록한 추문들. 불후의 추문 히트 퍼레이드.

술꾼 추문. 마약쟁이 추문, 호모 추문. 레즈비언 추문. 색정녀 추문. 흑백 추문, 정치 추문, 근친상간 추문, 아동 성폭행 추문.

추문의 문제점: 추문녀들은 추문으로 너무 잘 알려져 있다는 사실.

피터는 엉뚱한 추문 하나를 발견했다. 1960년 9월 12일자 추문 보고. 거기엔 〈허시-허시〉 편집 메모가 붙어 있었다.

레니,

이게 왜 기삿거리인지 모르겠다. 체포해서 법원까지 갔다면 좋았겠지만 그러지 않았잖아. 나한테는 그저 억지로만 보여. 여자도 유명인이 아니고.

피터는 기사를 읽었다. 억지? …말도 안 돼.

'추문 전사' 레니 샌즈의 기사는 이랬다.

붉은 머리 꽃미녀 댄서 가수 바브 자헬카(전남편 조이 자헬카의 '스윙인 댄스 레뷰'의 얼굴마담)가 록 허드슨에게 금품을 강요한 혐의로 8월 26일 체포되었다.

문제는 사진이었다. 허드슨과 바브가 베벌리힐스에 있는 록의 집 침대에 함께 누워 있을 때 한 남자가 몰래 들어와 적외선 필름으로 사진 몇 장을 찍은 것이다. 며칠 후, 바브는 허드슨에게 1만 달러를 보내지 않으면 사진을 사방에 퍼뜨리겠다고 협박했다.

록은 사립탐정 프레드 오태시에게 전화하고 오태시는 베벌리힐스 경찰에 전화해 바브 자헬카를 체포했다. 그런데 허드슨은 가볍게 화를 내며 고소를 취하했다.

이 기사를 1960년 9월 24일 호에 싣고 싶습니다. 록은 요즘 잘나가고 바브는 진짜 미인입니다. (여자의 비키니 사진도 몇 장 있는데 사용 가능합니다.) 가부를 결정해주시면 정식으로 기사를 쓰겠습니다.

억지? 아니, 이건 대박이야, 셜록.

록 허드슨은 호모라 여자한테는 전혀 관심이 없다. 프레드 오태시는 경찰 출신의 할리우드 애완견이다. 낙서에 주목. 레니는 프레드의 전화번호를 보고서에 갈겨써 놓았다!

피터는 전화기를 잡고 다이얼을 돌렸다.

남자 목소리. "오태시입니다."

"피터 본듀런트요, 프레드."

오태시가 휘파람을 불었다. "재미있는 일이 생기려나보군. 자네가 인사차 전화할 리는 없을 테니 말이야."

"지금부터 해볼 생각입니다."

"아무래도 돈 냄새가 나. 내 시간을 돈 주고 살 생각이라면 오케이야."

피터는 기사를 확인했다. "1960년 8월, 록 허드슨을 곤경에서 구해줬더군요. 내가 보기엔 상황 전체가 함정이었어요. 얘기해주면 1000달러를 드리겠소."

"2000으로 올리고 출처는 비밀로 해줘."

"2000, 콜. 압력이 들어오면 다른 곳에서 얻었다고 말하죠."

이상한 소리가 전화선을 타고 들렸다. 피터도 아는 소리. 프레드가 연필로 이를 두드리는 소리였다.

"좋아, 프랑스인."

"오케이, 얘기해봐요."

"자네 말이 맞아. 록이 자기가 호모라는 사실을 드러내지 않으려고 만든 거야. 그래서 레니 샌즈와 거래를 한 걸세. 레니는 이 건에 바브 자헬카와 전남편 조이를 끌어들였지. 바브와 록이 침대에 있는 동안 조이가 침입을 가장해 사진 몇 장을 찍었어. 바브는 거짓으로 금품을 요구했고, 록은 거짓으로 날 끌어들인 거라네."

"그래서 당신이 베벌리힐스에 거짓 전화를 했겠군요."

"그래. 경찰은 바브를 금품 강요 건으로 입건했는데, 록이 천사 시늉을 하면서 고소를 취하했지. 레니가 그 건을 〈허시-허시〉에 썼는데, 어떤 이유인지 실리지 못했어. 레니가 진짜 매체에 흘리기도 했지만 아무도 물지 않았지. 이놈의 나라 절반은 록이 호모라는 사실을 알고 있거든."

피터는 한숨을 쉬었다. "범죄는 그대로 묻히고요."

"맞아. 록은 바브와 조이에게 각각 2000씩 쳤어. 그리고 이 지저분한 얘기를 들려줬다는 이유로 당신도 나한테 2000을 내야겠지?"

피터는 호탕하게 웃었다. "어차피 얘기가 나왔으니, 바브 자헬카에 대해 말해봐요."

"좋아. 내 느낌으론 아주 괜찮은 여잔데, 자기 스스로는 모르고 있어. 똑똑하고 재치 있고 예뻐. 자신이 제2의 패티 페이지가 못 된다는 사실도 알고 있어. 위스콘신 오지 출신인데 4~5년 전에는 마리화나 소지죄로 6개월 동안 빵 신세를 졌지. 피터 로포드와 관계를 맺은 적도 있고."

잭의 매제….

"…바브는 전남편 조이를 싫어하는데, 완전 개자식이야. 당해도 싼 놈이라고. 자극을 좋아해. 당신이 물어보면 위험을 즐긴다고 대답하겠지만, 내가 보기엔 한 번도 시도해본 적은 없다 쪽이야. 관심 있으면 벤투라에 있는 리프 클럽에 가봐. 최근에 들었는데, 조이 자헬카가 그곳에서 싸구려 트위스트 쇼를 올린다더군."

"그 여자를 좋아하는군요, 프레드. 목소리에 다 드러나요."

"자네도 다 보여. 어떤 새끼를 협박하려는지 모르겠지만, 진심으로 바브를 강추하네."

리프 클럽은 온통 부목(浮木)과 모조 조개껍질로 만들었다. 고객들은 대개 대학생과 저속한 히피족이었다.

피터는 댄스 플로어 바로 옆 테이블을 잡았다. 조이의 '스윙인 트위스트 레뷰'는 10분 후에 시작될 모양이다.

벽의 스피커들이 음악을 토해내고 손님들은 어깻짓을 하며 엉덩이를 부딪쳤다. 피터의 테이블이 울리고 멋진 맥주잔이 덜그럭거렸다.

로스앤젤레스를 떠나기 전 카렌 힐처에게 전화를 걸었다. 다행히 보안관 사무실에 바버라 제인 (린드스콧) 자헬카의 파일이 있었다.

자헬카는 1931년 11월 18일, 위스콘신 주 터널시티에서 태어났다. 로스앤젤레스에서 운전면허를 땄다. 1957년 7월경, 마리화나 컬렉에 손을 댔다. 6개월을 복역했고 교도소에서 남성 역할을 하는 레즈비언과 매춘을 했다는 혐의가 있다. 1954년 8월 3일 결혼, 1958년 1월 24일 이혼.

조지프 도미니크 자헬카, 1923년 1월 16일 뉴욕시티 출생. 뉴욕 주 전과: 미성년 소녀 강간, 딜라우디드 처방 위조. 조이 자헬카는 저급한 마약 중독자 같았다. 딜라우디드를 보기만 해도 침을 질질 흘릴 정도로.

피터는 맥주를 홀짝였다. 스피커에서 깜둥이 음악이 빵빵 터졌다. 남자 목소리도 들렸다. "신사 숙녀 여러분, 리프 클럽은 여러분의 트위스트 사랑을 기꺼이 만족시켜드리고자 합니다. 여기 조이 자헬카와 스윙인 트위스트 레뷰를 소개합니다!"

아무도 박수를 치지 않았다. 아무도 환호를 보내지 않았다. 트위스트를 멈추는 사람도 없었다.

3인조가 무대에 올랐다. 칼립소 셔츠와 어울리지 않는 턱시도. 전당포 딱지가 악기에 대롱대롱 매달려 있었다.

3인조가 무대 준비를 했다. 춤꾼들과 손님들은 악단을 완전히 무시했다. 주크박스 선율이 악단의 첫 곡을 먹어버렸다.

고등학생 애가 테너색스(알토보다 낮고 바리톤보다 높은 음역을 가진 색소폰─옮긴이)를 연주했다. 드러머는 밴텀급 멕시코 놈이고, 기타는 조이의 인상착의와 비슷했다. 미덥지 못한 인상의 땅딸보. 벌써부터 반쯤 약에 취한 꼬락서니다. 양말은 고무줄이 끊어져 발목 아래까지 늘어졌다.

놈들의 연주는 개판이었다. 귀청이 찢어질 듯 시끄럽기만 한 소음.

바브 자헬카가 조심스레 마이크로 향했다. 건강한 아름다움이 저절로 배어나오는 여자였는데, 쇼 비즈니스와는 거리가 한참 멀었다.

키 큰 바브. 호리호리한 바브. 생기 있고 풍성한 붉은 머리. 맙소사, 저 머리는 염색이 아니라 진짜야!

가슴골을 드러낸 드레스. 하이힐. 키가 180센티미터는 되겠군.

바브가 노래를 불렀다. 목소리가 가늘었다. 고음에 오를 때마다 목소리가 연주에 묻혔다.

피터는 가만히 지켜보았다. 바브가 노래를 부르고 춤을 추었다. 〈허시-허시〉라면 이렇게 제목을 붙였을 것이다. 새끈 새끈 섹시녀.

남자 몇이 춤을 멈추고 키 큰 새끈녀를 구경했다. 한 여자가 파트너를 찔렀다. 어디서 한눈을 팔아!

바브가 노래를 불렀다. 가늘고 단조로운 목소리. 바브가 한 바퀴 돌았다. 독특하면서도 진솔한 몸동작.

바브가 신발을 벗어던졌다. 엉덩이를 쑥 내밀 때 보니 한쪽 다리의 스타킹 실밥이 뜯어져 있었다.

피터는 그녀의 눈을 보며 주머니의 봉투를 두드렸다.

바브도 분위기를 읽었다. 당연히 돈에 넘어올 것이다. 바브는 조이에게 마약을 주고 마약에 빠져 살도록 만들 것이다.

피터는 줄담배를 피웠다. 바브가 한쪽 가슴을 드러내더니 트위스트 친구들이 눈치채기 전에 얼른 가렸다.

바브가 미소를 지었다. 앗, 실수! 황홀한 미소.

피터는 봉투를 종업원에게 건넸다. 전해주면 20달러를 주지.

바브가 춤을 추었다. 피터는 그녀에게 간절한 바람을 전했다. 얘기 좀 합시다.

바브는 분명 늦게 올 것이다. 클럽을 닫고도 한참 애를 타게 할 것이며 프레드 오태시한테도 전화해 상황 설명을 요구할 것이다.

피터는 24시 커피숍에서 기다렸다. 가슴이 욱신거렸다. 바브가 담배를 두 갑이나 피우게 만들었기 때문이다.

리텔한테는 한 시간 전에 전화했다. 3시에 레니 집에서 만나요. 아무래도 여자를 찾은 것 같습니다.

현재 시각 1시 10분. 어쩌면 전화는 다소 성급했을 수도 있겠다.

피터는 커피를 홀짝이며 몇 초마다 시계를 확인했다. 바브 자헬카가 들어와 그를 보았다. 점잖은 치마와 블라우스. 의도적인 차림이리라. 맨얼굴도 무척이나 잘 어울렸다.

바브가 맞은편에 앉았다.

"프레드한테 전화했기를 바랍니다." 피터가 말했다.

"했어요."

"뭐라고 해요?"

"당신하고 얽히기 싫다더군요. 당신 파트너들이 돈을 잘 번다는 얘기도 하고."

"겨우 그 정도?"

"당신이 레니 샌즈를 안다기에 그한테도 전화했어요. 집에 없더군요."

피터는 커피를 옆으로 밀쳤다. "당신이 칼로 찌른 레즈비언 여자, 죽일 생각이었소?"

바브가 미소를 지었다. "아뇨, 그냥 그년이 더 이상 건드리지 못하게 하고 싶었어요. 그 때문에 평생 신경 쓰기 싫었거든요."

피터는 미소를 지었다. "무슨 일인지 묻지도 않는군."

"프레드가 나름대로 해석해줬어요. 게다가 잡담만 해도 500달러를 주신다면서요? 아, 그런데 조이가 그러대요. '취향 참 더럽다'고."

종업원이 알짱거려 피터는 손짓으로 쫓아냈다. "왜 그런 사람하고 지냅니까?"

"언제나 마약 중독자는 아니에요. 내 여동생을 건드린 새끼를 손봐주기도 했고."

"이해할 만한 이유군요."

바브가 담배에 불을 붙였다. "무엇보다 조이의 어머니를 좋아해요. 노망이 들어 아직 우리가 부부라고 생각하죠. 조이의 조카들이 우리 애들인

줄 안답니다."

피터는 웃었다. "시어머니가 죽으면?"

"장례일이 조이와 굿바이 하는 날이 될 거예요. 그럼 여자 가수도 새로 뽑고 금단 시험에 데려갈 운전사도 필요하겠죠."

"그 친구, 충격이 이만저만 아니겠군."

바브가 담배 연기로 원을 만들어 내뱉었다. "끝은 끝이에요. 마약쟁이들이야 죽었다 깨어나도 이해 못하겠지만."

"당신은 이해한다는 얘기요?"

"난 이해해요. 여자가 그런 개념을 이해한다니까 이상한가요?"

"아니, 그렇지는 않아요."

바브가 담배꽁초를 비벼 껐다. "그래서 … 무슨 일이죠?"

"그 얘긴 나중에."

"언제요?"

"곧. 우선 당신하고 피터 로포드 얘기부터 들어봅시다."

바브가 재떨이를 만지작거렸다. "짧고 추해요. 나보고 자꾸 프랭크 시내트라랑 자라고 괴롭히는 바람에 깨졌죠."

"그러고 싶지 않았소?"

"그럼요."

"로포드가 잭 케네디도 소개하던가요?"

"아뇨."

"케네디한테 당신 얘기를 했을까요?"

"어쩌면요."

"케네디와 여자들 얘기는 들었죠?"

"그럼요. 로포드는 그를 '물개 좆'이라고 불렀어요. 베이거스 쇼걸을 알고 있는데, 그 여자가 해준 얘기도 있고요."

여자한테서 선탠오일 냄새가 났다. 붉은 머리와 환한 무대 조명….

"이런 얘기를 왜 해야 하죠?" 바브가 물었다.

"내일 밤 클럽으로 찾아가죠. 그때 얘기합시다."

리텔은 레니의 집 밖에서 피터를 만났다. 올빼미 레니는 새벽 3시 20분이 되어서야 집 안의 불을 켰다.

피터가 말했다. "여자는 죽여줘요. 레니가 매파 역할을 하기만 하면 일은 끝입니다."

"여자부터 만나보자."

"만나게 될 겁니다. 레니 혼자 있나요?"

리텔이 끄덕였다. "두 시간 전에 픽업트럭으로 왔어. 남자 놈은 방금 떠났고."

피터가 한숨을 내쉬었다. 벌써 스물다섯 시간 동안이나 깨어 있었다. "기습하죠?"

"좋은 편, 나쁜 편?"

"좋아요. 번갈아 해요. 저 새끼 헷갈리게."

둘은 현관으로 올라갔다. 피터가 초인종을 눌렀다. 리텔은 잔뜩 인상을 썼다.

레니가 문을 열었다. "이런, 설마 내가…."

피터가 레니를 안으로 밀어붙였다. 리텔은 쾅하고 문을 닫은 다음 빗장을 걸었다.

멋쟁이 레니가 가운을 매만졌다. 사이코 레니는 머리를 젖히며 웃었다. "우린 끝난 사이 아니에요, 워드? 시카고에서만 알짱대는 줄 알았는데 여긴 웬일이죠?"

"도움이 필요해. 네가 할 일은 남자한테 여자를 소개하고 아가리만 닥치면 돼."

"싫다면?"

"그럼 너를 토니 이아노네 살인범으로 넘기지."

피터가 한숨을 내쉬었다. "이런, 신사답게 해결하죠."

"뭐? 이 새끼는 변태 호모에 사람까지 죽였어. 우린 저 빌어먹을 코를 물어뜯으려 하는 중이고." 리텔이 말했다.

레니가 한숨을 내쉬었다. "나도 왕년에 2인조 해봤거든요. 빤한 쇼는 집어치웁시다, 우리."

"재미있게 해보려던 것뿐이야." 리텔이 말했다.

"5000달러야, 레니. 바브 자헬카를 친구한테 소개해주기만 하면 돼." 피터가 말했다.

리텔이 손가락 관절을 꺾었다.

"그만둬요, 워드. 터프 가이 흉내는 어울리지 않으니까."

리텔이 레니를 때렸다. 레니도 리텔을 때렸다.

피터가 둘 사이에 끼어들었다. 둘 다 우스꽝스럽기 그지없었다. 코피를 뚝뚝 흘리는 짝퉁 터프 가이 2인조.

"이 양반들이 … 신사적으로 하자니까 그러네."

리텔이 코를 훔쳤다. "피터가 바브 자헬카를 언급했는데, 전혀 놀라는 기색이 아니군."

레니가 웃었다. "당신 둘하고 논다는 생각에 아직 충격에서 벗어나지도 못했거든요."

"대답이 솔직하지 못해."

리텔의 반박에 레니가 어깻짓을 했다. "그럼 이렇게 대답할까요? 바브는 진짜입니다. 진짜는 어디서든 진짜를 알아보죠."

피터가 태도를 조금 바꾸었다. "잭 케네디가 여자를 데려가는 호텔 몇 군데만 대봐."

레니가 움찔했다. 피터는 엄지 관절을 큰 소리가 나도록 꺾었다.

"호텔 이름." 리텔이 재촉했다.

호모 레니가 꽥꽥거렸다. "미치고 팔짝 뛸 노릇이군! 이봐요, 켐퍼 보이드도 부릅시다. 넷이 해결하자고요!"

리텔이 레니를 때렸다. 레니의 눈에서 눈물이 찔끔 흘렀다. 호모 터프 가이, 아듀.

"호텔 이름을 대. 쓸데없이 나한테까지 맞지 말고." 피터가 위협했다.

레니가 혀짤배기소리를 했다. "샌타바버라의 엘 엘칸토. 시카고의 앰배서더-이스트, 뉴욕의 칼라일."

리텔은 레니가 듣지 못하도록 피터를 복도로 끌고 나왔다. "후버가 엘 엘칸토와 앰배서더-이스트에 도청 장치를 박았어. 지배인들도 도청 스위트룸을 후버가 지정하는 사람들한테 배당한다더군."

피터가 휘파람을 불었다. "자료가 후버한테 있겠네요. 어차피 우리 목적을 아니까 가서 족치죠."

둘은 거실로 돌아갔다. 레니가 도수 높은 바카디를 꿀꺽꿀꺽 삼키고 있었다.

리텔은 침이 절로 나왔다. 10개월간 독주는 입에도 대지 않았다. 레니의 주류 카트는 화려했다. 럼과 스카치와 온갖 고급 술.

레니가 술을 두 손으로 잡고 들이켰다.

"'잭, 이 아가씨는 바브입니다. 바브, 이분은 잭입니다.'" 피터가 중얼거렸다.

레니가 입술을 훔쳤다. "지금은 대통령 각하라고 불러요."

"마지막으로 언제 봤나?" 리텔이 물었다.

레니가 기침을 했다. "몇 달 전. 피터 로포드의 해변 별장에서요."

"로스앤젤레스에 있을 땐 늘 로포드의 별장에 가나?"

"예, 로포드의 파티가 죽이거든요."

"파트너 없는 여자도 초대해?"

레니가 키득거렸다. "항상 그래요."

"너는?"

"대개는 초대받아요. 대통령께서 우스운 얘기를 좋아하는데, 원하는 게 있으면 어떻게든 손에 넣잖아요."

피터가 끼어들었다. "그 밖에는 또 누가 파티에 가지? 시내트라와 보거트 똘마니들?"

레니가 어깨를 으쓱였다. "연예인들. 프랭크는 늘 왔는데, 보비가 잭을 부추겨 못 오게 만들었어요."

리텔이 끼어들었다. "신문에서 보니까 케네디가 2월 18일 로스앤젤레스에 온다더군."

"맞아요. 19일에 누가 파티를 여는지 알아요?"

"초대받았나, 레니?"

"예, 받았죠."

"비밀경호국 애들이 손님들 몸수색을 하거나 금속탐지기로 훑나?"

레니가 손을 내밀었지만 피터가 먼저 병을 가로챘다. "망할, 리텔 씨 질문에 대답해."

레니가 고개를 저었다. "아뇨, 경호국 애들도 먹고 마시면서 잭의 끝내주는 정력에 대해 떠들죠."

"'잭, 이 아가씨는 바브입니다. 바브, 이분은 잭입니다.'" 피터가 다시 중얼거렸다.

레니가 한숨을 쉬었다. "나, 바보 아니거든요."

피터가 미소를 지었다. "보수를 1만까지 올려주지. 너무 똑똑해서 이 얘기는 남한테 입도 뻥긋하지 않을 테니까."

리텔은 아예 술 카트를 치워버렸다. "여기서 남이란 … 샘 지앙카나와 시카고 친구들, 로라 휴즈, 클레어 보이드와 켐퍼 보이드도 포함돼. 만에 하나 만나는 일이 있다 해도 절대 안 돼."

레니가 웃었다. "켐퍼가 끼지 않았다고요? 세상에, 이런 불행한 일이! 그 양반이랑은 뭐든 같이하고 싶었는데."

"농담 아니야!" 피터가 으르렁거렸다.

"토니 얘기가 귀에 들어가면 샘이 네놈을 걸어 다니게 놔둘 것 같아?" 리텔도 거들었다.

"샘이 아직 잭 편이라는 생각도 안 하는 게 좋아. 지금은 잭을 도우라면 콧방귀도 끼지 않으니까. 잭한테 웨스트버지니아와 일리노이를 사줬지만 그것도 옛날 얘기지. 그 이후로는 보비도 시카고 조직을 좆같이 대하고 있어." 피터가 덧붙였다.

레니가 비척비척 카트 쪽으로 가려 하자 리텔이 붙잡았다.

레니가 그를 밀쳤다. "샘과 보비가 뭐든 만들어낼 거예요. 샘 말로는 보비가 쿠바 건을 해결하도록 만들기 위해 시카고 조직이 뭔가 꾸민다고 했어요. 보비는 아직 모르지만 어떤 식으로든 알게 될 거라더군요."

피터는 재빨리 상황을 파악했다.

피델 타도 오디션. 시카고 마피아 거물 셋 모두 따분해하고 관심이 없었다.

"레니, 넌 취했어. 그러니 아가리 닥치고…."

피터가 리텔의 말을 끊었다. "보비 케네디와 지앙카나가 쿠바에 대해 또 무슨 말을 했지?"

레니가 문에 기댔다. "아무 말도 안 했어요. 그냥 부치 몬트로즈와 하는 얘기를 잠깐 엿들은 것뿐이에요."

"언제?"

"지난주. 트럭 노조 모임을 위해 시카고에 갔을 때."

"쿠바는 잊어." 리텔의 말에 레니가 비틀거리며 승리의 V 사인을 했다. "비바 피델! 미제국주의 쓰레기들을 박살내자!"

피터가 레니를 때렸다.

"'바브, 이분은 잭입니다.' 그리고 잊지 마. 배신하는 날엔 어떻게 되는지." 리텔이 말했다.

레니가 금니 조각을 뱉어냈다.

둘은 보조가 잘 맞지 않았다. 피터는 저놈의 딜라우디드 때문에 일을 망치겠다는 생각이 들었다.

리프 클럽은 생난리였다. 트위스트광들이 무대를 완전히 뒤집었다.

바브는 언제나처럼 조신하게 춤을 추었다. 아무래도 앞으로의 공작 때문에 심란할 것이다.

리텔은 귀퉁이 부스를 강제로 빼앗았다. 두 사람이 들어오자 바브가 손을 흔들어주었다.

피터는 맥주를 마셨다. 리텔은 클럽 소다를 마셨다. 쿵쿵 울리는 앰프 소리에 테이블까지 들썩였다.

피터가 하품을 했다. 스태틀러에 방을 잡은 그는 하루 종일 자고 해가 저물어서야 일어났다.

호파는 프레드 오태시에게 2000달러를 보냈다. 리텔은 후버에게 보내는 메모를 적어 지미의 FBI 정보원에게 건넸다.

메모: 도청 장치를 하고 전화를 따야겠습니다. 국장님의 주적 하나를 아작 낼 생각입니다.

호파는 프레디 투렌틴을 고용했다. 프레디는 전화를 따고 필요한 곳에 도청 장치를 심을 것이다.

피터가 하품을 했다. 레니의 보비/쿠바 언급이 머릿속을 헤집었다.

리텔이 옆구리를 찔렀다. "괜찮게 생겼군."

"맵시도 좋아요."

"머리는?"

"지난번 협박 파트너보다 훨씬 영리합니다."

바브가 '프리스코 트위스트'를 점점 빠르게 추었다. 마약쟁이 밴드는 그녀가 아예 없는 것처럼 연주를 해댔다.

바브가 무대에서 빠져나왔다. 댄스 플로어의 트위스트 춤꾼들이 그녀를 이리저리 밀쳤다. 발정한 얼간이 하나가 따라오며 그녀의 가슴골을 들여다보았다.

피터가 손짓을 하자 바브가 그의 옆자리로 비집고 들어왔다.

"린드스콧 양입니다, 리텔 씨." 피터가 소개했다.

바브가 담배에 불을 붙였다. "아직은 '자헬카'예요. 시어머니가 돌아가시면 그때 '린드스콧'으로 돌아갈 생각이죠."

"린드스콧. 마음에 드는군." 리텔이 말했다.

"알아요. 내 얼굴하고도 더 잘 어울리죠." 바브가 대답했다.

"배우 일을 해본 적 있나?"

"아뇨."

"레니 샌즈와 록 허드슨 작전은?"

"경찰을 엿 먹이고 하룻밤 구치소에서 자면 되는 일인걸요."

"기껏 2000달러에 그런 일을 해?"

바브가 웃었다. "하룻밤에 트위스트 쇼를 세 번, 일주일에 엿새 하고 400달러를 받아요."

피터가 맥주와 비스킷을 옆으로 밀어냈다. "우리와 일하면 2000달러보다 훨씬 많이 벌 수 있소."

"어떤 일인데요? 그러니까, 대단한 분하고 자는 것 말고 또 뭐가 있죠?"

리텔이 바브를 향해 상체를 기울였다. "위험하긴 하지만 금방 끝나."

"그래서요? 트위스트는 금방 끝나지만 따분해요."

리텔이 미소를 지었다. "케네디 대통령을 만나 유혹한다고 가정하고…. 어떻게 연기할 참이지?"

바브가 담배 연기로 둥근 고리를 완벽하게 만들어 세 번 연이어 뿜어냈다. "불경스럽고 재미있게."

"차림은?"

"플랫 힐."

"이유는?"

"남자들은 여자를 깔보려고 하지 않나요?"

리텔이 웃었다. "5만 달러로 뭘 할 생각이지?"

바브가 웃었다. "트위스트를 그만둘래요."

"들킨다면?"

"우리가 누굴 상대하는지는 모르겠지만, 여러분이 더 무서울 것 같으니 아가리 닥쳐야죠."

"그런 일은 없을 거요." 피터가 말했다.

"그런 일이라뇨?" 바브가 되물었다.

피터는 바브를 어루만지고 싶은 욕망과 싸우고 있었다. "당신은 안전해요."

바브가 그를 향해 상체를 숙였다. "어떤 일인지 말해줘요. 대충은 알지만 그래도 당신 목소리로 듣고 싶어요." 그러곤 손으로 피터의 다리를 쓸었다. 그 단순한 접촉만으로도 피터의 전신에 파도가 일었다.

"잭 케네디. 2주 후 로포드의 집 파티에서 만날 거요. 당신은 소형 마이크를 숨기고 들어가요. 제대로 해내면 그때부터 상황 시작인 셈이지." 피터가 말했다.

바브가 두 사람의 손을 꼭 잡았다. 날 꼬집어봐요. 꿈은 아니겠죠?

"그럼 내가 공화당 스파이가 되는 거예요?"

피터가 웃었다. 리텔은 더 크게 웃었다.

자료 첨부: 1962년 2월 18일. FBI 전화 녹취록 전문. **국장의 지시로 녹음/국장 외 열람 금지.** 통화: J. 에드거 후버 국장과 워드 J. 리텔.

JEH: 리텔?

WJL: 예, 국장님.

JEH: 자네 꽤 대담해졌더군.

WJL: 감사합니다, 국장님.

JEH: 호파와 마르첼로가 당신을 고용했는지는 몰랐어.

WJL: 지난해부터입니다, 국장님.

JEH: 그에 따른 아이러니에 대해선 논평하지 않겠네.

WJL: 저도 알고 있습니다, 국장님.

JEH: 당연히 그렇겠지. 아무래도 저 전지전능하고 오지랖 넓은 켐퍼 보이드가 알선했을 테고?

WJL: 맞습니다, 국장님. 정확합니다.

JEH: 마르첼로와 호파한테는 악감정 없네. 오히려 그들에 대한 다크 프린스의 선전포고가 처음부터 단추를 잘못 끼웠지.

WJL: 두 분도 그렇게 알고 있습니다, 국장님.

JEH: 그럼 형제에 대한 좋은 감정도 버린 건가?

WJL: 예, 국장님.

JEH: 난봉꾼 황제 잭이 당신의 타도 대상이라고 봐도?

WJL: 맞습니다, 국장님.

JEH: 그리고 이번 작전 파트너가 공포의 피터 본듀런트라며?

WJL: 예, 국장님.

JEH: 그에 따른 아이러니에 대해서도 논평하지 않겠네.

WJL: 국장님, 그럼 동의하신 건가?

JEH: 그래. 그리고 개인적으로 자네가 정말 대단하다고 말하고 싶군그래.

WJL: 감사합니다, 국장님.

JEH: 장치는 제대로 심었다던가?

WJL: 예, 국장님. 아직까지는 칼라일만 처리했습니다. 그리고 여자가 타깃을 만나 순풍을 탈 때까지 어디에서 짝을 지을지 알 도리가 없습니다.

JEH: 짝을 지을지 여부도 불확실하겠지.

WJL: 예, 국장님.

JEH: 메모를 보니, 호텔 이름이 몇 개 있던데….

WJL: 예, 국장님. 엘 엘칸토와 앰배서더-이스트. 타깃이 여자들을 자주 데려가는 호텔입니다. 그런데 두 지역 모두 FBI에서 상시 도청을 한다고 들었습니다.

JEH: 그래. 하지만 요즘엔 다크 프린스가 대통령 특별실에서 놀려 한다더군.

WJL: 그 생각은 해보지 못했습니다.

JEH: 믿을 만한 놈들을 붙여서 장비를 설치하고 모니터하지. 칼라일 테이프 사본을 보내면 나도 자네하고 테이프를 공유하겠네.

WJL: 물론입니다, 국장님.

JEH: 로포드의 해안 별장을 따볼 생각은 없나?

WJL: 불가능합니다. 프레디 투렌틴이 아예 들어갈 여지가 없더군요.

JEH: 자네 미끼가 언제 다크 프린스를 만나지?

WJL: 내일 밤입니다, 국장님. 조금 전에 언급하신 별장입니다.

JEH: 매력적인가?

WJL: 예, 국장님.

JEH: 교활하고 쾌활하면 좋겠군. 폐하의 매력에도 넘어가지 않아야 하고.

WJL: 제대로 해낼 여자입니다, 국장님.

JEH: 여자 목소리를 테이프로 듣고 싶어.

WJL: 가장 좋은 사본으로 보내드리겠습니다, 국장님.

JEH: 자넨 역시 최고야. 켐퍼 보이드가 아주 잘 가르쳤군.

WJL: 국장님 덕분입니다.

JEH: 그에 따른 아이러니에 대해서도 논평하지 않겠네.

WJL: 예, 국장님.

JEH: 조만간 내 도움이 필요할 거야. 테이프 사본을 빠짐없이 공급하면 적절한 때에 도움을 주겠네.

WJL: 알겠습니다, 국장님.

JEH: 내가 자네를 오해하고 과소평가했어. 다시 동지가 되어 기쁘네.

WJL: 저도 기쁩니다.

JEH: 잘 있게, 리텔.

WJL: 안녕히 계십시오, 국장님.

76

머리디언, 1962년 2월 18일

총소리에 퍼뜩 잠을 깼다. 폭도들의 고함 소리에 총을 잡기 위해 몸을 날렸다.

켐퍼가 침대에서 굴러 내릴 때 도로에서 끼이익 하고 브레이크 잡는 소리가 들렸다. 백인 깡패들이 사방에서 튀어나와 달렸다. 록하트의 KKK 요원들은 아니다.

소리가 들리는 것 같았다. FBI의 '깜둥이 애인'이 마을에 나타났다! 세미놀 모텔이 더러운 라틴/프랑스 앞잡이로 우글거린다!

총소리는 위협적이었으나 사실 조금 전의 악몽이 더 끔찍했다. 고맙게도 놈들 덕분에 깨기는 했지만.

잭과 보비가 그를 취조실에 가두었다. 네놈을 고발한다. 1959년부터 네놈이 마피아-CIA의 이중 첩자라는 사실을 알고 있다.

악몽은 사실적이고 직접적이었다. 지난주에 받은 피터의 전화 때문이다. 피터는 피델 타도 오디션을 거론하며 시카고 마피아가 저격을 거부한 이유를 알아냈다고 주장했다. 샘 G.가 보비한테 비밀을 털어놓기로 결심한 모양이에요. '이봐요, 법무장관 나으리. 시카고 마피아는 지난 3년간 당

신 쿠바 공작의 동지였다고요.'

피터는 확실한 단서까지 제시했다. 샘이 누군가를 시켜 곧 비밀을 흘릴 겁니다. 보비를 겁박해 마피아 전쟁을 포기하게 만들고 싶어 하거든요.

피터는 자신이 조사해보겠다고 말했다.

켐퍼는 일어나 덱세드린 세 알을 물 없이 삼켰다. 피터의 이론이 마약과 섞여 더욱 집요해졌다.

보비는 조만간 JM/웨이브를 보여달라고 할 거야. 나와 CIA의 유대가 1961년 5월부터라고 생각하겠지. JM/웨이브는 피그스 이전의 동료들로 바글거린다. 물론 쿠바 난민도 조직범죄 인물들과 밀접하다.

켐퍼는 면도를 하고 옷을 입었다. 덱세드린이 빠른 속도로 치고 들어왔다. 옆방에서 쿵 소리가 들렸다. 로랑 게리가 아침 체조를 하는 중이다.

존 스탠튼이 배후에서 힘을 쓴 덕분에 로랑, 플래시, 후안은 연방이민국 그린카드를 받았다. 네스토르 차스코도 머리디언으로 건너와 그룹에 합류했다. 세미놀 모텔은 제2의 간부단 사령부가 되었다.

켐퍼는 2만 달러 상당의 주식을 현금화했다. 가이 배니스터도 그 정도의 돈을 기부했다. 카스트로 제거팀은 이제 완전히 독립적이고 자율적이었다.

켐퍼는 매일 투표권 보고서를 챙겼다. 밤이면 암살 훈련을 기획했다.

지방 흑인들도 상당수 포섭했다. 제일 오순절 침례교회 신자 84퍼센트의 진술도 받았다.

백인 깡패 몇이 교구 목사를 구타했다. 켐퍼는 놈들을 찾아가 각목으로 다리를 분질러놓았다.

더기 프랭크는 사격장 절반을 정리했다. 제2간부단은 일주일에 7일 밤을 연습했다. 저격수들은 정지 타깃과 이동 타깃을 쏘았다. 숲을 정찰하기도 했다. 쿠바 침투 작전이 곧 시작될 것이다.

후안과 플래시는 그에게 에스파냐어를 유창하게 할 수 있도록 해주었다. 이제 머리를 염색하고 분장한 후 라틴계로 위장해 쿠바에 잠입할 수도 있다. 가까이 접근해 저격할 수도 있다.

저격수들은 대화를 좋아했다. 훈련이 끝난 후에는 밀주를 마시고 한밤

중까지 재잘댔다. 그들은 3개 국어로 얘기했다. 모닥불을 피워놓고는 무서운 얘기를 하며 술병을 돌렸다.

후안은 자신이 거세당한 얘기를 들려주었다. 차스코는 바티스타의 지시를 받고 자신이 수행한 살인 임무에 대해 떠들었다.

플래시는 플라야히론 가까이 가봤다고 했다. 로랑은 파리 학살 얘기를 전했다. 입막음 덕분에 아무도 모르는 얘기…. 지난해 10월, 무장 경관들이 알제리인 200명을 때려죽인 다음 센 강에 던져버렸어요.

가까이 접근할 수 있어. 놈을 쏠 수 있어. 창백한 피부의 앵글로색슨이라면 쿠바인으로 통할 수도 있다.

덱세드린이 절정을 때렸다. 냉커피가 오히려 기막힌 촉진제가 되었다.

날짜가 그의 롤렉스에서 훌쩍 튕겨나갔다. 생일 축하해. 벌써 마흔여섯인데, 전혀 그렇게 안 보여.

. . .

자료 첨부: 1962년 2월 21일. 마이크-이동 전화 도청 기지 녹취록 일부. 프레디 투렌틴 기록. 테이프/녹취록 사본 접수: P. 본듀런트, W. 리텔.

1962년 2월 19일, 오후 9시 14분. L. 샌즈와 B. 자헬카 별장에 진입(타깃 및 수행원은 8시 03분에 도착). 퍼시픽 해안도로의 자동차 소음 때문에 신호가 뒤죽박죽이고 녹음되지 않은 부분이 많음. B. 자헬카의 방문은 시간과 일치하며 생중계로 모니터했음.

이니셜 코드: BJ-바브 자헬카. LS-레니 샌즈. PL-피터 로포드. MU 1-남자 손님 1. MU 2-남자 손님 2. FU 1~7-여자 손님 1~7. JFK-존 F. 케네디. RFK-로버트 F. 케네디(특기 사항. MU 1과 MU 2는 비밀경호국 요원임).

9:14~9:22. 어지러운 잡음.

9:23~9:26. 목소리 중첩. BJ의 목소리가 들림. 대개는 어수선한 인사말(BJ를 FU 1~FU 7에게 소개하는 것으로 보임. 테이프 사본의 앙칼진 웃음소리에 주목).

9: 27~9:39. BJ와 PL.

PL: (대화 진행 중) 이 무리 속에서도 눈에 띄는군, 바브.

BJ: 미모? 아니면 키?

PL: 둘 다.

BJ: 여전히 거짓말 도사로군요.

FU 3: 안녕, 피터.

PL: 안녕, 예쁜이.

FU 6: 피터, 대통령 머리 정말 멋지지 않아요?

PL: 한 번 잡아당겨봐. 물지 않을 테니까.

FU 3, FU 6: (웃음).

BJ: 저 여자들은 쇼걸이에요? 아니면 창녀?

PL: 저 색 바랜 금발은 말리부의 '시프 앤드 서프' 여급이야. 다른 여자들은 듄즈의 쇼걸들이고. 저기 심폐 장치를 한 흑갈색 머리 보이지?

BJ: 예, 보여요.

PL: 프랭크 시내트라의 여성 밴드에서 좆 빠는 역할을 담당하고 있어.

BJ: 농담한 거죠? 우습네요.

PL: 농담 아냐. 보비 성화에 잭이 프랭크를 잘랐잖아. 프랭크가 팜스프링스 집에 헬기장을 만들어 잭이 찾아가곤 했는데, 보비가 개지랄하는 바람에 잭도 어쩔 수 없었어. 프랭크가 조폭들과 어울린다는 이유 때문이었지. 잘 봐, 사악한 개새끼처럼 생기지 않았어?

BJ: 뻐드렁니예요.

PL: 그 새끼는 여자도 건드리지 않아.

BJ: 설마! 호모라고요?

PL: 믿을 만한 소식통에 따르면 여편네하고만 한대. 입으로 빨아주지도 않고, 하는 이유도 오직 번식 때문이라더군. 그런데 정말 사악한 개자식 같지 않아?

FU 2: 피터! 지금 막 해변에서 대통령을 만났어요!

PL: 좋겠다. 좀 빨아주지 그랬냐.

FU 2: 이런 돼지 같으니!

PL: 꿀꿀, 꿀꿀!

BJ: 술 한잔해야겠어요.

PL: 자기도 눈 딱 한 번 감아봐. 정말이야, 바브. 프랭크하고 딱 한 번만 자보라니까.

BJ: 내 타입이 아니에요.

PL: 자길 도와줄 거야. 조이 그 개자식도 자기 인생 밖으로 내몰아줄 수 있어.

BJ: 조이하고는 사정이 있어서 그래요. 시간이 되면 내가 알아서 쫓아내요.

PL: 날 버린 건 성급했지만 프랭크라면 너한테 홀딱 반할 거야. 너한테 뭔가 있다고 느낄 테니까. 믿을 만한 소식통이 있는데, 그 친구가 지금은 아예 사람까지 고용해 그런 여자를 찾는다더군.

BJ: 그래서 뭔가 찾았대요?

PL: 그 인간, 엄마 젖이 그리워서 그래. 빌어먹을.

FU 1: 오, 세상에, 피터. 지금 막 케네디 대통령을 봤어요.

PL: 좋겠다. 좀 빨아주지 그랬냐.

BJ, FU 1, FU 7: (왁자지껄).

PL: 꿀꿀, 꿀꿀! 내가 바로 꿀꿀 대마왕이다!

9:40~10:22. 왁자지껄. 시끄러운 잡음으로 보아 비밀경호국 요원들을 배치하고 비밀 전화로 통신을 하고 있는 듯함.

10:23~10:35. 왁자지껄. BJ, FU 1, FU 3, FU 7과 잡담 중(하이파이 세트 옆. 시끄러운 장치와 스피커 옆자리를 피하라는 주문을 깜빡 잊은 듯).

10:36~10:41. BJ, 화장실(세면대와 화장실 물소리로 확인).

10:42~10:49. 시끄러운 잡음.

10:50~11:04. BJ와 RFK.

BJ: (대화 진행 중) 미친 짓이에요. 그 사람들이 더 설치기 전에 바로잡으셔야죠. 더 이상 망치기 전에 중지해야 장관님도 패배자처럼 보이지 않을 거예요.

RFK: 아가씨라면 트위스트도 정치와 같다고 말할 것 같군.

BJ: 그럼요. 낙관주의야말로 공통분모 아닌가요?

RFK: 진부한 얘기지만 아가씨는 쇼걸처럼 얘기하지 않는군그래.

BJ: 쇼걸을 많이 만나보셨어요?

RFK: 물론 아주 많이 만나고말고.

BJ: 조폭 수사하실 때?

RFK: 아니, 대통령께서 소개해주셨지.

BJ: 그 여자들도 공통분모가 있어요?

RFK: 물론. 이용 가치가 공통분모지.

BJ: 그러고 보니 정말 그런 것 같네요.

RFK: 레니 샌즈하고 데이트 중인가?

BJ: 애인 아니에요. 그냥 저를 파티에 데려왔을 뿐인걸요.

RFK: 그 친구는 어떤 식으로 여자를 모으나?

BJ: "처첩들 다 모여라" 같은 식으로는 아니에요. 그런 의미로 물으셨죠?

RFK: 아가씨도 남자보다 여자가 훨씬 많다는 사실을 눈치챘겠지?

BJ: 물론이에요. 장관님.

RFK: 보비라고 불러요.

BJ: 예, 알겠습니다. 보비.

RFK: 내 말은 아가씨가 피터와 레니를 아니까 상황도 파악했을 거라는 얘기요.

BJ: 무슨 말씀이신지 압니다.

RFK: 물론 알겠지. 내가 그 얘기를 한 이유는 레니를 안 지 오래됐지만 오늘 밤은 어째 슬프고 초조해 보여서 그래요. 저런 모습은 전에는 본 적이 없거든. 설마 피터가 저 친구한테….

BJ: 저도 피터는 싫어요. 몇 년 전 잠깐 만났지만, 그때도 지금처럼 뚜쟁이라는 사실을 알고 헤어졌어요. 제가 이 파티에 온 이유는 레니한테 데이트 상대가 필요했고, 저도 해변에서 시원한 겨울밤을 지내고 싶어서였죠. 게다가 법무장관님과 미국 대통령도 뵐 수 있다는데….

RFK: 미안. 기분 상하게 할 생각은 없었소.

BJ: 괜찮아요.

RFK: 오늘 밤처럼 어딘가 께름칙한 구석이 생기면 나도 모르게 신경을 곤두

세우게 되거든. 물론 보안 때문이지. 그런데 그 께름칙한 이유가 여자라면? …아, 무슨 뜻인지 알 거요.

BJ: 여기 여자들을 보니 오히려 께름칙한 여자가 되고 싶네요.

RFK: 난 따분한 데다 주량보다 두 잔을 더 마셨어. 보통 때라면 처음 만난 사람하고 이렇게 사적인 기분이 드는 경우는 없는데.

BJ: 재미있는 얘기 하나 해드릴까요?

RFK: 좋지.

BJ: 패트 닉슨이 남편에 대해 뭐라고 한 줄 아세요?

RFK: 글쎄.

BJ: 정치에 입문하기 오래전엔 리처드가 침대에서 이상한 짓을 많이 했대요.

RFK: (웃으며) 맙소사. 대박이로군. 그 얘기를 나도….

시끄러운 잡음(머리 위로 비행기가 날아감). 그 이후로 BJ와 RFK의 얘기는 잡음만 들림.

11:05~11:12. 하이파이와 자동차 소음. BJ는 집 주변을 거닐고 사람들이 파티장을 떠나고 있음을 알 수 있음.

11:13~11:19. BJ가 직접 도청기에 대고 얘기함(그만두라고 얘기해. 저러다 들키면 어쩌려고!).

BJ: 밖에 나와 해변을 보고 있어요. 지금은 혼자 속삭이니까 사람들은 듣지 못해요. 아니더라도 그냥 미쳤다고 생각하겠죠. 아직 거인을 만나지는 못했는데, 언뜻 보니까 나를 발견하고 피터를 찌르는 모양이에요. '저 빨강 머리 누구야?' 이렇게 묻고 있겠죠? 여긴 너무 추워요. 벽장에서 밍크 코트를 하나 꺼내 입었더니 따뜻하고 폼도 나네요. 레니는 취했지만 내가 보기엔 그도 즐겁게 지내려 노력하는 것 같아요. 지금은 딘 마틴과 잡담하는 중이에요. 거인은 지금 금발 둘과 피터의 침실에 있어요. 보비는 몇 분 전에 만났죠. 지금은 걸신들린 사람처럼 냉장고 음식을 꺼내 먹어요. 비밀경호국 사람들은 〈플레이보이〉를 보느라 바쁘네요. 맙소사, 저 사람들, 구닥다리 딕 닉슨이 뽑히지 않아 기뻐하고 있어요. 누군가가 해변에서 마리화나를 피우고 있네요. 나도 어떻게든 성공하려고 노력 중이에요. 그도 결국 나를 찾을 거예요. 보비가 경호국 사람한테 하는 얘기를 들었는데, 거인이 1시나 되어야 떠난다네요. 덕분에 한숨 돌린 거죠. 피터가 그분한테 내 끔찍한 〈너깃〉 화보를 보여줬다는 얘기를 들었어요. 레니한테서. 1956년에 찍었거든요. 거인 키는 180 정도 같네요. 굽 없는 구두를 신으면 나보다 별로 크지 않겠어요. 할리우드 쓰레기 뉴스가 아니면, 지금이야말로 나이 어린 여자애들이 일기에 쓸 대단한 파티 같아요. 트위스트 초대는 세 번 모두 거절했어요. 그러다 도청기가 떨어질까 불안해서요. 등 뒤 침실 문이 닫혔어요. 금발 여자 둘이 키득거리며 나오네요. 이제 끊어야겠어요.

11:20~11:27. (파도 소리로 보아 BJ는 아직 해변에 있음).
11:28~11:40. BJ와 JFK
JFK: 안녕.
BJ: 어머나, 세상에!
JFK: 놀랄 필요 없어요.
BJ: 이를 어쩌나. 안녕하세요, 대통령 각하.
JFK: 안녕. 잭이라고 불러요.
BJ: 안녕하세요, 잭.
JFK: 이름이 뭐죠?
BJ: 바브 자헬카.
JFK: 자헬카처럼 보이지 않아요.
BJ: 사실은 린드스콧입니다. 전남편과 함께 일하는 중이라 아직 그 성을 쓰고 있어요.
JFK: 린드스콧이면, 아일랜드?
BJ: 앵글로-저먼 잡종이에요.
JFK: 아일랜드는 다 잡종이요. 잡종에, 꼴통에, 고주망태죠.
BJ: 그 말 인용해도 돼요?
JFK: 내가 재선한 다음. 지금은 휴대용 존 F. 케네디 안에 넣어둬요. "당신의 나라가 당신을 위해 무엇을 해줄지 묻지 마라" 옆에.

BJ: 하나 여쭤봐도 돼요?

JFK: 뭐든지.

BJ: 미국 대통령이 되는 게 세상에서 제일 죽이는 쇼일까요?

JFK: (웃음을 참으며) 맞아요. 사실 조연들만 봐도 본전은 챙기거든.

JFK: 예를 들면요?

JFK: 촌뜨기 린든 존슨. 샤를 드골. 드골은 1910년 이후로 똥줄이 바짝 달았어요. J. 에드거 후버. 드러나지는 않았지만 그 친구도 호모예요. 동생이 다루는 쿠바 난민들도 80퍼센트가 쓰레기 인생이지만, 해럴드 맥밀런은 한 술 더 떠서….

MU 2: 실례합니다, 각하.

JFK: 응?

MU 1: 전화가 왔습니다.

JFK: 바쁘다고 해.

MU 2: 브라운 주지사입니다.

JFK: 나중에 전화한다고 해.

MU 1: 예, 알겠습니다.

JFK: 그런데 바브, 나한테 투표했소?

BJ: 순회공연 중이라 기회가 없었어요.

JFK: 부재자 투표도 있는데?

BJ: 미처 생각 못했어요.

JFK: 뭐가 더 중요합니까? 트위스트, 아니면 내 당선?

BJ: 트위스트죠.

JFK: (웃음을 참으며) 내 철없는 말을 용서해요. 당신이 바보 같은 질문을 하기에.

BJ: 질문이 바보 같았으니 대답도 바보 같을 수밖에요.

JFK: 맞아. 알아요? 동생 말로는 당신이 이런 싸구려 파티에 어울리지 않는다던데.

BJ: 오히려 장관님께서 너무 자신을 낮추시네요.

JFK: 통찰력 있는 평가였소.

BJ: 장관님은 포커에서 돈을 따본 적도 없으실 것 같아요.

JFK: 그 친구 장점 중 하나죠. 자, 춤바람이 바닥나면 뭘 할 생각이오?

BJ: 돈을 벌어서 여동생한테 '밥의 빅 보이' 가맹점을 차려줄 생각이에요. 위스콘신 주 터널시티에.

JFK: 위스콘신에서도 이겼죠.

BJ: 알아요. 여동생이 찍었다더군요.

JFK: 부모님은?

BJ: 아버지는 돌아가셨어요. 어머니는 천주교를 싫어하니까, 닉슨이었을 거예요.

JFK: 분산표도 나쁘진 않아요. 어쨌든 밍크 멋지네요.

BJ: 피터한테서 빌렸어요.

JFK: 그럼 아버지가 여동생들한테 사준 모피 6000벌 중 하나일 거요.

BJ: 부친께서 뇌졸중이라는 기사를 봤어요. 안됐어요.

JFK: 그럴 필요 없어요. 그 양반은 너무 사악해서 죽지도 못할 겁니다. 어쨌든 피터가 말한 그 딴따라하고 여행하나요?

BJ: 늘 그래요. 사실, 27일에 이스트코스트로 순회공연을 가야 해요.

JFK: 일정을 백악관 교환에 남겨주겠소? 괜찮다면 저녁이라도 합시다.

BJ: 저야 영광이죠. 전화 드리겠습니다.

JFK: 부디. 밍크는 가져가요. 여동생보다 당신한테 훨씬 잘 어울리니까.

BJ: 말도 안 돼요.

JFK: 제발. 진심이오. 여동생도 찾지 않을 거요.

BJ: 그럼 고맙습니다.

JFK: 기꺼이. 그런데 아쉽게도 전화 걸 곳이 몇 군데 생겼군요.

BJ: 그럼 다음에 또.

JFK: 그래요. 부디.

MU 1: 각하.

JFK: 잠깐, 지금 갈게.

11:41~12:03. 정적(파도 소리로 미루어 BJ는 여전히 해변에 남아 있음).

12:04~12:09. 시끄러운 목소리와 하이파이 소음(파티가 끝나는 중).

12:10. BJ와 LS가 파티장을 떠남. 테이프도 끝남. 1962년 2월 20일, 새벽 12시 11분.

자료 첨부: 1962년 3월 4일. 칼라일 호텔 객실 도청 녹취록. 프레디 투렌틴 녹음. 테이프/녹취록 사본 접수: P. 본듀런트, W. 리텔.

BJ가 청취 기지에 전화해 저녁때 타깃을 만나기로 했다고 전함. BJ한테는 침실 문을 두 번 열었다 닫으면 도청 마이크가 작동한다고 알려주었음. 녹음은 오후 8:09에 시작.

이니셜 코드: BJ-바브 자헬카. JFK-존 F. 케네디.

8:09~8:20. 성행위(테이프 사본 참조. 녹음 상태 최고. 목소리 구분 가능).

8:21~8:33. 대화.

JFK: 오, 맙소사.

BJ: 흐으으음.

JFK: 옆으로 더 가. 등이 배겨서 그래.

BJ: 이제 어때요?

JFK: 괜찮군.

BJ: 등 문질러드려요?

JFK: 아냐. 그 정도면 됐어.

BJ: 고마워요. 그리고 전화 반가웠어요.

JFK: 나 때문에 하지 못한 일이 있나?

BJ: 뉴저지 주 퍼세익의 오락실에서 쇼 두 번 빼먹었죠.

JFK: 오, 이런.

BJ: 저한테 물어볼 얘기 없어요?

JFK: 좋아, 내가 준 밍크코트는 어떻게 했지?

BJ: 전남편이 팔아버렸어요.

JFK: 그걸 그냥 뒀어?

BJ: 늘 그런 식인걸요.

JFK: 그런 식이라니?

BJ: 그 사람도 내가 곧 떠난다는 사실을 알아요. 그런데 내가 빚진 게 있어서 사소한 물건이 생길 때마다 그런 식으로 빼앗아가죠.

JFK: 빚이 큰가보군.

BJ: 아주 커요.

JFK: 궁금하군. 더 얘기해봐.

BJ: 위스콘신 터널시티에 있을 때부터 그런 거예요. 1948년경에.

JFK: 나도 위스콘신을 좋아하지.

BJ: 알아요. 그곳에서 이기셨잖아요.

JFK: (웃으며) 재치 있어. 나한테도 질문해봐.

BJ: 미국 정치계에서 제일 멍청이가 누구예요?

JFK: (웃으며) 감춤형 호모 에드거 후버. 1965년 1월 1일 은퇴할 예정이지.

BJ: 그런 얘기는 못 들었어요.

JFK: 듣게 될 거야.

BJ: 아, 이제 알겠어요. 그러려면 먼저 잭이 재선해야 하는 거죠?

JFK: 눈치가 빠르군. 자, 이제 1948년 위스콘신 터널시티 얘기를 더 들어보자고.

BJ: 나중에요.

JFK: 왜?

BJ: 감질나게 해드리고 싶어요. 그래야 관계가 더 오래 가겠죠?

JFK: (웃으며) 남자를 아는군.

BJ: 예, 잘 알아요.

JFK: 누구한테 배웠지? 그러니까, 처음에.

BJ: 위스콘신 터널시티의 성인 남자 전부한테서요. 그렇게 놀랄 필요 없어요. 남자 수는 총 열일곱이었으니까.

JFK: 계속해봐.

BJ: 안 돼요.

JFK: 왜?

BJ: 사랑을 나눈 지 2초 만에 잭이 시계를 봤어요. 그래서 잭을 침대에 묶어 두려면 과거 얘기를 길게 이어가야 한다고 생각했거든요.

JFK: (웃으며) 내 회고록에 적어야겠어. 존 F. 케네디가 여자들을 꼬셔서 룸 서비스 클럽 샌드위치를 먹으며 한바탕 낮거리를 즐겼다.

BJ: 죽이는 클럽 샌드위치였어요.

JFK: (웃으며) 당신은 재치도 있고 잔인해.

BJ: 또 물어봐요.

JFK: 아니, 당신이 물어봐.

BJ: 보비 얘기 해줘요.

JFK: 왜?

BJ: 피터의 파티에서 절 의심했어요.

JFK: 그 친구는 누구나 다 의심해. 지미 호파 및 마피아와 시궁창 싸움을 하고 있는데, 그 때문에 신경이 곤두서기 시작했지. 일종의 경찰 직업병에 시달리는 셈이야. 한 번은 지미 호파와 플로리다 토지 사기를 놓고 한 판 벌이더니, 어느새 카를로스 마르첼로를 추방하더라고. 지금은 또 호파와 테네시의 시험 차량 사건인데, 내용은 나도 몰라. 나는 변호사도 아니지만 보비처럼 끝까지 추적해서 뿌리 뽑겠다는 주의도 아니야.

BJ: 보비가 잭보다 고집이 있나보죠?

JBK: 그래, 고집불통이야. 몇 년 전 어떤 여자한테도 얘기했지만 정말 열정적이고 성격이 곧아.

BJ: 또 시계를 보시네요.

JFK: 가야겠어. UN에 나가봐야 하거든.

BJ: 행운을 빌게요.

JFK: 행운까지는 필요 없을 거야. UN 총회는 개수작이거든. 바브, 또 만나. 난 좋았어.

BJ: 저도요. 그리고 클럽 샌드위치 맛있었어요.

문이 쾅 닫히며 마이크가 꺼짐. 녹음 종료. 1962년 3월 3일, 오후 8시 34분.

자료 첨부: 1962년 4월 9일. 칼라일 호텔 침실 도청 녹취록. 프레디 투렌틴 녹음. 테이프/녹취록 사본 접수: P. 본듀런트, W. 리텔.

BJ가 오후 4시 20분 청취 기지에 전화해 저녁에 타깃을 만나기로 했다고 전함. 녹음은 오후 6:12에 시작.

이니셜 코드: BJ-바브 자헬카. JFK-존 F. 케네디.

6:13~6:25. 성행위(테이프 사본 참조. 녹음 상태 최고. 목소리 구분 가능).
6:14~6:32. 대화.
BJ: 오, 맙소사.
JFK: 지난번엔 내가 그렇게 말했지.
BJ: 이번이 더 좋았어요.
JFK: (웃으며) 나도 그래. 하지만 클럽 샌드위치는 형편없었어.
BJ: 저한테 질문하세요.
JFK: 1948년, 위스콘신 터널시티에서 어떤 일이 있었지?
BJ: 그걸 기억하시다니, 놀랍네요.
JFK: 기껏 한 달 전이야.
BJ: 알지만 … 그냥 별 뜻 없이 한 얘기인걸요.
JFK: 그래도 자극적인 얘기였어.
BJ: 고맙습니다.
JFK: 어서, 바브.
BJ: 알았어요. 5월 9일, 빌리 크루거를 찼어요. 빌리는 톰 맥캔들리스, 프리치 쇼트, 조니 커티스와 붙어 다녔는데 날 혼내주기로 작당을 했죠. 그때 전 마을 밖에 있었어요. 부모님이 라신의 교우 총회에 데려갔거든요. 대신 여동생 마거릿이 집에 있었어요. 고집이 센 데다 교회 총회에서 괜찮은 남자애들은 만나기 어렵다고 생각하는 애였는데….

JFK: 계속해.

BJ: 다음에.

JFK: 오, 이런. 난 풀리지 않는 미스터리는 딱 질색이야.

BJ: 다음에 해드릴게요.

JFK: 다음이 있다고 어떻게 장담하지?

BJ: (웃으며) 나한테 어떤 매력이 있는지 잘 알아요.

JFK: 당신은 기가 막혀, 바브. 최고야.

BJ: 한 달에 한 번, 한 시간 밀회로 남자를 아는 게 얼마나 가능한지 확인하고 싶어요.

JFK: 그렇다고 성가시게 불러내겠다는 얘기는 아니지?

BJ: 아뇨, 절대 아니에요.

JFK: 신의 축복이 있기를.

BJ: 신을 믿으세요?

JFK: 사람들 앞에서만. 자, 이제 나한테 질문해.

BJ: 여자를 구해주는 사람이 따로 있어요?

JFK: (웃으며) 꼭 그렇지는 않아. 켐퍼 보이드가 제일 가깝지만 불편한 인간이야. 그래서 취임한 이후엔 거의 써먹은 적이 없지.

BJ: 켐퍼 보이드가 누구죠?

JFK: 법무부 관리. 당신도 그 친구가 맘에 들 거야. 얼굴은 엄청 잘생기고 조금 위험한 인물이거든.

BJ: 그 사람을 질투하세요? 그래서 불편한 건가요?

JFK: 내가 불편한 이유는 그 친구의 최대 약점은 케네디 가문이 아니라는 거야. 그냥 감수하기에도 버거운 약점이지. 지금 보비의 스터디 그룹을 위해 난민 쓰레기들을 다루고 있는데, 내가 보기엔 그 친구도 나을 바가 없어. 예일 로스쿨을 다녔고, 나한테 붙어서 자신의 쓸모를 증명한 경우에 불과해.

BJ: 뚱쟁이는 권력자한테 빌붙는 법이죠. 세상에, 피터를 보세요.

JFK: 켐퍼는 피터 로포드와 달라. 그 점은 분명하게 말할 수 있어. 피터한테는 팔아버릴 영혼도 없지만, 켐퍼는 아주 비싼 값에 영혼을 판 경우니까.

본인은 그마저 모르지만.

BJ: 어떻게 그러죠?

JFK: 자세한 얘기는 못하지만, 나와 가족한테 빌붙기 위해 결혼까지 약속한 여자를 차버렸어. 그 친구, 부잣집 출신이지만 아버지가 가산을 탕진하고 자살했거든. 그래서 나한테 달갑지 않은 환상을 품는 모양인데…. 일단 알고 나니까 선뜻 받아들이기가 쉽지 않더군.

BJ: 다른 얘기 해줘요.

JFK: 1948년 위스콘신 터널시티는 어때?

BJ: 다음에요.

JFK: 망할.

BJ: 전 줄다리기를 좋아해요.

JFK: 난 싫어. 어릴 때는 시리즈 영화도 싫어했다고.

BJ: 여기에다 벽시계를 달아야겠어요. 그럼 몰래 손목시계를 훔쳐볼 일 없 잖아요.

JFK: 역시 재치 있군. 거기, 바지 좀 주겠어?

BJ: 여기.

문이 쾅 닫히고 도청기가 꺼짐. 녹음 종료. 1962년 4월 8일, 오후 6시 33분.

77

마이애미, 1962년 4월 15일

경관은 늦었다.

피터는 배차 서류에 낙서하며 시간을 죽였다. 작은 심장과 화살을 몇 개 그렸다. 레니와 바브가 한 얘기를 적고, 단어 아래 밑줄을 그어 강조도 했다. 충격적인 단어들. 택시 회사의 부산함이 오히려 완벽한 정적이 되어 그를 휘감았다.

레니의 말 덕분에 가설 하나를 이끌어냈다. 마피아 조직은 자신들이 쿠바 공작에 개입했다는 사실을 보비 K.에게 알리려 한다. 아직 보비는 모르지만, 행여 귀에 들어가는 날이면 켐퍼 보이드는 그날로 끝장이다. 마피아-CIA 연결 고리도 모조리 끊어내고 말 것이다.

시카고 조직은 보비가 피델 저격을 원치 않는다는 사실을 알고 있다. 단지 그 이유만으로 저격수팀을 지원하지 않으려 한다.

피터의 생각은 몇 주 동안 부글부글 끓었다. 그는 난민 캠프로 화기들을 옮기고, 켐퍼는 미시시피에서 훈련 시연 두 건을 해결했다.

켐퍼는 피델의 턱수염을 뽑겠다고 나섰다. 마피아의 재가가 없는데도 전혀 상관없다는 투였다.

548

바브는 빼질머리 잭을 발가벗기겠다고 나섰다.

경관은 아직 오지 않았다. 피터는 바브 작전을 생각했다.

바브의 말이 쌓이고 있다. 테이프와 인쇄물로. 그는 최고의 말들을 암기했다.

프레디 투렌틴은 칼라일 도청 기지를 담당했다. 76번가와 매디슨 인근의 아파트. 바브와 잭의 섹스 테이프/인쇄물은 현재 완성 단계에 있다. 후버에 대한 리텔의 책략은 성공했다. FBI는 엘 엘칸토와 앰배서더-이스트의 대통령 특별실 전화를 땄다.

후버 국장은 협박 공모자다. FBI는 칼라일 스위트룸을 일주일에 한 번 확인했다. 객실 도청기를 보이지 않도록 꽁꽁 감춰라.

잭 K.의 섹스는 6분으로 땡이다. 잭 K.는 뺑쟁이 대왕이다.

잭은 쿠바 난민을 "쓰레기"라고 불렀다. 잭은 켐퍼 보이드를 "출세에 미친 가련한 놈"이라고 했다.

경관은 아직 오지 않았다. 피터는 심장과 화살을 조금 더 그렸다.

새로운 생각. 주목. 바브는 잭뿐 아니라 내게도 얘기를 건넨다.

바브는 자헬카를 떠나지 않았다. "여동생을 건드린 자들을 손봐주었기 때문"이라지만 잭한테 한 얘기는 아니다.

바브는 1948년 5월에 대단한 일이 있었다는 암시를 주었다.

바브는 그가 테이프를 듣고 녹취록을 읽는다는 사실을 안다. 그가 빈 칸을 채워주길 바란다. 잭은 대답을 강요하지 않을 것이다. 바브 역시 그를 거쳐간 여자 300만 명 중 하나에 불과하다.

바브는 그가 전직 경찰임을 안다. 그가 알아낼 수 있음을 안다.

그는 위스콘신 주 경찰에 전화했다. 가이 배니스터를 통해 FBI 조회를 발동했다. 답변을 받아내는 데에는 총 48시간이 걸렸다.

1948년 5월 11일. 위스콘신 주 터널시티, 마거릿 린 린드스콧이 집단 강간을 당했다. 그녀는 강간범들의 신원을 밝혔다. 윌리엄 크루거, 토머스 맥캔들리스, 프리츠 쇼트, 조니 코티스. 기소는 없었다. 남자 넷의 알리바이가 확실했기 때문이다.

1952년 1월 14일. 윌리엄 크루거가 밀워키에서 총격으로 사망했다.

"강도 살인"은 미제로 남았다.

1952년 7월 4일. 토머스 맥캔들리스가 시카고에서 총격으로 사망했다. "전문 저격 살인 추정"은 미제로 남았다.

1954년 1월 23일. 프리츠 쇼트가 증발하고 디모인 인근에서 부패한 시체를 발견했다. 신원 미상. 탄피 세 개가 근처에서 발견되었다. "총격 살인 추정"은 미제로 남았다.

조니 코티스는 살아 있다. 지금은 오클라호마 주 노먼의 경관이다.

피터는 책상을 열고 잡지를 꺼냈다. 스물다섯 살의 바브. 쭉쭉빵빵한 미스 너깃.

바브는 마피아 폭력배 조이 자헬카를 유혹했다. 그를 유혹해 동생을 겁탈한 사내들을 처리한 것이다.

조니 코티스는 살아 있다. 마피아도 어지간한 일 아니면 경찰을 건드리지 않는다.

빚을 진 바브는 조이와 결혼했다. 그렇게 빚을 갚았다.

경관은 아직 오지 않았다. 피터는 화보를 1000만 번은 보았다. 그들은 에어브러시로 그녀의 가슴을 그리고 파우더로 주근깨를 지웠다. 사진은 바브의 총기를 포함해 진짜 매력을 담아내지 못했다.

피터는 잡지를 치웠다. 배차 서류를 하나 더 꺼내 낙서했다.

그는 일주일에 한 번 바브에게 전화했다. 슬며시 그녀의 감정을 찔러 보기도 했다. 정말로 잭한테 빠진 건 아니지?

바브는 사랑에 빠지지 않았다. 매력은 인정했지만 잭은 기껏해야 6분 발기에 허풍만 한 사발이다.

음모는 계속되었다. 투렌틴은 로스앤젤레스로 날아가 레니 샌즈를 확인했다. 프레디와 레니는 확고했다. 프레디의 말이 맞는다면, 레니가 작전을 까발릴 우려는 없다.

그는 바브의 테이프를 듣고 또 들었다. 레니가 무심코 한 말도 그만큼 반복 재생했다.

마피아의 주요 투자자 셋이 쿠바 작전을 포기했다. 리텔 말로는 여전히 관심 있는 거물은 카를로스 마르첼로뿐이다.

이유는? 당연히 돈 문제다.

피터는 두 달 내내 코를 처박고 지내며 가설을 발전시켰다. 가설을 맞추고 쿠바 공작과 시카고 조직원들을 연결한 결과, 지난주에는 대단한 이론적 쾌거를 달성했다.

1960년 11월.

윌프레도 올모스 델솔이 친카스트로 요원들과 가깝게 지냈다. 델솔은 최근에도 여기저기 나타났다. 새 차를 몰고 새 옷을 입고 새 여자를 데리고 다녔다.

피터는 마이애미 경관을 고용해 델솔을 미행하게 했다. 경관이 보고를 올렸다.

델솔은 6일 내내 수상한 쿠바인들과 만났다. 놈들의 번호판은 하나같이 위조한 것이었다.

경관은 놈들의 집까지 추적했다. 집들 역시 가명으로 계약했다. 쿠바인들은 친카스트로이지만 특별히 돈줄이 드러나지는 않았다.

경관은 전화 회사 정보원을 만나 500달러를 주고 델솔의 최근 전화 요금 청구서를 훔쳐오게 했다.

경관은 정보원이 성공했다고 전했다. 오늘 물건을 가져오기로 했는데, 아직까지 나타나지 않은 것이다.

피터는 낙서를 했다. 심장과 화살을 그렸다. 그리고 또 그렸다.

칼 레너츠 경사는 한 시간이나 늦게 나타났다. 피터는 그를 야외 주차장으로 데려갔다.

두 사람은 봉투를 교환했다. 거래는 정확히 2초 만에 끝났다.

레너츠가 떠났다. 피터는 봉투를 개봉해 서류 두 장을 꺼냈다.

플로리다 전화국 직원이 보낸 서류였다. 델솔은 넉 달간 이상한 전화를 했다. 미등록 번호를 이용해 산토와 샘 G.에게 전화했다. 그리고 친카스트로 전위 그룹 여섯 곳에 스물아홉 번 전화를 걸었다.

피터는 숨이 멎는 기분이었다.

피터는 델솔의 집으로 차를 몰았다. 놈의 새 차 임팔라가 집 앞 잔디밭에 서 있었다.

그는 차를 세워 임팔라를 꼼짝도 못하게 막고 주머니칼로 타이어를 모조리 찢어놓았다. 그리고 의자 하나를 현관 문고리 아래 박은 다음, 외부 냉방 장치의 전선을 뜯어 오른손 주먹에 칭칭 감았다.

집 안에서 물 내리는 소리와 음악 소리가 들렸다.

피터는 뒤로 돌아갔다. 부엌문은 열려 있었다.

델솔은 설거지 중이었다. 맘보 리듬에 맞춰 행주를 비벼댔다.

피터가 손을 흔들자 델솔도 비누 묻은 손을 흔들었다. 들어와요.

싱크대 가장자리에 작은 라디오가 놓여 있었다. 페레즈 프라도가 〈체리 핑크 맘보〉를 신나게 연주해댔다.

피터는 안으로 들어갔다. 델솔이 "안녕, 페드로" 하고 인사했다. 피터는 그대로 주먹을 날렸다. 델솔이 잭나이프를 꺼냈다. 피터는 싱크대에 라디오를 던졌다. 물이 지지직거렸다. 피터는 델솔의 엉덩이를 걷어찬 다음, 그의 손을 팔꿈치까지 싱크대 물속에 처박았다. 델솔이 소리를 지르고 얼른 두 팔을 빼내며 끔찍한 비명을 토해냈다. 부엌 가득 수증기가 피어올랐다. 저 애기구름 버섯이라니.

피터는 델솔의 입에 행주를 쑤셔 넣었다. 델솔의 두 팔이 벌겋게 익고 털도 다 빠졌다.

"네놈은 트라피칸테, 지앙카나는 물론 친카스트로 놈들한테까지 전화질을 해댔어. 좌파 쿠바 놈들과 만나는 장면도 포착했다. 돈도 물 쓰듯하고."

델솔이 그를 뿌리쳤다. 벌겋게 익은 손가락으로 '좆 까'라는 시늉을 했다.

"시카고 조직이 쿠바 공작을 외면하는데, 그 이유를 알아야겠다. 설명을 못하면, 이번엔 네놈 얼굴을 물에 처박을 줄 알아."

델솔이 행주를 내뱉었다. 피터는 전선으로 그의 두 손을 묶고 다시 싱크대 물에 처박았다. 델솔이 비명을 지르며 두 팔을 빼냈다. 피터는 그를 끌고 냉장고로 데려갔다.

진정해, 병신아. 쇼크에 빠지지 말고.

피터는 냉장고를 열고 각얼음을 그릇에 넣었다. 델솔은 이빨로 전선을 풀고 두 손을 얼음 속에 박았다.

싱크대 물이 지글거렸다. 피터는 담배에 불을 붙였다.

델솔은 의자에 털썩 주저앉았다. 터질 듯한 비명도 가라앉았다.

그래도 끈기는 있는 놈이다.

"그래서?" 피터가 물었다.

델솔이 그릇을 두 무릎으로 끌어안았다. 얼음 조각이 튀어나가 바닥에 떨어졌다.

"그래서?"

"그래서라니? 당신이 내 사촌을 죽였어. 내가 언제까지 쓸개를 내줄 줄 알았나?"

목소리가 흐느낌에 가까웠다. 라틴 놈들은 고통을 끝내주게 이겨낸다.

"내가 원하는 대답이 아니야."

"형제를 죽인 놈한테 대가를 지불하게 해야 한다고 생각했지."

피터는 부엌칼을 집었다. "내가 원하는 대답을 내놔."

델솔이 중지 두 개를 내밀었다. 좆 까. 살갗이 손등까지 늘어졌다.

피터는 칼로 의자를 찍었다. 칼날이 델솔의 바지 솔기를 찢었다. 불알과 불과 3센티미터 거리였다.

델솔이 칼을 뽑아 바닥에 던졌다.

"그래서?" 피터가 다시 물었다.

"말하지 않을 도리가 없군."

"그럼 계속해. 열 받게 하지 말고."

델솔이 미소를 지었다. 끝까지 사나이 기질을 과시하려 들었다. "당신 말이 맞아, 페드로. 지앙카나와 산토는 쿠바 공작을 포기했어."

"카를로스 마르첼로는?"

"아니, 그 양반은 둘과 달라. 아직 열정적이야."

"헤시 리스킨드는?"

"그 양반도 노선은 다르지만 많이 아프다고 들었어."

"산토는 아직 간부단 사업을 지지해."

델솔이 썩은 미소를 지었다. 두 팔 여기저기 물집이 오르기 시작했다. "곧 지지를 거둘 거야. 내가 보기엔 확실해."

피터는 새 담배를 물었다. "그 밖에 또 누가 간부단 사업을 배신했지?"

"나는 내가 배신했다고 생각하지 않아. 옛날이라면 당신도 그렇게 보지 않았을 거야."

피터는 담배를 싱크대 안으로 던졌다. "질문에나 대답해. 구차한 변명은 듣고 싶지 않으니까."

"좋아, 이 일은 나만 알고 있어." 델솔이 대답했다.

"이 일?"

델솔이 오한을 일으켰다. 목에 생긴 커다란 물집이 터지며 피가 흘러내렸다. "맞아. 당신이 생각하는 그대로야."

"설명해봐."

델솔이 두 손을 바라보았다. "산토와 다른 사람들은 피델한테 넘어갔다. 그저 쿠바 공작에 열정이 있는 척 시늉만 하고 있지. 로버트 케네디와 권력자들한테 잘 보이기 위해. 그 사람들 바람이라면 케네디가 선거 지원 사실을 깨닫고 자신들을 심하게 다루지 않는 것뿐이야. 라울 카스트로는 그 양반들한테 헐값으로 헤로인을 넘기고 있어. 그 대가로 지금껏 난민의 움직임에 대한 정보를 넘겨받았지."

헤로인은 곧 돈이다. 그의 가설은 바로 거기서 사실로 굳어졌다.

"계속해. 아직 더 있잖아."

델솔은 약간 멍한 표정을 지었다. 피터는 눈 한 번 깜박이지 않고 그를 바라보았다. 그의 시선에 결국 델솔이 눈을 끔벅였다.

"그래, 더 있어. 라울은 피델을 꼬드겨 산토와 다른 사람들이 아바나에 카지노를 다시 열게 해주려고 뛰는 중이야. 산토와 샘은 라울한테 JM/웨이브의 진행 상황은 물론 피델 암살 계획에 대한 정보를 제공하기로 약속했지."

또다시 가설 확인. 덕분에 비애감만 커졌다. 산토와 샘이 다그치면 보이드도 저격팀을 해산할 수밖에 없다.

델솔이 팔을 살펴보았다. 문신이 벗겨져 지저분한 얼룩만 남았다.

"더 해봐." 피터가 으르렁거렸다.

"아니, 이제 없어."

피터는 한숨을 내쉬었다. "네 역할이 있잖아. 너를 끌어들인 이유는 내가 네 사촌을 죽였다는 사실을 카스트로 쪽 놈들이 알기 때문이야. 네놈을 호락호락하게 본 거지. 이 일에 지분이 있지? 물론 헤로인과 관계가 있을 테고. 이실직고하지 않으면 더 매운 맛을 보여주지."

"페드로…."

피터는 의자 앞에 웅크리고 앉았다. "헤로인. 그래, 헤로인 얘기도 해."

델솔이 성호를 그었다. 각얼음 그릇이 바닥에 떨어져 박살났다. "쿠바 화물이 쾌속정으로 들어오기로 했어. 모두 100킬로그램. 순정품. 카스트로 측에서 물건을 지키기 위해 들어올 거야. 그럼 내가 산토에게 배달하고."

"언제?"

"5월 4일 밤."

"어디?"

"앨라배마 주 걸프 해안. 오렌지비치라는 곳."

피터는 부르르 몸을 떨었다. 델솔도 즉시 그의 두려움을 눈치챘다.

"오늘 일은 없었던 것처럼 행동해야 해, 페드로. 당신도 실제로는 쿠바 공작을 믿지 않는 것처럼 꾸며야 한다고. 저 사람들과 맞설 수는 없잖아? 우리하고는 차원이 다른 거물들이야."

보이드는 담담하게 받아들였다. 피터는 열이 받쳐 전화 부스에서 꽥꽥 악을 써댔다.

"아직 카지노 거래를 가능하게 만들 수 있어요. 당신 팀을 보내 카스트로를 제거하고 혼란을 일으키는 겁니다. 일이 잘되면 산토도 우리 노고를 인정할 거요. 그 양반들 계획이 틀어질 수도 있죠. 아니래도, 최소한 피델 카스트로는 잡을 수 있잖아요."

"아니. 거래는 끝났고 간부단도 끝났어. 성급하게 애들을 보내봐야 기껏 죽어서 돌아올 거야." 보이드는 그렇게 대답했다.

피터는 전화 부스 문을 걷어찼다. 문이 경첩에서 뜯겨나갔다. "무슨 뜻이죠? '아니'라니?"

"손해를 벌충해야 한다는 뜻이야. 누군가가 시카고 조직과 CIA를 보비한테 꼰지르기 전에 돈을 벌어야 해."

문이 인도에 떨어져 박살났다. 행인들이 돌아서 지나갔다. 꼬마 하나가 그 위에 뛰어올라 유리를 반으로 쪼갰다.

"헤로인?"

보이드는 끝까지 침착했다. "100킬로그램이야, 피터. 5년 동안 깔고 앉았다가 해외에 파는 거야. 너, 나, 네스토르 셋이. 적어도 300만 달러씩은 챙길 수 있어."

피터는 어지러웠다. 진도 9.9의 지진이 머릿속에서 터져버린 듯했다.

· · ·

자료 첨부: 1962년 4월 25일. 칼라일 호텔 침실 도청 녹취록. 프레디 투렌틴 녹음. 테이프/녹취록 사본 접수: P. 본듀런트, W. 리텔.

BJ가 오후 3시 08분 청취 기지에 전화해 저녁 5시에 타깃을 만나기로 했다고 전함. BJ한테는 침실 문을 두 번 열었다 닫으면 도청 마이크가 작동한다고 알려줌. 녹음은 오후 5:23에 시작.

이니셜 코드: BJ-바브 자헬카. JFK-존 F. 케네디.

5:24~5:33. 성행위(테이프 사본 참조. 녹음 상태 최고. 목소리 구분 가능).
5:34~5:41. 대화.
JFK: 망할, 등이 아파.
BJ: 도와드릴게요.
JFK: 아냐, 괜찮아.
BJ: 시계 좀 그만 보세요. 이제 막 끝났잖아요.
JFK: (웃으며) 정말로 벽시계라도 달아야 했나봐.

BJ: 요리사한테도 얘기하세요. 클럽 샌드위치가 너무 형편없어요.

JFK: 맞는 말이야. 칠면조는 퍽퍽하고 베이컨은 흐물거리고.

BJ: 고민이 있으신가봐요, 잭.

JFK: 똑똑한 여자라니까.

BJ: 세상의 무게인가요?

JFK: 아니, 동생. 지금 내 친구들과 내가 만나는 여자들 모두와 전쟁을 벌이고 있어. 엉덩이 뾰루지가 따로 없다니까.

BJ: 예를 들면요?

JFK: 보비는 마녀 사냥을 하고 있어. 프랭크 시내트라는 폭력배를 몇 알고 있다는 이유로 잘려나갔지. 피터가 연결해준 여자들은 모조리 매독 걸린 창녀 취급이야. 당신도 트위스트 가수라고 하기엔 너무 세련되고 영리하대. 도매금으로 용의자 선상에 오른 셈이지.

BJ: (웃으며) 그다음엔 뭐죠? 이제 FBI 요원들이 내 뒤를 쫓나요?

JFK: (웃으며) 그렇지는 않을 거야. 보비와 후버는 서로 너무 싫어하니까 그렇게 민감한 문제로 협조할 리는 없어. 보비는 과로 때문에 신경과민이야. 후버가 신경과민인 이유는 나치 호모인 터라 정상적인 취향을 모조리 증오하기 때문이지. 보비는 법무부를 지휘하고, 조폭들을 추적하고, 쿠바 정책을 실현하기 위해 동분서주하고 있어. 사이코 쓰레기들 때문에 도 눈코 뜰 새 없는데 후버가 사사건건 원칙 문제로 시비를 걸거든. 결국 내가 보비의 좌절을 참아줘야 한다고. 맙소사, 우리 입장을 바꿔볼까? 당신이 미국 대통령이 되고 내가 트위스트를 추는 거야. 당신이 나가는 술집 이름이 뭐랬더라?

BJ: 델스 덴. 코네티컷 스탬포드에 있어요.

JFK: 좋아. 어때, 바브? 바꿔볼까?

BJ: 좋아요. 제가 대통령이 되면 후버를 자르고 보비를 휴가 보내겠어요.

JFK: 정말로 케네디처럼 생각하는군.

BJ: 어떻게 알죠?

JFK: 마침 보비한테 후버를 해고하라고 할 참이거든.

BJ: 시계 좀 그만 보세요.

JFK: 다음엔 당신이 시계를 감춰버려.

BJ: 그럴게요.

JFK: 가야겠어. 바지 좀 줄래?

BJ: 바지가 구겨졌어요.

JFK: 당신 잘못이야.

문이 쾅 닫히고 도청기가 꺼짐. 녹음 종료. 1962년 4월 24일, 오후 5시 42분.

자료 첨부: 1962년 4월 25일, 1962년 4월 26일, 1962년 5월 1일. THP 전화 도청 편집. 로스앤젤레스, 시카고, 뉴어크 현지. **일급비밀/국장 외 열람 금지.**

로스앤젤레스, 1962년 4월 25일. 장소: 릭-랙 식당 공중전화. 발신 번호: MA2-4691(마이크 리먼 식당 공중전화). 발신: '개망나니' 스티브 드 산티스(THP 파일 #814.5 참조, 로스앤젤레스 지국). 수신: 미지의 남자('빌리'). 6분 4초간의 무의미한 잡담 이후 내용 발췌.

SDS: 그런데 프랭크가 아가리를 닥치고 있고 샘도 그 새끼를 믿잖아. 잭은 우리 편이 어쩌고저쩌고 하면서 레니 말로는 쿡 카운티 투표함 절반을 매수했다더라고.

UM: 프랭크를 개인적으로 아는 것처럼 말하네.

SDS: 알아, 인마. 듄즈 호텔 무대 뒤에서 한 번 봤어.

UM: 시내트라는 병신이야. 마피아처럼 걷고 마피아처럼 말하지만 실제로는 뉴저지 호보컨 출신의 멍청이일 뿐이지.

SDS: 그래도 돈 쓸 줄 아는 얼간이야, 빌리.

UM: 안 쓰고 배겨? 쥐새끼 보비가 시카고 조직을 건드릴 때마다 한 보따리씩 안겨야 하는데? 보비 씹새가 지미와 트럭 노조를 건드릴 때면 두 배를 내고, 카를로스 아저씨가 과테말라 산책을 하면 세 배를 처바르잖아.

SDS: 케네디가 놈들이 내야지.

UM: 씨발, 그걸 말이라고?

SDS: 씨발놈들이 은혜를 좆도 몰라.

UM: 누가 아니래? 그건 그렇고, 조 케네디와 레이먼드 패트리아르카가 옛날부터 친구잖아.

SDS: 말도 안 돼.

UM: 씨발, 말 된대.

무의미한 대화가 이어짐.

시카고, 1962년 4월 26일. 장소: 노스사이드 엘크스 클럽 공중전화. 발신 전화: BL4-0808(사파리토 트라토리아 공중전화). 발신: '오리궁둥이' 듀이 디 파스퀘일(THP 파일 #709.9 참조, 시카고 지국). 수신: '떨떨이' 피에트로 사파리토. 4분 29초간의 무의미한 대화 이후 내용 발췌.

DDP: 임질, 매독보다 지독한 게 케네디 집안이야. 시카고 조직을 아예 갈아 마시려고 들잖아. 보비 새끼가 방방곡곡 개새끼들을 풀었는데, 여자고 돈이고 도무지 먹히지 않는 놈들이야.

PS: 그 씹새가 내 식당에 왔을 때 독살해야 했어.

DDP: 꽥꽥, 그러지 그랬냐.

PS: 씨발, 그놈의 오리 흉내 좀 그만 내.

DDP: 잭과 보비와 수사팀 새끼들을 불러서 모조리 독살해버려.

PS: 그러지 뭐. 야, 너 우리 집에 있는 딜런이라는 년 알지?

DDP: 당근 알지. 씨발, 좆 나게 잘 빨아준다는 얘기 들었어.

PS: 죽이지. 그년이 잭 케네디랑 잤는데, 니미 좆이 새끼손가락만 하대.

DDP: 아일랜드 놈들은 아예 달리지도 않았어. 다 아는 사실 아냐?

PS: 크기로야 당근 이탈리아지.

DDP: 돌리기도 잘 돌리고.

PS: 샘은 아예 당나귀 좆이라더라.

DDP: 어떤 새끼가 그래?

PS: 샘이 직접 그랬어.

무의미한 대화가 이어짐.

뉴어크, 1962년 5월 1일. 장소: 루스-럭키 라운지 공중전화. 발신 전화:
MU6-9441(뉴욕시티. 루벤 델리카트슨 공중전화). 발신: 허셸 '헤시' 리스킨드
(THP 파일 #887.8 참조. 댈러스 지국). 수신: 모리스 밀턴 바인생크(THP 파일
#400.5 참조. 뉴욕 지국). 3분 1초간의 무의미한 대화 이후 내용 발췌.

MMW: 몸이 안 좋다는 말씀 들었습니다. 헤시. 다들 걱정하고 기도합니다.

HR: 오래 오래 살아서 샘 G.가 시내트라 엉덩이를 팔레르모까지 날려버리
　　는 꼬라지를 봐야 하는데 말이야. 시내트라와 CIA 씹새들이 나불대는 바
　　람에 샘하고 산토도 잭 케네디가 우리 편이라고 믿고 있어. 너도 대가리
　　가 있으면 생각해봐. 모리스. 아이크와 해리 트루먼. 루스벨트도 이렇게
　　까지 우릴 괴롭히지는 않았어.

MMW: 당근 아니죠.

HR: 잭이 아니라 보비가 문제라지만. 잭도 규칙은 알잖아. 은혜를 베푼 사람
　　들을 물어뜯으려들면 곤란하지.

MMW: 샘은 프랭크가 두 형제와 가깝다고 생각합니다. 그러니까 프랭크가
　　잭한테 얘기해 보비를 제어할 수 있다. 그 말씀이죠.

HR: 좆같은 소리 말라 그래. 프랭크 연줄이라면 잭 좆밖에 없어. 프랭크하고
　　그 CIA의 보이드 놈이 하는 일이라곤 케네디 좆을 빨아대는 것뿐이야.

MMW: 그래도 잭과 보비가 헤어스타일은 좋죠.

HR: 그놈의 머리를 45구경 덤덤탄으로 가르마를 타줬으면 좋겠다.

MMW: 멋지겠는데요.

HR: 부러워? 그럼 가발을 사.

무의미한 대화가 이어짐.

자료 첨부: 1962년 5월 1일. 개인 서한.
발신: 하워드 휴즈. 수신: J. 에드거 후버.

친애하는 에드거,

수석비서이자 고문변호사 두에인 스퍼전이 큰 병에 걸렸습니다. 즉시 변호에 나설 대체 인력이 필요합니다. 물론 FBI 배경에 도덕적으로 건강한 변호사가 좋겠죠. 추천해주시겠습니까?

그런 이만,

하워드

78

워싱턴 D. C., 1962년 5월 2일

벤치 앞은 링컨 기념관이다. 유치원 교사와 어린 아이들이 총총거리며 지나갔다.

"그 여자는 아주 좋아." 후버가 말했다.

"감사합니다, 국장님."

"잭 황제를 도발적인 올가미로 옭아매더군."

리텔이 미소를 지었다. "예, 국장님. 대단하죠."

"잭 황제가 나를 강제로 몰아내겠다고 두 번이나 언급했어. 여자한테 그런 식으로 유도하라고 지시했나?"

"예, 국장님. 맞습니다."

"왜?"

"이번 공작에서 국장님 판돈을 키우고 싶었습니다."

후버가 바지 주름을 매만졌다. "알겠네. 자네 작전은 흠 잡을 데가 없 더라고."

"그 양반을 설득해서 동생이 제 고객과 친구분들을 너무 심하게 몰아 붙이지 않도록 만들어야 하니까요. 테이프 사본이 있다는 사실을 알면 결국 국장님을 붙잡아야겠다고 생각할 겁니다."

후버가 머리를 끄덕였다.

"흠잡을 데 없는 작전이야."

"테이프를 공개할 필요는 없습니다, 국장님. 그보다 무대 뒤에서 녹아 내리도록 만들어야죠."

후버가 가방을 두드렸다. "그래서 사본을 돌려달라고 부탁하는 건가?"

"예, 국장님."

"내가 안전하게 보관하지 못할 것 같아서?"

리텔이 미소를 지었다.

"로버트 케네디가 외부 수사관을 끌어들일 경우에도 국장님이 거리낌 없이 부인할 수 있어야 합니다. 테이프는 모두 한곳에 보관하고 싶어요. 비상시엔 곧바로 파기해야 하니까요."

"일이 꼬이면 피터 본듀런트와 프레디 투렌틴이 혐의를 모조리 뒤집어쓴다?"

"예, 국장님." 리텔이 대답했다.

후버는 새가 날아와 앉자 훠이, 하며 쫓아 보냈다. "이 일에 돈은 누가 대지? 호파? 아니면 마르첼로?"

"모르시는 게 좋습니다, 국장님."

"그래. 보안에 신경 쓰는 입장도 이해해."

"감사합니다, 국장님."

"일반 공개가 필요할 경우에는?"

"그럼 10월 말에 터뜨립니다. 총선 직전에."

"그래, 그때가 제일 좋겠군."

"예, 국장님. 하지만 말씀드렸듯이 공개하지 않는…."

"반복할 필요 없잖아. 내가 노망 난 것도 아닌데."

태양이 먹구름 밖으로 삐져나왔다. 리텔의 이마에서 땀방울 하나가 삐져나왔다.

"예, 국장님."

"당신도 그자들을 미워하지?"

"예, 그렇습니다."

"당신뿐이 아니야. THP는 주요 조직범죄 구역 열네 곳에 도청 장치를 하고 전화를 땄지. 케네디를 향한 반감이 장난 아니야. 형제한테는 보고하지 않았지만 그럴 생각도 없어."

"당연한 일입니다, 국장님."

"기가 막히게 지저분한 장면들도 편집해두었지. 아주 지저분하고 상스러운 내용들이야."

"예, 국장님."

후버가 미소를 지었다. "지금 무슨 생각을 하고 있나?"

리텔도 미소를 지었다.

"저를 믿어주셔서 고마워하고 있습니다. 물론 제가 국장님만큼 그자들을 증오하니 믿어주시겠지만."

"맞았어. 그나저나 잭 황제께서 그렇게 평가했다는 사실을 알면 켐퍼도 마음이 상하겠어. 안 그래?"

"그렇겠죠. 다행히 작전이 있는지조차 모릅니다."

어린 소녀가 지나가자 후버가 미소를 지으며 손을 흔들어주었다. "하워드 휴즈한테 심복이 필요하다더군. 자네 같은 사람을 구한다기에 그냥 자넬 추천했는데."

리텔이 벤치에 손을 짚었다.

"영광입니다, 국장님."

"당연히 영광으로 알아야지. 하워드 휴즈가 정신이 오락가락하는 데다 현실 감각도 크게 떨어진다는 사실을 잊지 말게. 지금은 전화와 편지로만 얘기하니까 어쩌면 그 양반 만날 일은 거의 없을 거야."

리텔은 두 손을 깍지 껴 한쪽 무릎 위에 얹었다. "제가 전화를 드려야 하나요?"

"아니, 그 양반이 전화할 거야. 제안을 받아들이게. 그 양반, 몇 년 후 라스베이거스 호텔-카지노를 사들이겠다는 꿈을 꾸고 있는데, 실현 가능성은 없지만 이용 가치는 충분해. 게다가 그 생각 자체만으로도 정보 수집의 잠재력이 있어. 하워드한테 자네 고객들 얘기를 했더니 크게 기뻐하더군. 내가 보기에도 딱 자네 몫이야."

　"하겠습니다."

　"물론 해야지. 평생을 굶주렸잖아. 그래, 마침내 욕망과 양심이 타협에
성공한 모양이군그래."

79

오렌지비치, 1962년 5월 4일

새벽 3시의 달빛 덕분에 작업은 순조로웠으나 아쉬운 면이 없지는 않았다. 칠흑같이 어두웠다면 완벽했을 텐데.

아스팔트를 벗어나자 앞쪽에 모래 둔덕이 보였다. 크고 높은 사구.

네스토르가 두 다리를 윌프레도 델솔의 몸 위로 늘어뜨렸다. 델솔은 미라처럼 머리에서 발끝까지 덕트 테이프를 감은 채 앞쪽 의자와 뒷자리 사이에 처박혀 있었다.

보이드는 조수석에 타고 있었다. 델솔이 코로 씩씩거렸다. 놈을 집에서 납치해 마이애미를 빠져나가는 중이었다.

피터는 사륜구동의 기어를 바꾸었다. 미라가 흔들리며 네스토르의 다리를 때렸다.

지프는 덜컹거리며 둔덕 사이를 누볐다. 보이드가 추적 방지 장치를 점검했다. 갈퀴를 몇 개 배기관에 매달아놓은 터였다.

네스토르가 기침을 했다. "해변은 1킬로미터쯤 돼요. 두 번 산책했죠."

피터는 브레이크를 밟고 시동을 껐다. 파도 소리가 시끄러웠다. "조심해. 운이 좋으면 놈들도 우리 소리를 듣지 못할 거야."

모두 차에서 내렸다. 네스토르가 구덩이를 파고 델솔을 코까지 묻었다. 피터는 방수포로 지프를 덮었다. 연한 황갈색이라 사구와 비슷해 보였다.

네스토르가 갈퀴를 챙겼다.

보이드는 화기를 점검했다. 소음기를 장착한 45구경과 기관단총 몇 정, 전기톱과 시한폭탄 그리고 500그램짜리 플라스틱 폭탄 두 개.

셋은 검댕을 덕지덕지 바르고 배낭을 멨다.

바다를 향해 걸으며 네스토르가 갈퀴를 끌었다. 그들의 발자국이 사라졌다.

셋은 아스팔트를 지나 평행으로 이어진 진입로로 올라섰다. 약 500미터 길이의 도로. 도로와 해안선까지의 백사장은 200미터 정도 넓이였다.

"주 경찰이 순찰을 돌지 않는 곳이에요." 네스토르가 말했다.

피터는 적외선 망원경을 눈으로 가져갔다. 백사장 아래 약 300미터 지점에 덤불이 보였다.

"가까이 가보자." 보이드가 속삭였다.

피터는 기지개를 켰다. 방탄조끼가 너무 작았다. "서쪽 백사장에 아홉에서 열 명이 있어요. 해안을 따라 접근하면서 파도가 발소릴 덮어주길 바라야죠."

네스토르가 성호를 그렸다. 보이드는 45구경 두 정을 양손에 들고, 벅나이프(Buck knife)를 입에 물었다.

피터는 머리에 지진이 이는 것 같았다. 진도 9.9999.

셋은 젖은 모래밭까지 내려가 잔뜩 쪼그린 자세로 게처럼 기었다. 피터는 터무니없는 생각까지 품었다. 이 작전의 의미를 아는 사람은 나뿐이야.

보이드가 선두였다. 그림자들의 형체가 드러났다. 엄청난 파도가 소리를 죽여주었다.

잠든 남자들의 그림자. 그중엔 불면증에 걸린 놈 하나가 앉아 있었다. 이글거리는 담뱃불에 주의.

셋은 가까이 접근했다.

더 가까이.

아주 아주 가까이.

코고는 소리가 들렸다. 한 놈이 에스파냐어로 잠꼬대를 했다.

셋은 공격을 개시했다.

보이드가 담배 피우는 녀석을 향해 총을 쏘았다. 총구의 불꽃이 침낭의 윤곽을 밝혔다. 피터도 방아쇠를 당겼다. 네스토르도 방아쇠를 당겼다. 퍽 하고 소음기 소리가 겹쳤다.

이제 조명도 쓸 만했다. 네 개의 총구에서 뿜어내는 화약 불빛.

오리털이 터졌다. 끔찍한 비명이 들리는가 싶더니 꾸르륵 답답한 소리를 내며 꺼졌다.

네스토르가 플래시 불빛을 들이댔다. 피터는 육군 침낭 아홉 개를 보았다. 갈기갈기 찢기고 피에 흠뻑 젖은 침낭들.

보이드가 클립을 새로 끼우고 군인들의 얼굴을 하나씩 날렸다. 네스토르의 플래시에 피가 튀어 불빛이 핏빛으로 물들었다.

피터는 숨을 캑캑거렸다. 피 묻은 깃털이 입안으로 날아들었기 때문이다. 네스토르가 플래시를 비추자 보이드는 무릎을 꿇고 앉아 시체들의 목을 땄다. 깊고 낮게 … 성대와 척수를 끊었다.

네스토르가 시체들을 질질 끌었다.

피터는 침낭을 모두 뒤집은 다음 모래로 안을 채웠다.

보이드가 침낭의 형체를 다듬었다. 선원들이 꾸벅꾸벅 조는 것처럼.

네스토르가 시체들을 조수 웅덩이 근처에 한데 모았다. 보이드가 전기톱을 꺼냈다.

피터는 전기톱의 시동을 걸었다. 보이드가 시체들을 자르기 좋게 펼쳤다. 달빛은 그다지 밝지 않았다. 네스토르가 랜턴을 비추었다.

피터는 쪼그리고 앉아 톱질을 시작했다. 톱니가 무릎뼈에 박혔다.

네스토르가 시체의 두 발을 힘껏 당기자 전기톱이 윙 소리를 내며 돌기 시작했다. 피터는 시체의 팔을 하나씩 잘랐다. 톱이 모래에 박히는 바람에 살갗과 물렁뼈가 계속 얼굴을 때렸다. 피터는 시체들을 4등분했다. 보이드가 벅 나이프로 시체들의 머리를 벗겼다.

아무도 입을 열지 않았다.

피터는 계속 톱질을 했다. 팔이 아팠다. 뼛조각에 전기톱이 툭툭 튕겨 나갔다. 문득 담즙 냄새가 치고 올라왔다. 피터는 톱을 내려놓고 속이 텅 빌 때까지 토악질을 해댔다.

보이드가 톱을 이어 받았다. 네스토르는 자른 신체 부위를 조수 웅덩이에 던졌다. 상어들이 득달같이 달려들어 먹기 시작했다.

피터는 파도 끄트머리까지 내려갔다. 두 손이 떨려 담뱃불을 붙이는 것도 쉽지 않았다. 담배 맛은 끝내줬다. 담배 연기에 악취도 사라졌다. 저들은 이 일이 어떤 의미인지도 몰라….

톱질이 멈췄다. 죽음 같은 정적에 펄떡거리는 심장 박동이 더욱 두드러졌다.

피터는 웅덩이 쪽으로 돌아갔다. 상어들이 흥분해 물 밖으로 반쯤 날아올랐다.

네스토르가 기관총을 장전했다. 보이드는 몸을 씰룩이며 안절부절못했다. 평소와 달리 터무니없을 만큼 흥분한 모습이었다.

셋은 모래 위에 웅크리고 앉았다. 아무도 입을 열지 않았다. 피터의 머릿속에서는 바브가 떠날 줄을 몰랐다. 집요하게.

5시 30분 직후에 동이 텄다. 해변은 너무도 평화로워 보였다. 침낭 옆의 피 웅덩이도 파도에 씻긴 흔적만 남았다.

네스토르가 쌍안경을 들었다. 목표물을 찾은 시각은 새벽 6시 12분.

"보트가 보여요. 200미터 전방."

보이드가 기침을 하고 침을 뱉었다. "델솔 말로는 여섯 명이 탄다고 했어. 거의 다 내린 다음 사격한다."

피터도 모터 소리를 들었다. "점점 접근하고 있다. 네스토르, 저쪽으로 내려가."

네스토르는 잽싸게 달려가 침낭 옆에 웅크렸다.

윙윙 소리가 굉음 수준으로 커졌다. 쾌속정이 파도를 밀어 올리며 천천히 해변으로 올라섰다. 다 낡은 이중 외부 기관이었다. 뱃전 아래 별도의 격실은 없었다.

네스토르가 손을 저으며 에스파냐어로 소리쳤다. "어서 와! 피델 만세!"

세 명이 배에서 뛰어내렸다. 세 명은 배 위에 남았다. 피터는 보이드에게 사인을 주었다. 배 위는 당신, 해변은 나.

보이드가 보트를 향해 총을 난사했다. 유리가 박살나고 남자들이 날아가 모터에 부딪쳤다. 피터도 드르륵 세 명을 처리했다.

네스토르가 시체를 향해 걸어가더니 얼굴에 침을 뱉고 뒤처리를 했다. 입에 대고 한 방씩 갈기는 식으로.

피터는 배 위로 뛰어올랐다. 보이드는 모터 쪽으로 돌아가 놈들의 머리에 한 방씩을 더 박아주었다.

놈들은 헤로인을 삼중으로 포장해 더플백에 넣어두었다. 무게만으로도 엄청났다.

네스토르가 이중 모터 옆에 플라스틱 폭탄을 붙이고 시간을 7시 15분에 맞추었다.

피터는 마약을 끌어내렸다.

네스토르가 침낭과 죽은 세 명의 시체를 보트 위로 던져 올렸다. 보이드는 시신의 머리 가죽을 모두 벗겼다.

"이 배를 플라야히론에게 바칩니다!" 네스토르가 외쳤다.

피터는 로프를 이용해 키를 버팀목에 묶고 보트를 돌렸다. 나침반이 남남동을 가리켰다. 배는 돌풍과 파도를 가르며 코스대로 달려갈 것이다.

보이드가 모터를 돌렸다. 첫 번째 시도에 프로펠러 두 개가 모두 돌기 시작했다. 둘은 밖으로 뛰어내린 뒤에도 보트가 미끄러지듯 달려가는 모습을 지켜보았다. 쾌속정은 30킬로미터 밖에서 폭발할 것이다.

피터는 몸을 부르르 떨었다. 보이드가 머리 가죽을 배낭에 넣었다. 오렌지비치가 야만의 정글처럼 보였다.

산토 주니어가 전화를 걸어 이렇게 말할 것이다. 델솔이 거래를 말아먹었어. 이런 말도 할 것이다. 피터, 네가 그 개새끼를 찾아내.

산토도 자세한 얘기는 하지 못할 것이다. 요컨대 거래가 빨갱이와 관련이 있으니 당연히 간부단에 대한 배신행위였다. 어떻게 함부로 아가리를 놀리겠는가.

피터는 타이거 택시 회사에 앉아 전화를 기다렸다. 교환대도 독차지했다. 델솔은 출근하지 않았다.

택시 호출이 밀리기 시작했다. 운전사들은 연신 윌프레도를 찾았다.

윌프레도 델솔은 은신처에 가두었다. 네스토르가 지키고 있다. 헤로인 500그램도 함께.

나머지 마약은 보이드가 미시시피로 운반했다. 보이드는 다소 야윈 모습이었는데, 흡사 살인을 통해 운명의 선을 넘어서기라도 한 사람 같았다.

피터는 상황을 실감했다. 당신들, 우리가 누굴 엿 먹였는지 알기나 해?

일행은 2주 내내 델솔을 감시했다. 델솔은 배신하지 않았다. 배신했다면 마약과의 조우도 불가능했을 것이다.

델솔은 은신처에 갇힌 채 순식간에 마약쟁이가 되었다. 네스토르가 두 팔에 연신 주사를 놓았다. 빌어먹을 전화 한 통을 기다리는 동안 폐인이 되고 만 것이다.

오후 4시 30분. 오렌지비치를 떠난 지 9시간 30분이 지났다.

택시 호출 때문에 전화벨이 몇 초 간격으로 울렸다. 픽업트럭은 놔둔 채 택시 열두 대를 내보냈다. 피터는 비명을 지르고 싶었다. 아니, 머리에 그냥 총알을 박는 쪽이 나을 것이다.

테오 파에즈가 데스크 전화의 송화구를 입으로 막으며 말했다. "피터, 2번. 산토 씨예요."

피터는 일부러 느릿느릿 수화기를 들었다. "안녕하십니까, 산토."

산토는 단도직입적으로 화부터 냈다. "윌프레도 델솔이 날 엿 먹이고 날랐다. 네놈이 찾아내."

"무슨 짓을 했습니까?"

"묻지 말고 당장 찾아내기나 해!"

네스토르가 그를 들여보냈다. 네스토르는 거실을 임시 마약 소굴로 바꾸어버렸다. 여기저기 보이는 주사기. 카펫 곳곳에 묻어 있는 캔디 바 자국. 그리고 사방에 널려 있는 흰색 가루.

마약에 떡이 된 채 플러시 카우치에 널브러진 델솔.

피터는 그의 머리를 쏘았다. 네스토르가 손가락 세 개를 끊어 재떨이에 넣었다.

5시 20분. 산토도 한 시간 만에 찾아내리라고는 생각하지 않을 것이다. 거짓말을 꾸며낼 시간은 충분하다.

네스토르가 떠났다. 보이드가 미시시피에서 그가 할 일을 찾아냈기 때문이다. 피터는 심호흡과 담배 열두 개비로 마음을 가라앉혔다.

그는 상황을 그려보았다. 이런저런 세부 상황을 머릿속으로 돌렸다. 그리고 장갑을 착용하고 일을 시작했다.

아이스박스를 비웠다.

카우치를 스프링까지 비워냈다.

마약을 찾기라도 하듯 거실 벽지를 뜯어냈다.

요리용 스푼을 불태웠다.

유리 바닥의 커피 테이블 위에 헤로인을 붓고 코로 들이마신 흔적을 만들었다.

쓰지 않은 립스틱을 찾아 담배꽁초 필터에 발랐다.

부엌칼로 델솔을 마구 긋고 침실에서 인두를 찾아 불알을 지졌다.

두 손에 델솔의 피를 묻힌 다음 거실 벽에 "배신자"라고 적었다.

그때가 오후 8시 40분이었다.

피터는 공중전화로 달려갔다. 실제적인 공포에 연기도 마구 춤을 추었다. 델솔이 죽었습니다. …고문 살인이었어요. …숨어 있다는 정보를 얻었는데 … 마약에 절어 있고 … 사방이 마약이었습니다. …누군가가 집을 샅샅이 뒤졌어요. …창녀들과 뒹굴었던 모양인데…. 산토, 도대체 무슨 일이죠?

80

워싱턴 D. C., 1962년 5월 7일

리텔은 업무 관련 전화를 몇 군데 걸었다. 후버 국장은 도청 방지 주파수 변환으로 그의 전화가 철저한 보안 아래 있음을 확인해주었다.

지미 호파한테는 공중전화로 통화했다. 지미가 도청에 노이로제가 걸릴 지경이었기 때문이다.

두 사람은 시험 택시 사기 사건에 대해 논의했다. 지미는 배심원 일부를 매수하자고 했다.

리텔은 그에게 배심 명단을 보내며 마피아 고문변호사들이 뇌물 거래를 책임질 거라고 얘기해주었다.

지미가 물었다. 그놈의 협박이 누굴 협박하기는 해?

리텔은 시스템이 모두 움직이고 있다고 대답했다.

잭을 쪼아버려! 당장! 투덜이 지미가 투덜댔다.

조금만 참으세요. 때가 되면 확실하게 쫄 겁니다. 리텔이 대답했다.

지미는 길길이 날뛰면서 전화를 끊었다.

리텔은 뉴올리언스의 카를로스 마르첼로에게도 전화했다.

두 사람은 국외 추방 건에 대해 논의했다.

리텔은 전술적 지연의 필요성을 강조했다. "연방 정부가 실망하고 지쳐야 이깁니다. 이 사건 담당자를 계속 교체하도록 만들어야 해요. 저들의 인내와 자원을 괴롭히고 혼을 쏙 빼놓는 겁니다."

카를로스가 핵심을 찔렀다. 정말로 멍청한 핵 펀치 질문을 던진 것이다. "쿠바 공작 기부금에 대해 세금 감면을 받을 수 있나?"

"안타깝지만 안 됩니다." 리텔이 대답했다.

카를로스가 한숨을 내쉬며 포기했다.

리텔은 마이애미의 피터에게 전화했다.

피터는 첫 신호에 수화기를 들었다. "본듀런트입니다."

"나야, 피터."

"예, 워드. 말씀하시죠."

"문제가 있나? 목소리가 불안한데?"

"아무 문제없습니다. 우리 거래에 이상이 있나요?"

"아니, 없어. 레니 걱정 때문에 그래. 샘하고 너무 가까운 게 솔직히 맘에 걸려."

"샘한테 까발릴 것 같아서요?"

"꼭 그렇지는 않은데, 아무래도 내 생각엔…."

피터가 말을 끊었다. "생각은 듣고 싶지 않아요. 당신이 이 쇼를 주관하니까 뭘 원하는지 그냥 얘기해요."

"투렌틴한테 전화해서 로스앤젤레스로 오라고 그래. 만약을 대비해 레니의 집을 따야겠어. 바브도 로스앤젤레스에 있어. 할리우드의 래비츠 푸트 클럽이라는 곳에 자주 나타나는데, 프레디한테 그 여자도 확인해보라고 해. 무슨 생각을 하는지 알아야지." 리텔이 지시했다.

"괜찮은 생각 같네요. 솔직히 샘이 레니를 통해 엉뚱한 일을 벌일까봐 신경 쓰이던 참이었어요."

"무슨 소리야?"

"쿠바 일인데, 관심 없을 겁니다."

리텔은 달력을 확인했다. 소견서를 제출해야 하는데 벌써 6월이 가까웠다.

"프레디한테 전화해, 피터. 멍하니 있다가 당하지는 말자고."

"로스앤젤레스에서 직접 만날 수도 있어요. 분위기 쇄신도 할 겸."

"그렇게 해. 전화 따면 알려주고."

"알겠습니다. 나중에 봐요, 워드."

리텔은 전화를 끊었다.

주파수 변환 장치가 깜빡이며 생각을 방해했다.

후버도 이제 그를 인정했다. 구애 기간도 끝나 지금은 원래의 퉁명스러운 태도로 돌아간 터였다. 후버는 그가 사정하기를 바랐다. 헬렌 에이기를 로스쿨에 다시 넣어줘요. 좌파 친구들을 감방에서 빼내줘요.

절대 사정하지 않을 것이다.

피터가 신경 쓰였다. 아무래도 감당하기 어려운 일에 말려든 모양이다. 켐퍼, 이 씨발놈.

보이드는 자기 수족을 끌어 모았다. 쿠바 살인자들과 불쌍한 깜둥이들을 긍휼히 여겼다. 피터는 켐퍼의 허영에 넘어갔지만 쿠바 건이 꼬이는 통에 모든 게 뒤죽박죽이 되고 말았다.

카를로스의 말에 따르면, 그들은 산토 트라피칸테와 거래를 맺었다. 그들의 잠재적 이익 얘기에는 카를로스도 비웃었다. 산토가 그렇게 많은 돈을 퍼부을 리 없다는 얘기였다.

카를로스는 쿠바의 난맥상을 끌어안았다. 샘과 산토는 손실을 줄일 궁리부터 했다.

손실은 없다. 소득도 없다. 오직 잠재적 이득뿐.

그에게는 연기금 장부가 있다. 지금은 시간이 필요했다. 장부를 활용할 전략을 짜야 한다.

리텔은 의자를 돌려 창밖을 내다보았다. 체리꽃이 유리창에 온몸을 비벼대고 있었다. 손만 뻗으면 닿을 거리.

전화가 울렸다. 리텔은 스피커 스위치를 켰다. "예?"

"하워드 휴즈요."

남자의 목소리에 리텔은 하마터면 낄낄거릴 뻔했다. 피터한테서 정신 나간 드라큘라 얘기를 들었기 때문이다.

"워드 리텔입니다, 휴즈 씨. 이렇게 통화하게 되어 기쁩니다."

"당연히 기뻐해야지. 후버 국장이 흠잡을 데 없는 사람이라고 소개하더군. 내 식구가 된다면 연봉 20만 달러를 지불할 의향도 있소. 로스앤젤레스에 올 필요도 없어. 편지와 전화로만 연락하면 되니까. 이놈의 지긋지긋한 TWA 강탈 소송 문건들을 책임지고, TWA를 넘긴 다음 라스베이거스에서 내 기대치 수준의 수익이 가능한 호텔-카지노를 몇 개 사도록 도와주면 되는 일이야. 그 점에선 당신의 이탈리아 친구들도 별 볼 일 없더라고. 그리고 네바다 주 의회를 구슬려서 내 호텔에 깜둥이들이 들어오지 못하게 하고 싶은데, 당신이 힘을 보태야…"

리텔은 얘기를 들었다.

휴즈가 계속 떠들어댔다.

리텔은 대답할 생각조차 하지 않았다.

81

로스앤젤레스, 1962년 5월 10일

피터가 플래시를 들었다. 프레디는 전화통을 재조립했다. 작업은 미치도록 느리고 초조하게 이뤄졌다.

프레디는 이상한 선 몇 개 때문에 애를 먹었다. "퍼시픽 벨 전화기가 제일 지랄 같아. 어두운 밤에 작업하는 것도 좆같고…. 씨발, 침실 연결선까지 망할 침대 뒤에서 꼬였으니…."

"꽁알대지 말고 일이나 해."

"스크루드라이버가 계속 끼잖아. 리텔이 정말 연장선 두 개를 모두 따래?"

"까라는 대로 까. 연장선 두 개와 바깥 수신함까지 모두. 박스는 진입로 옆 숲 속에 버리고. 징징대지만 않으면 20분 후엔 빠져나갈 수 있어."

프레디가 엄지를 베었다. "이런, 씨발! 망할 놈의 퍼시픽 벨! 레니가 집 전화로 밀고한다고 누가 그래? 직접 말해도 되고 공중전화를 쓸 수도 있잖아."

피터가 플래시를 내렸다. 불빛이 이리저리 움직였다.

"씨발, 좆알대지 말랬잖아. 한 번만 더 지껄이면 플래시를 똥구멍에 박아버린다!"

프레디가 움찔하다 선반에 머리를 박았다. 〈허시-허시〉 스크랩 기사가 마구 날아다녔다.

"알았어. 알았다고. 오늘 비행기에서 내릴 때부터 저기압이던데…. 딱한마디만 더 할게. 니미, 퍼시픽 벨은 좆같아. 그 새끼들 전화를 따려면 수신자가 절반은 딸깍 소리를 듣겠지만 그 정도는 감수해야 해. 수신함은 누가 모니터하지?"

피터는 눈을 비볐다. 윌프레도 델솔을 죽인 그날 밤 이후 편두통이 오락가락했다. "리텔이 FBI 몇 명을 보내준댔어. 우린 며칠마다 한 번씩 확인만 하면 돼."

프레디가 전화기 위로 램프를 구부렸다. "문이나 감시해줘. 그렇게 지켜보고 있으니 일할 수가 없잖아."

피터는 거실로 들어갔다. 두 눈 사이에서 두통이 욱신욱신 뛰었다. 피터는 아스피린 두 알을 입에 넣고 레니의 코냑을 병째로 들이켜 쓸어내렸다. 술은 부드럽게 내려갔다. 피터는 조금 더 마셨다. 두 눈 사이의 두통이 가라앉았다.

산토는 아직까지 눈치를 채지 못했다. 그는 델솔이 어떤 식으로 자기를 엿 먹였는지 피터한테 얘기하지 않았다.

산토는 샘 G.가 좆 됐다고 말했다. 사라진 마약과 15구의 시체에 대해선 거론하지 않았다. 시카고의 거물 몇 명이 피델 카스트로한테 붙었다는 얘기도 하지 않았다. 아울러 간부단과 관계를 끊어야겠다고 했다. "일시적이야, 피터. FBI가 압박해 들어온다잖아. 아무래도 당분간은 마약과 멀어질 때야." 바로 직전까지 헤로인 100킬로그램을 수입한 놈이 뻔뻔스럽게 단절을 논하다니.

산토는 그에게 경찰 보고서를 보여주었다. 마이애미 경찰도 그들의 위장을 믿었다. 그 사건을 처참한 마약 살인으로 단정하고 쿠바 난민 범죄자들과의 연계를 수사했다.

보이드와 네스토르는 미시시피로 돌아갔다. 마약은 40개의 안전 금고에 처박아두었다.

그들은 카스트로 타도 훈련을 재개했다. 시카고 마피아는 이제 거리낌없이 피델 편을 들었다. 그러다가 피똥 싸는 일이 생기리라고는 생각지도 않는 듯했다.

그들의 두려움은 크지 않았다.

피터의 두려움만 컸다.

그들은 시카고 조직을 건드리지 말아야 한다는 사실도 몰랐다.

피터만 알았다.

피터는 항상 진짜 권력자들에게 빌붙었고 그쪽에서 정한 규칙은 절대 어기지 않았다. 이유도 모른 채 닥치는 대로 자기 할 일만 했다.

산토는 보복을 다짐했다. 마약 도둑을 잡겠다고 공언했다. 그 어떤 대가와 희생을 치르더라도.

보이드는 마약을 팔 수 있다고 믿지만 그건 착각이다. 보이드는 마피아-CIA 연결 고리를 끊겠다고 했다. 보비의 분노를 달랠 수 있다는 말도 했다.

아니, 그렇게는 하지 않을 것이다. 불가능한 얘기다. 케네디가와 인연이 끊어질 수도 있는데 어떻게 그러겠는가.

피터는 다시 한 잔을 마셨다. 세 잔 만에 병 3분의 1이 비었다.

프레디가 장비를 챙겼다. "가자고, 호텔까지 바래다줄 테니."

"너 혼자 가. 난 산책이나 하련다."

"어딜 가게?"

"몰라."

래비츠 푸트 클럽은 도가니탕이었다. 사방 벽에 연기와 퀴퀴한 공기가 간혀 있었다. 미성년 트위스트꾼들이 댄스 플로어를 장악했는데, 물론 심각한 주류법 위반이다.

조이 밴드는 반쯤 마약에 취한 채 연주했다. 바브는 웅얼거리듯 노래를 했다. 늙은 창녀 하나가 바에 앉아 있었다.

단 하나뿐인 외딴 부스에는 손님들이 있었다. 수병 둘과 여고생 둘…. 한창 분위기가 무르익는 중이었다.

피터는 놈팽이들한테 꺼지라고 겁박했다. 수병들도 피터의 덩치에 눌려 지시에 따랐다. 여고생들은 과일 럼까지 테이블에 두고 달아났다.

피터는 자리에 앉아 술잔을 모두 비웠다. 두통이 조금 더 가라앉았다. 바브는 〈여명의 시간〉을 마무리하고 있었다.

춤꾼 몇이 박수를 쳤다. 밴드는 무대 뒤로 흩어졌다. 바브는 곧장 건너와 그의 부스에 합석했다.

피터는 바브에게 바짝 붙어 앉았다.

"놀랐어요. 워드 말로는 마이애미에 계신다던데."

"잠시 나와서 상황이 어떤지 확인해봐야겠다고 생각했소."

"나를 감시하러 나왔다는 얘기예요?"

피터는 고개를 저었다. "다들 당신 걱정은 할 필요 없다고 하더군. 프레디 투렌틴과 함께 레니를 점검하러 온 거요."

"레니는 뉴욕에 갔어요. 친구를 만나러." 바브가 말했다.

"로라 휴즈라는 여자?"

"그런가봐요. 5번가에 사는 부자라던데."

피터는 라이터를 만지작거렸다. "잭 케네디의 의붓동생이오. 잭이 켐퍼 보이드 얘기를 했죠? 그 친구와 약혼까지 했었지. 보이드는 워드 리텔의 FBI 멘토요. 내 옛날 여친 게일 헨디는 잭의 신혼여행을 따라가 그 짓을 하고, 레니는 1946년에 잭한테 연설 공부를 시켰죠."

바브가 피터의 담배 하나를 뽑았다. "말로 다하지 못할 만큼 재미있다는 식으로 말씀하시네요."

피터가 라이터를 내밀었다. "나도 무슨 말을 하는지 모르겠소."

바브가 머리카락을 뒤로 젖혔다. "게일 헨디도 당신하고 파티 일을 했나요?"

"그래요."

"공갈 파티?"

"그래요."

"나만큼 잘했어요?"

"아니."

"게일이 잭 케네디하고 잤을 때 질투 났어요?"

"잭이 나를 개인적으로 엿 먹일 때까지는 아니었소."

"무슨 말이에요?"

"피그스 만에 사적인 이해관계가 있어요."

바브가 미소를 지었다. 바의 조명에 머리카락이 반짝거렸다. "잭과 나를 질투해요?"

"테이프를 듣지 않았다면 그랬을지도."

"무슨 말이에요"

"당신은 잭한테 아무것도 주지 않더군."

바브가 웃었다. "기막힌 비밀경호국 남자가 늘 집까지 태워다줘요. 어젯밤에는 함께 피자집에도 들렀는걸요."

"그 친구는 진짜라는 건가?"

"잭과 지낸 한 시간에 비한다면."

주크박스가 갑자기 노래를 토해냈다. 피터는 손을 뻗어 전선을 뽑아버렸다.

"당신이 레니를 협박해서 끌어들인 일이잖아요." 바브가 말했다.

"그놈은 협박에 익숙해요."

"초조하죠? 무릎이 자꾸 테이블을 때리는데, 그것도 의식 못하잖아요."

피터는 무릎에 힘을 주었다. 대신 망할 놈의 발이 씰룩이기 시작했다.

"다른 문제가 있나요?" 바브가 물었다.

피터는 두 무릎을 꼭 붙여 진정시켰다. "우리와는 무관한 얘기요."

"이따금 이 일이 끝나면 당신이 날 죽일지 모른다는 생각을 해요."

"여자는 죽이지 않소."

"한 번 죽였잖아요. 레니한테 들었어요."

피터는 움찔했다. "당신이 조이한테 붙은 이유는 여동생을 겁탈한 새끼들을 처리해줬기 때문이지?"

바브는 움찔도 하지 않았다. 미동도 없었다. 두려움이라고는 손톱만큼도 드러내지 않았다. "당신이야말로 진짜 무서운 사람인데, 몰랐군요."

"무슨 말이오?"

"잭이 당신처럼 뒷조사를 할 정도로 세심한지 알고 싶다는 얘기예요."

피터는 어깨를 으쓱였다. "잭은 바쁜 양반이오."

"당신도 그렇잖아요."

"조니 코티스가 살아 있다는 사실이 신경 쓰이나?"

"마거릿 생각을 할 때만요. 그 애가 영원히 남자의 손길을 받지 못한다고 생각하면 너무나 마음이 아파요."

피터는 바닥이 가라앉는 기분이었다.

"대가를 말해봐요." 바브가 말했다.

"대가는 당신이오." 피터가 말했다.

두 사람은 할리우드-루스벨트에 방을 잡았다. 그러면 중국집 네온이 객실 창문에 깜빡였다.

피터는 비틀거리며 바지를 벗었다. 바브도 트위스트 가운을 벗었다. 모조 다이아 반지가 바닥에 떨어졌는데 피터가 밟는 바람에 발바닥을 베었다.

바브는 피터의 총지갑을 침대 아래로 차 넣었다. 피터가 시트를 끌어내렸다. 시트의 퀴퀴한 냄새에 재채기가 났다.

바브가 두 팔을 들어 목걸이를 풀었다. 겨드랑이의 면도한 자리가 하얀 가루를 뿌려놓은 듯했다.

피터는 바브의 두 팔을 벽에 붙였다. 바브도 그가 원하는 바를 알기에 그곳을 탐하도록 허락해주었다.

톡 쏘는 맛. 그가 모든 걸 만끽하도록 바브는 두 팔을 구부렸다.

그는 젖꼭지를 핥았다. 땀 냄새. 바브의 양 어깨에 땀방울이 떨어졌다. 바브가 가슴을 밀어붙였다. 굵은 핏줄과 커다란 주근깨가 너무도 생소해 보였다. 그는 핏줄과 주근깨에 입을 맞추고, 가슴을 물어 그녀를 꼼짝 못하게 만들었다.

바브의 숨결이 거칠어졌다. 맥박이 그의 입술을 톡톡 때렸다. 그는 두 손을 바브의 다리 아래로 미끄러뜨렸다. 손가락 하나를 그녀의 몸속에 밀어 넣었다.

바브가 그를 밀어냈다. 그러곤 침대에 쓰러져 옆으로 누웠다. 그는 바브의 두 다리를 벌리고 바닥에 무릎을 꿇었다. 바브의 배와 팔과 발을 애무했다. 건드리는 곳마다 맥박이 느껴졌다. 굵은 핏줄이 바브의 전신을 덮고 있었다. 붉은 머리와 주근깨에서도 맥박이 톡톡 튀었다.

그는 엉덩이를 매트리스에 밀어붙였다. 동작이 거칠어 아프기까지 했다. 바브의 음모를 맛보았다. 그 아래 습곡도 탐닉했다. 그가 가볍게 물고 빨 때마다 바브의 맥박도 미친 듯이 질주했다.

바브는 몸을 뒤틀어 그의 입을 떨쳐냈다. 바브의 입에서 기이한 신음 소리가 새어나왔다.

바브가 건드리지도 않았건만 피터는 이미 절정에 올랐다. 그는 격한 소리를 내며 계속해서 바브를 탐닉했다. 바브도 경련을 일으켰다. 시트를 물어뜯었다. 발작하고 진정하고 발작하고 진정하고 발작하고 진정했다. 허리를 젖히자 매트리스가 철렁거렸다.

피터는 끝내고 싶지 않았다. 그녀의 맛을 놓치고 싶지 않았다.

82

머리디언, 1962년 5월 12일

에어컨이 누전으로 죽어버렸다. 켐퍼는 몽롱한 정신에 땀까지 흘리며 깨어났다. 그는 덱세드린 네 알을 삼키고 거짓말을 만들기 시작했다.

연결 고리에 대해 얘기하지 않은 이유.

나도 몰라서. 잭이 다치기를 원치 않아서. 나 또한 최근에 알게 된 사실이라 오히려 긁어 부스럼이 날까 불안한 마음에.

마피아와 CIA? 그 사실을 알고는 나도 어안이 벙벙했다.

별로 먹힐 것 같지 않았다. 보비가 수사에 나서면 그의 행적을 1959년까지 역추적할 것이다.

보비는 어젯밤 전화를 걸어 이렇게 말했다. "내일 마이애미에서 봅시다. JM/웨이브를 둘러보고 싶어요."

몇 분 후, 로스앤젤레스의 피터도 전화했다. 전화 너머로 한 여자가 트위스트 곡을 흥얼거렸다. 지금 막 산토와 통화했는데, 마약 강탈범을 끝까지 추적해 잡아내겠답니다. 놈들을 찾아내래요, 켐퍼. 잡아도 절대 죽이지 말라는군요. 카스트로의 후원으로 거래가 이루어졌다는 사실이 드러나도 개의치 않겠다는 투입니다.

켐퍼는 어떻게든 둘러대라고 지시했다. 피터는 뉴욕으로 날아가 시작하겠다고 대답했다. 올리버 하우스 호텔이나 가이 배니스터 사무실에 있을 테니 그쪽으로 전화해요.

켐퍼는 스피드볼을 만들어 코로 삼켰다.

밖에서 행군 소리가 들렸다. 로랑이 매일 아침 쿠바 난민들을 운동시켰다.

켐퍼는 플래시와 후안이 마음에 들었다. 네스토르도 마음대로 주무를 수 있다.

네스토르는 어제 백인 쓰레기 하나를 칼로 쑤셨다. 고작 바퀴 덮개를 건드렸다는 이유였다. 네스토르는 그날 이후 툭 하면 성질을 부렸다.

네스토르는 달아났다. 망할 백인 놈이 죽지 않았기 때문이다. 플래시 말로는 네스토르가 쾌속정을 훔쳐 쿠바로 갔단다.

네스토르는 메모를 남겼다. 내 몫은 남겨줘요. 카스트로를 죽이고 돌아올 테니.

켐퍼는 샤워를 하고 면도도 했다. 마약 기운에 면도날이 제멋대로 날아다녔다.

아무리 해도 거짓말이 떠오르지 않았다.

보비는 검은색 안경과 모자를 썼다. 켐퍼는 보비를 설득해 JM/웨이브를 암행 순찰했다.

선글라스와 짧은 챙의 중절모자를 쓴 법무장관. 쿠바 불량배들이 싫어하는 법무장관.

두 사람은 시설을 순시했다. 보비의 변장은 기이했다. 훈련병들이 지나가며 손 인사를 했다.

거짓말은 아직 만들지 못했다.

보비와 켐퍼는 느긋하게 돌아다녔다. 보비는 특유의 목소리를 죽이고 속삭였다. 쿠바인 몇이 그를 알아보고 몰래 눈을 흘겼다.

켐퍼는 특히 선동 파트를 선전했다. 담당관이 통계 수치를 줄줄 읊어댔다. '잭 케네디는 계집애처럼 우유부단하대요'라고 떠드는 놈은 없었다.

마피아의 이름을 흘리지도 않고 피그스 만 침공 이전부터 켐퍼 보이드를 알고 있었다고 까발리는 놈도 없었다.

보비는 공습 계획이 맘에 든다고 했다. 통신실도 인상 깊어 했다.

거짓말은 떠오르지 않았다. 구체적으로 파고들 때마다 개연성과 충돌했다.

둘은 지도실도 순찰했다. 척 로저스가 씩씩하게 다가왔지만 켐퍼는 보비를 다른 곳으로 이끌었다.

보비는 남자 화장실에 들어갔다가 씩씩거리며 나왔다. 누군가가 변기 위에 반케네디 구호를 갈겨놓았기 때문이다.

둘은 걸어서 마이애미 대학 구내식당으로 갔다. 보비가 커피와 스위트롤을 사주었다.

대학생들이 식판을 들고 식탁 옆을 지나갔다. 켐퍼는 애써 담담한 척했다. 덱세드린이 이례적으로 강하게 치고 들어왔다.

보비가 목청을 가다듬었다. "무슨 생각을 하는지 말해봐요."

"예?"

"해상 공격과 정보 수집이 충분치 못하다고 말하란 말이오. 피델 카스트로를 300번이라도 암살해야 한다고 말한 다음, 그걸 머릿속에서 완전히 지워버려요."

켐퍼는 미소를 지었다. "우린 피델 카스트로를 암살해야 합니다. 장관님 답변을 기억할 테니 다시는 이 문제를 거론 안 하셔도 됩니다."

"내 대답은 알잖소. 되풀이하고 싶지 않아. 이 모자도 맘에 안 들어요. 시내트라는 도대체 어떻게 참는 거지?"

"이탈리아인이니까요."

보비가 핫팬츠 차림의 여대생들을 가리켰다. "여기 옷차림은 다 저래요?"

"예, '가능한 한 짧게'가 원칙입니다."

"대통령께 일러바쳐야겠어. 그러면 학생 단체를 향해 뭐든 말씀하시겠지."

켐퍼는 웃었다. "전보다 유해진 모습, 보기 좋습니다."

"그보다는 분별력이 생겼다고 합시다."

"비판도 전보다 구체적이시고요."

"잘났어, 정말."

켐퍼는 커피를 홀짝였다. "요즘은 각하께서 누굴 만나십니까?"

"그냥 흔한 여자들이오. 그 밖에는 트위스트 댄서가 있는데, 레니 샌즈가 소개했지."

"댄서라뇨?"

"싸구려 춤꾼이라고 하기엔 대단히 지적인 여자라고 해둡시다."

"보비도 만나본 여자인가요?"

"레니가 로스앤젤레스의 피터 로포드 집에 데려왔어요. 내가 본 인상으로는 여자가 뜬금없이 몇 수 앞을 내다보더군. 각하께서도 칼라일에서 전화하실 때는 여자가 정말 똑똑하다고 하셔. 보통은 그런 칭찬을 하지 않는데."

레니, 트위스트 댄서, 로스앤젤레스…. 왠지 의심스러운 관계.

"여자 이름이 뭐죠?"

"바브 자헬카. 각하께서는 오늘 아침에도 그 여자와 통화했어요. 로스앤젤레스 시각으로 새벽 5시였는데, 여자가 여전히 총기와 재치를 발산하더군."

어젯밤 피터가 로스앤젤레스에서 전화를 걸었다. 웬 여자가 콧노래로 〈렛츠 트위스트 어게인〉을 흥얼거렸고.

"장관님께서 께름칙해하는 이유는요?"

"각하를 스쳐간 여느 여자들처럼 행동하지 않아서일 거요."

피터는 협박 전문가다. 레니는 로스앤젤레스의 닳아빠진 연예인이고.

"위험한 여자 같습니까?"

"글쎄, 내가 미국 법무장관이니까 의심하겠지. 일종의 직업병이랄까? 신경 쓸 필요 없소. 그저 여자 얘기를 필요 이상으로 많이 했을 뿐이잖소. 기껏 2분 정도?"

켐퍼는 커피 잔을 찌그러뜨렸다. "제가 일부러 피델 얘기를 피하려 했기 때문이죠."

보비가 웃었다. "잘했어요. 아무튼 포기합시다. 당신도, 당신 난민 친구들도 피델을 암살하지 못하니까."

켐퍼는 자리에서 일어섰다. "좀 더 돌아보시겠습니까?"

"아니. 차를 대기해뒀어요. 공항까지 태워다드릴까?"

"아뇨. 몇 군데 전화를 걸어야 합니다."

보비가 선글라스를 벗었다. 여대생 하나가 그를 알아보고는 비명을 질렀다.

켐퍼는 텅 빈 JM/웨이브 사무실을 징발했다. 교환원이 로스앤젤레스 경찰 기록정보과를 연결해주었다.

남자가 전화를 받았다. "기록정보실의 그레이엄 경관입니다."

"데니스 페인을 부탁합시다. 켐퍼 보이드가 장거리 전화를 했다고 전해요."

"잠깐만 기다리세요."

켐퍼는 메모지에 낙서를 했다.

페인이 황급한 목소리로 전화를 받았다. "켐퍼, 잘 지내십니까?"

"잘 지내, 경사. 자네는?"

"괜찮습니다. 제가 뭘 도와드리면 되겠습니까?"

"그래, 바버라 자헬카라는 백인 여자의 전과 기록 좀 확인해줘. J-A-H-E-L-K-A. 나이는 스물둘에서 스물셋. 로스앤젤레스에 사는 것 같아. 그리고 미등록 번호도 하나 확인해주겠나? 이름은 레니 샌즈, 아니면 레너드 J. 사이델비츠일 거야. 웨스트할리우드에 등록됐을 것 같은데."

"알겠습니다. 잠시 기다려주셔야 합니다. 몇 분 정도 걸립니다."

켐퍼는 기다렸다. 약 기운에 가볍게 가슴이 두근거렸다.

피터는 로스앤젤레스 용건을 얘기하지 않았다. 레니는 협박도, 뇌물도 잘 통하는 놈이다.

페인이 돌아왔다. "보이드? 두 가지 결과가 있습니다."

켐퍼는 펜을 잡았다. "계속해보게."

"샌즈의 번호는 OL5-3980입니다. 그리고 여자는 마리화나 소지죄가 있습니다. 저희 파일에 바버라 자헬카는 단 하나뿐인데, 신원 정보가 켐퍼의 말씀과 일치합니다."

"전과는?"

"1957년 7월에 체포되어 6개월 복역 후 2년간 약식 보호 관찰을 마쳤습니다."

의미 없는 정보.

"최근 기록을 확인해주겠나? 체포했지만 불기소 처분한 것도 좋아."

"예, 알겠습니다. 보안관 사무실과 타 관할 구역도 확인해보죠. 1957년 이후로 문제가 있다면 알아낼 수 있습니다." 페인이 대답했다.

"고맙네, 경사. 신세졌어."

"한 시간만 기다려주십시오. 그때쯤이면 뭐든 건질 수 있을 겁니다."

켐퍼는 다시 교환원을 통해 레니의 로스앤젤레스 번호를 연결했다.

세 번의 신호음. 켐퍼는 희미하게 딸각거리는 도청 소리를 듣고 전화를 끊었다.

피터는 협박 전문가다. 도청 전문가이기도 하다. 피터의 도청 파트너는 이름도 찬란한 프레디 투렌틴.

프레디의 형은 로스앤젤레스에서 TV 수리점을 운영했다. 전화를 따지 않는 날이면 프레디도 그곳에서 일했다.

켐퍼는 로스앤젤레스 전화국에 전화해 수리점 번호를 알아냈다. 이어 JM/웨이브 교환실에 번호를 주고 연결하도록 했다.

전화는 치익, 딱딱, 잡음이 심했다. 남자가 첫 신호에 전화를 받았다.

"투렌틴 TV 수리점입니다."

켐퍼는 건달 목소리를 흉내 냈다. "프레디 있어요? 난 에드라고 하는데, 프레디와 피터 본듀런트의 친구요."

남자가 기침을 하고 말했다. "프레디는 뉴욕에 갔어요. 며칠 전까지 있었는데."

"씨발, 보낼 물건이 하나 있는데 … 주소 좀 알 수 있죠?"

"예, 어디 있을 거요. 어디 보자. …아, 여기. 뉴욕시티 이스트 76번가 94번지. 전화번호는 MU6-0197."

"고맙습니다. 복 받으쇼."

남자가 다시 기침을 했다. "프레디한테 안부 전해줘요. 이제 말썽 좀 그만 부리라는 말도 함께."

켐퍼는 전화를 끊었다. 사무실이 사선으로 기울고 초점도 흐려졌다.

투렌틴은 76번가와 매디슨 근처에 살았다. 칼라일 호텔은 거기서 북 동쪽 모퉁이에 있다.

켐퍼는 교환실에 레니의 번호를 다시 한 번 부탁했다. 세 번의 신호음 과 세 번의 작은 잡음.

여자가 전화를 받았다. "샌즈 씨 댁입니다."

"전화 받는 분은 샌즈 씨 가정부인가요?"

"예, 샌즈 씨는 뉴욕시티에 계십니다. 전화번호는 MU6-2433이에요."

로라의 전화번호.

켐퍼는 전화를 끊고 다시 교환실을 불렀다.

"예, 보이드 씨." 여자가 대답했다.

"뉴욕시티를 연결해줘. 번호는 MU6-0197."

"잠깐만 기다리세요. 지금 회선이 모두 통화 중이라. 금방 연결해드리 겠습니다."

조각들이 맞아떨어지고 있어. 상황적으로나 본능적으로….

전화벨이 울렸다. 켐퍼는 화들짝 놀라 수화기를 들었다. "여보세요?"

"여보세요라니? 교환원이 당신 전화를 연결해준 거요."

"그래, 그랬지. 당신이 프레디 투렌틴이오?"

"예, 맞소만."

"켐퍼 보이드라고 하오. 피터 본듀런트와 함께 일하지."

정적이 다소 길게 이어졌다.

"피터를 찾는 겁니까?"

"그렇소."

"에 … 피터는 뉴올리언스에 있는데요."

"아, 그렇지. 깜빡했소."

"에 … 피터가 왜 여기 있다고 생각한 거죠?"

590

"그냥 육감이오."

"육감 떨고 앉았네. 피터는 이 번호를 알려주지 않았다고 했소."

"당신 형한테 얻은 번호요."

"에 … 망할…. 형이 그럴 리가…."

"고맙소, 프레디. 뉴올리언스로 전화해보리다."

전화가 끊겼다. 투렌틴도 미치도록 당혹스럽고 미치도록 겁을 먹은 상태로 수화기를 내려놓았을 것이다.

켐퍼는 손목시계의 초침 돌아가는 모습을 바라보았다. 셔츠 소매가 흠뻑 젖었다.

피터라면 가능해. 아냐, 피터가 그럴 리 없어. 피터는 오랜 파트너야. 그것만으로도….

아니, 보장은 어디에도 없다.

사업은 사업이다. 잭은 두 사람 사이에 있다. 삼각관계 트위스트. 잭, 피터, 바브…. 여자 성이 뭐였더라?

켐퍼는 교환실을 불렀다. 교환원이 로스앤젤레스 경찰을 연결했다.

페인이 전화를 받았다. "기록정보과입니다."

"켐퍼 보이드일세, 경사."

페인이 웃었다. "정확히 한 시간이네요."

"특별한 내용이 있던가?"

"예, 있습니다. 베벌리힐스 경찰이 1960년 8월 바브 자헬카를 체포했네요. 금품 강요입니다."

맙소사….

"계속해보게."

"여자와 전남편이 섹스 사진으로 록 허드슨을 협박하려 했더군요."

"허드슨과 여자 사진?"

"맞습니다. 돈을 요구했는데, 허드슨이 경찰에 신고했죠. 여자와 전남편을 체포했는데, 허드슨이 고발을 철회했습니다."

"냄새가 나는군."

"아주 진동을 합니다. 베벌리힐스 경찰 친구 말로는 모두 사기였다는군요. 그러니까, 허드슨이 여자를 쫓아다닌다는 연기를 피운 건데, 그 양반이 실제로는 호모랍니다. 그리고 그 사건 이면에 〈허시-허시〉가 개입했다는 소문도 있었답니다."

켐퍼는 수화기를 내려놓았다. 가슴이 어찌나 두근거리는지 숨이 끊어질 것만 같았다.

레니….

그는 새벽 1시 25분 연결기를 타고 라구아디아로 향했다. 도중에 덱세드린 네 알을 입에 넣고 기내 마티니로 쓸어내렸다.

비행은 3시간 30분이 걸렸다. 켐퍼는 칵테일 냅킨을 갈가리 찢고 몇 분마다 시계를 들여다보았다.

비행기는 정시에 착륙했다. 켐퍼는 터미널 밖에서 택시를 잡은 다음 칼라일을 지나 64번가와 5번가 사이에 내려달라고 부탁했다.

러시아워라 택시는 거북이걸음이었다. 칼라일까지 한 시간이나 걸렸다. 이스트 76번가 94번지는 호텔에서 50미터 거리로 이상적 거처인 동시에 청취 기지로서도 입지가 훌륭했다.

택시는 남쪽으로 돌아갔다가 로라의 집 건물 밖에 섰다. 문지기는 입주민과 잡담을 하느라 바빴다.

켐퍼는 로비로 뛰어 들어갔다. 한 노파가 그가 올 때까지 엘리베이터를 붙들어주었다.

그는 12층을 눌렀다. 노파가 뒤로 물러났다. 그리고 보니 손에 권총을 들고 있었다. 언제 꺼냈는지 기억조차 나지 않았다.

그는 총을 허리춤에 끼웠다. 노파가 커다란 손가방 뒤로 숨었다. 12층까지의 시간이 영원처럼 느껴졌다.

문이 열렸다. 로라는 현관 로비를 다시 장식했다. 이번에는 완벽한 프랑스 전원풍이다.

켐퍼는 로비를 통과했다. 슝 하고 올라가는 엘리베이터 소리가 들렸다. 테라스에서는 웃음소리가 들렸다.

그는 소리를 향해 달려갔다. 깔개 두 개에 발이 걸렸다. 마지막 복도를 미친 듯이 달려가다 램프 두 개와 협탁 하나를 넘어뜨렸다.

그들은 서 있었다. 술과 담배를 든 채.

로라, 레니 그리고 클레어.

다들 즐거워 보였다. 마치 모르는 사람들 같았다. 자신도 모르게 총을 꺼내 들었다. 자신도 모르게 방아쇠를 반쯤 당겼다.

켐퍼는 잭 케네디를 위협, 어쩌고 하는 말을 내뱉었다.

"아빠?" 클레어가 불렀다. 당황한 목소리였다.

그는 레니를 겨냥했다.

"아빠, 제발." 클레어가 애원했다.

로라가 담배를 떨어뜨렸다. 레니가 그에게 담배를 던지며 비웃었다.

담뱃불이 얼굴을 지지고 담뱃재에 외투가 그을렸다. 그는 조준을 하고 방아쇠를 당겼다. 총은 불발이었다.

레니가 미소를 지었다.

로라는 비명을 질렀다.

클레어의 비명 소리에 그는 몸을 돌려 달리기 시작했다.

83

뉴올리언스, 1962년 5월 12일

지랄이 풍년이다. 배니스터의 사무실은 우익 꼴통들의 개지랄 속에 허우적댔다.

가이는 KKK 놈들이 교회 몇 곳을 폭파했다고 하고, 피터는 헤시 리스킨드가 암에 걸렸다고 한다.

보이드의 카스트로 타도팀은 전천후 정예 요원들이며 더기 프랭크 록하트는 정예 무기 밀매꾼이다.

피터는 윌프레도 델솔이 산토 주니어의 마약 거래를 엿 먹었다고 했다. 그 개새끼는 의문의 개새끼 또는 개새끼들한테 개박살이 났다.

배니스터는 버번을 홀짝였다. 피터는 열심히 거짓말을 가다듬었다. 어, 가이, 이 일에 대해 뭘 들었죠?

가이는 아무것도 들은 바가 없다고 했다. 아니. 이봐, 셜록, 이런 대화는 다 개소리에 개지랄이야.

피터는 의자에 널브러져 커다란 잭 대니얼을 홀짝였다. 편두통 때문에라도 치료용으로 조금씩 마셔야 했다.

뉴올리언스는 더웠다. 사무실은 열기에 휩쓸렸다. 가이는 자기 책상에 앉아 잭나이프로 이마의 땀을 털어냈다.

피터는 계속 바브 생각만 했다. 바브와 무관한 생각을 60초 이상 유지하기 힘들었다.

전화벨이 울렸다 배니스터가 책상 위의 잔해를 뚫고 수화기를 들었다. "예? …아, 여기 있네. 잠깐만 기다려."

피터가 일어나 수화기를 건네받았다. "누구?"

"프레디야. 내 말 듣고 빡 치지 마."

"너나 진정해라."

"씨발, 좆같이 뇌진탕까지 당했는데 어떻게 진정하냐? 이건 도무지…."

피터는 수화기를 들고 사무실 끝으로 이동했다. 전화선이 팽팽해졌다. "프레디, 닥치고 무슨 일인지 말해."

프레디가 숨을 골랐다. "오케이. 켐퍼 보이드가 오늘 아침 기지로 전화를 했어. 너를 찾는다는데, 당근 거짓말이었지. 그러다 한 시간 전에 찾아왔더라고. 직접. 문을 노크하는데, 완전히 맛이 갔더라고. 그래서 아예 문을 열어주지 않았지. 그런데 그 씹새가 택시에서 내리는 노파를 밀치고 차에 올라타는 거야."

전화선이 끊어질 것 같아 피터는 뒤로 조금 물러났다. "그게 다야?"

"씨발, 아니지!"

"프레디, 말을 제대로…."

"레니 샌즈가 몇 분 후에 나타났어. 보이드가 왜 개지랄을 했는지 알 것 같아서 들어오라고 했더니, 그 개자식이 의자로 내 머리를 박살내고 집을 수색하잖아. 테이프하고 녹취록을 모두 챙겨가지고 떠났어. 망할…. 30분쯤 된 모양인데, 칼라일에 갔더니 경찰차들이 호텔 앞에 진을 쳤더라고. 피터, 피터, 피터…."

두 다리가 휘청거렸다. 다행히 벽에 기댈 수는 있었다.

"피터, 레니 새끼야. 그 씹새가 문을 박차고 들어가 케네디 방을 샅샅이 뒤져 도청기를 모두 빼낸 다음 비상구로 달아났다니까. 피터, 피터, 피터…."

"…."

"피터, 우리 좆 된 거야…?"

"…."

"피터, 난 기지를 청소하고 장비를 모두…."

전화가 끊겼다. 피터가 힘을 주는 바람에 벽에서 코드가 빠져나온 것이다.

그가 뉴올리언스에 있다는 사실은 보이드도 알고 있다. 보이드는 물론 첫 번째 비행기로 날아올 것이다.

쇼는 끝났다. 보이드와 레니는 결국 충돌했고, 작전은 개박살이 났다.

FBI도 지금쯤 눈치챘을 것이다. 비밀경호국도.

보이드는 보비한테 해명하러 갈 수도 없을 것이다. 마피아와의 연대로 이미 더러워진 몸 아닌가.

보이드는 이곳에 나타날 것이다. 보이드는 그가 거리 맞은편 호텔에 머물고 있다는 사실도 안다.

피터는 버번을 홀짝이며 주크박스의 트위스트 곡을 모조리 선곡했다. 종업원이 지나가다 커피를 채워주었다.

택시가 멈추고 보이드가 내릴 것이다. 그리고 데스크 직원을 협박해 614호실로 들이닥칠 것이다.

보이드는 메모를 발견하고 그대로 할 것이다. 그리고 당연히 녹음기를 이곳 레이 베커 트로픽스로 가져오리라.

피터는 문을 지켜보았다. 트위스트 곡이 흐를 때마다 바브 생각만 점점 더 강렬해졌다. 두 시간 전 로스앤젤레스의 그녀에게 전화해 작전이 깨졌다고 얘기해주었다. 바브, 차를 몰고 엔세나다로 내려가서 플라야로 사다에 짱 박혀 있어.

바브는 그렇게 하겠다고 대답했다. "그래도 우린 아직 끝나지 않았죠? 그렇죠?"

그는 대답했다. "그래."

바는 더웠다. 뉴올리언스는 더위에 관한 한 타의 추종을 불허한다. 뇌우가 쏟아져도 눈 깜짝할 사이에 말라버리니 말이다.

보이드가 들어왔다. 피터는 매그넘에 소음기를 끼우고 옆자리에 내려놓았다.

가방에 녹음테이프를 넣어가지고 왔을 것이다. 다리에는 45구경 자동권총을 차고.

보이드가 다가와 맞은편에 앉았다. 가방을 바닥에 내려놓았다.

피터는 가방을 가리키며 말했다. "기계를 꺼내죠. 배터리 다니까. 테이프는 이미 넣어놨으니 플레이만 누르면 돼요."

보이드가 고개를 저었다. "네 총부터 테이블에 올려."

피터는 그렇게 했다.

"총알도 빼놔."

피터는 보이드의 지시에 따랐다. 보이드는 자기 총의 클립을 빼고 피터의 매그넘과 함께 테이블보로 감쌌다.

보이드는 더럽고 초췌했다. 단장을 외면한 캠퍼 보이드. 평생 처음이리라.

피터는 허리춤에서 총신이 짧은 38구경을 꺼냈다.

"공은 공이고 사는 사예요, 캠퍼. 우리 쇼와는 관계없습니다."

"난 상관없어."

"그 테이프를 틀면 상관있게 돼요."

두 사람은 많은 부스를 독차지하고 있었다. 상황이 꼬이면 보이드를 죽이고 뒷문으로 빠져나가면 그만이다.

"넌 선을 넘었어, 피터. 선이 있는 줄 알면서도 넘은 거야."

피터는 어깻짓을 했다. "잭은 건드리지 않았어요. 보비도 똑똑해서 법을 끌어들이지 못합니다. 그냥 여기서 나가 사업을 계속할 수 있어요."

"서로를 믿고?"

"우리 사이에 장애물이 잭 말고 더 있다고 생각할 이유가 뭐죠?"

"정말로 그렇게 간단하다고 생각하나?"

"캠퍼가 그렇게 만들 수 있습니다."

보이드가 가방을 열고 녹음기를 테이블 위에 놓은 다음 재생 버튼을 눌렀다.

테이프가 감겼다. 피터는 주크박스 음악 때문에 볼륨을 키웠다.

잭 케네디의 목소리. "켐퍼 보이드가 제일 가깝지만 불편한 인간이야. 그래서 취임한 이후엔 거의 써먹은 적이 없지."

"켐퍼 보이드가 누구죠?" 바브 자헬카.

"법무부 관리." 잭.

"그 친구의 최대 약점은 케네디 가문이 아니라는 거야." 잭.

"예일 로스쿨을 다녔고, 나한테 붙어서…." 잭

보이드가 몸을 부르르 떨었다.

"나와 가족한테 빌붙기 위해 결혼까지 약속한 여자를 차버렸어." 잭.

"달갑지 않은 환상을 품는 모양인데…." 잭.

보이드가 맨손으로 녹음기를 내려쳤다. 테이프가 구겨지고 깨지고 박살났다.

피터는 그의 두 손에서 피가 흐르도록 내버려두었다.

84

머리디언, 1962년 5월 13일

비행기가 꼬리날개를 흔들며 미끄러지듯 멈춰 섰다. 켐퍼는 앞좌석을 단단히 끌어안았다. 머리가 지끈거리고 두 손은 욱신거렸다. 벌써 서른 시간 넘게 잠을 자지 못했다.

부기장이 시동을 끄고 객실 문을 열었다. 햇빛과 고온다습한 기온이 폭풍처럼 밀려왔다. 켐퍼는 비행기에서 내려 자기 차로 향했다. 손가락 붕대 사이로 피가 배어나왔다. 피터가 그를 설득해 보복을 미루도록 했다. 워드 리텔이 바닥부터 협박을 진행 중이라는 얘기도 했다.

그는 모텔로 차를 몰았다. 서른 시간 이상을 술과 덱세드린에 찌든 터라 도로가 마구 흔들렸다. 주차장은 만원이었다. 그는 플래시 엘로르데의 쉐보레 옆에 이중 주차했다.

태양이 평소보다 두 배는 더 뜨거웠다. 클레어는 계속해서 "아빠, 제발"만 읊조렸다.

그는 자기 방으로 향했다. 문을 건드리는 순간 갑자기 획 하고 열렸다.

누군가가 안에서 그를 낚아채고 다른 녀석이 발로 걸어찼다. 세 번째 녀석이 그를 넘어뜨린 뒤 얼굴을 바닥에 짓눌렀다.

"이곳에서 마약을 찾아냈다." 남자 1이 말했다.

"불법 무기도." 남자 2가 말했다.

"어젯밤 레니 샌즈가 뉴욕시티에서 스스로 목숨을 끊었다. 싸구려 호텔방을 빌려 손목을 긋고 침대 위 벽에 '나는 호모다'라는 혈서를 썼지. 싱크대와 변기에는 다 타버린 테이프 잔해가 가득했고. 물론 칼라일 호텔 얘기다. 테이프는 케네디 가족의 스위트룸에 설치한 도청과 관련이 있고." 남자 3이 말했다.

켐퍼가 발버둥치자 한 놈이 얼굴을 밟고 꼼짝 못하게 짓눌렀다.

"샌즈가 그날 일찍 스위트룸을 뒤지던 모습을 목격했어. 뉴욕 경찰은 몇 집 아래에서 청취 기지를 찾아냈지. 지문을 지우고 장비도 치우고 당연히 가명으로 빌렸겠지만, 멍청한 놈이 빈 테이프를 다량 남겨두었더군." 남자 3.

"네놈이 도청을 지휘했어." 남자 1.

"네놈의 쿠바 졸개들과 게리라는 프랑스 놈도 잡았다. 입을 열지는 않았지만 어쨌든 불법 무기 건으로 처넣을 수 있어." 남자 2.

"이제 그만." 또 다른 남자

제3의 남자? 법무장관 로버트 F. 케네디였다.

남자 1이 그를 의자에 앉혔다. 남자 2는 속박을 풀고 침대 다리에 다시 묶었다. 방은 보비의 FBI 쥐새끼들로 가득했다. 예닐곱 명의 싸구려 여름 정장 차림. 남자들이 밖으로 나가 문을 닫았다.

보비가 침대 가장자리에 앉았다. "켐퍼, 이 개자식. 감히 내 형을 엿 먹이려들어?"

켐퍼는 기침을 했다. 초점이 흔들리며 침대와 보비가 둘로 보였다. "난 아무 일도 하지 않았습니다. 오히려 공작을 막으려고 했어요."

"네놈 말을 믿으라고? 로라의 집에서 난동을 부린 것만으로도 네놈 죄를 실토한 건데?"

켐퍼는 움찔했다. 수갑에 손목을 베어 피가 흘렀다. "그럼 꼴리는 대로 믿어. 옹졸한 병신 새끼 같으니. 네 형한테 이렇게 전해라. 그렇게 열심히 사랑했건만 보답이 기껏 이거냐고."

보비가 몸을 숙이며 말했다. "네 딸 클레어가 다 얘기했어. 지난 3년 넘게 CIA의 계약 요원이었다며? CIA가 특별히 네놈을 교사해 반카스트로 주장을 대통령께 알리라고 했다며? 레니 샌즈한테 들었다면서, 네놈이 조직범죄자들을 사주해 CIA 비밀 활동에 참여케 했다고도 하더군. 상황을 모두 종합한 결과, 최초의 의혹이 맞아떨어졌다는 확신을 내렸지. 후버 놈이 너를 보내 내 가족을 염탐하게 한 거야. 대통령께서 그놈의 옷을 벗기는 그날, 기어이 놈을 법정에 세우고 말겠어."

켐퍼는 주먹을 쥐려 했으나 골절된 뼈가 어긋나기만 했다.

보비가 침대에서 일어났다. "이제 마피아-CIA 연결 고리를 하나하나 모조리 끊어내겠어. 쿠바 프로젝트에 조직범죄꾼들의 개입을 원천봉쇄하고, 네놈은 법무부와 CIA에서 몰아낼 뿐만 아니라 변호사 자격도 박탈한다. 네놈과 네 프랑스-쿠바 잡탕들도 무기와 마약 소지죄로 모조리 감방에 처넣어주지."

켐퍼는 입술을 적시고 입안 가득 침을 모은 채 말했다. "부하들을 건드리고 나를 기소하면 다 불어버리겠어. 네 더러운 가족에 대해 알고 있는 대로 모조리 까발려주마. 케네디 이름을 영원히 지우지 못할 오명으로 바꿔주고 말겠어."

보비가 그의 뺨을 때렸다.

켐퍼는 보비 얼굴에 침을 뱉었다.

. . .

자료 첨부: 1962년 5월 14일. FBI 전화 통화 녹취록. **국장의 지시로 녹음/국장 외 열람 금지.** 통화: J. 에드거 후버와 워드 J. 리텔.

WJL: 안녕하세요, 국장님.

JEH: 안녕. 내가 소식을 들었는지 물어볼 필요도 없네. 아무래도 당신보다 많이 알 테니까.

WJL: 예, 국장님.

JEH: 켐퍼한테 저축액이 좀 있나 모르겠어. 변호사 자격 박탈 건이면 돈이 많이 들어갈 텐데. 게다가 취향이 그래서 FBI 연금만으로 안락하게 살기는 빠듯할 거야.

WJL: 리틀 브라더가 그래도 기소는 못할 겁니다.

JEH: 당연히 못하지.

WJL: 켐퍼가 역풍에 당했어요.

JEH: 그에 따른 아이러니에 대해선 언급하지 않겠네.

WJL: 예, 국장님.

JEH: 그 친구와 얘기해봤나?

WJL: 아직 아닙니다.

JEH: 도대체 지금 뭘 하는지 궁금하군. 요원 자격 없는 켐퍼 C. 보이드라니…. 맙소사, 상상이 안 가.

WJL: 마르첼로 씨가 일자리를 마련해줄 겁니다.

JEH: 그래? 마피아 똥꼬 빨아주라고?

WJL: 쿠바 건이 있습니다, 국장님. 마르첼로 씨는 아직 쿠바 공작에 관심이 많거든요.

JEH: 바보라서 그래. 피델 카스트로는 죽지 않아. 정보원 애들 말에 의하면 어둠의 황제도 그 친구와 관계를 재고하려고 애쓰는 것 같다더군.

WJL: 어둠의 황제는 계집애나 다름없습니다, 국장님.

JEH: 나한테 입에 발린 소리 할 필요 없어. 형제에 관해서라면 변절했을지 몰라도 자네 정치적 신념에 대해서는 여전히 물음표야.

WJL: 그렇다 해도 전 아직 포기하지 않았습니다. 비록 사안이 다르기는 해도 아직 폐하를 버릴 수는 없어요.

JEH: 대단해. 어쨌든 자네 계획은 알고 싶지 않으니 명심하라고.

WJL: 예, 국장님.

JEH: 자헬카 양은 예전 생활로 돌아갔나?

WJL: 곧 그렇게 될 겁니다. 지금은 우리의 프랑스계 캐나다 친구와 멕시코 여행 중입니다.

JEH: 두 사람이 자식까지 낳았으면 좋겠군그래. 자식들도 분명 도덕 결핍증 환자가 될 거야.

WJL: 예, 국장님.

JEH: 잘 있게, 리텔.

WJL: 안녕히 계십시오, 국장님.

자료 첨부: 제2차 FBI 전화 도청 발췌본. **일급비밀/국장 외 열람 금지 및 외부 법무부 직원에게 유출 금지.**

시카고, 1962년 6월 10일. 발신: BL4-8869(셀라노 양복점). 수신: AX8-9600(쟈니 로셀리 자택)(THP 파일 #902.6 참조, 시카고 지국). 통화: 쟈니 로셀리와 '모모' 샘 지앙카나(파일 #480.2). 통화 후 9분 경과 시점.

SG: 그래서 보비 그 개새끼가 직접 알아냈다더군.

JR: 그 정도는 솔직히 놀랄 일도 아니잖아.

SG: 우린 그 새끼를 도왔어, 쟈니. 대개 겉치레이기는 했지만. 그래도 니미 그 새끼와 형 놈을 도와주었다는 사실만큼은 확실하다 이거야.

JR: 놈들한테 잘했지, 우리가. 정말 잘했어. 그런데도 씹새들이 우리를 엿 먹이고 엿 먹이고, 또 엿 먹이기만 했어.

SG: 들도 보도 못한 협박 공작이 우, 우, 우 … 여기저기 갑자기 나타났다는 뜻의 단어가 뭐지?

JR: 우후죽순? 당신이 찾는 단어가 우후죽순 맞아?

SG: 맞아. 어쨌든 그 병신 같은 작전 때문에 보비가 더 빨리 알아냈잖아. 지미와 프랑스 놈 피터가 괜히 끼어들어서 그래. 누군가가 실수를 했고 그래서 유대인 레니가 자살한 거야.

JR: 케네디가 놈들을 박살내려고 한 일인걸. 그렇다고 지미와 피터를 나무랄 순 없지.

SG: 물론 그야 안 될 말이지.

JR: 결국 레니가 호모라는 사실만 드러났군. 자넨 믿을 수 있나?

SG: 세상에 누가 믿겠어?

JR: 유대인이잖아, 샘. 유대인종은 백인 양성애자보다 호모 비중이 훨씬 높아.

SG: 맞는 말이야. 그래도 헤시 리스킨드는 호모가 아니었어. 입으로 빨아주는 걸 좋아해서 아마 6만 번은 했을 거야.

JR: 헤시는 정신병자야, 샘. 정말 미쳤지.

SG: 케네디가 놈들도 그 병에나 걸렸으면 좋겠구먼. 케네디가 놈들과 시내트라 모두.

JR: 시내트라가 사기를 쳤지. 형제들을 설득할 수 있다고 뻥을 쳤어.

SG: 쓸모없는 인간이야. 뺀질머리가 백악관 초청 명단에서 빼버렸다잖아. 그러니 형제 놈들한테 잘 얘기해보라고 해봐야 다 개소리였지.

무의미한 대화가 이어짐.

클리블랜드, 1962년 8월 4일. 발신: BR1-8771(살리버 라운지). 수신: BR4-0811(바르톨로 식당 공중전화). 통화: 존 마이클 달레시오(THP 파일 #180.4 참조, 클리블랜드 지국)와 '당나귀 댄' 대니얼 베르사체(파일 #206.9 참조, 시카고 지국). 대화 시작 16분 후.

DV: 소문은 소문이야. 출처를 확인하고 그곳에서 직접 확인해야지.

JMD: 대니, 당신 루머 좋아해?

DV: 알면서 왜 물어? 내가 누구만큼 좋은 소문에 뻥 가잖아. 솔직히 사실이든 아니든 좆도 상관없어.

JMD: 대니, 나한테 쓸 만한 소문이 하나 있는데.

DV: 그럼 까발려. 좆도 감질나게 하지 말고.

JMD: J. 에드거 후버와 보비 케네디가 서로 앙숙이래.

DV: 그게 다야?

JMD: 더 있지.

DV: 당근 그래야지. 후버-보비 불화설은 김빠진 맥주야.

JMD: 보비의 수사팀이 밀고자로 변신 중이래. 보비가 후버를 근처에도 오지 못하게 한다는 소문도 있고, 망할 매클렐런 위원회가 다시 활동한다는 얘기도 들었어. 시카고 조직을 다시 쪼겠다는 얘기야. 보비는 정보 팀장을 섭외 중인데, 위원회가 재가동되면 그 친구를 얼굴마담으로 내보낼 거래.

DV: 내가 더 확실한 정보를 들었어, 존.

JMD: 좆 까고 있네.

무의미한 대화가 이어짐.

뉴올리언스, 1962년 10월 10일. 발신: KL4-0909(아바나 주점 공중전화). 수신: CR8-8107(타운 & 컨트리 공중전화). 주의: 타운 & 컨트리의 소유주는 카를로스 마르첼로(THP 파일 없음)임. 통화: 리언 NMI 브루사드(THP 파일 #88.6 참조. 뉴올리언스 지국)와 쿠바인 추정 남성. 대화 시작 21분 후.

LB: 그러니 희망을 포기할 필요 없어. 모두 잃지는 않았잖아, 친구.

UM: 기분은 솔직히 그래.

LB: 그렇지 않아. 실제로도 아직 카를로스 삼촌이 굳건히 믿어.

UM: 그래봐야 혼자야. 몇 년 전만 해도 그분만큼 관대한 동료가 많았지. 힘센 친구들이 공작에서 손을 떼니 난감하기 이를 데 없군그래.

LB: 보비 케네디 그 새끼도 그랬어.

UM: 그래. 그 새끼 배신이야말로 최악이었지. 끝끝내 2차 공습에 반대한다면서?

LB: 니미, 그러고는 좆도 신경 안 써. 그래도 카를로스 아저씨가 버티고 있으니까.

UM: 네 말이 맞았으면 좋겠다.

LB: 지금도 카스트로를 치려는 사람들한테 뒷돈을 대고 있대. 쿠바인 셋에 낙하산병 출신 프랑스인이라던데?

UM: 다 사실이면 좋겠다. 너도 알다시피, 쿠바 공작이 박살나 지금은 난민 그룹도 수백 명 정도밖에 남지 않았어. 이런 말 하고 싶지 않지만, 그중 일부만 CIA 지원을 받고 다른 자들은 마약 같은 쓰레기로 버티고 있다는군. 내가 보기에도 충격 요법이 필요해. 이렇게 파벌 싸움에 이해관계까지 얽히면 성공은 요원할 수밖에 없어.

LB: 아직 할 일이 남았다면 케네디 형제 불알부터 뽑아버려야 해. 시카고 조직이 쿠바 공작 건에 닥치는 대로 돈을 퍼부었는데도 보비 케네디 그 새끼가 빡 쳐서 연결 고리를 모조리 끊고 지랄이잖아.

UM: 어쨌든 골치 아픈 요즘이다. 씨발, 완전히 고자가 된 기분이니.

무의미한 대화가 이어짐.

탬파, 1962년 10월 16일. 발신: OL4-9777('뚱땡이 밥' 로버트 파올루치의 집)(THP 파일 #19.3 참조, 마이애미 지국) 수신: GL1-8041(토머스 리처드 스캐본의 집)(파일 #8.0 참조, 마이애미 지국). 통화: 파올루치와 스캐본. 통화 시작 38분 후.

RP: 네가 다 알고 있다며?

TS: 아, 꼭 그렇지는 않습니다. 여기저기 조각을 끼워 맞춘 정도인걸요. 그나마 정확하다면, 샘과 산토가 마약을 도둑맞은 이후로 카스트로 건에 대해 전혀 대화를 하지 않아요.

RP: 대단한 사건이었지. 무려 열다섯이 죽었어. 산토 말로는 범인들이 배를 바다로 내보내 폭파시켰대. 100킬로그램이야, 토미. 씨발, 그걸 팔면 얼마나 나올지 상상이 가냐?

TS: 천문학적인 액수죠, 밥. 상상이 안 갑니다.

RP: 그게 저 밖 어딘가에 있단 말이지.

TS: 저도 막 그 생각을 했습니다.

RP: 100킬로그램. 누군가가 지금 그걸 깔고 앉아 있어.

TS: 산토도 포기하지 않겠죠?

RP: 당근이지. 프랑스 놈 피터가 델솔이라는 놈을 죽였다지만, 그놈은 빙산의 일각이야. 산토가 피터를 내보내 찾아내라고 했대. 한마디로 암행인데, 둘 다 사건 뒤에 정신 나간 라틴계 난민 놈들이 있다고 보고 있어. 피터는 그놈들을 찾고 있고.

TS: 난민 몇 놈을 만난 적이 있어요.

RP: 나도. 하나같이 미친놈들이더라고.

TS.: 내가 왜 그 새끼들을 싫어하는지 아세요?

RP: 왜?

TS: 그 새끼들, 자기가 이탈리아인만큼이나 백인과 가깝다고 생각해요.

무의미한 대화가 이어짐.

뉴올리언스, 1962년 10월 19일. 발신: BR8-3408(리언 NMI 브루사드의 집)(THP 파일 #88.6 참조, 뉴올리언스 지국). 수신: 텍사스 주 댈러스의 아돌푸스 호텔 스위트룸 1411호(호텔 기록에 따르면 스위트룸 투숙객은 허셸 마이어 리스킨드)(파일 #887.8 참조, 댈러스 지국). 통화 시작 3분 후.

LB: 늘 호텔 스위트룸만 찾으십니다, 헤시. 호텔 스위트룸과 빨아줄 년만 있으면 천국이시죠?

HR: 천국 같은 개소리 말아, 리언. 전립선 아파 죽겠잖아.

LH: 이해합니다. 몸이 좋지 않아 아직 이승까지 생각할 여유가 없으시겠죠.

HR: 이승이 아니라 저승이다, 리언. 아무튼 말은 맞아. 너하고 이빨 까는 이유도 네놈이 다른 사람 고민에 오지랖이 넓기 때문이야. 나보다 고민 많은 새끼들 얘기해주면 나도 기분이 좋아질 것 같으니까.

LB: 예, 한 번 해보겠습니다, 헤시. 아무튼 카를로스께서 안부 전하십니다.

HR: 그 친구부터 하지. 그 이탈리아 사이코 놈은 요즘 무슨 고민이 있다더냐?

LB: 최근 일은 모릅니다만, 외국 추방 건 때문에 돌아버릴 지경이라는군요.

HR: 그 잘난 변호사 놈이 있잖아?

LB: 예, 리텔. 그 친구가 지미 호파 일도 거들고 있습니다. 카를로스 아저씨 말씀이 케네디 일가를 엄청 싫어해서 모르긴 해도 공짜로 일할 거라더군요.

HR: 관료 출신이라는 얘기는 들었어. 재판을 연기하고 연기하고 또 연기하기만 한다더군.

LB: 잘 보셨습니다. 카를로스께서도 이민국 소송이 내년 후반이나 가야 법정에 설 거랍니다. 리텔이 법무부 검사들 진을 쪽쪽 빼고 있죠.

HR: 카를로스는 낙관적이지?

LB: 물론이죠. 지미도 그렇고요. 들은 바에 따르면, 지미 문제는 대배심 500만 명이 그 양반 똥구멍을 판다는 데 있어요. 제 감으로는 누군가가 기소하면 리텔이 아무리 능력 있는 자라 해도 빠져나올 구멍이 없을 겁니다.

HR: 그 얘기를 들으니 좀 낫다. 지미 호파의 골칫거리가 나 못지않아. 리븐워스에 들어가 깜둥이한테 똥꼬 따먹히는 상상 해본 적 있냐?

LB: 끔찍하군요.

HR: 암도 마찬가지야, 이 이교도 놈아.

LB: 다들 돕고 싶어 합니다, 헤시. 저도 늘 기도합니다.

HR: 기도는 좆 까고, 소문이나 씨부려봐. 그래서 너한테 전화한 거니까.

LB: 에….

HR: 에라니? 리언, 넌 나한테 빚도 있어. 내가 죽기 전에 빚 갚을 생각 없을 테니 대신 재미있는 소문으로 갚으란 말이다. 늙은이를 위해서라도.

LB: 에, 몇 가지 소문이 있습니다.

HR: 어떤 소문?

LB: 리텔 변호사가 하워드 휴즈 일도 한다는 소문이죠. 휴즈는 라스베이거스 호텔을 전부 사들이겠다고 떠들고 다니는데, 헤시, 정말로 비밀입니다만, 샘 G.가 그 거래에 모종의 음모를 꾸미고 있습니다.

HR: 그런데 리텔은 까맣게 모른다?

LB: 바로 그겁니다.

HR: 난 이놈의 세상이 그래서 좋아. 니미, 도무지 지루할 틈이 없잖아.

LB: 옳으신 말씀. 우리 인생살이엔 주워 먹을 찌꺼기가 얼마든지 있죠.

HR: 죽고 싶지 않아, 리언. 이런 걸 두고 어떻게 눈을 감겠어?

무의미한 대화가 이어짐.

시카고, 1962년 11월 19일. 발신: BL4-8869(셀라노 양복점). 수신: AX8-9600(쟈니 로셀리의 집)(THP 파일 #902.5 참조. 시카고 지국) 통화: 쟈니 로셀리와 샘 '모모' 지앙카나(파일 #480.2 참조). 통화 시작 2분 후.

JR: 시내트라는 쓰레기야.

SG: 쓰레기 중 쓰레기지.

JR: 케네디가 놈들도 그 새끼 전화는 받지 않는다더라고.

SG: 그 아일랜드 씹새끼들을 나보다 더 증오하는 사람은 없어.

JR: 카를로스와 그 친구 변호사가 있지. 카를로스도 다시 국외 추방을 당한다는 사실을 아는 것 같더라고. 이제 곧 엘살바도르로 돌아가 엉덩이에서 선인장 가시나 뽑는 신세지, 뭐.

SG: 카를로스는 카를로스고 나도 골치가 아프다. 보비 똘마니 새끼들이 파고드는데, FBI도 이렇게 똥줄이 타지는 않았어. 씨발, 지금 마음 같아선 보비 새끼 대갈통에 송곳이라도 박아 넣고 싶다.

JR: 형 놈 대가리도.

SG: 당근 그 씹새 먼저지. 반역자 주제에 영웅처럼 굴잖아. 실제로는 늑대 가죽을 뒤집어쓰고 빨갱이 좆이나 빠는 새끼란 말이다.

JR: 그 새끼 덕분에 흐루쇼프 놈도 돌아왔어, 샘, 그놈도 알아야 해. 흐루쇼프가 망할 놈의 미사일을 들이댔다고.

SG: 다 좆같은 얘기야. 말만 번드르르 깝치고 있잖아. CIA 친구가 있는데, 케네디가 흐루쇼프와 뒷거래를 했다더군. 흐루쇼프가 미사일을 이동했잖아? 그러니까 케네디가 씨발, 다시는 쿠바를 침공하지 않겠다고 빈 거야. 니미, 우리 카지노만 날아갔잖아. 영원히. 바이바이.

JR: 이번 겨울에 케네디가 오렌지볼을 찾아가 피그스 만 생존자들과 얘기하겠다니, 그 씹새가 난민 놈들한테 얼마나 기막히게 거짓말을 해대겠어?

SG: 씨발, 누구든 쿠바 애국자가 나와 놈을 쏴 죽여야 해. 그 친구들 중에 기꺼이 목숨을 바칠 애들이 있거든.

JR: 켐퍼 보이드가 그런 애들을 훈련했다고 하지 않았나? 카스트로를 치겠다고?

SG: 켐퍼 보이드도 쓰레기야. 타깃을 잘못 잡았잖아. 카스트로야 타코나 좋아하고 말빨이 좀 센 것뿐이지만, 우리 사업엔 그 새끼보다 케네디가 더 문제야.

무의미한 대화가 이어짐.

자료 첨부: 1962년 11월 20일. 〈디모인 레지스터〉 부제

호파, 뇌물 혐의 강력 부인

자료 첨부: 1962년 12월 17일. 〈클리블랜드 플레인 딜러〉 헤드라인

호파, 시험 택시 건 무죄

자료 첨부: 1963년 1월 12일. 〈로스앤젤레스 타임스〉 부제

호파, 시험 택시 배심 매수 건으로 수사 중

자료 첨부: 1963년 5월 10일. 〈댈러스 모닝 뉴스〉 헤드라인 및 부제

호파 기소
트럭 노조위원장, 배심 매수 혐의 기소에 굴복

자료 첨부: 1963년 6월 25일. 〈시카고 선 타임스〉 헤드라인 및 부제

호파, 사면초가

트럭 노조위원장 복수의 사기 혐의로 시카고 법정 소환

자료 첨부: 1963년 7월 29일. FBI 전화 도청 발췌. **일급비밀/국장 외 열람 금지 및 외부 법무부 직원에게 유출 금지.**

시카고, 1963년 7월 28일. 발신: BL4-8869(셀라노 양복점). 수신: AX8-9600(쟈니 로셀리의 집)(THP 파일 #902.5 참조, 시카고 지국). 통화: 쟈니 로셀리와 샘 '모모' 지앙카나(파일 #480.2). 통화 시작 17분 후.

SG: 씨발, 더러워서 못해먹겠네.

JR: 샘, 자네 심정 이해해.

SG: 빌어먹을 FBI가 스물네 시간 감시하잖아. 보비 놈이 후버 모르게 지시했다더라고. 니미, 골프장에 나가 있는데, 수사관 새끼가 러프하고 페어웨이에 짱 박혀 있지 뭐야. 보나마나 그 씹새들, 모래 구덩이도 도청을 했을 거라고.

JR: 누가 아니래?

SG: 정말 못해먹겠어. 지미도 카를로스도 죽겠다고 하고, 만나는 사람마다 다 그래.

JR: 지미는 끝났어. 이제 곧 회오리가 불걸세. 보비가 정보원 팀장을 훈련시켰다던데, 자세한 내용은 모르지만….

SG: 내가 알아. 이름은 조 발라치, 비토 제네베세의 졸개였지. 지금은 애틀랜타에 있는데, 마약 혐의로 10년 징역인가 그래.

JR: 한 번 본 것도 같은데?

SG: 교도소에서 한 번은 보지 않았겠어?

JR: 그건 그래.

SG: 자네 때문에 말이 끊겼네만, 그 새끼 꼭지가 돌아서 죄수를 하나 죽였어. 자기를 죽이기 위해 비토가 보낸 자객이라고 믿었는데, 오해였지. 아무튼 비토가 청부를 하기는 했지. 조한테 죽은 죄수가 비토 친구였거든.

JR: 발라치라는 놈 완전히 또라이로군.

SG: 또라이에 겁쟁이였지. 그 새끼가 FBI의 보호를 받겠다고 사정했는데, 보비가 먼저 낚아채서 거래를 한 거야. 발라치는 평생 보호를 대가로 시카고 조직을 통째로 갖다 바쳤지. 소문을 듣자 하니, 그 새끼가 새로 출범하는 매클렐런 위원회에도 들어갈 것 같아. 9월쯤이라던데….

JR: 오, 망할. 더럽게 꼬였군.

SG: 그 이상이야. 지금껏 시카고 조직에 닥친 한파 중에서도 최악일걸세. 발라치는 40년 동안 기른 작자야. 그러니 어디까지 아는지 누가 알겠나?

JR: 오, 니미럴.

SG: 그놈의 오, 오 좀 그만해라, 멍청한 호모 놈아.

무의미한 대화가 이어짐.

자료 첨부: 1963년 9월 10일. 개인 서한.

발신: 워드 J. 리텔. 수신: 하워드 휴즈.

친애하는 휴즈 씨께.

이 서한은 공식적인 요청이자 최후의 수단으로 선택한 문제입니다. 지난 5개월 동안 저를 고용해보셨으니, 이렇게 외부 채널로 요청드릴 때는 언제나 휴즈 씨의 이해에 반드시 필요하기 때문임을 아시리라 믿습니다.

급하게 25만 달러가 필요합니다. 그 돈은 공식 절차를 회피하고 J. 에드거 후버 씨가 FBI 국장직을 유지하도록 하는 데 사용할 것입니다.

후버의 국장직 수행은 휴즈 씨의 라스베이거스 계획에도 반드시 필요합니다. 가능한 한 빨리 결정해서 답해주시기 바랍니다. 이 서신은 반드시 극비 문건으로 처리 바랍니다.

건승을 빌며,

워드 J. 리텔

자료 첨부: 1963년 9월 12일. 개인 서한.

발신: 하워드 휴즈. 수신: 워드 J. 리텔.

친애하는 워드,

애매한 요구이긴 하지만 적절하고 사려 깊은 판단으로 보이네. 요청한 금액은 곧 송금하지.

부디 그 돈이 최대한 빠른 시일 내에 결실을 맺기를 기대하네,

그럼 이만,

HH

5부

계약

1963년 9월~11월

자료 첨부: 1963년 9월 13일. 법무부 비망록.
발신: 로버트 F. 케네디 법무장관. 수신: J. 에드거 후버 FBI 국장.

친애하는 후버 국장,

케네디 대통령께서 공산국 쿠바와 관계를 정상화하고자 합니다. 또한 난민들의 해안 침투, 특히 플로리다와 걸프 해안에 있는 비CIA 난민 그룹들의 폭력 행위가 우려할 수준입니다. 이런 식의 재가받지 않은 행위는 즉시 중단해야 합니다. 대통령께서는 당장 지시를 이행하길 바라며 이를 법무부-FBI의 최우선 임무로 지시하셨습니다. 플로리다와 걸프 해안에 있는 요원들은 즉시 난민 캠프를 습격해 무기를 몰수하십시오. 특히 CIA가 후원하지 않거나 공식 외교 정관에 부합하지 않는 캠프가 우선입니다.

습격은 즉시 실행합니다. 오늘 오후 3시에 내 집무실로 출두해 구체적인 사항을 논의하고 내가 임시로 작성한 타깃 캠프를 검토해주시기 바랍니다.

그럼 이만,

로버트 F. 케네디

85

마이애미, 1963년 9월 15일

배차실은 널빤지를 박아 봉쇄했다. 오렌지색/흑색 벽지는 벗겨져 속지를 드러냈다.

안녕, 타이거 택시여.

CIA는 절반에 해당하는 지분을 회수했다. 지미 호파는 자신의 몫 절반을 세금 회피용으로 내던지며 피터한테 택시를 모두 팔아 푼돈이라도 마련하라고 지시했다.

피터는 주차장 세일에 들어갔다. 호랑이 문양의 후드마다 특가 TV 세트를 진열했다.

피터는 휴대용 발전기로 TV를 틀었다. 10여 대의 TV가 뉴스를 토해냈다. 한 시간 전 버밍엄의 흑인 교회가 폭탄 테러를 당했단다.

흑인 아이 넷이 흔적도 없이 사라졌어. 켐퍼 보이드가 말했다.

구경꾼들이 주차장을 가득 메웠다. 피터는 현금을 주머니에 챙기고 인수증에 사인했다.

안녕, 타이거 택시. 좋은 추억이었어.

주차장 세일은 요원 감축과 단계적 예산 삭감에 따른 불가피한 조처였다. JM/웨이브는 고군분투했다. 부족한 인력으로.

간부단도 해체했다. 산토는 마약에서 손을 떼겠다고 했지만 터무니없는 거짓말이다.

공식 지시는 지난 12월에 떨어졌다. 안녕, 메리크리스마스. 당신네 엘리트 마약 집단은 파장이야.

테오 파에즈는 펜서콜라에서 창녀들을 돌렸다. 풀로 마차도는 어딘가에서 부랑자로 지내고, 라몬 구티에레즈는 뉴올리언스 외곽에서 반카스트로 운동을 하고 있다. 척 로저스는 계약을 해지당했고, 네스토르 차스코는 쿠바에 들어간 후 생사조차 모른다.

켐퍼 보이드는 여전히 카스트로 타도팀을 꾸렸다.

미시시피는 켐퍼에게 너무 덥다. 시민권에 대한 불만은 계속 높아져 지역민을 극단적인 대립 상태로 내몰았다. 보이드는 팀을 플로리다 선벨리로 옮겨 조립식 빈 건물을 차지했다. 트럭 노조의 리조트에 마침내 사람이 든 것이다. 그들은 사격장과 훈련장을 세우고 오직 피델 암살 프로그램에만 집중했다. 쿠바에 침투한 횟수는 모두 아홉 차례. 백인 보이드와 게리도 함께 참여했다. 빨갱이의 머리 가죽도 100개가 넘었다. 하지만 네스토르는 찾지 못했고, 카스트로 근처에도 가지 못했다.

마약은 여전히 미시시피에 숨겨져 있고 강도 '적발'은 여전히 지리멸렬했다. 피터는 계속해서 거짓 단서만 쫓았다. 이따금 공포에 치를 떨었지만 산토와 샘도 강도들이 쿠바로 토꼈다는 얘기를 반쯤은 믿는 눈치였다. 물론 어렴풋이 의심을 하긴 했다. 차스코라는 놈은 어디로 갔지? 도대체 왜 그렇게 허겁지겁 난민 현장을 떠난 거야.

피터는 계속해서 거짓 단서를 쫓았다. 추적은 바브의 여행 스케줄에 맞추었다.

랭글리가 무기 밀매를 맡겨 단서 추적을 위장하기에는 적격이었다.

이따금 공포는 극에 달했다. 두통도 재발했다. 이제는 꿈 없는 잠을 위해서라도 수면제는 필수였다.

지난 3월에는 지독한 공황 상태에 빠졌다. 그는 앨라배마 터스컬루사에서 꼼짝달싹 못했다. 바브의 지방 공연도 완전히 취소되었다.

폭풍우에 도로가 잠기고 공항도 폐쇄되었다. 그는 난민들한테 우호적인 술집을 찾아 버번으로 두통을 쏟아내렸다. 더부룩한 라틴계 둘이 인상을 찡그리며 헤로인 얘기를 떠들어댔다. 그것도 피터가 듣도록 큰 소리로.

피터는 싸구려 대마에 취한 녀석과 함께 마약쟁이로 위장해 둘을 쫓아갔다. 두려움을 단숨에 처리할 방법을 생각해냈기 때문이다.

그는 마약 소굴까지 따라갔다. 그곳은 마약쟁이 천지였다. 라틴계 놈들이 매트리스마다 널브러져 주사기를 꽂고 있었다. 바닥을 엉금엉금 기며 더러운 주사기를 찾아다니는 놈들도 있었다. 그는 놈들을 모두 죽였다. 소음기가 뜨겁게 달아오를 때까지 아무 감정 없이 마약쟁이들을 쏴 죽인 후 현장을 위조해 라틴계 놈들의 마약 전쟁으로 보이도록 했다.

산토에게 전화를 거는데, 두려움에 입이 바짝바짝 말랐다. 피터는 이렇게 말했다. 학살 현장을 목격했는데, 한 놈이 죽어가며 자기가 마약을 훔쳤다고 자백했습니다. 터스컬루사에서 발행하는 신문을 읽어보세요. 내일 대서특필할 겁니다. 그러곤 바브의 다음 연주회가 있는 곳으로 날아갔다. 대학살 건은 신문에서도 TV에서도 다루지 않았다. 산토는 계속 찾아보라고 주문했다.

마약쟁이들이 개죽음을 당한 셈이다. 척은 헤시 리스킨드가 죽어간다고 했다. 그래도 그는 헤로인 덕분에 고통 없이 뜬구름 속에서 지낼 수 있었다.

보비 케네디는 작년에 대대적인 청소를 했다. 그 후에도 무고통의 숙청을 수없이 단행했다. 계약 요원들은 통째로 해고당했다. 보비는 조직범죄 관련 혐의가 있는 요원을 모조리 처분했다. 하지만 피터 본듀런트만은 깜빡하고 해고하지 못했다.

보비 케네디에게 보내는 쪽지: 제발 나를 해고해줘요. 난민 리그에서 빼줘요. 이 끔찍한 수사-적발 임무에서 해방시켜달란 말이오.

산토는 이렇게 말할 것이다. 그건 얼마든지 가능해. 좀 쉬라고. CIA 연줄이 없으면 네놈은 그냥 쓰레기야.

또 이렇게도 말할 것이다. 내 밑에서 일해. 보이드를 봐. 카를로스가 고용했잖아.

사정하면 빠져나갈 수 있다. 이렇게 말할 수도 있다. 옛날처럼 카스트로를 싫어하지 않습니다. 켐퍼만큼 그 친구를 미워하는 것도 아닙니다. 켐퍼만큼 쫄딱 망한 것도 아니니까요.

딸한테 배신당하지도 않았고 존경하는 사내한테 테이프로 조롱당하지도 않았잖아? 그 남자를 향한 증오를 목소리 큰 콧수염한테 전가하지도 않았잖아?

보이드는 이 일에 깊이 관여했다. 나는 허공을 걷는다. 그런 점에서 우리는 보비, 잭과 다를 바 없다.

보비는 말한다. 난민들은 꺼져. 모조리 꺼져버려. 물론 진심이다. 잭은 두 번째 공습을 허락하지 않는다.

잭은 흐루쇼프와 밀거래를 했다. 엉거주춤 카스트로 전쟁에서 발을 빼려 한다. 잭은 재선을 원한다. 랭글리의 분석이 맞는다면 두 번째 임기에서 전쟁을 완전히 폐기 처분할 것이다. 잭은 피델을 이길 수 없다고 생각한다. 그는 혼자가 아니다. 산토와 샘 G.까지 한동안 그 개자식한테 붙지 않았던가.

카를로스는 마약 도난 때문에 빨갱이 척결도 엉망으로 꼬였다고 했다. 카를로스 형제, 샘, 산토는 이제 영원히 갈라섰다.

마약을 훔친 자는 없다. 그 바람에 모두가 개판으로 꼬여버렸다.

구경꾼들이 주차장을 어슬렁거렸다. 늙은이 하나가 타이어를 툭툭 걸어찼다. 10대들은 호피 페인트 무늬에 혹해 떠날 줄을 몰랐다.

피터는 의자를 그늘로 옮겼다. 하급 트럭 노조원 몇 명이 공짜 맥주와 음료를 나눠주었다. 다섯 시간 동안 차 네 대를 팔았는데, 나쁘지도 좋지도 않은 성적이다.

잠깐이라도 눈을 붙이고 싶었다. 두통이 지끈거리기 시작했다.

평범한 옷차림을 한 사내 둘이 주차장을 지나 곧바로 그에게 다가왔다. 구경꾼 절반이 위험을 감지하고 플래글러 거리로 흩어졌다.

TV를 몇 대 도난당했다. 어쩌면 판매 자체가 불법일지도 모른다. 피터는 의자에서 일어났다. 사내들이 그를 붙잡고 FBI 신분증을 내밀었다.

"당신을 체포하겠소. 이곳은 무허가 쿠바 난민 집회 장소고 당신은 이곳 책임자요." 키 큰 사내가 말했다.

피터는 미소를 지었다. "이곳은 폐쇄했소. 그리고 난 아직 CIA 계약 요 원이오."

키 작은 요원이 수갑 고리를 풀었다. "유감이군. 우리도 당신만큼이나 빨갱이를 싫어하지."

키 큰 요원이 한숨을 내쉬었다. "이건 후버 국장 생각이 아니오. 그냥 그 양반도 살아야 한다고 생각하시오. 기본적이고도 포괄적인 명령이니 까 그렇게 오랫동안 붙잡혀 있지는 않을 거요."

피터는 두 손을 내밀었다. 수갑은 그의 팔목에 잘 맞지도 않았다.

나머지 구경꾼들도 사라졌다. 꼬마 하나가 TV 세트를 들더니 재빨리 달아났다.

"얌전히 따라가겠소." 피터가 말했다.

구치소는 수용 인원의 세 배는 됨직했다. 피터는 꼭지가 돈 쿠바인 100명과 방을 같이 썼다.

모두가 사방 10미터 넓이의 똥통에 처박혀 있어야 했다. 의자도 벤치 도 없이 오로지 사면의 벽 그리고 칸막이로 분리한 오줌통이 전부였다.

쿠바인들은 영어와 에스파냐어로 주절거렸다. 2개 국어의 요지는 이 랬다. 뺀질머리 잭이 FBI를 부추겨 쿠바 공작을 무산시켰어. 어제 캠프 여 섯 곳을 기습해서 무기를 회수하고 쿠바 총잡이들도 무차별적으로 체포 했어.

일종의 1차 습격이다. 잭은 CIA 재가를 받지 않은 난민 캠프 모두를 박살낼 심산이다.

피터는 CIA이지만 어쨌든 토사구팽 신세다. FBI는 부랴부랴 계획을 급조해 황급히 실행에 옮겼다.

피터는 벽에 몸을 기대고 두 눈을 감았다. 바브가 트위스트를 추며 지 나갔다. 바브와 있을 때면 언제나 행복했다. 만날 때마다 다르고 만나는 곳마다 새로웠다. 두 사람은 항상 기이한 장소에서 섹스를 하며 이동했다.

보비는 바브를 괴롭히지 않았다. 바브는 뒷거래가 있을 거라고 추측했다. 2분 깨작이 잭 따위는 전혀 아쉽지 않다고 했다.

바브는 공작으로 번 돈 모두를 여동생한테 주었다. 마거릿 린 린드스콧은 이제 '밥의 빅보이' 가맹점 사장이 되었다.

둘은 시애틀, 피츠버그, 탬파에서 만났다. 로스앤젤레스, 프리스코, 포틀랜드에서도 만났다.

그는 여전히 무기를 팔았고, 바브는 싸구려 댄스 쇼 무대에 섰다. 그는 존재조차 없는 마약 절도범/살인자를 추적했다.

바브는 트위스트에 대한 열정이 식어간다고 했다. 그는 쿠바 강경 노선도 마찬가지라고 대답했다.

바브는 이렇게 말했다. 자기 두려움이 나한테까지 전염됐어요. 그는 대답했다. 어떻게든 이겨보겠어. 바브가 고개를 저었다. 그럴 필요 없어요. 그 덕분에 자기가 덜 무서운걸요.

피터는 아주 멍청한 짓을 저질렀는데 도무지 왜 그랬는지 이유를 모르겠다고 하소연했다.

바브는 이렇게 말했다. 어떻게든 지금 생활을 피하고 싶은 거예요.

그는 할 말이 없었다.

바브는 가을이면 바쁘다고 했다. 디모인과 수시티의 클럽과 장기 계약을 맺고 추수감사절 휴가 내내 텍사스를 순회해야 한단다.

바브는 공연 일정에 런치 쇼까지 더했다. 트위스트도 사양길이라 조이가 바짝 짜내려 한다고 했다.

그는 밀워키에서 마거릿을 만났다. 세상만사를 두려워하는 가녀린 여인. 경관 강간범을 죽여주겠다고 하자 바브는 안 된다고 했다. 그가 물었다. 왜? 바브가 대답했다. 자기가 원해서 하는 일이 아니잖아요.

그는 할 말이 없었다.

그에겐 바브가 있다. 보이드에게는 증오뿐이다. 잭 K.와 콧수염은 둘다 멍청한 정신병자에 불과하다. 리텔한테는 힘센 친구들이 많다. 후버, 휴즈, 호파, 마르첼로 등등….

워드는 잭을 켐퍼만큼이나 증오한다. 보비가 그 둘에게 엿을 먹였지만, 그들은 보비보다 빅 브라더를 더 증오한다.

리텔은 드라큘라의 새 야전 사령관이다. 백작은 라스베이거스를 통째로 사들여 청정 지역으로 만들고 싶어 했다.

리텔의 흑심은 눈빛으로 알 수 있다. 나한테는 친구들이 있다. 계획도 있다. 연기금 장부는 완전히 암기했다.

구치소는 악취가 진동했다. 존 F. 케네디를 향한 증오심으로 터져나갈 지경이었다.

경비가 문을 열더니 전화가 왔다며 몇 명의 이름을 불렀다. "아코스타, 아귈라, 아레돈도….."

피터는 마음을 다졌다. 동전 하나면 D. C.의 리텔과 통화할 수 있다.

리텔이라면 FBI 석방 서류를 만들어낼 것이다. 리텔이라면 켐퍼에게 캠프 습격을 설명할 수 있다.

"본듀런트!" 경비가 소리쳤다.

피터는 일어났다. 경비가 그를 복도 한쪽에 있는 전화 부스로 데려갔다. 가이 배니스터가 기다리고 있었다. 손에는 펜과 불법 체포에 따른 석방 서류를 쥐고 있었다.

경비는 구치소로 돌아갔다.

피터는 서류 세 통에 사인했다. "나가도 됩니까?"

배니스터는 무척이나 즐거운 표정이었다. "그래, 네가 CIA라는 사실을 지국장도 몰랐대. 내가 일러줬지."

"내가 여기 있는지 어떻게 알았어요?"

"선밸리에서 켐퍼를 만났는데 너한테 전하라며 쪽지를 주더라고. 그래서 택시 회사에 갔더니 애새끼들이 휠 캡을 훔쳐가고 있더군. 놈들한테 들었어. 곰탱이 외국인이 잡혀 갔어요. 하하."

피터는 눈을 비볐다. 두통이 일기 시작했다. 적어도 아스피린 네 알은 있어야겠다.

배니스터가 봉투를 내밀었다. "열어보지 않았다. 켐퍼는 내가 빼돌리기라도 할까봐 전전긍긍하더라만."

피터는 봉투를 받았다. "가이가 FBI 출신이라 다행입니다. 아니면 여기서 한참 썩을 뻔했어요."

"초조해할 필요 없어, 덩치. 내가 보기엔 이놈의 케네디 헛지랄도 곧 끝나."

피터는 택시를 타고 회사로 돌아갔다. 폭도들이 타이거 택시를 모조리 분해해 갔다.

그는 메모를 읽었다. 보이드는 본론만 얘기했다.

네스토르를 찾았다. 코럴게이블스에서 군자금을 긁어모은다고 함. 정보통에 따르면 46번가와 콜린스에 짱 박혀 있음(남서쪽 모퉁이에 있는 분홍색 차고 건물).

편지의 뜻은 '놈을 죽여라. 산토가 먼저 손을 대지 못하게 하라'였다.

피터는 버번과 아스피린으로 두통을 죽였다. 그리고 매그넘과 소음기를 챙겼다. 시체 근처에 뿌릴 친카스트로 팸플릿도 몇 개 챙겼다.

46번가와 콜린스로 가는 도중에 문득 기이한 느낌이 들었다. 어쩌면 네스토르한테 넘어가 놈을 쏘지 못할지도 몰라.

분홍색 차고 건물이 보였다. 켐퍼가 설명한 대로였다. 1958년형 쉐보레가 갓길에 서 있었다. 한눈에 봐도 네스토르 스타일이었다.

피터는 차를 세웠다. 초조했다.

어서! 해치워! 적어도 300명은 죽여봤잖아.

그는 건물로 다가가 문을 두드렸다. 아무도 나오지 않았다.

다시 노크하고 발소리나 숨 소리가 나는지 귀를 기울였다. 아무 소리도 들리지 않았다. 펜나이프로 자물쇠를 따고 안으로 들어갔다.

여러 정의 산탄총 슬라이드가 철컥 소리를 냈다. 보이지 않는 무리가 실내조명을 켰다.

네스토르가 보였다. 의자에 묶인 네스토르. 이타카 산탄총을 든 똘마니 둘도 보였다. 산토 트라피칸테는 아이스픽(얼음을 잘게 깨뜨릴 때 쓰는 도구—옮긴이)을 들고 있었다.

86

뉴올리언스, 1963년 9월 15일

리텔이 가방을 열자 돈다발이 쏟아져 나왔다.

"얼마야?" 마르첼로가 물었다.

"25만 달러입니다."

"어떻게 생겼지, 그 돈이?"

"고객한테서 받았죠."

카를로스는 책상 한 귀퉁이를 비웠다. 그의 사무실은 이탈리아풍의 골동품들로 빼곡했다. "이 돈을 나한테 주겠다고?"

"마르첼로 씨가 싸우는 데 필요한 돈입니다."

"그 밖에 할 말은?"

리텔은 돈을 책상 위에 쏟았다. "제가 변호사이므로 딱 이 정도 일만 할 수 있습니다. 존 케네디가 권좌에 있는 한 조만간 보비가 마르첼로 씨를 칠 겁니다. 보비를 제거해도 소용없습니다. 잭이 금세 범인을 알고 더 큰 보복을 할 테니까요."

돈에서 악취가 났다. 휴즈가 낡은 지폐들을 긁어모은 모양이다.

"하지만 린든 존슨도 보비를 싫어하잖아. 버르장머리를 고쳐놓겠다며 해고한 적도 있어."

"맞습니다. 존슨도 후버만큼이나 보비를 싫어하죠. 그리고 후버와 마찬가지로 마르첼로 씨와 친구들한테 악감정이 없습니다."

마르첼로가 웃었다. "존슨도 트럭 노조에서 돈을 빌린 적이 있어. 다들 인정하지만 아주 합리적인 친구야."

"후버 국장도 그렇습니다. 후버 국장은 보비가 조 발라치를 TV에 내보내는 문제로 크게 당혹해하고 있습니다. 발라치의 폭로에 따라 위신이 땅에 떨어질 수도 있기 때문이죠. 실제로 마르첼로 씨와 친구분들이 세운 세계를 통째로 무너뜨릴 겁니다."

카를로스가 작은 돈 탑을 세웠다. 은행권 다발이 책상 위로 우뚝 솟았다. 리텔은 돈다발을 무너뜨렸다. "후버 국장은 그렇게 하기를 원합니다. 아니, 머지않았다고 확신하고 있을 겁니다."

"그건 누구나 다 하는 생각이야. 모이기만 하면 누군가가 그 얘기를 꺼내니까."

"정말로 가능하게 만들 수 있습니다. 우리가 개입하지 않은 것으로 보일 수도 있고요."

"그러니까, 자네 요지는…."

"제 말씀은 … 상황 자체가 너무 크고 대담해서 우리를 의심하지도 못할 겁니다. 설령 의심한다 해도 결국 증명이 불가능하다는 사실을 깨닫게 되겠죠. 그러면 그로써 자제 분위기가 형성되고 사람들은 그를 실제와 다른 모습으로 기억하고 싶어 할 겁니다. 그때 우리가 신화를 만들어주는 겁니다. 권력자들도 진실보다 그 모습을 더 좋아할 수밖에 없습니다. 말 그대로 속아주는 거죠."

"그럼 해. 가능하게 만들어봐." 마르첼로가 말했다.

87

선밸리, 1963년 9월 18일

팀은 훈련장을 악어, 모래벼룩과 함께 썼다.

켐퍼는 그곳을 "호파의 실낙원"이라고 불렀다. 플래시는 타깃을 설치하고 로랑은 시멘트블록으로 벽면을 세웠다. 후안 카네스텔은 탈영했다. 아침 8시 라이플 연습 대기 중에 벌어진 일이다.

후안이 차를 몰고 가는 소리를 들은 사람도 없었다. 최근 횡설수설하는 경향이 심해지긴 했다.

켐퍼는 로랑 게리가 운동하는 모습을 지켜보았다. 로랑은 150킬로그램짜리 역기를 들면서도 땀 한 방울 흘리지 않았다.

먼지가 중앙 도로를 휩쓸었다. 트럭 노조 가로수 길은 이제 피스톨 사격장으로 바뀌었다.

플래시가 트랜지스터라디오를 틀었다. 나쁜 소식이 지지직거리며 쏟아져 나왔다.

버밍엄 교회 폭파 사건에 따른 체포는 없었다. 드라큘라처럼 부활한 매클렐런 위원회도 방송에 출연하기 위해 준비 중이었다.

한 여성이 위어 호수 인근에서 도르래 줄에 목이 졸린 채 발견되었다.

경찰은 단서가 없다며 공개수사로 돌아섰다.

후안은 한 시간 전에 탈영했다. 피터는 3일간 행적이 묘연했다.

4일 전 전화로 네스토르에 대한 정보를 받았다. 정보 제공자는 쿠바 난민 출신의 프리랜서 총잡이였다. 그는 가이 배니스터에게 쪽지를 주어 피터에게 전하도록 했다.

가이는 전화를 걸어 배달했다고 보고했다. 피터를 연방 FBI 구치소에서 찾았는데, FBI의 기습이 더 있을 것이라는 암시까지 곁들였다.

이틀 전 폭풍 때문에 전화선이 모두 꼬여 피터도 선밸리로 연락을 취할 수 없었을 것이다.

켐퍼는 어젯밤 주간 도로 인근의 공중전화로 차를 몰고 가 피터의 숙소로 여섯 번이나 전화를 걸었지만 아무도 받지 않았다.

네스토르 차스코의 죽음은 신문에 실리지 않았다. 피터가 멍청하게 아무도 거들떠보지 않는 곳에 시체를 던진 탓이리라.

피터는 네스토르를 죽일 때 친카스트로 흔적을 남겨 트라피칸테한테 들어가도록 만들었을 것이다.

아침에 먹은 덱세드린이 치고 들어왔다. 하루를 시작하는 데만 이제 열 알이 필요했다. 내성이 그만큼 쌓인 것이다.

후안과 피터는 나타나지 않았다. 후안은 최근 가이 배니스터와 어울렸다. 두 사람은 2~3일마다 위어 호수에 나가 술을 마셨다.

피터 문제는 어딘가 께름칙했다. 후안 문제는 냄새가 찜찜했다.

약 기운이 올라오며 한마디 던졌다. 뭐든 해봐.

후안은 시뻘건 티버드를 몰았는데, 플래시는 그 차를 "강간차"라고 불렀다.

켐퍼는 위어 호수 주위를 돌아다녔다. 마을은 작은 모눈 패턴인지라 강간차는 쉽게 눈에 띌 수밖에 없다.

켐퍼는 골목길은 물론 도로 인근 술집들도 뒤졌다. 칼이 운영하는 KKK 주점도 확인하고 주도로 주차장도 빠짐없이 돌아봤다.

후안은 보이지 않았다. 개조한 티버드도 보이지 않았다.

후안은 나중에 처리해도 된다. 피터 문제가 더 급하다.

켐퍼는 마이애미로 차를 몰았다. 약 기운이 역효과를 내기 시작했다. 핸들을 잡은 채 계속 하품을 하고 꾸벅꾸벅 졸았다.

켐퍼는 46번가와 콜린스 사이에 차를 세웠다. 분홍빛 차고가 있는 주택은 정보원이 일러준 바로 그곳에 있었다.

그때 교통순경이 다가왔다. 모퉁이를 보니 주차 금지 표지판이 붙어 있었다.

켐퍼는 창문을 내렸다. 순간, 경찰이 그의 얼굴에 냄새나는 걸레를 덮었다.

몸속에서 화학전이 벌어진 기분이었다.

냄새가 아침에 먹은 약기운과 싸웠다. 아마도 클로로포름이나 방부제 비슷했는데, 문득 자신이 죽었다는 생각이 들었다.

아니 … 죽지 않았다. 맥박이 뛰고 있으니.

입술이 타고 콧구멍이 바짝 말랐다. 피에서 클로로포름 맛이 났다.

침을 뱉으려 했지만 입술을 벌릴 수도 없었다. 코를 킁킁대자 피가 흘러나왔다. 입을 씰룩이자 뭔가가 양볼을 당겼다. 테이프가 느슨해지는 느낌도 들었다.

켐퍼는 공기를 빨아들이고 두 팔과 다리를 움직여보았다.

자리에서 일어나려 했지만 꼼짝도 할 수 없었다.

몸을 흔들자 의자 다리가 나무 바닥을 긁었다. 몸을 버둥거리자 두 팔이 로프에 쓸렸다.

켐퍼는 눈을 번쩍 떴다.

한 남자가 웃었다. 놈은 폴라로이드 스냅사진들이 붙은 마분지를 들고 있었다.

켐퍼는 테오 파에즈를 보았다. 내장을 드러내고 사지가 토막 난 시체. 풀로 마차도는 면도칼로 두 눈을 도려냈고, 라몬 구티에레즈는 머리까지 불곰 사냥 총구멍으로 뒤덮였다.

사진이 사라지고 손 하나가 그의 목을 돌렸다. 켐퍼는 천천히 180도

돌았다.

반대편 벽에 네스토르 차스코가 있었다. 손바닥과 발목에 아이스픽이 박힌 채.

켐퍼는 두 눈을 질끈 감았다. 누군가가 뺨을 때렸다. 크고 묵직한 반지에 입술이 찢겨나갔다.

켐퍼는 눈을 떴다. 이번에는 의자가 360도 돌았다.

의자에 앉아 이중 수갑을 찬 채 사슬에 묶인 피터의 모습이 보였다. 놈들은 의자에 족쇄까지 채우고 바닥을 볼트로 고정했다.

누군가가 걸레로 얼굴을 때렸다. 켐퍼는 어쩔 수 없이 냄새를 맡아야 했다.

이런저런 이야기들이 기다란 방에 메아리처럼 울려 퍼졌다. 그중에서 세 명의 목소리를 구분해낼 수 있었다.

네스토르는 카스트로한테 두 번이나 접근했어. 그러니까 일을 그 친구한테 넘겨야 했어.

대단한 친구였지…. 그런 애를 죽이다니 말도 안 돼.

네스토르 말로는 카스트로 측근까지 매수했다더군. 카스트로가 케네디 암살단을 꾸린다는 얘기를 해준 것도 측근이었어. 그 친구가 그러더래. 케네디가 뭐하는 작자야? 처음엔 공습을 하더니 홀라당 발을 빼? 완전히 사춘기 계집애가 오락가락하는 꼬락서니잖아!

피델도 계집애 같아. 측근 말에 의하면, 다시는 시카고 조직과 일하지 않기로 했대. 헤로인 거래를 하면서 산토한테 엿을 먹었다고 생각하기 때문이래. 여기 있는 네스토르와 우리 애들 짓이라는 사실을 모르는 거지.

본듀런트가 바지에 오줌을 지렸어. 저기 봐. 저기, 얼룩 보이지?

산토와 샘도 호락호락하지 않지만 까놓고 말해서 진짜 용사는 네스토르였어.

따분해. 이런 식으로 무작정 기다려야 하다니 너무 진이 빠진다.

그 양반들, 곧 돌아올 거야. 당연히 이 두 놈을 손봐주고 싶을 테니까.

켐퍼는 오줌보가 터질 것만 같았다. 숨을 크게 들이쉬며 어떻게든 오줌이 마려운 걸 잊으려 했다.

어디론가 이동하는 꿈을 꾸었다. 누군가가 꿈속에서 그를 씻기고 옷도
갈아입혔다. 공포의 피터 본듀런트가 훌쩍거리는 소리도 들었다.

꿈속에서는 숨도 쉴 수 있었다. 말도 가능했다. 그래서 잭과 클레어에
게 자기를 버렸다며 실컷 욕을 퍼부었다.

깨어나 보니 침대였다. 퐁텐블로 스위트룸? 아니면 정교하게 복사한
방이리라.

옷도 깨끗했다. 누군가가 더러운 팬티도 벗겼다.

손목은 여전히 로프에 쓸린 상처 때문에 따끔거렸다. 얼굴에는 테이프
조각이 붙어 있는 기분이었다.

바로 옆방에서 두 사람의 목소리가 들려왔다. 피터와 워드 리텔.

일어서고 싶었지만 다리가 말을 듣지 않았다. 그는 침대에 앉아 폐병
환자처럼 기침을 해댔다.

리텔이 들어왔다. 위협적인 표정. 개버딘 정장 때문에 평소보다 더 커
보였다.

"대가가 있군." 켐퍼가 말했다.

리텔이 고개를 끄덕였다. "그래, 맞아. 내가 카를로스하고 샘과 함께
만들어냈지."

"워드…."

"산토도 동의했어. 훔친 물건은 자네와 피터가 계속 가져도 좋아."

켐퍼는 일어나려 했으나 워드가 눌러 앉혔다.

"우리가 어떻게 해야 하지?"

"존 케네디를 죽여." 리텔이 대답했다.

88

마이애미, 1963년 9월 23일

1933년부터 1963년까지. 30년 주기와 평행 이론.

1933년, 마이애미. 주세페 장가라가 대통령 당선자 프랭클린 D. 루스벨트 암살 시도. 총격은 빗나가 시카고 시장 앤턴 서먹이 피격 사망.

1963년, 마이애미. 11월 18일, 케네디의 자동차 퍼레이드 예정.

리텔은 차를 몰고 천천히 비스케인 거리를 지났다. 구석구석이 쉴 새 없이 무슨 말인가를 들려주었다.

지난주, 카를로스가 장가라 얘기를 들려주었다. "주세페는 개자식이었지. 시카고 애들 몇 명이 서먹을 쏴죽이라고 돈을 줬는데, 이 새끼가 죽고 싶어서 환장한 놈이었어. 결국 소원대로 처형당한 후 프랭크 니티가 그 가족을 돌봐줬지."

리텔은 카를로스, 샘, 산토와 만나 피터와 켐퍼 얘기를 전했다. 넷은 마침내 희생양 문제를 논했다.

카를로스는 좌파를 원했다. 암살자가 좌파일 경우 반카스트로 정서가 커진다는 계산이었지만 트라피칸테와 지앙카나가 묵살해버렸다.

세 악당도 하워드 휴즈와 맞먹는 군자금을 내놓았다. 조건도 하나 내

걸었다. 반드시 백인 우익이어야 할 것.

그들은 여전히 피델과 잘 지내기를 원했다. 라울 카스트로의 마약 창고를 다시 채우고 관계를 개선하고자 했다. 그들은 이렇게 말하고 싶어 했다. 우리가 암살 사건에 돈을 댔어. 그러니 카지노를 돌려주지그래?

그들의 바람은 완전히 일방적이었다. 정치적으로도 천진난만했다.

리텔의 바람은 너무도 작았다. 암살은 성공할 수 있다. 기획자와 암살자 모두 살아서 활개 칠 수 있다. 보비의 마피아 십자군도 무력화할 수 있다.

그 이상의 결과는 완전히 예측 불능이다. 아무래도 애매하기 짝이 없는 방식으로 나타날 수밖에 없으리라.

리텔은 차를 몰고 마이애미 다운타운을 관통했다. 퍼레이드 예상 통로를 확인할 필요가 있었다. 시야가 열려 있는 넓은 도로. 높은 건물과 뒤쪽 주차장도 확인하고 여기저기 사무실 임대 표지판도 보았다. 황폐한 주거 지구도 보고 "세놓음" 표지판과 총포상도 보았다.

자동차 퍼레이드가 지나가는 광경을 그려보았다. 그자의 머리가 터지는 순간도 볼 수 있었다.

셋은 퐁텐블로에서 만났다. 피터는 도청을 낱낱이 확인한 다음에야 대화를 시작했다.

켐퍼가 칵테일을 만들었고, 세 사람은 카운터 옆 테이블에 앉았다.

리텔이 계획을 설명했다. "10월 1일 이전에 제물을 마이애미로 데려간다. 다운타운 외곽에 싸구려 집을 하나 임대하고. 물론 자동차 퍼레이드 예상 경로와 가까워야 해. 일단 경로가 정해지면 그 주변에 사무실도 하나 마련한다. 오늘 아침 공항에서 다운타운까지의 주요 도로를 샅샅이 점검한 결과, 선택 가능한 집과 사무실은 얼마든지 있어."

피터와 켐퍼는 입을 다물었다. 둘 다 충격 때문에 사색이 되었다.

"제물을 데려올 때부터 퍼레이드 아침까지 우리 중 하나는 제물을 옆에서 지켜야 한다. 사무실과 집 근처에 총포상이 있으니까 한 사람이 침투해서 라이플과 피스톨 몇 정을 털고 선동지를 비롯해 신원 확인이 가능한 물건을 심어놓는다. 그러면 우리 쪽에서 증거를 조작해 지문을 빼낼 수 있어."

"저격 얘기나 하죠." 피터가 말했다.

리텔은 지금 상황을 가늠해보았다. 테이블에 앉은 남자 셋. 그리고 숨이 막힐 듯한 정적. "자동차 퍼레이드 당일. 퍼레이드가 이뤄지는 도로 쪽 사무실에 제물을 인질로 잡아놓는다. 총포상에서 훔쳐온 라이플에도 당연히 개머리와 총열 어디나 제물의 지문으로 범벅이 되어야겠지. 케네디의 차가 지나가면, 우리가 뽑은 요원 둘이 뒤쪽 지붕 두 곳에서 저격한다. 백인 제물을 지키는 요원도 케네디의 차를 향해 총을 쏘지만 물론 실패한다. 요원은 라이플을 내려놓고 훔친 리볼버로 제물을 사살한다. 요원은 달아나면서 리볼버를 하수도 철망에 버린다. 경찰이 화기를 찾아내 강도 장물 목록과 비교할 수 있도록. 그러면 증거를 통해 음모가 있었다고 판단하겠지. 거의 성공 단계였지만 마지막 순간에 얽히고만 사건…. 경찰은 죽은 백인을 수사해 음모 사건을 구성하고 남자의 공범을 추적할 거야."

피터가 담배에 불을 붙이며 기침을 했다. "'도주'를 기정사실처럼 말하는군요."

리텔은 느릿느릿 대답했다. "퍼레이드 경로로 예상되는 주도로마다 90도 각도의 골목이 여럿 있어. 모두 간선도로와 이어지고 2분 안에 접근이 가능해. 진짜 저격수들은 뒤쪽에서 총을 쏠 거야. 각각 두 발씩. 처음에는 자동차 폭음이나 폭죽 소리처럼 들릴 거야. 비밀경호국 놈들도 총성이 정확히 어디에서 났는지 알 리가 없어. 거기에 가짜 저격수를 감시하는 요원의 총성이 들리면 그제야 반응할 거야. 그러면 건물로 치고 들어가 시체를 찾아내겠지. 그런 식으로 당혹스러운 상황에서 1~2분은 그냥 날아가는 거야. 그동안 우리 팀은 느긋하게 차를 타고 빠져나오면 돼."

"끝내주는군." 켐퍼가 중얼거렸다.

피터가 두 눈을 비볐다. "백인 우익 부분이 마음에 안 들어요. 여기까지 왔는데 쿠바 공작에 도움이 될 수단 하나 없다는 얘기로 들리네요."

리텔은 식탁을 내리치며 말했다. "안 돼. 트라피칸테와 지앙카나가 우익을 원해. 카스트로와 휴전을 맺을 수 있다고 생각하기 때문이지만, 어쨌든 그 양반들 바람이 그렇다면 거기에 장단을 맞출 수밖에 없어. 잊지 마. 두 사람 목숨을 누가 구해줬는지."

켐퍼가 다시 잔을 채웠다. 두 눈이 클로로포름에 노출된 탓에 여전히 벌겠다. "저격은 내 부하들이 했으면 좋겠네. 케네디를 증오하는 데다 전문 저격수야."

"동의합니다." 피터가 말했다.

리텔도 고개를 끄덕였다. "저격수들한테는 각각 2만 5000달러씩 지불한다. 비용을 충당하고 남은 돈은 3등분하고."

켐퍼가 미소를 지었다. "내 부하들은 극우에 가까워. 동료 우파를 함정에 몰아넣는 일이지만 신경 쓸 문제는 아니겠지."

피터가 칵테일을 만들었다. 아스피린 두 알과 와일드 터키. "퍼레이드 경로를 확실히 알아야 해요."

"그게 네 일이야. 마이애미 경찰에 핵심 정보원들이 있잖아."

"알아보죠. 경로가 확실해지면 구체적으로 계획을 세워보겠습니다."

켐퍼가 기침을 했다. "핵심은 제물이야. 일단 그 문제만 넘으면 우리는 완전히 자유다."

리텔이 고개를 저었다. "아니. 그보다 FBI의 전면 수사를 방해해야 해."

피터와 켐퍼가 당혹스러운 표정을 지었다. 거기까지는 생각하지 못했기 때문이다.

리텔이 아주 천천히 입을 열었다. "후버 국장도 분위기 정도는 알고 있을 거야. 얼마나 많은지는 몰라도 마피아 회합 장소 곳곳에 도청을 박아놓았으니까. 나한테도 케네디를 향한 그들의 증오가 극에 달했다는 얘기를 하더군. 후버는 비밀경호국에 정보를 주지도 않았어. 그랬다면 놈들의 자동차 퍼레이드 계획이 가을 말에나 나왔을 거야."

켐퍼가 고개를 끄덕였다. "후버도 바라는 일이야. 사건이 터지면 기뻐야 하겠지만 어쨌든 수사는 해야겠지. 우리는 그가 수사를 대충 하도록 유인책을 마련하기만 하면 돼."

피터도 고개를 끄덕였다. "제물은 FBI와 관련이 있어야겠군."

"더기 프랭크 록하트." 켐퍼가 대답했다.

89

마이애미, 1963년 9월 27일

틈만 나면 혼자 그 문제로 시간을 보냈다. 보이드도 똑같은 일을 한다고 말했다.

피터는 버번과 아스피린을 늘어놓고 에어컨을 켠 다음 거실 온도를 쾌적하게 유지했다. 그리고 두통을 가라앉힌 뒤 새로운 가능성들을 탐색해나갔다.

뺀질머리 잭을 암살할 가능성. 거래든 아니든 산토가 그와 켐퍼를 죽일 가능성.

가능성은 하나같이 불확실했다. 거실은 왠지 병실처럼 불안한 느낌이 들었다.

리텔은 더기 프랭크의 이력을 맘에 들어 했다. 수구 꼴통에 추악한 FBI. "이 새끼 완벽해. 후버가 수사를 해야 한다면 가차 없이 록하트와 주변 놈들을 겨냥할 거야. 수사하지 않는다면 FBI의 인종 정책 전반을 노출할 각오를 해야겠지."

록하트는 미시시피의 퍼킷에 짱박혀 있었다. 가서, 그 새끼를 고용해. 리텔이 지시했다.

피터는 어젯밤 마이애미 경찰청을 돌아다니며 중앙 강당에서 자동차 퍼레이드 예상 경로 지도 3세트를 보았다. 지도는 누구나 볼 수 있도록 코르크보드에 압정으로 꽂혀 있었다.

그는 경로를 외웠다. 세 곳 모두 총포상과 "세놓음" 간판을 지나갔다.

보이드는 두려움보다는 경외심을 느낀다고 말했다.

피터는 그 심정을 이해한다고 했다.

그 여자를 사랑해요. 여기까지 왔는데 허망하게 그녀를 잃을 수는 없어요. 차마 그 말은 하지 못했다.

90

마이애미, 1963년 9월 27일

누군가가 커피 테이블에 녹음기를 놓아두었다. 그 옆에는 밀봉한 봉투도 있었다.

리텔은 문을 닫고 곰곰이 생각해보았다.

피터와 켐퍼는 내가 여기 있다는 사실을 안다. 지미와 카를로스도 내가 항상 퐁텐블로에 머문다는 사실을 안다. 아침 식사를 위해 커피숍에 다녀온 지 불과 30분도 되지 않았다.

리텔은 봉투를 열고 종이 한 장을 꺼냈다. 후버 국장의 검은색 인쇄 글만으로도 은밀한 내용임을 짐작할 수 있었다.

쥘 쉬프랭이 죽었다. 1960년 가을 당신이 해고된 즈음이었지. 그의 저택은 약탈을 당하고 장부 몇 권이 사라졌다.

조지프 발라치가 포괄적인 연기금 관련 업무를 맡았기에 현재 믿을 만한 직원이 심문 중이다. 로버트 케네디는 이런 취조가 진행 중이라는 사실조차 모른다.

동봉한 테이프에는 발라치가 케네디 대통령은 물론 매클렐런 위원회를 비롯해 그 누구에게도 발설하지 않은 정보가 담겨 있다. 발라치는 절대 입을 열 위인이 아니다. FBI 보직과 재임 기간이 걸려 있다는 사실을 알기 때문이지.

이 메모는 파기하고, 테이프는 꼼꼼히 들은 후 안전한 곳에 보관하도록. 이 테이프엔 무한한 전략적 잠재력이 담겨 있다. 로버트 케네디에게 노출할 때에는 아주아주 대담한 작전의 보조 수단에만 국한해야 한다.

리텔은 녹음기 코드를 꽂고 봉투에 동봉한 테이프를 흔들어 빼냈다. 두 손이 마치 버터를 바른 양 테이프를 잡으려 할수록 자꾸 미끄러졌다.

작동 버튼을 눌렀다. 테이프가 툴툴거리다 칙 소리를 냈다.

다시 말해봐, 조. 전에 얘기한 대로, 천천히 편안하게.

오케이, 천천히, 편안하게. 천천히, 편안하게….

조, 어서.

좋아요. 열여섯 살 때 싸구려 극장 맨 뒷자리에서 떡칠 때처럼 천천히 하죠. 조지프 P. 케네디는 트럭 노조 중앙 연기금의 대출 자금 제공자였습니다. 물론 기금은 온갖 종류의 악당과 몇몇 보통 사람들한테 엄청난 고리대금으로 돈을 빌려주었죠. 나도 대출 일을 수도 없이 했어요. 어떤 때는 은행 안전 금고에 현찰을 배달한 적도 있었죠.

그러니까, 금고에 들어갈 자격을 주었다는 얘긴가?

예. 조 케네디의 은행도 자주 드나들었어요. 보스턴의 시큐어러티-퍼스트 내셔널 은행 본점이죠. 계정 번호는 811512404였는데, 안전 금고 90~100개가 그 안에 가득했어요. 레이먼드 패트리아르카도 알 겁니다. 그 양반하고 조는 옛날부터 친구거든요. 보비 케네디가 조폭 전쟁 운운하니까 좆나게 웃기잖아요? 과녁을 잘못 잡아도 한참 잘못 잡았지. 조 케네디의 돈줄이 시카고 마피아의 생명줄이나 마찬가진데 말입니다. 분명 그 돈에 대해 아는 케네디는 조뿐일 겁니다. 나한테 꿍쳐둔 돈이 수백만 달러인데 대통령인 아들도 법무장관인 아들도 모르는 돈이야, 라고 말하고 다니지는 않을 테니까요. 이제 뇌졸중에 걸렸다니 대가리가 잘 돌아가지 않겠죠? 그냥 퍼질러 앉아서 그 돈이 날아가는 걸 지켜보고 싶은 사람이 어디 있겠어요? 하지만 영감이 죽거나 망령에 걸려 돈을 까맣게 잊고 나면 정말 그렇게 되겠네요. 까놓고 말해서 시카고 거물들은 조가 얼마나 추잡한 인간인지 다 알지만, 그렇다고 그 얘기로 보비를 흔들지는 못해요. 까딱 잘못하면 자기 목숨까지 날아갈 판이니까.

테이프가 끝났다. 리텔은 정지 버튼을 누른 뒤 가만히 앉아 있었다.

리텔은 곰곰이 생각했다. 그리고 후버 입장에서 후버의 생각을 일인칭으로 떠들기 시작했다.

나는 하워드 휴즈와 가깝다. 워드 리텔을 그에게 붙여준 사람도 나다. 리텔은 내가 FBI 집권을 이어가는 데 필요하다는 명목으로 휴즈에게 돈을 요구했다.

잭 케네디는 나를 해고할 생각이다. 나는 마피아 구역에 몰래 도청 장치를 심었다. 도청을 통해 케네디를 향한 증오가 극에 달했음을 파악했다.

이번에는 자기 입장으로 바꿔 중얼거렸다.

후버의 자료는 불충분하다. 그의 말마따나 그 정도 자료로는 결정적 타격을 이끌어내기 어렵다.

나는 피터와 켐퍼한테 후버 국장도 암살 기도에 대해 어느 정도 짐작하고 있다고 말했다. 어떤 점에서는 분명한 사실이다.

테이프와 쪽지가 그 점을 구체적으로 보여준다. 후버는 테이프를 "대담한 작전의 보조 수단"이라고 했는데, 이는 그도 사실을 알고 있다는 고백이다. 테이프는 보비의 콧대를 꺾기 위한 도구다. 보비의 침묵을 이끌어내는 장치. 테이프는 잭이 죽기 전 보비한테 전달해야 한다.

잭의 죽음이 굴욕적인 테이프의 목적을 설명해줄 것이다. 보비는 따라서 암살 음모를 구체적으로 캐낼 수 없다. 그렇게 할 경우 케네디 가문의 이름을 영원히 더럽히게 될 것이기 때문이다.

보비는 굴욕적인 테이프를 배달한 남자가 동생의 죽음을 경고했다고 가정하겠지만, 그 가정에 따라 행동하기엔 너무도 무력할 수밖에 없다.

리텔은 다시 후버 입장으로 돌아갔다.

보비 케네디가 리텔의 가슴을 갈가리 찢어놓았다. 케네디를 향한 증오가 우리를 묶어주었다. 리텔은 어떻게든 보비를 망가뜨리려 할 것이다. 리텔은 자신이 형의 암살에 일조했음을 보비한테 알리고 싶을 것이다.

복잡하고 악의적이고 심리학적으로 난해하기 짝이 없는 후버식 사고엔 논리적 실마리가 하나 부족했다.

넌 자신을 드러내지 못했어. 돈을 대는 사람들도 아마 마찬가지일 것이다. 켐퍼와 피터도 그러지 못했다. 켐퍼는 저격수들에게 아직 계획에 대해 얘기도 못했다. 후버는 네가 암살을 밀어붙일 거라 믿고 있다. 테이프는 네 "보조 수단"이다. 만약 네가 가장 먼저 거기에 도달한다면…. 거기엔 두 번째 작전이 있다. 후버 국장도 그 작전에 대해 구체적으로 알고 있다.

리텔은 꼼짝도 않고 앉아 있었다. 호텔의 소음이 점점 커졌다.

결론을 내릴 수 없었다. 기껏해야 모두 추측일 뿐이었다.

후버 국장은 그를 안다. 과거 및 현재의 그 누구보다 더 잘 안다. 리텔은 문득 그를 향한 역겨운 애정이 꿈틀거렸다.

91

퍼킷, 1963년 9월 28일

놈은 'K'자를 새긴 KKK 가운을 입었다. 피터는 그에게 버번과 거짓말을 먹였다.

"이 쇼는 네 거야, 더기. 온통 네 이름이 적혀 있다고."

록하트가 트림을 했다. "버번 한잔하려고 새벽 1시에 차를 몰고 오지는 않았겠죠?" 오두막에서는 고양이집 냄새가 나고, 더기는 와일드 루트 크림 오일 향을 뿜어댔다. 피터는 문가에 서 있었는데, 차마 악취를 감당할 자신이 없었기 때문이다.

"주당 300달러 일이야. CIA 공식 업무니까 FBI의 기습도 걱정할 필요 없어."

록하트가 레이지보이 안락의자에 앉아 몸을 흔들었다. "그놈의 기습은 완전히 제멋대로야. 듣자 하니 CIA 요원도 몇 놈 걸려들었다면서요?"

피터가 양쪽 엄지 관절을 꺾어 우두둑 소리를 냈다. "KKK 놈들 몇 명 감독하는 일이다. CIA가 사우스플로리다에 발진 기지를 몇 개 짓는데, 백인들한테 일을 맡길 참이거든."

록하트가 콧구멍을 팠다. "블레싱턴을 또 하자는 얘기 같군. 그래봐야

변죽만 잔뜩 울렸다가 폭삭 말아먹는 개수작 아뇨? 얼마 전에 있었던 침공의 악몽을 벌써 잊었소?"

피터는 병째로 한 모금을 마셨다. "역사가 그렇게 쉬운 게 아니야, 더기. 때때로 돈만 챙겨도 장땡일 때가 많아."

더기가 자기 가슴을 때렸다. "얼마 전엔 내가 역사를 만들었지."

"그래?"

"예, 그래요. 앨라배마 버밍엄 16번가 복음교회를 날린 게 나거든. 요즘 빨갱이들 사주로 애새끼들이 목소리가 커졌는데, 솔직히 바로 내가 그렇게 만든 거요."

오두막 내부는 은종이로 덮여 있었다. 뒷벽에 붙은 마틴 루서 깜상의 포스터라니.

"주급 400에 비용 별도로 하자. 11월 중순까지만 하면 돼. 마이애미에 집과 사무실도 마련해주고, 지금 당장 떠나면 보너스도 챙길 수 있어."

"까짓것 합시다." 록하트가 말했다.

"먼저 좀 씻어라. 네가 깜둥이로 보이니까." 피터가 투덜댔다.

돌아올 때는 차를 천천히 몰았다. 뇌우가 번쩍이는 통에 고속도로가 기다란 달팽이 자국으로 변했다.

더기 프랭크는 천둥소리보다 더 크게 코를 골았다. 피터는 라디오에서 뉴스 방송 몇 군데와 트위스트 쇼 채널 하나를 들었다.

해설자가 조 발라치의 노래와 춤을 칭찬했다. 발라치는 마피아를 "코사 노스트라"라고 불렀다. 발라치는 TV 빅스타로 부상했는데 어느 앵커는 그의 인기를 "대박 행진"이라 꼬집었다. 발라치는 이스트코스트 조폭들을 수도 없이 고발했다.

기자가 피닉스 암병동으로 헤시 리스킨드를 찾아가 인터뷰했다. 헤시는 코사 노스트라를 "개수작"이라며 일축했다.

트위스트 프로그램은 잡음이 심했다. 피터의 머릿속에서는 처비 체커의 노래를 바브가 부르는 것 같았다.

마이애미를 떠나기 직전 두 사람은 장거리 통화를 했다.

왜 그래요? 또 목소리에 불안감이 가득해요. 바브가 물었다.

얘기는 못하지만 나중에 듣게 되면 왜 그랬는지 알 거야.

우리도 끝나는 거예요?

아냐, 그건. 그가 대답했다.

거짓말. 바브의 단언에 피터는 반박하지 못했다.

바브는 며칠 후 텍사스로 날아갈 것이다. 조이가 8주 동안 전국 투어로 그녀를 묶어버렸기 때문이다.

피터도 몇 주 동안은 함께 다닐 생각이다. 11월 18일까지는 바브의 수호천사 역할이라도 해야겠다.

마이애미에는 정오에 도착했다. 록하트는 도넛과 커피로 숙취를 달랬다. 둘은 다운타운 지역을 돌아보았다. 더기가 "세놓음" 간판들을 가리켰다.

피터는 주변을 몇 바퀴 돌았다. 더기는 집과 사무실을 고르는 데 지쳐 연신 하품을 했다.

피터는 사무실 세 곳과 주택 세 곳으로 좁히고 더기한테 최종 선택을 맡겼다. 더기는 전혀 망설이지 않았다. 한시라도 빨리 들어가 잠을 자고 싶었기 때문이다. 그는 비스케인 외곽의 치장 벽토 건물을 골랐다. 사무실은 비스케인 거리, 퍼레이드 경로 세 곳 모두의 정중앙에 있었다.

두 곳의 주인 모두 보증금을 요구했다. 더기는 선금으로 받은 돈다발에서 지폐 몇 장을 껍질 벗기듯 꺼내 석 달 치를 냈다.

피터가 뒤로 빠진 터라 주인들은 그를 보지 못했다.

피터는 더기가 짐을 들이는 모습을 지켜보았다. 이 당나귀 머리 멍청이는 바야흐로 전 세계적인 유명 인사가 될 것이다.

92

마이애미, 1963년 9월 29일~10월 20일

그는 후버의 쪽지를 암기하고 테이프는 깊이 감추었다. 지난 3주 동안 경로 세 곳을 하루 10회씩 차로 돌기도 했다. 피터와 켐퍼한테는 다른 암살 계획이 있다는 사실을 얘기하지 않았다.

신문 매체들이 대통령의 가을 여행 일정을 보도하며 뉴욕, 마이애미, 텍사스에서의 자동차 퍼레이드를 특히 강조했다.

리텔은 보비에게 편지를 보냈다. 제임스 R. 호파와의 제휴를 밝히며 그에게 10분만 시간을 허락해달라고 애원했다.

거의 한 달 동안 파급 효과를 고민한 끝에 결행한 일이다. 우체통까지의 행로가 흡사 쥘 쉬프랭의 집을 기습하는 기분이었다. 아니, 그보다 1000배는 더 떨렸다. 그다음엔 차를 몰고 비스케인 거리를 달리며 신호등마다 스톱워치로 시간을 쟀다.

일주일 전 켐퍼가 총포상을 털어 조준경을 장착한 라이플 세 정과 리볼버 두 정을 훔쳤다. 손가락 부분에 금이 크게 간 장갑을 꼈는데, 물론 더기 프랭크 록하트한테서 훔친 물건이다.

켐퍼는 그다음 날 총포상을 살펴보았다. 경찰이 총포상을 샅샅이 뒤지고 기술자들이 지문을 채집했다. 더기의 금 간 장갑도 지금쯤 법의학적 기록 사항이 되었을 것이다.

더기의 집과 사무실에도 온통 장갑 흔적이 묻어 있었다.

피터는 더기한테 라이플을 만지게 해주었다. 개머리판과 총신에도 지문이 덕지덕지 묻었다.

켐퍼는 사우스캐롤라이나에서 자동차 세 대를 훔쳤다. 자동차는 모두 다시 색칠하고 가짜 번호판을 붙였다. 두 대는 저격수, 한 대는 더기를 죽일 요원이 사용할 것이다.

피터는 네 번째 사내를 끌어들였다. 척 로저스, 바로 제물 대역이었다.

로저스와 록하트는 체격과 인상이 비슷했다. 다른 점이 있다면 더기가 밝은 적색 머리카락이라는 것 정도.

척은 머리를 빨갛게 염색했다. 척은 마이애미 전역에서 케네디에 대한 증오를 토해냈다. 술집과 당구장을 전전하며 떠들어댔다. 스케이트장, 사격장, 주류 판매점에서도 울분을 터뜨렸다. 11월 15일까지 그런 식으로 떠벌리라고 돈을 받은 터였다.

리텔은 차를 몰고 더기의 사무실을 지나갔다. 주변을 돌 때마다 작전은 새롭고 기발한 차원을 더해갔다. 우선 퍼레이드 경로에 악동들을 배치한 다음 폭죽을 터뜨리라고 해야겠다. 그렇게 하면 비밀경호국의 에스코트를 지치게 만들 수 있다. 총성 비슷한 소음에 결국엔 무감각해지고 말 것이다.

켐퍼는 록하트의 유품을 조작했다. 록하트의 정신 병력도 조목조목 남겨둘 생각이었다. JFK의 사진들을 훼손하고 잭과 재키 인형에 나치 문양을 새겨놓았다. 잡지에 나온 케네디 특집 기사 10여 곳의 핵심 내용에 오물을 발랐다.

수사관들은 그 모두를 더기의 침실 벽장에서 찾아낼 것이다.

현재 진행 중인 작업은? 더기 프랭크 록하트의 정치 일기.

일기는 떠듬떠듬, 여기저기 수정 표시를 더해가며 타이프로 작성했다. 그곳에 드러난 인종 혐오는 실로 끔찍했다.

일기는 피터의 아이디어였다. 더기의 고백이 정말이라면 놈은 16번가 복음교회 폭파범이다. 엄청난 사건임에도 아직 미제로 남은. 피터는 케네디 암살과 죽은 흑인 아이 넷을 연결하고 싶었다.

더기는 피터한테 폭파 이야기를 모두 떠벌렸다. 피터는 중요한 내용을 일기에 타이핑해 넣었다. 폭파 얘기는 켐퍼한테 전하지 않았다. 켐퍼는 우스꽝스럽게도 흑인들을 끔찍이 생각했다.

피터는 더기를 집에 가둬놓고 배달 피자, 마리화나, 술을 먹였다. 더기도 호강을 마다하지 않았다.

피터는 더기한테 CIA 쇼가 연기되었다고 말했다. 절대 눈에 띄면 안 된다는 따위의 터무니없는 얘기도 꾸며냈다.

켐퍼는 부하들을 블레싱턴으로 옮겼다. FBI가 CIA와 무관한 캠프들을 공격한 탓에 선밸리는 어차피 위험이 컸다.

요원들은 브레이커스 모텔에서 잠을 자고, 매일 하루 종일 30.06(1906년에 개량한 30구경 라이플 – 옮긴이)을 연습했다. 라이플은 켐퍼가 훔친 것과 같은 종류였다.

저격수들은 암살에 대해 알지 못했다. 켐퍼는 6일 전에 알릴 참이었다. 그때쯤 마이애미 리허설을 본격적으로 무대에 올릴 것이다.

리텔은 더기의 집을 지나갔다. 피터 말로는 언제나 골목으로 와서 이웃한테 절대 들켰을 리 없다고 했다. 집에 마약도 넣어두어야 한다. 더기의 이력에 암살/교회 폭파/마약 중독을 더할 생각이었다.

켐퍼는 어제 마이애미 지국장과 술을 마셨다. 과거 FBI 친구였으므로 만남을 수상하게 여기는 사람은 없을 것이다.

지국장은 퍼레이드를 "치질," 케네디는 "경호 난감"이라고 불렀다. 비밀경호국이 군중을 너무 가까이 접근시킨다며 불평도 늘어놓았다.

협박이 있었어요? 의심 가는 정신병자라도? 켐퍼가 물었다.

아니, 없었어. 지국장이 대답했다.

위험한 뺑쟁이는 여전히 활개를 치고 다녔다. 아무도 가짜 더기를 신경 쓰지 않았다.

리텔은 퐁텐블로로 돌아왔다. 문득 피터와 켐퍼가 JFK보다 얼마나 오래 살아남을지 궁금했다.

93

블레싱턴, 1963년 10월 21일

훈련 교관들은 정문 바로 안쪽에 비상 경계선을 구축했다. 얼굴에는 보호 마스크를 쓰고 산탄총을 암염으로 채웠다.

사람들이 숨을 곳을 찾아 울타리로 몰려들었다. 진입로는 폐차와 쫓겨난 쿠바인들로 북적거렸다.

상황은 점점 더 악화되었다. 존 스탠튼이 전화를 걸어 단속이 아주 심해졌다고 경고했다.

어제만 해도 FBI는 난민 캠프 열네 곳을 쳤다. 걸프 만 주변의 쿠바인 절반이 CIA 시설을 찾아 몰려들었다.

울타리가 흔들렸다. 교관들이 사격 자세를 취했다.

안쪽은 20명, 밖에는 60명. 그 사이엔 기껏해야 맥없는 가시철망뿐이다. 쿠바인 하나가 울타리를 넘다 꼭대기 가시에 걸렸다. 교관이 그를 날려버렸다. 암염 한 방에 놈은 가시에서 떨어지고 대신 가슴을 찢겼다.

쿠바인들은 돌멩이를 집고 각목을 휘둘렀다. 요원들이 방어 자세를 취했다. 2개 국어의 함성이 치솟았다.

리텔은 아직 오지 못했다. 피터도 오지 못했다. 난민들 때문에 교통이 막히는 모양이다.

캠퍼는 선창으로 내려갔다. 부하들이 30미터 거리에 있는 부표를 쏘고 있었다. 요원들은 귀마개로 정문의 소음을 봉쇄했다. 어느 모로 보나 잘 갈고닦은 엘리트 용병들이다.

그는 부하들을 철망 바로 아래로 이동시켜 가볍게 캠프를 빠져나왔다. 존 스탠튼이 옛정을 생각해 힘을 써준 덕이다.

탄피들이 어지럽게 선창을 때렸다. 로랑과 플래시는 조준 사격을 했다. 후안은 파도를 향해 아무렇게나 갈겨댔다.

어젯밤 요원들에게 암살 얘기를 했는데, 그 터무니없는 무모함에 다들 짜릿해했다. 캠퍼도 참을 수 없었다. 부하들의 얼굴이 활짝 빛나는 모습을 보고 싶었다.

로랑과 플래시는 행복해했고, 후안은 혼란스러운 표정이었다.

후안은 도망자 역할을 했다. 3일 밤 동안 탈영병 시늉을 한 것이다.

라디오에서 여자 하나가 더 죽었다고 보도했다. 죽도록 맞은 후 허리띠로 목을 매달았단다. 지방 경찰도 혼란에 빠졌다. 희생자 1은 선밸리 부근에서 발견되었다. 희생자 2는 블레싱턴 인근.

정문의 소음은 끝도 없이 치솟았다. 암염탄이 사방에서 터졌다.

캠퍼는 귀마개를 한 채 부하들의 사격을 지켜보았다. 후안 카네스텔이 그를 힐끗 보았다.

플래시가 부표를 맞추었다. 로랑이 부표를 다시 튀어 오르게 했다. 후안은 세 번 연속 빗맞혔다.

뭔가 틀어졌다.

주 경찰이 쿠바인을 청소했다. 경찰차가 그들을 고속도로로 실어갔다.

캠퍼는 호송단 뒤를 따라갔다. 50대 넘는 대규모 행렬이었지만 암염탄에 여기저기 차창이 날아가고 컨버터블 지붕이 벗겨진 채였다.

사실 근시안적인 해결책에 불과했다. 존 스탠튼은 난민 폭동을 예언하며 걷잡을 수 없으리라는 경고까지 덧붙였다.

피터와 워드는 전화를 걸어 늦겠다고 했다. 그는 좋다고 대답했다. 나도 할 일이 있어. 모임은 2시 30분에 브레이커스 모텔로 다시 정했다.

그는 두 사람에게 스탠튼의 소식을 전하며 순전히 추측임을 강조했다.

호송 행렬은 기다시피 했다. 시외로 빠져나가는 차선 둘이 완전히 주차장이었다. 경찰차 두 대가 선두에서 쿠바인들이 달아나지 못하도록 봉쇄했다.

켐퍼는 급커브가 많은 길로 핸들을 꺾었다. 블레싱턴으로 가는 유일한 지름길이다. 비포장 지름길. 먼지가 극성인 데다 약한 비까지 내려 아예 진흙 스프레이로 만들어버렸다.

후안의 '강간차'가 지나갔다. 사각(死角)의 커브길인데도 최고 속력이었다. 켐퍼는 와이퍼를 돌렸다. 진흙 막이 투명해졌다. 앞쪽으로 배기가스가 자욱했다. 밴은 보이지 않았다.

후안은 제정신이 아니야. 내 차도 알아보지 못하다니.

잠시 후, 블레싱턴 마을에 다다랐다. 켐퍼는 브레이커스 모텔을 지나쳤다. 도로 양쪽으로 '알 딕시 다이너'와 난민 소굴이 즐비했다.

'강간차'는 보이지 않았다.

그는 골목을 샅샅이 뒤졌다. 아주 꼼꼼히. 세 블록은 왼쪽, 세 블록은 오른쪽. 주사위 도박장…. 그놈의 새빨간 티버드는 어디 있지?

저기….

'강간차'는 라크하벤 모텔 밖에 서 있었다. 켐퍼는 그 옆의 차량 두 대도 알아보았다. 가이 배니스터의 뷰익. 카를로스 마르첼로의 링컨.

브레이커스 모텔은 고속도로와 면해 있었다. 켐퍼는 창 너머로 새로 지은 주 경찰 검문소를 보았다. 경찰차들이 고속도로 출구를 내려오고 있었다. 경관들이 라틴계 남성들한테 총부리를 들이대며 윽박질렀다. 경찰은 신분증과 이민국 서류를 확인했다. 차량은 몰수하고 남자들을 무조건 체포했다.

켐퍼는 한 시간 동안 지켜보았다. 주 경찰이 붙잡은 라틴계는 39명. 모두 남자였다.

경관들은 쿠바인들을 이른바 닭장차에 구겨 넣고 무기를 몰수해 한

곳에 쌓았다.

한 시간 전 그는 후안의 방을 뒤졌다. 허리띠는 없었다. 변태 기구도 찾지 못했다. 범죄를 드러내는 증거는 하나도 없었다.

누군가가 현관 벨을 눌렀다.

켐퍼는 황급히 문을 열어 벨소리를 막았다.

피터가 들어왔다. "저 밖이 어떤지 봤어요?"

켐퍼는 끄덕였다. "몇 시간 전 캠프에 침입하려고 했어. 그래서 훈련 교관 팀장이 주 경찰을 부른 거야."

피터가 창밖을 확인했다. "쿠바 새끼들, 꼭지가 완전히 돌았어요."

켐퍼는 커튼을 내렸다. "워드는?"

"오는 중이에요. 설마 도로 봉쇄나 보게 해주려고 여기까지 오라고 한 건 아니겠죠?"

켐퍼는 바로 걸어가 피터에게 버번을 조금 따라주었다. "존 스탠튼이 전화했더군. 잭 케네디가 후버한테 더 몰아붙이라고 했대. 지난 48시간 동안 FBI는 비CIA 캠프를 스물아홉 곳이나 기습했어. 덕분에 궁지에 몰린 난민들이 CIA 은닉처를 찾아 몰려들고 있어."

피터가 잔을 내려놓았다. 켐퍼는 다시 잔을 채워주었다.

"스탠튼한테 들으니 카를로스가 보석금을 내놓았다더군. 하지만 가이 배니스터가 심복 몇을 보석으로 빼내려 했는데, 이민국에서 쿠바 국적 난민을 체포해 모두 추방 명령을 때렸대."

피터가 잔을 벽에 던졌다. 켐퍼는 병마개를 닫았다.

"난민 공동체가 완전히 풍비박산이 나고 있다나 봐. 케네디 암살 얘기가 많이 돌아다닌다는 얘기도 하더군. 마이애미 자동차 퍼레이드 때 암살한다는 등의 구체적인 얘기까지 돌아다닌다고."

피터가 벽을 때렸다. 주먹이 굽도리널까지 뚫고 들어갔다. 켐퍼는 뒤로 물러나 천천히 달래듯 얘기를 이어갔다. "우리 팀에서는 아무도 위장을 깨지 않았으니 여기서 소문이 나갔을 리는 없어. 스탠튼도 비밀경호국에 정보를 주지 않았다고 했고. 물론 그 양반도 잭이 죽기를 바란다는 의미겠지."

피터는 주먹에 상처가 나 뼈까지 드러났다. 이번엔 레프트훅으로 벽을 때리자 벽토 덩어리가 무더기로 날아갔다.

켐퍼는 한 발짝 더 물러났다. "워드가 그러더군. 후버도 거사일이 멀지 않았음을 안다고. 맞는 얘기야. 후버 자신이 기습을 늦추고 옛 친구들한테 경고부터 해서 보비를 엿 먹였을 테니까. 물론 아직까지는 잭을 향한 증오에 휘발유를 끼얹고 싶지 않겠지."

피터가 병을 집었다. 두 손에 술을 끼얹고 커튼으로 닦았다.

베이지색 천이 붉게 물들었다. 벽은 반쯤 부서졌다.

"이봐, 피터. 아직은 방법이…."

피터가 창문에 몸을 부딪쳤다. "아뇨, 빠져나갈 구멍은 없어요. 그놈을 죽이느냐 아니냐. 그뿐이요. 물론 용케 죽인다 해도 결국 우리도 놈들한테 죽을 겁니다."

켐퍼는 옆으로 비켜섰다. 피터는 커튼을 놓았다.

난민들이 고가도로 위에서 뛰어내렸다. 짭새들은 전기충격기로 놈들을 공격했다.

"저길 봐요, 켐퍼. 잘 보고 이 좆같은 상황을 어떻게 참을지 얘기해봐요." 피터가 말했다.

그때 리텔이 창문을 지나갔다. 피터가 문을 열고 그를 거칠게 끌어들였다.

리텔은 당황하지 않았지만 역시 풀이 죽고 상심한 표정이었다.

켐퍼가 문을 닫았다. "워드, 무슨 일이야?"

리텔은 가방을 끌어안았다. 난장판을 보고도 눈 하나 깜빡하지 않았다. "샘과 얘기했는데 마이애미 저격은 끝났대. 카스트로한테 보낸 정보원이 이렇게 보고했다더군. 다시는 시카고 조직원과 대화하지 않겠다고. 절대로."

"모두가 미쳐 돌아가는군." 피터가 중얼거렸다.

켐퍼는 리텔의 눈치를 살폈다. 이 가방은 빼앗아가지 마.

"우리는 아직 끝나지 않은 거지?"

"내 생각은 그래. 그래서 가이 배니스터와 얘기해서 해결책을 고안해냈지." 리텔이 대답했다.

피터는 당장이라도 폭발할 것만 같았다. "그럼 얘기해요, 워드. 지금은 당신이 제일 똑똑하고 힘도 세니까 무슨 꿍꿍이인지 털어놓으란 말이오."

리텔이 넥타이를 바로 했다. "배니스터가 대통령 메모 사본을 봤어. 잭한테서 보비와 후버 국장한테 갔다가 뉴올리언스 지국장한테까지 전달된 건데, 우연히 가이 손에 들어왔대. 대통령이 11월에 카스트로한테 특사를 보내고, JM/웨이브 예산도 또다시 삭감한다는 내용이야."

피터가 두 손의 피를 털어냈다. "나한테는 배니스터와 연락할 통로가 없어요."

리텔이 가방을 침대 위에 던졌다. "우연이었어. 가이와 카를로스가 친한 데다 가이 자신이 실패한 변호사였기 때문이야. 이따끔 얘기는 하는데, 오늘 우연히 메모를 언급했지. 내용을 종합해보니 암살 공작이 진행 중이라는 사실을 후버 국장도 감지하고 있다는 생각이 들어. 우리 중에 누설자가 없다면 … 어쩌면 … 제2의 암살 계획이 있다는 얘기가 되겠지. 또하나, 배니스터가 그 건에 대해 알지도 몰라. 후버 국장이 메모를 그에게 흘린 것도 그 때문일 거야."

켐퍼가 창문을 가리켰다. "저기 검문소 보이지?"

"그래, 물론." 리텔이 대답했다.

"역시 후버 짓이야. 단속을 통해 잭에 대한 증오심을 계속 끌어올리고 있어. 존 스탠튼이 전화했더군, 워드. 망할 놈의 음모가 어쩌면 수십 건 동시에 진행되고 있을지도 모른대. 마치 암살 귀신이 저 밖을 돌아다니면서…."

그때 피터가 켐퍼의 뺨을 때렸다.

켐퍼가 총을 꺼냈다.

피터도 자기 총을 꺼냈다.

"그만둬." 리텔이 경고했다. 너무도 부드러운 목소리.

피터가 침대 위로 총을 던졌다.

켐퍼도 제 총을 던졌다.

"멍청한 놈들." 리텔이 말했다. 너무도 부드러운 목소리.

리텔은 두 총의 탄알을 모두 빼낸 다음 자기 가방에 넣고 잠갔다.

"가이가 지난달에 날 감방에서 꺼내줄 때 이렇게 말했어요. '이 망할 놈의 케네디 쇼도 곧 끝난다.' 그때도 뭔가 아는 것 같았어요." 피터가 속삭이듯 말했다.

켐퍼도 비슷한 얘기를 꺼냈다. "요즘 후안 카네스텔의 행동이 수상했어. 몇 시간 전 미행했는데, 주차장에 배니스터와 마르첼로 차도 있더라고. 이 길 바로 아래쪽 모텔에."

"라크하벤?" 리텔이 물었다.

"맞아."

피터가 주먹의 피를 빨았다. "그건 어떻게 압니까, 워드? 카를로스가 두 번째 암살에 끼었다면, 산토와 샘도 우리 계획에서 손 떼는 거요?"

리텔이 고개를 저었다. "아직은 아니야."

"이번 배니스터 건은 뭐죠?"

"나도 처음 듣는 얘기지만 아귀는 맞아. 지금 확실한 사실이 있다면, 5시에 라크하벤 모텔에서 내가 카를로스를 만나기로 했다는 것뿐이야. 산토와 샘이 자기한테 전권을 넘겼다고 하더군. 단, 두 가지 조건을 덧붙여서."

켐퍼가 턱을 어루만졌다. 피터한테 맞은 자리가 벌겋게 달아올랐다. "조건이라면?"

"우리가 마이애미를 포기하고 좌파 미끼를 내세우는 쪽으로 스케줄을 재조정한다. 카스트로와 협상 가능성이 없기 때문에 그쪽에서도 저격수를 친피델 쪽으로 잡기를 원해."

피터가 벽을 걷어찼다. 풍경화가 바닥에 떨어졌다.

켐퍼는 이빨 하나를 뱉었다. 피터가 고속도로를 가리켰다.

경관들이 폭동 진압용 장비를 꾸리고 백주 대낮에 쿠바인들을 알몸 수색하기 시작했다.

"바로 저거야. 후버 국장의 치즈 게임." 켐퍼가 말했다.

"얼빠진 소리. 후버는 그렇게 똑똑하지 못해요." 피터가 그의 면전에 대고 비웃었다.

94

블레싱턴, 1963년 10월 21일

카를로스가 술 쟁반을 배치했는데 세팅이 어울리지 않았다. 헤네시 XO와 종이로 감싼 모텔 유리잔이라니.

리텔은 딱딱한 의자를 골랐다. 카를로스는 부드러운 의자였다. 접시는 둘 사이의 커피 테이블에 놓았다.

"당신 팀은 빠져, 워드. 다른 친구를 쓸 테니까. 여름 내내 준비한 일이라는데, 어느 모로 보나 나은 거래라서 그래."

"가이 배니스터?" 리텔이 물었다.

"어떻게 알지? 이곳에도 첩자가 있는 거야?"

"가이 차가 밖에 있습니다. 꼭 아셔야 할 말씀도 몇 가지 있고요."

"기분 상한 건 아니지?"

"저도 선택권이 없으니까요."

카를로스는 담뱃갑을 어루만졌다. "나도 방금 들었는데 벌써 한참 동안 일을 진행한 모양이야. 내가 보니까 성공 가능성도 크고."

"어디죠?"

"댈러스. 다음 달에. 우파 부자들이 가이를 지원해주고 있어. 대역도 오래전부터 준비했는데, 하나는 전문 저격수고 하나는 쿠바 놈이야."

"후안 카네스텔?"

카를로스가 웃었다. "당신 정말 천재야. '만사에 빠삭한' 사나이."

리텔은 두 다리를 꼬았다. "켐퍼의 추측입니다. 아무튼 제 생각도 시뻘 건 스포츠카를 모는 정신병자를 믿지 말라는 쪽이고요."

카를로스가 시가 끝을 이빨로 끊어냈다. "가이가 능력은 있어. 빨갱이 제물이 퍼레이드 경로에 직장까지 있대. 거기에 진짜 저격수 둘에 제물을 처치할 경찰도 몇 명 있고. 워드, 계획이 똑같은데 당신 편이 아니라고 비난하면 쓰나."

마음은 차분했다. 카를로스한테까지 밀려날 수는 없다. 그에게는 아직 보비를 꺾을 묘안이 남아 있었다.

"나도 당신이기를 바랐어, 워드. 그 친구를 죽여야 할 개인적 이유가 있다는 것도 알고."

리텔은 안전했다. 피터와 켐퍼에게는 안된 일이지만.

"유감스럽게도 모하고 산토가 카스트로한테 붙었잖아. 워드, 그 사실을 알고 내가 얼마나 열을 받았는지 당신도 봤어야 해."

리텔은 그의 라이터를 집었다. 순금. 지미 호파의 선물이다. "따로 할 말이 있죠, 카를로스? '워드, 자네를 그런 사지로 내몰기엔 너무 소중해서 그래'라고 하면서 술잔을 건넬 생각인가요? 전 2년 넘게 술은 입에도 대지 않았습니다."

마르첼로가 상체를 내밀었다. 리텔은 담배에 불을 붙였다.

"너무 소중해서가 아니야. 사지로 내몰기엔 아직 이용 가치가 남아서지. 그 점에 대해선 다들 동의하고 있네. 보이드와 본듀런트가 또다시 일을 벌이는 것에도 동의하고."

"그 정도로 술잔을 받을 생각은 없습니다."

"받는 게 좋아. 당신은 헤로인 100킬로그램을 훔치지도 않았고 파트너를 엿 먹이지도 않았어. 협박 건을 숨기기는 했지만 그 정도야 애교로 봐줄 만하거든."

"그래도 아닙니다. 이왕이면 내가 어떻게 해야 할지 구체적으로 말씀해주시죠."

카를로스가 조끼에 묻은 재를 털었다. "우린 당신이 필요해. 피터와 켐퍼가 가이의 계획에 간섭하거나 훼방을 놓지 못하게 해. 록하트라는 놈도 그냥 미시시피로 돌려보내도록 하고. 아, 피터와 켐퍼한테는 훔친 물건을 돌려주라고 해."

리텔은 순금 라이터를 꼭 쥐었다. "그 친구들은 어떻게 되는 거죠?"

"몰라. 얘기할 입장도 아니고."

담배 향이 좃같았다. 에어컨이 얼굴에 연기를 내뿜었다.

"먹혀들 겁니다, 카를로스. 우리는 성공할 수 있어요."

마르첼로가 윙크했다. "당신은 항상 사업을 자기 멋대로 생각한단 말이지. 그러니까 뜻대로 안 돌아가도 후회할 일은 없겠지."

"그자를 죽일 수 없다는데, 그보다 후회할 일이 어디 있겠습니까."

"감내해. 게다가 당신 계획 덕분에 가이가 차선책도 만들어냈다잖아."

"차선책이라뇨?"

카를로스는 재떨이를 자기 배 위에 올려놓았다. "배니스터가 밀티어라는 멍청이한테 마이애미 얘기를 했어. 실명은 거론하지 않고. 가이는 밀티어가 떠벌이라는 사실도 알고, 마이애미 경찰에서 뒤를 캐고 있다는 것도 알고 있었지. 밀티어가 첩자한테 나불대면 첩자가 상관에게 알릴 테고, 그러다 보면 마이애미 퍼레이드를 취소할지도 모르거든. 그렇게 되면 사람들 관심도 댈러스에서 멀어지겠지."

리텔은 미소를 지었다. "그건 너무 오버한 겁니다. 그야말로 만화 같은 얘기로군요."

카를로스도 미소를 지었다. "당신의 트럭 노조 장부 얘기도 마찬가지야. 정문에서 어떤 일이 있었는지 내가 모른다고 생각하는 꼬락서니도 그렇고."

그때 한 남자가 욕실에서 나왔다. 손에는 리볼버를 들고 있었는데 공이를 젖힌 채였다.

리텔은 두 눈을 질끈 감았다.

"지미만 모르고 다 알아. 나를 데리고 국경을 넘는 순간부터 형사들을 붙여 당신 뒤를 쫓았거든. 당신 암호 책에 대해서도 알고 국회도서관에서 뭘 조사했는지도 알아. 당신한테 장부와 관련한 계획이 있다는 사실도 알고…. 그런데 이제 파트너가 생긴 거야."

리텔은 눈을 떴다. 남자가 베개로 총을 감쌌다.

카를로스가 술 두 잔을 따랐다. "당신은 하워드 휴즈와 함께 우리 자금 줄이 되는 거야. 휴즈한테는 라스베이거스를 팔고 이익 대부분을 챙기게 해줄 생각이야. 지금부터는 우리를 도와 연기금 장부를 이용해서 쥘 쉬프랭이 상상도 못했을 정도의 거액을 만들어보자고. 그것도 합법적으로."

비로소 마음이 편해졌다. 성모송이라도 외우고 싶었지만 도무지 기도문이 기억나지 않았다.

카를로스가 잔을 들었다. "라스베이거스와 새로운 화합을 위하여."

순간 긴장이 완전히 풀렸다. 묘한 취기에 갑자기 울음이 북받쳤다.

95

머리디언, 1963년 11월 4일

헤로인 다발 무게에 트럭이 내려앉고 뒷바퀴가 미끄러졌다. 가벼운 접촉 사고라도 나는 날에는 파치먼 교도소에서 30년은 족히 썩을 판이다.

그는 은행 금고에서 마약을 모두 회수했다. 가루 일부가 바닥에 흘렀는데 미시시피의 시골이라면 며칠간 흥청망청하기에 충분한 양이었다.

산토는 마약을 돌려받고 싶어 했다. 산토는 거래를 뒤집고 대신 묘한 뉘앙스를 집어넣었다.

산토는 너를 죽일 수도 있고 살릴 수도 있어. 처형 집행을 미루는 식으로 공포를 줄 수도 있고.

켐퍼는 정지 신호에 차를 세웠다. 흑인 하나가 그에게 손을 흔들었다.

켐퍼도 손을 흔들어주었다.

오순절 교회의 집사로서 존 F. 케네디를 무척 싫어하는 남자였다. "난 그 사람을 안 믿어요." 그는 늘 이렇게 말했다.

신호등이 바뀌었다. 켐퍼는 가속 페달을 밟았다.

팀은 팽을 당하고 배니스터가 그 자리를 대신했다. 후안 카네스텔과 척 로저스도 가이한테 넘어갔다.

작전은 11월 22일 댈러스로 변경되었다. 후안과 코르시카 출신 전문 저격수가 각각 다른 위치에서 총을 쏠 것이다. 척과 댈러스 경관 둘이 미끼를 살해하기로 했다.

리텔이 마련한 기본 계획도 그랬다. 그게 '쥐새끼 잭을 잡읍시다'의 만병통치약이었다.

리텔은 팀을 해체했다. 록하트는 KKK로 돌아가고 피터는 곧바로 텍사스로 날아가 여자와 합류했다. 스윙 트위스트 악단은 거사일에 댈러스에서 공연을 하기로 예정되어 있었다.

리텔은 켐퍼도 풀어주었으나 결국 일종의 귀소 본능 덕분에 머리디언으로 돌아오고 말았다.

몇몇 지역 주민이 그를 알아보았다. 흑인 중에도 따뜻하게 반겨주는 이가 있었다. 백인 쓰레기들은 그를 흘겨보며 조롱했다.

켐퍼는 모텔 방을 잡았다. 어쩌면 마피아 청부업자들이 문을 노크할 것이다. 그는 하루 세 번 식당에서 밥을 먹고 교외로 드라이브를 했다.

어스름이 내렸다. 퍼킷 마을 경계를 넘는데 이상한 표지판이 투광 조명에 잡혔다. 빨갱이 훈련 학교의 마틴 루서 깜상.

삽입한 사진은 아무래도 조작 같았다. 누군가가 목사에게 악마의 뿔을 그려 넣었다.

켐퍼는 동쪽으로 꺾어 지그재그 길로 접어들었다. 더기 록하트의 옛 사격장으로 이어진 바로 그 길이다.

길이 엉망이라 차를 오른쪽 벼랑에 바짝 붙여야 했다. 여기저기서 탄피가 타이어에 밟혔다.

켐퍼는 라이트를 끄고 천천히 앞으로 나아갔다. 사방이 성당처럼 고요했다. 총성도 없고 폭도들의 구호도 없었다. 총을 빼냈다. 하늘이 칠흑이라 타깃 그림자도 보이지 않았다.

탄피들이 타이어에 밟히며 철컥 소리를 내거나 옆으로 튕겨나갔다.

문득 발소리가 들렸다. "누구요? 누가 남의 집에 들어온 거야?"

켐퍼는 헤드라이트를 켰다. 불빛에 더기 록하트의 모습이 정면으로 잡혔다.

"켐퍼 보이드다."

록하트가 조명 밖으로 빠져나갔다. "켐퍼 보이드, 억양이 어째 남부 것보다 더 달달합니다. 하긴 원래부터 카멜레온 기질이 있었죠. 그런 얘기 들어봤죠, 예?"

켐퍼가 전조등을 켜자 사격장이 환해졌다.

더기, 옷 좀 빨아 입어라. 상거지가 따로 없군.

록하트가 아악 하고 비명을 질렀다. "대장, 빛이 너무 뜨겁지 않습니까! 솔직히 고백합죠. 버밍엄 깜둥이 교회를 폭파한 놈이 바로 나였어요!"

충치에 뾰루지. 10미터 거리에서도 입 냄새가 날 정도였다.

"정말 네 짓이냐?" 켐퍼가 물었다.

"대장, 조명 속에서 익어가는 것만큼이나 확실해요. 깜둥이들이⋯."

켐퍼는 그의 입을 쏘았다. 탄창을 다 비울 때쯤 머리가 날아갔다.

96

워싱턴 D. C., 1963년 11월 19일

보비는 그를 기다리게 했다.

리텔은 집무실 밖에 앉아 기다렸다. 보비의 쪽지는 신속성을 강조하고 날카로운 안목으로 결론을 맺었다. "호파의 변호사가 누구든 기꺼이 10분을 내주겠소."

리텔은 신속했고, 보비는 바빴다. 문 하나가 두 사람을 갈라놓았다.

리텔은 기다렸다. 기이할 정도로 마음이 차분했다.

마르첼로도 그를 죽이지 않았다. 그에 비하면 보비는 어린아이에 불과하다.

한 잔밖에 마시지 않았지만 마르첼로는 그를 받아주었다.

대기실 벽은 널빤지고 공간은 넓었다. 후버 국장의 사무실과도 매우 흡사했다.

안내원은 그를 무시했다. 리텔은 그 순간까지의 과정을 되새겨보았다.

11월 6일. 켐퍼가 마약을 돌려주었다. 트라피칸테는 악수를 거절했다.

11월 6일. 카를로스 마르첼로가 전화로 이렇게 말했다. "산토가 당신한테 일을 맡기겠대." 더 이상은 말하지 않았다.

11월 7일. 샘 지앙카나가 전화했다. "내가 보기엔 피터도 할 일이 있어. 휴즈가 깜둥이를 싫어하잖아? 피터는 마약 거래에 도가 텄고."

11월 7일. 그는 메시지를 피터에게 전했다. 피터는 그들이 자길 죽이지 않기로 했다는 걸 다행으로 여겼다. 우리와 함께 일하고 싶으면 베이거스로 가라. 그곳 깜둥이들한테 헤로인을 팔아라.

11월 8일. 지미 호파가 전화했다. 흥분한 목소리. 심각한 법적 문제가 있음에도 전혀 개의치 않는 듯했다. 샘이 저격 얘기를 했다. 지미는 헤시리스킨드에게 전했다. 헤시는 댈러스 최고급 호텔에 투숙했다. 물론 가까이서 이벤트를 즐기기 위해. 헤시는 수행원들까지 데려왔다. 딕 콘티노, 간호사 겸 창녀들. 피터는 그에게 하루에 두 번 마약을 제공했다. 헤시의 식솔들은 당혹스러웠다. 죽어가는 마당에 왜 댈러스까지 날아온 거야?

11월 8일. 카를로스가 뉴스 기사를 보내주었다. "KKK 지도자 피살 – 남부 최대의 미스터리!" 경찰은 KKK 내 경쟁 지부를 의심했다. 리텔은 켐퍼 보이드를 의심했다. 카를로스의 쪽지도 들어 있었다. 국외 추방 재판이 순탄하게 돌아간다는 내용이었다.

11월 8일. 하워드 휴즈가 쪽지를 보냈다. 철부지 하워드는 애들이 새 장난감을 바라듯 라스베이거스를 갖고 싶어 했다. 그는 답신을 보냈다. 네바다로 건너가 크리스마스 이전에 조사 보고서를 만들겠습니다.

11월 9일. 후버 국장이 전화했다. 비밀 도청 장치에 터무니없는 수작이 걸렸는데, 조 발라치 쇼가 전국의 마피아들을 협박하고 있어. 후버의 내부 첩자 얘기로는 보비가 비밀리에 발라치를 취조하고 있단다. 발라치가 연기금 장부 얘기를 거부하자 보비는 열이 받쳤다.

11월 10일. 켐퍼가 전화했다. 가이 배니스터의 "터무니없는" 전술이 먹혀들었다. 마이애미 자동차 퍼레이드는 취소되었다.

11월 12일. 피터가 전화했다. 캠프가 더 많은 기습을 당하고 암살 소문도 늘었단다.

11월 15일. 잭이 뉴욕시티를 퍼레이드했다. 10대와 중년 부인들이 그의 차에 몰려들었다.

11월 16일. 댈러스 신문이 일제히 퍼레이드 경로를 광고했다. 바브 자헬카는 맨 앞줄에 자리를 마련해주었다. 바브는 요즘 커머스 스트리트의 클럽에서 정오 공연을 한다.

인터폰이 울렸다. 보비의 목소리가 잡음을 뚫고 나왔다. "리텔 씨 들어오라고 해."

안내원이 문을 열었다. 리텔은 녹음기를 들고 들어갔다.

보비는 책상 안쪽에 서 있었다. 두 손은 주머니에 넣은 채. 앞으로도 손을 꺼낼 기미는 보이지 않았다. 마피아 변호사들은 늘 이렇게 천덕꾸러기 신세다. 집무실은 깔끔했다. 보비의 정장은 고급 기성복이었다.

"이름이 낯익군요, 리텔 씨. 전에 만난 적이 있던가?"

내가 당신 유령이었소. 그렇게 당신 비전에 합류하고 싶었건만.

"아뇨, 장관님. 그럴 리가요."

"녹음기를 들고 온 모양이군."

리텔은 녹음기를 내려놓았다. "예, 그렇습니다."

"지미가 자신의 악행을 자백하기라도 했나요? 그래서 고해 비슷한 내용을 가져온 거요?"

"어쩌면요. 들어보시겠습니까?"

보비가 시간을 확인했다. "남은 9분은 어차피 당신 몫이니까."

리텔은 녹음기를 벽 콘센트에 꽂았다. 보비가 주머니 속 동전을 짤랑거렸다.

리텔은 재생 버튼을 눌렀다. 조 발라치의 목소리가 흘러나왔다. 보비는 책상 안쪽의 벽에 몸을 기댔다.

리텔은 책상 앞에 섰다. 보비가 그를 빤히 쳐다보았다. 두 사람은 꼼짝도 하지 않았다. 눈을 깜빡이지도 씰룩이지도 않았다.

조 발라치의 목소리가 계속 이어졌다. 보비는 증언을 듣는 동안에도 눈을 감지 않았다. 아니, 아예 반응 자체를 보이지 않았다.

리텔의 이마에서 땀 한 방울이 비집고 나왔다. 미련한 눈싸움이 이어졌다.

이윽고 테이프가 다 돌아갔다. 보비는 책상의 전화를 집어 들었다. "보스턴의 콘로이 요원한테 연락해. 시큐어리티-퍼스트 내셔널 은행 본점에 가서 계좌번호 811512404가 누구 소유인지 알아보라고 해. 안전 금고 박스들도 확인한 다음 즉시 나한테 보고해. 최우선으로 처리하라고 전하고, 그 친구가 전화할 때까지 모든 통신을 차단하도록."

목소리 하나 흔들리지 않았다. 철면피/철판/쇠심줄만큼이나 당당한 위인. 보비가 수화기를 내려놓았다. 눈싸움이 재개되었다. 물론 먼저 깜빡이는 쪽이 겁쟁이다.

리텔은 하마터면 키득거릴 뻔했다. 문득 경구 하나가 떠올랐다. 권력자는 애들이다.

시간이 흘렀다. 리텔은 심장 박동으로 시간을 쟀다. 안경이 코 밑으로 흘러내리기 시작했다.

전화벨이 울렸다. 보비가 후다닥 집어 들고 귀를 기울였다.

리텔은 미동도 하지 않고 서서 맥박을 마흔한 번까지 세었다. 보비가 전화기를 벽에 집어던졌다. 그리고 눈을 깜빡였다. 씰룩이기도 했다. 눈물을 삼키기까지 했다.

리텔이 말했다. "나한테 준 고통에 비하면 새 발의 피입니다."

97

댈러스, 1963년 11월 20일

그녀도 알게 될 것이다. 뉴스를 듣고 네 얼굴을 보고 너도 한패임을 알 것이다. 공갈 작전을 되돌아볼 수도 있다. 타협이 불가능하다는 이유로 당신들이 그를 죽였군요.

그녀는 마피아의 소행이 어떤지 안다. 그 친구들이 위험 요소를 어떻게 끊어내는지 알고 있다. 그리고 그런 엄청난 일 가까이 데려왔다는 이유로 너를 원망할 것이다.

피터는 바브가 잠든 모습을 지켜보았다. 침대에서 선탠오일과 땀 냄새가 났다.

그는 라스베이거스에 갈 생각이다. 드라큘라 하워드 휴즈에게 돌아갈 것이다. 워드 리텔이 두 사람의 새 중매인이 되었다. 폭력과 마약 사업. 그러니까 특별 감형인 셈이다. 사형 대신 무기징역 같은.

바브가 시트를 걷어찼다. 두 다리에 주근깨가 새로 생긴 것 같았다.

바브는 베이거스에 혹할 것이다. 그는 조이를 차내고 바브에게 진짜 라운지 쇼를 만들어줄 것이다.

바브는 그와 함께 있을 것이다. 그의 일과도 가까울 수밖에 없다. 이제부터는 비밀을 지킬 줄 아는 여배우로서 명성을 쌓아갈 것이다.

　바브가 베개를 끌어안았다. 가슴의 핏줄이 우스꽝스럽게 번져나갔다.

　피터는 바브를 깨웠다. 바브가 화들짝 깨어 눈을 반짝였다. 언제나 그랬듯.

　"결혼해주겠어?" 피터가 물었다.

　"물론이죠." 바브가 대답했다.

　뇌물 50달러로 혈액 검사를 면하고 100달러로는 출생증명서 문제를 해결했다.

　피터는 엑스라지 턱시도를 빌렸다. 바브는 카스카데 클럽으로 달려가 자신의 트위스트 가운을 가져왔다.

　성직자는 전화번호부에서 찾았다. 피터는 급히 증인 둘을 긁어모았다. 잭 루비와 딕 콘티노.

　딕은 헤시 영감한테 약이 필요하다고 했다. 그런데 그 양반 왜 그렇게 흥분한 거야? 죽어가는 사람이 갑자기 약이라도 빤 것처럼 신이 났던데?

　피터는 아돌푸스 호텔로 가서 헤시에게 헤로인을 가득 주사하고 가벼운 간식거리로 허시 초콜릿을 조금 남겨놓았다.

　헤시는 턱시도를 보고는 평생 그렇게 웃기는 옷은 처음이라고 놀렸다. 어찌나 크게 웃어대던지 하마터면 목에 꽂은 튜브까지 삐져나올 뻔했다.

　딕은 급히 결혼 선물을 준비했다. 신부를 위한 아돌푸스 스위트룸 주말 숙박권. 피터와 바브는 예식 한 시간 전에 그곳으로 물건을 옮겼다.

　옷가방에서 피터의 총이 떨어지는 바람에 벨보이가 식겁했다.

　바브가 팁으로 50달러를 주자 아이는 방을 나가면서 한쪽 무릎까지 꿇어 인사했다. 호텔 리무진이 성당까지 태워다주었다.

　신부는 술고래였다. 루비가 시끄러운 닥스훈트를 데려왔다. 딕이 아코디언으로 결혼 축가를 몇 곡 연주해주었다.

　그들은 스테먼스 프리웨이 근처 싸구려 술집에서 결혼 서약을 했다. 그 자리에서 바브는 울었다. 피터가 손을 꼭 잡아주자 몸을 움찔했다.

　신부가 가짜 금반지를 내밀었다. 피터의 반지는 손가락에 들어가지 않았다. 신부는 특대형을 준비할 걸 그랬다며 투덜댔다. 피터가 디모인의 우편 주문 상점에서 주문한 반지였다.

피터는 반지를 주머니에 넣었다. 죽음이 우리를 갈라놓을 때까지 운운할 때는 두 다리가 떨리기까지 했다.

두 사람은 호텔로 들어갔다. 바브가 계속 되뇌었다. 바버라 제인 린드스콧 자헬카 본듀런트.

헤시가 샴페인과 거대한 선물 바구니를 보내주었다. 룸서비스를 하는 아이가 잔뜩 흥분해서 외쳤다. 대통령님이 금요일에 여기로 온답니다!

둘은 사랑을 나누었다. 침대는 거대하고 화려한 핑크빛이었다.

바브는 잠들었다. 피터는 오후 8시 콜을 남겼다. 신부는 9시 정각에 쇼를 해야 한다.

잠이 오지 않았다. 샴페인에도 손을 대지 않았다. 술이 약자의 징표처럼 여겨지기 시작했기 때문이다.

전화벨이 울렸다. 그는 일어나 거실 전화기를 들었다. "예?"

"나야, 피터."

"워드! 맙소사, 어떻게 이 전화를⋯."

"배니스터한테 지금 막 전화가 왔는데, 후안 카네스텔이 댈러스에서 실종됐어. 켐퍼를 보낼 테니까 둘이 찾아내. 금요일에 아무 문제없도록 조처하란 말이야."

98

멜러스, 1963년 11월 20일

비행기는 격납고까지 미끄러져 들어갔다. 조종사는 머리디언부터 내내 순풍을 타고 두 시간 안에 비행을 완수했다.

리텔이 개인 전세기를 준비해주었다. 조종사한테도 최대 속력으로 가라고 일러두었다. 하지만 2인승 소형기가 미친 듯이 덜커덕거리고 흔들리는 통에 켐퍼는 완전히 죽을 맛이었다.

오후 11시 48분. 행동 개시까지 서른여섯 시간 남았다.

자동차 헤드라이트가 깜빡였다. 피터의 신호.

켐퍼는 안전벨트를 풀었다. 조종사가 속도를 줄이고 문을 열어주었다.

켐퍼는 비행기에서 뛰어내렸다. 프로펠러의 역풍에 하마터면 정면으로 고꾸라질 뻔했다.

자동차가 다가왔다. 켐퍼가 올라타자 피터는 소형 비행기 활주로를 가로질러 달리기 시작했다.

제트기 한 대가 머리 위로 굉음을 내며 날아갔다. 러브필드 공항이 다른 세상처럼 보였다.

"워드가 뭐래요?" 피터가 물었다.

"후안이 사라졌대. 그 때문에 배니스터가 죽을 맛이라는군. 카를로스 쪽에서 작전을 말아먹었다고 생각할 수 있으니까 당연하겠지."

"나한테도 그렇게 말하기에 이렇게 얘기해줬죠. 이게 보통 위험한 일이 아니다. 그러니까 누구든 카를로스한테 얘기해줘라. 그래도 우리가 나섰기 때문에 빌어먹을 암살 작전을 날리지 않을 수 있었다고."

켐퍼는 창문을 조금 열었다. 두 귀가 계속 욱신거렸다. "그랬더니 워드가 뭐래?"

"작전이 끝나면 카를로스한테 얘기해주겠답니다. 카네스텔을 찾아내 디데이를 지키래요."

양방향 무전기가 찍찍거려 피터가 꺼버렸다. "J. D. 티핏이 노는 날 쓰는 차예요. 그 친구도 척 로저스하고 찾으러 나갔는데, 연락이 오면 우리가 가야 해요. 티핏은 순찰 구역을 떠날 수 없고 척도 함부로 못 움직여요. 까딱하면 그 친구마저 나타나지 못할 수 있으니까."

피터는 화물 카트를 비껴갔다.

켐퍼는 창밖으로 상체를 내밀고 덱세드린 세 알을 물 없이 삼켰다. "배니스터는 어디 있지?"

"뉴올리언스에서 나중에 날아온댔어요. 아직은 후안을 믿는답디다. 행여 일이 생겨 후안을 잃으면 로저스를 대신 투입할 거예요. 로저스와 전문 저격수를 데려가는 거죠."

둘이 보기에 후안은 말 그대로 시한폭탄이었다. 굳이 변태 살인마라는 꼬리표를 붙일 필요도 없었다. 작전은 틀어지고 빈틈으로 가득했으며 아마추어들을 긴급 수혈한 티가 풀풀 났다.

"어디로 가는 거야?"

"잭 루비의 집. 로저가 그러는데, 후안이 그곳 창녀들한테 푹 빠져 있답니다. 켐퍼가 안으로 들어가요. 녀석이 얼굴을 모르니까."

켐퍼가 웃었다. "워드가 카를로스한테 뭐라고 했는지 알아? 시뻘건 스포츠카를 모는 정신병자를 믿지 말라."

"당신도 마찬가지 아닌가요?" 피터가 말했다.

"그래도 그때 이후 깨달은 게 있어."

"후안에 대해 내가 알아야 할 일이 있다는 얘기예요?"

"아니, 내가 더 이상 잭을 미워하지 않는다는 얘기야. 솔직히 말해서 그 친구를 죽이든 말든 별로 상관없다."

카루젤 클럽은 주중이라 한적했다.

스트리퍼 하나가 통로에서 옷을 벗었다. 사복경찰 둘과 창녀 하나가 링사이드 테이블에 앉아 있었다.

켐퍼는 뒷문 부근에 앉아 탁자 램프의 전구를 풀었다. 그림자가 허리 위쪽을 어둡게 가려주었다.

그 자리에서는 정문과 뒷문이 모두 보였다. 통로와 스테이지 테이블도 감시 가능했지만 자신은 그림자 때문에 거의 보이지 않았다.

피터는 뒷골목에 차를 세워두고 대기했다. 잭 루비와 마주치고 싶지 않았기 때문이다.

스트리퍼는 앙드레 코스텔라네츠의 음악에 맞춰 옷을 벗었다. 하이파이가 느린 속도로 돌아갔다. 루비는 짭새들과 앉아 플라스크의 술을 따라주었다.

켐퍼는 스카치를 홀짝였다. 스카치가 덱세드린의 약 기운에 불을 붙였다. 문득 새로운 깨달음에 기분까지 아늑했다. 아직은 저격 작전을 엿 먹일 기회가 있어.

개 한 마리가 복도를 뛰어갔다. 스트리퍼가 쉿쉿거리며 쫓아냈다. 그때 후안 카네스텔이 앞문으로 들어왔다.

혼자였다. 아이크 재킷과 청바지 차림.

후안은 곧바로 창녀들의 식탁으로 걸어갔다. 호스티스가 그를 자리에 앉혔다. 후안이 가짜 성기를 만지작거렸다. 왼쪽 뒷주머니의 칼을 조심할 것. 후안은 허리띠에 도르래 줄을 말아 달고 다녔다.

후안이 모두에게 술을 돌렸다. 루비가 그와 수다를 떨고 스트리퍼가 찔레 열매 몇 개를 던졌다.

경찰들이 그를 꼬나보았다. 둘 다 비열한 표정에 비앵글로에 대한 증오로 가득했다.

후안은 항상 총을 들고 다닌다. 짭새들이 쓸데없이 시비를 걸지도 모른다. 무기 소지로 기소할 수도 있고 약을 먹일 수도 있다. 그러면 후안은 배니스터를 밀고하고 비밀경호국은 자동차 퍼레이드를 취소할 것이다.

후안은 술을 좋아한다. 술에 취한 채 작전에 개입할 여지도 크다. 아무렇게나 방아쇠를 당겨 목표에서 수백 마일 밖을 쏠 수도 있다.

후안은 수다를 좋아한다. 지금부터 금요일 정오까지 얼마든지 의혹을 살 수 있다.

도르래 줄이 허리춤으로 삐져나왔다.

후안은 변태 살인마다. 인공 불알로도 사람을 죽인다.

후안은 창녀들과 수다를 떨었다. 경관들이 계속 의혹의 눈초리로 그를 노려보았다. 스트리퍼가 인사를 하고 무대 뒤로 사라졌다. 루비는 이제 문 닫을 시간이라고 외쳤다. 후안은 지금 쭉쭉빵빵 흑갈색 머리 백인 여자한테 꽂혀 있다.

그들은 정문으로 나갈 것이다. 그러면 피터가 보지 못한다.

연놈의 불장난에 암살 작전이 틀어질 수도 있다.

켐퍼는 총에서 클립을 빼내 바닥에 떨어뜨리고 약실에는 한 발만 남겨놓았다. 그래, 조금 더 갖고 놀아보자.

흑갈색 머리 여자가 일어났다. 후안도 일어났다. 경관들이 두 사람을 건너다보았다. 경관들이 뭔가 쑥덕거렸다. 한 놈이 고개를 저었다.

여자는 주차장 문으로 걸어갔다. 후안이 따라갔다.

주차장은 골목으로 이어지고 골목은 싸구려 여관의 뒷문들이 줄줄이 이어졌다.

피터는 바로 밖에 있었다.

후안과 여자가 사라졌다. 켐퍼는 스물까지 세었다. 청소부가 걸레로 테이블을 닦기 시작했다.

켐퍼는 밖으로 나갔다. 옅은 안개가 눈을 자극했다.

피터는 쓰레기통 뒤에서 오줌을 갈기고 있었다. 후안과 창녀가 골목을 걸어갔다. 왼쪽 두 번째 문을 향해.

피터가 켐퍼를 보았다. 그는 기침을 하며 불렀다. "켐퍼, 지금 무슨…."

그러다 재빨리 입을 다물었다. "씨발 … 저 새끼는 후안…."

피터는 골목을 달려갔다. 왼쪽 두 번째 문이 열렸다가 닫혔다.

캠퍼도 달렸다. 둘은 함께 전속력으로 문을 밀치고 들어갔다.

중앙 통로는 현관으로 이어지고 통로 양쪽 문은 모두 닫힌 채였다. 엘리베이터는 보이지 않았다. 기껏해야 단층짜리 여관이기 때문이다.

캠퍼가 세어보니 방은 모두 열 개. 문득 뭔가를 긁는 듯 답답한 소음이 들렸다.

피터가 문을 걷어차기 시작했다. 몸을 왼쪽으로 날렸다가 다시 오른쪽으로 날렸다. 깨끗한 회전과 군더더기 없는 발차기에 예외 없이 문이 하나씩 떨어져나갔다.

바닥이 흔들렸다. 조명이 깜빡거렸다. 잠이 덜 깬 늙은이들이 겁에 질려 몸을 움츠렸다.

문 여섯 개가 떨어져나갔다. 캠퍼는 어깨로 7호실을 박차고 들어갔다. 천장 조명에 남녀의 모습이 훤히 드러났다.

후안이 칼을 뽑아 들었다. 창녀도 칼을 들었다. 후안은 청바지 사타구니에 인공 성기를 매달고 있었다.

캠퍼는 그의 머리를 겨누었다. 최후의 한 발은 터무니없이 빗나갔다.

피터가 캠퍼를 밀어내고 총구를 낮춘 다음 방아쇠를 당겼다. 매그넘 두 발이 후안의 무릎 연골을 모두 날렸다.

후안은 침대 밖으로 굴러 떨어지며 바닥에 왼쪽 무릎을 찧었다.

창녀가 키득거리더니 피터를 보았다. 둘 사이에 교감이 오갔다.

피터가 캠퍼를 제지했다. 그리고 창녀가 후안의 목을 따게 놔두었다.

두 사람은 도넛 가게로 차를 몰고 가 커피를 마셨다. 캠퍼는 댈러스가 느린 동작으로 흐물거리는 것 같은 생각이 들었다.

그들은 후안을 현장에 그대로 내버려둔 채 차로 돌아가 법정 속도 이내로 천천히 움직였다.

말은 하지 않았다. 피터도 운명을 건 장난에 대해 논하지 않았다.

아드레날린 덕분에 세상만사가 느리게 돌아갔다.

피터는 공중전화로 건너갔다. 켐퍼는 동전을 넣는 피터의 모습을 지켜보았다.

피터는 뉴올리언스의 카를로스에게 전화했다.

저 친구, 네 목숨을 구걸하고 있어. 켐퍼는 생각했다.

피터는 등을 돌린 채 공중전화 위로 허리를 숙였다.

그는 배니스터가 좆 됐다고 말한다. 보이드가 그의 수하를 죽였지만 그는 애초에 믿지 못할 놈이었다고 말한다.

피터는 구체적으로 애원한다. 보이드도 작전에 끼워주세요. 아시잖습니까. 능력 있는 분입니다.

피터는 자비를 구한다.

켐퍼는 커피를 홀짝였다. 피터가 전화를 끊고 자리로 돌아왔다.

"누구한테 걸었나?"

"와이프요. 그냥 늦는다고 한 겁니다."

켐퍼는 미소를 지었다. "호텔로 전화하는 데 무슨 돈을 그렇게 많이 넣어?"

"댈러스는 비싼 동네예요. 요즘엔 더더욱 물가가 치솟는 거 몰라요?" 피터가 대답했다.

"그래, 그런가보군." 켐퍼는 억양을 길게 늘이며 말했다.

"어디다 내려줘요?" 피터가 종이컵을 구겼다.

"택시로 공항까지 갈 거야. 리텔이 전세기를 준비해놓겠다고 했어."

"미시시피로 돌아가요?"

"집은 집이니까."

피터가 윙크했다. "몸조심해요, 켐퍼. 아무튼 태워줘서 고맙습니다."

테라스에서는 굽이치는 언덕 사면이 내다보였다. 싸구려 모텔치고는 죽이는 풍광이다.

그가 남향을 원하자 접수원이 본관에서 떨어진 오두막을 빌려주었다.

귀향 비행은 좋았다. 새벽하늘도 눈부실 정도로 밝았다.

백악관과 법무부에 전화했지만 2선의 측근들이 퇴짜를 놓았다.

그의 이름은 어떤 식으로든 리스트에 올랐을 것이다. 그래서 인사말도 듣기 전에 끊어버린 것이다.

댈러스 지국장에게도 전화했지만 통화를 거부했다.

비밀경호국에 전화했다. 당직사령이 전화를 끊었다.

더 이상 장난도 칠 수 없었다. 그는 테라스에 앉아 그동안의 과정을 처음부터 끝까지 되새겨보았다.

어둠이 내려 언덕이 암녹색으로 변했다. 그는 계속해서 천천히 그동안의 일을 되새김질했다.

그때 발소리가 들렸다. 워드 리텔이 걸어 올라왔다. 손에는 바바리 레인코트 신제품을 들고 있었다.

"댈러스에 있는 줄 알았는데?" 켐퍼가 물었다.

리텔이 고개를 저었다. "나까지 볼 필요는 없잖아. 로스앤젤레스에 볼 일도 있고."

"정장 마음에 드네. 그렇게 멋지게 차려 입으니 좋군그래."

그때 리텔이 레인코트를 떨어뜨렸다. 켐퍼는 총을 보고 똥 씹은 표정을 지었다.

리텔은 켐퍼를 쏘았다. 켐퍼는 충격에 의자에서 튕겨나갔다.

두 번째 총격은 차라리 자장가 같았다. 켐퍼는 잭을 생각하며 죽었다.

99

베벌리힐스, 1963년 11월 22일

벨보이가 여분의 열쇠 꾸러미를 건네며 방갈로를 가리켰다. 리텔은 그에게 1000달러를 찔러주었다. 벨보이는 기겁을 하고 계속 같은 말만 반복했다.

"그저 그분을 만나기만 하는 거죠?"

나는 그저 대가를 확인하고 싶을 뿐이야.

둘이 선 곳은 관리실 옆이었다. 벨보이가 계속 주변을 두리번거렸다.

"그럼 빨리 끝내세요. 모르몬교도들이 아침 식사를 마치고 돌아오기 전에 나오셔야 합니다."

리텔은 벨보이와 헤어졌다. 머릿속은 두 시간 앞을 달려가 벌써 텍사스 시간으로 뛰어들었다.

방갈로는 분홍색과 녹색이었다. 그는 열쇠 꾸러미로 자물쇠 세 개를 열었다.

리텔은 안으로 들어갔다. 제일 처음 나온 방은 의료용 냉장고들과 정맥 주사 비닐 용기들로 가득했다. 공기에서 피부 연고제와 살충제 냄새가 진동했다.

어린애들이 끽끽거리는 소리가 들렸다. 아마도 TV 아동 프로그램일 것이다.

그는 소리를 따라 복도로 빠져나갔다. 벽시계가 8시 9분을 가리켰다. 댈러스는 10시 9분이다.

끽끽 소리는 애완견 먹이 광고였다. 그는 벽에 바짝 붙어 문지방 너머를 엿보았다.

영감이 링거 용기로 피를 수혈 중이었다. 피하주사로 피를 빨아들이는 격이다. 그는 크랭크업 병원 침대에 황소 시체처럼 누워 있었다.

그는 엉덩이의 핏줄을 찾는 데 실패했다. 그래서 바늘을 성기에 찌르고 마개를 열었다.

머리카락이 등에 닿을 정도로 길고 손톱은 손바닥 절반을 가릴 정도였다.

방에서는 오줌 냄새가 코를 찔렀다. 벌레들이 오줌 가득한 통 안에서 붕붕거리며 날아다녔다.

휴즈가 바늘을 뽑았다. 해체한 슬롯머신 10여 개의 무게로 침대가 출렁거렸다.

100

댈러스, 1963년 11월 22일

마약 기운이 돌자 헤시가 긴장을 풀며 힘겹게 미소를 흘렸다.

피터가 주사기를 닦으며 말했다. "이곳에서 여섯 블록 거리에서 일어납니다. 12시 15분에 휠체어를 창가로 밀고 가세요. 그럼 자동차들이 보일 거예요."

헤시는 클리넥스에 대고 기침을 했다. 피가 턱 아래로 뚝뚝 떨어졌다.

피터는 TV 리모컨을 그의 무릎에 놓아주었다. "그때 TV를 트시면 돼요. 창문으로 보지 못하는 장면은 뉴스에 나올 겁니다."

헤시가 무슨 말인가를 하려. 했다.

피터는 물을 조금 먹었다. "졸지 마세요. 매일 있는 쇼가 아니니까."

커머스 스트리트는 갓길에서 가게 앞까지 사람들로 인산인해였다. 손으로 제작한 환영 표지판들이 3미터 머리 위에서 까딱거렸다.

피터는 갓길을 따라 이동했다. 한 걸음 디딜 때마다 구경꾼들을 있는 힘껏 밀어내야 했다.

잭의 지지자들은 굳게 자리를 지켰다. 경찰은 열성분자들을 계속 거리에서 잡아 인도로 돌려보냈다.

어린 아이들은 아빠의 목말을 탔다. 수백만 개의 만국기가 깃대에 매달린 채 펄럭였다.

클럽에 도착하자 바브가 무대 옆에 테이블을 마련해주었다. 손님들은 맥없이 쇼를 구경했다. 기껏해야 낮술이 궁금한 술꾼 10여 명이 고작이었다. 밴드가 빠른 템포의 곡을 연주했다. 바브가 그에게 키스를 날렸다. 피터는 미소를 보냈다. 특유의 '내게 달콤한 노래를 불러주오'식의 미소.

함성이 술집을 찢어놓았다. 그가 온다. 그가 온다. 그가 온다!

밴드가 불협화음의 크레셴도를 때렸다. 조이와 악사들은 벌써부터 반쯤 약에 취해 있었다.

바브는 곧바로 〈언체인드 멜로디〉를 불렀다. 손님들과 종업원들과 주방 사람들이 일제히 문으로 달려갔다.

함성은 점점 커졌다. 엔진 소음도 커졌다. 리무진과 완벽하게 치장한 할리데이비슨.

사람들이 문을 열었다. 그는 바브를 독차지했지만 노랫소리는 하나도 들을 수 없었다.

그는 바브를 보았다. 입으로 '사랑해'를 그렸다. 바브는 눈과 입으로 그를 안았다.

함성이 조금씩 잦아들었다. 그는 곧이어 들릴 비명 소리를 대비해 마음을 단단히 다졌다.

【끝】

옮긴이
조영학

소설 전문 번역가. 번역한 작품으로는 《스마일리의 사람들》, 《리틀 드러머 걸》, 《더 레이븐》, 《윈터 킹》, 《에너미 오브 갓》, 《엑스칼리버》, 《임페리움》, 《루스트룸》, 《숨은 강》, 《에니그마》, 《아크엔젤》, 《고스트 라이터》, 《히스토리언》, 《나는 전설이다》 등이 있다. 현재 KT&G 상상마당에서 출판번역 강좌를 맡고 있다.

아메리칸 타블로이드

1판 1쇄 인쇄 2015년 6월 17일
1판 1쇄 발행 2015년 6월 26일

지은이 제임스 엘로이
옮긴이 조영학

발행인 양원석
본부장 송명주
편집장 김지연
책임편집 한지은
해외저작권 황지현, 지소연
제작 문태일, 김수진
영업마케팅 김경만, 곽희은, 윤기봉, 전연교, 김민수, 장현기, 이영인, 송기현, 정미진, 이선미

펴낸 곳 ㈜알에이치코리아
주소 서울시 금천구 가산디지털2로 53, 20층 (가산동, 한라시그마밸리)
편집문의 02-6443-8847   **구입문의** 02-6443-8838
홈페이지 http://rhk.co.kr
등록 2004년 1월 15일 제2-3726호

ISBN 978-89-255-5668-0 (03840)